中国诗歌
专题史丛书

THE HISTORY
OF CHINESE
POETIC
THOUGHT

中国诗学
思想史

萧华荣 著

江西教育出版社
JIANGXI EDUCATION PUBLISHING HOUSE
·南昌·

赣版权登字-02-2024-324
版权所有 侵权必究

图书在版编目（CIP）数据

中国诗学思想史 / 萧华荣著. -- 南昌：江西教育出版社，2024.8
（中国诗歌专题史丛书）
ISBN 978-7-5705-4112-6

Ⅰ.①中… Ⅱ.①萧… Ⅲ.①诗学观-文学思想史-研究-中国 Ⅳ.①I207.209

中国国家版本馆CIP数据核字（2023）第255128号

中国诗学思想史
ZHONGGUO SHIXUE SIXIANG SHI

萧华荣　著

江西教育出版社出版
（南昌市学府大道299号　邮编：330038）

各地新华书店经销
江西赣版印务有限公司印刷
965毫米×635毫米　　16开本　　28印张　　4插页　　360千字
2024年8月第1版　　2024年8月第1次印刷

ISBN 978-7-5705-4112-6
定价：118.00元

赣教版图书如有印装质量问题，请向我社调换　电话：0791-86710427
总编室电话：0791-86705643　　编辑部电话：0791-86705903
投稿邮箱：JXJYCBS@163.com　　网址：www.jxeph.com

萧华荣先生在上海寓所书桌前

萧华荣先生在上海普希金像前

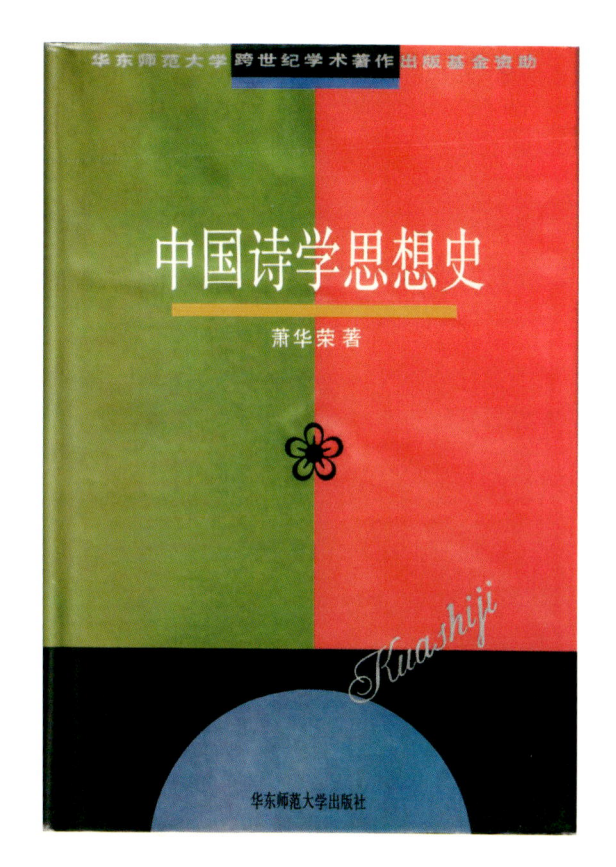

《中国诗学思想史》第一版封面

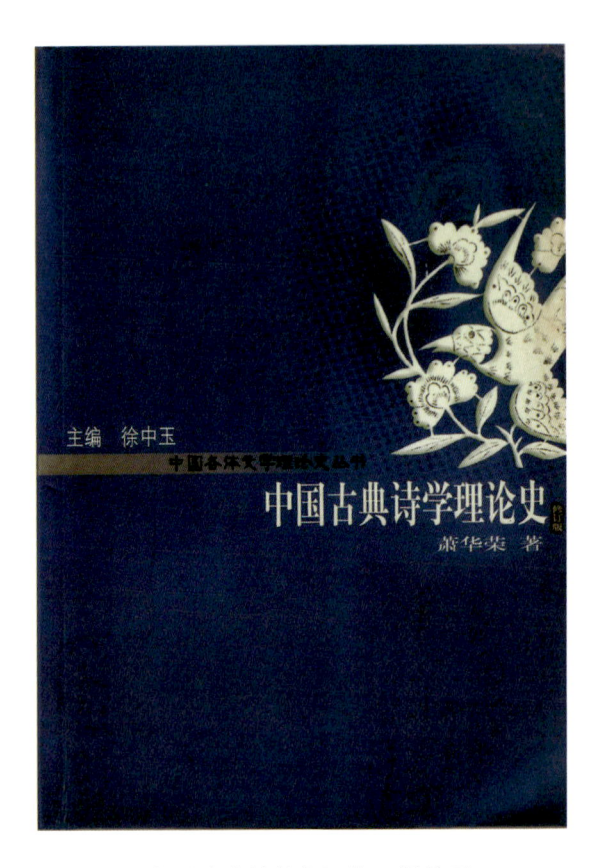

《中国诗学思想史》第二版封面

导言：中国诗学思想的逻辑发展

一、小引

所谓"中国诗学思想"，指中华民族所固有的、传统的诗学思想，它大致发轫于春秋战国之际，可以孔子为代表；迄于最后一个封建王朝的消亡（1911），可以王国维为代表。发表于中国封建社会解体前夕的王国维《人间词话》（1908—1909），是尝试运用近代西方哲学、美学阐释中国传统诗学的真正开端，标志着中国诗学思想由传统向近代的转折。从此，随着西方美学和文艺学的不断输入，日益改变着传统诗学思想的固有风貌，已经不属于本书论述的范围。要之，从孔夫子的时代到王国维，其间大约二千五百余年，便是本书所涵括的上下时限。

本书所谓"诗学"，非指古希腊哲人亚里士多德所说的包括一切文艺理论在内的广义的"诗学"，而是现代通常所说的狭义的"诗学"，即有关诗歌这一特定文体的理论。但在中国古代传统文学理论中，赋论断续而零散，词论、戏曲论、小说论晚起，能够贯穿这二千余年始终的唯有文（散文）论与诗论。而传统文论泰半是议论文、应用文的理论，并非纯粹的文学理论，属于纯粹的文学理论而又能够贯穿始终的唯有诗论而已。由之，诗论最便于考察中国传统文学理论一脉相传、迁延不绝的演化变迁。从这种意义上说，所谓中国诗学思想史，也可以说是以诗学思想为主线的中国文学思想史。本书所谓"诗学"，又带有一定的广义的性质。

即使单就狭义上言，"诗学"也是一个很广的范围。在"形上"层面，它包括对于诗的性质、功用等的认识与观念；在"形下"层面，又包括关于诗的具体作法、格律、声调、对偶等等。作为"诗学思想史"，本书侧重于前者。即使涉及一些体格声调的具体问题，也力图从高处深处探寻这些问题提出、发展、演化的文化思想和文学思潮的原因与底蕴。中国古代的诗与诗学有一个特殊的历史机遇，它们的鼻祖与源头是后来被奉为"经"、拥有崇高意义和神圣地位的《诗三百》，因而它们自然也成为"《诗》之苗裔""古《诗》之流"，往往被视为一种正宗、严肃、不可掉以轻慢之心的文学形式。宋代文坛的衮衮诸公和朝廷大臣可以以词的形式流连风月，抒泄风情，写起诗来却一本正经，述事议理。因而，诗学思想往往最关世道人心、政教风化，与一般文化思潮和学术思潮息息相通。侧重于在学术、文化思想流变的背景上考察诗学思想的流变，是本书的宗旨。循此方针，在具体展开上，既严格依照诗学思想发展的历史顺序，也力图体现出其内在的逻辑进程。

二、文化思想与诗学思想

诗学思想，从"诗学"的侧面说，根柢于诗歌创作的实践经验和理论升华，由之体现出其独立发展；从"思想"的侧面说，它又无以脱离所处时代的文化思想和时代精神，它甚至就是一般社会文化思想的组成部分。质言之，一定时代的文化思想总是要为该时代的诗学思想提供气候，造成氛围，着上底色，左右着诗学思想的风貌、色彩与发展方向。影响于中国传统诗学思想的，主要有儒、道、禅、骚，前三者皆属一般的社会文化思想。战国后期以屈原为主的楚辞创作的特异风貌及其所体现出的"楚骚原则"，本身便是一种诗学思想，又给予后世诗学思想以深远影响,表现出相对独立的诗学发展路线,并与前三者所熏陶影响下的诗学思想,特别是正统儒家的诗学思想,发生着龃龉与冲突。这是纯粹的诗学思想与经学的诗学思想的冲突。

一般文化、学术思想对诗学思想的影响,常常表现为不同的途径与方式:或直接的,或间接的,或仅仅为诗学思想的发展开辟着道路,开拓着空间。直接的影响带有强制的色彩,要求以诗的形式径直阐发宣扬某种思想原则和人生哲学。在儒家的经学期,这种影响表现为牵附政教风化的"讽喻诗"及相关的理论主张;在儒家的理学期,表现为明心见性的"性理诗"及相关的理论主张;在道家,表现为理过其辞、淡乎寡味的"玄言诗"及相关的理论主张;在释家,表现为俚俗模棱的"偈语诗"及相关的理论主张。严格说来,上述种种诗体都算不上审美的诗作,甚至不过是语录、讲义之押韵者,上述种种相关诗论也算不上审美的诗论。

间接的影响要经过诗人和诗论家这个中介,对相关文化学术思想加以融贯消化,真正化成诗人自己的人生态度与人格精神,用自己的心灵与情感创造为真正审美的诗篇,再由理论家上升为审美的诗论。如传统儒家的教化原则直接影响于诗学思想,最典型地体现在《毛诗序》及《传》《笺》中,以其美刺讽喻的原则解诗,便对《诗三百》中许多日常生活与爱情的诗篇,作出远离本意的令人瞠目结舌的歪曲,并引申出直接服务于政治的诗论。但是,其中所体现的仁民爱物的儒家民本主义精华,一旦化为诗人和诗论家的血肉感情和人文精神,在绵绵后世便创造出无数悯时伤物、鞭笞虐政的优秀诗篇,形成源远流长的现实主义诗学传统。《毛诗》系统原本用以比附解诗的"比兴"之法,经过世世代代诗人和诗论家的改造发挥,并与《周易》、道家"立象尽意"以及禅宗"拈花微笑"的明道悟理之法相融会,到明清时成为艺术创作形象思维和情景交融的表现手法,成为中国传统诗学的一个极其重要的美学范畴。道家的任"真"

重"天"(自然),原是一种哲学思想与人生态度,陶渊明、谢灵运、王维、孟浩然等艺术化为清幽冲淡的诗篇,到司空图又升华为相应的诗的风格意境理论。禅宗的"世尊拈花,迦叶微笑"原是对佛法的具象化的心领神会,后来则被发挥为对诗境、诗法的"参悟""妙悟"。诸如此类,皆可以说是文化学术对诗学的间接影响。至于文化学术思想为诗学思想开辟道路,可以以魏晋六朝和明代为例。魏晋六朝重"情"重"采",主"缘情绮靡",这是当时盛行的庄老道家思想"任自然"之说冲击了儒家礼法名教束缚人情和个性的结果,但重情重采实非庄老的初衷。恰巧相反,他们原是主张"人而无情"和"灭文采"的。明代诗学也极重情感因而极重艺术,这当与心学的流行对正宗理学的冲击有关,但重情也并非心学的本意。

当然,本书并不认为每一股诗学思潮、每一个诗学命题、概念、术语的出现都与一般文化思想的影响有关,都应到某种学术思想、某派学术著作中去寻觅来历出处,倘使如此,恐怕也很难保不牵强附会。诗有自己独特的表情达意方式,诗学是一门有自己特殊规律的学问,诗学思想的发展演化有自己的相对独立性,它总要顽强地沿着自己的轨道随山路曲折而蜿转前行。如果一定要从某家某派的哲学、学术思想中寻找某一提法和概念的来路和出处,那么《诗三百》中诸如"维是褊心,是以为刺""吉甫作诵,穆如清风"之类带有最初的诗论意义的作者创作自诉出自哪里?屈原作品中"发愤以抒情""长乡风而舒情"之类的来历又在何方?富有情感、富于文采是诗的一般特征,这种特征恐怕是诗有生与俱的,和诗的历史一样长久。这种特征在楚骚中表现得尤为明显,而在嗣后的汉代经学鼎盛期受到了限制,当魏晋庄老道家思想的流行冲决了儒学的堤防时,诗学的这一固有特征便顽强地抬起头来,陆机从而提出"诗缘情而绮靡"的命题,遥承战国后期的楚骚传统。后来宋人以学问为诗,以议论为诗,以理为诗,既乏情感,又匮辞采意境,宋末严羽惩其流弊,重新强调诗的"吟咏情性"的特质,作为反对苏、黄、江西诗派的理论依据,并由之引申出"水月镜花"之论。明代前后七子论诗强调"格调",主张拟议盛唐诗的高格逸调,公安派激而发出"独抒性灵,不拘格套"之论,虽然也有个性解放思潮作为外因,但毕竟以诗自身特殊规律的内因为依据。凡此种种,皆表现出诗学相对独立发展的一线相承。再如六朝陆机、刘勰一前一后,皆提出"神思""神与物游""思接千载,视通万里"的文学构思论,这其实也根基于文学创作形象思维的经验积累与提升,恐怕无须到《庄子》"乘物游心""游于物之初"之说中寻觅理论渊源的(文字渊源又当别论)。一般文化思想主要是从根本精神上影响诗学思想,诗学理论在自身发展中常常借用古人著作中可资表达的词语形成自己的独特术语、概念,有时近于早期佛经翻译中的"格义"之法,恐怕很难说是什么影响。《文心雕龙》论文学构思贵于"虚静",这本是任何思维活动都须保持的心态,不必归于《庄子》《荀子》同类词语的影响。有些诗学术语虽确实有取于一般文化学术思想,但与其在原典中的意义有很大的距离,如诗论中的"境""悟""参"虽受启迪于佛学,但也不过是启迪而已,是绝不可牵强为解、引喻失义的。另外,有些论者将古代教化的诗学思想归于儒家,将审美的诗学思想归于释、道的影响,虽诚然事出有因,但也不宜过分绝对。其实释、道又何尝不底于"教化"?只不过那有别于儒家的教化而已。任何学术思想自身都不是审美理论。中国古代那些最为流传、最有价值的诗学理论与范畴是各种思想合力的结果,而其中起主导作用、加以熔铸融液的仍是诗歌创作自身经验的积累、总结、升华。

三、汉学与宋学

但本书仍不否认一般文化思想对诗学思想的影响。一个时代的文化思想和时代精神常常濡染甚至决定着该时代诗学思想的风貌与走向，这恐怕是不争的事实。在中国各代的文化思想中，起主导作用的是该时代占主流地位的学术思想。先秦子学、汉代经学、六朝玄学、唐代佛学、宋代理学、明代心学、清代实学、晚清西学，对各自时代的诗学思想均有莫大影响。这里特别提出汉学与宋学，逗漏出本书的两个主要观点：第一，所谓"汉学"，指汉代经学；所谓"宋学"，指宋代理学。这是中国传统儒学发展的两个阶段。从汉至唐，通称为经学期，宋、元、明通称为理学期；清代的情况比较复杂，有"新汉学"之称，但理学的影响也同时存在，并有汉、宋融合之势。特别提出与强调汉学与宋学，无疑意味着在笔者看来，一般文化学术对诗学思想的影响，乃是以儒学的影响为主；儒学的发展演变，是观察诗学思想发展演变的主要线索与参照系统。这也毫不足怪：与诗学一样，在近世之前，唯有儒学能够贯穿始终。汉代以后，它更成为统治思想和意识形态。先秦时期虽诸子并立，但儒学号为"显学"，其他"显学"如道家、法家的著作虽文采斐然有逾儒家，但却不言"文学"甚至嫉视"文学"，好谈诗论文者唯有儒家而已，并成为汉儒诗学思想的导引。汉代以后，魏晋六朝虽号为儒学中衰，但儒家思想在政治上仍是一面神圣的旗幡，不时地为统治者所祭起，文学理论批评中种种形式的"原道""征圣""宗经"之论也始终不绝如缕，并与种种文学"异端"相抗衡。再如隋唐虽称为佛学鼎盛，统治者三教并重，但首重的毕竟是可以经国图治的儒学。在诗坛上，要求矫革虚华绮艳诗风，恢复汉儒风雅比兴、讽喻美刺精神的呼声，从初唐一直响彻到晚唐，形成一股十分强劲的"复古"思潮。庄老道家思想及其人生态度，虽对后世诗学有极深影响，但至少在汉代，除汉末外，其影响可以说是极其微小的，所以也无法贯穿始终。佛学后起，更不待言。尤其重要的是，道、释对诗学思想影响的强弱，是以儒学的盛衰为转移的，并且往往被吸收融贯在儒学之内，通过儒学的堂堂旗号而发生影响，如宋明理学即是。

在各代学术思想的嬗变中特别拈出汉学与宋学，所逗漏出本书的第二个主要观点是：中国传统诗学思想可以宋代为界分为前后两个时期。先秦至唐属前期，宋至清末属后期，与儒家的经学期与理学期大致相合。此种相合并非偶然，而有着内在的必然性与合理性。这也可以看出儒家思想在诗学思想发展演变中的主导作用。本书分为上下两篇，即由此而来。

儒家思想由经学发展到理学是一件大事。在儒学发展史上的多次蜕变中，这是最重要的一次，犹如"二水中分白鹭洲"，将儒学分为风貌有异的前后两截。儒学与社会政治的联系最为紧密，由经学转为理学即与中国古代社会由前期转向后期有关，与与此相联系的儒学所承当的历史使命的改变有关。笔者在一篇文章中曾概言经学与理学的歧异：经学所以经世务，理学所以理性情；经学重在"经世"，理学重在"治心"；经学侧重"外王"，理学侧重"内圣"。当然这也并非笔者的创见，学者多有类似议论。

这种区分当然只是相对而言的，因为经学与理学毕竟皆属儒学，是儒学发展的一线两段。儒学总主用世，这是与宣扬遁世、出世的道、释之学的根本分歧。但所处历史时期不同，儒学用世的方向方法亦异。大致说来，经学用世的方向与手段是"礼"。"礼"是外在的社会政治伦理秩序与行为规范。汉承长期礼崩乐坏的春秋战国和二世而亡的暴秦之后，重新整顿建立合"礼"的社会秩序和伦理关系便成为当世的急务，儒学恰巧最适于承担这一历史使命。汉代儒学主要承袭以"礼"为核心的荀学，而荀子之"礼"已不全同于孔、孟之"礼"，具有了"法"的性质，所谓"礼者，法之大分，类之纲纪也"（《荀子·劝学》）。汉代正需这样一种稳定社会政治秩序的纲纪与礼法，故视"礼"为"其政之本"，认为"民之所由生，礼为大。非礼无以节事天地之神也，非礼无以辨君臣、上下、长幼之位也，非礼无以别男女、父子、兄弟之亲，昏姻、疏数之交也"（《礼记·哀公问》)。"礼"所要节制的这一切,包括了封建社会所有纵横交错的人际关系。

理学用世的方向与手段是"理"。"理"可以说是"礼"的内化,它将节制的对象与作用深入到人的心灵。这大约与中唐以后,特别是五代十国时期统治者的极其腐化荒淫、道德人心的极其败坏有关。从学术上说,由于"儒门淡薄,收拾不住,皆归释氏",为了与佛教争取"收拾"人心的主动权,它一方面吸取了佛教禅宗"直指人心,见性成佛"的"治心"之论,一方面远绍先秦思孟学派诚意正心的"内圣"路线,逐渐形成为理学。理学的核心是"理""天理",并认为天理就在人的心性之中,只要"反求诸己""反身而诚",便可以体认天理,消除人欲,提升道德,由个人的"内圣"达到社会的"外王"。

汉学与宋学、经学与理学两种不同的致思方向,从深层上影响于前后两个时期的诗学思想。

四、情礼冲突与情理冲突

抒情是诗的本质特征,情是诗的最活跃最能动的因素,它必然与儒家的"礼""理"发生龃龉与冲突。本书将中国传统诗学思想的发展分前后两期,为上下两篇,上篇题为"情礼冲突",下篇题为"情理冲突",与儒家经学、理学的两期发展正相表里,这并不是为了追求体系的整齐对称,强扭历史以就逻辑,而是大势如此。当然,无论"情礼冲突"还是"情理冲突",都只是对前后两期诗学思想深层文化学术底蕴的大致概括,这是不言自明的。

先说"情礼冲突"。

"礼"是古老的人间秩序和行为规范,传为周公所制定,后来尤为儒者所重视,以之为人应有的存在方式。礼其实并不完全排斥情,它的制定考虑到人情所能接受的限度,所谓"缘情制礼""缘人情而为之"。这种基于人情的礼又反转来制约人情,所谓"以礼节人""情安礼",使不流佚讹滥。礼既然是一种社会性的规范,它在制定之时就建立在人的共性的基础上,荀子称之为"千人万人之情",这就必然漠视和束缚人的千差万异、生动活泼的个性。礼包括内外两个方面,其外在表现是遵行各种礼仪和礼节,这称为"文";其内在素养便是要有合乎儒家之道的"仁"心,因而孔子说"人而不仁如礼何",又认为"礼后",即礼后于"仁",以"仁"为质地,这称为"质"。(《论语·八佾》)二者结合起来便是"文质彬彬",所谓"质文两备,然后其礼成"(董仲舒《春秋繁露》卷一《玉杯》)。要之,不管从哪个角度说,礼都是对情的一种制约,因而情与礼的冲突早在先秦便已存在,主张"天""自然"即放任人的天然本性的庄老道家便主要集矢于儒家之礼,称之为"以人灭天",加以尖刻的揶揄和激烈的攻讦。

按儒家的规定,礼也应是诗的存在方式。这也分为内容与形式两个方面。从内容方面说,诗应是"言志"的。"志"本是一个比较宽泛的概念,但儒家"诗言志"之"志"往往特指"道",如孔子说"为此诗者,其知道乎",荀子说"诗言是(道),其志也"。"道"也便是"礼"。到汉代《毛诗序》,既承认诗的言情性质,又力图将情限制在礼的规范,提出一个经典性的表述:"发乎情,止乎礼义。"又规定诗应"吟咏情性,以风其上",将"礼义"具体化为对上政的讽喻美刺。从形式方面说,儒家向来并不反对"文""文饰",但要保持中庸的"文质彬彬"的限度。《毛诗序》所谓"主文而谲谏",便是"文质彬彬"的原则在具体历史条件下的规定,即"文"应当服务于"谏",含有"谏"的内蕴。总之,情、礼关系在内容上是情、志关系,在形式上是文、质关系(此指文采与质实)。

在魏晋六朝"任情背礼""越名教而任自然"的时代氛围中,陆机提出"诗缘情而绮靡",无视"礼义"与讽谏美刺,情礼冲突变得剧烈起来。一方面是新变派在"缘情绮靡"的道路上越走越远,"缘情"发展为滥情甚至色情,"绮靡"发展为虚华淫艳;另一方面是复古派力主恢复汉儒讽喻美刺、劝善惩恶的诗学思想,攻击魏晋以来,特别是齐梁的诗歌创作"摈落六艺,吟咏情性"、"无被于管弦,非止乎礼义"(裴子野《雕虫论并序》)。折中派如刘勰则在"原道""征圣""宗经"的神圣旗帜下,肯定魏晋以来文学新变的成就,实质上是意在调和情礼冲突。关于"发乎情,止乎礼义"与"缘情绮靡"两条诗学路线的暌违与冲突,清人沈德潜、纪昀等多有所论,见本书正文。

唐代由于儒学的重振,富有社会责任感的诗论家从初唐开始便不断抨击反拨齐梁诗风,一直持续到晚唐。他们以"人文化成"论为依据,主张恢复"六义比兴"的诗学传统,主张诗中有"兴寄"的内容和刚健的语言。中唐白居易提出"根情,苗言,华声,实义",对情礼冲突有一定的调和意义。直到宋代理学兴起,情礼冲突才被情理冲突所代替。

宋代理学家所说的"理"有三个侧面的意义:一是"伦理"之"理",他们主张"存天理,灭人欲";二是"物理"之"理",他们认为万物各有一"理",应当体认与揭示其"理";三是"条理"之"理",即事物的秩序与法则。这三个侧面的意义,对宋代诗学思想皆有或轻或重、或显或隐的影响,也都与"情"存在着龃龉与冲突。

一般说来,"存理灭欲"的思想主要体现在理学家的诗中。"欲"虽然不能完全等同于情,但与情有所交叉。对这方面的抨击与反拨主要是晚明的一些具有异端思想的人物,如徐渭、李贽、汤显祖等,"情有者理必无,理有者情必无"(汤显祖语)便是其典型表述。"物理"层面之"理"对宋代诗人的影响比较深广,是宋人以理为诗、以议论为诗的深层原因。这方面的情理冲突发生得比较早,宋末严羽《沧浪诗话》主要便是针砭此种流弊的,用以针砭的思想武器便是"诗者吟咏情性"之论,并开启了明代前后七子一派对宋诗的攻讦。"条理"层面之"理"影响于宋人的好谈诗法,并一直影响到元、明、清的整个后期诗学。明代七子派主情而反对宋诗,但他们主张从体格声调上拟则唐人,其实也是从宋人的好谈诗法而来。公安派声言"独抒性灵,不拘格套",虽直接针对七子派的"格调"论而发,但深入追溯起来,却是对宋代以来拘守诗法的反拨。

清人主张"学人之言与诗人之言合",主张"性情根柢于学问",主张抒写关乎世运的"万古之性情",对情理冲突带有综合、调和的倾向。

五、诗骚之辨与唐宋之争

诗骚之辨与唐宋之争是情礼冲突与情理冲突的具体化。诗骚之辨主要贯穿于前期,唐宋诗之争自然贯穿于后期。

诗骚之辨的实质就是情礼冲突。诗指《诗三百》,骚指以屈原为主的楚辞作品,二者皆是真正的审美诗篇,是不同时代的诗人抒情言志的真诚歌唱,虽风格有明显差异,却不存在什么矛盾冲突。但是,第一,由于楚骚具有浓厚的南方文化色彩,与当时的中原文化有所不同,带有一定的异端色彩,其强烈的抒情性既不很合于儒家的"以礼节情""温柔敦厚",其"惊采绝艳"的辞采也不很合于"文质彬彬"的原则。第二,更重要的是,《诗三百》在汉代上升为"经",楚骚则因"未经圣人手",没有获得此项殊荣。汉儒用解释《诗经》所抽象出来的比兴讽喻、美刺时政的原则衡量楚骚,认为它们不合乎这些诗学原则,但也有人以此为标准对它们加以肯定。这是汉代的宗经辨骚。

魏晋南北朝是"楚骚原则"占上风的时代,"诗缘情而绮靡"其实正是楚骚传统的承续,因此对楚骚褒扬者居多。但当时南北方的复古派敏锐地觉察到楚骚与魏晋文学自觉以来诗风新变的内在联系，将齐梁绮艳诗风追溯到屈原、宋玉头上，裴子野是其代表。在此问题上，刘勰《文心雕龙》同样保持其"折中"的原则，对楚骚有褒有贬，有扬有抑。这是第二次宗经辨骚。

第三次宗经辨骚、宗经贬骚是唐代，承续了裴子野的论调，也将齐梁的虚华诗风归罪于屈、宋。由于唐人始终不满齐梁诗风，因此这次宗经辨骚历时长久，言辞激烈，贬斥屈原作品远远超过汉代。唐代是汉代之后最重比兴（指经学的"比兴"，详后）的时代，他们攻击屈原作品的着眼点与攻击齐梁诗风一样，也认为其徒有华美的辞藻和逸荡的情感而缺乏比兴讽喻之旨。宗经辨骚是与前期诗学思想的发展演化相始终的。宋代以后，特别是苏轼盛赞屈原，朱熹作《楚辞集注》之后，宗经辨骚再未形成一种文学思潮。

唐宋诗之争贯穿着整个传统诗学思想发展的后期。如果说诗骚之辨主要着眼于诗的社会功用，则唐宋诗之争主要着眼于诗的艺术形式。所谓唐诗，主要指盛唐诗，这是中国古代诗歌发展的黄金时代。宋代由于理学盛行和时代精神、审美趣味的变化，对唐诗抱着疏离与不满的态度，这其实犹似人到中年以后，对少年的激情、风流、华采的隔膜与厌倦。宋人一是不满唐诗"浅薄"的抒情，他们一变而为议论说理；二是不满唐诗的描绘风景、争妍斗巧而"不知道"，所谓"后生好风花，老大即厌之"，他们一变而为枯索的"白战"；三是不满唐人似已走向"滑熟"的句法与铿锵的格调，他们一变而为拗涩瘦硬。这一切便形成宋人的"以文为诗"。

首先向宋诗发难的便是严羽，他几乎与他的当代人针锋相对，历数了宋诗的代表人物苏轼、黄庭坚、江西诗派的种种弊端，认为盛唐诗是第一高标，盛赞盛唐诗的"兴趣""兴致""意兴"和"镜花水月"般迷蒙的意境，其《沧浪诗话》成为明代七子派的理论基石。

正像宋人处处与唐人立异一样，明人则处处与宋人立异。他们宣称"诗必盛唐"，极其鄙薄宋诗。这主要集中于三个方面：一是以主情反对宋人的主理。由主情引申出主"兴"——这是六朝人所提出的"感兴"之"兴",实即由即目所见的外物触发的创作激情,以之反对宋人的"先立意""辞前意"等。二是以主比兴反对宋人的"白战"。宋人不喜欢景物描写,而景物描写在诗中往往起到比兴的作用,因而宋诗的缺乏比兴几乎是古今的通识。中国古代的比兴观可分为两种,一是比附政教风化的经学比兴观,始于汉儒解诗;二是被今人称为形象思维的美学比兴观,六朝时虽有所透露,但基本成熟于明代,李梦阳认为比兴是"假物以神变",可谓形象思维的同义语。明人反对宋诗的第三点是以拟则唐人的高格逸调矫正宋人的以文为诗。明代是一个极重艺术的时代,在矫革宋诗之弊中提出许多精微的诗论,清初王士禛"神韵"说其实便是七子派诗学的结穴。

  清代诗学思想的主流是反明、远唐、近宋。清代的文化思想与时代精神其实与宋大不相同,但宋诗的几个特点引起他们的共鸣。一是清人惩于明人的空疏,推重实学,与宋人的重读书、以学为诗相契合。二是清人重史,主张以诗观史,以诗补史,与宋人的"诗史"说和宋诗的叙事详明相契合。三是清代一前一后遇上两个"天崩地解"的时世,喜欢淋漓奥博的诗风而不喜含蓄蕴藉,也与宋诗有所契合。因此清诗始终"祧唐祢宋",并出现了"宋诗派""宋诗运动""同光体"。

六、中唐与杜甫

  中唐是中国古代社会政治、文化学术从前期转向后期的枢纽,理学便是由中唐韩愈、李翱发其端绪的,故历史学家吕思勉称中唐文化应属宋型文化。诗学思想也是如此,中唐诗可称为"宋型诗"(就主导思潮和代表人物而言)。与此相关,宋以后所说的唐诗实际上往往指初盛唐诗,尤指盛唐诗,本书则称为"典型唐诗",以与中唐的"宋型诗"相区别。顺便说明:本书所自创的"宋型诗"一语，除指宋代的主流诗风外，还指此前中唐时期杜甫、韩愈、白居易等"开宋人门户"者部分诗篇所代表的诗风，以及此后清代种种宗宋诗派的诗歌风貌。

中唐在诗学思想史上是一个极其敏感的时代。宋代以后对唐诗的评论，无论褒贬态度如何，其实总在中唐问题上打转儿，在中唐那里划界。宋代一前一后的"晚唐体"所效法的都是中唐以后的诗人；苏、黄、江西诗派所推重的，也是杜甫、韩愈等（说见后）。严羽攻击宋代诗风，明确主张"以汉魏晋盛唐为师，不作开元、天宝以下人物"，开元、天宝以下便属中唐。明人承袭严羽，也作如是观。高棅《唐诗品汇》将唐诗的发展分为初、盛、中、晚，大致是由严羽的观点发展而来，以便严分盛、中之别而以盛唐为师。清人大致也严守盛、中这个界限（说见后）。

从宋到明，人们的严守盛、中之界，往往是凭着直觉，意会到盛、中诗风之变，在理论上指出这一点的，最早大约是元人袁桷，但语焉不详。比较详明地加以阐述的，是清初叶燮的《百家唐诗序》，指出中唐不仅是唐朝一代之"中"，而且是"古今百代之中"，这是极为深刻的。

与此相联系，是杜甫的问题。杜甫在诗学思想史上的地位尤其敏感微妙，可以说是枢纽的枢纽。杜甫仿佛是历史老人的有意塑造与安排，使他不仅有超卓的成就，丰富多样可资从不同角度效法学习的伟大作品，而且使他恰巧生当盛、中之交这一历史转折的关捩点上。他的小部分作品写于开元、天宝年间，流露出一点盛唐气象，多数作品则写于安史之乱发生之后，那正是唐代由盛入衰的转折点，开始步入中唐。他的作品本身，也恰好体现着唐代由盛至中的诗风的演化，体现着中国古代诗学由前期向后期的演化。他的诗中已透露出一些理学思想的胚芽。他作诗好议论、说理、叙事、铺陈，风格转为苍老瘦劲，语言方面常用俗语，格律上常用拗体，总之，已开了"以文为诗"的先河。这些，正合于宋、清人的审美趣味和需要。他仿佛是中国诗学思想史上的"二传手"。"一传手"是《诗经》,汉儒的解释引申出适应前期需要的诗学思想。杜甫则被称为"诗圣",其诗被称为"小诗经",对其解释发挥又正合于后期诗学的需要。他的诗又被称为"变体""别调",其实就是"宋型诗"。因此宋人极其推崇他,以他的作品发挥出宋代诗学思想的主要特征。"祢宋"的清人也推崇他,以他与韩愈、苏轼为三个解释学支柱,显然也将他的作品视为"宋型诗"。凡是追求蕴藉、玲珑之美的则往往不喜杜诗,明代七子派的后学以及清初王夫之、王士禛对他尤有微词,甚至称之为"罪魁而功首""诗中秦始皇",就是因为他扭转了传统诗风。给他在唐代诗学史上定位是颇费思量的事,许多诗话、诗论将他列入"盛唐诸公"之外,甚至列入"唐人"之外。本书则将他置入中唐部分述及。

以中唐为枢纽,中国诗学思想史的前后两期恰巧可以对应叠合起来:宋对汉,明对六朝,清对唐,晚清(1895—1911)对先秦。汉代是经学期的奠定者,诗学思想上重"礼"而轻"情",魏晋六朝则重"情"而轻"礼",是对汉代诗学的一个否定;唐代复古派要求恢复汉代诗学精神而又情、礼兼重,可以说是一个合题,画下了中国诗学思想的第一个圆圈。宋代是理学期的奠定者,诗学思想上重"理"而轻"情",明代则重"情"而轻"理",是对宋代诗学的否定;清代"祧唐祢宋",主"万古之性情",情、理兼重,也可以说是合题,画下中国诗学思想史上的第二个圆圈。先秦与晚清都是中国历史上变动最为剧烈的时代。在诗学上,先秦可以说是向中国传统诗学思想的"淡入",晚清则可以说是向近、现代诗学思想的"淡入"。这样,又画下了一个总的大圆圈。这便是本书所认为的中国诗学思想的逻辑发展。

本书各章试图以四字的标题概括各个时期诗学思想的主潮,并且这四字皆出于其当代人笔下,这是颇为费力而也许不讨好的。是耶非耶,只得一任读者诸君评判了。

目录

导言：中国诗学思想的逻辑发展 ………………………………… 001
    一、小引 …………………………………………………………… 001
    二、文化思想与诗学思想 ………………………………………… 002
    三、汉学与宋学 …………………………………………………… 005
    四、情礼冲突与情理冲突 ………………………………………… 008
    五、诗骚之辨与唐宋之争 ………………………………………… 011
    六、中唐与杜甫 …………………………………………………… 013

■ 上篇　情礼冲突（先秦—唐）

先秦第一章　诗以言志 …………………………………………… 003
    一、题解 …………………………………………………………… 003
    二、通论：以用说《诗》与诗学之发生 ………………………… 003
    三、诗人的创作自诉 ……………………………………………… 007
    四、从"诗言志"到"诗言道" …………………………………… 010
    五、从"断章取义"到"以意逆志" ……………………………… 015
    六、"比兴"观念的萌芽 …………………………………………… 019
    七、"天"：庄子的"潜诗学" …………………………………… 024
    八、骚人的创作自诉 ……………………………………………… 028

汉代第二章　主文谲谏 …………………………………………… 031
    一、题解 …………………………………………………………… 031

二、通论：以"经"解《诗》与诗学之演进 ········· 032
　　三、时世—情志—美刺 ························· 037
　　四、"比兴"说 ································· 043
　　五、《诗》"经"精神 ··························· 047
　　六、宗经辨骚（一） ··························· 050
　　七、宗经辨赋 ································· 053

魏晋南北朝第三章　缘情绮靡 ······················ 056
　　一、题解 ····································· 056
　　二、通论：庄老玄学的流行与诗学之突破 ········· 057
　　三、生命悲感与感物兴情 ······················· 063
　　四、"缘情绮靡"说的提出与发展 ················· 067
　　五、"兴"义的演化与缠夹 ······················· 071
　　六、"神与物游"：创作构思论 ··················· 075
　　七、"穷情写物"：艺术传达论 ··················· 079
　　八、声律、对偶、用典 ························· 083
　　九、古今之争与情礼冲突 ······················· 086
　　十、刘勰等人的调和折中 ······················· 091
　　十一、宗经辨骚（二） ························· 094
　　十二、从"清虚"到"清靡" ······················· 098

隋唐第四章　复变之道 ···························· 102
　　一、题解 ····································· 102
　　二、通论：三教并行与诗学之分化 ··············· 103
　　三、"复"：政教意义的再强调 ··················· 108
　　　　（一）"人文化成"与"六义比兴" ·············· 109
　　　　（二）宗经辨骚（三） ······················ 112
　　　　（三）"兴寄"与"风骨" ······················ 117
　　　　（四）乐府体貌，《诗》"经"精神 ············ 120
　　四、"变"：诗美的新探讨 ······················· 125
　　　　（一）"绮靡之功"与"文外之旨" ·············· 125
　　　　（二）"兴象"与"象外之象" ·················· 127
　　　　（三）"境"与"境生象外" ···················· 131

（四）"味"与"味外之旨" ································ 136
五、中唐诗学思想的异变 ···································· 141
　　（一）从"尚情"到"尚意" ································ 141
　　（二）杜甫的诗论及其诗作的示范意义 ···················· 144
　　（三）"以文为诗"与韩愈的诗学思想 ······················ 149
　　（四）"咏性不咏情"：白居易诗学思想的另一侧面 ·········· 152

■ 下篇　情理冲突（宋—清）

宋元第五章　技进于道 ···································· 157
一、题解 ·· 157
二、通论：理学流行与诗学之转折 ···························· 159
三、江西诗学的准备期 ······································ 167
　　（一）宋初非难"九僧""西昆"的角度 ······················ 167
　　（二）古淡：宋代诗学基调的奠立 ························ 170
　　（三）崇陶尊杜：宋代诗学的两个支柱 ···················· 173
　　（四）李杜优劣论 ······································ 177
四、江西诗学的流衍期 ······································ 181
　　（一）苏轼：一个参照系 ································ 182
　　（二）江西诗法的底蕴 ·································· 185
　　（三）"活法"与"参悟" ·································· 190
五、江西诗学的蜕变期 ······································ 195
　　（一）江西诗学的自赎 ·································· 195
　　（二）"工夫在诗外"：陆游、杨万里走出江西诗学的道路······ 198
六、江西诗学的逆反期 ······································ 203
　　（一）不绝如缕的非难者 ································ 203
　　（二）叶适与唐音的复倡 ································ 207
　　（三）严羽的意义 ······································ 212
七、江西诗学的余流期 ······································ 219
　　（一）方回与江西诗学的余波 ···························· 219
　　（二）元代诗学的宗唐趋向 ······························ 222

明代第六章　拟议变化 ... 227

一、题解 ... 227
二、通论：心学流行与诗学之深化 ... 229
三、一代诗学的逻辑起点 ... 236
　（一）从师古到盛唐高标的确立 ... 236
　（二）从以声论诗到"格调"说的奠定 ... 242
　（三）"拟议变化"说的初露端倪 ... 245
四、"拟议"下的"变化" ... 247
　（一）"拟议变化"说的提出 ... 248
　（二）"筏喻"之争 ... 252
　（三）"四务"与"三会" ... 255
　（四）"广其资"与"参其变" ... 258
　（五）"悟"与"兴" ... 260
　（六）"有物有则"与"无声无臭" ... 264
五、"变化"而不离"拟议" ... 268
　（一）穷态极变 ... 269
　（二）穷神知化 ... 271
　（三）"拟议变化"说的总结 ... 276
六、由"真性灵"求"真变态" ... 279
　（一）异端思潮 ... 280
　（二）时与变 ... 284
　（三）"但抒性灵，不拘格套" ... 286
　（四）趣 ... 290
七、"拟议变化"的新倾向 ... 292
　（一）"灵"与"厚" ... 293
　（二）"兴"与"韵" ... 297

清代第七章　祧唐祢宋 ... 302

一、题解 ... 302
二、通论：清代"实学"与古代诗学思想之终结 ... 304
三、"祢宋"诗学的滥觞 ... 317
　（一）对前代诗学思想的反拨 ... 317

（二）主"变"："祢宋"诗学的理论基础 ………………… 321
　　（三）"万古之性情" ………………………………………… 326
　　（四）理与识 ………………………………………………… 330
　　（五）情意与比兴 …………………………………………… 334
四、"神韵"与"格调"：康乾之际的"盛世雅音" …………… 340
　　（一）"一代正宗"王士禛 …………………………………… 341
　　（二）"神韵"说 ……………………………………………… 344
　　（三）"格调"说 ……………………………………………… 349
　　（四）"祢宋"诗学的发展 …………………………………… 354
五、潜移暗转："性灵"与"肌理" …………………………… 356
　　（一）从考据学说起 ………………………………………… 357
　　（二）"性灵"说 ……………………………………………… 358
　　（三）"肌理"说 ……………………………………………… 365
六、今文经学的兴起与"祢宋"诗学的鼎盛 ………………… 371
　　（一）今文经学与经世致用的诗学思想 …………………… 372
　　（二）"祢宋"诗学的泛滥 …………………………………… 376
　　（三）"宋诗派"的诗学思想 ………………………………… 381
　　（四）刘熙载 ………………………………………………… 385

晚清第八章　接木移花 ………………………………………… 390
一、题解 …………………………………………………………… 390
二、通论："西学东渐"与中国传统诗学之近代转化 ………… 391
三、"更搜欧亚造新声"的"诗界革命" ………………………… 395
四、"诗界革命"与"祢宋"诗学的联系 ………………………… 399
五、"同光体"的诗学思想 ……………………………………… 402
六、早年鲁迅对"摩罗"诗魂的呼唤 …………………………… 407
七、王国维的诗美学 …………………………………………… 412
八、余论 ………………………………………………………… 418

主要参考书目 …………………………………………………… 420

后记 ……………………………………………………………… 423

再版后记 ………………………………………………………… 424

上篇　情礼冲突
（先秦—唐）

先秦第一章　诗以言志

一、题解

先秦，依通例，主要指春秋战国。这是中国古代诗学思想的滥觞期。"诗以言志"四字，见于《左传·襄公二十七年》范文子语（详后）。先秦典籍之所谓"诗"，大抵特指诗歌总集《诗三百》（或简称《诗》，即《诗经》），此处亦如此。范文子指用诗而言，故"诗以言志"实为"以《诗》言志"，用前人之成篇，言自家之志意，借他人之酒杯，浇自己之块垒。先秦尚有另一论诗之语——"诗言志"，见于《尚书·舜典》，朱自清称为中国传统诗学的开山纲领。但《舜典》系伪托，约成于战国之世，故"诗言志"之说晚于"诗以言志"。且先秦人于《诗》注目于用，对《诗》的创作很少留意，"诗以言志"是他们对诗的一般态度，也最能体现当时的时代精神，其他一些早期的诗学观念大多与此相关。

二、通论：以用说《诗》与诗学之发生

中国传统诗学思想与理论是一个不断演进、不断丰富的巨大系统。如果我们将春秋时期思想家、政治家甚至外交使臣有关"诗"的运用与谈论作为这个系统生发的起点，那么在他们面前便有一个前提与依托，那就是《诗三百》。《左传·襄公二十九年》（前544）

记载吴公子季札在鲁观乐，鲁人"为之歌《周南》《召南》""为之歌《邶》《鄘》《卫》"……以至"为之歌《小雅》""为之歌《大雅》""为之歌《颂》"。这种分类、名目与次第与今本《诗经》基本一致，说明《诗三百》至少在那个时代已经编定成书。时年孔子只有八岁，后来他对此书容或有所损益，但不会太大。如果推得更早一些，《左传》所记外交赋诗最早的一次是在鲁僖公二十三年（前637）："他日，（秦穆）公享之（晋公子重耳）。子犯曰：'吾不如（赵）衰之文也，请使衰从。'公子赋《河水》（逸诗），公赋《六月》（《诗经·小雅》）。"赋诗以酬酢应对的前提是对已有诗篇的熟稔成诵，方能达成彼此的理解与沟通。这说明当时《诗三百》即使还未裒为一集，那里面的许多作品已经很流行了。这些作品当然各有它们原始的本意，或吟咏爱情的喜悦与迷惘，或歌唱劳动的艰辛与收获，或讥刺统治者的窳败，或颂美祖上的功德。但是，由于某种历史机遇，上述的那些谈诗者却没有遵从这些本意，而是做了纯粹实用主义的、远离文本的随机运用（用诗）和断章取义的随意发挥。所谓某种历史机遇，就是在紧接《诗三百》之后的时代，正是诸子百家开始蜂起的时代，是古代学术文化第一个灿然大备的时代，是对宇宙人生作理性反省的时代。但是，依今人李泽厚之说，这种从巫史文化中解放出来的理性，走向了执着的人世间的实用探求，往往将有用性作为真理的标准，认定真理在于其功用、效果。他称之为"实用理性"（见《中国古代思想史论》等书）。正是在这种时代精神的笼盖下，抒情、审美的诗篇遭逢到充满功利计较的断章取义的实际运用与解说，解说者又正是哲人，而非诗人和诗论家。

　　先秦用诗，就其深远影响于诗学思想者来说，主要有赋诗、教诗、引诗。明人曾异撰《复曾叔祈书》谓："愚近喜读《左氏传》，凡左氏引诗，皆非诗人之旨，然而作者之意趣，与引者之兴会，偶然相触，殊无关涉，精神百倍。此非诗人之情，而引诗者之情也。"（《纺授堂文集》卷五)钟惺《诗论》亦谓:"读孔子及其弟子之所引诗,列国盟会聘享之所赋诗,……其诗其文其义,不有与《诗》之本事本文本义绝不相蒙而引之赋之传之者乎?夫诗,取断章者也,断之于彼,而无损于此。"(《隐秀轩文列集》)二人所论,即指赋诗、教诗、引诗而言。

赋诗最为奇特,它将诗化作一种外交辞令。班固《汉书·艺文志》云:"古者诸侯卿大夫交接邻国,以微言相感,当揖让之时,必称诗以谕其志,盖以别贤不肖而观盛衰焉。"即指赋诗。赋诗虽偶有即兴自作,但极少,大多是"诵古",即吟诵《诗三百》的成篇。赋诗活动流行于春秋时期,主要记载于《左传》,有七十余次,《国语》亦有少量记载。盖春秋之际,周天子虽已失去号令天下的共主的权威,礼乐征伐自诸侯出,但礼乐之遗风犹存,在频繁的朝聘会盟之中,于雍容揖让之间,宴享吟咏之际,常以诗句暗示自己的意向与愿望,而对方凭借对《诗三百》的极为熟悉,凭借对诗句形象与外交情势的联想比附,可以心领神会,达成彼此的沟通与谅解,甚至化干戈为玉帛,以诗篇消刀兵。因为赋诗全凭形象暗示,意在言外,并不说破,不着一字而尽得风流,与诗歌赏读表面颇为相似,故对先秦诗论启迪甚大。

教诗的项目,在官学、私学俱存。《周礼·春官》曾言及"教六诗""以乐语教国子",皆为官学之教,所教皆为《诗三百》。《周礼》虽成于战国,所言当指春秋。又据《国语·楚语》记载,楚庄王(前613—前591在位)使士亹为太子之傅,士亹先请教于申叔时,叔时备言应教科目,其中包括"教之《诗》而为之道(导),广显德以耀明其志",又谓"教备而不从者,非人也,其可兴乎"。此是春秋官府教诗的最好证据。孔子首创私学,广收弟子,以"文""行""忠""信"为"四教",而"文"之一项,即含《诗》《书》《礼》《乐》。《史记·孔子世家》也明言孔子设教,有《诗》之一科。孔子教诗的实践与实例,更数见于《论语》。无论官府之教或私学之教,皆以提高学子的修养和才干为目的,因而也必有与《诗三百》本义无关的引申与发挥,成为古代早期的诗论。

最后说引诗。春秋之世,公卿大夫议论内政外交,常引诗以为断语,蔚然成为风气。仅据《左传》《国语》所载,引诗便多达250条,其中95%见于今本《诗经》,逸诗甚少。孔子所谓学诗可以"授之以政""专对""事君",当也包括此种情况。春秋之后,诸侯问鼎的角逐已到了炽烈阶段,赤裸裸地"争于气力",法家之说大行,倡言灭裂《诗》《书》。引诗亦犹赋诗,销声匿迹。唯有儒家诸子承孔子余绪,在著述及言论中仍常引诗,以明其"道"。据统计,《孟子》一书共引诗33处,而《荀子》更有81处之多,其中所引逸诗仅6处,其余均援自今本《诗经》。

以上赋诗、教诗、引诗诸项用诗活动,便是先秦诗学发生的背景、条件、氛围、环境。先秦有关诗的言论,大都可以依凭这些活动得到理解与解释。它们或者直接发生在这些活动之中,由这些活动抽引而出,或者虽可能发生在这些活动之前(如"诗言志"),却在这些活动中被改造、扭曲、变形。这种情况,影响了先秦诗学的性格,即偏重于读者而不重作者,偏重于接受而不重创造,偏重于实用而不重审美,在根本上不很合于诗的美学的、艺术的特质。这显然与前述先秦时代"实用理性"的思潮相关。大道多歧而亡羊。后面将述及的《诗三百》作者的创作自诉,那些最早的也最合于诗的审美特质的诗学言论,在这种时代精神中遭到埋没或变质。中国早期的诗学思想注定要受到一番实用精神的洗礼。由于先秦时期重视诗、运用诗、诠说诗的主要是儒家,因而先秦诗学主要是儒家的诗学,所谓"洗礼"也主要是儒家哲学、伦理精神的洗礼。这种诗学在尊儒崇经的汉代顺理成章地得到接榫,在汉儒解《诗》中得到更全面、系统、深入的发挥。而儒家思想始终是中国古代的正统思想，因而滥觞于先秦的诗学也始终是中国古代最正统的诗学。当然事情远非如此简单，随着诗歌创作经验的积累，随着各种思想的流行，随着时代精神的变迁，中国传统的诗学思想也汇合交融为一片广大、深邃、灿烂的汪洋。但要在这浩瀚中寻出最初的滥觞，要在这繁纷中理出一个头绪和端倪，又必自先秦用诗始。

先秦诗学中影响最深远的几个主要支柱是"诗言志"、"比"、"兴"、"知人论世"和"以意逆志"，以下的论析便围绕这几个支柱，置于用诗即"诗以言志"的背景展开。

三、诗人的创作自诉

不过我们还是从头说起，从被实用主义地引申发挥之前的纯粹诗论说起，即从诗人的创作自诉说起。所谓"诗人"，在先秦两汉皆特指《诗三百》或《诗经》的作者。即使在后世的特定场合与语境，也仍有这种特指意义。

其实，诗学思想与诗歌创作同步。诗歌创作从哪里开始，诗歌的理论也从哪里开始。这不仅因为创作本身便体现为一定的指导思想，而且诗人也往往在诗中流露甚至直陈自己的创作动机与观念，成为诗学理论最初的胚芽。"自始以来的诗人，多喜欢谈论自己的作品，把文学见解写入自己的诗篇。所以，人类自有了诗歌，雏型的文学理论便相偕出现。荷马在他的史诗卷首，向缪司女神呼求灵感。这种行为便暗示一种诗的创作理论——即是诗篇的形式乃是神赐灵感的结果。这种看法对于后世诗歌理论史，有其重大的影响。"（卫姆塞特、布鲁克斯《西洋文学批评史》）

此论也适用于中国古代。中国的诗歌发轫于何时，始出于谁口，犹如"江畔何人初见月，江月何年初照人"一样渺邈，无从回答。古人认为"自生民始"。是的,何时有了人,何时也便有了人的歌叹,虽然形式上极其简单、原始。不过真正可以称得上比较成熟的最初的诗篇,终究要推《诗三百》。在这些歌吟中,我们不时可以听到"诗人"的创作自诉。他们陈述着自己歌咏的动因与缘由,那常常是喜怒哀乐之情的驱策:

  心之忧矣,我歌且谣。(《魏风·园有桃》)

  岂不怀归?是用作歌,将母来谂。(《小雅·四牡》)

  君子作歌,维以告哀。(《小雅·四月》)

  啸歌伤怀,念彼硕人。(《小雅·白华》)

各诗的具体内容姑置不论,各诗的创作动因却分明可见:他们忧思,他们哀怨,他们伤感,他们忆念家乡的老母("谂"即"念"),他们怀想远方那位修长、美好的人儿(硕人)。愁苦出诗人,向来如此;诗缘情而发,向来如此。

  还有些创作自诉带有较多的冷静与理性的成分,较多的政治与伦理内涵,较多的讥刺与讽谏意味:

  维是褊心,是以为刺。(《魏风·葛屦》)

  夫也不良,歌以讯之。(《陈风·墓门》)

  家父作诵,以究王訩。式讹尔心,以畜万邦。(《小雅·节南山》)

  作此好歌,以极反侧。(《小雅·何人斯》)

> 王欲玉女，是用大谏。(《大雅·民劳》)

> 犹之未远，是用大谏。(《大雅·板》)

这些陈述，表明其诗多为不良政治而发，可谓"愤怒出诗人"，倾向于传统的"诗言志"说。诗人们讽刺那"偏心"者，责数那"不良"者，谴斥那反复无常（"反侧"）者，追究王者的过错（"讻"），讽谏那些缺乏深谋远虑、鼠目寸光的统治者。他们偶尔也用诗赞美贤者，但数量较"刺诗"为少：

> 吉甫作诵，其诗孔硕，其风肆好，以赠申伯。(《大雅·崧高》)

> 吉甫作诵，穆如清风。仲山甫永怀，以慰其心。(《大雅·烝民》)

二诗的作者均为周宣王时的大臣尹吉甫，作意均为颂美赠别，前首赞"申伯之德"，后首赞"仲山甫之德"。尤可注意者，二诗的创作自诉均已涉及诗的风格问题，如"孔硕"（宏大）、"肆好"（优美）、"穆（淳美）如清风"，虽极简赅，却为先秦诗论所仅见。

上述这些创作自诉，是真正的"诗言志"，绝无如同荷马那种对神赐灵感的呼求，而皆激发于现实生活；也断非神秘的迷狂状态，而是不乏理性的激情和充满激情的理性。盖"三百篇"的创作大抵在上起周初，下迄春秋中叶的五六百年间，"尊神事鬼"的宗教巫术时代已基本成为过去，弥漫于社会的是一种"尊礼尚施"的理性的人文精神。生活在此种文化氛围中的诗人们，其最初的文学思想虽稚气而单纯，却罕有古希腊诗人的宗教神秘之感。

上述的创作自诉都是真正意义上的诗论，是真正的"诗言志"。诗人不会造假，也用不着造假，初民时代的诗人尤其率真，他们无须曲说自己的作品，也无须把创作动机讲得冠冕堂皇。倘沿此理路径直延伸展开，中国古代诗学思想将会避免一段弯路。但实际上由于上节所述的历史机缘，这个理路直到魏晋时期方真正接上茬口。而在先秦，它却被曲折逶迤地引申到"诗言道"。

四、从"诗言志"到"诗言道"

"诗言志"作为一个命题正式提出最初见于《尚书·舜典》：

> 帝曰：夔，命汝典乐教胄子……诗言志，歌永言。

《舜典》晚出，虞舜时便有教诗之事更不足凭信，且既云"教诗"而非作诗，则"诗言志"仍当是"诗以言志"，此不难思而得之。但是，"诗言志"作为一种观念却出现甚早，远在用诗之前。前引《诗三百》作者的创作自诉其实即为言志。再以字形结构而言，"诗"古作"𧥋"，而"寺""志"古音皆从"止"，许慎《说文》则径以"志"释"诗"。据闻一多《歌与诗》考释：

> 志字从"业"，卜辞"业"作"𠱥"，从"止"下"一"，象人足停止在地上，所以"业"本训停止。……"志"从"业"从"心"，本意是停止在心上。停在心上亦可说是藏在心里。（朱自清《诗言志辨》引）

所以，"言志"的观念与"诗"字的成形同样古老。"诗"既为"言志"，"志"既为"藏在心里"，则诗所表达的，自然便是心灵的东西。心灵的东西包罗甚广，可以是意向、愿望、思想、怀抱，也可以是喜怒哀乐诸种情绪,所谓"情、志一也"。不过在先秦以至后世,"言志"往往侧重于指思想、意向、怀抱等,而与魏晋以后的"诗缘情"说有异。

"诗言志"的观念首先在春秋赋诗中蜕变为"诗以言志"。《左传·襄公二十七年》有一段赋诗的记载:

> 郑伯享赵孟于垂陇,子展、伯有、子西、子产、子大叔、二子石从。赵孟曰:"七子从君,以宠武(赵孟)也。请皆赋,以卒君贶,武亦以观七子之志。"子展赋《草虫》。赵孟曰:"善哉,民之主也!抑武也不足以当之。"伯有赋《鹑之贲贲》。赵孟曰:"床笫之言不逾阈,况在野乎!非使人之所得闻也。"子西赋《黍苗》之四章。赵孟曰:"寡君在,武何能焉!"子产赋《隰桑》。赵孟曰:"武请受其卒章。"子大叔赋《野有蔓草》。赵孟曰:"吾子之惠也!"印段(子石)赋《蟋蟀》。赵孟曰:"善哉,保家之主也。吾有望矣。"公孙段(子石)赋《桑扈》。赵孟曰:"'匪交匪敖',福将焉往?若保是言也,欲辞福禄,得乎?"
>
> 卒享,文子告叔向曰:"伯有将为戮矣。诗以言志。志诬其上而公怨之,以为宾荣,其能久乎?幸而后亡!"

此段记郑国七位大夫为晋执政大臣赋诗甚详。子展所赋《召南·草虫》,取其首章"未见君子,忧心忡忡。亦既见止,亦既觏止,我心则降"数句,以表对赵孟的悦服。伯有所赋《鄘风·鹑之贲贲》,内有"人之无良,我以为君"之句,当着宾客之面影射攻讦郑伯,以泄私憾。子西赋《小雅·黍苗》第四章,取其"肃肃谢功,召伯营之;烈烈征师,召伯成之"等句,以周宣王时的名臣召伯比况颂扬赵孟之德。以下所赋,率皆类此,除伯有外,其余均甚得体。赵孟也都心领神会，一一评判，并作出得体的回答。春秋外交赋诗酬答的情况，于此可见一斑。

值得注意的是范文子事后的评论，他明确提出"诗以言志"之说。此处之所谓"诗"，显指《诗三百》；"诗以言志"也显为以《诗》言志，借《诗三百》的篇章字句言自家之"志"。这个"志"也显然不是诗人触物所兴、披心沥诚的感情抒发，而是外交上的意向、愿望和虚与委蛇的酬酢周旋，即曾异所谓"此非诗人之情，而引诗者之情也"。这种外交场上宴乐声中的雍容赋诵、温文吟咏，绝不是对《诗三百》的审美欣赏，因为欣赏是离不开原诗固有的形象与感情体系的，而赋诗离此何啻千里！审美欣赏又是超越当下的实用态度，而以整个感情投入于诗的艺术境界暂且"忘我"的，而赋诗却充满着外交上人际间的利害与算计，小心翼翼、精精细细、冷冷静静地挑选适当得体的诗句，哪有审美欣赏的"兴致"！

由此可见，"诗以言志"与"诗言志"的实质内蕴已相距甚遥，但仍带有些许的感情因素，虽然这与原诗的本有感情了不相干。到了教诗，"诗言志"的观念再变而为"诗以导志"，就更加理性化、抽象化了。

教诗意在"导志"，从前引《国语·楚语》申叔时所谓"教之《诗》而为之道，广显德以耀明其志"已可明显看出。《楚语》还有"必诵志而纳之以训道我""临事有瞽史之道"等语，其中"道（导）"字之义大致相同，所用以"导"的也都是诗。而更彰明昭著的，是《周礼·春官·大司乐》所谓：

以乐语教国子，兴、道、讽、诵、言、语。

这是教诗、乐的方法与进程。"乐语"即歌词，亦即诗。"兴"是启发，郑玄注："道读曰'导'。导者，言古以剀今也。"《诗三百》是往古的诗篇，抒写的是往古的情志，应以之切合今日的现实，抽取某些可以为我所用的原则、义理，这便是"导"，即现在所说的引导、开导、诱导，亦即由诗的感性形象曲折地导向某种抽象的理性原则。"讽、诵"指背诵记忆，"言、语"是具体运用于议论、专对。

儒家私学中诗教的立足点当也是"导志"，可证之于《庄子·天下》篇：

> 其在于《诗》《书》《礼》《乐》者，邹鲁之士，搢绅先生，多能明之：《诗》以道志，《书》以道事，《礼》以道行，《乐》以道和，《易》以道阴阳，《春秋》以道名分。

话虽出于庄子之口，事却成于儒家之手，"邹鲁之士，搢绅先生"无疑是指儒者。"道"自然也读若"导"。犹"诗以言志"实为以《诗》言志一样，"诗以导志"也实为以《诗》导志。但《诗》到底如何具体"以导志"，《国语》没有讲，《周礼》没有讲，庄子没有讲，并连孔、孟本人也没有讲。不过我们可从《论语·八佾》找出一个极好的实例：

> 子夏问曰："'巧笑倩兮，美目盼兮，素以为绚兮'，何谓也？"子曰："绘事后素。"曰："礼后乎？"子曰："起予者商也，始可与言诗已矣。"

"巧笑倩兮，美目盼兮"二句出自《卫风·硕人》，"素以为绚兮"不知所出，但显然都是描写女色的，子夏、孔子也显然不会不明白此意。子夏要叩问的，是隐藏在这艳丽的诗句之后的深意。孔子答之以绘画，子夏由之领悟出"礼后"。按朱熹《论语集注》解释，即"礼必以忠信为质，犹绘事必以粉素为先"。这便是"导"的过程。

可见《诗》以导志、以《诗》导志,实际上就是以"道"导志,其中已隐然含有"诗言道"的意味。不过显然说出"诗言道"的,初见于《孟子·公孙丑上》:

> 仁则荣,不仁则辱。今恶辱而居不仁,是犹恶湿而居下也。如恶之,莫如贵德而尊士,贤者在位,能者在职,国家闲暇,及是时,明其政刑,虽大国必畏之矣。《诗》云:"迨天之未阴雨,彻彼桑土,绸缪牖户。今此下民,或敢侮予。"孔子曰:"为此诗者,其知道乎!能治其国家,谁敢侮之?"

文中引诗出自《豳风·鸱鸮》,原是一首寓言诗,借小鸟之口写弱者被凌辱损害之情及奋起御侮之心,却并无什么贵德尊士、选贤与能之类高深义理。说"为此诗者"即作者"知道",不管是否果真出于孔子之口,还是孟子的假托,都无异于说诗在"言道"。

但这里还不过是就几句诗立论,充其量不过是就一首诗立论,初非对《诗三百》性质的整体概括,更非对诗之为诗的特质的概括。到了荀子则又推进一步,盖春秋时公卿大夫引诗,往往根据内政外交之具体情势随机立义,而孔、孟、荀引诗,则皆指向儒家仁政礼治的思想体系,据以明道。特别是孟、荀引诗,常用"《诗》云……此(指所论之道)之谓也"的格式,明确地将诗与"道"联结、等同起来,诗即谓"道"。故《荀子·儒效》概括说:

> 圣人也者,道之管也,天下之道管是矣,百王之道一是矣,故《诗》《书》《礼》《乐》之(道)归是矣。《诗》言是,其志也;《书》言是,其事也;《礼》言是,其行也;《乐》言是,其和也;《春秋》言是,其微也。

单就《诗》而论，这段话所表述的思想其实很简单：《诗》是言圣人之"志"的，而圣人是"道"的枢纽和集中体现，圣人之志便是"道"。这样，"诗言志"的诗学观念与命题，经过用诗活动的几次"洗礼"，在儒家那里，便逶迤成为"诗言道"的哲学、政治、伦理、教化命题。"诗言志"所蕴含的活泼泼的个性，终于被异化为"诗言道"的普遍原则。这里的所谓"诗"，已经不仅是断章而来的个别诗句，不仅是偶然的个别诗篇，甚至不仅是一部《诗三百》，而是指整个的诗之为物；这里的所谓"言道"，已经不是赋诗、教诗、引诗中读者、用者的随机生发，而是作者的创作原则，是诗所应有的最终意蕴与主题。古代文论中所提倡的"明道""征圣""宗经"的原则，就是由荀子这段话发端和奠立的。到了"诗言道"，以儒家思想为主干的先秦诗学思想已经发展到终结与巅峰，再往下便是汉儒的以之解《诗》了。

五、从"断章取义"到"以意逆志"

上节所论是先秦用诗之旨及其演化，本节论先秦用诗之法，宽泛地说即读诗法，更宽泛地说，可以称之为文学批评的方法。这也有一个演化的过程。

对于《诗三百》各篇的本意亦即作者所言的"志"，先秦人无疑是了解的。汉人所津津乐道的古代采诗以"观民风""观风俗知得失"，虽因过分凿实而不免令人生疑，但《左传》确有"遒人以木铎徇于路"之说，《国语》也确有"风听胪言于市"之谈，皆指收集民间歌谣而言，则汉人的说法也不完全是捕风捉影，无根游谈。既然《诗三百》特别是《国风》多是抒情的民歌，那么采诗所"观"的无疑是人民的喜怒哀乐，必须对此作如实的理解与承认，方能准确地了解下情，了解政治得失，加以改进，否则不过是徒劳无益的自欺欺人。但是，在赋诗、教诗、引诗等用诗活动中，既然要以诗为我所用，为特定场合、特定论题的需要所用，便不能不舍"直解"而取"旁解"之法了。所谓"旁解"，这里便指"断章取义"。

断章取义是春秋赋诗的根本原则。《左传·襄公二十八年》记载卢蒲葵公然说："赋诗断章，余（我）取所求。"这便是"断章取义"四字之所自。由此也明显透露出时人对《诗三百》的本义原是了解的，而当用作外交辞令时，便不能不置原诗本义于不顾，而断取某些表面相关的诗句暗示某种外交意图和愿望。《国语·鲁语》称"诗所以合意"。要使别人的诗合于自己表达的意，则非断章取义而不可。以前引《左传·襄公二十七年》七子赋诗为例。有的是直接只赋某一章，其他从略，如"子西赋《黍苗》之四章"；有的所赋虽是全诗，但着眼点和立意仍仅在某一章，如其他六子所赋。外交赋诗所以能够成立，除双方对《诗三百》皆极其熟稔这个必不可少的前提条件外，还因他们都置身于同一个"场"中——这里是外交场，双方利害攸关，对外交情势和彼此意向都十分了解，能够"心有灵犀一点通"。将外交上的沟通、谅解、妥协乃至勾结用诗的形式加以暗示，含而不露，无疑比赤裸裸地和盘托出显得更优雅，更蕴藉，更不失风度，更富于外交色彩。这真是世界诗歌史和外交史上绝无仅有的奇观！

断章取义也是教诗、引诗的基本原则与方法。这也不难理解：教诗既旨在以"道"导志，而《诗三百》不尽合于"道"，甚至与"道"无关，那自然非断章取义、曲为发挥不可。不过在教诗中"断章取义"可称为"告往知来"，语出《论语·学而》篇：

　　子贡曰："贫而无谄，富而无骄，何如？"子曰："可也。未若贫而乐，富而好礼者也。"子贡曰："《诗》云'如切如磋，如琢如磨'，其斯之谓与？"子曰："赐也，始可与言诗已矣，告诸往而知来者。"

上节曾引《论语·八佾》子夏问诗一段，在那里子夏也被称赏为"可与言诗"，所以两段可以合观，只是本段孔子说明了"可与言诗"的原因，在于能够"告往知来"。所谓"《诗》以导志"的"导"，说到底便是"告往知来"。子夏问诗，孔子告之以"绘事后素"，子夏由之而悟"礼后"，此为由诗而知礼；子贡问处贫富之道，孔子告之以"好礼"，子贡由之而知诗。其实所"告"所"知"，皆与原诗了不相干。这便是"告往知来"、由此悟彼，这便是所谓"夫子循循然善诱人"，即"诱导"。二者均为断章取义，是一望而知无须细论的。教诗之"告往知来"，其指归在于体知，在于悟理，所依借的又是"断章取义"，所以绝不是审美的体验与感受，也不是对诗旨的探求。孔子在这里本就意不在论诗，而在论礼，算不上严格意义上的文学批评。

孟子进了一步。他在引诗、教诗、说诗的过程中，曾经提出两条重要的读诗、学诗的原则，成为诗学批评以至于整个文学批评的两个根本大法和金科玉律，这便是"以意逆志"和"知人论世"：

> 故说诗者不以文害辞，不以辞害志。以意逆志，是为得之。(《孟子·万章上》)

> 颂其诗，读其书，不知其人可乎？是以论其世也。(《孟子·万章下》)

这两个原则的可贵之处在于：第一，由断章取义、不顾全篇走向探讨全诗的主旨，探讨作者的本意。第二，揭示出正确的探讨方法。"以意逆志"是要求读者、批评家不拘牵于诗的文饰，也不迷执于语言的表达方式，能够透过文、辞的表面意义，用古今相通的情理，去深究作者志趣之真正所在。这可以说是坚守作品自身的"本文批评"。

但"以意逆志"最好有"知人论世"为前提。"知人论世"是要求了解作者的生平事迹及其所处的时世环境,方能准确把捉诗人之志。这属于"历史批评"和"社会批评"。这两个真正的、合理的文学批评方法的提出,显示出先秦文学理论与批评的长足进步。汉儒解《诗》,主要运用了"知人论世"之法;宋儒解《诗》,则主要运用了"以意逆志"之法。当然,由于各自的经学或理学的迷障,汉、宋儒者也并未完全说中《诗三百》各篇的本义。即使孟子本人,由于他执着于以《诗》明"道",由于他在具体引诗时仍为断章取义,因而并未坚守这两个原则。荀子也是如此。但是我们只要离开孟子的思想体系和说诗指归,则"知人论世""以意逆志"仍可奉为文学批评无可否定的圭臬。

由此顺而论及孔子的另一段名言:"《诗三百》,一言以蔽之,曰:思无邪。"(《论语·为政》)这是对《诗三百》的总体概括与价值评估,虽无重要的理论意义,但却有深远的影响,成为汉儒解《诗》的准则,是"《诗序》'发乎情,止乎礼义'之说所本"。这里存在着一个对"思无邪"的理解问题。在孔子的时代,有人认为《诗三百》是"有邪"的,如《左传·定公九年》引"君子"谓"苟有可以加于国家者,弃其邪可也。《静女》之三章,取'彤管'焉"。细玩"君子"语意可知,第一,他显然了解《静女》(《邶风》)作为情诗的本意。第二,他认为情诗是"有邪"的。第三,他认为只要有益于某种目的,可以摒弃其本意,仅取其中"彤管"二字。《诗经·邶风·静女》共三章,其第二章有"静女其娈,贻我彤管"之句,据说"彤管"是"赤管笔,女史记事规诲之所执"(《左传·定公九年》杜预注)。这是地地道道的断章取义。在主张"好德"、反对"好色"、倡言"放郑声"的孔子眼中,《诗三百》中《静女》一类为数不少的情诗是否有邪呢?孔子未曾正面评及,不好断言。但从孔子回答子夏问"巧笑倩兮,美目盼兮,素以为绚兮"的描写女色之句为"绘事后素"并肯定子夏"礼后"之悟来看,他显然是从明礼修身的角度加以引申而不作直解的,这无疑也是一种"弃其邪"的断章取义。既然任何诗句都可以"告往知来"地向"道"的方面引申发挥(先秦儒家诸子引诗正是如此),那么说《诗三百》一言以蔽地"无邪"亦无不可。我对"思无邪"的这种理解,其实主张"有邪"的宋儒朱熹早已说过:"彼虽以有邪之思作之,而我以无邪之思读之。"(《晦庵集》卷七十《读吕氏诗记桑中篇》)

孔子称《诗三百》"思无邪",古希腊哲人柏拉图则宣称要将诗人驱出"理想国",显然在他看来诗是大有邪的。不过柏拉图是以审美感动的眼光看待诗,认为诗能够炫惑摇荡人心;孔子则以理性抽绎的方法对待诗,认为诗有益于修身。——这才是二人根本差异之所在,也便是先秦所特有的"实用理性"的表现。

六、"比兴"观念的萌芽

"比兴"被朱自清称为中国古代诗论的又一个金科玉律。它是儒家诗论对于传统诗艺的重要奉献。但"比兴"特别是"兴",其含意十分复杂、多变。这是一个诠释学的问题,随着不同时代的文化思想、文学思潮的变迁和文学经验的积累不断地改变、充实、丰富着其内涵,也不断地混淆与缠夹,没有一个一成不变的定义,也没有什么标准答案,因为"比""兴"以及"赋"虽被称作《诗三百》的三种表现方式,但《诗三百》的作者们在自发地抒情言志时,头脑里并未横着这些观念,更未对此作出原始的界说。后人不过见仁见智,各为之说。"比""兴"二字连言虽首见于先秦典籍《周礼·春官》"(太师)教六诗:曰风,曰赋,曰比,曰兴,曰雅,曰颂",但第一,《春官》于此未作具体解释;第二,《春官》明言"六诗",同篇又有瞽矇"掌九德、六诗之歌"的记载,则"赋""比""兴"与"风""雅""颂"一样皆为诗体,至于"赋""比""兴"三诗何所指，为什么不见于今本《诗经》，甚至在其他先秦典籍中也毫无踪迹，这是一个极难解决的问题，笔者不敢臆断，只得存而不论。最早将"赋""比""兴"说成是三种表现方法的是汉人，且认为"比""兴"皆为譬喻，只不过有隐、显之分（详下章），因而后人统称"比兴"。"比兴"在后世经历了许多缠夹、变迁，但大都保存了譬况、象征的基本意义。汉承先秦之后，汉儒解《诗》与先秦用诗有一脉相承的联系，作为譬喻意义上的"比兴"说的萌芽，也同样植根于先秦赋诗、教诗、引诗等用诗活动中。

将诗篇中鱼虫草木鸟兽的景物描写看作是对某种义理、情志的比喻譬况，这种观念由来甚早。如《左传·文公七年》（前620）记载：

> 宋成公卒，……昭公将去群公子。乐豫曰："不可。公族，公室之枝叶也。若去之，则本根无所庇阴矣。葛藟犹能庇其本根，故君子以为比，况国君乎！"

乐豫的宏论我们姑置不论，唯着眼于其"葛藟"二句。"葛藟"（一种野生植物）指《王风·葛藟》开头"绵绵葛藟，在河之浒"的景物描写。"故君子以为比"，据杜预注为"谓诗人取以喻九族兄弟"，则"君子"指诗人自己。乐豫在这里无意中讲出了一个很有价值的诗歌理论，直接涉及诗人在创作过程中以比喻象征之法表情达意的问题。但先秦人却未沿此理路继续前行，进而探讨诗人创作构思和表现中种种微妙复杂的情况，而是掉转了一个方向，转而注目于用诗的方法。如前所述，赋诗的根本法则为断章取义，更进一层说，断章取义其实也绝非取所断章句的本义，而是取其比喻义。这是不言自明的。因为赋诗既然是"合意"，是"余取所求"，是借人家的诗句表自家之志意，二者原又风马牛不相及，用的自然必定是比喻譬况之法，特别是那种形象之句，尤为昭彰。这种例子在《左传》

中比比皆是，无须胪举。杜预注《左传》，于赋诗处每每注明赋者的比喻之意，与《诗经》毛传、郑笺中的"兴者喻……"，在方法上绝无二致，可以参看，此处不赘。尤可注意者，赋诗场合的当事人有时也明言出所赋的比喻之意。如《左传·襄公八年》晋范宣子出使鲁国，请其出兵助晋攻郑，席间赋《摽有梅》。《摽有梅》在《召南》，原意是以梅子的成熟与日渐陨落喻青年男女当相爱及时，范宣子则用以喻示及时出师。鲁执政季武子对此心领神会，当下表态："今譬于草木，……欢以承命，何时之有！""譬于草木"即以草木（梅）为譬，揭示出对方所赋的喻意。再如《左传·襄公十九年》季武子至晋答谢其出师攻齐，解鲁之困，范宣子为赋《黍苗》（《小雅》），取其首章"芃芃黍苗，阴雨膏之"等句，比喻大国理应保护小国，犹如雨露之滋润黍苗。季武子领会此意，连忙表示感恩戴德说："小国之仰大国也，如百谷之仰膏雨焉！"以一"如"字，点出对方的喻意。

所以，窃以为春秋赋诗的借诗为喻，是汉代比兴说的来源之一。

教诗、引诗也是其滥觞。即以教诗而言，《诗三百》中的许多篇章，特别是那些表达男女情爱的形象之句，如加以直解，对于青年学子的明道修身，很难想象会有什么教育价值，所以非加以引申譬况不可。引诗的以诗证理，大率也是如此，如子夏由"巧笑倩兮，美目盼兮"的美女形象引申"礼后"，孟子由禽鸟的"未雨绸缪"引申"知道"，显然都是比喻之义，而非原诗本义。孔子称赏子贡的"告往知来"，正是后人所说的"言在此而意寄于彼"的"比兴"的同义语。

由此我们再连及而专论"兴"。"兴"的问题极其复杂。在先秦，它本是诗教的用语，属于读者对诗接受的层面，汉人以"喻"释"兴"，并与"比兴"之"兴"相混，则属于诗的表达的层面。至于魏晋出现的"感兴"之说以及后世的精微发挥，这里暂不涉及。先秦诗教

"兴"的功用，以孔子所论最为明确，其《论语》之《阳货》《泰伯》篇曾分别说：

> 小子何莫学夫诗？诗可以兴，可以观，可以群，可以怨。

> 兴于诗，立于礼，成于乐。

"观""群""怨"且置不论，因为其诗学意义远不及"兴"重要，在文学批评史上影响远不及"兴"深广。"兴"的本意是"起"，在先秦典籍中常与"亡""衰"等对举。《国语·晋语》有云："昔者之伐也，兴百姓以为百姓也……今君起百姓以自封也……"其中"兴""起"互文。由此推想，也由逻辑上推想，前引孔子所说"起予者商也，始可与言诗已矣"中的"起"与"兴"同义，即"起发""启迪"，从而使思想、认识、修养得以提高与升华。此即"兴于诗""诗可以兴"。前引《周礼》"以乐语教国子，兴、道、讽、诵、言、语"，其中的"兴"，也是此义。而前引《国语》申叔时谓"教之诗……教备而不从者，非人也，其可兴乎"一段，可以说是孔子"诗可以兴"的绝好注脚。所以，汉儒包咸释"兴"为"起也，言修身当先学诗"（《论语集解》），无疑是确当的。但是，"兴"那种起发心志、提升人格的功效并非由诗句本义直接实现的，而是经由一系列联想引申、告往知来、由此悟彼的譬况功夫，如子夏之由美色而别悟"礼后"。因此，汉儒孔安国又释"兴"为"引譬连类"（同上），这也并非全无道理。可以说，"引譬连类"是"兴"的过程，"起"（提升）是"兴"的结果。唐人孔颖达合而言之，释"兴"为"取譬引类，起发己心"（《毛诗正义》卷一）。但他这里所释的是"比兴"之"兴"。可以说，从汉人孔安国到唐人孔颖达，皆将"兴于诗""比兴"中两个不同层面的"兴"缠夹混淆起来。"兴"的缠夹并非仅此一端，此不具论。

先秦时"比兴"说的萌芽,并不仅仅孕育在用诗活动中,也孕育在先秦人的思维方式中。这种思维方式一般不作纯粹的抽象思辨,而往往"立象尽意",以具体直观的形象譬陈、暗示、论证某种理念和思想,可称之为"取象思维"。这也是中国传统思维方式的特征。最典型的便是《周易》。《易·系辞上》说"圣人有以见天下之赜,而拟诸其形容,象其物宜,是故谓之象",又说"圣人立象以尽意,设卦以尽情伪",即以不同符号"象征"自然界天、地、雷、风、水、火、山、泽八种基本物质,又错综叠合演为六十四卦和三百八十四爻,也各有符号,称为《易》象,是对世界的具象的抽象或抽象的具象,用以"探赜索隐,钩深致远",推演测度宇宙的隐秘与人生的命运。《易》之象可通于诗之比兴,古人早有此论。如宋人陈骙《文则》:"《易》之有象,以尽其意;《诗》之有比,以达其情。文之作也,可无喻乎?"清人章学诚《文史通义·易教下》:"《易》象虽包六艺,与《诗》之比兴,尤为表里。"但《易》之象与诗之比兴仅是表面形式上的相似,二者有实质不同。《易》象只是"意"的表征与"筌蹄",得意可以忘象;诗中作为比兴的草木鱼虫等艺术形象,却是整首诗的有机构成部分,人们在阅读中获致的翁郁绚烂的诗意永远是与诗的艺术形象、画面、境界难分难解的。

另外,先秦时期的子、史著作,特别是战国之世的《孟子》《庄子》《荀子》《韩非子》以及《战国策》等,层出不穷的比喻,出人意表、引人入胜的故事、寓言,其实也皆是用以"尽意"、证理的"象",也属于取象思维,也同样给汉人的比兴说以影响与启迪。早在唐代,史学家刘知幾《史通·别传》便说:"战国之时,游说之士,寓言设理,以相比兴。"章学诚《文史通义·易教下》亦谓"战国之文深于比兴,即其深于取象者也"。

故谓:汉人的"比兴"观念,萌生于先秦。

七、"天":庄子的"潜诗学"

我将先秦那种虽非论诗而理通于诗,对于后世诗学有深远影响的思想与言论,称为"潜诗学"。其实,《易》象与"传"、子史著作中有关"譬喻"的论述与实践,皆属"潜诗学"。即使孔子"吾与点也"的称赏与"逝者如斯"的感慨以及孟子的"浩然之气",也都有诗学的因素,但这不是他们诗学思想的主流。在先秦最富有"潜诗学"意义的,还应数老庄道家思想,特别是庄子。

就影响于后世诗学的角度来说,如果要在庄子复杂的思想体系中抓出一个提纲挈领的要害与核心,那便是"天"。《荀子·解蔽》指责庄子"蔽于天而不知人",向来被认为是精当之论,那么即使以"天"概括庄子的整个学说,恐怕也未必为过。在庄子那里,"天"与"道""真""自然""素朴"等是同一层次的概念,都指人或事物的本然的、原初的、自然而然的状态。在这方面,"天"与"人"相对。"人"指人为、人工、人的智慧和机心、人的精神和物质文明等等,它们破坏了人和事物的本真与自然,产生了虚伪与矫饰。《秋水》篇说:

> 牛马四足,是谓天;落马首,穿牛鼻,是谓人。故曰:无以人灭天,无以故灭命,无以得殉名,谨守而勿失,是谓反其真。

牛马四足,天生如此;络马笼头,穿牛鼻绳,则是人的机心对牛马的戕害与统驭,是"以人灭天",毁坏其"真"。这个譬况意在说明,任何身外的约束、造作(故)、追求(贪),都是对天赋(命)的真性灵的扭曲与损伤。在庄子看来,凡是天然的都是合理的,哪怕出于善意的改造也要不得。《应帝王》篇的"浑沌"天生没有七窍,"儵""忽"二帝为了报答他盛情款待的恩德,为之凿七窍,结果"七日而浑沌死"。不应当以"人"的应然之理对待事物的本然之性,而要"尽其所受于天",保持其自然状态。"真人"应"以人受天""以天合天",不"以人助天"。这些思想,与《老子》"人法地,地法天,天法道,道法自然"是一致的,庄子看到文明的发展、智慧的进步对人性的异化,便连同文明、智慧一道反对,既有谬误的一面,也有历史的合理的一面。

庄子主张"法天贵真",反对"以人灭天"的思想,在很大程度上是针对儒家的"礼"而发的。"礼"本是用以规范和"雕琢"人的性灵的,犹如"落马首,穿牛鼻""凿七窍"一样属于本然之外。因而,他在《大宗师》篇对儒家的"世俗之礼"作了尖刻的揶揄,又在《渔父》篇中将"礼"与"真"明确对立起来:

> 真者,精诚之至也。不精不诚,不能动人。故强哭者虽悲不哀,强怒者虽严不威,强亲者虽笑不和。……礼者,世俗之所为也;真者,所以受于天也,自然不可易也。故圣人法天贵真,不拘于俗。

禀有"真"者,会发为真性情,真歌哭,真喜怒,因而也能真感人。礼是"节情"的。遵行"礼"者,他的喜怒哀乐服从"礼"的框架与分寸,不得逾越。这样,情便受制于礼,内容便受制于形式。本书上篇题为"情礼冲突",这冲突便在此处初露端倪。

但运用到诗学思想上,还要加以解释与引申。"礼"是儒家思想中人的存在方式,也是诗的存在方式。孔子要求"兴于诗,立于礼",由诗兴发出来的思想必须严格地立于"礼"的规定上,从"巧笑倩兮"等诗句要悟出"礼后",因而汉儒由之引申出"发乎情,止乎礼义"之论。从诗学方面看待道家思想,却存在着许多"吊诡"。首先,庄子既然反对人为,而诗也是一种人为,故他顺理成章地也否定《诗》《乐》。第二，庄子又是一个"无情"论者，他认为"人故无情"。但他所说的"无情"是指"不以好恶内伤其身"，应当"常因自然而不益生"（《德充符》）。也就是说，他所反对的是物欲追逐而有损身心的情，却不反对自然而然的情。当然，这种天然的情也不应受到礼的约束。情是诗的第一要素。如果把庄子的上述思想用之于诗学，那么诗便应是抒情的。这种情是天然的真性情，既不受外在规范的限制，也不应因为物欲的得失而滥情，在"纵情背礼"的魏晋玄学风气中，人们片面发挥了庄子的思想，使情礼冲突益发突出起来。

从诗的形式上说，庄子思想也存在"吊诡"。他既然扬"天"而抑"人"，主天然而反人为，必然引向"灭文章，散五采"（《胠箧》），宣称"朴素而天下莫能与之争美"（《天道》）。但另一方面，他既然实际上不反人的真情，那么用之于诗学，抒情必然引出文采，犹如"缘情"必然引出"绮靡"，他的著作本身便既有强烈的"情"，又有绚烂的"采"。同时，他既然主张天然，而天地间天然就充满云霞花草等"文采"。《文心雕龙》以"自然之道"主文，大致就是从老庄这些思想引发出来的。

庄子思想的"吊诡"而影响于诗学的，还有艺术技巧问题。一方面他反对人工、人为，反对"以人助天"，由之必然引申出反对艺术技巧。但另一方面他又经常津津乐道"巧""技""术""数"等。原来他听说的那些过人的技巧皆是合于"天""道""自然"的，用现在的话说，皆是合于事物自身的客观规律与奥窍的。他经常讲述这类巧艺的寓言故事。在"庖丁解牛"中，他描述了那"砉然向然，奏刀騞然，莫不中音"的近乎艺术的劳动，然后借庖丁之口说：

> 臣之所好者道也，进乎技矣。始臣之解牛之时，所见无非全牛者。三年之后，未尝见全牛也。方今之时，臣以

神遇而不以目视，官知止而神欲行。依乎天理，批大郤，导大窾，因其固然，技经肯綮之未尝微碍，而况大軱乎！（《庄子·养生主》）

庖丁（实即庄子）之所谓"道"，指事物"固然"的、本有的客观情状与规律，落实到牛身上，便是其骨骼的结构，脉络的组织，天然的纹理（"天理"）等。刀子必须依从这些自然之理，在牛身的缝隙间运行，方能游刃无碍。所谓"以神遇而不以目视，官知止而神欲行"，便建立在对"道"即客观规律熟练把握，烂熟于心的基础上。儒家讲"有道者必有文"偏重于人的心性修养和理想抱负，具有高尚节操、纯正义理便会自然发为好文章，因而将"道"与"艺""技"对立。在庄子那里，"道"与"技"是统一的，"技"是对"道"的遵循与把握，"道"可以直接"进乎技"，庄子的这类思想，也体现在"痀偻承蜩""梓庆削木为镰"等寓言故事中。在那里，这些高超的技艺来自"以天合天"，使规律合乎其自身的客观性和本然状况，而不是想当然地主观臆测，盲目从事。在诗学思想史上，宋人是以重视法度著称的。"法"便是"技"。另一方面，流行于宋代的理学又汲取融贯了释、道思想。宋代诗人和诗论家也分明知道，单纯讲"法"讲"技"会流于支离烦琐不得要领，因而力求"技进乎道"，从具体法度技巧入手进而领悟、达到诗的行云流水状态，"技进乎道"成为宋代诗学思想的主潮，这种思想显然来自庄子，并略加改造。

庄子之"天"是与人文相对立的，是与人类文明的进步相对立的。他痛恨社会文明所带来的人性异化、扭曲、戕害的恶果所带来的机心、物欲与争斗，因而呼唤"遁世"，走向大自然，自称"山林与，皋壤与，使我欣欣然而乐与"（《知北游》），因为山林皋壤在当时还是人类文明、机巧、争斗尚未覆被污染的"自然"存在。他还呼唤走向蒙昧原始的时代，在那里"同与禽兽居，族与万物并"。那是"至德之世"，没有君子、小人之分，人们皆"无知""无欲""素朴"。"素朴而民性得矣"（《马蹄》），即恢复、保持人的本性。这些思想，是后世隐逸之风的来源之一，并影响于山水田园诗的情调与风貌。

在这些方面，道家与儒家有很大差异。与道家相反，儒家的孔子声言"鸟兽不可与同群"（《论语·微子》），他所指斥的便是隐者的生活；孟子说"舜之居深山之中，与木石居，与鹿豕游，其所以异于深山之野人者几希"（《孟子·尽心上》），也流露出对原始生活的否定。他们都将"人"与"天"分别开来，对人类社会文明的进步持肯定态度。儒道两家均讲"天人合一"，但在儒家是有条件的合一，在道家则是无条件的、直接的合一，泯没天、人的差异，认为天、人无别，人是天的一分子。因此庄子大谈"物化"，大谈"乘物以游心"，大谈"天地与我并生，而万物与我为一"，大谈"独与天地精神往来"，这些思想在哲学上的是非且置不论，在诗学上的影响却十分深远。

庄子本非论诗而通于诗理的"潜诗学"，就其大者而言，主要是如上所述，其他不能一一具论。但不能把庄子对诗学思想的影响过分夸大。庄子的人生态度有审美的成分，但从根本上说他是执着于现实，愤疾于现实，绝没有真正超越现实的利害关系。不能认为儒家诗学只讲伦理教化，而将审美理论完全归之于释、道的影响。诗的审美理论，诗的精微探讨，是许多方面的合力共创，其中最重要的是诗学本身的相对独立性和经验的积累总结，它有时不过借用了某种哲学思想的命题、表述而已，但思想成果却是在自己的园田所开垦、耕耘、收获来的。

八、骚人的创作自诉

在先秦，逗漏出诗学思想中"情礼冲突"端倪的另一体现，便是骚人的创作自诉及其作品自身。这种冲突，固然有当时南方文化与中原文化差异的底蕴，但更主要的原因是：诗人的审美态度必然与儒家的实用态度相扞格。

战国后期，当《诗三百》的真精神遭到阉割扭曲之时，从南国江汉传出真诚激越的新声，这便是屈原、宋玉等人的《楚辞》作品，其中以《离骚》为代表，故这些作家也被称为"骚人"。屈原是政治家，更是诗人，他的诗篇都是侘傺失意的歌唱。宋玉则是一位纯诗人型的作家。在他们的作品中，犹如《诗三百》一样，也有对自己创作动机、原则、方法的陈诉。这些陈诉自然不会有断章取义的曲解，是真正意义的诗论。

屈原创作自陈的最大特点，便是特别突出地强调了诗的抒情性，从"诗人"的创作自诉到"骚人"的创作自诉，似乎预演了一番从"诗言志"到"诗缘情"：

惜诵以致愍兮，发愤以抒情。所作忠而言之兮，指苍天以为正。（《惜诵》）

心郁郁之忧思兮，独永叹乎增伤。……结微情以陈词兮，矫以遗夫美人。（《抽思》）

申旦以舒中情兮，志沉菀而莫达。愿寄言于浮云兮，遇丰隆而不将。因归鸟而致辞兮，羌迅高而难当。（《思美人》）

微霜降而下沦兮，悼芳草之先零。聊仿佯而逍遥兮，永历年而无成！谁可与玩斯遗芳兮，长乡风而舒情。（《远游》）

诗人郁结胸中的忧思是沉重的，那是对故国行将沉沦的震怖，是对他所爱怨交织的君王迷而不悟的忠愤，是众人皆醉唯我独醒的无可告白的巨大寂寞感和孤独感，因而他非诉之于诗不可，非"发愤""申旦"地抒情宣泄不可。他向着长风急飚呼号,向着流云飞鸟申诉，发出震耳惊心的宏音。这样，他的诗篇便具有了强烈的感情性。尽管如此，他仍深感人莫我知，悲苦无名，衷情难诉，只得上天下地，诉之于苍天，陈之于神明，从而使他的诗篇又富有奇谲迷离的想象驰骋。他还写道：

> 结撰至思，兰芳假些。人有所极，同心赋些。（《招魂》）

他要借助玉兰芳草这些美好形象，映衬他深挚忠贞的情怀。他的作品充满美人香草的象征与托喻，惊采绝艳的华藻。所有这些，都与当时远离诗的情感、形象的歪曲抽象和实用诗论大异其趣。总之，屈原别开了一个无比瑰丽的诗世界，别创了一种芬芳悱恻的诗精神，长久地滋润诗苑，衣被诗人。

宋玉也是一位才情洋溢的诗人。"悲哉秋之为气也，萧瑟兮草木摇落而变衰，憭栗兮若在远行，登山临水兮送将归"，他的这首悲怆的《九辩》，唱出了第一首文人气息浓重的悲秋之歌，虽非直接论诗，却成为魏晋感物兴情的诗论之先声。

李泽厚认为，影响于中国传统美学思想的是儒、道、骚、禅。这是极有见地的。诗学思想尤其如此。人们注意到儒、道、禅的影响，却往往忽视了"骚"，其实"骚"即楚辞由于艺术上的成功，由于其深情浓采的艺术风貌，由于其直接的示范作用而不需要哲学思想向文学创作转换的中间环节，其影响更加有力些。可以说从汉魏到齐梁，楚骚原则占了诗坛的主流。这种原则与正统儒家的诗学精神相互扞格，因而引起了长久的《诗》《骚》之辨。只要看看从汉到唐人们如何挑剔、贬抑楚骚，就可明白其中的缘由了。

汉代第二章　主文谲谏

一、题解

"主文谲谏"四字出自《毛诗序》("大序"):

> 上以风化下,下以风刺上,主文而谲谏,言之者无罪,闻之者足以戒,故曰风。

所论虽仅为"六义"之"风",但对于作为民歌的《国风》的理解、解释、引申,最能体现汉人观察问题的视角与方法,也最能体现当时的时代精神与艺术精神。后世——包括现代,由时代精神和文学思潮所引发的对《诗三百》理解与解释的改变,也每每首先在"风诗"中显示出来。《郑笺》释上述一段引文为:"风化、风刺,皆谓譬喻不斥言也。主文,主与乐之宫商相应也。谲谏,咏歌依违,不直谏。"《毛诗序》受《乐记》影响,由乐入手以论诗,此段的上文即为"情发于声,声成文谓之音",故郑玄也以音乐的声调旋律释"文"。朱熹则径直释为"主于文词而托之以谏"(吕祖谦《吕氏家塾读诗记》卷二引),将声调旋律置换为相应的歌词。本章取朱说。"文"即文词、文采,主要指《诗三百》中的景物描写,所谓"鸟兽草木,诗之文也"(王令《王令集》卷十六《上孙莘老书》)。文生于情,所谓"情发于声,声成文"。"谏"是文的落实处,是汉儒解《诗》、用《诗》的归宿。"谏者,正也,谓陈法度,以谏正君也。"(王逸《楚辞章句·七谏序》)"以谏正君"即以道制势,并通过"正君心"以正天下。"谏"的最好方式是"谲谏"即若即若离、婉委巧妙地谏诤,亦即"譬喻而不斥言",这便是"比兴",也便是"温柔敦厚"。诗中草木鱼虫鸟兽的景物描写,便起着比兴谲谏的作用。这样,在"主文谲谏"的命题中,便涵括了情志、比兴、讽喻、温柔敦厚等汉代诗论的要旨,体现了汉代诗学思想的主流。

二、通论:以"经"解《诗》与诗学之演进

倘说先秦诗学思想滥觞于各种方式的用《诗》,汉代诗学思想演进则根柢于儒者解《诗》。

先秦用诗,无论是外交场上的赋诗言志,官学、私学中的教诗修身,抑或言论、著作中的引诗明理,皆立足于实用,根据彼时彼地当下眼前的实际需要断章取义,随机立说,而不顾诗人的原意和诗篇的主题。可谓有读者,无作者;有断章,无全篇。由之引申出的论诗的片言只语,也多带有实用的性质。不过其中孔子的"思无邪"说、伪《尚书·舜典》的"诗言志"说、荀子的"诗言道"说,以及孟子的"知人论世""以意逆志"之法,虽然也根柢于断章取义的实用,但作为一些抽象的原理、原则,毕竟涉及诗的本义问题,因而为汉儒所承袭,成为他们解《诗》的法则,显示出儒家诗学思想的连贯性。

解诗,顾名思义,就是要对诗篇的本义作出力求准确的理解、诠释与评价,这就完全不同于先秦的断章取义。解《诗》所以大行于汉代,与《诗三百》地位的提升有关:从此,这些寻寻常常的诗篇获取了一顶神圣的"经"的桂冠,号称《诗经》。当然以《诗》为经并不自汉代始。《庄子·天运》篇云:"孔子谓老聃曰:'丘治《诗》

《书》《礼》《乐》《易》《春秋》六经，自以为久矣。'"可知早在先秦，《诗三百》已列为六经之首。但那只是儒者一家之经，其他诸家并不认同。可以想见，经师们的解《诗》、传《诗》活动也必定早已存在于先秦，但那时并未得到诸侯的青睐，在秦时更冒着被坑、焚的威胁。汉代尊儒崇经，儒学成为社会意识形态，六经成为修齐治平的法典，对于《诗经》也便需要一个较为稳定、统一的解释，而不宜随机立义，篇无定说，于是齐、鲁、韩、毛四家《诗》便应运而出，形成各自的解释系统，师法、家法世代相传。《齐诗》有《齐后氏故》《齐后氏传》等，《鲁诗》有《鲁故》《鲁传》等，《韩诗》有《韩故》《韩内传》《韩外传》等，《毛诗》有《毛氏故训传》等。根据唐人颜师古的解释，"故者，通其指义也"（《汉书·艺文志》注），"凡言传者，谓为之解说"（《汉书·楚元王传》注）。也就是说，上述各家之书有一个共同的目标：探寻和规定《诗经》各篇的主题思想。另据魏源、王国维等人的看法，四家《诗》各篇原皆有序。"书序者，序所以为作者之意。"（孔安国《尚书序》）作者之意，自然也便是作品之旨。齐、鲁、韩三家在汉时皆立为学官，《毛诗》后出，终汉之世未得立，仅在民间流行。但是大约因为《毛诗》逐渐吸收融合了三家之长，又较为系统严密，能够适应后世的需要，故它的序、传、笺较为完好地保存下来，流传至今。其他三家皆前后亡佚：《齐诗》亡于三国，《鲁诗》亡于西晋，《韩诗》亡于北宋。

理解与解释原本就具有个人性，所谓仁者见仁，智者见智，四家《诗》有不同的"故""传"也不足为怪。但是不管它们的解释有多少具体的差异，甚至"离若吴越"，不管各家如何自以为最得圣人的真传，是唯一正确、权威的解释，彼此断断相笑，左右佩剑，互不相下，其实在体现汉代共同的时代精神方面却是"合若肝胆"，"其归一也"。《毛诗》今传，我们可以了解它的旨趣；三家流行于汉代，汉人著述及《汉书》《后汉书》所记载的疏奏中的引诗论事，凡涉及诗的主旨的皆用三家义，我们也可以了解它们的旨趣。只要将这两个方面相互对照比勘，便会发现各家的精神实质和归趣皆是一致的。本章引文既有《毛诗》系统，也有三家之说，并无什么龃龉不合，因而不复一一指明所出某家。清人程廷祚《诗论》谓"汉儒言诗，不过美刺二端"（《青溪集》卷二），当是通四家而言之的。要之，四家共同的归趣可以一言以蔽，曰：以"经"解《诗》。

"经"并不是"白首死章句"的迂儒案头的装点和口中的炫耀，它是用来"经世务"的"经济策"，是"恒久之至道，不刊之鸿教"，是"经常所秉以治天下者也"。指导政教方略和伦理行为，是它的题中应有之义。通经旨在致用，因此汉儒的以"经"解《诗》，归根结底还是以"用"解《诗》。汉代诸经，各有其用，用清人皮锡瑞《经学历史》的话来说，即"以《禹贡》治河，以《洪范》察变，以《春秋》决狱，以《三百五篇》当谏书"。"以《三百五篇》当谏书"原出汉儒王式之口，见于《汉书·儒林传》，是汉人用《诗》的根本落脚点。但汉人的以《诗》为用与先秦的不同之处除集矢于"谏"外，还有一个重大的改变，即由断章取义为用转为全篇之义为用。如《汉书·武五子传》：

> 初，（昌邑王刘）贺在国时，数有怪。……（郎中令龚）遂叩头曰："臣不敢隐忠，数言危亡之戒，大王不说。夫国之存亡，岂在臣言哉？愿王内自揆度。大王诵《诗》三百篇，人事浃，王道备，王之所行中《诗》一篇何等也？大王位为诸侯王，行污于庶人，以存难，以亡易，宜深察之。"

这便是"以《三百五篇》当谏书"，并且是以全篇之义为谏，因为所谓"中《诗》一篇何等也"，即指行为上合于《诗经》哪一篇的"人事""王道"，这显指全篇之义，而非断章之义；这种"谏"所以可能生效，是建立在对方对《诗经》各篇主旨了若指掌的基础上，可以发生理解与沟通。汉儒解《诗》对各篇主题的诠释与规定，恰巧为"谏"提供了张本。或者反过来说，由于理解与解释具有历史性，汉儒解《诗》正是适应了"谏"的政治需要。从这个角度上说，汉儒的以"用"解《诗》实际上是以"谏"解《诗》。

"谏"是一个古老的观念，而尤为汉人所重视。汉人之学，承自荀子；荀子之学，以"礼"为主；荀子之"礼"，具有"法"的强制性质，所谓"礼者，法之大分，群类之纲纪也"（《荀子·劝学》），所谓"故学也者，礼法也"（《荀子·修身》）。承长久礼崩乐坏的战国与二世而亡的秦朝建立起来的大汉帝国，正是要建立一种合于"礼"的社会政治秩序与伦理关系。而"谏"既是维护礼的手段，又是礼的重要内容。《周礼·地官》有"司谏"之官，郑玄注曰："谏犹正也，以道正人行。"又有"保氏"之官"掌谏王恶"，郑玄注曰："谏者，以礼义正之。"《大戴礼记》有"五谏"之说。"谏"的矛头是指向君上的，因为他们是社会政治伦理秩序的核心，其行为有不令而行的示范作用。"谏王恶"即以道制势——以儒家之道抑制统治者过分膨胀的权欲，而带头遵行礼的规范。从这个角度上说，汉儒以谏解《诗》实际上又是以礼解《诗》。

《诗经》所以能够成为"谏书"，是因为在汉儒看来其中有美有刺。诗人颂美君上的善政，也讥刺他们的恶行。美、刺既是诗之体，是诗人的作意，又是诗之用，是士大夫在现实政治生活中用以劝谏君上的依据——他们劝导君上遵行诗人之所美，而谏阻君上陷入诗人之所刺，即以美诗为典范，以刺诗为警惧。《汉书·楚元王传》载刘向上疏，引《小雅·角弓》的"刺幽王好谗佞"，以谏楚元王用人失当，其中说："夫遵衰周之轨迹，循诗人之所刺，而欲以成太平，致雅颂，犹却行而求及前人也。"这是以刺诗为谏的例子。又载：

> 久之,(楚元王)营起昌陵,数年不成,复还归延陵,制度泰奢,向上疏谏曰:"……周德既衰而奢侈,宣王贤而中兴,更为俭宫室,小寝庙,诗人美之,《斯干》之诗是也。"

汉人认为《小雅·斯干》是歌颂周宣王节俭的,故以之讽谏楚元王的奢侈。这是以美诗为谏的例子。"谗佞"也罢,"泰奢"也罢,自然都是不合"礼"的行为。从这个角度上说,汉儒的以谏解《诗》又可以具体化为以美刺解《诗》。

这便是汉儒以经解《诗》的大致思路和现实根据。

显然,以经解《诗》存在着矛盾,《诗经》这个书名本身便存在着矛盾。《诗》不是"经",它是审美的文学作品。"三百五篇"是往古时代的先民们触发于自然与社会现象的兴之所至的抒情言志,至少在他们吟咏歌唱的那一时刻,不存在实用的打算与利害的计较。特别是《国风》以及大、小《雅》中的部分篇章,多是日常生活、劳动、爱情的咏叹,更与美刺无涉。"经","经邦纬俗",完全是一种实用的政治伦理行为。以经解《诗》,就上述的指归来说,虽然有其合理的历史缘由和厘正政教、制约君上的良苦用心,但却不尽符合《诗三百》的本意,造成对诗意的牵附扭曲,穿凿阉割。将"经"与"诗"扭结到一起,便是将实用与审美扭结到一起,将伦理与艺术扭结到一起。但从另一方面说,汉人解《诗》的眼光虽是经学的,但其解释的对象毕竟是文学作品。理解与解释无法完全脱离其对象的规定性。故汉儒解《诗》既有经学的指归,又有文学的因素。由之引申出的文学原理、原则,也存在着这两个方面的内涵,必须结合当时的思想文化具体分析,不宜一概肯定或一概抹杀。要之,"经"与"诗"的矛盾,是汉代诗学思想的根本特征。

别林斯基尝论德国诗歌:"德国诗歌是和哲学并行发展的,因而,它在内容方面得到许多好处，可是它在形式方面却大有损失，变成了哲学概念的某种诗情发展，沦为象征和讽喻。"（《玛尔林斯基全集》，《别林斯基选集》第二卷，上海文艺出版社，1963）移此以评汉代诗学思想，倒是颇为适宜的，不过应改为：汉代的诗学思想是和汉代经学并行发展的。其得也失也，也皆蕴于此。

尽管如此，汉代诗学思想的演进是显而易见的，演进的关键便在解《诗》，由先秦各取所求、不问作者的断章取义转向探求全诗的本义，这就引出了作者及其创作——作者的时世，作者的遭逢，作者的情志，作者的表达方式。这是一个不可小视的重大进步，是后世作更加深入细微探讨的新起点。

三、时世—情志—美刺

汉代诗学思想还有一个特点，在那里，作诗、解诗、用诗是三合一的。时世—情志—美刺，既是汉儒所认为的诗的创作过程，也是读者（君上）对诗的接受过程，同时又是解诗的程式。从创作方面说，或良或窳的时世引起诗人或乐或怨的情志，然后发为或美或刺的主题思想。接受的过程正好相反，它以创作的终端作为起点。君上首先了解诗的美刺之旨，然后循此了解诗人的喜怒哀乐之情，再上溯引起某种情绪的时政的良窳隆污，在此基础上对照与反思自己的政策与行为，是循诗人之所美呢还是行诗人之所刺。"文变染乎世情，兴废系乎时序"（《文心雕龙·时序》）、"缀文者情动而辞发，观文者披文以入情"（《文心雕龙·知音》），创作与接受本就具有逆向同构性，所以上述两个过程并没有原则的错误。关键在于解释。汉儒解《诗》力图将创作与接受沟通起来，把古与今沟通起来，使好的传统得到延续，这也无可厚非。但他们过分执着于"古为今用"，一味立足于"谏"的需要，不仅使复杂的创作过程简单化，而且造成牵强附会。

《毛诗序》云："治世之音安以乐，其政和；乱世之音怨以怒，其政乖；亡国之音哀以思，其民困。"这无疑是上述公式的理论基础。郑玄《诗谱序》对此发挥尤为具体：

> 文、武之德，光熙前绪，以集大命于厥身，遂为天下父母，使民有政有居。其时诗，《风》有《周南》《召南》，《雅》有《鹿鸣》《文王》之属。及成王，周公致太平，制礼作乐，而有颂声兴焉，盛之至也。本之由此风雅而来，故皆录之，谓之诗之正经。
>
> 后王稍更陵迟，懿王始受谮亨齐哀公，夷身失礼之后，邶不尊贤。自是而下，厉也，幽也，政教尤衰，周室大坏。《十月之交》《民劳》《板》《荡》，勃尔俱作，众国纷然，刺怨相寻。五霸之末，上无天子，下无方伯，善者谁赏，恶者谁罚，纪纲绝矣！故孔子录懿王、夷王时诗，讫于陈灵公淫乱之事，谓之变风变雅。以为勤民恤功，昭事上帝，则受颂声，弘福如彼；若违而弗用，则被劫杀，大祸如此。吉凶之所由，忧娱之萌渐，昭昭在斯，足作后王之鉴，于是止矣。（《毛诗正义》，《十三经注疏》本）

前者说的是美诗，它们产生于文、武、周公等政治清明的时代；后者说的是刺诗，它们产生于懿、夷、厉、幽诸王政治衰坏的时代。诗歌之道，与政相通。这种思想并非《毛诗》传人的独特发明，今文经学家董仲舒、古文经学家刘向皆有类似表述，可见是汉人的普遍思想。汉人所以如此重视史，是为了以道制势的需要。但道、势相较，道虚而势实，道不敌势。为了加强道的权威，他们抬出两个思想武器，一个是"天"，一个便是"古"，或尊天以争，或引古以争。董仲舒《春秋繁露》称为"奉天而法古"，又在"天人三策"中说"臣谨案《春秋》之中,视前世已行之事,以观天人相与之际,甚可畏也"（《汉书》本传）。君主作为"天子",天意自然是不可违抗的；而往古盛衰得失的经验教训,也不好漠然视之。在解《诗》中虽然也有尊天以争之意,如所谓"昭事上帝"云云,但《诗经》毕竟是古人的作品,吟唱的是往古之事,而且孟子早就有"《诗》亡然后《春秋》作"之论,认为《诗》也是史,与《春秋》同一功用,因而更偏向于引古以争,以"前王"政教的或盛或衰在诗篇中或美或刺的反映作为"后王之鉴"。观郑玄所谓"劫杀""大祸"云云,简直是振聋发聩的晨钟暮鼓甚至恫吓威胁,这种思想也来自董仲舒。儒者嫉恨不良政治和暴君虐王,意欲致太平的良苦用心和曲折手法,可谓殷切之极！

这种引古以争、以史明诗的方法,来自孟子"知人论世"之说。从文学批评的角度上说,属于历史—社会批评。这种"外批评",恐怕在任何时候也不能否定,因为人总不能脱离时代与社会,而"独与天地精神往来"。《毛诗序》（"小序"）在具体解诗实践中坚执此种方法,对每篇都简要说明其时世与作意,其中有说得比较好的,如：

> 《鄘风·载驰》：许穆夫人作也。闵其宗国颠覆,自伤不能救也。卫懿公为狄人所灭,国人分散,露于漕邑。许穆夫人闵卫之亡,伤许之小,力不能救,思归唁其兄,又义不得,故赋是诗也。

> 《秦风·黄鸟》：哀三良也。国人刺穆公以人从死,而作是诗也。

其中有作者——在《载驰》是许穆夫人,在《黄鸟》是"国人"；有创作背景——前者是当卫国为狄人侵凌蹂躏之时,后者是秦穆公以大臣殉葬之事；也有创作动因——前者是许穆夫人哀伤故国沉沦而又无能为力的伤怀，后者是国人对暴君人莫予毒的愤慨和对贤者无辜殉身的哀悼。二者皆有史料作依据，合于历史真情，而非无端臆说。读者以此为导引，自可入于诗意的堂奥，在咀嚼回味之余，与诗人的情绪发生同感与共鸣，并从而作出理性的判断。

但《毛诗序》的一律将诗系于某王某公，根据其人的或贤或暴规定诗旨的或美或刺，《诗谱》的一律将诗系之于时世，根据其时的或盛或衰判别诗意的或正或变，以及其他三家的类似做法，却远非率皆如此真实确切，其中臆测、虚妄者居多，结果不仅歪曲了诗，也厚诬了史。因为《诗经》作品并非皆表现有关政治的重大主题，描写日常生活的倒占了多数，很难向政治上靠拢；有些即使与政治相关，由于年代渺邈，也很难判定其具体时世。解诗者为了贯彻其先验的宗旨，便只得硬加扭合。于是，同为歌咏男女之情的作品，只因所属的"正""变"不同，便生出或美或刺之别；于是，《召南·何彼襛矣》中"平王之孙，齐侯之子"的"平王"二字，本指周平王，但由于《召南》被定为"正风"，而平王已到了衰微之世，《毛诗》传、笺便硬将"平"释作"正"，"正王"即周文王。诸如此类的历史牵附，比比皆是，前人言之甚详。

在时世—情志—美刺这个三连环中，情志是关键，它上承"时世"，由时世感发而来；下关"美刺"，即表现为或美或刺的思想意向。《毛诗序》的表述为：

> 至于王道衰，礼义废，政教失，国异政，家殊俗，而变风变雅作矣。国史明乎得失之迹，伤人伦之废，哀刑政之苛，吟咏情性，以风其上，达于事变而怀其旧俗者也。故变风发乎情，止乎礼义。

所论是"变风""变雅"的刺诗，特别是"变风"即哀怨的民歌。汉儒解《诗》原就注重于刺，注重于鞭笞不良政治。

将"情"的观念引入诗论，是汉人的一大贡献，是诗学思想演进的一个重要标志。先秦"诗言志"是一个含混的命题，外交中借诗以言意，诗教中借诗以言道。汉人受到音乐理论的影响，又不能无视屈原"抒情"的事实，同时出于解诗的逻辑需要，提出了情志说：

> 诗者，志之所之也。在心为志，发言为诗，情动于中而形于言。（《毛诗序》）

"情动于中"的"中"，便是前面所说的"心""志"。"志"是内在的，较为稳定的，为外物所动时便发之为"情"，所以"情"是外露的，较为活跃的，是心灵为外物所触的结果。所谓外物，在魏晋以后多指自然现象，在汉代则指社会现象，因为汉人极重诗的政治性。

认为人的情绪与政治相关，政治的得失治乱，决定了人的喜怒哀乐，如果从社会整体上说，这种观念也并无大错。汉儒承荀子，原就强调"情"的群体性、共同性，所谓"千人万人之情，一人之情是也"（《荀子·不苟》），将千万人的感情，简单化为一种共同的感情。《毛诗序》说"是以一国之事，系一人之本，谓之风"，就是荀子这种理论的贯彻。所谓"一人"，即指诗人，而诗人便是"国史"，他是民情的传声筒和代言人。这样，汉人便忽视了人的情绪的复杂性、个体性，将情和诗过分地政治化、社会化、规范化。试问：即使在"大道如青天"的政治清明之世，难道就没有"我独不得出"的侘傺失意之人？即使在政治昏暗的时代，难道就没有片刻的欢娱？在"冠盖满京华"的欢声笑语中，不是也有"斯人独憔悴"吗？何况爱恋与失恋的悲欢，与政治并不相关，更不用说那些无端的伤春悲秋情怀了。将个体群体化，将个性整一化，将情感规范化，是传统儒家诗学的特征。

将情感规范化,尤其表现在"情志—美刺"这个创作过程中,《毛诗序》称为"发乎情,止乎礼义""吟咏情性,以风其上"。礼的制定,从一开始就是规范、制约情的,所谓"礼所以制情佚也"。《左传·昭公二十五年》记赵简子问子太叔"何谓礼",子太叔引子产的话说:"民有好、恶、喜、怒、哀、乐,生于六气。是故审则宜类,以制六志。""审则宜类"便是"礼","六志"便是"六情"。(见陈立《白虎通疏证》)以礼制情的思想,为儒家所强调、发挥。孔子主张"以礼节人""约之以礼""克己复礼"。到了荀子,由于礼的法化,更加强调对情的制约。《修身》篇主"情安礼",要求情安于礼;《乐论》篇主"以道制欲",欲即情欲。先秦道家主张"天""自然",以人的本然之性对抗人为的礼的羁绊,已开情礼冲突的端倪,但还未及于诗论。汉儒既将情引入诗论,也同时引入了礼的规范。在情与礼的矛盾冲突中,他们强调礼这个矛盾的主要方面,主张情统一于礼,服从于礼,"止乎礼义",即谨守礼的藩篱。当然,情固是诗的主导因素,但诗也不能没有理性与思想。无情的诗是苍白的,无理的诗是讹滥的。任何时代都不能没有道德的信条,任何时代也都不能没有理性的光辉。但汉儒过分强调礼,确有压抑个性之弊。而且他们所说的礼,从"吟咏情性,以风其上"可知其实就是美刺,这就使诗中的理性过于狭隘单一,也过于政治化。宋儒朱熹说得好:"大率古人作诗与今人作诗一般,其间亦自有感物道情,吟咏情性,几时尽是讥刺他人?只缘序者立例,篇篇要作美刺说,将诗人意思尽穿凿坏了。"(《朱子语类》卷八十《诗纲领》)这种非难无疑是正确的。宋时学术、文化思想发生了变化,由侧重"外王"转向侧重"内圣",解《诗》的思路也有所改变,朱熹故有此论。俄国美学家鲍列夫《美学》说:"使个人服从国家利益,用理智控制情感,为社会义务牺牲个人的幸福乃至生命,恪守抽象的善行条规——这便是古典主义的审美理想。"汉人的诗学思想与审美理想，大致也是如此。

四、"比兴"说

由"情志"发为"美刺"，在表情述志的方式上，汉儒也做出了理解与规定，即不质直言之而譬况、象征、暗示言之，这便是"比兴"。当然这是就创作层面而言。其实在汉代，比兴不仅是创作中婉转曲折的传达方式，也是解诗中婉转曲折的解释方式，又是现实政治生活中婉转曲折的谏诤方式。作诗、解诗、用诗的三合一，于比兴中尤为明显。这一切合而言之，便是"主文谲谏"，便是"温柔敦厚"的诗教。

如前章所说，比兴是一个十分复杂的问题。对前代而言，它有来路不明之嫌；对后世而言，它又有演化变迁之烦。前面的先秦一章所谓比兴说的萌芽，只是指先秦用诗中已有类似汉代比兴之说的方法与表述，并没有明确的比兴概念。比、兴二字并列连言初见于《周礼·春官》："（太师）教六诗：曰风，曰赋，曰比，曰兴，曰雅，曰颂。"从"六诗"一语见于《周礼》的类似用例看，当指六种诗体，但《周礼》未作具体解释。《周礼》一般认为成书于战国。到汉代，《毛诗序》忽将"六诗"改为"六义"，排列顺序相同，并且只解释了风、雅、颂"三义"。至于何以如此，未作交代。郑玄注《周礼》"六诗"，其实也是从"六义"上解释的：

> 风言贤圣治道之遗化也。赋之言铺，直铺陈今之政教善恶。比见今之失，不敢斥言，取比类以言之。兴见今之美，嫌于媚谀，取善事以喻劝之。雅，正也，言今之正者以为后世法。颂之言诵也，容也，诵今之德，广以美之。郑司农（众）云……比者,比方于物也。兴者,托事于物。（《周

礼注疏·春官》)

何以以"六义"释"六诗",抑或"六诗"就是"六义",郑玄也未作交代。这些文学批评史上的"跳空缺口",由于文献不足征,现在已很难补上了。这便是所谓来路不明之嫌。至于后世的演化变迁之烦,如刘勰的"比显兴隐"说,钟嵘的"三义"说,孔颖达的"三体三用"说,朱熹的"三经三纬"说,以及一些更加深微的发挥和复杂的缠夹,这里不能备述。但是比兴作为诗的表达方法,就现有的资料来说,其发明权应归于汉人——它们其实是汉儒解《诗》的产物。另外要注意的是,在汉代,比、兴是两种表现方法,并未联为一语,只是二义并列罢了。赋、比、兴三法中,赋是直接议论、抒情、描写,比、兴二义相近,是诗所特有的表现方法,又能将诗艺引向精微,最为后人所重,将比、兴熔铸为一词是齐梁以后的事情。

比、兴之中,兴尤为后人所重,也尤为缠夹混淆,那自然事出有因,说见下章,此姑不论。其实在汉代,"比、兴等为譬喻"。郑众释比为打比方,释兴为"托事于物",其实也是譬况,与比容或有些隐、显之分。郑玄释比、兴皆为比喻,只有美、刺之分,更无隐、显之别。所以在汉代兴义远不像后世那么微妙复杂,汉人皆理解为"兴者喻"。除《毛诗》系统外,尚见于:

刘安《淮南子·泰族训》:"《关雎》兴于鸟,而君子美之,为其雌雄之不乖居也;《鹿鸣》兴于兽,君子大之,取其见食而相呼也。"其中两个"兴"字,皆为"喻",即"喻于鸟""喻于兽"。

王充《论衡·商虫》:"《诗》云:'营营青蝇,止于藩。恺悌君子,无信谗言。'谗言伤善,青蝇污白,同一祸败,《诗》以为兴。""营营青蝇"四句,出自《小雅·青蝇》。文中"同一"二字,指"青蝇"与"谗言"即喻体与本体有所相似,故"兴"显即为"喻"。

班固《汉书·楚元王传》:"(石)显诬谮(张)猛,令自杀于公车。

更生（刘向）伤之，乃著《疾谗》、《擿要》、《救危》及《世颂》凡八篇，依兴古事，悼己及同类也。"颜师古注："兴，谓比喻也。"

王符《潜夫论·务本》："诗赋者，所以颂善丑之德，泄哀乐之情也，故温雅以广文，兴喻以尽意。""兴""喻"并列而同义。

王逸《离骚经序》："《离骚》之文，依《诗》取兴，引类譬谕，故善鸟香草，以配忠贞……""引类譬谕"即对"取兴"的解释，其意甚明。

以上事例，或属三家《诗》，或出于己意，总之兴皆为喻。汉人所以以比兴为譬喻，首先仍与"以《三百五篇》当谏书"有关。譬喻、比兴，实即"主文谲谏"的"谲"。

如前所述，汉人重谏，谏有不同方式。刘向《新序·正谏》、班固《白虎通·谏诤》，皆讲谏有五种。所述"五谏"名目虽有不同，但都有"讽谏"，都最重"讽谏"，并引孔子说"吾从讽之谏"。关于讽谏，《后汉书·李云传论》说：

> 礼有五谏，讽为上。若夫托物见情，因文载旨，使言之者无罪，闻之者足以自戒，贵在于意达言从，理归乎正。

"托物见情，因文载旨"便是对讽谏的解释。"托物见情"即郑众所说的"比方于物""托事于物"，"因文载旨"即"主文谲谏"，这一切皆为比兴。至于何以要采取此种婉委譬陈之法，《李云传论》及《毛诗序》都强调"言者无罪，闻者足自戒"，反映出道与势的紧张关系。早在先秦，深感"说难"的韩非子便讲"古之人难正言，故托之于鱼"（《韩非子·内储说下》）。韩非所说虽为法家之道，但同样惧于势的淫威。"难正言故托之于鱼"，与儒家的讽谏、比兴完全是同一精义妙法。郑玄《六艺论》称："君道刚严，臣道柔顺。"既要以道制势，矫正君上的行为，又不能直披逆鳞，以免危身，最好的办法自然是"托物见情",比兴譬况,言者无罪,闻者可戒。而《诗三百》多有鸟兽草木鱼虫的描写,其艺术形象具有多侧面性,可以灵活运用、理解,最宜承担讽谏即婉委而不直谏的使命,这便是汉儒于六经中独"以《三百五篇》当谏书"的深层原因。

再从解诗的角度来说。解诗之法,也便是解释者所理解的诗人作诗之法。在汉儒心目中,《诗》既成为"经",便必定隐含着某种政教风化的重大主题。《毛诗》各篇之前的小序,便是对这重大主题的理解与规定。其他三家虽无系统的序文传世,但既作"故"、"训"、解释,也必要揭示诗旨。但《诗三百》,特别是《国风》及二《雅》的部分作品,吟咏寻常生活,男情女爱,其中的草木鱼虫更是司空见惯的微末之物,与政教风化了不相干,相隔天壤,于是比兴便成为联结二者的"天梯"。"毛公述传,独标兴体。"(《文心雕龙·比兴》)《毛传》在116首诗中,明确标出"兴也"二字。至于何以不标"比"体,古人说是因"比显而兴隐",无须标出,此说大致可通。在这116首中,有113处标在诗篇发端的草木鱼虫描写之下。其余三首,《秦风·车邻》标在次章,《小雅·南有嘉鱼》标在第三章,《鲁颂·有駜》标在首章末句。所以朱自清《诗言志辨》认为"兴"义一是发端,二是譬况,似不甚确。兴只与景物描写有必然联系,并不囿于发端与否。《毛传》之兴所以多在发端,原因甚明:草木鱼虫的描写便多在发端。兴不过是"发掘"这些微物的深意。《毛传》《郑笺》在作进一步引申发挥时,都明确地将兴说成喻,所谓"兴是譬喻之名,意有不尽,故题曰兴"(《毛诗正义》卷一引陆德明《音义》)。如此一来,寻常的草木鱼虫便身价倍增,成为序中政教风化主题的化身。这些微末之物原是解诗的障碍,现在一为譬喻,障碍顿消,全篇之义便顺理成章地圆满自足。所以,比兴可谓是解释的"通天塔"。

不过,草木鱼虫毕竟只是草木鱼虫,解释者既要据既定的先验主题,按其形状、性能、状态等特点向政教风化、美刺讽谏等崇高义理扭合，便难免生出许多令人瞠目结舌、啼笑皆非的穿凿附会。如《周南·螽斯》序云："《螽斯》，后妃子孙众多也。言若螽斯不妒忌，则子孙众多也。"篇中虽未明标"兴也"，但一个"若"字，其实便是比兴。意谓因后妃如同螽斯（蝗虫之类）那样不妒忌，所以君王多子多孙，繁衍昌盛。这一穿凿，便难免后人发出揶揄的提问：难道螽斯还懂得妒忌吗？它们妒忌不妒忌，你怎么会知道？

但汉人的比兴说毕竟在诗学思想史上破天荒第一次正式探讨了诗的表达手段问题。比兴是一种初期的象征手法。它近似于黑格尔《美学》所说的"自觉的象征"，即先有某种观念，然后寻找一种物象作为譬况。黑格尔又称为"意象比譬"："把两种本身各自独立的现象或情况结合成为一体，其中第一个是意义，而第二个则是使意义成为可感知的意象。"（《象征性艺术》，《美学》第2卷，商务印书馆，1979）在解《诗》的汉儒看来，诗人（国史）在现实生活中"伤人伦之废，哀刑政之苛"，感发出某种思想、"意义"，然后借助于鱼虫鸟兽草木之类意象暗示、譬况、象征出来。这尽管是初期的、单纯的、"可专指"的象征，但对后代诗艺的贡献是极其重大的。比兴总是与具体感性之物相联系，特别是与自然景物相联系，否则便无所谓比兴。于是后世便有了情景交融、兴象境界、滋味神韵之类美学探讨。中国古代诗艺中的精微深妙之论是各种思想、各种因素的合力，其中儒家奉献出的，主要便是比兴。

五、《诗》"经"精神

汉儒以"经"解《诗》，必然引申出一套合于"经"的诗学原理、原则、精神，我称之为《诗》"经"精神，即《诗三百》的经学精神，以别于一般文学史、文学批评史所说的"《诗经》精神"。

经学所以经世务。儒家的经学自然以儒家思想经世务。《诗》"经"精神既然以"经"贯穿于诗，渗透于诗，成为诗的核心、灵魂、指归，那么可以一言以蔽之：它是一种儒家的经世致用精神。这固然不同于道、释的遁世、出世的精神，也有异于宋明理学的侧重理性情。"以《三百五篇》当谏书"，便是这种经世精神的集中反映。

具体点说，《诗》"经"精神首先体现出浓厚、执着的民本思想。汉儒继承了先秦思想家特别是儒家"民为邦本""天听自我民听，天视自我民视"的观念，要求统治者倾听诗中所反映出的民间的声音，关怀诗中所表现出的民生的疾苦，改善不良的政治举措，纠正非礼的作风行为，勤民恤功，励精图治，使人民得以"安以乐"。如前所述，汉人以诗为谏的逻辑理路是：引导君王先了解诗的美刺之旨，进而了解引发美刺的民生苦乐，然后了解引发民生苦乐的政治盛衰，最后对照自己的政策与行为，加以改进。这种借诗以观风俗、察人情、知得失、自考正的旨趣，是汉代普遍的思潮，不独解《诗》为然。如：

《礼记·王制》：天子五年一巡守（狩），……命太师陈诗以观民风。

《汉书·艺文志》：故古有采诗之官，王者所以观风俗，知得失，自考正也。

又：自孝武立乐府而采歌谣，于是有代、赵之讴，秦、楚之风，皆感于哀乐，缘事而发，亦可以观风俗，知薄厚云。

《春秋公羊传·宣公十五年》何休注：男女有所怨恨，相从而歌，饥者歌其食，劳者歌其事。男年六十、女年五十无子者，官衣食之，使之民间求诗。……故王者不出牖户，尽知天下所苦，不下堂而知四方。

其中三条述古代采诗之事，常因过分确凿而令人生疑。但解释历史其实就是解释当代。这些记述正反映了汉人自己的关怀点与价值取向。另一条论当代的乐府采诗，从上述时代思潮来看，恐怕也并非全是溢美之词。

与此相应，《诗》"经"精神把鞭笞的对象指向统治者的荒淫、奢侈、暴虐、残忍。诗虽分美刺，但从《毛诗》来看，刺诗远多于美诗。当然，为了规范君上，以道制势，汉儒不得不扭曲历史，抬出虚幻、荒谬的天意，这也自有良苦用心。另外，他们将诗的"正得失，动天地，感鬼神"的巨大作用，归结于"经夫妇，成孝敬，厚人伦，美教化，移风俗"，即归结于合乎"礼"的社会秩序，这也是时代使然。由于以诗为谏，着眼于理性的索解与反思，因而很少有审美欣赏成分，也是其缺失。

从创作角度上说，《诗》"经"精神强调有为而作的原则。诗应当关乎政治，诗人应当成为民生疾苦的代言人。这样，诗就成为政教风化的工具。即使言及鱼虫草木、风花雪月，也应当比兴着、隐含着有关政治得失、美刺讽喻的思想内容，景物只是理念的符号。这既有防范无病呻吟、虚华绮靡诗风的作用，也有抹杀诗的审美艺术特性的弊端。与此相关，诗人创作虽可以"发乎情"，但又必须"止乎礼义"，也确实压抑了人的个性和感情的丰富性，并扭曲了青年男女真挚的爱情。

从《诗》"经"精神中还引申出"丽则"的审美标准。早在先秦，儒家便从其"中庸"的哲学出发，主张"言以足志，文以足言"（《左传·襄公二十五年》）。董仲舒提出"质文两备，然后其礼成"（《春秋繁露·玉杯》），内容与形式、内质与外观的和谐统一原是礼的题中应有之义。"主文而谲谏"本身也便包含了这两个方面，到西汉之末，儒学大师扬雄《法言·吾子》铸为"丽则"一语："诗人之赋丽以则，辞人之赋丽以淫。""则"即指合于礼的内容、原则，"丽"

开启了曹丕《典论·论文》"诗赋欲丽"的先声。刘勰《文心雕龙·征圣》称"圣文之雅丽,固衔华而佩实者也","雅丽"也便是"丽则","衔华佩实"是其具体解释。

总之,以上由汉儒解《诗》引申出的《诗》"经"精神成为最正宗的儒家诗学观,在后世有极其深远的影响,也逐渐克服了由于生硬地以"经"解《诗》的牵附之弊。

最后对《诗》"经"精神与《诗经》精神略作辨析,今人通常所说的"《诗经》精神",实际上是指原始的《诗三百》,特别是其中的民歌所体现的思想与艺术特征,而置"经"字于不顾。《诗》"经"精神则指儒者以"经"的有色眼镜所看出的《诗三百》的思想与艺术旨趣,它已不尽合于甚至完全扭曲了《诗三百》的本来面目。比如,笼统地说杜甫反映安史之乱的作品和白居易的讽喻诗"继承了《诗经》的现实主义精神",是不很精确的。严格说来,杜甫所继承的主要是《诗三百》的精神,而白居易的讽喻诗,则显然是以汉儒的《诗》"经"精神为指针的,虽然也不失其重要意义与价值。

六、宗经辨骚(一)

在汉代,《诗》"经"精神成为衡量其他文学作品的标准。所谓其他文学作品,主要是前代的遗产——楚辞和当代的创作——赋。

楚辞主要指屈原的作品,可以以"骚"概之。骚与《诗三百》一样,都是真正的抒情的诗篇,是我们这个悠久诗国诗歌传统的两大源头。但屈原生不逢世,忠而被谤,信而见疑,投江以终;屈原的作品也可谓生不逢世,它们"未经圣人手",未得孔子的揄扬,因而没有获得《诗三百》那样耀目的"经"的桂冠。同时它们本身也显示出瑰异的南方文化色彩,如激越的抒情,奇谲的幻想,惊采绝艳的语言,都与当时的中原文化有异,更与《诗》"经"精神相扞格。又由于它们产生较晚,艺术上更为成熟,更有审美的感召力,它们未遭"经"的异化，以本然的艺术面目示范于世，而不是像《诗》"经"精神那样以抽象原则规范创作，因而从汉以后，其实际影响不仅比《诗》"经"精神大，而且比古老的《诗三百》本身也大，这就引发了历时持久的《诗》《骚》之辨。这实际上是被抽象化了的《诗》与真实生动的《骚》的冲突，是情礼冲突的具体化，并始终与情礼冲突相表里，一直持续到唐。本节讲其第一阶段。

刘勰《文心雕龙·辨骚》将汉人对待"骚"的态度概括为："四家举以方经，而孟坚谓不合传。"四家指淮南王刘安、汉宣帝刘询、扬雄、王逸，孟坚即班固。他们无论是褒是贬，或褒贬兼有，皆以圣经贤传为标尺，实际上皆以《诗》"经"精神为标尺，宗经以辨骚。

褒者四家，可以刘安、王逸为代表。刘安曾作《离骚传》，已佚，司马迁《史记·屈原列传》载其序云：

> 《国风》好色而不淫，《小雅》怨诽而不乱，若《离骚》者，可谓兼之矣。上称帝喾，下道齐桓，中述汤、武，以刺世事，明道德之广崇，治乱之条贯，靡不毕见。

以下又推尚屈原及其作品"与日月争光可也"。所以予以如此崇高评估，显因《离骚》兼有《国风》《小雅》之长，美刺世事，关心政治，合于《诗》"经"精神。而"好色不淫，怨诽不乱"之评，则由《论语·八佾》"《关雎》乐而不淫，哀而不伤"化来。

班固不同意刘安的高评，他对《离骚》有贬有褒，而贬多于褒，他认为刘安"可与日月争光"之评是誉之过当，褒扬失实。依他之见，屈原的行事及其作品皆有违《关雎》哀周道而不伤"的原则。屈原本人锋芒过露，既显暴君上的过错，又不合于《大雅》"既明且哲，以保其身"的人生哲学，也不合于温柔敦厚的诗教。对屈原作品中大量借以抒怀的神话传说和奇谲瑰玮的艺术想象，他也颇表反感，以为"非法度之正，经义所载"。总之，对屈原之人之文皆作全面贬抑。所持亦为《诗》"经"精神的衡器，显而易见。不过他也表现出矛盾态度，有时不仅称赏屈文"弘博丽雅，为辞赋宗"（见《离骚序》），还称扬屈原"忠诚""万世归善"，屈作有"讽谏"之旨，有"恻隐古诗之义"（见《汉书·艺文志》）。这一方面由于所论的场合、角度不同，另一方面也说明诗人的高洁人格与璀璨诗篇终究能战胜偏见，获致承认。

王逸著有《楚辞章句》，对屈原及其作品作了全面肯定，对其作品的思想与艺术作了全面解析。此书略近《毛诗》体例，前有总序，篇有小序。其总序引经据典，针锋相对，一一驳斥班固的贬语，所引所据多出《诗经》。如对屈原人品，引《大雅·抑》"呜呼小子，未知臧否。匪面命之，言提其耳"之语，以证屈原并非"露才扬己"，怨怼过甚；对屈原作品的思想内容，他认为是"依托五经以立义"，"独依诗人之义"而"上以讽谏"，与《诗》"经"精神无异；对屈原作品的艺术方式，则认为是"依《诗》取兴，引类譬谕"，即采用《诗经》的比兴手法。

在《楚辞章句》诸篇的小序中，王逸也仿效《毛诗序》的形式，说明作者、写作背景与讽谏之意。如：

《离骚经》：《离骚经》者，屈原之所作也。……离，别也；骚，愁也；经，径也。言己放逐离别，中心愁思，犹依道径以风谏君也。

《九歌》：《九歌》者，屈原之所作也。……上陈事神之敬，下见己之冤结，托之以风谏。

《大招》：《大招》者，屈原之所作也；或曰景差，疑

不能明也。……盛称楚国之乐，崇怀、襄之德，以比三王
能任用贤，公卿明察，能荐举人，宜辅佐之，以兴至治，
因以风谏，达己之志也。

其中也不免有所牵强附会。倘说汉儒解《诗》牵附于礼，牵附于谏，牵附于美刺，则王逸解《楚辞》转而牵附于已经成为权威的《诗》"经"精神。

七、宗经辨赋

倘说宗经辨骚的底蕴实为情礼冲突——扬骚者以其合于礼，抑骚者以其悖于礼，则宗经辨赋显为文、质冲突——汉人几乎众口一词地认为赋文胜于质，辞掩其谏。当然如前所述，文质的问题其实也是礼的问题。

倘说汉代及后世对屈原作品的攻评带有宗经的偏见，是以《诗》"经"精神之"履"削屈骚之"足"，则汉人对其当代创作的赋的批评却是正当的，公允的，有见地的，虽然用的衡尺也是《诗》"经"精神。

这里主要指大赋。人们通常将汉赋分为骚体赋、抒情小赋、大赋三种。骚体赋是楚辞的延伸，抒情小赋极盛于魏晋六朝，均非汉代之特有。唯独大赋兴于汉，盛于汉，又衰于汉，是汉代特殊的时代精神与文学思潮的产物，是汉代文学的代表。王国维称赋是汉时"一代之文学"，人们通常所谓"汉赋、唐诗、宋词、元曲"，"赋"皆主要指大赋而言。

说大赋最能体现汉代的时代精神，指大赋的创作自身便是《诗》"经"精神的第一次文学贯彻。那些最著名最有代表性的大赋，如司马相如的《子虚》《上林》《大人》，扬雄的《长杨》《河东》《羽猎》《甘泉》，班固的《两都》，张衡的《二京》，查《汉书》《后汉书》

的有关记载，其创作动因无一例外地是欲以"讽""谏""劝"等。在表达讽谏的方式上，又无不先用绝多篇幅淋漓尽致地铺写京、殿、苑、猎的恢宏壮丽，最后才以寥寥数语，或明或暗地透露出一点规诲之意。这种传达方式，其实就是比兴的变体，就是"主文谲谏"。那些京、殿、苑、猎的描绘，便是《诗经》中草木鱼虫鸟兽的放大，也是"主文"。写作大赋的目的皆是奉献于君上披阅的，也是"谏书"，以冀君上对某一行为的悔悟。但大赋的作者们由于文学经验的不足和其他种种政治原因，没有处理好文与质的关系，辞采过繁，对所描写对象过于津津乐道，因而效果往往适得其反。在文学作品中，真正打动人心的是艺术形象本身，而非形象之外的枯燥说教。君上阅读大赋之后，其固有的骄泰、虚妄心理恰好与其中生动、恢宏的描绘气味相投，发生共鸣，不但并不顾及篇末苍白无力的讽谏之意，反而更加"为之不止"。

汉人对大赋的批评，无不集矢此一弊端——文与质的脱节，动机与效果的矛盾，意见十分中肯、明快，击中要害。如《汉书·扬雄传》：

> 雄以为赋者将以风（讽）之。必推类而言，极丽靡之辞，闳侈钜衍，竞于使人不能加也。既乃归之于正，然览者已过矣。往时武帝好神仙，相如上《大人赋》欲以风，帝反缥缥有陵云之志。

扬雄的这种不满所以切中肯綮，具有代表性，是因为他有切身经验。他曾经崇拜过司马相如，写过不少大赋，后来看透其弊端，才悔其少作，洗手不为。他又称大赋的写法是"曲终而奏雅"——在"闳侈钜衍"的描绘之后略述一点讽谏之意，其效果是"劝百而讽一"——讽谏的效应甚微。（见《汉书·司马相如传赞》）在《法言·吾子》

中他称大赋"丽以淫"。"丽"虽可，但不可"淫"——过分。班固《汉书·艺文志·诗赋略论》说大赋"侈丽闳衍之词，没其风谕之义"，其观点来自扬雄，却讲得更简明。王充则更进一步，称之为"谴非为非，顺人之过，以增其恶"(《论衡·谴告》)，即以奢华的描绘谴责奢华的行为，往往更增其奢华之求。这里面包含着深刻的审美欣赏、审美教育的规律问题。

质言之，汉人对大赋的批评，实质上是如何在创作中贯彻《诗》"经"精神的问题。

对当代创作的弊端看得如此分明、准确，观点如此一致，在文学批评史上是罕见的。这些意见可谓是对大赋的定论，后代对汉大赋的批评大抵不出乎此。这些意见给了大赋致命的打击，使其一蹶不振，逐渐销声匿迹。

魏晋南北朝第三章　缘情绮靡

一、题解

"缘情绮靡"四字出自西晋陆机《文赋》："诗缘情而绮靡。"缘：因，由，来自。"缘情"即因缘于情，发自于情。绮：一种花纹和色彩鲜丽的丝织品。《说文》："靡，披靡也。""披靡"又作"披靡"。据《段注》，"披靡"为"分散下垂之貌"，原指旌旗纷纭之状。"凡物分散则微细，引申之谓精细可喜曰靡丽。"故"绮靡"在此处指诗之文采缤纷，形式优美，形象鲜丽。唐芮挺章《国秀集序》："昔陆平原（机）之论文曰：'诗缘情而绮靡。'是彩色相宣，烟霞交映，风流婉丽之谓也。"可助于对诗之"绮靡"的理解。"缘情绮靡"是魏晋六朝诗学思想的主流，这几乎是后人的共识，并以此责备于陆机，如明梅鼎祚《六朝诗乘序》："自士衡（陆机）以'缘情绮靡'论诗，而俳偶渐开，辩雕竞盛，以底于徐（陵）、庾（信）、卢（思道）、薛（道衡）极矣，识者每慨其兴寄都绝，雅道陵夷。"（《鹿裘石室集·文集》卷一）汉儒论诗虽不讳言"发乎情"，却有"止乎礼义"之限，陆机则唯言"绮靡"而已，开辟了诗学的新路向，也引发出情、礼的冲突。清人纪昀论之甚详：

风人骚人，邈哉邈矣，非后人所能拟议也，而流别所自,正变递乘:分支于《三百篇》者为两汉遗音,沿波于屈、宋者为六朝绮语,上下二千余年,刻骨镂心,千汇万状,大约皆此两派之变相耳。……左右龂龂,更相笑也。余谓西河卜子传诗于尼山者也,《大序》一篇,确有授受,不比诸篇小序为经师递有加增。其中"发乎情,止乎礼义"二语,实探风雅之大原,后人各明一义,渐失其宗。一则知止乎礼义,而不必其发乎情,流而为金仁山《濂洛风雅》一派,使严沧浪辈激而为"不涉理路,不落言诠(筌)"之论;一则知发乎情,而不必其止乎礼义,自陆平原"缘情"一语引入歧途,其究乃至于绘画横陈,不诚已甚与!(《纪文达公遗集》卷九《云林诗钞序》)

所论虽未必尽当,却力图穷源究委,极有启发意义。文中所谓《三百篇》,实指儒者眼中之《诗经》,为正;又认为屈原、宋玉的楚辞作品开启了"六朝绮语",为变。这是古人的常谈,也便是本书所说的"《诗》《骚》之辨""宗经辨骚"。下文论相传为孔子弟子子夏(即卜商、卜子)所作《毛诗序》"发乎情,止乎礼义"之语与陆机"缘情绮靡"的龃龉冲突与分道扬镳,虽有宗经的偏见,却也揭櫫了两条不同的诗学路线。

故本章以"缘情绮靡"为题。

二、通论:庄老玄学的流行与诗学之突破

人们通常说魏晋是文学的自觉时代,我们这里说魏晋诗学思想发生了突破,所谓"自觉",所谓"突破",归根结底是"情"的自觉,"情"的突破,抓住了这一点,便是抓住了观察魏晋六朝诗学思想的制高点。它的一切演进,一切新变,一切异于前古的理论表述和实际探索,大都是以此为出发点的。

如果再由此向前追溯一步，探寻这种自觉与突破的根源之地，那便是儒学的衰微与老庄道家思想的流行。这当然并不自魏晋始，早在东汉中叶以后，以张衡《归田赋》为发端的抒情小赋的继作与以《古诗十九首》为代表的五言"古诗"的出现，便是这种社会思潮的产物。魏晋与此紧相衔接。现在通常划归入魏文学的建安文学，在时间上其实正属汉末。"汉音"与"魏响"，往往很难截然分割。在晚汉开始抬头的老庄道家思想，到建安与魏初并无多大流布，当时出于逐鹿中原、统一全国的现实政治需要，执政者好刑名法术之学。曹魏后期正始年间，由于种种历史机缘，玄学兴起，并笼盖了整个两晋，到南北朝始终余波未泯，儒学也始终不振。玄学虽杂糅儒、道，后又融入释学，但毕竟以老庄道家思想为主体和灵魂，玄学在其初创者正始名士何晏、王弼等人那里，以《老子》为主而附以《周易》，富于思辨性；到竹林名士嵇康、阮籍等人之后则以《庄子》为主，多称"庄老"，注重放任性情的生活实践。

一般的社会思想和学术思想影响于文学，往往表现为两种形式，一种是直接的，一种是间接的。前者以文学形式直接阐发某种义理和学说，成为抽象理念的图解，失去文学自身的审美特性。在儒家，这种影响表现为政教美刺的讽喻诗；在释家，表现为明心见性的偈理诗；在道家，则表现为由何、王等思辨派所影响下出现的玄言诗。间接的影响则是某种哲学和思想的精义首先化为生活情调、人生理想和价值取向，然后转换为文学的审美理想和艺术方式。在魏晋玄学中，以嵇、阮为代表的任情派对文学的影响便属此类，它开启了陆机"缘情绮靡"的诗学命题，成为魏晋六朝诗学思想的主流。

但这里存在着一个矛盾与曲折。"缘情绮靡"实即情、采问题。道家思想以"天""真""自然"为宗，推重淡泊寡欲、素朴无华的原始本然的生活状态，既不主"情"，也反对"采"。《老子》谴责"五色令人目盲，五音令人耳聋，五味令人口爽，驰骋田猎令人心发狂"，其中含有对情、采两个方面的贬抑。《庄子》明言"人故无情",主张"灭文章,散五采"。这些言论,似乎与"缘情绮靡"之说正相悖逆。但事情微妙而复杂。老庄的本意,是痛感过分的物欲追求对人性的异化、扭曲与戕害,人应当从这种物欲追逐的桎梏中解脱出来,恢复那无竞无求、无奢无华的本然状态,依从固有本性自由自在地生活。他们,尤其是庄子,常常发为愤世嫉俗之言,其实他的学说可谓"道是无情却有情",他的书更是"道是无文却有文"。

老庄任"自然"。信奉老庄的魏晋名士们基于其所处的历史环境和现实需要,却从这"自然"学说中顺理成章合乎逻辑地引申出另一种理论和生活态度:既然人应当任自然,任天真,而"情"原就是人类有生与俱的天赋之物,那就理当得到尊重与肯定,而不能压抑与矫饰。正始年间,何晏、王弼曾有一场关于圣人是否有情的争辩。何晏认为"圣人无喜怒哀乐",王弼则认为圣人同凡人一样,也有"五情",只不过他"茂于神明",有更加高明超越的理性,既有情以应世,又不为情所牵累,为圣人的开脱实际上意在为凡人开脱。不管王弼给情加上了什么样的前提与限制,毕竟为情的合法性开了一扇窗牖。

进一步无条件地高扬人的情感,并以之与"礼"明确对立起来的,是竹林名士嵇康、阮籍。本书第一章曾经讲过,庄子标举"天""真""自然"等等,本有对抗当时儒者所倡导的人为之"礼"的用心,只不过他将"自然"引向了安时处顺,引向了缥缈的无何有之乡,嵇、阮从同一个出发点,却引向了放任性情,引向了世俗的生活。应当承认,儒家的礼有调节人际关系、维系社会秩序的积极意义,但如果强调过分,或借之别有所图,则确有压抑甚至摧残人性的弊端。从汉代以来,士人的精神与情感日益受到礼教的拘制,早在汉末就已发出反抗的呼声。如《后汉书·逸民传》记载戴良居丧不遵礼法,受到人们的责备,他回答说:"礼所以制情佚也。情苟不佚,何礼之论！"如果说戴良尚承认"礼以制情"的作用，那么到了嵇康、阮籍，随着士人个性进一步自觉、高扬，随着司马氏日甚一日地以名教即礼教钳制人心，以行其奸，便完全将情与礼、自然与名教对立起来。嵇康公然主张"越名教而任自然"（《释私论》），鼓吹遗落礼教的桎梏，放任自然的性情。其《难自然好学论》中的一段话，可视为对这个口号的理论阐发：

> 六经以抑引为主，人性以从欲为欢；抑引则违其愿，从欲则得自然。然则自然之得，不由抑引之六经；全性之本，不须犯情之礼律。故仁义务于理伪，非养真之要术；廉让生于争夺，非自然之所出也。

"从欲"即放纵性情之所欲，这是人性之"自然"，人性之"真"，与"六经""礼律"以及"仁义""廉让"等伦理观念鲜明对立，形同水火。阮籍也谴责统治者"坐制礼法，束缚下民"（《大人先生传》）、"夫人之立节也，将舒网以笼世"（《答伏义书》），将矛头指向礼法的制定者，揭示了他们用以维护统治的私心。阮籍在日常生活中更是一个"越名教而任自然"的实践者，做出许多"任心越检"的非礼之举，被斥为"纵情背礼"，"至为礼法之士所不容"，认为其罪同桀、纣。嵇、阮的任情之论与诗的抒情特性相通，他们自身又是卓有成绩的诗人，因而可以说是魏晋南北朝诗学思想演变的关键。

入晋以后，中朝名士进一步将王弼的"有情"之说及嵇、阮的任情之论向纵欲放达的方面发挥，他们以"情之所钟，正在我辈"（王衍语，见《晋书·王衍传》）为口实，"不尊儒术"，"不遵礼法"，"任放为达，或至裸体者"。于是庄老的"自然"之说，越来越失去了它的本义。

但也正是在这种氛围中，诗学思想找到了向前演进的突破口，冲决了"止乎礼义"的堤坝。

另一方面，任情背礼的士人们既然认为"人性以从欲为欢"，那么他们自然不会拒绝耳目之娱，不会拒绝服饰容止之美，不会拒绝庄老所不齿的"五色""五声""五采"等等。他们普遍地注重风神，讲究仪表，留意衣饰的华采鲜丽，甚至像女性一样施粉涂朱，一改汉时褒衣大带、端委缙绅的俨然的儒者气象。正始玄学家何晏在这方面同样是始作俑者，据《三国志》其本传裴松之注引《魏略》记载，他"动静粉白不去手，行步顾影"。晋代士风，更是"重门第，好容止。……肤清神朗，玉色令颜。缙绅公言之朝端，吏部至以此臧否。士大夫手持粉白，口习清言，绰约嫣然，动相夸诩"（屠隆《鸿苞》卷五《选举》）。所谓"动相夸诩"，就是从风神仪表方面互相品题标榜。《世说新语》对此记载甚多，略举数例：

王戎云："太尉（王衍）神姿高彻，如瑶林琼树，自然是风尘外物。"（《赏誉》篇）

潘安仁、夏侯湛并有美容，喜同行，时人谓之"连璧"。（《容止》篇）

裴令公（楷）有俊容仪，脱冠冕，粗服乱头皆好，时人以为"玉人"。见者曰："见裴叔则，如玉山上行，光映照人。"（《容止》篇）

重情的士人们也必定重美，正如一位妙龄的少女，在情窦初开的同时，也往往把自己修饰得花枝招展。这也合于诗学的原则与规律：既"缘情"，便不会拒绝"绮靡"。

这一切，便是"缘情绮靡"的诗学思想发生的历史文化背景。

如前所述，先秦、两汉的诗学思想都离不开对《诗经》的接受：前者以随心所欲的用诗为基础，后者以定向于政教美刺的解诗为依托。从汉末起，厌憎礼法的士人们也顺理成章地将批判的矛头指向儒家的经书，仲长统《见志诗》甚至声言"叛散五经，灭弃风雅"，被后人认为开启了魏晋的旷达之习和玄虚之风，嵇康既然认为"六经以抑引为主"，内含压抑人性的礼的说教与规定，自然也在鄙薄之列。整个魏晋六朝，经学都不复有昔日的尊严，受到漠视与冷遇，《诗经》也同样经历了从圣到凡的跌落。所谓"跌落"，就是人们往往以纯文学的、审美的眼光对待它，并且从中引申出一些诗歌创作的规律，而不像汉代那样视之为教化的渊薮，这其实是恢复了它的本来面目，真正表现出人们对它的认同感和亲近感，应是它的大幸。东晋谢安与子侄们欣赏《诗经》"昔我往矣，杨柳依依；今我来思，雨雪霏霏"（《小雅·采薇》）、"訏谟定命，远犹辰告"（《大雅·抑》）等诗句的佳话，完全是从审美出发的，而无关于讽喻美刺。《文心雕龙·物色》篇论景物描写："故'灼灼'状桃花之鲜，'依依'尽杨柳之貌，'杲杲'为日出之容，'瀌瀌'拟雨雪之状，'喈喈'逐黄鸟之声，'喓喓'学草虫之韵。'皎日''嘒星'，一言穷理；'参差''沃若'，两字穷形：并以少总多，情貌无遗矣。"所引均出自《诗经》，以之总结"以少总多"、辞约意广的艺术技巧。这已不是将《诗经》视为伦理教化之"经"，而是视为诗歌创作之"经"。更有甚者，《抱朴子》的作者葛洪称《诗经》为"华彩之辞也"，但却不及《上林》《羽猎》《二京》《三都》等大赋的"汪濊博富"，又认为《诗经》的篇章，不如当代人夏侯湛、潘岳为之补作的《补亡诗》。（《钧世》）这些评论不管是否得当，但有一点是明显的：这是着眼于艺术的评论。在上述事例中，《诗经》失落了其经学价值，而取得了艺术价值。总之，在魏晋南北朝，诗学思想的主流已不再是"依托五经以立义"，它已经从经学的附庸蔚为独立的大国。与先秦两汉相比，这显然也是一个重大突破。

三、生命悲感与感物兴情

上述魏晋名士"任情""纵情"之"情",还只是一种一般的心理活动,并不能直接等同于诗的感情。诗的感情是审美的感情,它是由审美对象所引发,并投射到审美对象上去,使主客体双方融汇交流,方能产生诗篇。因而从思想观念和日常生活中的任情上升为"缘情绮靡"的诗学命题,还须一个中间环节,那便是感情的审美化。

魏晋是一个伤感的时代。魏晋名士的任情并不全是花花公子毫无心肝的肆情纵欲,而是有着深厚的历史积淀,植根于苦难重重的现实。从东汉中期以后的政治险恶争斗,到汉末长期的动荡丧乱,再到魏末的天下多故,下至西晋之末的中原沦丧,仓皇渡江,一代又一代、一重又一重地沉积在士人的心灵,为之投射下浓重的伤感的阴影。这正是庄老思想得以流布的氛围,而庄老思想的流布又加剧了这种伤感气氛。特别是庄子,从某种意义上看,他的哲学可以说是伤感的哲学。他总以悲观伤感的眼睛看世界,他所看到的一切都要引起悲观伤感的回忆与联想。从这个角度上说,他的哲学又可以说是审美的哲学。这也正是魏晋名士特别认同于《庄子》的原因。

在社会动荡特别剧烈,时代精神比较昂奋之时,这种伤感往往发为进取的力量、豪迈的激情,并将"小我"的得失融汇到伤时悯乱、救民水火的"大我"之中。建安时代便是如此,曹操曾自述所见所感:"旧土人民,死丧略尽,国中终日行,不见所识,使吾凄怆伤怀。"(《三国志·魏书·武帝纪》)这种伤怀转而发为《蒿里行》悲悯苍生的呼号:"白骨露于野,千里无鸡鸣。生民百遗一,念之断人肠。"也发为《步出夏门行》的壮怀:"老骥伏枥,志在千里。烈士暮年,壮心不已。"王粲也是如此。他把自己遭乱流寓的感慨与"出门无所见,白骨蔽平原。路有饥妇人,抱子弃草间"(《七哀》)的悲悯结合起来,把个人"遭纷浊而迁逝兮,漫逾纪以迄今"的怀乡之思与"冀王道之一平分,假高衢而骋力"(《登楼赋》)的社会使命感结合起来,在怆恻中流露出激越。曹植慨叹年光过尽,功名未立,感怆"美女",寄情"游侠",也唱出了同样的时代主旋律。这正是钟嵘《诗品》所赞叹的"建安风力",也正是刘勰《文心雕龙》所总结的:"观其时文,雅好慷慨,良由世积乱离,风衰俗怨,并志深而笔长,故梗概而多气也。"两晋之际面对家国沦丧,志存恢复,刘琨、祖逖的闻鸡起舞,中流击楫,也同样属于这种慷慨之情。

但是在魏晋,这种慷慨之情并不多见。随着社会的相对安定,随着时代精神的委顿不振,随着隐蔽而残酷的内部政治斗争所造成的人人自危,随着庄子悲剧人生观的愈益浃肌沦髓,对苦难现实具体切实的忧悯便更加内化为一种深细、迷惘的生命悲剧意识,与汉末《古诗十九首》的"人生不满百,常怀千岁忧""人生天地间,忽如远行客""人生忽如寄,寿无金石固"的低回凄迷接续起来。士人的心灵情怀越来越敏感、细腻、脆弱,举目所见的物态人事都常常引发起他们对生命短暂易逝的感喟,以及与此相关的感离伤别、怀今追昔等无端惆怅、无穷感怆。四季的递邅,草木的枯荣,群芳的开谢,也常常使他们联想到华年不再和其他种种人生恨事。曹丕见昔日所栽柳树已阅十五个春秋,而当时的旧人多已凋零,不禁"感物伤怀"(《柳赋》)。无独有偶,粗犷豪雄如桓温者,北伐途中见当年所种柳树"皆已十围",也泫然流涕,感慨"木犹如此,人何以堪"(《世说新语·言语》)。更加典型地显示着这种生命悲感的,是东晋王羲之、谢安等名士的兰亭禊集。名士们相聚于山水佳胜之地本是欲以慰心洗愁、澄怀味道的,天朗气清、修林茂竹的自然景观也确实使他们得到片刻的娱悦,但忽然念及人生易逝、乐事不再,转而乐极生悲,忧从中来:

及其所之既倦,情随事迁,感慨系之矣!向之所欣,

俯仰之间，已为陈迹，犹不能不以之兴怀。况修短随化，终期于尽。古人云："死生亦大矣！"岂不痛哉！（《兰亭集序》）

真是无端寻愁觅恨！这种人生感喟正是来自庄子："山林与，皋壤与，使我欣欣然而乐与！乐未毕也，哀又继之。"名士们从大自然所体味到的"道"，正是庄子的这种生命悲感。

以上事例，有的或在陆机之后，但时代精神氛围却是相同的。即使任诞放达的竹林名士、中朝名士，在他们放浪形骸、玩世不恭的外表之下，也隐藏着浓烈的人生悲剧之感。阮籍的哭歧路、哭邻女、登山临水竟日忘归，王衍的伤痛"孩抱中物"，谢鲲的纵意山水，谢安的"中年伤于哀乐"，莫不折射着长久的历史苦难的内化沉积。

这种感物兴情是一种审美的感情，"感物"说并不自魏晋始，《礼记·乐记》便有"感于物而动""应感起物而动"之说以论乐，《毛诗序》承之以论诗。但在那重视社会群体、强调政教风化的时代，其所谓"感物"多指政治的兴衰得失，所谓"治世之音安以乐，乱世之音怨以怒，亡国之音哀以思"，所谓"伤人伦之废，哀刑政之苛"，等等，这当然并非不能产生诗的感情，但往往以群体性排斥个性，使诗情单一狭隘。感于物色之说在汉代几乎没有，即使《诗经》中那些感于山川溪谷、草木鱼虫之作，也皆被扭曲为理性的美刺讽喻。魏晋六朝所谓"感物"，大多是自然界的物色相召，或日常生活的离别契阔相引，所感的也多是个人的悲欢得失，由之发为诗篇：

日暮游西园，冀写忧思情。（王粲《杂诗》）

秋日多悲怀，感慨以长叹。终夜不遑寐，叙意于濡翰。（刘桢《赠五官中郎将》）

慷慨有悲心，兴文自成篇。（曹植《赠徐幹》）

伤哉客游士，忧思一何深！目感随气草，耳悲咏时禽。寤寐多远念，缅然若飞沉。愿托归风响，寄言遗所钦。（陆机《悲哉行》）

哀风中夜流，孤兽更我前。悲情触物感，沉思郁缠绵。（陆机《赴洛道中作》）

这是诗人的创作自诉。他们的诗思，或触于节候迁逝，或感于亲友离别，或兴自仕途失意，皆是小我的日常之情，与政教风化殊少关涉。抒情小赋，无论就其内容还是形式，都可称为"准诗"，其感物兴情的作意，单从题目便可想见，如曹丕有《愁霖赋》《感离赋》《悼夭赋》《柳赋》《莺赋》，曹植有《秋思赋》《怀亲赋》《离思赋》《感节赋》《神龟赋》，潘岳有《秋兴赋》《怀旧赋》《悼亡赋》，陆机有《感时》《怀土赋》《思归赋》《叹逝赋》，陆云有《岁暮赋》《喜霁赋》《登台赋》《寒蝉赋》，等等。这些赋前或有小序，自诉其感发所自：

曹丕《莺赋序》：堂前有笼莺，晨夜哀鸣，凄若有怀，怜而赋之。

曹植《神龟赋序》：龟号千岁。时有遗余龟者，数日而死，肌肉消尽，唯甲存焉。余感而赋之。

潘岳《秋兴赋序》：……于是染翰操纸，慨然而赋。于时秋也，故以"秋兴"命篇。

陆机《怀土赋序》：余去家渐久，怀土弥笃。方思之殷，何物不感：曲街委巷，罔不兴咏；水泉草木，咸足悲焉。故述斯赋。

陆云《岁暮赋序》：……日月逝速，岁聿云暮，感万物之既改，瞻天地而伤怀，乃作赋以言情焉。

或触物兴情，或慨叹身世，皆表现出作家与现实的审美关系，也为陆机"缘情绮靡"之论提供了依据。

四、"缘情绮靡"说的提出与发展

陆机与弟陆云在吴亡之后入洛，正是中朝名士活跃的年代，可以说，他本人也属中朝名士之列。他的"诗缘情而绮靡"之说，就是在上述时代精神氛围、士林风习以及建安以来文学创作经验的基础上提出来的。另外，还有文学理论自身的演化与传承。

"缘情绮靡"的诗歌创作原则，从骨子里说，实际上是楚骚传统的总结。屈原、宋玉的作品，无论是其艺术风貌自身，还是在六朝人眼中，与《诗三百》相比，确有更加浓烈的感情和绚丽的色彩。屈原也屡言自己的创作是"发愤以抒情"。汉代以后，它们对诗、赋的影响超过了《诗三百》，更不用说汉儒解《诗》所抽象出来的《诗》"经"精神了。我们在《古诗十九首》、建安诗歌、阮籍《咏怀》、晋宋以后的作品中，都可以看到楚骚的影子，真正贯彻儒家讽喻美刺之旨的，为数极少。沈约《宋书·谢灵运传论》说建安文学"甫乃以情纬文，以文被质"，其实也便是"缘情绮靡"。后人在批评齐梁诗风时往往追溯归罪于屈、宋，并不是毫无缘由的。总之，楚骚原则压倒了《诗》"经"精神，"缘情绮靡"之说基本上是楚骚原则的体现。

"缘情绮靡"与正统儒家诗学思想也并非毫无联系。汉儒的《诗》"经"精神其实并不讳言"情",只是要"止乎礼义";并不讳言"文",只是要归于"谲谏"。扬雄论诗赋的特点为"丽",只是主张"丽以则",反对流为"丽以淫"。扬雄的这一观点,首先影响于曹丕的理论。

曹丕的时代,被认为是文学自觉的开始,其标志便是其《典论·论文》。《典论·论文》的一个影响很深的内容,便是对各种文体的辨析:

夫文本同而末异:盖奏议宜雅,书论宜理,铭诔尚实,诗赋欲丽。

曹丕将"文"分为四科八体。它们作为"文"即比一般生活语言都富有文采来说,在根本上是一致的,但又有各自不同的特点与规则。单就诗、赋两体而言,曹丕拈出一个"丽"字加以界定,而不言"则"。"则"包含了传统儒家的审美规范与伦理规范,前者要求典正、适中,后者要求合于政教风化的思想内容。曹丕的界定虽有片面性,却昭示着文学摆脱儒家思想的开端。

陆机"缘情绮靡"之说也是在文体辨析中提出的。其《文赋》写道:

体有万殊,物无一量。……诗缘情而绮靡,赋体物而浏亮,碑披文以相质,诔缠绵而凄怆,铭博约而温润,箴顿挫而清壮,颂优游以彬蔚,论精微而朗畅,奏平彻以闲雅,说炜晔而谲诳。

将曹丕的"四科"更细别为诗、赋、碑、诔、铭、箴、颂、论、奏、说"十体",各体特点也较曹丕所论略详。其论诗,纠正了曹丕只从"丽"的艺术形式着眼的偏颇,而兼顾到情、采即内容与形式两个方面。其所谓"缘情"之"情",可以想见,指的是感物所兴的审美感情，因为《文赋》上文亦说"遵四时以叹逝，瞻万物而思纷，悲落叶于劲秋，喜柔条于芳春"。中国古代的诗学思想，主要是围绕如何艺术地处理物、情关系这根轴线渐入佳境、愈来愈入精微的，直至清代王士禛的"神韵"、近世王国维的"境界"，无不如此。社会化的内容与价值准则，就蕴藏在物情交融的艺术意象中，形成中国所特有的比兴象征方式，并深为西方现代象征主义诗派所注目、借鉴，这是甚可注意的。而这种方式的理论探讨便始于魏晋六朝，钟嵘《诗品序》、刘勰《文心雕龙·物色》等篇探讨尤详。文学的自觉，诗学的突破，也表现于此。

"绮靡"常常引起后人的责难，与齐梁的虚华绮艳联系起来。"绮靡"其实就是"丽"。诗的辞采要求优美一些，形象要求鲜丽一些，并无可厚非，只要不过"度"、能保持扬雄所说的"则"即可。那么，"绮靡"与"情"有何必然联系呢？"缘情"又何以会"绮靡"呢？这与写物有关。情既是由物所感发，那么在抒发这种情感时，往往要极写该物以衬托、渲染、暗示、象征。《文心雕龙》说得好："情以物兴，故义必明雅；物以情观，故词必巧丽"（《诠赋》），"诗人感物，联类不穷，流连万象之际，沉吟视听之区。写气图貌，既随物以宛转；属采附声，亦与心而徘徊"（《物色》）。抒情与写物的关系，其实就是一种"情采"关系。当然，强调"采"，强调"绮靡"，也与魏晋六朝的审美趣味有关。至于明人顾起元《锦研斋次草序》所说"绮靡者，情之所自溢也。不绮靡不可以言情"，清人韩菼《芦中集序》也说"情之所溢，不得不绮，即不得不靡"（《有怀堂文稿》卷三），话虽有些绝对，但也往往如此，只要不将"绮靡"作狭隘理解就是。陶渊明的诗篇，不也被苏轼评为"质而实绮"，而为人们所认同吗？

从汉人的"发乎情，止乎礼义"到陆机的"诗缘情而绮靡"，是中国古代诗学思想史上的一个飞跃，一个巨大转折。陆机只讲情而不及礼义，确实冲决了传统儒家诗论的框架，表现出诗学观念的更新。后人对陆机这个命题的非议，都集矢于此。除前引纪昀之论外，再如清陈玉瑾："陆机曰：'诗缘情而绮靡。'夫诗发乎情，止乎礼义，乃机以绮靡为情，此诗之所以亡也。"（《学文堂文集》卷三《倪闇公诗序》）沈德潜："'诗缘情而绮靡'，殊非诗人之旨。"（《古诗源》卷七）这里所谓"诗人"，指《诗经》的作者，"诗人之旨"也就是汉儒所看出的《诗经》"发乎情，止乎礼义"之旨。

古人对"缘情绮靡"诗学命题的另一责难，是认为它开了齐梁的华艳诗风，所谓"绮靡重六朝之弊"（谢榛《四溟诗话》卷一）。这也并非全无根据。从诗学思想来说，其实整个魏晋南北朝，除东晋一代因从另一角度受庄老思想影响而充斥着"理过其辞""遒丽之辞，无闻焉尔"的玄言诗外，基本趋势便是越来越重视对情、采的探讨。即使儒家思想较浓厚的刘勰，其《文心雕龙》也设有《情采》专篇，认为"文采所以饰言，而辩丽本乎情性"，又将文采分为"形文""声文""情文"。钟嵘《诗品序》提出"干之以风力，润之以丹采"，风力是比较强劲的情，丹采是比较鲜丽的采。《诗品》正文具体品评作家作品，大抵就是从情、采两个方面着眼的。可以说，陆机的这个诗学命题，在南朝已为许多人所接受。

发生在南朝的文、笔之辨是对曹丕以来文体之辨的深化。文体之辨只是意在辨析各类文体的不同特点，文、笔之辨则意图区分纯文学与杂文学的不同，表明文学观念的进一步自觉。当时一般以诗、赋、碑、诔等有韵之文为"文"，以论、说、奏、议等无韵之文为"笔"，但萧绎（梁元帝）《金楼子·立言》篇则对"文"作了更多的规定：

吟咏风谣，流连哀思者，谓之文。……至如文者，惟须绮縠纷披，宫徵靡曼，唇吻遒会，情灵摇荡。

所谓"流连哀思""情灵摇荡"便是"缘情"，只是更加浓烈缠绵；

所谓"绮縠纷披，宫徵靡曼"便是"绮靡"，只是更加绚烂华艳。在这股文学思潮中，出现了许多滥情、艳情、虚华、淫丽之作，但这恐怕已非陆机的初衷。另一方面，文学既已走向自觉，儒学既失去约束之力，"美"既为人们所普遍追求，上述发展趋势在一段时期内恐怕也难以避免，然后才有唐人的矫弊救偏，才有唐人的浓妆淡抹总相宜，这并不是陆机的力量所能左右的。

五、"兴"义的演化与缠夹

赋、比、兴是中国传统诗学的重要问题，特别是兴，殆可谓传统诗学的核心。兴以及由兴所组成的词语，如"比兴""感兴""兴喻""兴寄""兴托""兴象""兴趣""意兴"等等，从纵的方面贯穿于中国古代诗学思想史的各个演化阶段，从横的方面贯穿于诗歌创作的各个环节。但兴义复杂，游动，多变，朱自清《诗言志辨》称其最为"缠夹"。兴义的缠夹是多层面的，而主要是汉代"兴喻"说与魏晋"兴感"说的缠夹，这种概念的缠夹混淆至今也时有所见。

兴的本义是"起"，对兴的各种理解与运用其实都是这种本义或近或远的引申。魏晋是一个伤感的时代，外物的变易荣枯常常能引发士人各种各样的人生悲感，他们往往把这种触发的过程以一个"兴"字来表达，如"感物兴情""感物兴思""感物兴想""感物兴哀"等等。这是一种人与现实的审美关系。当为外物所感发动情者是一位文人时，便会由之发而为诗、为文，于是情感的生成过程也便成为作品的生成过程，这个过程也往往以"兴"表达：

> 杨修《孔雀赋序》：魏王园中有孔雀，久在池沼，与众鸟同列。其初至也，甚见奇伟，而今行者莫视。临淄侯感世人之待士亦咸如此，故兴志而作赋焉。

应玚《公宴诗》：巍巍主人德，佳会被四方。开馆延群士，置酒于斯堂。辨论释郁结，援笔兴文章。

曹植《赠徐干》：慷慨有悲心，兴文自成篇。

傅咸《蜉蝣赋序》：读《诗》至《蜉蝣》，感其虽朝生暮死，而能修其翼，可以有兴，遂赋之。

陆机《赠弟士龙诗序》：收迹之日，感物兴哀，……故作是诗，以寄其哀苦焉。

陆云《寒蝉赋序》：且攀木寒鸣，负才所叹。余昔侨处，切有感焉，兴赋云尔。

以上引文中的"兴"字，大致皆为"生""作"之意，如"兴志而作赋"之"兴"为"生"，"援笔兴文章"之"兴"为"作"，等等，本与作为文学理论术语的赋、比、兴无关。以上引文又都是作家对某篇具体诗、赋的创作经验的自诉，这种真切无伪的创作自诉是理论家作出更带有普遍性的概括的最坚实可靠的基础与依据。对这种情况首先加以理论概括的，是挚虞。

挚虞字仲洽，生卒年不详，大约与陆机、陆云同时而略晚。其所著《文章流别论》辨析文体，述其流变，对刘勰《文心雕龙》的文体论颇有启迪。全书已佚，今存论诗的一节云：

《周礼》太师掌教六诗，曰风，曰赋，曰比，曰兴，曰雅，曰颂。言一国之事，系一人之本，谓之风。言天下之事，形四方之风，谓之雅。颂者，美盛德之形容。赋者，敷陈之称也。比者，喻类之言也。兴者，有感之辞也。

文中释《周礼》"六诗"多沿汉人旧辙，了无新意，唯释"兴"为"有感之辞"却截然不同于汉人，是前无古人的新理解。如前所述，汉人以兴为"喻"，与比并没有原则不同，只不过有隐、显之别。汉人的这种解释是出于释经的需要，即将《诗经》中草木鸟兽鱼虫的描写曲折婉转地说成对序中有关政教风化的义理的譬陈，也就是说，在汉人心目中，比、兴皆是诗人创作中的表达方式：诗人头脑中先已存在"伤人伦之废，哀刑政之苛，吟咏情性，以风其上"等理念，然后寻找某种物象加以暗示隐喻，这种物象便成为理念的"意象比譬"。严格说来，这是违背诗的审美创造规律的，不过是思想的形象化、概念的图式化。挚虞以"有感之辞也"释"兴"，则由诗的传达论转为诗的生成论，认为诗情产生于感物的那一顷刻，能感之物与所感之情是一致的。这样，即使进入表达阶段，诗人抒情也必连而及于那触情的物，在写物时又必连而及于那感物的情，物情交融为某种意象。这意象中容或也带有象征的意味，也可在具象中含有抽象，在特殊中蕴蓄一般，但那属于黑格尔所说的"不自觉的象征"。

显然，挚虞"有感之辞也"的"兴"来自魏晋人所常言的"感物兴情"之"兴"，它与"六诗""六义"之"兴"本来毫不搭界，没有任何联系，井水不犯河水。但从上引挚虞的一段话可以看出，他正是以"感物兴情"之"兴"释"六诗""六义"之"兴"的，因而造成了缠夹混淆。因为这两种"兴"义在诗学思想史上都极关重要，如对峙的双峰，分流的二水，一是经学之"兴"，一是审美之"兴"，均不可漠视，加以二者所形成的"自觉的象征"与"不自觉的象征"既同为象征，客观上也有缠夹混淆的因由。

这种缠夹混淆在六朝便已开始，最显著的是刘勰《文心雕龙》。

《文心雕龙》有时在"感物兴情"的意义上运用"兴"字,如"情往似赠,兴来如答"(《物色》)。在《比兴》篇,一方面释"兴"为"起情",显即"感物兴情",但接着又说"兴则环譬以托讽""兴之托谕,婉而成章,称名也小,取类也大。《关雎》有别,故后妃方德;尸鸠贞一,故夫人象义……",转而成为"兴者喻",有浓厚的经学色彩,这与刘勰宗经而又重文的矛盾的文学观有关。当然,刘勰也力图以"起情者依微以拟议"将两种"兴"义贯通起来,既有"感兴"的"起情",又以所感之物来比拟、喻示。

顺便指出,作为"六义"中两义的"比""兴",到刘勰时才连缀为有深远影响的"比兴"一语。"比兴"的概念,也有经学意蕴与文学意蕴的缠夹。经学的"比兴"说,要求以艺术形象托喻政教风化的思想内容;文学的"比兴"说,现在常被称为艺术创作的形象思维。《文心雕龙》多次言及"比兴",也有这两种意蕴的缠夹。总之,无论"兴"还是"比兴",两种意蕴在诗学思想史上始终递相消长:一般说来,在强调政治教化的时代和作者那里,它们的经学意味较重,最典型的就是唐代白居易等人的新乐府运动;在重视诗的审美艺术特征的时代和作者那里,则完全是从文学角度立论的,明、清时代不少诗论家便做了许多精微的探讨。

仍以最为缠夹的"兴"义来说,对其界说往往随着时代精神和文学思潮的演化而演化,并没有标准答案。因为赋、比、兴三法是汉儒解《诗》中概括出来的,但《诗》的作者们在抒情咏志时头脑中并未横着什么赋、比、兴,更未对赋、比、兴作出规定。赋、比、兴的发明权毕竟应归于汉人。有的论者认为宋胡寅《斐然集》卷十八《致李叔易》引李仲蒙论赋、比、兴最为精当:"叙物以言情谓之赋,情物尽也;索物以托情谓之比,情附物者也;触物以起情谓之兴,物动情者也。"其论赋、比大致同于汉人,论兴则由挚虞"有感之辞"化出,也无所谓精当与否。

"兴"既然是"有感之辞",既然是指诗的发生,即诗人触于外物的一瞬所迸发出的诗思,那么它其实也便是中国所特有的灵感论。观乎六朝人对"兴"的运用,如前引刘勰的"情往似赠,兴来如答",钟嵘《诗品》评谢灵运的"兴多才高,寓目辄书",以及谢灵运《归涂赋序》自谓"事由于外,兴不自已",等等,其中的"兴",皆相当于现代文艺理论所说的灵感。将"兴"的这种"灵感"意义说得更明确的,是唐代旧题王昌龄的《诗格》:

> 作文兴若不来,即须看随身卷子,以发兴也。(《文镜秘府论》南卷《论文意》)

> 凡神不安,令人不畅无兴。无兴即任睡,睡大养神。……纸笔墨常须随身,兴来即录。……看兴稍歇,且如诗未成,待后有兴成,却必不得强伤神。(同上)

其中所有的"兴"字,都可以解释为"灵感",都可以用"灵感"二字置换。沈约说谢灵运"兴会标举","兴会"即灵感的来潮、汇集。这里说"兴"即灵感,并非西方古代原始的灵感论所谓神灵凭附、诗神赐予的结果,而是心灵与外物(包括自然现象和社会现象)相碰撞迸发出的璀璨火花。西方虽不乏这种"感兴"的作品,却罕有这种"感兴"的理论。

六、"神与物游":创作构思论

魏晋南北朝诗学思想的主线,是以情物关系为轴心展开的,在感物兴情、诗思发生、灵感来潮之后,接下去便是创作构思阶段。魏晋六朝的诗论家在这方面也做过一些创造性的探讨。

"悲情触物感,沉思郁缠绵",这是陆机切身的创作感受。当心灵为外物所触动，情感的波流汩汩不可止息，作为一位诗人，就会沉浸到缠绵的诗思之中，进入创作构思。兼为文学理论家的陆机，在《文赋》中对此做了生动的描绘和精辟的阐发：

> 其始也，皆收视反听，耽思傍讯，精骛八极，心游万仞。其致也，情曈昽而弥鲜，物昭晰而互进。……于是沉辞怫悦，若游鱼衔钩，而出重渊之深；浮藻联翩，若翰鸟缨缴，而坠曾云之峻。

首先要使心灵进入虚静状态，暂且切断视、听与现实外界的联系，一任诗思的精灵无所干扰地飞翔，展开一个比有限见闻的现实世界远为广阔的超越时空、无届弗至的艺术境界。后来苏轼称此种构思状态为"空静"："欲令诗语妙，无厌空且静，静故了群动，空故纳万境。"（《集注分类东坡先生诗》卷二十一《送参寥师》）现实中心境的"静"赢得构思中艺境的"动"，现实中心境的"空"赢得构思中艺境的"有"，动植飞潜、天地山川都一齐涌向脑际。在这个过程中，情与物始终是结伴而行的："情曈昽而弥鲜，物昭晰而互进。"情、物双方，情更是一个主动的活跃的因素，它为意象的呈现开辟着道路。随着现实生活中感物而生、思绪万端的情的愈来愈集中、强烈，最能体现此情、表达此情的意象也愈加鲜明，联翩而至。于是，描摹这贯情之物的"沉辞""浮藻"也从过去潜隐不显、飘浮不定的状态涌向笔底，任其选定，这就进入诗的传达过程。由情而物而言，这便是陆机所理解的创作构思过程，也便是从"缘情"到"绮靡"的过程。

陆机《文赋》是全面论述文的分类、文的创作的，构思不过占很小的篇幅。后来刘勰《文心雕龙·神思》篇承陆机的余绪，专门、集中、深入地探讨了这个问题。他所说的"神"有两层含意，一是作为形容词的"神妙","神思"即超越时空的神妙之思;二是作为名词的"精神""情志","神思"是一种精神、情感活动。

《神思》篇开门见山说:"古人云:'形在江海之上,心存魏阙之下。'神思之谓也。"所谓"古人云"的二句原为称颂身在山林而不忘国事,或者讽刺名为隐逸而志在权位,在这里是借用,说明艺术构思对作家具体的现实有限存在的超越。"神思"之语在汉魏之际就经常运用,如《三国志·魏书·荀彧传》注引孔融上书荐祢衡"性与道合,思若有神",不过指头脑的灵敏,与文学构思无涉。《三国志·魏书·明帝纪》注引张茂上书谓"陛下可无劳神思于海表",《三国志·吴书·楼玄传》载华覈上书孙皓,谓"宜得闲静以展神思",都是奉承君主的睿哲之思,更与文学构思无关。文学构思是一种不脱离具体形象的艺术思维,以"神思"一语表达这种思维活动虽也出现于刘勰之前,但刘勰以"神与物游"来规定"神思",却最得艺术思维的精髓与真谛:

> 故思理为妙,神与物游。神居胸臆,而志气统其关键;物沿耳目,则辞令管其枢机。枢机方通,则物无隐貌;关键将塞,则神有遁心。

"神与物游"即现在所说的伴随着形象的思维。"神"的关键是"志气","志气"即"情志","情志"是感情因素与理性因素的统一。这正好说出了艺术思维的特点与实质:艺术思维虽然是以情感为动力的,但也绝不排斥理性,它是以理性为导引的,理性时时矫正着那些粗鄙、虚妄的东西,使诗既合情又入理,既抒发了个人的情怀又富有人之常情,既有巨大的感染力又有深邃的启迪性。从"物"的方面说,这"物"自然是内化到诗人头脑中的物象、表象、意象,而非客观外界的具体之物,但"物沿耳目",它的形象在头脑中清晰可见,其声响也似乎分明可闻,所谓"吟咏之间,吐纳珠玉之声;眉睫之前,卷舒风云之色"。这可见可闻的物象还只是诗人自己在头脑中的可见可闻,要使之成为读者的可见可闻便需要传达,需要语言文字的载体与物化,故"辞令管其枢机"。当辞藻源源而来的时候,虚幻中的意象便得到绘声绘色、纤毫无遗的表现,生动地呈现在人们面前,可以捕捉,可以感受。这样又由情而物而言,由"缘情"而"绮靡"——"绮靡"指形象的凸出与鲜丽,不必非向虚华绮艳方面去理解。

《神思》篇结尾的"赞曰"对全篇又做了概括性的申论:"神用象通,情变所孕。物以貌求,心以理应。刻镂声律,萌芽比兴。"说的也是从情到物到言的构思想象活动的全过程。当艺术想象发挥了它神奇的力量之时,物象便在头脑中变得通明昭晰起来,这一切都是由情感所孕育所推动的,情感渗透、活跃在艺术想象活动的过程中。刘勰像陆机一样,也肯定了情感的主动性。头脑中纷至沓来的物象竞相要求表达,而诗人却还要做理性的选择,同时顾及声律的和谐悦耳,传达技巧的巧妙、含蕴——这里主要举出"比兴",显然,这个"比兴"是审美的比兴,已经不拘守于汉儒的"比兴"说。

需要说明的是,陆机《文赋》、刘勰《文心雕龙》是综论各种文体的写作的,其中也包括诗,曹丕的《典论·论文》也是如此。整个六朝,所谓"文"均属广义。到唐宋以后诗、文论大致分家,本书的论述便一般不再涉及狭义的文(散文)论。

还须说明的是,《文心雕龙》论创作构思要保持"虚静"的心态,采用"神与物游"的想象的思维方式,并不一定要与《庄子》所说的"虚而待物"的"心斋"以及"乘物以游心""吾游心于物之初"等联系起来,认为前者受到后者的影响。文学思想固然要受流行的哲学思想和社会思潮的影响,但也有独立的发展脉络,有自己的创作经验的积累和升华。不仅艺术思维,即使逻辑思维甚至一般日常生活中的思考，也要排除外界干扰和内心杂念，这种简单的创作经验和日常经验之理甚明，无待于《庄子》。陆机说的"收视反听"其实就是"虚静"。至于"神与物游"的艺术思维理论，恐怕主要从感物兴情、情物相随的创作经验逐渐总结而来。"乘物游心""游心于物之初"云云，与其说影响于"神与物游"之论，不如说影响于超越世俗、希心方外的生活态度，从而又影响于山水诗、田园诗甚至玄言诗更具有内在的必然性。文学理论借用往昔的哲学著作及其他著作的用语和表述方式者所在多有，但也不过是"借用"而已，很难说是"影响"。

七、"穷情写物"：艺术传达论

循着物、情关系的一轴，从"感物兴情"，引发起创作的冲动，到"神与物游"，展开了创作构思与想象，紧接着便进入具体的艺术传达阶段，钟嵘称之为"穷情写物"。

构思过程的终点便是传达过程的起点。陆机、刘勰在论述"精骛八极，心游万仞"的"神思"时，便已经涉及"沉辞""浮藻""声律"以至于"比兴"，但这一切还停留在想象之中，不等于真正的实现。从构思、想象到物化为具体可见的作品还有一段距离，有一个实际操作的过程。这个过程可能使诗人想象中的东西走样，达不到构思时的初衷。陆机对此有切身体会，其《文赋》开头便说"恒患意不称物，文不逮意"。"意不称物"大致指想象、构思不能切合感物兴情的微妙复杂的真实情状，"文不逮意"指语言等表现手段不能实现创作构思。《文心雕龙·神思》篇对此做了分析："方其搦翰，气倍辞前，暨乎篇成，半折心始。何则？意翻空而易奇，言征实而难巧也。"人们在灵感汹涌来潮时，在近乎狂热的创作冲动中，往往信心百倍，及至实现为具体作品，则常常达不到最初的设想。刘勰认为想象、构思总是比较容易的，可以天马行空，天花乱坠，而具体传达却是实打实的，要经得起咀嚼和推敲。这其实是一个很简单的道理，所谓"谈何容易"，所谓"想来容易做来难"，便是如此。

"言征实而难巧"提出了艺术技巧问题。在这方面，当时以钟嵘《诗品序》讲得最好。

《诗品序》也是从"感物兴情"入手论诗的。"物"首先指自然景色。"气之动物，物之感人，故摇荡性情，形诸舞咏"，"春风春鸟，秋月秋蝉，夏云暑雨，冬月祁寒，斯四候之感诸诗者也"。四季递遭、物色变易往往使人动情而成诗，如果说这已经成为魏晋六朝的常谈，那么他论述社会生活（也属"物"的范围）对诗情的感召，却比较新鲜而深刻：

> 嘉会寄诗以亲，离群托诗以怨。至于楚臣去境，汉妾辞宫；或骨横朔野，魂逐飞蓬；或负戈外戍，杀气雄边，塞客衣单，孀闺泪尽；或士有解佩出朝，一去忘返；女有扬蛾入宠，再盼倾国。凡斯种种，感荡心灵，非陈诗何以展其义？非长歌何以骋其情？

社会生活的种种悲欢离合，宠辱忧喜，同样可以成为诗思的触因。在这里，钟嵘对诗情感发的论述既未像当时人那样仅仅着眼于物色风景，也未像汉人那样局限于政教人伦，而是扩展到形形色色的人生遭际、日常的悲欢离合等"小我"之情。这是当时所能达到的最好的诗歌发生论。

钟嵘没有谈到创作构思，这是他的缺失，我们可以从同时代的其他论者那里去补足。他直接进入了表达阶段。他认为诗情既然由自然与社会中的外物所感发，那么在传达时便应当"穷情写物"，而"穷情写物"的"技"便是赋、比、兴的艺术手段，"穷情写物"的最后效应便是富有"滋味"的艺术美感。《诗品序》以下的一段

话十分集中而深刻,是从论述当时较为新起的五言诗入手的:

> 五言居文词之要,是众作之有滋味者也,故云会于流俗。岂不以指事造形,穷情写物,最为详切者耶?故诗有三义焉:一曰兴,二曰比,三曰赋。文已尽而意有余,兴也;因物喻志,比也;直书其事,寓言写物,赋也。宏斯三义,酌而用之,干之以风力,润之以丹采,使味之者无极,闻之者动心,是诗之至也。若专用比兴,患在意深,意深则词踬;若但用赋体,患在意浮,意浮则文散,嬉成流移,文无止泊,有芜漫之累矣。

所论虽为五言,但适合于一切诗的创作。具体论述中虽过于简约,但总的逻辑与思理十分明晰:诗的美感效果应是"有滋味",达到"滋味"美感的途径是"穷情写物"("指事造形"即写物),"穷情写物"的具体方法是赋、比、兴,赋、比、兴要"三义"酌而并用,不可偏废。此中,赋、比、兴是关键。

钟嵘在汉人所谓风、赋、比、兴、雅、颂"六义"中只取"三义",而未说明原因。他的言外之意不难思而得之:风、雅、颂不属方法问题。后来唐孔颖达的"三体三用"说、宋朱熹的"三经三纬"说,追溯起来,应是由钟嵘发端的,此姑不论。赋、比、兴作为三种艺术表现手段,在六朝之前,钟嵘做了最合理的发挥。《文心雕龙》虽有《比兴》专章,但由于宗经思想影响,释比、兴仍不离汉儒讽喻美刺的老调。在古代,讽喻美刺虽未可厚非,却往往扭曲诗意,也往往排斥诗人个人的日常感情。钟嵘释赋、比、兴完全摆脱了传统儒学的束缚,紧紧围绕着"穷情写物"的艺术手段,与他之前、之后的解释均有所不同。他释"赋"法为"直书其事,寓言写物",除直写即目所见的现实事物外,还要寄入自己的思想感情,这就具有了一般所说的比、兴的特点。故清刘熙载指出:"《风》诗中赋事,往往兼寓比兴之意,钟嵘《诗品》所由竟以'寓言写物'为赋也。赋兼比兴,则以言内之实事,写言外之重旨。"(《艺概·赋概》)"言外重旨"便是"有滋味"。钟嵘要求"比"法"因物喻志",并不是简单的打比方和词语修饰,而是将诗人的情志感性化、具体化。这样,他对赋、比的释义便侵入了通常所理解的"兴"的畛域,因而他释"兴"尤为新奇:"文已尽而意有余"。这种解释颇有模糊不清之嫌,它似乎从读者的审美感受着眼,有违于从创作角度释比、兴的体例,造成了"兴"义新的缠夹混淆。不过从前述引文来看,钟嵘紧紧围绕"穷情写物"的传达方式立论,对"文已尽而意有余"也应如此理解。《周易·系辞》云"圣人立象以尽意,设卦以尽情伪,系辞焉以尽其言",《庄子·天道》篇也论及言、意关系。在魏晋玄学中,这个古老的问题又被提了出来,发生过一场"言意之辨"。王弼认为"尽意莫若象,尽象莫若言"(《周易略例·明象》),荀粲则认为"立象"不能"尽意"(《三国志·魏书·荀彧传》注引)。这个问题一直是清谈家辩论的重要题目。钟嵘可能受到"立象尽意"之说的影响。同时,在文学理论领域有关含蓄蕴藉的问题在钟嵘之前也常被论及,如晋张华主张"使读之者尽而有余,久而更新"(《晋书·文苑传》引),宋范晔要求作品有"事外远致"(《宋书·范晔传》),画家宗炳提出"旨微于言象之外"(《画山水序》),《文心雕龙》更多次言及"文外之重旨""思表纤旨,文外曲致""余味曲包"等。钟嵘论"兴"也显然与此有关。他的意思大约是说:诗人的情感既然是由外物引发,那么在诗中就应描绘这物象,以便用有限的形象蕴含那深远无尽的情思。《诗品》正文评阮籍诗"言在耳目之内,情寄八荒之表",应是理解"文已尽而意有余"的最好参照。要之,"言尽意余"既是诗人的抒情方式,也确是读者的审美感受。它是造成作品"有滋味"的艺术手段。在这里,钟嵘提出了"滋味"的重要的审美范畴,是魏晋南北朝诗学思想的主要贡献之一,后来渐次深化,出现"兴象""兴趣""神韵""境界"等说,组成一条审美范畴的链条,其真正开端便是"滋味"说。先秦的"兴于诗"、汉代的"比""兴"之说,可以看作滥觞。

钟嵘的赋、比、兴"三义"并用、不可偏废之说也是极有见地的,对于整个后世诗学都有鉴戒意义。中国古代诗学始终重比兴而轻赋。钟嵘正确指出专用比兴和专用赋体易生的弊端,即使对现在有些过分朦胧的诗篇也切中肯綮。"赋"法是永远不可或缺的,它是读者把握诗意从而曲径通幽、深入诗之堂奥的窗口。——当然,那种执意拒绝把握的诗作,不在此列。

八、声律、对偶、用典

魏晋南北朝诗学思想的主流是"缘情绮靡",而且有愈演愈烈之势。以上我们主要就"缘情"方面谈,由"感物兴情"的诗的发生论,到"神与物游"的诗的构思论,再到"穷情写物"的诗的传达论。本节谈"绮靡"的方面。"绮靡"是艺术形式的问题,它当然主要指辞采。宽泛地说,还可以包括声律、对偶、用典。这都是魏晋六朝刻意追求的东西,而且也愈演愈烈。后人非难南朝的"彩丽竞繁",主要便指这些方面的刻意追求而言。辞采是形象美、色彩美,声律是音乐美,对偶是"建筑美"。用典虽涉及思想内容,但基本上也属形式方面。辞采问题在前面几节已多所涉及,此处从略。

魏晋南北朝特别是齐梁以后对形式的爱好素被恶名,所谓"自从建安来,绮丽不足珍"(李白《古风》),所谓"齐梁及陈隋,众作等蝉噪"(韩愈《荐士》),等等。后人吸取和改进了他们探讨的成果,借鉴了他们成功的经验和失败的教训,又反转来对他们责之过苛,其实也有失公允。

远古时代,由于诗与歌连为一体,诗人们便已自然地注意到音韵的和谐协调，各民族莫不如此。因为音韵问题无非是抑扬顿挫、高下疾徐的配合，所以古人总把它与音乐的声律联系起来。旧题葛洪撰《西京杂记》载司马相如论赋："合綦组以成文，列锦绣而为质，一经一纬，一宫一商，此赋之迹也。""一经一纬"，指辞采的搭配；"一宫一商"，用音乐中宫、商、角、徵、羽五音的配合指赋中音韵的协调。但《西京杂记》所载难以尽信，司马相如是否早在西汉初期已自觉地协调赋的声律，是令人生疑的。最早留意于此的可靠资料当为陆机《文赋》："暨音声之迭代，若五色之相宣。""音声迭代"便是诗文中音韵的错综配合。

对声律的自觉追求，是进入南朝以后的事情，这大约与有韵之"文"、无韵之"笔"的辨析有关，与佛经梵语的翻译有关。首先是刘宋时范晔自诩"性别宫商，识清浊"（《宋书》本传），又称许谢庄亦明此道。谢庄也是宋人，多才艺，通音乐，但此时对诗文中的音韵声律问题其实还明而未融，到南齐时才真正清晰起来。当时周颙著《四声切韵》，沈约著《四声谱》，书均已佚，但显为研讨汉字平、上、去、入四声等问题的。沈约、谢朓、王融等把这些音韵学方面的知识用于诗歌创作，世称"永明体"，是中国古代格律诗的发端。

沈约等人为永明新体诗的声律作了许多规定，据他本人和后人的说法，总称"四声八病"。"四声"是正面的要求，"八病"是负面的禁忌。日本僧人遍照金刚所编《文镜秘府论》（约成于9世纪初）保存了一些隋唐人的说法，宋人李淑《诗苑类格》、魏庆之《诗人玉屑》也有说明，但未必合于沈约等人的原意，对我们现在也没有多少意义。由沈约本人在《宋书·谢灵运传论》所言，可以了解其基本精神与原则，即："欲使宫羽相变，低昂互节，若前有浮声，则后须切响。一简之内，音韵尽殊；两句之中，轻重悉异。妙达此旨，始可言文。"总之要使平上去入四声和谐协调，错落有致，以收抑扬顿挫之效。

刘勰对沈约等人的探索持赞成态度，其《文心雕龙》有《声律》

专章加以探讨。钟嵘《诗品》因标举"自然英旨",认为声律之说会使"文多拘忌,伤其真美",有碍于吟咏情性和行文自然,故持反对态度。不过,声律之说既是合理的探讨,尽管当时还难免不成熟,支离烦琐,但毕竟逐渐流行开来。到了唐代,则在沈约等人的基础上加以改进,正式形成中国古代的格律诗。

对偶当时称为"丽辞"。诗、文中语句对偶,早在先秦已经出现,这与汉字字形特点有关,也与人的思维习惯于连及事物的矛盾双方有关。在诗中自觉地留意对偶,大约是从建安时代特别是曹植开始的。到西晋太康、元康文学,潘岳、陆机诗刻意追求对偶,甚至诗意比较慷慨激越的左思、刘琨也在所不免。说西晋诗风"繁缛""采缛于正始",大半是因为追求对偶,句必成双,造成重复。南朝骈俪之风盛行,谢灵运等人诗甚至到了每句必对的程度,即所谓"俪采百字之偶",以至造成"疏慢阐缓"之弊。

对对偶作系统的理论探讨的,当时唯有《文心雕龙·丽辞》篇,刘勰从他所标榜的"自然之道"和"圣贤之书"的高度,论证了对偶无可置疑的合理性:"造化赋形,支体必双;神理为用,事不孤立。"自然之物皆有对应的双方,故"丽辞"是合乎"神理"的;《尚书》《周易》《诗经》多有俳偶之句,故"丽辞"也是合于经典的。循此,他论述了四种对偶方法:"言对""事对""正对""反对"。对偶也是中国古代格律诗的重要因素,刘勰的探讨对唐人颇有启示。

用典旧称"事类""用事",按照刘勰《文心雕龙·事类》篇的定义,即"据事以类义,援古以证今",用往古的有关事例类比、论证文中之理。这主要是从议论文角度立论的。据钟嵘《诗品序》,致力于诗中用典的,前有宋颜延之、谢庄,后有齐王融、任昉,由于他们的带动,一时蔚成风气,致使诗作"拘挛补衲,蠹文已甚"。钟嵘并不一般地反对用典,他只是反对诗中过分用典:"至乎吟咏情性,亦何贵于用事!"诗既旨在抒情,应"直寻"即目所见的事物,方有"自然英旨"。刘勰《文心雕龙》泛论各种文体,故非唯不反对用典,反而以之为"圣贤之鸿谟,经籍之通矩",合于其征圣宗经的理论前提。他还提出"用人若己""不啻自其口出"的用典方法与原则,即古人所说的"用如不用",犹盐溶水中,唯知咸味,而不见痕迹。

诗中用典,是诗学史上一个贯穿始终的争议问题。恰切、适度、巧妙的用典可加大诗的容量,深化作者的情志,扩展读者的审美联想、想象。但过分追求用典,则不仅会使诗意晦涩难懂,更冲淡了读者的审美体验,将"美"引向寻找典故出处的"知"。所以用典之风虽屡被攻讦,却终不灭;虽终不灭,却又难免"掉书袋"之讥。

九、古今之争与情礼冲突

以上沿"缘情绮靡"一线顺流而下,依次展示了魏晋南北朝诗学思想的新风貌。它从汉末起于青萍之末,到南朝席卷文坛,愈演愈烈,严重背离汉人所奠定的"主文谲谏"的正统儒家诗学思想。从主流上说,它张扬情感与个性,主张抒写人生种种哀感失志之情,而不必指向美刺讽喻的教化主题,到后来甚至流为滥情,流为色情,流为无病呻吟的"为文造情";为了映衬、渲染、强化情绪,它要求以鲜亮的文采、秾丽的辞藻描绘那触情的外物,到后来甚至流为淫丽,流为虚华,流为了无生气和灵魂的风花雪月;它也不顾昔时儒者"童子雕虫篆刻"(扬雄《法言·吾子》)的自嘲嘲人,在声律、对仗、用典等区区"小技"上雕镌刻镂,费尽心智。但另一方面,即使在这个儒学的中衰时代,儒家思想也仍然是政治与道义上的一面最严正、最理直气壮的旗帜;即使在这个"为艺术而艺术"的时代(鲁迅《而已集·魏晋风度及文章与药及酒之关系》,《鲁迅全集·而已集》,人民文学出版社,1981),主张为教化而艺术的正宗儒者也仍不乏其人。于是,在文学领域,要求恢复汉儒《诗》"经"精神与坚持"新变"者之间的"古今文体"之争，便是不可避免的了。

文学上古今之争的实质是情与礼的冲突。这从复古派的代表人物裴子野《雕虫论》攻击当时文学"摈落六艺，吟咏情性""无被于管弦，非止乎礼义"等语便可明显看出，"情性"与"六艺"（六经）、"礼义"是鲜明对立的。"礼"是儒家价值原则的总体现，是思想与行为的普遍规范。儒家正统诗学思想的核心"主文谲谏"，其指归便是"礼"，要求通过"温柔敦厚""怨而不怒"的方式，调节君臣父子夫妇井然有序的社会伦理秩序，"经夫妇，成孝敬，厚人伦，美教化，移风俗"。汉儒并非完全抹杀情，但情要约束于礼的堤防。"缘情"的鼓吹和遵行者们则不顾忌于此，其情非止于礼义，无关乎教化。从形式方面说，"主文谲谏"之"文"是比兴喻志，服务于"谏"，要求合于"文质彬彬"的礼的风范，"绮靡"原就有"恶紫夺朱"的意味，及至后来走向"丽以淫"，完全突破了"文质彬彬"的合"礼"框架。因此，古今之争的具体表现便是情与志（道）、文与质的龃龉，亦即"主文谲谏"与"缘情绮靡"的龃龉。复古派强调诗的理性因素和政教功能，新变派强调诗的感情因素和审美功能；复古派往往以往圣昔贤、五经六义为号召，新变派则以万物不断演进之理为标榜；复古派多是明于典章礼义的儒者，新变派则多是倜傥风流的才士以至王公大人、太子皇孙。二者各有其现实的合理性：复古派旨在矫革确已日渐讹滥的诗风，新变派则旨在巩固文学"自觉"的成果。

这里应予说明：所谓"复古"，指恢复汉儒所概括的《诗》"经"精神之"古"。钟嵘《诗品序》所说当时士子"笑曹、刘为古拙"，以建安文学为古，则只是从时间上着眼，与此处所说的"复古"不同。

曹丕可以说是新变派的端首，其"诗赋欲丽"之论有悖于汉儒的传统，昭示着文学自觉的开端，被鲁迅称为"为艺术而艺术的一派"。当时似乎未见有人反对。曹植《与杨德祖书》虽说过文章是雕虫小技、不足以为勋业的话,似弹扬雄老调,但那不过是欲立功名而不得的愤慨之言,与扬雄立论的角度不同。其实在创作实践上,他正是文学新变的关键人物,有人甚至认为他开六朝之绮靡。

西晋时诗文走向繁缛,陆机提出"缘情绮靡"之论。比他略后,挚虞著《文章流别论》,复古的气味颇浓。其总论文学,主"宣上下之象,明人伦之叙,穷理尽性,以究万物之宜",显然是要求文学服务于教化伦理。其论诗则称"古之作诗者,发乎情,止乎礼义。情之发,因辞以形之;礼义之旨,须事以明之""言其志谓之诗。古有采诗之官,王者以知得失",完全是汉儒的论调,与当时的新潮扞格不入。挚虞本人也是一位博通礼制的儒者。不过,他虽在文中已提到"古今"问题,但崇古鄙今的现实针对性不强,主要是正面陈述己见。只是在论及诗的形式时,明显鄙薄新兴的五言诗体:"然则雅音之韵,四言为正;其余虽备曲折之体,而非音之正也。"因为宗经,连《诗经》所使用的古老的四言形式也一并尊崇起来,无疑是一种食古不化的论调。《文心雕龙·明诗》篇也有类似观念"若夫四言正体,则雅润为本;五言流调,则清丽居宗",与钟嵘《诗品序》称五言"是众作之有滋味者也,故云会于流俗"相比较,可明显看出挚虞、刘勰的保守态度,以及当时五言兴盛的时风众会。

古今文体之争显著化起来,反映在两晋之际葛洪《抱朴子》一书中。葛洪基本上属趋新派。他嘲笑那些贵远贱近、食古不化的复古派为"俗儒""俗士""守株之徒"。讽刺他们:"古书虽质朴,而俗儒谓之堕于天也;今文虽金玉,而常人同之于瓦砾也"(《钧世》),"俗士多云今山不及古山之高,今海不及古海之广,今日不及古日之热,今月不及古月之朗"(《尚博》)。从这些尖刻的嘲讽中,可以想见在西晋后期,随着缘情绮靡之作的泛滥,随着文学形式技巧的演进,主张复古的反对派也大有人在,他们唯古是尚,凡古皆优,凡今皆劣,故而才引起葛洪的注意,为今文一辩再辩。他辩解的理

由基于事物的发展规律:

> 古者事事醇素,今则莫不雕饰。时移世改,理自然也。(《钧世》)

以"自然之理"对抗复古之论,也是南朝时期新变派重要的理论武器。由此也可见,葛洪评判古今的一个重要依据和价值标准便是"雕饰",他无疑是主张辞采之美的,应是"绮靡"的拥护者。正是基于此点,他甚至断言《诗经》的作品不及后世有些作品"美""壮"。这种前古未有的石破天惊之论,正是六朝思想解放的表现,也反映了当时重辞采、重华美的审美思潮。古朴而今文、古质而今艳,也是南北朝人区分古今文体的常谈。有些批评家调和古今之争,往往也着眼于调和文、质。

东晋诗坛为玄言诗所笼盖,无所谓什么古今之争,只有玄言与非玄言之别。古今体之争最激烈的时代是齐梁之际。当时诗风日趋华靡,宫体诗已经出现。另一方面,由于齐高帝萧道成、梁武帝萧衍两位开国君主的提倡以及儒臣王俭等人的努力,儒学较为抬头,文学批评也十分活跃,中国古代最负盛名的文学理论著作《文心雕龙》《诗品》以及《文选》皆出现于此时。这也不免发生不同文学思想的交锋。复古派的代表人物是裴子野,他出身世代史学之家,重儒术,通礼制,明治乱。《梁书》其本传说:

> 子野与沛国刘显、南阳刘之遴、陈郡殷芸、陈留阮孝绪、吴郡顾协、京兆韦棱,皆博极群书,深相赏好。……时吴平侯萧劢、范阳张缵,每讨论坟籍,咸折中于子野焉。……子野为文典而速,不尚丽靡之词,其制作多法古,与今文体异。

这大约是一个复古派的集团,形成于梁初。尚"典"而"不尚丽靡"、"制作多法古,与今文体异",透露出当时古今文体的分歧与龃龉。

最集中反映裴子野文学复古主张的,是《雕虫论》。"雕虫"出自汉儒扬雄的鄙薄文学之语,从题目上便可看出其思想倾向。文章一开头,便将古、今体鲜明对立起来:

> 古者四始六艺,总而为诗,既形四方之风,且彰君子之志,劝善惩恶,王化本焉。后之作者,思存枝叶,繁华蕴藻,用以自通。

所谓"四始""劝善惩恶""形四方之风"云云,皆是汉儒解《诗》的话头,可见复古派要复的是汉儒《诗》"经"精神——那是传统儒家正宗诗学思想的真正奠基石。所谓"后之作者",根据下文,指曹植、刘桢、潘岳、陆机、颜延之、谢灵运这些魏、晋、宋时期的代表作家。在裴子野看来,他们的作品唯重文采辞藻等细枝末节,没有"劝善惩恶"的思想内容。至于齐梁时的诗人,更是等而下之,"摈落六艺,吟咏情性""非止乎礼义",甚至成为"匿而采"的"乱世之音"。裴子野的这些言论,是魏晋南北朝时期复古思潮的典型。

新变派的阵容远比复古派强大,而且多是达官贵人。如入梁的南齐贵族萧子显《南齐书·文学传论》说:"习玩为理,事久则渎,在乎文章,弥患凡旧。若无新变,不能代雄。"他把文章看成"习玩"之物,不承认其劝善惩恶的神圣性;认为只有推陈出新,方能一代胜过一代。贵为太子的萧统《文选序》也说:"盖踵其事而增华,变其本而加厉,物既有之,文亦宜然。"与萧子显一样,皆承袭葛洪所论事物不断演进的"自然"之理,认为古质今文是普遍规律。

与以裴子野为代表的复古派文学集团针锋相对的,是以太子萧纲(后为梁简文帝)为代表的新变派文学集团。《梁书·文学传·庾肩吾传》记载：

> 初，太宗（萧纲）在藩，雅好文章士。时肩吾与东海徐摛，吴郡陆杲，彭城刘遵、刘孝仪、仪弟孝威，同被赏接。及居东宫，又开文德省，置学士，肩吾子信、摛子陵、吴郡张长公、北地傅弘、东海鲍至等充其选。齐永明中，文士王融、谢朓、沈约文章始用四声，以为新变。至是转拘声韵，弥尚丽靡，复逾于往时。

可见沈约等人的永明新体诗正属"新变"之列，萧纲等人则变本加厉，"弥尚丽靡"，与裴子野等人的"不尚丽靡"正相对立。萧纲本人的《与湘东王书》，与裴子野的《雕虫论》几乎针锋相对。裴子野反对"摈落六艺，吟咏情性"，萧纲则说："未闻吟咏情性，反拟《内则》之篇；操笔写志，更摹《酒诰》之作；迟迟春日，翻学《归藏》；湛湛江水，遂同《大传》。"（《与湘东王书》）所举篇目，皆属儒家经典，正是"摈落六艺"。他强调诗歌不同于其他典籍的抒情写物的特点，在理论上自然是无可置疑的，文中还"诋诃"裴子野"了无篇什之美""质不宜慕"，体现了两派文质观的分歧。他把古体与今体对立到不可并存的地步："若以今文为是，则古文为非；若昔贤可称，则今体宜弃。俱为盍各，则未之敢许！"

但是，有眼光的批评家却要调和这种对立。

十、刘勰等人的调和折中

其实两派的意见各有合理性，也各有偏颇。调和二者之间的，最典型的是刘勰《文心雕龙》。刘勰明确说出自己的研究方法和指导思想是"折中"："有同乎旧谈者，非雷同也，势自不可异也；有异乎前论者，非苟异也，理自不可同也。同之与异，不屑古今；擘肌分理，唯务折衷。"(《序志》)他认为正确的论文态度应依据文学本身的特点与规律（"势""理"），而不能拘守于"古"或者"今"。

刘勰无疑是一位通达、明敏的文学理论家。在当时的文学批评家中，几乎没有一人比他更全面地倡言"宗经"，同时又更全面地肯定与探讨文学"新变"的成果。他企图以传统儒家的诗学思想矫正当时诗风的虚华淫艳，用文学演进的新成果弥补传统诗学唯重义理的不足。他将二者加以调和折中的方法，便是对儒家经典从艺术方面做了新的阐释。用现在的话来说，达成其"现代转换"。《文心雕龙》首标《原道》《征圣》《宗经》。他所原的"道"实际上是文采之道，认为有文采是天、地、人间自然万物的规律。他征的"圣"实际上是圣人的"文"，认为"道沿圣以垂文，圣因文而明道"(《原道》)，圣人是"道之文"的体现与枢纽。"然则圣文之雅丽，固衔华而佩实者也。"(《征圣》)所谓"圣文"，即《诗》《书》等儒家经典，它们既雅且丽，华而能实。文能宗经，便会达到六个方面的优点，"一则情深而不诡，二则风清而不杂，三则事信而不诞，四则义直而不回，五则体约而不芜，六则文丽而不淫"(《宗经》)，臻于"文质彬彬"之极致。这一切其实是对经书的附会，意在借大旗而发挥己意。倘说汉人从经书(《诗经》)中抽绎出"道"，则刘勰从经书中抽绎出"文"，由此也可看出解释的历史文化制约。我们现在往往不满刘勰宗经的保守，而古代亦有敏感的"醇儒"指责刘勰背经而言文。他正是要在这古、今的夹缝中建立自己的理论体系，使复古、新变两派都能接受。

集中体现刘勰主张融贯古今、各取其长之思想的，是《通变》篇。在这里，他既主"参古"，又主"酌今"。所谓"参古"，按照他的思想体系与逻辑，便是"宗经"，所谓"练青濯绛，必归蓝蒨；矫讹翻浅，还宗经诰"。只有宗经，方能矫革当时日趋讹滥的文风。但刘勰似乎更重新变。在他看来，当时文学已面临穷途末路，只有新变方能"文律运周，日新其业"。他鼓励作家"趋时必果，乘机无怯"，勇敢地走在时代的前列。从这一点上说，他比那些激进的趋新派还要激进。

刘勰长于论辩的艺术。他善于先"立乎其大者"，从"自然之道"、圣人之文、古今之变这些大关节入手，在不容置疑处占住位置，高屋建瓴，然后势如破竹，顺流直下，推出一系列肯定与探讨新变的篇章，如《情采》《声律》《章句》《丽辞》《事类》《练字》等，这几乎包罗了所有当时文学创作与理论中的新现象、新问题，包罗了所有裴子野所不齿的"枝叶"。他对此的论述方法，几乎与全书的方法一样，先是"原道""征圣""宗经"，寻得依据，借以发挥，在此前提之下，刘勰对种种文学新变理直气壮地作了深入探讨，将被裴子野等人讥为"雕虫"之事，堂而皇之地置于大雅之堂。在当时的历史条件下，这是一种巧妙的先声夺人的论辩艺术。

当然刘勰的征圣宗经也是真诚的。这就造成了他体系的矛盾，理论的二元化，既扭曲了经典，也因必向圣经贤传寻找依据而对文学探索带来一些拘挛。

钟嵘《诗品》基本也持折中态度，意欲矫正当时的不正诗风，不过宗经观念远比《文心雕龙》淡薄。《诗品序》受到《毛诗序》的一定影响，如肯定诗的"吟咏情性"特征、高扬诗巨大的审美功用，但却不取"止乎礼义""经夫妇，成孝敬"一类话头；它强调社会生活、人生际遇对诗情的感召，但却不局限于《毛诗序》的"伤人伦之废，哀刑政之苛"。它主张"风力""丹采"，是对陆机"缘情绮靡"之说的承认。因为钟嵘以"自然英旨"为审美批评标准，故对沈约等人的"四声八病"之说持反对态度，又不满诗中过分用典，但这完全是从诗的艺术性着眼的，绝不同于裴子野的"雕虫"之讥。另外，他承认汉儒所主张的美刺讽喻的合理性，并用之于批评实践，如评左思诗"得讽谕之致"，评嵇康诗"托谕清远"，何晏诗"风规见矣"，应璩诗"得诗人激刺之旨",等等。这些观念均来自汉儒,但也合乎实际,并无牵附。——应当承认,汉儒解《诗》所引申出来的思想,本就有其历史的合理性。文学在任何时代都不能脱离人生,都不能回避对民生疾苦的关怀。

在儒家思想一向比较浓厚,文坛又不断"南风北渐"的北朝,古今文体之争尤为激烈。《周书·柳庆传》引苏绰指斥当时情形说:"近代以来,文章华靡,逮于江左,弥复轻薄。洛阳后进,祖述不已。"北方的时髦青年也效法南朝的华靡诗风,使苏绰强烈不满。他是一个极端的复古派,曾仿《尚书》的古奥文体写作,并借行政力量强制推行,但终究"虽属词有师古之美,矫枉非适时之用,故莫能常行焉"(《周书·王褒庾信传论》)。复古是行不通的,生于苏绰之后而又由南入北的颜之推,大约既亲见江南文风的淫靡虚华,又看到苏绰的失败,并受到《文心雕龙》的影响,也主张调和古今。其《颜氏家训·文章》篇说:

> 古人之文,宏材逸气,体度风格,去今实远,但缉缀疏朴,未为密致耳。今世音律谐靡,章句偶对,讳避精详,贤于往昔多矣。宜以古之制裁为本,今之辞调为末,并须两存,不可偏弃也。

他说得已经很清楚明白,用不着多加解释了。

十一、宗经辨骚(二)

在本期,宗经辨骚其实也属于古今体之争的范围。这个阶段对骚的论辩不像汉代那么针锋相对,对骚的攻讦又不像唐人那么激烈,因为本期终究是一个以"缘情绮靡"为主流的时代,是一个楚骚传统占上风的时代。不过从《文心雕龙》首列《原道》《征圣》《宗经》

为正鹄，继列《正纬》《辨骚》为参照来看，宗经辨骚也是一个为批评家所注意的时代课题。

经须宗而骚须辨，是因为在当时有些人看来，文学的发展已经违背了经——这里主要指汉儒的《诗》"经"精神，而追随了骚，这也并非毫无根据，"缘情绮靡"诗学思潮，确实在一定意义上体现了楚骚原则的胜利。屈原、宋玉为代表的楚辞作品向人们展示的，正是"缘情"，也正是"绮靡"。《离骚》的长歌当哭，《九章》的发愤抒情，《九歌》的幽怨哀感，《九辩》的失志不平，以及描绘美人香草、飘风云霓、楚物楚俗、秋气秋色的绚丽辞采，富有巨大的审美感染力，也远比抽象说教的《诗》"经"精神更合于诗歌创作的规律。因而从《古诗十九首》以降，诗坛大抵受其影响，而很少能够"主文谲谏"者。至于齐梁以后虚华滥情的末流之弊，并不能视为楚骚的罪责。

在理论批评方面，当时人也承袭了汉代刘安、王逸等褒骚派的观点，高扬楚骚的地位，甚至以之与《诗三百》并驾齐驱。刘宋时檀道鸾《续晋阳秋》在回溯玄言诗风发展的过程之后评论道，"《诗》《骚》之体尽矣"（《世说新语·文学》篇注引），将《诗》《骚》相提并论。梁沈约《宋书·谢灵运传论》追溯自汉至魏，"文体三变"后总结说"原其飙流所始，莫不同祖《风》《骚》"，将《诗经》与楚辞看作后世诗赋的两个源头，等量齐观，不加轩轾。钟嵘《诗品》辨析诗人的渊源流别，有"其源出于《国风》""其源出于《小雅》""其源出于楚辞"三派，实际上也是把《诗经》与楚辞看作五言诗的两大源头。尤其值得注意的是沈约《谢灵运传论》二句：

屈平、宋玉导清源于前，贾谊、相如振芳尘于后。

"清""芳"皆是正面的价值判断，唐时王勃曾针锋相对地做了负面的判断，此是后话。

以上所引对《诗》《骚》的评论，在原则上并无什么错误。但在正宗的儒者眼中，骚是不能与经相提并论的。他们也看出了楚骚对当代文学的影响，因而在攻击"今体"时，便将矛头对向了"始作俑者"屈原及其作品。这其实是各阶段宗经辨骚者的共同逻辑和现实契机。在这方面，裴子野同样是一个代表，其《雕虫论》在盛称"四始六艺""劝善惩恶"之后说：

> 后之作者，思存枝叶，繁华蕴藻，用以自通。若悱恻芳芬，楚骚为之祖；靡漫容与，相如扣其音。由是随声逐影之俦，弃指归而无执……

以下便是曹、刘、潘、陆、颜、谢，直至齐梁时"摈落六艺，吟咏情性"的"乱世之征"，其以屈、宋为后世日趋艳丽的罪魁祸首的线索是很明晰的，在评价上与沈约恰好相反，奠定了唐人攻讦屈原及其作品的基调和逻辑。

在儒家思想浓厚的北朝，屈原及其作品尤为礼法之士所不容。《魏书·儒林传》记载刘献之"曾谓其所亲曰：观屈原《离骚》之作，自是狂人，死其宜矣，何足惜也"，深恶痛绝之情，到了人身攻击的地步。对古人的评价往往都有当代的依据与需要，憎恶屈原归根结底还在于憎恶当时的诗风。从刘献之列在"儒林传"可以看出，在正宗儒者眼中，屈原及其作品的精神实质与儒家思想格格不入。

刘勰《文心雕龙》评论屈原及其作品，也是采取"唯务折衷"的方法。所谓"折衷"，只是折中于复古派与新变派的褒、贬失度之间，而非折中于《诗》《骚》之间。因为第一，既然《诗》须宗而《骚》须辨，显见《诗》无瑕而《骚》有疵，《诗》为优而《骚》为劣。第二，他也同样认为后世的淫靡文风，屈原不能不任其责。如《宗经》篇指责当时"建言修辞，鲜克宗经。是以楚艳汉侈，流弊不还"，把当时不正文风的"流弊"归之于不能"宗经"，而承续了"惊采绝艳"的楚骚汉赋。《通变》篇说"商周丽而雅，楚汉侈而艳，魏晋浅而绮，宋初讹而新：从质及讹，弥近弥澹"，便是对文学每下愈况的演化过程的具体论述。"丽而雅"的是《诗经》作品，评价是肯定的；"侈而艳"的楚骚汉赋则是蜕变的开始。《定势》篇从创作的角度断言"效《骚》命篇者，必归艳逸之华"，以之为不可不戒的文学规律。《辨骚》篇则从宗经的角度辨析了《诗》《骚》的四同四异。四同即所谓楚骚"同于《风》《雅》"的四个方面："典诰之体""规讽之旨""比兴之义""忠怨之辞"；四异即楚骚"异乎典诰"的四个方面："诡异之辞""谲怪之谈""狷狭之志""荒淫之意"。由于刘勰执经以框骚，以汉儒《诗》"经"精神为标准规范屈原作品，这些辨析基本上是不确当的。

但刘勰毕竟不同于裴子野，他毕竟是"文学"批评家而非"经学"批评家，他骨子里毕竟更重文，所以当他离开宗经以矫讹的视点时，当他不是"辨乎骚"而是"变乎骚"（《序志》），即融贯楚骚精髓而作文学通变时，便给予屈原作品以很高评价，称许它们"奇文郁起""文辞丽雅"，甚至"气往轹古，辞来切今，惊采绝艳，难与并能"，逐篇称美其或"朗丽哀志"，或"绮靡伤情"，或"耀艳深华"，等等（《辨骚》），充分肯定其艺术成就。又认为"楚国讽怨，则《离骚》为刺"（《明诗》），具有怨刺时政之旨，肯定了其思想内容。"通变"，即主张文学融贯古今不断更新，是《文心雕龙》的基本思想，在这方面他要求参酌与学习屈原作品："凭轼以倚《雅》《颂》，悬辔以驭楚篇，酌奇而不失其贞，玩华而不坠其实。"（《辨骚》）不过话再说回来，即使在这个角度，字里行间仍明显有宗经的偏见。由于中国古代始终宗经，因而在人们的评判中《骚》也始终低于《诗》，极少例外。

十二、从"清虚"到"清靡"

现在再转换一个视角。

在魏晋南北朝,除古今文体的争讼外,与缘情绮靡的诗学主流相暌违相龃龉的,还有一股淡化情采的诗学思潮潜滋暗长,逐渐导向对自然之美的追求。这是老庄思想直接影响的产物。

如前所述,缘情绮靡的诗学思想虽然植根于老庄特别是庄子"自然""天""真"之说,但却对此做了"当代解释",即认为"从欲则得自然",追求任情从而也爱好"五色""五声"正是人的天然本性。这其实偏离了老庄的本意。老庄在其具体历史条件下,从不满权势者的穷奢极欲、沉湎声色出发,主张回复恬淡寡欲、素朴无华的初民状态,"清虚淡泊,归之自然"。淡化情采的诗学思想才是这种宗旨的正面贯彻、直接影响。一般说来,主"缘情绮靡"者多是纯粹的文人才士(指精神类型,不论地位高低),从政教风化上反"缘情绮靡"者往往是正宗的儒者,在创作和理论上淡化情采的则往往是玄学家或受老庄思想影响较深的人,包括玄佛兼综的僧释。

这股思潮可以从阮籍说起。阮籍的思想与心态都极其复杂。他本有济世之志,但当时天下多故,既"纵情背礼",醉酒佯狂,又外示淡泊,游息山水。其《首阳山赋》便表现出后一种态度:

且清虚以守神兮,岂慷慨而言之!

"清虚"与"慷慨"相对举,即清静虚旷,冲淡玄默,这正是一种老庄人生态度。阮籍父阮瑀为建安七子之一。建安文学素以"慷慨"著称,钟嵘称之为"建安风力"(《诗品序》),刘勰称之为"志深笔长,梗概多气"。"慨当以慷,忧思难忘"(曹操《短歌行》)、"收念还房寝,慷慨咏坟经"(陈琳,本篇无诗名)、"繁音赴迅节,慷慨时激扬"（曹丕《于谯作诗》）、"弦急悲声发，聆我慷慨言"（曹植《杂诗》)，建安诗人们正是这样"慷慨言之"的。阮籍倡言"清虚守神"，淡化情感，不复"慷慨"，无论这是否是他的违心之言、激愤之词，都可以反映出审美意识在暗暗转化。而据《汉书·艺文志》，"清虚"是道家思想的核心。"纵情"也好，"清虚"也好，其实是老庄学说在当时表现出的一体两面。

在艺术形式、风格方面，阮籍作为玄学家，也曾发挥老子"大音希声""大象无形"之说，其《清思赋》云：

余以为形之可见，非色之美；音之可闻，非声之善。……是以微妙无形，寂寞无听，然后乃可以睹窈窕而淑清。

这样，也必然淡化诗的文采。与该赋中所说的"恬淡无欲，则泰志适情"结合起来，便形成一种淡泊清远之美。阮籍的代表作《咏怀》八十余首，虽骨子里感情十分激烈痛苦，而示形于外的，却是"厥旨渊放，归趣难求"、"无雕虫之功"（《诗品》)。

在西晋前期，承续这种审美意识和诗学思想的，是陆机之弟陆云。陆云善清淡，其本传有明确记载。他的文学思想，见于与兄陆机的三十多封文学书简中（即《与兄平原书》）。信中明确宣称自己"乃好清省"，与曹植自称"雅好慷慨"正相悖逆。他还不厌其烦地一再主张诗文应当"清约""清工""清利""清新""清美""清绝""清越"。"清"即清虚，"省"即简约，这显然受到清谈玄学的影响。清谈家们推重虚渺玄远的理致，也称赏那简约有味的机锋，其例在《世说新语》中比比皆是。陆云在信中还说："不知云论文何以当与兄意作如此异？"其实二人文学观之异正在"清省"与否。陆机主"缘情绮靡"，其作品向称"繁芜"，陆云在信中也一再掎摭其过"烦"之弊。但陆机并不作如是观，他在《文赋》中写道："或清虚以婉约，每除烦而去滥,阙大羹之遗味,同朱弦之清氾。"认为倘一味追求"清虚婉约"——即陆云所谓"清约""清省",芟除看似"烦滥"的辞采,便会使作品淡而无味。这正与玄学的文学观迥异。

玄学的诗学观在西晋末以至整个东晋泛滥起来,形成玄言诗风,雄霸诗坛百年之久。玄言诗以阐扬缥缈玄理为指归,化情思为玄思,抽象议论而缺乏鲜泽,其代表人物为孙绰、许询。许询《农里诗》云:"亹亹玄思得,濯濯情累除。"去除世俗的"情累"方能得到深长的"玄思",显将"情"与"玄"对立起来。孙绰《赠温峤诗》有"大朴无象"之句。"大朴"即"玄",即"道"。"无象"表现在诗中,便必然排斥鲜明的艺术形象与辞藻。

玄言诗人受老庄哲学和人生观的影响,将目光转向山水,因为山水正是"自然"。他们将玄言与山水结合起来,所谓"以玄对山水"(《太尉庾亮碑》),借山水"澄怀味道",化解伤感的情怀,体味幽远的玄理。王羲之、谢安等四十余人禊集会稽山阴之兰亭所写出的三十多首《兰亭诗》,便是"以玄对山水"的典型事例,诗中虽有山水的形象,但由于山水主要是悟理之具,审美观照的成分不大,因而描写也远不生动优美。

玄言诗受到尚情重采的齐梁文学批评家的一致抨击。沈约《宋书·谢灵运传论》说它"寄言上德,托意玄珠。遒丽之辞,无闻焉尔"。前二句指其专讲老庄之理,后二句指其毫无遒劲之情和绮丽之采。钟嵘《诗品序》斥其"理过其辞,淡乎寡味","平典似《道德论》,建安风力尽矣"。"理过其辞"即玄理淹没了辞采,"平典"即缺乏建安文学那样的激情。玄言诗及玄学的诗学思潮,是老庄道家思想的直接产物。

不过,由于这股思潮往往借助山水风景以言理,却逐渐孕育出陶渊明的田园诗和谢灵运的山水诗。陶渊明原有用世之志,但从他决意仕途退隐田园之日,便是老庄思想占上风之时,这恐怕是没有疑义的。于是他便写出许多感情恬淡、朴实自然的著名的田园诗。钟嵘《诗品》评之为"文体省净,殆无长语。笃意真古,辞兴婉惬……风华清靡"。"省净"即陆云提倡的"清省","清靡"即清美。钟嵘还用过"词美英净""文体齐净"等正面评语。这说明一种新的审美意识与诗风正从玄学中脱胎而出。

出身于头号世族而又精通老庄玄释的谢灵运在仕途失意以后,也托意寄情于山水。他自称"遗情舍尘物,贞观丘壑美"(《述祖德诗》)。"贞观"即静观。他要遗落追名逐利的世俗感情,以虚静之心观照山水之美。无论此话是否由衷,其诗中都必定淡化或隐藏感情,作淡泊状。不过他与陶渊明不同。他本有贵族子弟的华丽爱好,表现对象又是原就旖旎绝丽的山光水色。如果说陶渊明在田园看到的是"淡",他在山水中则看到的是"美"。他的诗虽多有"芜言累句",但那些成功的名章迥句,确可以当得起"清靡""清丽"之评。据《南史·颜延之传》记载,鲍照曾评谢诗"如初发芙蓉,自然可爱",评颜诗"若铺锦列绣,亦雕缋满眼",颜十分不满。这说明在当时的审美意识中,清丽之美已逐渐超过绮靡之美。唐代王维、孟浩然的山水田园诗,便沿袭了这一进路。

"缘情绮靡"与清美自然的诗学思想都与玄学流行有关。前者仅只借助道家"自然"之说将情从礼的约束中解脱出来,并不断向世俗方面发展;后者则是正面从"自然"之说中孕育出来,并始终带有一些超然意味。论述前者时,常讲"庄老";论述后者时,则用"老庄"。这是老、庄影响的侧重点不同的缘故。

隋唐第四章　复变之道

一、题解

"复变之道"四字,取自中唐诗僧兼诗论家皎然《诗式》卷五之《复古通变体》:

> 作者须知复、变之道:反(返)古曰复,不滞曰变。若惟复不变,则陷于相似之格。……夫变若造微,不忌太过,苟不失正,亦何咎哉?如陈子昂复多而变少,沈、宋复少而变多,今代作者不能尽举。

皎然之所谓"复""变",是以南朝齐梁的诗学思想为参照的。"复",承袭了齐梁时期复古派的诗论,他举陈子昂为代表。陈子昂素以矫革齐梁诗风、标榜"汉魏风骨"著称,虽与裴子野等人持论不尽相同(详后),但大致可划归同一倾向。"变",继续了齐梁时期新变派的艺术追求,他举沈佺期、宋之问为代表。沈、宋承沈约、谢朓等人的声律论与新体诗而加以改造、完善、定型,"研练精切,稳顺声势,谓之为律诗,由是而后,文变之体极焉"(元稹《元氏长庆集》卷五十六《唐故工部员外郎杜君墓系铭并序》)。生活于中唐的皎然,自然不能对整个隋唐(主要是唐)的诗学思想作出概括,但却提供了一个观察的角度。大致说来，由于深刻的社会思想文化底蕴，唐代的诗学思想可以划分为"两线一面"。一条线索是从隋代李谔、王通，中经初唐史家、四杰、陈子昂、李白、元结、白居易，直至晚唐皮日休等人，主张恢复"古道"，强调发扬《诗》"经"精神、汉魏风骨，重视诗的社会政教功用；另一条线索是从初唐上官仪、沈、宋，中经殷璠、皎然直至晚唐司空图等人，重视诗的审美艺术特征，承接六朝继续探讨诗的形式美和意蕴，使诗学逐渐"造微"即走向精妙深微。"一面"指中唐，那是中国古代社会、文化向后期转化的枢纽，也是诗学思想向后期转化的枢纽，杜甫、韩愈、白居易等人的部分诗论与诗作迥异于上述两条线索，为宋以后诗学思想提供了依据与范型。以上"两线一面"各行其道，互不相与，很难扭结到一起，如像先秦、两汉、魏晋南北朝那样以数语对其诗学思想作出概括，而只能借用皎然"复变之道"之语，宽泛地表述其大致走向。

二、通论：三教并行与诗学之分化

如果要为唐代诗学思想的上述特征寻找一般社会思想文化的氛围与底蕴，那便是三教并行。

在唐代，除武宗（841—846在位）曾一度为时短暂地排佛灭佛外，儒、释、道三教基本上并行不悖，同样受到最高统治者的尊重与提倡，并有逐渐融合、"三教归儒"的趋势。儒学作为中国古代修、齐、治、平的指导思想，经过魏晋南北朝时期的一度中衰，到隋唐时渐趋复兴。隋文帝承北朝原就较重儒学的风气，更"诏天下劝学行礼"（《隋书·文帝纪》），炀帝时"复开庠序"、"征辟儒生"（《隋书·儒林传序》）。唐王朝建立后，高祖"颇好儒臣"，太宗更是"锐意经术"，声称"朕今所好者，惟在尧、舜之道，周、孔之教"（《贞观政要》卷六《慎所好》），遂于贞观四年（630）诏令颜师古于秘书省考定五经，正其讹误，统一版本，后成《新定五经》；又命国子祭酒孔颖达等人统一五经注疏，于贞观十四年（640）撰成《五经正义》，后来颁行全国，成为唐宋科举考试的依据。在朝廷的提倡下，出现了"儒教聿兴"的新局面。但儒学的兴盛并不等于儒学的独尊，唐朝是一个学术思想比较开放的时代，释、道两教也同样得到尊重与发展。被道教推崇为教主的老子因据说与唐王朝同姓"李"，故得到格外的垂青和优遇，其经典被称为"真经"。佛教在唐代进入鼎盛时期，不仅寺塔林立，僧尼众多，而且形成不同的宗派，唯识宗、天台宗、华严宗等都曾盛极一时。特别是中唐以后广泛流行的禅宗，由于它完全中国化的教义和简便易行的修省方式，更产生了极为深远的影响，以至于成为整个佛教的代称。唐代的诗人骚客亦犹南朝，多与僧释有接触交往，不同程度地接受了佛教的影响，在诗歌创作与理论方面均有显著表现。在诗歌理论上，佛教的烙印最深的便是"境"的问题。

从诗学自身的独立发展来说，隋唐的诗学思想承魏晋六朝而来，其间必然存在着一个对前代诗学的接受问题。基于上述比较开放的文化氛围和多元的思想信仰，接受与评价的态度、方式也主要表现为两种倾向。一种是负面的，即对六朝诗学的批判与反拨。如前章所述，魏晋南北朝诗学思想的主流是"缘情绮靡"。及其末流之弊，"缘情"往往流为单纯个人的浅吟低唱、无病呻吟，甚至色情心理的流露；"绮丽"则往往流为淫艳的绮罗香泽。隋唐由于儒家关切世事民生、价值观念的重兴和时代精神的昂扬奋发，承续了原就存在于六朝内部的复古思潮，对六朝诗风展开了持久广泛的批判与反拨，并将矛头指向"缘情绮靡"的命题。早在隋文帝时，李谔便上书攻讦"江左齐梁"的"以缘情为勋绩"，其时作品"连篇累牍，不出月露之形；积案盈箱，唯是风云之状"（《上隋文帝书》，见《隋书》卷六十六《李谔传》），而这些"月露""风云"之后并无积极的思想内容。入唐之后，攻讦尤烈，初唐史家、陈子昂等人自不待言，即使像李太白这样浪漫的诗人，也声言"梁陈以来，艳薄斯极，……将复古道，非我而谁与"（孟棨《本事诗》）、"大雅久不作，吾衰竟谁陈"（《分类补注李太白诗》卷二《古风》），毅然以复古自任，甚至宣称"自从建安来，绮丽不足珍"（同上）。其实他那些慷慨之作，正得力于建安文学不少；那些清丽的短章，也抉取了齐梁小乐府的风神。但时风众会所至，也不免裹挟其中。中唐时期，白居易《与元九书》谓"梁陈间率不过嘲风雪、弄花草而已"，没有比兴讽喻的深层意蕴。韩愈《荐士》更断言"齐梁及陈隋，众作等蝉噪"，可谓骂尽一切。这种批判攻讦六朝之风，一直贯穿到晚唐，而所要恢复的目标，主要是汉儒的《诗》"经"精神，另还有"汉魏风骨""建安风力"。在整个中国古代文学史上，唐代的诗学可以说是对《诗》"经"精神的一次最有力的贯彻。故顾陶《唐诗类选序》说："国朝以来，人多反（返）古。"所谓"返古"，即"由政治以讽喻，系国家之盛衰"。顾陶生活于唐末，自然比皎然更有资格作出反思与总结。

　　唐人对六朝诗学另一种接受方式是正面的，即承续了"缘情绮靡"的诗学精神和一系列艺术探索，更加以完美与深化。六朝士人由浓重的生命悲感引发出"感物兴情"的诗的发生论，由"感物兴情"引发出"缘情绮靡"的诗的审美特征论，由"缘情绮靡"引发出"穷情写物"的诗的表现论。但在他们那里，情与物的联系还只是表层的，穷情写物的方式也不够圆融浑化。南齐谢朓曾提出"好诗圆美流转如弹丸"（《南史·王昙首传》引）的审美理想，但他和他那个时代还远远无法达到这种理想的诗美，这其实是从魏晋文学自觉时代直到盛唐共同的审美艺术追求，盛唐人才真正实现了这种追求，他们无论写山水田园、金戈铁马、男情女爱、平居所思，还是写国事民生、比兴讽喻，皆可谓"圆美流转"。唐代诗学"变"的一系，便是由前代的理论探讨和当代的创作实绩出发作出更加深微的总结与提升。初唐上官仪关于对偶的探讨，沈、宋对于声律的规范，是怡目悦耳的纯形式美的完善；殷璠的"兴象"之论，皎然的写"境"之说，司空图的"味外"之谈，等等，则是蕴藉深微的内在美感的新拓。我们当然不能把这方面的探讨完全归之于释道的影响，但归心释道的人们或这些人归心释道的某一生活阶段，却确实较为超然于政治兴衰和仕途得失，较有审美心态和闲情逸致作冥思遐想。从诗论家的身份也可看出这一点。倡言诗的美刺讽喻精神的多是朝廷官员，志在匡世，他们名显于当代，文传于后世；注重诗美诗艺的除初唐上官仪、沈、宋等人外，则多为释子隐者，甚至不乏"三家村塾师"，大多名不见史传，论诗著作也或散佚不全，或托显达之名以行，并且不为前者所重，彼此如二水分流，互不干犯。

值得注意的是，在皎然看来，儒、道、释的诗学有一个交叉点，即"文外之旨"。《诗式》卷一《重意诗例》写道：

> 两重意已上，皆文外之旨。若遇高手如康乐公，览而察之，但见情性，不睹文字，盖诣道之极也。向使此道尊之于儒，则冠六经之首；贵之于道，则居众妙之门；精之于释，则彻空王之奥。

"康乐公"指谢灵运。皎然自称是谢的十世孙，故对其极为尊崇，此且不论。"文外之旨"，即超越语言形式与艺术形象的深远意蕴。皎然所谓可以"冠六经之首"的儒家诗学所追求的"文外之旨"，应指《诗经》的比兴之法，因为依儒家之见，比兴正是借助鱼虫草木鸟兽等具体可感的艺术形象寄托象征政教风化之旨的。"众妙之门"出自《老子》所谓"玄之又玄，众妙之门"。"道"是深幽玄远、恍惚缥缈的，它不可道出，不可名状，虽不得不借"书"来传道，但其精义又非语言文字所能传达，所谓"意之所随者，不可以言传也"（《庄子·天道》）。以道家思想为灵魂的魏晋玄学发挥《周易》之理，重申"立言以尽象，立象以尽意"，也逐渐被诗论家发展为以有限形象蕴无限美感的诗学原理。这应是皎然所说的道家诗学的"文外之旨"。"空王之奥"指佛家的真理、真如。佛教本就"借微言以津道，托形像以传真"（《高僧传》卷八），禅宗更主"不立文字，教外别传"，在翠竹黄花中见出道，见拈花微笑而顿悟佛理。在皎然的时代，这种传道、悟道之法已逐渐影响于诗学，也便是他所说的"文外之旨"。

皎然的上述议论并非牵附。中国传统诗学的这种艺术传达方式，与偏于感性直观、倾向体知的传统思维方式相关。单从诗学方面说，"文外之旨"之论承自《文心雕龙》的"思表纤旨，文外曲致"、《诗品》的"文已尽而意有余"之说。但是在六朝，这种深微的诗学追求还刚刚发端，"缘情绮靡""穷情写物"大都还停留在比较直露、粗糙的阶段。唐代诗学较六朝的最大进展，主要就是走向诗艺的精微化。唐代"复""变"两条诗学路线，归根结底，前者追求的是比兴寄托，后者追求的是象征隐喻。二者当然也难以截然分割。本章对"复""变"的论述，主要就抓住这条线索展开。

一般文学史和文学批评史往往将唐与六朝特别是齐梁对立起来，其实二者的对立与相悖是次要方面，二者在艺术精神上的承续却是主要方面。质言之，盛唐乃是魏晋六朝诗学追求的顶峰，中国古代诗学思想真正划时代的巨变不是南朝隋唐之际，而是中唐，大致从安史之乱以后开始。安史之乱不仅是唐代由盛转衰的分水岭，也是整个中国古代社会从前期进入后期的分水岭。安史乱后，政治、经济、思想、文化以至于整个社会精神风貌都发生了很大变化。禅宗的异常流行应是一个重要标志，引发了中国古代学术思想的变迁，即由汉学期逐渐走向宋学期，由经学逐渐走向理学，时代精神更加内向化、理性化了。叶燮《百家唐诗序》称中唐"乃古今百代之'中'，而非有唐之所独得而称'中'者也"，"后此千百年，无不从是以为断"。其实不仅诗学如此，整个社会文化也是如此。单就诗论，他认为

"三代以来，诗运如登高之日上，莫可复逾"，中唐以后则"诗之调之格之声之情凿险出奇，无不以是为前后之关键矣"。(《已畦文集》卷八）本文说盛唐是魏晋六朝以来诗学追求的顶峰，本书以宋为界分为前后二期、上下二篇，也便着眼于此。叶燮上述表述是极其明快、极其果决的，不过这也不能完全说成孤明先发，其实宋、元、明、清对唐诗或褒或贬的态度，他们对唐诗的分期，无不在中唐问题上打圈子，说明他们已经意识到这一点，只是没有从理论上明确表述出来。近世史学家吕思勉说得也很明快："唐中叶后新开之文化，固与宋当画为一期者也。"（《隋唐五代史》第二十一章，上海古籍出版社，1959）质言之，中唐文化是宋型文化，中唐诗学是宋型诗学，至少是向宋型文化、诗学过渡的枢纽。这个过渡在诗学方面应追溯到杜甫，只要想一下后人往往将杜与"盛唐诸公"分别开来，便不难思而得之。另外一个标志是韩愈，其过渡的表现主要在"以文为诗"，其中包含着诗学与文化精神的深刻变迁。韩愈及其弟子李翱又被公认为宋明理学的前驱，深思的读者不难由此体认到诗学变迁的契机与底蕴。第三个重要标志是白居易，他的诗学思想有明显的二重性，既有属于前期的比兴讽喻之论，又有属于宋型的"咏性不咏情"之说。总之，中唐诗学思想之变，比六朝隋唐之际的变迁要巨大得多，深刻得多。这也是本章以"复变之道"为题的原因，当然这是生活于中唐的皎然所无法看出的。

以下先论"复"的一线，再论"变"的一线，最后论中唐的巨变。

三、"复"：政教意义的再强调

标题中"意义"一语，取自元稹《唐故工部员外郎杜君墓系铭并序》：

> 宋、齐之间，教失根本，士以简慢、歇习、舒徐相尚，

>   文章以风容色泽、放旷精清为高，盖吟写性灵、流连光景之文也，意义格力无取焉。

元稹是白居易的朋友，同为新乐府的积极倡导者。南朝的诗文之风，始终是唐人的负面参照，元稹批评的矛头也同样指向南朝的"教失根本"。文中"意义"二字，显指政教风化的思想内容，这是汉儒《诗》"经"精神的要义，唐人又加以强调。"格力"大致相当于陈子昂所说的"汉魏风骨"，虽与《诗》"经"精神不尽相同，但也属复古的范围。

（一）"人文化成"与"六义比兴"

唐人强调文学的政教风化意义，有一个立论的制高点，即先秦儒家经典的"人文化成"之论。《周易·贲卦·象辞》说："观乎天文以察时变，观乎人文以化成天下。"孔颖达疏曰："观乎天文以察时变者，言圣人当观视天文刚柔交错相饰成文，以察四时变化。……观乎人文以化成天下者，言圣人观察人文则诗书礼乐之谓，当法此教而化成天下也。""天文"指自然现象的状态、色泽、排列组合及其错综变化，是四时迁移、晦明风雨的朕兆。"人文"泛指社会文化，在儒家那里主要指政教人伦。梁萧纲《昭明太子集序》说："文籍生，书契作，咏歌起，赋颂兴，成孝敬于人伦，移风俗于王政，道绵乎八极，理浃乎九垓，赞动神明，雍熙钟石，此之谓人文。"南朝虽是儒学中衰的时代，但仍常以儒家的话头为口实。"人文"实际上就是"礼"。文学既然也纳入"人文"的范围，便必受制于"礼"的规范，合乎"礼"的"意义"，以发挥教化天下的功用。

以"人文化成"之论高屋建瓴地论诗论文，在唐代空前流行，这可谓"先立乎其大者"。初唐史家房玄龄、魏徵、令狐德棻、李延寿、李百药、刘知幾等，在他们所著的《晋书·文苑传序》《隋书·文学传序》《周书·王褒庾信传论》《北史·文苑传序》《北齐书·文苑传序》《史通·载文》中,莫不以"人文化成"的话头开门见山,作为立论的出发点与依据。他们大抵先论"文"也包括文学所应有的"范围天地,纲纪人伦"的经邦纬俗作用,所谓"文之时义大矣哉",继而以历史眼光纵论文学踵事增华、日趋淫丽以至于成为亡国之音的颓圮过程,最后则归本正源,提出文学应回归"化成天下"的本义。初唐文学家杨炯《王勃集序》也沿此思路,首称"大矣哉文之时义也",并暗暗将宽泛的"人文"置换为狭义的文学。继论"仲尼既没"之后,文学逶迤而至于讹滥,"不寻源于礼乐",直到初唐仍"争构纤微,竞为雕刻",最后揭示出王勃改革文风,使"积年绮碎,一朝清廓"的贡献。(《杨盈川集》卷三)此后"古文"的倡导者如贾至、崔元翰、权德舆、李翱等,也往往以"人文化成"为古文运动鸣锣开道。在整个社会文化的发展中观察文学的演化,是唐代眼光的开阔处,但他们将文化化约为礼乐政刑,又将文学简单地等同于其他文化类型,则抹杀了文学的审美性,回复到汉人的老路。

中唐古文家吕温著有《人文化成论》,将"人文"析为五个方面,一是夫刚妻柔的"室家之文",二是君仁臣义的"朝廷之文",三是百官分职的"官司之文",四是宽猛相济的"刑政之文",五是礼乐并用的"教化之文"。(《吕和书文集》卷十)文学作品作为"文",自然也要发挥这五种功用。这些"文"其实就是儒家的"礼",都有与个人的情感相龃龉的因素,因而情礼冲突仍是唐代诗学思想的底蕴。

对于诗这种特殊的"文",实现"人文化成"的手段是"六义",即风、赋、比、兴、雅、颂。"六义"之说,始自汉儒解《诗》。汉人释"六义"皆归结于政教风化、美刺讽喻,他们认为这是《诗经》的精义之所在,是一切诗歌创作的宗旨之所归。魏晋南北朝儒学式微,人们重视诗的"缘情绮靡"的美感特征,"六义"之说虽仍不绝如缕,但毕竟只是微弱无力的呼声,无以挽回"颓势"。隋唐儒学重新振兴，文人富于进取精神，汉人"六义"之论，成为矫革六朝"积弊"的理论武器。在这方面，白居易是最典型的人物，"六义"成为他衡量各时代诗风正邪贞淫和诗人成就优劣高下的首要标准。他在《与元九书》中历数各代诗风诗作，除《诗三百》最具"六义"外，此后"采诗官废"，"六义始刓"；骚人以及西汉苏武、李陵之作，由于所抒写的不过是个人怨思与伤别，因而"六义始缺矣"；晋宋之际多描山摹水、隐遁幽栖之作，"于时六义寖微矣，陵夷矣"；梁、陈更等而下之，风花雪月，低吟浅唱，"于时六义尽去矣"。（《白氏长庆集》卷四十五）这样他便以"六义"为视点，勾画出一幅江河日下的诗学演化史。到了唐代虽有所改变，但即使"诗之豪者"的李白、杜甫，"六义"具足的作品也不过寥寥可数，遑论其他！他用"六义"的框架和标尺，一气贬倒了所有诗人。

在这种时代精神与文学思潮中，"六义"成为广泛的谈诗口实。甚至道士吴筠，也被称赏为"近古游方外而言六义者，先生实主盟焉"（权德舆《权载之文集》卷三十三《唐故中岳宗元先生吴尊师集序》）。皎然也是"方外"之人，他的《诗式》基本上谈诗艺与诗美，但也不时露出"六义"的话头。晚唐司空图晚年归心佛道，论诗又标举玄淡之风，但也声称"诗贯六义，则讽谕、抑扬、渟蓄、温雅皆在其间矣"（《司空表圣文集》卷二《与李生论诗书》）。当然他这里所谓"六义"已与正宗儒者所论不尽相同，在"六义"的名义下暗换了另一种诗学精神与审美趣味，但却不能不以"六义"为旗帜。

与前述古文家吕温《人文化成论》相映成趣的是，中唐诗人李益有《诗有六义赋》。倘说前者总论"人文"，后者则专论"人文"中的特殊型态——诗。前者可以说是后者的前提。李益正是以"观天文以审于王事，观人文而知其国风"的高度来谈论"六义"的，他悄悄地塞入"国风"二字，一语双关地将"天下"转换为"国风"："国风"二字既指国家的风教气化，又指以《诗经·国风》为代表的诗之为物。"诗匪六义兮何成?""六义"是诗之所以为诗的不可或缺的要素,是"诗之为教"的首要条件,是实现政教风化的"王猷之至极"。

唐代复古派的诗论虽泛称"六义",其实主要着眼于其中的比、兴二义。比兴既是"六义"的精髓,又是诗之所以为诗的主要特征。诗终究要有风采,有形象,有草木鸟兽之类的景物描写,这恐怕是不好否认的。在儒者看来,关键不在于诗中是否有草木鸟兽、风云月露,而在于这些物象是否关乎义理,隐含政教。所以,唐人说"以比兴宏道"(独孤及)、"用比兴之文,行易简之道"(梁肃),比兴成为推行王道教化的重要手段,成为诗的代称。比兴的要义是譬况,是隐喻,是象征,是"兴发于此而义归于彼",其中潜伏着以直观形象蕴含艺术美感、意境的转换的可能性。盛唐于劭《华阳属和集序》说"六义诗人之蕴,雅贯三极,而正存象外","正存象外"就是比兴。只要将"正"字改为"美"字,那么教化的诗论便可一转而为审美的诗论。前引司空图说只要"诗贯六义",便会有"讽谕、抑扬、渟蓄、温雅"之道,这正是比兴的功效,也正是他所津津乐道的"味外之味",以及皎然所说"文外之旨"。所以中国古代诗学中精微的艺术审美理论,也有儒家诗论的一份贡献,但要经过发挥与改造。

(二)宗经辨骚(三)

从汉到唐这个学术思想上的"经学期",这个诗学思想上的情礼冲突期,宗经辨骚始终在持续。道理很明白:既然唐代那些最有影响的诗坛健者大抵重道尚礼,那么在诗学上"宗经"便是不可避免的;既然他们激烈地攻讦六朝诗风并以楚骚为其始作俑者,那么"辨骚"也是不可避免的,也正由于此,他们比汉魏六朝那些贬抑屈、宋的儒家前辈们甚至走得更远,态度更偏激,涉及面更广。如果说汉魏六朝那些贬抑楚骚者多是思想家、经学家、史学家,那么在唐

代,风会所至,甚至连一些创作上同样"缘情绮靡"者也不免如此。最典型的是初唐四杰中的王勃,他在《上吏部裴侍郎启》中说:

屈、宋导浇源于前,枚、马张淫风于后。(《王子安文集》卷八)

这两句显然是从齐梁人沈约《宋书·谢灵运传论》中稍加变化而来,但却针锋相对,立意全异。沈约的原话是:

屈平、宋玉导清源于前,贾谊、相如振芳尘于后。

王勃只是将贾谊改为枚乘("马"也指司马相如),大概他觉得贾谊的辞赋作品不同于枚、马等人铺张扬厉、淫丽泛滥的大赋,贾谊本人又是一位关心时弊、富有识见的政治家。但这种小小的改变并无关宏旨,重要的是评价的改变:"清"变为"浇","芳"变为"淫"。两字之异,不但包含着对屈、宋态度的迥异,对屈、宋影响的评价的迥异,也包含着两个时代价值原则的迥异。

沈约虽身为史官,但主要身份是文学家,王勃更是一位才华横溢的青年诗人,在这方面两人并无二致。他们对屈、宋态度与评价的针锋相对,只能到时代精神、文学思潮的变迁中寻找根源。齐梁是一个极重情采的"缘情绮靡"的时代,肯定屈宋,《诗》《骚》并论,也肯定楚骚以后的文学新变;唐代重视诗的政教作用和积极内容,不满南朝的虚华浮靡诗风,也进而连及对屈宋的评价。

倘说王勃对屈、宋激烈否定的态度可能受到乃祖隋末"大儒"王通否定文学审美特性的影响,那么李白对屈原的态度则只能是时代精神的折光。李白的个性气质与作品风貌都与屈原息息相通,可谓"骚之苗裔",今人也常以屈原、李白为古代文学史上的两座浪漫主义的高峰。但他有时也流露出对屈原的贬抑态度。如《古风》第一首：

> 大雅久不作，吾衰竟谁陈！王风委蔓草，战国多荆榛。龙虎相啖食，兵戈逮狂秦。正声何微茫，哀怨起骚人。扬、马激颓波，开流荡无垠……

"大雅""王风"泛指《诗三百》，它们是诗之"正声"；楚骚向以哀怨著称，而哀怨素被视为诗之"变声"，"变声"自然在"正声"之下，那么崇经抑骚之意已寓于其中。他又将屈原与扬雄、司马相如等人连在一起，开启了后世滔滔颓波。这种观念，与上引王勃之语并无二致，均来自梁人裴子野。李白在创作实践中横放不羁，变新出奇，但在文学观念上却常以复古为己任，所谓"将复古道，非我而谁与"。这首诗表现的，也同样是这种自任和自信。

在创作时是一位真正的诗人，同情屈原的命运，称赏屈原的作品，而在一本正经谈论文学史和文学理论问题时却摆出俨然的复古面孔，贬抑甚至攻讦屈原及其作品，这种矛盾的态度，在唐代大有其人。李白曾高唱"屈平词赋悬日月，楚王台榭空山丘"(《分类补注李太白诗》卷七《江上吟》)。王勃一方面指责屈原"导浇源于前"，一方面却称扬"南国多才，江山助屈平之气"(《王子安集》卷五《越州秋日宴山亭序》)。以吟唱自己的穷愁失意著称的诗人孟郊，既同情屈原"嘉木忌深蠹，哲人悲巧诬"(《孟东野诗集》卷一《湘弦怨》)的遭际，又对屈原的人格肆意攻讦，说他"名参君子场，行为小人儒"、"三黜有愠色，即非贤哲模"、"怀沙灭其性，孝行焉能俱"(同上卷六《旅次湘沅有怀灵均》)。其肆无忌惮，比攻击屈原"露才扬己，显暴君过"的班固更巉刻得多。呜呼屈子！他沉浮不定的悲剧命运，他褒贬无端的坎坷遭际，身后更甚于生前！

可以说：唐人在评价屈原问题的矛盾态度，是文道冲突、情礼冲突的文学思潮的反映。

但唐人的态度尽管矛盾，宗经辨骚、崇经贬骚毕竟是有唐一代的一个突出现象。这种现象承齐梁时的复古派裴子野、折中派刘勰而来，更因深恶痛绝齐梁诗风而倍显激烈。不过，由于他们贬抑屈原往往用一种历史眼光，在唐以前的文学发展演化之流中观察、论述屈原的地位与作用，有些见解恰巧歪打而正着。如：

> 卢照邻《驸马都尉乔君集序》：昔文王既没，道不在于兹乎？尼父克生，礼尽归于是矣。其后荀卿、孟子，服儒者之褒衣；屈平、宋玉，弄词人之柔翰。

> 杨炯《王勃集序》：仲尼既没，游、夏光洙泗之风；屈平自沉，唐、宋宏汨罗之迹。文、儒于焉异术，词、赋所以殊源。逮秦氏燔书，斯文天丧；汉皇改运，此道不还。贾、马蔚兴，已亏于雅颂；曹、王杰起，更失于风骚。

> 柳冕《答荆南裴尚书论文书》：及王泽竭而诗不作，骚人起而淫丽兴，文与教分而为二。以扬、马之才，则不知教化；以荀、陈之道，则不知文章。

这些论调是完全一致的。论者站在传统儒家的立场，站在纯文学的对立面，论述了文与道的分野，情与礼的歧途，纯文学创作与伦理教化的背离。在他们看来，自觉的文学创作是从屈原开始的，此后唐勒、宋玉、贾谊、司马相如、扬雄、曹植、王粲等人一脉相承，形成一个"文统"；而以孔子领头，此后子游、子夏、孟轲、荀卿等儒者承其余绪，弘扬礼教，形成一个"道统"。于是，"文、儒异术""文、教为二",文学与哲学伦理二水分流。这些话所包含的儒家价值标准姑置不论,而将文学与教化划分开来,以屈原为纯粹的文学创作的开端,却合于历史的真实。从文学的立场和眼光来看,这正是对屈原地位的高扬,把他与孔子同样看作创统者。

当然,高扬屈原并不是唐代复古者的本意,毋宁说他们认为屈原是礼教的罪首,正是在他的带动之下,文学才脱离开"道",沿波而下,日趋讹滥,柳冕《与滑州卢大夫论文书》讲得最为典型:

> 屈、宋以降,则感哀乐而亡雅正;魏晋以还,则感声色而亡风教;宋、齐以下,则感物色而亡兴致。教化兴亡,则君子之风尽,故淫丽形似之文,皆亡国哀思之音也。自夫子至梁陈,三变以至衰弱。(《全唐文》卷五百二十七)

从屈原到梁陈,这是一个文学逐渐衰坏的过程,那么要矫革梁陈诗风,则必须正本清源,溯流而上,追究到屈原头上,这是唐代宗经辨骚、崇经抑骚、攻讦屈原的全部现实依据与逻辑思路。

在对待屈原以至齐梁诗风问题上,"不薄今人爱古人"的杜甫表现得最为公允、审慎、通达,他在《戏为六绝句》中说:"窃攀屈宋宜方驾,恐与齐梁作后尘。"他尊重屈宋,追攀屈宋,以能与屈宋并驾齐驱为荣,又将屈宋与齐梁分别开来。即使对齐梁的诗人诗作,他也持客观态度,并不一笔抹杀。

总之,宗经辨骚与学术上的经学期相始终,与文学上的情礼冲突相表里,从汉至唐经历了三个阶段。唐代以后,随着理学的兴起,文化思想发生了变迁;随着苏轼、黄庭坚的出来,诗学思想也发生了变迁。思想上、文学上的关注点改变了。苏轼极力推尊"楚辞前无古,后无今","吾文终其身企慕而不能及万一者,惟屈子一人耳"(引自明蒋之翘《七十二家评楚辞》),朱熹也较多地肯定屈原并亲为《楚辞》作注。二人分别是文学史和思想史上举足轻重的关键人物。他们对屈骚态度的改变，是诗学思想发生变化的标志之一。此后宗经辨骚、崇经贬骚者虽仍代代不乏其人，但也只是无关大局的个别人物具体场合的议论，已不复有根柢于社会思想文化的文学思潮性质，因而也不复置于我们观察的视野之内。

（三）"兴寄"与"风骨"

现在回到被皎然称为"复多变少"的陈子昂。

陈子昂的"复古"之功确为古今所称道。古人誉之为"横制颓波，天下翕然，质文一变"（卢藏用《唐右拾遗陈子昂文集序》），"国朝盛文章，子昂始高蹈"（韩愈《荐士》），以至于"论功若准平吴例，合著黄金铸子昂"（元好问《论诗三十首》），今人则赞之为"以复古为革新"。陈子昂"复"的理论主要见于《修竹篇并序》：

> 文章道弊五百年矣。汉魏风骨，晋宋莫传，然而有文献可征者。仆尝暇时观齐梁间诗，彩丽竞繁，而兴寄都绝，每以永叹。思古人常恐逶迤颓靡，风雅不作，以耿耿也。（《陈伯玉文集》卷一）

陈子昂也是针对齐梁诗风而发的。他认为齐梁诗风存在着两大弊端，一是"彩丽竞繁"，即内容空洞而虚华，徒然吟咏物色而缺乏深刻的思想内蕴，为此他提出"兴寄"之说；一是风格的委琐细弱，倦慵无力，为此他提出"风骨"之说。应当注意，陈子昂的复古与前述要求恢复汉儒《诗》"经"精神者不同，他没有走得那么远。他是名家子，有殊才，任侠使气，喜言王霸大略，原就不是一个淳然的儒者。他是站在纯文学的立场倡言复古的，从"汉魏风骨"可以看出，他所主张恢复的主要是建安文学慷慨激越、骨梗有力的诗风，以针砭齐梁之弊。这一点他受刘勰《文心雕龙》的影响，特别是承钟嵘《诗品》而来。《文心雕龙》有《风骨》篇，大致说来，"风即文意，骨即文辞"。不过陈子昂运用"风骨"一语并没有这种细分，而较为笼统、模糊，大致是指具有一种风概骨力。刘勰论建安文学为"慷慨任气，磊落使才"，恐怕就是陈子昂所说的"汉魏风骨"。钟嵘《诗品》以建安文学为齐梁以前的高峰而极力称赏，两次明确提出"建安风力"。他谈建安文学以曹植、刘桢为最高典范，书中评曹植为"骨气奇高，词采华茂"，评刘桢为"仗气爱奇，动多振绝，真骨凌霜，高风跨俗"。他又不满当时"轻薄之徒，笑曹、刘为古拙"，则曹、刘在当时已被视为"古"，而他矫革当时诗风就是要恢复这种"古"。曹、刘正生活于汉魏之际。所以大致可以断言，陈子昂所向往的"汉魏风骨"就是钟嵘所称道的"建安风力"，基本上不是倡导汉儒解《诗》引申出的政教风化之旨，虽然也与之有深细的内在联系。

"兴寄"是陈子昂在前人诗论的基础上自铸的新词，后来成为一个沿用不衰的重要诗学术语。"寄"是寄托。"兴"与汉儒所说的"兴者喻"不同。"兴"义在魏晋之际发生了演变与缠夹。自从西晋挚虞以"有感之辞也"释"兴"以后，"兴"便有了"感兴"之意，而与汉儒的"比兴"说歧异。"比兴"是索取某种物象以比况、暗示既定的观念与主题，"感兴"则是首先感发于某种社会或自然现象，然后穷情写之，把自我对象于客体。所以，"兴寄"一词虽在后世也有"比兴寄托"的用法，但在陈子昂这里不宜解作"比兴寄托"，而应看作"感兴寄托"。顺便指出：中国古代的诗学术语与范畴由于具有含混性和多义性，在不同倾向的作者和不同思潮的时代内涵并不尽相同，须作具体分析。说陈子昂所谓"兴寄"主要为"感兴寄托"，还可证之于他的言论和作品。《修竹篇并序》称道了"正始之音"，这当然不是指后世所说的何晏、王弼的玄学的"正始之音"，而是指嵇、阮特别是阮籍的作品。阮籍以《咏怀诗》八十余首垂名文学史册。《咏怀诗》正以富有"感兴寄托"为突出特色,所谓"言在耳目之内,情寄八荒之表"。陈子昂的代表作便是拟则《咏怀诗》的《感遇诗》近四十首,二者同用五古组诗形式,表现手法与情调也十分相近。特别是"感遇"二字,也正是"感兴"之意。当然陈子昂也并非不谈"比兴",他在《嘉马参军相遇醉歌序》中说"夫诗可以比兴也,不言曷著"。但"比兴"的意义也多变而缠夹,陈子昂这里所说的"比兴"也未必就是汉儒"六义"中的比兴。但对此不拟细辨,因为陈子昂论诗的主要倾向已可以"风骨""兴寄"之说尽之了。

强调"风骨""兴寄"其实是初盛唐矫革齐梁诗风的共识。陈子昂之前,四杰不满于沿袭齐梁的初唐诗风"争构纤微,竞为雕刻",便提出"气骨""刚健"加以疗救(杨炯《杨盈川集》卷三《王勃集序》)。这实际便是陈子昂所说的"风骨"。陈子昂之后,主张"兴寄""风骨"并付诸创作实践的是李白。据《本事诗·高逸》篇记载,他深感"梁陈以来,艳薄斯极,沈休文(约)又尚以声律",因而主张"寄兴深微"。"寄兴"即"兴寄",更显而易见"兴"字应理解为"感兴"。《本事诗》将他与陈子昂相提并论,说他们因反对"声调俳优","故陈、李二集,律诗殊少"。李白在诗中还赞许"蓬莱文章建安骨"。"建安骨"自然就是"建安风骨""汉魏风骨"。他又在《泽畔吟诗序》中称道某诗人:"书所感遇物二十章,名之曰《泽畔吟》。……观其逸气顿挫,英风激扬,横波遗流,腾薄万古。至于微而彰,婉而丽,悲不自我,兴成他人,岂不云怨者之流乎!"(《分类编次李太白文》卷二十八)这段话可以说是对"兴寄""风骨"的最好说明:感于外物,兴于人事,寄托深挚的悲怨之情,而又有慷慨激越的"逸气""英气"。至于李白自己的作品,《古风》五十九首正承阮籍《咏怀》、陈子昂《感遇》而来,在风格境界上一脉相传。他另外那些任才使气、不拘格套、浩荡激扬、一泻千里的名章佳构,更是人们所熟知的,可以说是建安诗的变相。

还应当一提的是略晚于李白的诗评家殷璠。殷璠的诗学思想比较复杂,兼综"复""变",主要贡献是"兴象"说(详后),他在《河岳英灵集》的序文、评语中也反复强调"风骨""气骨""骨梗"等,说明追求刚健豪壮的诗思与艺术风貌,是初盛唐矫革南朝诗风之弊的重要追求。不过,这种追求大致是对建安诗风的呼唤。

(四)乐府体貌,《诗》"经"精神

在"复"的道路上走得更远的,就诗而论,是从元结开始,中经中唐白居易、元稹等人,直至晚唐皮日休等人,不绝如缕地持续了约一个半世纪的写作"新乐府"的诗人们的诗论。杜甫虽然也"即事名篇,无复依傍",成为新体乐府的前驱,并且充满忧国爱民的民本精神,但他罕有这方面的议论,他此类诗的风神气质、感发方式都与上述作者不同,特别是他在诗学思想史上的重要历史地位别有所在。在这股文学思潮中,无论从理论还是创作实践上说,白居易、元稹为代表的"新乐府运动"都是其高潮与核心,元结是其先驱,皮日休等人则是其余波。

新乐府是与汉乐府相对而言的,尤以汉乐府民歌为楷模。汉乐府民歌"感于哀乐,缘事而发",是民生疾苦最直接最真切的歌咏。新乐府也多写民生疾苦、朝廷弊端,命题上常带"歌""行""吟""引"等乐府调名,或其他简易醒目的标题,语言朴实无华,易懂易记,且大多有一定的故事性、情节性,这一切都深得汉乐府民歌的体貌。但新乐府的创作思想与立足点与汉乐府民歌有一个绝大的不同:汉乐府民歌中有悲痛,有控诉,有愤慨,甚至有"起而作乱"之想,但这都是人民郁积于心不得不发的自叹自咏,自我发泄;新乐府则是一批有良知有责任感的诗人对民生疾苦自上而下的俯瞰、同情和"为生民立言",其写作目的是"唯歌生民病,愿得天子知",以讽喻时政,讥刺豪强,补苴罅漏,实际上便是汉儒所倡导的以诗为"谏

书",其创作手法主要也是"主文谲谏"——白居易的讽喻诗尤其如此。因此,新乐府的内在精神与指导思想,应是汉儒的《诗》"经"精神,而不能简单地称为现实主义精神——虽然它们确是现实主义的。自汉儒解《诗》不无牵附地抽绎出《诗》"经"精神后,虽然后世奉为金科玉律,但真正付之创作实践的并不多见。即使在整个古代诗史上,对这种《诗》"经"精神贯彻最力的,也是唐代的新乐府诗,此后再无如此集中而强劲的思潮。因而,我称之为"乐府体貌,《诗》'经'精神"。杜甫身遭颠沛流离写出的新体乐府,其风神立意显然与此不同。此中细微差异,自不难思而得之。

如果说陈子昂等人的"兴寄""风骨"之论以矫革齐梁虚华诗风为背景,要求恢复"建安风力""正始之音",则新乐府的作者们则以反映当时的社会弊端为背景,要求恢复汉代的诗学思想。元结的乐府诗,主要揭露安史之乱前所谓天宝盛世所潜藏的社会弊端与矛盾。据杜佑《通典》记载,"开元之季,天宝以来,法令弛坏。兼并之弊,有逾于汉成、哀之间"。诗人早在安史之乱前约十年,便写下了《闵荒诗》《二风诗》。后者包括《治风》《乱风》各五篇,仿《毛诗》体例,各篇前有说明美刺之旨的小序。附于全诗之后的《二风诗论》则犹《毛诗大序》,自称创作宗旨是"极帝王理乱之道,系古人规讽之流"(《元次山文集》卷一)。《二风诗》虽非新体乐府,但所谓"规讽"云云,同样是他写作新乐府的指导思想。大约在安史之乱前夕,元结写出《系乐府》十二首,在序中称意在传达民间的"欢怨之声"。安史之乱甫一结束,又写了《舂陵行》的新题乐府,"以达下情",被杜甫称赏为久而不见的"比兴体制""微婉顿挫"。所有这些,无疑都是汉儒《诗》"经"精神的具体体现。

在元结写作新乐府诗大约五十多年之后,又兴起了以白居易、元稹为代表的更自觉、更大量的创作新乐府诗的文学思潮,理论上也更完备、系统、明确。这股思潮发生的社会政治背景,是长期藩镇割据、宦官专权所带来的种种痼弊，以及永贞革新的失败。在文学上，自元结之后，写作新乐府者一直不乏其人，而给元、白直接推动与启迪的，是李绅的"乐府新题"二十首，元稹首先"取其病时之尤急者"和了十二首，白居易也写了《新乐府》五十首。不过我们这里所说的元、白的"新乐府"理论，更加宽泛地包括他们所有意存"讽喻"之论。

在元、白出仕前夕、将应制举时，曾一起"闭户累月，揣摩当代之事"，并由白居易执笔写成《策林》七十五门，可以代表他们的共同思想。其中《采诗·以补察时政》一门写道：

> 故闻《蓼萧》之诗，则知泽及四海也；闻《华黍》之咏，则知时和岁丰也；闻《北风》之言，则知威虐及人也；闻《硕鼠》之刺，则知重敛于下也；闻"广袖""高髻"之谣，则知风俗之奢荡也；闻"谁其获者妇与姑之"之言，则知征役之废业也。故国风之盛衰，由斯而见也；王政之得失，由斯而闻也……（《白氏长庆集》卷四十八《策林》）

其中所举篇名，有《诗经》作品，有汉代民谣；"闻"者指以诗"观盛衰"的最高统治者，"知"则自然是"知得失"。其中对《诗经》篇题的理解，皆依汉儒之说。这些都十分明显地表现出他们以汉儒《诗》"经"精神为灵魂的诗学观念，也成为他们日后创作新乐府等"讽喻诗"的出发点。

反对无助政教美刺、无关民生疾苦的"空文"，是元、白此时期创作思想的核心。白居易《读张籍古乐府》一诗中说："为诗意如何？六义互铺陈。风雅比兴外，未尝著空文。"元稹《和李校书（绅）新题乐府十二首序》也说："雅有所谓，不虚为文。予取其病时之尤急者，列而和之。"所谓"空文""虚文"，即指不具备汉儒所说的"风雅比兴"等"六义"。没有"病时"的内容,没有美刺时政的主旨,亦即仅仅是"嘲风雪、弄花草"而已。也就是说,诗歌创作应"为君为臣为民为物为事而作,不为文而作"(《白氏长庆集》卷三《新乐府并序》),以便"开壅蔽,达人情"(同上卷四《新乐府·采诗官》),有益民生,裨补时政。从这种反对为艺术而艺术的思想出发,白居易在诗的形式上主张通俗、明白、质朴,所谓"非求宫律高,不务文字奇"(同上卷一《寄唐生》),甚至"其辞质而径"、"其言直而切"(《新乐府并序》)。从纯艺术的角度来说,这些言论自然是不足为训的。但艺术毕竟归根结底是为人生的,特别是在社会上存在着不公、不法、不义的时代,在民生疾苦和社会弊端的现实面前闭起眼睛孤芳自赏、梦呓醉吟,其实是良知的丧失。从这方面说,白居易等人的这类言论和创作实践,应当予以历史的肯定与高评。

　　元、白等人的新乐府以及其他意存讽喻的创作与理论虽以《诗》"经"精神为灵魂,但又有一个原则的不同:《诗》"经"精神由于从汉儒解《诗》中来,而解《诗》又往往以既定的思想和先验的主题规范穿凿古人的成篇,因而往往主题("小序")与文本龃龉不合,甚至相去千里,造成思想与形象的背离;元、白等人是作诗而非解诗,是感于现实生活而提升为某种美刺讽喻的思想并表达于诗篇,虽然存在主题思想的过于明显、直接、径露,却不存在与诗的文本的乖谬,这是应予说明的。

　　晚唐时期,随着王朝的走向崩溃,社会矛盾的加剧,民生疾苦的加重,以及全无心肝的淫艳诗风的再起,又出现了一批从事新乐府和类似的"曲备风谣"之体创作的诗人,皮日休是他们的代表。皮日休的创作和理论基本上承白居易,其《正乐府序》云:

　　　　乐府尽古圣王采天下之诗,欲以知国之利病,民之休戚者也。……诗之美也,闻之足以观乎功;诗之刺也,闻

之足以戒乎政。故《周礼》太师之职,掌教六诗;小师之职,掌讽诵诗。由是观之,乐府之道大矣。(《皮子文薮》卷十)

其中美刺之说、观政之论,与白居易并无二致,都来自汉儒。但是他比白居易等人更向后"复"了一步,推到了先秦,暗暗改换了"乐府"的概念,径指《诗三百》为乐府,这是不足为训的。元、白创作新乐府不过是旨在讽喻上政,传达下情,皮日休却说"元、白之心,本乎立教,乃寓意于乐府雍容宛转之词"(《全唐文》卷七百九十七《论白居易荐徐凝屈张祜》)。这与张为《诗人主客图》称白居易为"广大教化主"可谓异曲同工。张为、皮日休是同时人,彼此的影响关系虽难以弄清,但却沐浴着同一文学思潮。复古到了这个份儿,已无足取。

还须顺便指出,在唐末这股欲以诗立教救世的思潮影响下,一些讲究作诗程式的"诗格"一类著作也大谈比兴讽喻的方法与模式。如释虚中《流类手鉴》专论"比"法,开列出五十五种物象,一一规定其可比之理,如"梧桐比大位""羊犬比小物"等等。徐衍《风骚要式》专论美刺之法,其《创意门》说:

美颂不可情奢,情奢则轻浮见矣;讽刺不可怒张,怒张则筋骨露矣。贾岛《题李频出居》诗"暂去还来此,幽期不负言",此言小人将退也。薛能《题牡丹》诗"见欲栏边安枕席,夜深闲共说相思",此贤人复得相逢也。贾岛《冬夜》诗"会欲东浮去,将何可致君",此贤人思欲趋进也。郑谷《维舟江》诗"更共幽云约,秋随绛帐还",此言贤人在位也……

诸如此类的比附尚多,不复胪举。其牵强穿凿,无中生有,比汉儒解《诗》尤甚,完全失去了从陈子昂以来主"复"者的本意。所以,一味复古,便会变本加厉,走向荒谬。唐代复古思潮延续得如此长久、强劲,其中一个重要原因,即魏晋六朝新变思潮的持久、强劲。文学思潮的彼消此长亦如物理学的原理:作用力多大,反作用力也就多大。

四、"变":诗美的新探讨

以下论述唐代诗学思想中"变"的一线,它也由初唐一直延续到晚唐。如果说"复"的一线是对建安风骨特别是汉儒《诗》"经"精神在新的历史条件下的再强调,意欲矫革齐梁诗风、补苴现实之弊,则"变"的一线是承魏晋文学自觉以后,对诗的美学特征和艺术方式作进一步的探讨,并且日趋精微。

(一)"绮靡之功"与"文外之旨"

皎然以沈佺期、宋之问为"变"的代表,其所谓"变",实指对齐梁诗学新变的继续。对此,独孤及《唐故左补阙安定皇甫公集序》也有一段话:

> 至沈詹事(佺期)、宋考功(之问),始财(裁)成六律,彰施五色,使言之而中伦,歌之而成声。缘情绮靡之功,至是乃备。(《毗陵集》卷十三)

文中明言沈、宋的探讨,是对魏晋南北朝主导的诗学思潮"缘情绮靡"的承续与完成。实际上独孤及所言偏重在"绮靡",即形式美。沈、宋对诗学的独特贡献也正在形式美,而非"缘情"与否。众所周知,沈、宋是中国古代律体诗的奠立者。律诗有多种因素和规范,其中最重要、难度最大的是对声律的规定,而这正是承沈约等人的永明新体诗而来。沈约等人将有关声律的知识运用于诗歌创作,创"四声八病"之说，要求"宫羽相变，低昂互节，若前有浮声，则后须切响。一简之内，音韵尽殊；两句之中，轻重悉异"。由于当时属初创时期，其具体规定难免或过分烦琐，或又失于粗糙，不尽合理，连他们自己也难以完全遵行，但其筚路蓝缕之功是不可抹杀的。此后的诗人们逐渐熟练、改进，特别是庾信，被称为"启唐之先鞭"。所以《新唐书·文艺传》记载沈、宋创获律体之功，正是承接沈约等人的声律论而言的：

> 魏建安后迄江左，诗律屡变，至沈约、庾信以音韵相婉附，属对精密。及之问、沈佺期又加靡丽，回忌声病，约句准篇，如锦绣成文。学者宗之，号为沈宋。

这便是独孤及所说的"缘情绮靡之功"。至于沈、宋是如何"回忌声病，约句准篇"，在平仄声韵和篇章字句方面作出哪些规定，已经成为格律诗的常识，无须赘述。这里只应指出的是，律体诗还有一个重要因素，即对偶，也属于形式美的问题。《文心雕龙》称为"丽辞"，曾设专章加以探讨。单纯的对偶并非难事，困难的是如何对仗得精巧、优美、相得益彰。对此，沈、宋之前的诗学家就做了精细的探讨，如上官仪有六种对（一曰八种对），元兢也有六种对，崔融有三种对，等等。即以上官仪为例，据宋魏庆之《诗人玉屑》引李淑《诗苑类格》说：

> 唐上官仪曰：诗有六对。一曰正名对，天地、日月是也；二曰同类对，花叶、草芽是也；三曰连珠对，萧萧、赫赫是也；四曰双声对，黄槐、绿柳是也；五曰叠韵对，彷徨、放旷是也；六曰双拟对，春树、秋池是也。

不但注意到词类，而且讲究构词、声韵、色泽甚至意境，确实是很精密的。沈、宋对律体诗的完成，也吸收了前人这方面的成果。

这些都属于诗的外在的纯形式美。魏晋六朝的"缘情绮靡"的诗学思潮，就"绮靡"而言，主要便是形式美。到沈、宋之时，这种形式美的模式及原则，确实已经比较完备，诗人们大致遵行即可，在这方面基本上实现了谢朓"好诗圆美流转如弹丸"的审美理想。诗论家们面临的历史使命是更加深入地探讨诗的内在美，即如何更加艺术更加巧妙地抒写情思，创造意象，如何给读者以更加深邃悠长的审美感受，这便是皎然适时提出的"文外之旨"。这个问题虽在六朝已经提出，如钟嵘所谓"滋味""文已尽而意有余"，刘勰所谓"文外曲致，思表纤旨"，等等，但都未能作深入探讨。唐代诗学对六朝的深化，主要就表现在这个方面。"文外之旨"是迄于王士禛的"神韵"、王国维的"境界"的整个传统诗学探讨不衰的问题。

如前所说，皎然认为"文外之旨"可以用之于儒、道、释。用之于儒，应即为言此意彼的"比兴"，已作详论。但不能认为属于艺术新变、深化的"文外之旨"只是道、释思想的产物。"文外之旨"首先是一个诗学问题，诗学有自己独立发展的规律，有诗歌创作繁荣进化的真正基础。它可能从其他意识形态中受到某种启迪与借鉴，但绝不能按"原教旨"直接搬用。倘严格按根本教义，说空道无的释、道与诗尤其相妨，充其量只能产生偈语诗与玄言诗，这比儒家思想所产生的讽喻诗，更不成其为"诗"。

（二）"兴象"与"象外之象"

"兴象"是唐代诗学所提供的最重要的审美范畴之一。富有"兴象"、"兴象玲珑"被后人认为璀璨圆美的唐诗（主要指盛唐诗）的主要艺术特征。它创自盛唐人殷璠。

殷璠编有当代诗选《河岳英灵集》，其中的序文、集论以及对诸家的具体评论表现出他的诗学理论和倾向。他在"集论"中主张

"既闲新声，复晓古体，文质半取，风骚两挟，言气骨则建安为传，论宫商则太康不逮"，可知他是兼综复、变，折中古、今，并重诗、骚的。在推重建安文学的"气骨"方面，态度与陈子昂相近。他又不废声律，肯定沈、宋所探讨的成果。他的诗学观接近于钟嵘，《河岳英灵集》在体例、思想甚至评论的词语方面都显有《诗品》的痕迹。不过从总体上说，还应将他划入主"变"的一系，特别是他自铸的新语"兴象"，对诗的艺术形象提出新的内蕴，在后世有重大影响。

"兴象"由"兴"与"象"两个独立的术语熔铸而成。"兴"在中国古代诗学理论中含义复杂、多变，经常缠夹与混淆。汉人"六义"中的"兴"基本上是"喻"，与"比"相近，只不过有隐、显之别。西晋挚虞提出"兴者，有感之辞也"之后，"兴"义发生了与汉人了不相干的转折（但后人经常将二者混用），并由之派生出三种意义相同而微有差异的用法，一指"感兴"，即"感物兴情"，指诗思的发生。二指"灵感"。实际上"感兴"即灵感，但"感兴"更强调即目所见的外物的诱发，而在旧题王昌龄《诗格》中有时脱离了外物触发而言诗兴，如"睡来任睡，睡觉即起，兴发意生，精神清爽""凡神不安，令人不畅无兴。无兴即任睡，睡大养神"等等，其中的"兴"字更直接地等同于现在所说的"灵感"。三指"情"，这是唐人的新说。其实"有感"的结果自然是"情"，故唐人径直以"情"释"兴"，使"兴"具有了明确的规定性。不过早在南北朝，"兴"与"情"已经对举连属，如沈约《谢灵运传论》之"情兴所会"（李善注），刘勰《文心雕龙》之"情往似赠，兴来如答"，北朝杨衒之《洛阳伽蓝记》之"山情野兴"。入唐以后，此类用例更多，如殷璠本人讲过"情幽兴远"，韩翃《送故人归鲁》诗有"鲁客多归兴，居人怅别情"，皎然《诗式》称"语与兴驱，势逐情起"，又《诗议》称"以情为地，以兴为经"，皆"情""兴"对举而意近。古人释"情"，常常定义为"外物所感者"（《荀子·儒效》杨倞注），"接

于物而然者"(《论衡·本性》)。大约就是在此基础上,旧题贾岛《二南密旨》明确以"情"释"兴":

> 兴者,情也。谓外感于物,内动于情,情不可遏,故曰兴。

这与"感兴"说并无多大差异,只是直接点出外感内动的结果——"情",使"兴"具有了可把握性。"兴"虽可大致理解为"情",但与作为表述一般心理状态的"情"并不全同,"兴"作为"情",是一种诗情、审美之情,是一种与外物所关联的情,是由即目所见的活生生的外物当下直接触发的生动的情。

《二南密旨》大约出现于晚唐,它对"兴"的这种新解释基本可以代表唐人的理解,殷璠的"兴象"之"兴"应当也包蕴上述意义。"象"如前所述,在《易》象中是标示自然界万物的符号与图式,后来指客观外物在人脑中的映象、表象,六朝时始用于诗、书、画理论,指艺术形象。"兴象"即是殷璠对诗的艺术形象的描绘与要求,这应当是饱含诗人情绪的艺术形象。准确点说,它应是饱含为即目所见的外物所激发起的生动活跃的情绪的艺术形象。这情绪是当下触发的,这形象是所触之物的艺术表现,因而是即兴即象,即象即兴,圆融无碍,浑然一体。

"兴象"一词,在《河岳英灵集》中共出现三次。其序文批评当时有些作品"都无兴象,但贵轻艳"。"兴象"所以与"轻艳"相对立,关键还在于这个"兴"字所包含的生命感发意义,它使"象"不沦为苍白无生命之"象"。"轻艳"则只是空洞虚华的软绵绵的绮语,了无真切、直接的生活感受。"轻艳"又素与"风骨"相对立,故正文评陶翰诗"既多兴象,复备风骨","兴象"与"风骨"却并不矛盾,"风骨"是比一般激情更加刚健强劲的情绪。正文中又评孟浩然诗句"众山遥对酒,孤屿共题诗"为"无论兴象,兼复故实"。"故实"即用典。"孤屿共题诗"句可能用谢灵运《登江中孤屿》诗之典,"众山"句或许也有出处。但是"众山""孤屿"又是即目所见引发诗情的真实情景,恰巧与典故中的境界相合,即景即典,即典即景,融贯无迹,并不相悖。

在殷璠之前已有"意象"一语,如《文心雕龙·神思》篇谓"独照之匠,窥意象而运斤"。但"兴象"与"意象"也有差异。差异自然在"兴""意"的不同。"兴"作为"情",更带直接性、突发性,"意"则较有理性成分,虽并非逻辑思维,却可以视为"伴随着情感的思维"。所以在极重诗美的明代七子后学,将"兴""情""意"又细加区分,重"兴"而排"意"。一般说来,"兴象"更具有感情的生动性,"意象"则更具有意蕴的深长性;"兴象"只宜用于诗论,"意象"有时也可用于其他文学形式。

中唐皎然没有直接言及"兴象"一语,但他在《诗式》中论比兴说:"取象曰比,取义曰兴,义即象下之意。"也把"兴"与"象"联结起来,强调隐藏在形象中的作者的思想感情,但与殷璠"兴象"并不全同。到晚唐司空图,已经不满足于"兴象"自身,而要求在读者的审美欣赏中更引发联想到其他相关形象,在《与极浦书》中提出"象外之象":

> 戴容州云:"诗家之景如蓝田日暖,良玉生烟,可望而不可置于眉睫之前也。"象外之象,景外之景,岂容易可谭哉?(《司空表圣文集》卷三)

"象外之象,景外之景"的前一个"象""景"是作者在诗中所描摹与创造的形象与景观,相对于它们的表现对象客观自然外物而言,是"第二自然"。后一个"象""景"是读者在欣赏中所联想、想象到的与之相关的另一番景象，它们更加悠远迷离，恍兮惚兮，见仁见智，因人而异，是一种审美的美妙景象，庶可称为"第三自然"。

（三）"境"与"境生象外"

"境"论是"象"论的放大与加深。但是，如果说"象"论可以追溯到儒家的原始经典《周易》的象和道家的原始经典《老子》的"惚兮恍兮，其中有象"等语，则"境"字在唐代诗作与诗论中比较频繁的运用，则显然与佛教的广泛影响有关。

唐代是佛教的鼎盛期。佛教虽早在西汉之末已开始传入中国，魏晋南北朝时期颇为流行，但影响于诗学需要有一个消化过程。而且魏晋南北朝尚处于佛经传译的初期，常常以"格义"之法，在理论与术语上比附当时最为盛行、最为士大夫所熟知的玄学，所以即使对诗学有所影响，也混杂、淹没在玄学的影响之中。"影响"的另一面是"接受"。接受者往往根据自己时代最感兴趣的课题接受外来的影响。唐代诗学是对六朝诗学的深化，由追求较为外在的"缘情绮靡"，深入到追求较为内在的"文外之旨"即美感的创造，因此佛学对诗学的影响主要是"境"的问题；宋代诗学关注的重心是诗法，佛学的影响主要在"悟"，即将参悟佛性之法化用于诗学。

"境"并不神秘，也并非佛家所独擅，因而不必过分作牵附佛教教义的解释，古代诗学也自始至终未作这样的解释，只不过因为佛教的流行故而其术语也为人们乐于借用而已。"境"的本义是"土地的尽头"，故《玉篇》释为"界也"，《说文》释为"疆也"。疆界之间是一片实有的空间，这空间在人头脑中的映现是虚的空间。"境"字自古便有这两种用法，如《庄子·胠箧》"足迹接乎诸侯之境"，《逍遥游》"辨乎荣辱之境"。前"境"为实，后"境"较虚。在古代诗文中，这两种用法均不胜枚举。"境"的这两种含义相当于"物"与"象"的关系。实境近于"物"，虚境近于"象"。在诗论中有"意象"之语，相应的也有"意境"之语——所谓"意境"，不过为了与具体可见的"实境"区分开来罢了,在古代诗学中并不是多么重要的术语、范畴。"境"与"象"相比,"境"大而"象"小,"境"阔而"象"狭,当我们远望遥远的地平线或海平线(境),常常引起悠远的遐思,所谓"诗境""艺境",也便给我们这样的感受。

但中唐以后以"境"论诗的增多又确实与佛学的传播有关,特别是与唯识宗有关。唯识宗在论述人、世界以及二者的关系时有所谓"十二处""十八界"之说。十二处又分内外两方面。内六处即眼处、耳处、鼻处、舌处、身处、意处,亦称六根、六情,是感觉(前五处)和思维(意处)的器官。外六处是被感觉和认识的对象,与内六处一一对应,分别为色处、声处、香处、味处、触处、法处,亦称六境、六尘。六根作用于六境产生六识,即眼识、耳识、鼻识、舌识、身识、意识。六根、六境、六识,合称"十八界"。《俱舍论》卷二说:"十八界中,色等五界如其次第,眼等五识各一所识,又总皆是意识所识。"意谓六境中的前五境分别是六根中的前五根感觉、认识的对象,如:色境是眼根认识的对象,从而产生眼识;声境是耳根认识的对象,产生耳识;等等。意根最为重要,五境以外的其他一切境界皆是其认识的对象,产生意识。唯识宗认为"我法二空""一切唯识",宣称"实无外境,唯有内识,似外境生"(《成唯识论》卷一),即一切现象似乎是外境,其实并非外境,只是由内识所生成的幻相。由于外境以内识为精神性的本体,有待于"识"的烛照,故丁福保《佛学大辞典》引《俱舍论疏》释"境"为:"心之所游履攀缘者谓之境。如色为眼识所游履,谓之色境,乃至法为意识所游履,谓之法境。……实相之理为妙智游履之所,故称为境。"

不管是世俗的诗论家还是教门的诗论家,他们以"境"论诗和以其他佛学术语论诗,都不可能完全依从佛教的整个思想体系和教义,否则"我法二空",连自己都是空幻的,又何能论诗?"不立文字,教外别传",又何必论诗?他们只能取用该术语的某一侧面,并与世俗的用法结合起来。对于"境"来说，便取其在佛学中非幻非真、亦幻亦真、主客作用、亦主亦客的接近于诗的形象画面的特点。即使这样，也很难断言其为通常的世俗用法还是教门的独特用法。所谓佛学对诗学的影响，主要是指它为诗的艺术美感的创造与欣赏开出了新侧面，提供了新路径。

在唐人诗论中，殷璠《河岳英灵集》已用到"境"字，如评王维诗"在泉为珠，着壁成绘，一句一字，皆出常境"，此中"境"便指诗的形象画面，很难说出于佛学与否，而且只是偶然提及，并未展开论述，真正以"境"的创造为宗旨而加以正面、系统论述的，较早者是旧题王昌龄《诗格》的"诗有三境"说：

> 诗有三境：一曰物境。欲为山水诗，则张泉石云峰之境，极丽绝秀者，神之于心，处身于境，视境于心，莹然掌中，然后用思，了然境象，故得形似。二曰情境。娱乐愁怨，皆张于意，而处于身，然后驰思，深得其情。三曰意境。亦张之于意，而思之于心，则得其真矣。（见王利器《文镜秘府论校注》，中国社会科学出版社，1983）

这段话显然受到佛学的影响，但又不宜以佛学教义作牵附的解释，二者之间只有某种似是而非、若即若离的联系。比如其中的"心"便近于"意识"（"意根"即指肉心），有思维的作用，是六识中最重要和统摄一切的。但文中的"思"又相当于《文心雕龙》所说的"神思"，指艺术构思，全文即论创造"三境"的艺术构思过程，其要点有三：第一，"物"指泉石云峰等自然景色，"情"指娱乐愁怨等情感，"意"指思虑憧憬等意念，三者皆作为创造对象而存在。王国维《人间词话》亦认为，"境非独谓景物也，感情亦人心中之境界"。或者亦如王国维所分，"物境"犹如其所谓"无我之境"，"情境""意境"犹如其所谓"有我之境"。第二,"神之于心"与"张于意""张之于意"意同,皆近于"意识",实即将上述的生活之境化为头脑中的虚境,经过熟悉、酝酿、融贯,使之明晰化、诗化。第三,"用思""驰思"又似于陆机的"耽思傍讯"、刘勰的"神与物游",即运用与驰骋形象思维,创造真切的艺术境界。其中所说的"意境"不过是三境之一,与后来所泛论的"意境"不同,并不优于其他二境。所谓"则得其真"的"真"与论"物境"的"形似"为同一层次,即艺术中的"意境"逼真于生活中的实际意念,并不是什么"真如""真谛"。唯识宗的"根""境""识"之论是指认识活动,与《诗格》论艺术创造不同,不能彼此牵附。《诗格》论诗境的创造,是从诗的创作经验和艺术规律出发的,并吸收了佛学中的一些东西。

《诗格》之后,在诗论中涉及"境"者依生年顺序还有:中唐皎然、武元衡、权德舆、刘禹锡、吕温等,晚唐司空图等。其中以皎然所论较多。将他们较为零散的论述连贯起来,打乱生年先后的顺序,而以诗歌创作的艺术过程加以组合排比,参伍错综,大致可以得出下列有关"境"的创造、鉴赏的体系:

1."诗情缘境发"。语出皎然《秋日遥和卢使君游何山宿敭上人房论涅槃经义》诗。其《诗式》卷一《辩体有一十九字》亦云:"缘境不尽曰情。"讲的是诗的发生,与魏晋南北朝常见的"感物兴情""情以物兴"是同一层次的命题,其过程与内涵也大致相似,均指客观外界的社会现象特别是自然现象对诗情的感召。皎然不用"物"字而改用"境"字,除境更邃远、丰富外,显然是受到佛学的影响。另外,"缘"字虽与陆机的"诗缘情而绮靡"之说有关,但也有佛学的痕迹;"缘起"论是佛教各派共同的理论基石与核心,认为一切事物与现象均处于因缘联系之中,所谓"此有故彼有,此生故彼生"。唯识宗创始人之一窥基《百法明门论解》说:"所依之根唯五,所缘之境则六。"他所讲的是佛教的认识论,谓"识"是依因主体的五根和客体的六境相互作用而发生的，已如前述。皎然论的是诗歌创作，与佛教教义有本质的不同，他说的"境"并不是虚幻的，而是客观存在的外界，但其命题似乎受到了佛教的启迪。与此相似的命题有旧题王昌龄《诗格》的"生思"之说："久用精思，未契意象，力疲智竭，放安神思，心偶照境，率然而生。""生思"指诗思、诗情、灵感的发生。当由于过分疲惫而灵感枯竭之时，应当休憩以养神，使头脑中浮现出一片诗情画意的境界，当创造的欲望与这境界发生接触、碰撞，灵感便自然发生了。这显然也是"诗情缘境发"，而"心偶照境"也显有佛学所论境、识关系的痕迹。另外，深受佛教熏陶的权德舆有"意与境会"之说："凡所赋诗，皆意与境会，疏导情性，含写飞动，得之于静。"（《权载之文集》补刻《左武卫胄曹许君集序》）"静"即"虚静"，是佛、道两家皆所主张的心灵状态。"静"中所"得"的，自然是诗情，而这又是"意与境会"的结果。"意与境会"与"心偶照境"完全一致。

2."取境"。"境"虽是激情与灵感发生的温床，但并不是任何境都可以写到诗中，更不是写任何境都能够成为好诗，因而皎然主张"取境"，"取境偏高，则一首举体便高；取境偏逸，则一首举体便逸"（《诗式》卷一《辩体有一十九字》），取境的高低决定着作品艺术成就的高低。他主张取"至难至险"的境。这应是指那种奇丽不凡、奇特出众而难以表达、难以言传的生活与自然景观，但一旦准确、完美地传达出来，便会"始见奇句"。另一方面，他又要求这样的构思取境物化为具体作品后，并不给人以用力造作的感觉，而是"有似等闲，不思而得，此高手也"（《诗式》卷一《取境》）。皎然论诗"取境"之说，似乎也有佛学的影子，如《大乘五蕴论》："云何想蕴？谓于境界取种种相。"《百法明门论忠疏》："想：谓于境取像为性，施设种种名言为业。"大致指认识反映影相及形成名言概念的过程。虽与作诗无关，但皎然也可能受到其启示。

3."思与境偕"。司空图《与王驾评诗书》："五言所得长于思与境偕，乃诗家之所尚者。"说的虽是五言，实则适用于一切形式的诗歌创作。它与"神与物游"略同，指艺术构思过程中不脱离感性材料的形象思维，只是"神与物游"是依随着形象进行，"思与境偕"则沉浸在诗情画意的美感境界与氛围中。

4."触境成文"。这是指物化为具体作品的过程。武元衡《刘商郎中集序》称刘商的诗"思入窅冥，势含飞动""触境成文，随文变象"。(《全唐文》卷五百三十一)"思入窅冥"显即"心入于境"，"触境成文"则是对于现实和头脑中的境界的描绘、传达。由于"境"比较空灵迷离，变幻多端，因而在诗篇中也呈现出丰富多样的具体形象。

5."境生象外"。这是从读者阅读欣赏角度讲的。语出刘禹锡《董氏武陵集纪》："诗者其文章之蕴邪？义得而言丧，故微而难能；境生于象外，故精而寡和。"(《刘梦得文集》卷二十三）从《周易》及魏晋玄学言、象、意关系的理论化来而加以改造，特别是吸收了佛学常谈的"境"字。"境生于象外"是指读者通过诗中的具体意象引发出更广远的审美想象，体验到一种超越作品意象的美妙艺境。这是优秀作品所应达到的高标。

总之，唐人沿着诗学发展自身的轨道，在将魏晋六朝诗学推向深入的过程中，借鉴吸取了佛教有关"境"的理论，为古代的诗美学做出新奉献。

（四）"味"与"味外之旨"

沿着"变"即创新的一线，把诗的"文外之旨"的探究进一步引向深微的是晚唐司空图，他提出"味外之旨""韵外之致"等美感要求。"兴在象外"是要求诗的艺术形象能够引发出超越形象的深长情思，"境生象外"要求艺术形象能够引发出超越形象的广远境界与画面。"味外之旨""韵外之致"则借用味觉的细微感受、听觉的袅袅余音为喻，将对诗的美感要求推向更深细、微妙、悠长。

司空图所谓"味外之旨""韵外之致"实质上是一回事，有关论述主要见于《与李生论诗书》中。人们对该文的解读多有误会（如郭绍虞主编《中国历代文论选》中的解释），故将部分原文抄引如下：

> 文之难，而诗之尤难。古今之喻多矣，而愚以为辨于味而后可以言诗也。江岭之南，凡是资于适口者，若醯，非不酸也，止于酸而已；若鹾，非不咸也，止于咸而已。华之人以充饥而遽辍者，知其咸酸之外，醇美者有所乏耳。彼江岭之人，习之而不辨也，宜哉。诗贯六义，则讽喻、抑扬、渟蓄、温雅皆在其间矣。然直致所得，以格自奇。前辈编集，亦不专工于此，矧其下者耶！王右丞、韦苏州澄澹、精致，格在其中，岂妨于道举哉？贾浪仙诚有警句，视其全篇，意思殊馁，大抵附于蹇涩，方可致才，亦为体之不备也，矧其下者哉！噫！近而不浮，远而不尽，然后可以言韵外之致耳。

这段话首先对诗的美感提出最基本的要求：有"味"。在司空图之前以"味"论诗者，最集中、最系统的是钟嵘《诗品序》，它认为只有用兴、比、赋三种艺术手段"指事造形，穷情写物"，并"干之以风力，润之以丹采"，才能创造出令人"味之者无极，闻之者动心"的"滋味"美感。"味之者无极"，钟嵘已经提出诗味深永的要求。但是，钟嵘只是提出某种诗味而已，至少在文字上并未涉及"味"的多样性、丰富性，即"多味性"。司空图以"味外之旨"论诗，是对钟嵘"滋味"说的丰富与发展，下开了沧浪"兴趣"说、渔洋"神韵"说所要求的诗歌美感的恍惚迷离、可以意会而难以言传之论。

那么什么是司空图说的"味外之旨"呢？他在《与李生论诗书》

的最后概括说:"倘复以全美为工,即知味外之旨矣。"故"味外之旨"可以一言蔽之,曰:"全美"。"全美"并非如醋(醯)、盐(鹾)那样单一的酸、咸之味;而是在"酸咸之外"尚有深永多样的"醇美"之味。以之喻诗,便是"诗贯六义,则讽谕、抑扬、渟蓄、温雅皆在其间矣"。"六义"是古人论诗的套语,其内涵不能完全等同于汉儒的解释,而往往在这面正统儒家诗论的旗帜下发挥其他诗学理论。此且不论。诗中具有"讽谕、抑扬、渟蓄、温雅"等多种意蕴,便是诗味的"醇美""全美",即美感的多样性。这里易生误解的关键是"然直致所得,以格自奇"一句。"直致"并非钟嵘《诗品序》反对过分追求用典、主张直写即目所见的"直致",而是指直接、单纯传达酸、咸等某一品味。"以格自奇"的"格"即后文所举自己的二十四则诗句"皆不拘于一概"的"概",即格式、规格。六朝人辨析诗多言"体",唐人辨析诗多言"格""式",二者大体皆近于现在所说的"风格",稍有不同的是,"体"侧重于诗的文质、雅俗等体貌方面,"格""式"侧重于诗的格律、形式等规则方面。"以格自奇"即因径直传达某种风味而形成某种明显、单一风格引以为奇,自鸣得意,故下文说前辈诗人并不"专工"一格,自己的作品也并不"拘于一概"。王维、韦应物诗虽兼有"澄澹""精致",但自有一种风格,并不妨碍其高超标举;贾岛的作品只有"寒涩"一种风味,故虽有警句,却有"体之不备"("体"即"格")之弊,嫌于单调乏味。

在这里,司空图又用"近而不浮,远而不尽"概括"韵外之致""味外之旨"。这两句须联系司空图《与极浦书》中一段话来理解:

> 戴容州云:"诗家之景如蓝田日暖,良玉生烟,可望而不可置于眉睫之前也。"象外之象,景外之景,岂容易可谭哉?然题纪之作,目击可图,体势自别,不可废也。

"远而不尽"相当于戴容州描绘的诗意的境界,具有难以言传、难以穷尽的多种蕴味;但一首具体的诗总要有明晰性、切实性、可把握性,总要有一种基本的蕴味,基本的"体""格",不可过分虚浮,即"近而不浮"。"近而不浮"是一种主导的"味","远而不尽"才是"味外之旨"。

总之,"味外之旨"的内涵主要不是强调诗味即艺术美感的深长,而是侧重强调诗味即艺术美感的多样。当然二者只是侧重点的不同,并无严格的界限,诗味的丰富多样其实也有深长的审美效果与感受。以上便是我对于司空图"味外之旨"的理解。

司空图所著《二十四诗品》在清代以后有重大影响,但现在有人怀疑它是后人的伪托之作。这种怀疑是有道理的。在没有得到更有力的证据和普遍的认同之前,姑仍系之于司空图而略加论列。《二十四诗品》受老庄思想的影响极深。老庄思想是一种人生哲学。真正把这种人生哲学化为艺术哲学、艺术美学的,便是《二十四诗品》。

《二十四诗品》即使果真是伪作,也是从司空图"味外之旨"等基本的诗学思想出发的伪作,其主要特点是以意境论诗的二十四种风格,即:雄浑、冲淡、纤秾、沉着、高古、典雅、洗炼、劲健、绮丽、自然、含蓄、豪放、精神、缜密、疏野、清奇、委曲、实境、悲慨、形容、超诣、飘逸、旷达、流动。对风格的研究是唐代诗学的热门话题,当时多称为"体""式""势""格"等,皎然《诗式》分为"十九体"之多,但比较琐碎、简单,甚至不伦不类,不知所云。对此论得比较严谨、科学的,仍当属《文心雕龙·体性》篇,它从作家个性与作品风貌的关系着眼,将风格分为八种类型:典雅、远奥、精约、显附、繁缛、壮丽、新奇、轻靡。从意境着眼区分和描绘不同的风格特征,是司空图与刘勰的根本不同。

以意境论风格其实就是以"味"论风格,以"味外之旨"论风格。

作者并不去抽象地分析各种风格的主客观因素与创造方式,而是用诗性语言为各风格描绘出一幅幅生动直观的形象画面与境界,使读者如入其境地体认各种风格的特点,有时也略加点拨,极为简约地指出该风格的创作方法。如"纤秾":"采采流水,蓬蓬远春,窈窕深谷,时见美人。碧桃满树,风日水滨,柳阴路曲,流莺比邻。乘之愈往,识之愈真。如将不尽,与古为新。"描绘出一片春风丽日的优美景象,以体现"纤秾"风格的特征。末四句虽论述该风格的创造在于不断深入地观察、体验、创新,但意境上仍与前面保持一致。再如"典雅":"玉壶买春,赏雨茅屋。坐中佳士,左右修竹。白云初晴,幽鸟相逐,眠琴绿阴,上有飞瀑。落花无言,人淡如菊。书之岁华,其曰可读。"只是勾勒出几幅"典雅"的图景,几乎全无议论,只任读者体知。如果说"雄浑""冲淡""纤秾""沉着"等是诸种风格基本的"味",那么由表述各种风格的形象画面所体认出的多侧面、多内涵、令人见仁见智的意蕴便可以说是"味外之旨"。风格特征没有一定之规,端在各人感受、理解与表达。这里应提请注意的是:以"味外之旨"论风格是《二十四诗品》的总特点。有的论者拈出"超以象外,得其环中"("雄浑")、"脱有形似,握手已违"("冲淡")、"不着一字,尽得风流"("含蓄")、"离形得似,庶几斯人"("形容")等语论证司空图所主的"味外之旨",那是不得当的,因为它们只是"雄浑""冲淡""含蓄""形容"等品的题中应有之义,未必适用于其他。

　　刘勰是理论家,他论风格客观、冷静、科学;司空图是诗人,他论风格则带有浓重的主观性与审美性。从"风格即人"的角度上说,二十四种风格其实只是一种风格,即幽独清寂的风格。几乎在每一种风格的境界中都隐然有一位幽独之人,他有一颗素淡之心,面对着一幅幅清冷之境,体验、遵循、表现着老庄之道。"道"、"真"、"虚"(均为老庄之道)、"幽"、"独"、"素"、"淡"等是出现频率最高的字眼。即使"雄浑""纤秾""劲健""绮丽""豪放""流动"等理应较为积极的风格，也总令人体味到一种幽独、清寂、悲凉。所以古往今来均有人认为司空图偏好王维、韦应物的诗风，不是没有道理的。这一切，显然与作者的隐者身份与老庄人生观有关。

唐人对诗学的幽微之美、"文外之旨"的探讨，被宋代另一种异质的追求所打断。从荦荦大者来说，主要是宋末严羽、明代七子特别是其后学、清初王夫之特别是王士禛，继续了这种探索。近世王国维诗学中的传统部分，也属于这种诗学探索的一线。

五、中唐诗学思想的异变

如前所说，中唐文化属于宋型文化，至少是宋型文化的前驱，与此相应的一部分人的一部分诗学思想，也显露出向宋型诗学的转型，成为宋型诗学的前驱，这主要体现在杜甫、韩愈、白居易身上。他们这方面的诗学思想及其转型意义，学术界尚论之甚少。

中唐之变，较之上述"复变之道"的"变"的一线，是一种深刻得多的巨变。假如说前者尚是一种同质的"新变"，则中唐之变是一种异质的"蜕变"。

（一）从"尚情"到"尚意"

中唐诗学思想的变异，在我看来，其深层根柢是"尚意"。

中国古代诗学思想演化的轨迹，从一个角度来看，是从先秦两汉的"尚志"到建安时期的"尚气"，再到晋至盛唐的"尚情"，中唐开始潜移暗转为"尚意"，并成为向宋代"尚理"的过渡。当然，"尚意"与"尚理"有所交叉类同，故古人既讲宋人尚理，复讲宋人尚意。

说中唐人开始重"意"并开了宋诗之调并不是我的创见，古人早有此论。特别是极力推重盛唐的明代前后七子及其后学，因为反对宋诗的言"理"、议论、枯涩而溯及中唐，以为中唐的特点正是主"意"，并以之为区别盛、中唐诗的准星。后七子王世贞《艺苑卮言》

谓"七言绝句,盛唐主气,气完而意不尽工;中晚唐主意,意工而气不甚完",尚仅就七绝立论,且只加比较而不加轩轾。到七子派的后学陆时雍、许学夷等人更以主"意"为整个中唐诗风的主要特征,并以之判定其与盛唐诗的优劣。如陆时雍《诗镜总论》:

> 中唐人用意,好刻好苦,好异好详。……盛唐人寄趣,在有无之间。可言处常留不尽,又似合于风人之旨,乃知盛唐人之地位故优也。

> 中唐反盛之风,攒意而取精,选言而取胜。

> 专寻好意,不理声格,此中晚唐绝句所以病也。诗不待意,即景自成;意不待寻,兴情即是。

许学夷《诗源辩体》:

> 元和诸公,则以巧饰意,故意愈切而理愈周,此正变之所由分也。

> (晚)唐人既变而为轻浮纤巧,已复厌其所为,又欲尽去铅华,专尚理致。于是意见日深,议论愈切,故必至于鄙俗村陋耳。此上承元和而下启宋人,乃大变而大敝矣。

这些引文中涉及不少诗学史和诗学理论问题,姑置不论,其中有一点是集中而鲜明的,即中唐人开始尚意。正如许学夷所说,尚意正是诗学思想变异"之所由"。

自魏晋文学走向自觉,曹丕提出"诗赋欲丽",特别是陆机提出"诗缘情而绮靡"之后,这股思潮一直持续到盛唐。尽管初、盛唐人诋诶六朝的浮靡,但只要仔细体认,便会感觉到初、盛唐诗与六朝在深层气质风韵的一致性。从这个角度说,这是中国古代诗学的上升期,盛唐便是其顶峰,中唐是转折的开始。转折的一个重要标志,便是由尚情走向尚意,"情""意"相近而又相异,重盛唐而主情感的明代七子后学对此辨之甚详,如陆时雍《诗镜总论》说:"夫一往而至者,情也;苦摹而出者,意也;若有若无者,情也;必然必不然者,意也。意死而情活,意迹而情神,意近而情远,意伪而情真。情意之分,古今所由判矣。"说得虽有点儿绝对,但却是不无道理的,敏感地觉察到两种不尽相同的心理活动。用现在的话来说,"情"虽也不乏理解的因素,但更偏重于感性与直觉;"意"中虽也有"情",但却比"情"带有更多的理性与逻辑的成分,它其实也是一种思维,是一种伴随着感情的思维。诗至中唐,理性的成分确比盛唐增多了。清人王士禛《渔洋诗话》曾说王维的诗"更不着判断一语,此盛唐所以为高"。"判断语"即"意见",即诗中的议论说理。

诗学思想的演化与学术思想的演化大致同步。重意其实并不自中唐始,早在南朝刘宋时期,范晔《狱中与诸甥侄书》便谓诗文"故当以意为主,以文传意",那多半是受到玄学言意之辨的影响。中唐人的尚意,当与佛学的传播有关。佛教重意而斥情。"意"作为佛学术语,与"心""识"是同一层次的概念,所谓"心、意、识体一"(《俱舍论》卷四)。佛学中"六根"的"意根"、"六识"中的"意识",是其他五根、五识赖以发生的依据,特别是"意识",更"别无所依",是不同于"个别境识"的"一切境识"。佛教讲"悟",不管悟的是"佛性"还是"自性",归根结底都指佛教的真理,而绝不是情思。中唐以后,受佛教影响,也为了回应佛教的挑战,儒学也开始内向化了,并引发出宋明理学。在诗学方面,凡是受佛学影响较深甚至作者本人便是佛教徒的论诗著作,无不重意。收录于《文镜秘府论》中的《论文意》,据今人考证,便出自旧题王昌龄《诗格》和皎然《诗式》。(见王利器《文镜秘府论校注》,第279页,中国社会科学出版社,1983)《诗式》更有《重意诗例》一篇,提出"一重意""二重意""三重意""四重意"。所谓"文外之旨""味外之旨",其实也便指超越诗中形象的意味。旧题白居易《金针诗格》要求"内意欲尽其理,外意欲尽其象",谢榛《四溟诗话》称"此固上乘之论,殆非盛唐之法",也由之判别盛、中唐诗之分。晚唐杜牧《答庄充书》主张"以意为主",显然也是这种思潮的反映。

尚意,以意为主,以文传意,必然引出以理为诗,以议论为诗,以文为诗,而这又必然继而引出对读书穷理的强调,对表达意理的"法度"的探究,等等。倘说重意是中唐诗学异变的根源,这一切则是其异变的外观。于是,盛唐那种写物寄情、兴象玲珑的诗风发生了改变。南齐谢朓"好诗圆美流转如弹丸"的审美理想在盛唐实现以后,不久便转向了与之大异其趣的审美理想。凡此种种,宋人便已论及,如范晞文《对床夜语》说:"元和盖诗之极盛,其实体制自此始散,僻字险韵以为富,率意放词以为通,皆有其渐,一变则成五代之陋矣。"陆时雍《诗镜总论》更追溯到杜甫:"夫优柔悱恻,诗教也,取其足以感人已矣。而后之言诗者,欲高、欲大、欲奇、欲异,于是远想以撰之,杂事以罗之,长韵以属之,俶诡以炫之,则骈指矣。此少陵误世,而昌黎复涌其波也。"这些话对于理解中唐之变,对于理解宋代的诗学思想,对于理解反宋的明代诗学思想,对于理解"祧唐祢宋"的清代诗学思想,均有参照意义。

(二)杜甫的诗论及其诗作的示范意义

在中国传统诗学思想史上,《诗经》与杜诗有极端重要的坐标性意义。《诗经》被尊为"经",它的作者们被认为是"贤圣";杜诗也被尊为"经""小诗经",杜甫被尊为"诗圣"。二者的重要与其说在于其自身，不如说在于后人的解释：汉儒解释《诗经》引申出的《诗》"经"精神成为最正宗的儒家诗学思想贯穿始终，特别是决定了古代前期"情礼冲突"的诗学思想的面貌；宋人解释杜诗引申出的诗学原则，极大地影响了古代后期"情理冲突"的诗学思想的面貌。从解释学的意义上说，杜诗可谓《诗经》的"接力棒"，既相区别又相联系地"跑"完了中国古代诗学思想史的最后一圈，对杜诗的态度，可以卜宋以后诗学思想的变迁及其性质。

　　杜甫本人既是成就卓越的伟大诗人，又恰巧生活在中国古代社会由盛转衰的始发点上，而且他的诗风正好体现着后期诗学的思想与艺术关注点的转变。在杜甫身上，我们不能不惊奇于历史是如何合规律、合目的地造就出一个体现自己的典范。杜甫与李白一向被称为中国古代诗史上并峙的双峰，但这双峰却朝向不同的方向：李白是向后的，他是前期诗学的最高发展；杜甫却是向前的，他是后期诗学的开山。二人的年龄虽只相差十一岁，但李白的诗主要作于安史乱前，杜甫的诗则主要作于安史乱中和乱后，而安史之乱正是唐代和整个中国古代由盛转衰的枢纽。这便是问题的关键。清人陈廷焯所言最为直截了当，其《白雨斋词话》卷七说：

　　　　世人论诗，多以太白之纵横超逸为变，而以杜陵之整齐严肃为正，此第论形骸，不知本原也。……故余尝谓太白诗，谨守古人绳墨，亦步亦趋，不敢相背。至杜陵乃真与古人为敌，而变化不可测矣。

　　　　然自杜陵变古后，而后世更不能复古。（自风骚至太白同出一源，杜陵而后，无敢越此老范围者，皆与古人为敌国矣）何其霸也！

他以李白为"正",杜甫为"变";从"变古"的角度上,又称杜甫为"诗中之秦始皇"。

在古人看来,李白是盛唐诗的代表,杜甫则是盛唐甚至以盛唐为典型的整个唐诗的"变体""别调"。明以后此类言论甚多,而以清人赵翼《瓯北集》卷三十八《题陈东浦藩伯敦拙堂诗集》所论最明:

> 呜呼浣花翁(杜甫),在唐本别调。时当六朝后,举世炫丽藻。青莲(李白)虽不群,余习犹或蹈。惟公起扫除,天门一龙跳。

所谓"炫丽藻",实际上就是指初盛唐甚至六朝诗那种喜好风花、兴象玲珑、风流自赏的青春气息。从杜甫开始,诗步入中年的门槛,所谓"少小好风花,老大即厌之"。明人何景明《明月篇序》也说杜诗"调失流转",故为"变体"。所谓"调失流转",无疑是指由谢朓提出而在盛唐真正实现的"好诗圆美流转如弹丸"的审美理想的转向。因此,许学夷《诗源辩体》称杜甫"已开宋人之门户矣"。

西人库恩曾经提出关于"典范"的理论,认为"一切科学革命都必然要基本上牵涉到所谓'典范'的改变",树立"典范"的巨人往往具备两种特征,一是"不但在具体研究方面具有空前的成就,并且这种成就还起着示范的作用,使同行的人都得踏着他的足迹前进";二是他虽然"开启了无穷的法门",但又留下许多新问题,让后人继续研究,并形成一个新传统。(转引自余英时《中国思想传统的现代诠释》,江苏人民出版社,1989)在诗学上,杜甫正是这样一位"典范",后人解释他,发掘他,也补充他。当然,后人的解释都立足于各自的时代精神氛围,有些解释并不合乎他的初衷。一般说来,宋、元、明、清的人们都极为尊崇他,只有力主"诗必盛唐"的明代七子及其后学在尊崇中又对他或明或暗地有所微词。

清初神韵派的领袖王士禛内心也不喜欢他，只是不敢显言；重视诗艺诗境的王夫之甚至称他为"风雅罪魁"，这当然是从他"变古"上讲的，也有人称之为"罪魁而功首"。由之我们可以判别二王的诗学取向：心仪汉魏盛唐，基本属明代七子派的余流。

杜甫的身份是诗人，但也有不少论诗之语和创作自诉，直接表明他的诗学观。在唐代，没有一位诗人比他更忧国忧民，但也没有一位诗人比他更公允地对待六朝的作家作品。他以宽容的心灵和博大的胸怀，对所有的前辈诗人和同辈诗人都给予尊重。从屈原、宋玉、曹植、刘桢、谢灵运、鲍照、谢朓、何逊、阴铿、庾信，直至当代的"四杰"、陈子昂、李白、王维、孟浩然、高适、岑参、元结等，他都曾加以称赞，以"转益多师为吾师"。这在众口诋諆齐梁、宗经辨骚的时风中，是异常难能可贵的。不过这方面的言论对他说来并不很重要，他在后世有极深远影响的诗论主要是以下两方面：

一是诗法论。"诗是吾家事""文章千古事，得失寸心知"，没有一个唐代诗人比他更有诗歌创作的"敬业精神"，比他更严肃、更投入，他是诗学史上第一个明确拈出"法"字的论诗者：

法自儒家有，心从弱岁疲。（《偶题》）

美名人不及，佳句法如何？（《寄高三十五书记（适）》）

第一个"法"字从上下文来看显指诗法，是从大处着眼的根本之法。既强调"儒家有"，大约即为汉儒扬雄所谓"女恶华丹之乱窈窕也，书恶淫辞之涩法度也"（《法言·吾子》），以及班固指责屈原"多称昆仑冥婚宓妃虚无之语，皆非法度之政，经义所载"（《离骚序》）中的"法度"，即指儒家所倡导的儒家规范。但扬雄在同篇又认为"断木为棋，梡革为鞠，亦皆有法焉。不合乎先王之法者，君子不法也"，则"法"亦包括犹如做棋子、制足球那样的具体的法度、技艺。另一方面,既强调"儒家有",很可能有激于当时好谈"佛法"而言。佛教的"法"有两种含义,一指宇宙万物及其规律,二指修持的法则、方法。倘果真如此,则"法"的提出仍有佛教的影响。第二句则明确提出具体的"句法",成为宋以后人谈诗的口实。另外,《宗武生日》一诗还主张"熟精《文选》理",这个"理"也是原理、法则之意。诗法问题,是宋代以后"情理冲突"的诗学主潮的一个重要侧面。

二是重读书。《奉赠韦左丞丈二十二韵》说:

读书破万卷,下笔如有神。

这方面的言论虽只此一句,但影响极大,因为它与宋代的以学为诗、以文为诗、讲究出处等诗风有关,以至于激起严羽的反对。清代在注重实学、考据学的学风中,论诗也重学问,重"学人之诗",杜甫的"读书破万卷"之论便成为他们的依据与常谈。至于"神"字,杜甫更多次谈及,但大抵从谢灵运"此语有神助,非吾语也"(《诗品》卷中引)化来,形容创作的神妙。

杜甫毕竟是诗人,他对后世的极大影响主要通过其作品的示范作用以及后人的引申发挥,如他的好议论、叙事、用"赋法"、喜用典以及句法、章法、篇法、声律、对仗等特点,都在一定程度上改变了后世诗歌的风貌。尤为重要的是,他在议论中经常涉及"道""理""性"等,如:

陶潜避俗翁,未必能达道。(《遣兴》)

大哉乾坤内,吾道长悠悠。(《发秦州》)

用拙存吾道，幽居近物情。(《屏迹三首》)

文章一小技，于道未为尊。(《贻华阳柳少府》)

我何良叹嗟，物理固自然。(《盐井》)

静求元精理，浩荡难倚赖。(《病柏》)

高怀见物理，识者安肯哂！(《赠郑十八贲》)

王侯与蝼蚁，同尽随丘墟。愿闻第一义，回向心地初。……无生有汲引，兹理傥吹嘘。(《谒文公上方》)

吾衰未自由，谢尔性所适。(《石柜阁》)

有些诗中虽无此类字眼，但却隐含着天道性理之意，如"鸡虫得失无了时，注目寒江倚山阁"(《缚鸡行》)、"江山如有待，花柳更无私"(《后游》)、"水流心不竞，云在意俱迟"(《江亭》)、"乾坤万里眼，时序百年心"(《春日江村五首》)等等。我们可以在这些诗句中，嗅到别一种前所未有的气味。时代精神在潜移暗转，敏感的诗人身受心领着这种转换，并自觉或不自觉地捕捉体现在自己诗中。到了性理之学流行的宋代，便立即得到人们的同感与共鸣，以至于被推崇为"深入理窟"(陈善《扪虱新话》下集卷一)。这恐怕是杜甫诗学思想发生极大影响的更重要原因。

（三）"以文为诗"与韩愈的诗学思想

许学夷《诗源辩体》又称韩愈"以文为诗，实开宋人门户"，可以说是公认的定论，岂止"开宋人门户"，直到清代的诗学思想也以杜甫、韩愈、苏轼为三个解释学意义上的支柱。

韩愈是继杜甫之后体现着中唐诗学之变的另一个明显标志。宋人便看出这一点。苏轼称"诗之美者莫如韩退之，然诗格之变自退之始"（《王直方诗话》引）。张耒说他的诗"逸出常制"、"不循轨辙"、"脱诗人常格"（《明道杂志》）。陈善《扪虱新话》也认为"以文体为诗，自退之始"，又称他的诗不过是"押韵之文耳"。可知韩愈之变，最集中地表现在"以文为诗"上。陆时雍《诗镜总论》说："青莲居士，文中常有诗意；韩昌黎伯，诗中常有文情。""文中有诗"与"诗中有文"、"以诗为文"与"以文为诗"，也是观察中国古代前后两期诗学思想变异的一个着眼点。"以文为诗"并不自韩愈始，杜甫的诗便已明显地体现出这一特点，但韩诗却达到了极致。现在一般认为韩愈是宋明理学的先驱，他倡导孔孟以来的"道统"，推尊《孟子》《大学》，重新强调原始儒学所固有的"正心""诚意"等"内圣"的方面，并在排佛的旗号下吸收融液了佛教中"治心"的理论。文化思想的变迁必然引起诗学思想的变迁。语言是思想的载体。思想方法、方向的变革也会引发文体的变革。从美学方面说，由"以诗为文"到"以文为诗"，透露出对于青春式的热情与风采的厌弃，而追求另一种"苍老""瘦劲"之美，所谓"歌辞自作风格老"（杜甫《苏端薛复筵简薛华醉歌》）。后来推崇汉魏盛唐诗的明代人实质上是力图恢复这种青春的诗意与诗美，时过境迁，当然不可能成功。

韩愈以"古文"作家著称，名列"唐宋八大家"之首。他的诗学思想与艺术风貌既然以"以文为诗"为特点，那么了解他的诗学观也就理应参照他的"古文"理论。

韩愈推尊孟子，自然也推重孟子所主张的"大丈夫"的"浩然之气"，并用于对诗文创作的要求，提出"气盛则言之短长与声之高下者皆宜"（《答李翊书》）。他称赏无本法师在创作方面"身大不及胆"、"勇往无不敢"、"狂词肆滂葩"（《送无本师归范阳》）的豪壮气概,称赏李白、杜甫诗"想当施手时,巨刃磨天扬。垠崖划崩豁,乾坤摆雷硠"的风格。正是出于对这种风格的爱好,他对当时贬损李杜的言论予以尖刻的嘲讽和激烈的批驳:"李杜文章在,光焰万丈长。不知群儿愚,那用故谤伤,蚍蜉撼大树,可笑不自量!"(《调张籍》)他自己那种浩浩荡荡一泻千里的诗风,也正是对李、杜这种风格的继承与发展。

韩愈好"奇",好"险",好标新立异,诡谲不凡,这是诗至盛唐已经发展到极为成熟,诗风开始走向轻易、滑熟、缺少棱角之时,所作出的一种反拨与针砭。他主张"词必己出"(《南阳樊绍述墓志铭》)、"惟陈言之务去"(《答李翊书》)。他也激烈地攻讦齐梁陈隋诗风,但攻讦的角度与众不同,乃是不满其"搜春摘花卉,沿袭伤剽盗"(《荐士》)的陈词滥调、陈陈相因。在他的论诗之语中,"动惊俗""吐奇芬""险语破鬼胆""奸穷怪变得""横空盘硬语,妥贴力排奡"的谲怪诗风都是他所极力称扬的。他在《贞曜先生墓志铭》中写道:

> 及其为诗,刿目鉥心,刃迎缕解,钩章棘句,掐擢胃肾,神施鬼设,间见层出。(《韩昌黎文集》卷六)

对这种奇异不凡诗风的一再津津乐道,一方面固然是对滑熟、凡俗诗风的矫革,另一方面,在骨子里则是对谢朓以来"圆美流转"审美追求的消解。中唐以至宋代诗学思想与诗歌风貌的变异,大致都可作如是观。另外他还称赏"平淡""古淡"的风格。"奸穷怪变得,往往造平淡"(《送无本师归范阳》),将"平淡"看作谲怪、奇特诗风的最终归宿,这也是对高华流美的审美趣味的逆反,并影响于宋人。

韩愈是服膺儒学的思想家,他强调"诚意""正心"等内在修养,修养的途径之一便是读儒家之书,"游之乎《诗》《书》之源";韩愈的本色又主要是"文人"而非"诗人",其诗为"文人之诗"。作为"文人",又必然引向广泛阅读浏览而不限于儒家之书。他像杜甫一样强调读书,以"闳其中而肆于其外",如:

上规姚姒,浑浑无涯。周诰殷盘,佶屈聱牙。《春秋》谨严,左氏浮夸。《易》奇而法,《诗》正而葩。下逮庄、骚,太史所录,子云、相如,同工异曲。先生之于文,可谓闳其中而肆其外矣。(《韩昌黎文集》卷一《进学解》)

凡自唐虞已来,编简所存,大之为河海,高之为山岳,明之为日月,幽之为鬼神,纤之为珠玑华实,变之为雷霆风雨,奇辞奥旨,靡不通达。(同上卷二《上兵部李侍郎书》)

说韩愈"开宋人门户",重读书博学也是其一端。宋代诗人多兼为学人,韩愈的上述主张很容易得到他们的共鸣。"祧唐祢宋",推崇杜、韩、苏的清人也是如此,直到黄遵宪、梁启超的"诗界革命",仍可以看到许多类似的主张泛观博览的议论。清人重"文人之诗""学人之诗",其实最早提出的还是宋人,如刘辰翁《赵仲仁诗序》说:"韩、苏倾竭变化,如雷霆河汉,可惊可快,必无复可憾者,盖以其文人之诗也。"(《须溪集》卷六)对"文人之诗"风貌的描绘,与清人所论颇为相合。诗学思想对前代遗产有选择的继承与重复,只能到精神文化的相似处寻找原因。

与杜甫一样,韩愈作为诗人对后代的影响,也主要依靠其作品本身的示范作用。韩愈的诗风是人们熟悉的,故不具论。

(四)"咏性不咏情":白居易诗学思想的另一侧面

被许学夷《诗源辩体》称为"开宋人门户"的第三位中唐诗人是白居易:"其叙事详明,议论痛快,此皆以文为诗,实开宋人之门户耳。"还是从"叙事""议论""以文为诗"等特点立论,这些已见于杜甫、韩愈的诗学思想,算不上白居易"开宋人门户"的特有方式。

白居易的诗学思想有两个主要侧面,一是表述在《与元九书》等文章、体现在"讽喻"一类诗篇中,要求诗歌发挥通达下情、裨补时政、讽喻美刺的主张,这完全是汉儒《诗》"经"精神的具体贯彻,在中唐已成为传统的诗学思想,我们已论之于前。另一个侧面体现在"闲适"一类诗篇中,其理论表述是:

雅哉君子文,咏性不咏情。(《白氏长庆集》卷九《祗役骆口驿,喜萧侍御书至,兼睹新诗,吟讽通宵,因寄八韵》)

"性"是人的本性、本质。在儒、释、道的思想体系中,"性"与"情"都有对立的倾向。儒家经典《孝经·钩命诀》认为"情生于阴,欲以时念也。性生于阳,以就理也。阳气者仁,阴气者贪。故情有利欲,性有仁也"。性是正面的意向,情是外物诱发的欲望,故儒家主张"以礼节情""以道制欲"。《庄子·徐无鬼》篇宣称"盈耆(嗜)欲,长好恶,则性命之情病矣"。"嗜欲""好恶"即情,"性命之情"(情状、情实)即性,庄子也认为二者相互对立。释家的修持,归根结底要求悟自性从而悟佛性,在这过程中首先要斩断七情六欲,使六根(六情)清净。传统儒家诗学思想之核心的最经典的表述是《毛诗序》所谓"发乎情,止乎礼义",或"吟咏情性,以风其上",虽然对情加以限制,但毕竟首先承认诗是"咏情"的。

白居易的"咏性不咏情"显然与传统诗学相龃龉,也与他本人在《与元九书》中所说的"诗者根情,苗言"相抵牾,既是他个人思想由积极用世到消极混世的表现,更是社会文化思想发生演变的反映。要深刻了解他这个命题的文化思想底蕴,必须联系李翱的《论复性书》。李翱与白居易同年（772）生，是韩愈的弟子与朋友，同为宋代理学的先驱，其《论复性书》被公认为理学思想滋生的重要标志。顾名思义，《论复性书》的核心思想便是"灭情复性"。其中说：

> 人之所以为圣人者，性也；人之所以惑其性者，情也。喜、怒、哀、惧、爱、恶、欲七者，皆情之所为也。情既昏，性斯匿矣。

这便是须灭情复性的全部逻辑，它其实仍是受了佛教禅宗的影响。六祖惠能在《坛经》中认为"自性常清净"，"只为云覆盖"，因此要"自性自悟""识心见性"。白居易"咏性不咏情"之论，透露出一种新的诗学思潮正起于青萍之末。

白居易的这种思想体现在其"闲适"一类诗篇中。所谓"闲适"，就是"身适忘四支，心适忘是非。既适又忘适，不知吾是谁"（《白氏长庆集》卷六《隐几》）。这种思想与诗篇以两条线索影响于后世，一条是宋邵雍、明陈白沙等人的性理诗，一条是宋苏轼、明公安派、清袁枚推崇"性灵"之论、之作。其实白居易的内心终究是世俗的诗人，而不是真正的释徒和道学先生，他所谓"咏性不咏情"之论，不过是政治理想失败之后，不复关心世事、唯求适性悦情的口实而已。他从不拒绝人生的享受和赏心乐事。故后人说"白乐天延乐命醻之时，不忘于佛事，至今达者讥之"（阮阅《诗话总龟后集》卷十六《释氏门》）。苏轼、公安、袁枚的推重白居易，大致也可作如是观。

诗而"不咏情"是无论如何说不过去的，故宋人将这个命题变化为"吟咏性情之正"。思想史上的演化之几，最宜深察。

下篇　情理冲突
（宋—清）

宋元第五章　技进于道

一、题解

"技进于道"是宋代诗学追求的主流，对金、元诗学思想也有所影响。金人元好问《陶然集诗序》的一段话，对这种追求带有总结意义：

> 虽然，方外之学有"为道日损"之说，又有"学至于无学"之说，诗家亦有之。子美夔州以后，乐天香山以后，东坡海南以后，皆不烦绳削而自合，非技进于道者能之乎？诗家所以异于方外者，渠辈谈道不在文字，不离文字；诗家圣处不离文字，不在文字。（《遗山先生文集》卷三十七）

宋代诗学是以理学流行的时代精神氛围为底色的，而理学又糅合融液了道、释之学，是儒表佛里、儒表道里的儒学。文中所谓"方外之学"，即指老庄道家思想。"技进于道"典出《庄子·养生主》篇庖丁解牛的寓言故事。庖丁自称他之所以有高超的解牛技术，是因为他"所好者道也，进乎技矣"，故解牛能够"依乎天理""因其固然"，即依顺牛体固有的组织结构，在骨骼筋络的间隙"游刃有余"。此处的"道"显指牛体的本然之"理"，道家又称为"天""自然"。

"技进于道"实际上就是庄子所一再强调的"以人合天",即一切人为皆要合于事物自然、本然的法则与规律。这一思想为宋代理学所吸收改造,尤为诗家所津津乐道。庖丁虽自称"道进乎技",但他实际上仍是从技入手的。他最初解牛时"所见无非全牛者",三年之后才"未尝见全牛也",即眼中只有被肌理、结构所分解之牛。"方今之时"更"以神遇而不以目视,官知止而神欲行",完全扬弃了视觉等器官的知解力,而一任神妙的直觉行事。这种娴熟的"技进于道"的过程,有似于佛教的"渐修"。诗作为一"物",无疑也有其本然之"理",适然之"技"——诗学上称之为"法",宋人极好谈"法",但他们又深感"死法"的无济于事,因而又追求"活法""无定法""无法""天成""自然""不烦绳削而自合"。前引元好问所论,便出自黄庭坚《与王观复书》:

> 好作奇语,自是文章病,但当以理为主,理得而辞顺,文章自然出群拔萃。观杜子美到夔州后诗,韩退之自潮州还朝后文章,皆不烦绳削而自合矣。(《豫章黄先生文集》卷十九)

"绳削"即主观的"技""法","自合"即合于文章之"理",亦即庖丁所说的"依乎天理""因其固然"。由烦琐的"法"入手而进乎"无法""不烦绳削",就是元好问所说的"为道日损""学至于无学"的"方外之说"——这种说法出自《老子》,在这里意谓摒弃烦琐之学,掌握"道"的精要微妙之处。

理学家主"格物穷理",道家主"技进乎道",释家主"转识成智""开迷为觉",诗学家主"不烦绳削而自合",达到这些高妙境界的方法与过程,几乎都有待于佛教特别是禅宗所说的神秘的"悟"。从苏轼、黄庭坚、江西诗派到反苏黄、反江西派的严羽,无不谈"法",

也无不谈"悟"。一个"法",一个"悟",由法而悟,由技而道,是宋代诗学思想的主线与精髓。

金、元诗学虽论著不少,但新见不多,它一方面是宋代的嗣响,另一方面又是明代的前奏,具有明显的过渡性质,故在此章一并连而述及。

二、通论:理学流行与诗学之转折

由上可见,宋代诗学受到当时流行的理学的影响,并通过理学受到融液其中的佛教和道家思想的影响。既要承认这些影响,不能如有的论者所谓宋代文学与理学分道而扬镳,又不宜夸大这些影响,认为宋代文学与理学合一。诗学思想既有自己独立的发展脉络,与前人遗产有切不断的联系,又是立足于自己所处的时代精神和价值原则评估、选择、接受前代遗产的。在宋代,这种时代精神便是理学思想的弥漫与渗透。

宋代理学与诗学存在着既相妨又相容的离合关系。宋代理学家和诗学家双方皆有理、诗相妨相克之论。理学家程颐责难诗是"闲言语",诗人专心求工,反复推敲,必然误了"学道功夫",因而作诗"害道"、"玩物丧志"(《二程遗书》卷十八)、"离真失正,反害于道必矣"(《答朱长文书》)。朱熹也认为作诗"分了为学工夫",故"作诗果无益"(《朱子语类》)。这是从时间、精力上不能兼顾而言的,从心性修养上说,他认为作诗会"流而生患",故"深惩而痛绝之"(《南岳游山后记》)。在理学思想影响下,甚至当时有些纯粹的诗人也有"小诗妨学道"(陈与义《增广笺注简斋诗集》卷十五《雨》)之谈。

宋代有些诗论家则斥责理学"妨诗"。此论主要出现于南宋中后期,当受理学浸渍的宋诗流弊日益明显以后,如刘克庄常引叶适"洛学兴而文字坏"之说。叶适是永嘉学派的代表人物,与朱熹为代表的正宗理学有观点上的分歧与争讼,所以他的此类言论含有学术歧异的底蕴,且置不论。但刘克庄本人"近世理学兴而诗律坏"的攻讦,却是完全从诗人和诗论家的立场上立论,将诗学与理学对立起来的。

但宋代理学与诗学又有相容相合的一面。理学家终究难免写诗、谈诗,用诗来表达与宣扬他们的理学人生观、生活态度、价值取向和审美趣味。邵雍有《伊川击壤集》,朱熹更是一位有成就的诗人与有见识的诗论家,甚至讥讽杜甫诗句"穿花蛱蝶深深见,点水蜻蜓款款飞"为"闲言语"的程颢,也写出过诸如"云淡风轻近午天,傍花随柳过前川"的描物摹景之句。从诗人方面说,他们也难免谈理,在诗中蕴含某种理念或理趣。特别值得注意的是,唐代诗人几乎都是纯粹的诗人,除韩愈、柳宗元、刘禹锡等数位中唐诗人外,很少有身兼学人者。宋代则不同,当时较有成就的诗人大都兼为学者。翻开清人编著的《宋元学案》,大抵都可以看到他们的名字和学术渊源,如欧阳修列入《庐陵学案》,黄庭坚列入《范吕诸儒学案》,江西诗派中人大都出于理学家吕希哲、杨时之门,等等。他们喜欢以诗谈理,是顺理成章的事情。正是理学对诗学的这种影响与渗透,形成宋代诗学思想的独特风貌。

理学是儒家思想发展的新阶段,或称"新儒学"。它的兴起与中国古代社会向后期的转折同步,同时又引起中国古代诗学思想的内向转化。

理学思想体系的核心是"理",它含有两个主要侧面:"天理"与"性理"。"天理"是在物之理,指事物的法则与规律。它一本而万殊,既是宇宙的本原,又体现在具体的事事物物中,所谓"天下物皆可以理照,有物必有则,一物须有一理"(程颐语,见《二程遗书》卷十八)。这有似于佛教的真如佛性,它也遍布一切,"一性圆通一切性,一法遍含一切法。一月普现一切水,一切水月一月摄"(释玄觉《永嘉证道歌》,见《大正藏经》第48册);又有似老庄之

"道","无所不在",甚至"在蝼蚁","在稊稗","在瓦甓","在屎溺"(《庄子·知北游》),当然也在如前所述的庖丁解牛的牛体中。"性理"是在己之理,指道德伦理,是天理在人心中的体现,所谓"性即理""心之理"。人只要"明心见性",便可获致天理。这显然融合了先秦原始儒学"知性知天"和佛学"见性成佛"之论,将对"外王"的追求转向对"内圣"的追求。

这一切都悄然地渗入到诗学思想中,使诗学思想发生了微而显的转折。所谓转折,是相对于传统诗学思想而言的。宋人面对着两种诗学传统,或者说两个参照系,两个"对立面":一是汉代经学期通过解《诗》所引申发挥出的正统儒家的诗学思想,一是从魏晋文学自觉直到唐代注重情采美感的诗学思想。宋人与汉人的龃龉是经学与理学的龃龉。汉人重"礼",宋人重"理"。"礼"是外向的行为和人际关系的规范,"理"是"礼"的内化,是对于心灵秩序的规范;"礼"重经世,"理"重治心;"礼"首先着眼于"外王","理"首先着眼于"内圣"。表现在诗学思想上,汉人"以《三百五篇》当谏书",汉儒解《诗》归于美刺讽谏,其矛头指向以皇帝为代表的权势者及其政治举措。因而汉人论诗最重"比兴",认为诗中的山川溪谷、草木鱼虫鸟兽等景物描写以及民间男女爱情之唱中都隐含着婉转曲折的讽喻美刺之旨。宋儒解《诗》重在心性修养,因而最重"兴于诗",即认为读《诗》可以"感发善心","使人长一格价",道德修养"有所兴起"。"兴于诗"原是孔子提出的命题,在从汉到唐的整个经学期都寂而无闻,几乎无人重提,到宋代却突然成为热门话题,理学家、心学家无不强调"兴于诗""兴观群怨",并逐渐影响到纯文学领域,发展为一种读者接受的理论,这毫无疑义地与理学的致思方向相关。理学由于主张存理去欲,而"淫奔"无疑是人欲之尤者,因而《诗经》中的男女爱情之作被朱熹等人判为"淫诗",而不再是美刺政教得失的"刺淫诗",这是"淫诗"说最根本的思想文化底蕴。在理学的影响下，一般的诗学也罕言比兴，罕言美刺讽喻，甚至有"兴近乎讪"（李颀《古今诗话》）之论。黄庭坚认为"诗者人之情性也，非强谏争于廷，怨忿诟于道，怒邻骂坐之为也"（《豫章黄先生文集》卷二十六《书王知载朐山杂咏后》），又不满当时的注杜诗者"弃其大旨，取其发兴于所遇林泉人物草木鱼虫，以为物物皆有所托，如世间商度隐语者，则子美之诗委地矣"（同上卷十七《大雅堂记》），这与其说是出于他个人的趣味爱好和对政治斗争的畏怯退避，不如说来自理学思想的投射更为深刻些。宋人还有"比兴深者通物理"（《王直方诗话》）之说，这个新的命题极其典型地反映出宋与汉（以及唐，详后）"比兴"观的根本差异。在汉人那里，鱼虫草木鸟兽等诗中比兴是通向美刺讽谏的，宋人却以之"格物穷理"，以"观我生观其生"、"复见天地之心"（程颐语，见《鹤林玉露》）。与上述种种相联系，在诗的本质问题上，汉、宋人均不讳言"情"，但在汉人那里是"发乎情，止乎礼义""吟咏情性，以风其上"。"止乎礼义"也便是讽喻上政。宋人则纠正了白居易"咏性不咏情"的偏激，改为"吟咏性情之正"（这个命题也与唐人对立，详后）。朱熹的再传弟子真德秀《文章正宗纲目》说："三百五篇之诗，其正言义理者盖无几，而讽咏之间，悠然得其性情之正，即所谓义理也。"明言"性情之正"即"义理"——这是不同于汉儒《诗》"经"精神的理学"义理"。而"性情之正"一语，又隐然暗示有"性情之邪"，这也不同于汉人的浑言"吟咏性情"。其实，"吟咏性情之正"糅合了儒、释、道诸家学说中共同的扬性抑情的成分，实即魏正始玄学家王弼所说的"性其情"："不性其情，焉能久行其正？此是情之正也。"（《论语释疑》，见《王弼集校释》，中华书局，1980）。"性其情"亦即北宋初儒者田锡所谓"以情合于性，以性合于道"（《咸平集》卷二《贻宋小著书》）。人难免有情，诗难免抒情，"咏性不咏情"毕竟离诗的特质过远，"吟咏性情之正"既不违于人之常情，又将情纳于"理""道"的规范。"发乎情,止乎礼义"具有外向性,要求"情"合于外在的礼;"吟咏性情之正"则是对内的要求,它的内涵是"正心""诚意""思无邪"。甚至于不属正宗理学、思想比较通达的诗人苏轼也说:

> 太史公论诗,以为《国风》好色而不淫,《小雅》怨诽而不乱,以余观之,是特识变风变雅耳,乌睹诗之正乎!昔先王之泽衰,然后变风发乎情;虽衰而未竭,是以犹止于礼义,以为贤于无所止者而已。若夫发于情止于忠孝者,其诗岂可同日而语哉!(《东坡七集·前集》卷二十四《王定国诗集叙》)

他显然是对"发乎情,止乎礼义"的命题有所不满的,认为这不过是不得已而求其次,比"情"的无所止泊要好,却与"止于忠孝"不可同日而语。正是由此出发,苏轼以"一饭不忘君"高扬杜甫,并得到宋人的一致认同。前引黄庭坚《书王知载朐山杂咏后》的主张"忠信笃敬,抱道而居",反对"强谏""怨忿"等等,与苏轼所论属于同一思想底蕴。"止于礼义"只是止于外在的规范——哪怕这是一个非常正当的规范,"止于忠孝"却是更加深入地止于内在的"性情之正"。由此我们不能不惊叹:时代精神的转变,竟如此灵敏、敏感、细微地反映于一语一词的"秋毫之末"!从"吟咏性情之正"出发,必然逻辑地引申出诗人首先应当"正性情""慎乎喜怒哀乐未发之际"的心性修养。这是宋代诗学内向转化之一端。

如果说汉宋诗学的龃龉主要是在"性理"的层面,思想取向的层面,则唐宋诗学的龃龉主要是在"物理"的一面,艺术取向的层面。当然二者也有所联系与交叉。"唐人诗主情,去《三百篇》近;宋人诗主理,去《三百篇》却远矣"(杨慎《升庵诗话》),这是明清人的常谈。唐人,特别是初、盛唐人,由于处在中国古代社会发展的前期,在诗学的根本精神上仍然沿袭"缘情绮靡"的路线,只不过更加成熟、匀贴与得体,更加圆美流转含蓄蕴藉。"缘情绮靡"不但无所谓"性情之正",也无所谓"止乎礼义",所以苏辙斥责"唐人工于为诗而陋于闻道"(苏辙《栾城三集》卷八《诗病五事》)。不过这大抵仍属"性理"的层面。在更加宽泛的"物理"层面,唐宋诗学的扞格尤为明显,唐人主抒情而宋人主说理。如前所述,建安文学提倡"文以气为主",西晋陆机"缘情绮靡"说实际上是提倡"以情为主",中唐提倡"以意为主",并过渡到宋人的"以理为主"。宋人也尚"意",但他们所说的"意"往往即为"理"。在这方面,朱熹的三传弟子王柏《题碧霞山人王公文集后》的一段话最有代表性:

文以气为主,古有是言也;文以理为主,近世儒者尝言之。

其实重视"理"、倡言"以理为主"的并不仅仅是儒者,一般的诗人和诗论家也是如此。成书于北宋末造的《诗话总龟》内有《达理门》,成书于南宋晚期的《诗人玉屑》有《碍理》一项,内分"害理""句好而理不通""碍理"等目。两书分别有北宋、南宋诗话总集的性质,收录了两宋众多诗人的论诗之语。宋诗的好说理,好议论,更是众所周知的。

唐宋诗学的这种差异也表现在对"比兴"的态度与运用上。"比兴"主要是指诗中景物描写的作用问题。汉人以景物描写为政教风化的譬喻,六朝以及唐人以景物描写为情绪的对应物与象征,以造成芳菲浓郁的诗意和葱茏迷离的美感。宋人与汉、唐皆不同,他们以景物描写为说理之具,所谓"比兴深者通物理"(《王直方诗话》),

所谓"多识于鸟兽草木之名，所以明理也"（程颐语，见《二程粹言》卷上），所谓"圣人言诗而终于鸟兽草木之名,盖学诗者始乎此，而由于此以深求之，莫非性命之理、道德之意也"（蔡卞《毛诗名物解·草木总解》）。所以宋人往往对唐诗多风云月露之状深致不满与不屑，认为那不过是"后生好风花"，而自己则"老大即厌之"。南宋王木叔更认为"夫争妍斗巧，极外物之变态，唐人所长也；反求于内，不足以定其志之所止，唐人之所短也"（叶適《水心文集》卷十二《王木叔诗序》引）。因而宋人往往轻视写物，变而为"白战"，为枯淡，为苍老，为议论，被明人转而讥为缺乏"香色流动"的"土木形骸"（胡应麟《诗薮》外编卷五）。清代纪昀《四库全书总目·击壤集》也说宋人"鄙唐人之不知道，于是以论理为本，以修词为末，而诗格于是乎大变"。

由此说到宋人的尚"法"。明李东阳《怀麓堂诗话》说："唐人不言诗法,诗法多出宋，而宋人于诗无所得。"大约正是由于尚"法"的时代氛围，王安石《解字》甚至改变了"诗"字的定义："'诗'字从言从寺。寺者，法度之所在也。"（据李之仪《姑溪居士后集》卷十五《杂题跋》引）过去解"诗"为"志"，为"止于心上"（见第一章），王安石则着眼于"寺""寸"，为"止于法上"（《说文》解"寺"为"有法度者也,从寸"。段注："言法度字多从寸。"）。释义的不同，正反映了解释者所处时代精神的变迁。

尚"法"与理学有关，因为"理"正是事物的法则、规律，朱熹称为事物的"天生成腔子"。不过尚"法"更直接来自宋人的尚"意"。宋人好言"文以理为主"，又好言"文以意为主"，二者大致一样，"意"便是意中之理。由于尚意，宋人作诗往往"先立意""先命题"。为了表达题意，便必然讲求"血脉""势向""曲折""布置""立格""炼句""炼字"等方法,这类论述在宋代诗话、诗论中比比皆是。从尚形上之理到尚形下之法并不矛盾，郝经《答友人论文法书》做了解释:"夫理,文之本也;法,文之末也。有理则有法矣,未有无理而有法者也","理者法之源,法者理之具;理致夫道,法工夫技。明理,法之本也"。(《郝文忠公陵川文集》卷二十三)在他看来,"理"与"法"是一种体用关系。郝经是宋末元初的理学家和文论家,他的论述大致可以代表宋人的观念。"理致夫道,法工夫技","理""法"问题于是便又回到本章的标题"技进于道"。诗法成为宋以后各代诗学讨论的一条重要线索。这种探讨近似于现代西方的"新批评""形式主义批评",也是宋代诗学内向转化之一端。

以上,便是宋代理学盛行所引发的诗学的转折。

最后要说明的是,宋代诗学的主流是江西诗派的诗学思想。这不仅因为江西诗派是宋代最大的一个诗歌流派,流行久,影响广,声势大,更重要的是因为它最能体现宋代诗学思想的特色,所谓宋人重理尚法、以议论为诗、以学问为诗、长于理而病于意兴、追求瘦硬生新等等,便主要是指江西诗学而言的。广而言之,江西诗学与宋代理学有密切的内在联系,因而最能体现宋代的文化精神。更广而言之,江西诗学在后代影响最深,后世反宋者固然主要是反江西诗学,宗宋者也主要是宗法江西诗学。江西诗学是后人心目中的宋代诗学的代表甚至代称。就宋代诗学本身来说,江西诗派之外者也大抵与江西诗学相关,或者是江西诗学的前奏,或者是江西诗学的参照,或者是江西诗学的反对派。因此本章以江西诗学为线索,将宋元诗学的发展演化分为五个阶段:

一是江西诗学的准备期,大约从北宋初到苏、黄之前,是江西诗学逐渐形成的时期。但苏轼问题比较复杂,他既不属江西诗派,又与江西诗派密不可分,故在本期与下期均述及。

二是江西诗学的流衍期,大约从北宋中期到南宋初期的"渡江诸老",他们又开启了江西诗学的蜕变。

三是江西诗学的蜕变期,大约从南宋初到中期陆游、杨万里、姜夔等"自江西入而不自江西出"者。

四是江西诗学的逆反期,大约相当于南宋后期,四灵、江湖诗派兴起、流行,严羽以及金人王若虚、元好问从理论上攻讦江西诗学。但这只是大致的划分。早在江西诗学方兴未艾之时便有叶梦得、张戒、黄彻等人发表异议甚至深致不满,为了方便,也一并在此处论述。

五是江西诗学的余流期,指元代,尤指元代前期,以方回为代表。但元代诗学逐渐走向宗唐反宋,欧阳玄《罗舜美诗序》说:"我元延祐以来,弥文日盛,京师诸名公咸宗魏、晋、唐……江西士之京师者,其诗亦尽弃其旧习焉。"(《圭斋文集》卷八)延祐(1314—1320)即属元代后期。当然说元代是江西诗学的余流期也只是就宋元两代相对而言,其实江西诗学的影响一直持续到近代。

以上分段皆大致而言。

三、江西诗学的准备期

宋代中期以前的诗论,无论负面的"破"还是正面的"立",皆是逐渐疏离唐诗学的过程,也皆是以江西诗派为代表的宋诗学逐渐确立的过程。

(一)宋初非难"九僧""西昆"的角度

宋初诗坛依次出现过效法白居易的"白体",效法贾岛等人的"晚唐体"或称"九僧体",效法李商隐的"西昆体"。这是一个选择艺术"典范"的过程。它们一一被淘汰,说明均不能适应宋代的文化精神与审美意识。

宋初诗人学白居易多着眼于形式上的"浅切"和内容上的流连光景、唱和应酬,如主盟诗坛的李昉"为文章慕白居易,尤浅近易晓"(《宋史》本传),"昉诗务浅切,效白乐天体,晚年与参政李公至为唱和友"(吴处厚《青箱杂记》)。欧阳修《六一诗话》也说那些效白体者"其语多得于容易",故为时人所讥嘲。白居易诗的内容、倾向和影响都比较复杂。就当时的仿效来说,"浅切"当然不会为主理务深的宋人所接受,流连光景也为宋人所不喜。不过对当代"白体"的非难,对于宋代诗学的建立并不及非难与否定"九僧体""西昆体"那么重要。

"九僧体"又号"晚唐体",因学中唐诗人贾岛(宋人称中、晚唐皆为"晚唐"),又以九位僧人所学最为逼真而得名。贾岛的诗风清奇僻苦,效颦者自然也致力于此,但当时非难"晚唐""九僧"体的角度却主要针对其喜欢写景,又偏于琐碎细小之景。如方回批评宋末晚唐体而连及宋初晚唐体的弊端说:

(陈)后山学老杜,此其逼真者,枯淡瘦劲,情味深幽。晚唐人非风花雪月禽鸟虫鱼竹树则一字不能作。九僧者流,为人所禁,诗不能成。(《瀛奎律髓》卷四十二《寄赠类》)

"枯淡瘦劲,情味深幽"是江西诗人的审美取向。所谓"九僧者流,为人所禁"之事见于欧阳修《六一诗话》,记当时某进士与九位诗僧分题作诗,规定不准出现山、水、风、云、竹、石、花、草、雪、霜、星、月、禽、鸟等字眼,"于是诸僧皆阁笔"。

这位进士的做法近于恶作剧。以景托情、生动形象、流美圆转是抒情诗的重要特点,也是汉末魏晋以来形成的诗学传统,晚唐体虽有意境狭小、气格卑弱之弊,但终究是这种传统的一个尾声。受理学和释老影响的宋代诗学的审美趣味发生了转变,喜欢枯淡瘦硬而不满唐人的"好风花",自然也不满晚唐诗的"体物"之习。叶梦得《石林诗话》说"诗禁体物语,此学诗者类能言之",可见忌讳写物是宋人的普遍倾向,"体物"的反面是"白战",《诗人玉屑》有"当时号令君听取,白战不许持寸铁"之说。所谓"持寸铁",

即指以景物描写映衬诗情。胡应麟《诗薮》说："宋初诸人，九僧辈尚多唐韵。"非难"九僧体"雅好"体物"而主张"白战"，尚赋法而轻比兴，无疑是宋代诗学对唐人的一种疏离。

在上述宋初三体中，西昆体影响尤大，晚唐体的作者多是栖迟江湖的隐士僧释，以杨亿、刘筠、钱惟演为代表的"西昆"作家则多是显达的台阁大臣，地势既高，应者云集，犹如欧阳修《六一诗话》所记："盖自杨、刘唱和，西昆集行，后进学者争效之，风雅一变，谓之昆体。"西昆诗人学李商隐。李商隐虽生活于晚唐，他的诗意的无限感伤和隐约朦胧虽失去了盛唐的明朗高迈，但其辞采的华美与音调的流丽却在晚唐诗人中最具盛唐风姿。葛立方《韵语阳秋》称其"丰富藻丽，不作枯瘠语"，这无疑与好作枯瘠语的宋人异趣。

对西昆体攻讦最烈的莫过于"宋初三先生"的石介，其《怪说中》云：

> 今杨亿穷妍极态，缀风月、弄花草，淫巧侈丽，浮华纂组，刊锼圣人之经，破碎圣人之言，离析圣人之意，蠹伤圣人之道，使天下不为《书》之《典》《谟》《禹贡》《洪范》，《诗》之雅颂，《春秋》之经，《易》之繇、爻、十翼，而为杨亿之穷妍极态，缀风月、弄花草，淫巧侈丽，浮华纂组，其为怪大矣！

石介还将西昆体与唐初诗风联系起来："唐之初，承陈隋剥乱之后余，人薄俗尚，染齐梁流风。"（《上赵先生书》）宋初的批判西昆诗风确与唐初的批判齐梁余习表面相似，但也有深刻的差异。唐人不满齐梁的"彩丽竞繁"，主要着眼于其"兴寄都绝"，缺乏比兴，并不完全在于其华采自身，即使最重比兴的白居易也并不一律否定"嘲风雪、弄花草"的必要。以景物描写寓讽喻之意是比兴的要义，因而主张比兴、兴寄的唐人绝不会走向枯瘠的"白战"。宋人罕言比兴，因为他们认为"嘉美忧怨，规刺伤闵，适一时之私意，先物而迁就之，此徇己者也"（黄裳《乐府诗集序》），注重内向的心性修养而轻视外向的怨刺颂美，可见汉、宋学术思想发生了多大的变迁！唐人的景物描写当然与汉儒比兴之义不尽相同，但却是由经学比兴向诗学比兴的演化。宋人既罕言比兴，又不喜体物，则对"缀风月、弄花草"的不满结果只能走向取消风月花草。所以对西昆体的批判虽有其合理性，但批判的角度与旨趣却又使他们进一步与唐人拉开了距离。

欧阳修、苏舜钦等人致力于以创作实践矫革西昆之弊。欧阳修"始矫昆体，专以气格为主"（叶梦得《石林诗话》卷上）。所谓"气格"，据下文，即"平易疏畅""快直""高古"。苏舜钦则矫西昆以"豪健"，梅尧臣矫西昆以"古淡"。这样，日益疏离唐韵的宋调便逐渐形成。

（二）古淡：宋代诗学基调的奠立

宋代诗学的基调是主张"古淡"，这种基调的初步奠立者是梅尧臣，故后人称他"去浮靡之习，超然于昆体极弊之际；存古淡之道，卓然于诸大家未起之先"（宋龚啸语，见《宛陵先生集》附录），因而是"一扫昆体"的宋诗的"开山祖师"。

梅尧臣是"古淡"诗风的倡导者与实行者。他认为"作诗无古今，唯造平淡难"（《宛陵先生集》卷四十六《读邵不疑学士诗卷，杜挺之忽来，因出示之，且伏高致，辄书一时之语以奉呈》），声称自己的诗是"因吟适性情，稍欲到平淡"（同上卷二十八《依韵和晏相公》），又称许处士林逋的诗"平淡邃美，读之令人忘百事也，其辞至乎静正，不主乎刺讥"（同上卷六十《林和靖先生诗集序》）。"适性情""忘百事""静正"的生活态度正是平淡诗风的思想基础，而"不主乎刺讥"也正显示出汉宋诗学的异趋，白居易诗由"讽喻"转为"闲适"也正是这种人生态度的转化。但梅尧臣所说的平淡并非枯槁浅易，而是要求内含深永的意味。欧阳修《六一诗话》记有他的一番名言：

> 诗家虽率意，而造语亦难。若意新语工，得前人所未道者，斯为善也。必能状难写之景如在目前，含不尽之意见于言外，然后为至矣。

似"率意"而实用力，似"平淡"而实隽永，似寻常而实奇崛，似枯瘠而实丰腴，这是有宋一代的审美追求。

梅尧臣的诗学主张与实践得到同时代人的呼应，文坛领袖欧阳修首先予以肯定和推赏，他在《再和圣俞见答》中说梅诗"古淡有真味"，又在《水谷夜行寄子美、圣俞》中说"梅翁事清切，石齿漱寒濑。……近诗尤古硬，咀嚼苦难嗾。初如食橄榄，真味久愈在"。可以看出，这些评语与梅尧臣的创作自诉是一致的。与梅尧臣齐名的苏舜钦虽以豪健超迈见长，但也推重古淡之风，主张"会将趋古淡，先可去浮嚣"（《苏学士文集》卷八《诗僧则晖求诗》）。他们同时代的诗僧契嵩在《送郭公甫朝奉诗叙》中，称扬郭诗"其气不衰，而体平淡，韵致高古，格力优赡，多多愈功。含万象于笔端，动乎则辞句惊出而无穷"，这无疑都是同一时代精神和文学思潮的反映，故古淡之论既出，便自始至终受到宋人的认同，从北宋到南宋，从诗学家到理学家，大抵皆是如此。

梅、欧、苏之后，以古朴平淡而又意味隽永论诗者，首推苏轼，并有新的发展开拓。如：

> 吾于诗人无所甚好，独好渊明之诗。渊明作诗不多，然其诗质而实绮，癯而实腴，自曹、刘、鲍、谢、李、杜诸人，皆莫及也。（苏辙《栾城后集》卷二十一《子瞻和陶渊明诗集引》引）

独韦应物、柳宗元发纤秾于简古，寄至味于澹泊，非余子所及也。（《东坡七集·后集》卷九《书黄子思诗集后》）

大凡为文当使气象峥嵘，五色绚烂，渐老渐熟，乃造平淡。（周紫芝《竹坡诗话》引）

在简古、平淡的语言外壳中，蕴含着丰腴、绚丽、隽永的诗境与诗意，使读者感受到诗人旖旎、超脱的情怀，这是宋人的审美追求，得到的是比唐人更深沉的理致，失落的是唐人发皇于外的青春风采，这也是唐宋诗学的歧异之一端。

苏轼的这些见解既合于宋人雅好古淡的生活态度与文学思潮，又合于诗终究要有艺术美感的特性，为诗歌创作树立了高标，故得到人们的认同与发挥。如吴可《藏海诗话》："文章先华丽而后平淡，如四时之序，方春则华丽，夏则茂实，秋冬则收敛，若外枯中膏者是也，盖华丽茂实已在其中矣。"葛立方《韵语阳秋》："大抵欲造平淡，当自组丽中来，落其华芬，然后可造平淡之境。"南宋之末刘克庄也反复强调"枯槁之中含腴泽""若槁而泽，若质而绮""槁干中含华滋"等等（散见《后村先生大全集》）。以黄庭坚、陈师道为代表的江西诗学，诚如方回《瀛奎律髓》所说，也力求"摆落膏艳，而趋于古淡"。与魏晋以来"缘情绮靡"的诗学追求相比，宋人显然力求将诗美收敛到深层。

追求平淡，尤是理学的题中应有之义。理学家主"静"，如同元人杨弘道所说："迨伊洛诸公……主于静，欲一扫历代训诂、词章迷放之弊。"（《小亨集》卷三《送赵仁甫序》）不满"训诂"的烦琐，是理学与经学的分野；反对"词章"，则是理学与文学的异趋。反对"词章"的结果自然是语言的质实无华。从诗的内容、情感上说，"无欲故静""淡则欲心平"，"静"必然引向诗意的淡泊、平淡，努力达到"因闲观时,因静照物"的忘情境界。

所以,对古淡诗风的爱好与追求归根结底与理学的时代氛围相关。理学吸收了释、道"去欲""窒欲"的思想和淡泊无竞的生活态度,失去了盛唐时期蓬勃进取的外向事功精神与对高华壮丽之美的爱好。诗学上的雅好古淡正是这种思想文化的反映,也正是在此处,宋代诗学与唐代诗学划境。所以到南宋之末,当严羽极力推崇盛唐诗人"笔力雄壮,气象浑厚"及其作品镜花水月般幻奇神韵时,便以"梅圣俞学唐人(主要指中唐的部分诗人)平淡处"作为"唐人之风变矣"的重要标志。

(三)崇陶尊杜:宋代诗学的两个支柱

基于时代精神和价值原则的贸迁,宋人对过往的诗人都要做一番重新审视、评估与抉择,以便为自己确立诗学的典范与支柱。白体、九僧体、西昆体的——落选,正说明它们不能适合时代的需要,在审美趣味上也不能与时代契合。历史的青睐最终落到陶潜、杜甫身上,把他们推到"二老诗中雄"的崇高地位,成为宋代诗学的两个解释学意义上的支柱。宋人几乎无不以虔诚的口气谈论陶潜,毫无微词;他们也几乎无不谈到杜甫,崇之为"诗圣",其作品则被崇之为"经",反复注释与发挥。陶、杜二人自经宋人评章后,在后世的地位再无大的动摇。方回《观渊明、工部诗因叹诸家之诗有可憾者》一诗曾对此种现象作过解释:"《三百五篇》既删后,寥寥正派有传否?如何更历晋唐世,惟见推尊陶杜流。应是二家诗尚古,故能千载世无俦。"从诗题便可看出,在方回眼中古往今来诸家诗人皆有缺憾,唯陶、杜二人白璧无瑕,"毫发无遗憾"。他认为这是二者"尚古"的缘故。其实陶、杜又何尝"尚古"?至少"尚古"不是他们作品的主要特色与成就。与其说他们"尚古",毋宁说他们"开今",前人早有陶、杜出而"古道绝"之论。质言之,陶、杜在宋代之所以获致尊者的高位,不过因为二者恰巧适合了时代精神的需要罢了。

陶、杜自有陶、杜的妙处，而宋人则大致是以"道眼"观陶、杜的，所谓"惟余陶杜知其道"（方回语），这才是二人备受尊崇的根本原因。

陶潜在南朝不为人所重，在人们心目中他不过是一位高隐而已，在钟嵘《诗品》中仅得中品，在刘勰《文心雕龙》中更一无提及。到唐朝虽地位有所提高，常与谢灵运相提并论，但评价远不及谢。甚至杜甫也并不认为他"知道"，而称其"陶潜避俗翁，未必能达道。观其著诗集，颇亦恨枯槁"（《分门集注杜工部诗》卷十三《遣兴五首》）。故宋代《蔡宽夫诗话》说"渊明诗，唐人绝无知其奥者，惟韦苏州、白乐天尝有效其体之作"。宋代随着性理之学的兴起和主静尚淡的人生态度的流行，陶的地位才逐渐提升。但北宋前期人们的尊陶，主要着眼于他"知道""合道"的超越淡泊的人格。首先在思想、艺术两方面均将陶潜推到至高无上地位的是苏轼，他不仅遍和陶诗，而且认为其作品"质而实绮，癯而实腴"，成就甚至在李、杜之上。这正是宋人的审美理想。黄庭坚则着眼于诗法，认为他与杜甫的作品皆"不烦绳削而自合"，这也是宋人最高的艺术追求。所以，清人张泰来《江西诗社宗派图录跋》称"江西之派实祖渊明"。

杜甫之被推尊也有一个历史过程。从他生前直至晚唐五代，其声名并不显赫，唯有元稹《唐故工部员外郎杜君墓系铭并序》激赏他"上薄风骚，下该沈、宋，古傍苏、李，气夺曹、刘，掩颜、谢之孤高，杂徐、庾之流丽，尽得古今之体势，而兼人人之所独专矣。……则诗人以来，未有如子美者"。这个评价虽极高，"尽得古今之体势，而兼人人之所独专"一语也得到后人的一致认可，但却只着眼于艺术，并未涉及其"知道"与否。入宋以后，在白体、九僧体、西昆体盛行之时，杜诗自然不被看重，杨亿以至于欧阳修都曾公然表示不喜杜诗，杜甫崇高地位的真正确立，是从王安石开始的，他自称"予考古之诗，尤爱杜甫氏作者"（《王文公文集》卷三十六《老杜诗后集序》）。特别是他选《四家诗》以杜甫为首，以下依次是韩愈、欧阳修、李白，这种排列是以思想和艺术为轩轾的（详后），当时曾引起不小震动。到了苏轼，更称"杜子美诗格力天纵，奄有汉、魏、晋、宋以来风流，后之作者殆难复措手"（《东坡七集·前集》卷二十三《书唐氏六家书后》）。如果说这种艺术评价并未超出元稹的评论，那么他以杜甫为"忠孝""一饭不忘君"，则涉及所谓"知道"，所谓"吟咏性情之正"，成为后世一再重复的定谳。至于黄庭坚和江西诗派专意学杜，后来又以之为"一祖"，则杜甫的地位更不可动摇了。

宋人所谓陶、杜"知道"，其实不过是他们以"道眼"从陶、杜诗中观出的他们带有理学色彩的自家之"道"罢了。据葛立方《韵语阳秋》记载，"东坡拈出陶渊明谈理之诗，前后有三，……皆以为知道之言"。苏轼所欣赏的三联陶诗，其一为"客养千金躯，临化消其宝"，其实为轻物重生的老庄之道。另外二联是"采菊东篱下，悠然见南山""笑傲东轩下，聊复得此生"，也同样是淡然忘世、超然物外的老庄道家思想。那么在苏轼看来，陶潜所知的是道家之道。陶潜诗确有浓厚的老庄思想，而宋代理学也吸收了老庄思想，受理学的时风众会熏陶的宋人不难在这里找到共鸣。在葛立方本人看来，陶潜所得的则是佛教禅宗之道，其《韵语阳秋》说"不立文字、见性成佛之宗，达磨西来方有之，陶渊明时未有也"，但转而列举陶的一些诗句说："皆寓意高远，盖第一达磨也，而老杜乃谓'渊明避俗翁，未必能达道'，何邪？"将陶潜比作禅宗的初祖达摩，甚至对禅学不学而知，这不仅厚诬了陶潜，也厚诬了杜甫，却并不违逆理学，因为理学原就是儒表佛里之学。

宋人认为杜甫所知的"道"则主要是儒家之道，但却大致不是汉儒的传统儒家之道，而主要是理学化的儒家之道。如前所说，汉代经学的核心是"礼"，宋代理学的核心是"理"。"礼"主要指向外在的教化伦理,"理"主要指向内在的心性修养。范温《潜溪诗眼》有段话颇具代表性:"世俗喜绮丽,知文者能轻之;后生好风花,老大即厌之。然文章论当理与不当理耳,苟当于理,则绮丽、风花,同入于妙;苟不当理,则一切皆为长语。""后生好风花,老大即厌之"实暗寓唐宋诗之别,极为深刻而形象地透露出唐宋诗学所处的不同历史时期的不同审美好尚。此且不论。范温以下所举大量诗句,皆为杜诗中"极绮丽"的"模写景物"之语,如"穿花蛱蝶深深见,点水蜻蜓款款飞""落花游丝白日静,鸣鸠乳燕青春深"等等,评曰:"皆出于风花,然穷尽性理,移夺造化。"真是张皇幽渺!杜甫这类诗句虽确映衬、流露出某种心境,但何曾有"穷尽性理"的深意!至于宋人寻虚逐微,在其中体会到某种性理,见仁见智也无可厚非,但却不能强加给杜甫的本意。后人指摘宋人"以道眼观杜",于此可见一斑。

在宋人看来,陶、杜"知道",但二人所知之"道"的侧重点却又有异。宋末陈仁子《牧莱脞语》有所概括:"世之诗陶者自冲澹处悟入,诗杜者自忠义处悟入。"讲的虽是学陶、杜诗的不同"悟门",其实也是陶、杜之"道"的不同处,亦即周紫芝所说的"少陵有句皆忧国,陶令无诗不说归"。从"忠肝义胆"上学杜,从冲淡恬退上学陶,是宋人在诗的思想内容方面所主张的。在艺术上,宋人也将陶、杜视为典范,于陶则学其平淡自然,于杜则学其法度森严。

"平淡"是作品所呈现出的不大声以色的风格、情调,"自然"则是实现这种风格的方式、途径。杨时《龟山先生语录》说:"陶渊明诗所不可及者,冲澹深粹出于自然,若曾用力学,然后知渊明诗非着力之所能成。"意即陶诗的风格出于其人格,非奔竞功利者所能为。前引《韵语阳秋》记述"东坡拈出陶渊明谈理之诗,以为知道"后说:"盖摘章绘句,嘲弄风月,虽工亦何补?若睹道者,出语自然超诣，非常人能蹈其轨辙也。"这样，只要"知道"，便自然会流为"技"；这样，对诗格的要求，便转向对人格的要求。宋人，特别是江西诗派的诗人们极好谈论作诗的法度，并必以杜诗为法典。翻开宋代诗话、诗论，凡连篇累牍讨论种种诗法如篇法、句法、字法、押韵、炼意、炼句、炼字、出处、用事、立格、命意、布置、结构、曲折，以至于夺胎换骨、点铁成金、以俗为雅、以故为新等等，几乎无不以杜诗为范例。这似乎与陶潜的无意为诗、自然流出相龃龉，但在宋人看来却并不龃龉。施德操《北窗炙輠录》说："子美读尽天下书，识尽万物理，天地造化，古今事物，盘礴郁积于胸中，浩乎无不载，遇事一触，辄发之于诗。"那么，他便与陶潜有了异曲同工之妙，也要追溯到"读书识理""知道"的根源处，则同样"道进乎技"了。但作为一般的诗人，"技""法"总是不能不用力探究的，他们的途径是"技进于道"。"道"便是"理"，包括性理与物理，包括冲淡、忠义的心灵和"不烦绳削而自合"的艺术。

（四）李杜优劣论

宋代诗学思想形成的过程也是对取法典范的选择过程，这在对于几对素来齐名的诗人的评价态度上尤为明显。陶、谢齐名，陶潜在唐代以前的文学地位远低于谢灵运，在宋代则远高于谢灵运，这显然是因为谢诗流露出的竞进之心、怨愤之意、高华辞采和贵族气息，不能为宋人所接受。王、韦齐名，王维在唐代的文学地位高于韦应物，他的实际成就也非韦所能及，但在宋代韦显而王晦。韦常与陶并称，这大概因为韦诗更加淡泊古朴，更接近于陶渊明；王维诗虽也恬淡静谧，甚至时有空寂的禅意，但终究掩抑不住一种贵族式的华彩与矜持，趋向于平民心理的宋代诗学家敏感地嗅到其异己的气息。而李、杜的优劣之争，则更具有时代感和诗学思想史意义。

李、杜地位与评价的基本确定大约也在江西诗派形成之前。其实杜甫被尊崇的过程实际上也就是李白相对冷落的过程。显之于晦，相比益彰。

李、杜一向齐名,所谓"李杜文章在,光焰万丈长"。但二人的诗风及其中蕴含的文化思想意义却正相异趋。李白的高华绚烂、豪迈浪漫充溢着青春的气息,是盛唐之音的代表,杜诗的精严、劲健、苍老、沉郁则逗漏出诗风转化的信息。最先明确扬杜抑李的,是中唐诗人元稹的《唐故工部员外郎杜君墓系铭并序》:

> 诗人以来,未有如子美者。时山东人李白亦以奇文取称,时人谓之李、杜。予观其壮浪纵恣,摆去拘束,模写物象,及乐府歌诗,诚亦差肩于子美矣。至若铺陈终始,排比声韵,大或千言,次犹数百,词气豪迈,而风调清深,属对律切,而脱弃凡近,则李尚不能历其藩翰,况堂奥乎!

轩轾是很鲜明的,但主要着眼于艺术,且集中在"铺陈""排比""属对"等方面,这大约与元稹个人的艺术好尚有关,所以金人元好问嘲讽他说:"少陵自有连城璧,争奈微之识碔砆。"

真正具有文化史意义的扬杜抑李是在宋代,但也有个由之以渐的过程。据刘攽《中山诗话》记载,宋初杨亿"不喜杜工部诗,谓为村夫子","欧公亦不甚喜杜诗……然于李白而甚赏爱,将由李白超踔飞扬易为感动也"。杨亿之不喜杜诗是可以理解的,他那台阁大臣的地位和华彩妍丽的诗风,自然不会认同于杜诗的"村朴"。欧阳修则可能更带有个人的审美趣味,他欣赏李诗的天才豪纵,他在《李白杜甫优劣说》中写道:"杜甫于白,得其一节,而精强过之;至于天才自放,非甫可到也。"轩轾也很鲜明,与后人所谓"李得杜之一节"之评正好相反。在欧阳修之时,理学思潮虽已酝酿,但尚未深入人心。

宋人首先鲜明激烈地扬杜抑李的是王安石,其所编《四家诗选》

以杜居首,以李居末,据说其原因是,"太白词语迅快,无疏脱处,然其识污下,诗词十句九句言妇人、酒耳"(见释惠洪《冷斋夜话》引),这已经带有道学先生的调子。王安石也在艺术上尊杜抑李,认为李诗只限于"豪放飘逸"一格,不善变化,"至于杜甫,则发敛抑扬,疾徐纵横,无施不可"(见王若虚《滹南诗话》)。

更具有时代色彩的扬杜抑李之论,在王安石之后是苏辙《诗病五事》:

> 李白诗类其为人,骏发豪放,华而不实,好事喜名,不知义理之所在也。……唐诗人李杜称首,今其诗皆在。杜甫有好义之心,白所不及也。

其中列举李白诗句,斥其"不识理如此"。苏辙在《诗病五事》中还一再指摘唐人"陋于闻道",显然他是戴着"道"的有色眼镜审视李、杜的。孔平仲在《题老杜集》中,也称杜甫"直俟造物并包体,不作诸家细碎诗",而李白则"翰林何敢望藩篱",这也带有理学色彩。黄裳则主要从艺术上立论,称杜甫"备众体,而求之无所不有,大几乎有诗之道者。自余诸子,各就其所长取名于世",而李白只不过长于"新奇飘逸"(《演山集》卷二十一《陈商老诗集序》)一格。其论调略近元稹、王安石。苏辙是苏轼之弟,孔平仲、黄裳为苏轼门人,与黄庭坚同时而年辈稍长。苏轼、黄庭坚虽无公然抑李之语,但他们极为崇杜,或专意法杜,抑李之意也自在不言中了。

总之,在江西诗学形成前夕,杜优李劣已成为不易之论,这也是宋代诗学形成的一个标志,因为人们总是在对前人的褒贬去取中体现自己的价值原则。此后的宋人凡抑李扬杜,大抵皆从这几个角度,或着眼于"道",或着眼于"文",或"文""道"兼综。但总起来说"道"是根本,"文"是其"自然流出"。明代的文化思想与文学思潮与宋代不同，陆时雍《诗镜总论》曾不满地说："宋人抑太白而尊少陵，谓是道学作用。"可谓一针见血之论。朱熹斥李白"没头脑"（见罗大经《鹤林玉露》），正是"道学作用"之尤者。对李、杜的评价态度，可卜宋以后各代的艺术取向甚至文化思想取向。

在李杜优劣问题上，宋人也有些持平之论。如张戒《岁寒堂诗话》认为"至于李杜，尤不可轻议"，"退之于李杜但极口推尊，而未尝优劣，此乃公论也"。他这些话，是针对"黄鲁直自言学杜子美"而发的。他又评李杜二人的风格说："诗文字画，大抵从胸臆中出。子美笃于忠义，深于经术，故其诗雄而正；李太白喜任侠，喜神仙，故其诗豪而逸。"张戒重儒尊杜，从其思想体系出发，这些话自然有扬杜之意，但也并不抑李。其所论李、杜艺术风格的思想与人格原因，无疑是允当的。尤为允当的是不复存儒者偏见、不复有"道学作用"的严羽的评判，其《沧浪诗话》说：

> 李、杜二公，正不当优劣。太白有一二妙处子美不能道，子美有一二妙处太白不能作。子美不能为太白之飘逸，太白不能为子美之沉郁。

这真可谓"至当归一之论"，基于人格、才情的艺术风格确是不能重复的。尤其值得注意的是，张戒、严羽都是江西诗学的激烈反对派，由此不难体悟出江西诗学与宋诗、与杜甫、与宋代文化精神的深微关系。

李白在文学批评史上的地位十分微妙，正应了杜甫对他的两句评语："千秋万岁名，寂寞身后事。"宋代以后虽仍时有扬杜抑李之论，但一般说来二者皆尊，尽力避免正面轩轾，或者尊杜而不涉及李。李白那奔放不羁的情思虽逸出正统儒家的藩墙，但他天马行空无与伦比的巨大才华不能不使人折服称赏，此谓"千秋万岁名"。但是，且不说他那仙道儒侠纵横杂糅的思想已不合时宜，即使他那全凭天才浑洒自如的艺术也使人觉"无规矩可寻"，无其才者只能画虎而类犬，故后世标榜学李的诗派绝无，远不及杜甫的诗学苗裔那么源源不断、无代无之。他是被诗史所冷落的，此谓"寂寞身后事"。但是绵绵后世济济诗客中难道更无一二禀有李白之才者？所以根本原因还是在于他所立足高歌的中国古代鼎盛时代已经永远不可复返地逝去了，后世再也无法唱出他那特有的纵放、豪迈、乐观的青春浪漫之歌。

四、江西诗学的流衍期

从北宋中期的苏轼、黄庭坚到南宋初期的"渡江诸老"吕本中等，本章称为江西诗学的流衍期。

江西诗学指以黄庭坚为代表的江西诗派的诗学思想。江西诗派虽不是一个自觉的有组织的诗学团体，但被归为江西诗派的诗人们大多有师友关系和大致相似的创作倾向。北宋末，吕本中作《江西诗社宗派图》始立"江西诗派"之目，并列黄庭坚以下二十五人为成员：

> 陈师道，潘大临，谢逸，洪刍，饶节，僧祖可，徐俯，洪朋，林敏修，洪炎，汪革，李錞，韩驹，李彭，晁冲之，江端本，杨符，谢薖，夏倪，林敏功，潘大观，何觊，王直方，僧善权，高荷。

由于吕本中原作失传，这个名单各书记载略有出入，此据《苕溪渔隐丛话》。吕本中在序中称这些人的诗风皆出于黄庭坚，黄是江西豫章人，其余则不尽为江西人。在南宋，吕本中本人以及陈与义、曾幾直至陆游等也被视为"江西"诗人。元初方回作《瀛奎律髓》，以杜甫为江西诗派的"一祖"，黄庭坚、陈师道、陈与义为"三宗"，进一步扩大了江西诗派在后世的影响。

江西诗学最引人注目的特点是讲究"法度"以及对法度的"参悟"。江西诗学后来发生了蜕变，也是以"法""悟"为转变枢纽的。还须指出，所谓江西诗学实为一时的诗学思潮，加以吕本中的诗派图只是"戏作"且又失传，所以即使不在上述名单之列的诗人也为同一风气所笼盖，甚至高明如苏轼者亦不例外，故在论述中也一并涉及。

（一）苏轼：一个参照系统

苏轼不属江西诗派，但讲江西诗学不可不讲苏轼；苏轼的诗作与诗论高于黄庭坚，但对于江西诗学来说他只是一个"参照系统"。

苏、黄关系甚密。黄是苏门学士，二人实有"平生风谊兼师友"的关系。江西诗派另一重要作家、"三宗"之一的陈师道，也有苏门学士之称。苏、黄素来齐名。宋、金之时已有"诗到苏黄尽"之称；严羽将苏、黄相提并论，一并攻讦；胡应麟《诗薮》认为宋初之诗尚有唐人之风，"至坡老（苏）、涪翁（黄），乃大坏不复可理"，"苏黄继起，古法荡然"。以上说法皆谓宋诗有别于唐的独特风貌，到苏黄才算真正形成。本书将中国诗学思想史的发展以宋为界分为前后两期，严格说来应以苏黄为界碑。

苏轼的诗学思想与江西诗学的关系，是一种微妙的离合关系。就其合者观之，苏轼促成了江西诗学的产生；就其离者观之，苏轼又促成了江西诗学的蜕变。就其合者观之，张戒、严羽以苏、黄并论；就其离者观之，刘克庄又以苏、黄之后学为两个流派。

先就合的方面说。江西诗人的有些观念出自苏轼。他的学生如李之仪等，更常常与江西诗人所见略同。像江西诗人一样，苏轼也好谈论诗法。据《许彦周诗话》记载，他曾教人作诗要"熟读《毛诗·国风》与《离骚》,曲折尽在是矣"。"曲折"当指篇法,讲究"曲折"与宋人"尚意"有关,即要求诗意表达的层次、转折、变化。唐人因重在即兴抒情,不先立意,故罕有"曲折"之论。苏轼也主张师法杜甫,据《藏海诗话》记载:"东坡尝语后辈,作古诗当以老杜《北征》为法。"如前所说,黄庭坚与江西诗派正以专意学杜著称。另如"以俗为雅,以故为新"向来被看作黄庭坚及江西诗派的一个作诗法门,其实此说也出自苏轼,黄庭坚便曾自称"昔得此秘于东坡,今举以相付"(据赵翼《瓯北诗话》引)。

江西诗学还有一个重要特征是以禅喻诗,以禅法说诗法,也似乎受启迪于苏轼。他在《跋李端叔诗卷》中写道:"暂借好诗消永夜,每逢佳处辄参禅。"说的是读李诗的感受与联想,即借诗境以参悟禅境,领会那幽渺的真如佛性,与江西诗学的借悟禅以悟诗有所不同,但也对江西诗人有所启发。再如《送参寥师》:"欲令诗语妙,无厌空且静。静故了群动,空故纳万境。阅世走人间,观身卧云岭。咸酸杂众好,中有至味永。"借佛教禅宗的主空主静("禅"意即"静虑")阐发诗歌创作应保持虚静的心态,使神与物游,思与境偕,让头脑中升腾起丰富生动的人生境界与画面。其中虽未言"悟"字,但其实就是对诗境的"悟"。其弟子李之仪便比老师进了一步,完全抹杀了诗、禅之别,在《与李去言书》中宣称"说禅作诗本无差别,但打得过者绝少"。又在一首赠释祥瑛的诗中直接点出"悟"的问题:"得句如得仙,悟笔如悟禅。弹丸流转即轻举,龙蛇飞动真超然。"从而开了一系列"学诗如参禅"的论诗诗的先河。"悟"是宋代以后最重要的诗学问题之一,其端倪可追溯到苏轼。

再就其离的方面说。苏、黄毕竟不同,这一点他们自己以及各自的门人便已论及。据《韵语阳秋》记载,黄曾讥苏"未知句法",苏则讥黄"不适用"。按之苏、黄的其他言论,这种记载当非无根游谈,苏虽看重黄的才华,但对黄诗"如蜣蜋、江瑶柱,格韵高绝,盘飧

尽废,然不可多食,多食则发风动气"之评,显含讥刺。黄对苏诗亦有所不满,如:

> 山谷言:文章必谨布置,……盖变体如行云流水,初无定质,出于精微,夺乎天造,不可以形器求矣。然要之以正体为本,自然法度行乎其间。譬如用兵,奇正相生。初若不知正而径出于奇,则纷然无复纲纪,终于败乱而已矣。(范温《潜溪诗眼》,见郭绍虞《宋诗话辑佚》,中华书局,1980)

这段话是针对苏轼而发的,因为"行云流水,初无定质"正是苏轼的主张,是其文学思想的核心,语出《答谢民师书》。而在黄庭坚看来,这种文学创作的"无定法"只是"变体",讲究"法度""布置"方是诗文的"正体"。文章当"如行云流水,初无定质"是苏轼的一贯主张,类似的表述还见于别处,如:

> 夫昔之为文者,非能为之为工,乃不能不为之为工也。山川之有云雾,草木之有华实,充满勃郁,而见于外,夫虽欲无有,其可得耶?(《苏轼文集》卷十《南行前集叙》)

> 吾文如万斛泉源,不择地皆可出。在平地滔滔汩汩,虽一日千里无难。及其与山石曲折,随物赋形,而不可知也。所可知者,常行于所当行,常止于不可不止,如是而已矣。(《东坡题跋》卷一《自评文》)

这些表述有两个特点,一是皆以自然外物为喻,注重师法自然,师法造化,以此为诗法的悟入点。黄庭坚则主要以读书和古人之法为悟入点。二是主张"活法"，因为自然外物的"初无定质"、"姿态横生"、"随物赋形"、不守常态，是灵动不拘、万古常新的。"活法"是江西诗人的常谈，但常常讲得玄虚而难以把握。其实苏轼的如上所论，才是真正的"活法"，而"活法"又正是江西诗学走向蜕变的"关捩子"。苏轼在《诗颂》中说："冲口出常言，法度法前轨。人言非妙处，妙处在于是。"说的便是作诗的"活法"。强调"法度"的"前轨"，注重古人的成法，则是黄庭坚论诗的特点。二人诗学思想的歧异，致使各自的后学更扩而大之，"分宗派，故谤伤"，"学江西诗者谓苏不如黄"（王十朋《读东坡诗》），"学苏者乃指黄为强，而附黄者亦谓苏为肆"（晦斋《简斋诗集》引）。南宋末刘克庄《后村诗话》谈到宋代两种诗风说："元祐后，诗人迭起，一种则波澜富而句律疏，一种则锻炼精而情性远，要之不出苏、黄二体而已。"所以金人反江西者，大都推重苏轼。

（二）江西诗法的底蕴

"有法"与"无法"、"死法"与"活法"，归根结底都是"法"，所以讲究诗法是宋代诗学的重要特点，更是江西诗学的重要标志。其实探索诗的表达方式早在魏晋文学自觉后便已开始，但最先拈出"法"字加以骤括的是杜甫，而江西诗派又以学杜为标榜，故好谈诗法也是接续了杜甫的余论。另外，讲究诗法对于宋人来说有其特殊的文化底蕴，宋代是一个偏于理性反省的时代，在诗歌方面他们又面对着唐诗无以复加、难以超越的鼎盛，迫使他们必须揣摩、总结前人的经验，以收百尺竿头更进一步之功。宋代又是一个疑古的时代。如果说魏晋以来的艺术探讨指归于诗的和谐、圆美流转、兴象玲珑，则宋人尤其是江西诗派自觉或不自觉地追求打破这种和谐所导致的滑熟流利，而矫之以生涩、拗僻。这种反传统审美意识的追求是从杜甫之后的中唐诸家便已开始了的。宋人的学杜，主要便着眼于其被称为"变体""别调"的一面，所以胡应麟《诗薮》说："大抵宋诸君子以险瘦生涩为杜,此一代认题差处,所谓七圣皆迷也。"其实这种"迷误",正是宋代文化精神的产物。

宋人的重"法"根于尚"理"。从认识论角度说,"理"原有法则之意;从伦理学角度说,"理"是对情感的约束与规范,即"理性情"。元人许衡《鲁斋遗书·语录》有段话极可深思:

> 读魏、晋、唐以来诸人文字,其放旷不羁诚可喜,身心即时便得快活,但须思虑究竟是如何,果能终身为乐乎?果能不隳先业而泽及子孙乎?……凡无检束、无法度、艳丽不羁诸文字,皆不可读,大能移人性情。

许衡是理学家,曾为国子祭酒,其学承自二程、朱熹。上引一段话有多层内涵,十分深刻地体现出宋代以来文学思想变迁的深层文化底蕴,体现出宋人强调诗文法度的深层理学底蕴。许衡将魏、晋、唐看作同一个文学发展阶段,它们对于宋元文学思想来说是异己的存在。所谓"放旷不羁"指魏、晋、唐诗的"缘情"特点;"艳丽不羁"指其"绮靡"而言;"身心即时便得快活"指这类作品能够使读者产生审美的快感,使人情思飞扬,心性逸荡,而无助于明心见性。因而讲求诗文"法度",实际上便旨在"检束"性情,这便是宋人好讲诗法的最深层的文化底蕴。明乎此,便可明了宋人何以常谓"后生好风花,老大即厌之";明乎此,便可明了主"情"的明人何以要反宋而极力推重汉魏盛唐之诗;明乎此,也便可明了本书何以要以宋代为界将中国古代诗学思想分为前后二期,并以"情理冲突"概括宋以后诗学思想的大势和内在特征。当然诗学家与理学家还不尽一致,但却曲折、隐微、内在地体现出时代精神的底色。

江西诗人除黄庭坚有较多的论诗之语,陈师道、王直方有诗话传世外,其他人唯有片言只语而已。他们的"诗法"中具有时代感者，大致可归为以下数端：

1. "夺胎换骨""点铁成金"。

其说出自黄庭坚。据释惠洪《冷斋夜话》记载：

> 山谷云：诗意无穷而人之才有限，以有限之才追无穷之意，虽渊明、少陵不得工也。然不易其意而造其语，谓之换骨法；窥入其意而形容之，谓之夺胎法。

又黄庭坚《答洪驹父书》谓：

> 自作语最难。老杜作诗，退之作文，无一字无来处。盖后人读书少，故谓韩、杜自作此语耳。古之能为文章者，真能陶冶万物，虽取古人之陈言入于翰墨，如灵丹一粒，点铁成金也。

宋人论诗常常借用释家之语，并且各家的用法又不尽一致，据《祖堂集·慧可禅师》记载，禅宗二祖慧可修持之时，一夜"忽然头痛如裂，其师欲与灸之。空中有声，报云：且莫且莫，此是换骨，非常痛焉。"这个过程又称"汝顶变矣"，皆指转凡成圣、转识成智、化迷为觉、顿悟成佛等修行中达到的质变。以之论诗，似有两种用法，一是由陈师道创其说，"学诗如学仙，时至骨自换"（见《王直方诗话》），后来如李彭所谓"学诗如食蜜，甘芳无中边。陈言初务去，晚乃换骨仙"（《日涉园集》卷二《十章兼寄云叟》），陆游所谓"李杜不复作，梅公真壮哉！岂惟凡骨换，要是顶门开"（《剑南诗稿》卷六十《读宛陵先生诗》），皆相对于自己往昔的作品而言，指通过艰辛的"锻炼"、钻研而达到某种焕然一新、迥异于昔的艺术造诣与风貌。二是黄庭坚上引的"换骨法"，常与"夺胎法"合言为"夺胎换骨"，因为二者实无根本分别，皆指袭用古人作品的立意、境界而在语言上加以改造、变化，使之呈现出一种新的风味与情调。"胎"即诗意，"骨"即诗语；"夺胎"侧重于意，"换骨"侧重于词。二者合言，方能足其义。如葛立方《韵语阳秋》释"换骨"："诗家有换骨法，谓用古人意而点化之，使加工也。"佚名《诗宪》释"夺胎"："夺胎者，因人之意，触类而长之，虽不尽为因袭，……盖亦大同而小异耳。"从宋人所举"夺胎换骨"的例句可见，大致都是在古人作品的立意、语言上略加变化而已。

"点铁成金"之语也来自禅宗，如《五灯会元·翠岩令参禅师》："还丹一粒，点铁成金；至理一言，转凡成圣。"以之论诗，也有两种用法。一是如范温《潜溪诗眼》所说，"句法以一字为工，自然颖异不凡，如灵丹一粒，点铁成金也"，指诗句中一个经过锤炼的奇警的字眼，可以使全句生动起来。二是如前引黄庭坚所论，仍是点化、改造古人的诗句，与"夺胎换骨"大致相似，故陈善《扪虱新话》说，"古人自有夺胎换骨等法，所谓灵丹一粒，点铁成金也"，径将二者等同起来。

"夺胎换骨""点铁成金"等法尽管有"剽窃之黠者"之嫌，但其目的在于使较为圆熟的语言变得较为精健、劲挺，更加合于当代的审美趣味，而其前提是多读书，熟悉古人的诗句。论诗而强调读书是宋、清两代诗学思想的特点，故皆重视"学人之诗"。清人之重读书，意在矫正晚明束书不观的空疏学风；宋人之重读书，则意在格物穷理。宋人主"内游""务内之学"，读书也是"务内"的途径之一。六朝及唐人论诗情的感发，诗意的获致，多着眼于外物，故有"文章得江山之助"之论，唐代诗人也多有游历山川的经历。这在宋人看来是"外游"，是"逐外功夫"。诗人受理学思想的影响，也将目光转向书本。黄庭坚的诗论每每与读书有关，如《跋书柳子厚诗》：

> 予友生王观复作诗有古人态度，虽气格已超俗，但未能从容中玉珮之音，左准绳、右规矩尔。意者读书未破万卷，观古人之文章未能尽得其规摹。

"准绳""规矩"即诗文法度，它们应从读书中获得。杜甫有"读书破万卷，下笔如有神"之论，已经露出诗学思想转化的端倪，黄庭坚之论便承此而来。

2. "以俗为雅""以拙为巧"。

"以俗为雅"指诗中用俚俗语、街巷语、村野语。宋人原最忌"俗"，但其所谓"俗"多指平庸、滑熟的陈词滥调，而俚俗村野之语不在此列，适度的运用反而会收到"雅"的功效。此点也效之杜甫，所谓"作粗俗语仿杜子美"，"世徒见子美诗多粗俗，不知粗俗语在诗句中最难。非粗俗，乃高古之极也"（张戒《岁寒堂诗话》）。陈师道在这方面尤为突出，庄季裕《鸡肋编》曾列举他的此类诗句，如"昔日剜疮今补肉""拆东补西裳作带""巧手莫为无面饼"等等。宋代士人精神趋于平民化，"以俗为雅"可以说是对六朝以来诗的内在风神上的贵族气息的一种疏离。"以拙为巧"则是对六朝以来日益追求精巧、圆美的反拨。陈师道主张"宁拙毋巧，宁朴毋华，宁粗毋弱，宁僻毋俗，诗文皆然"（《后山诗话》），吴可也声言"宁对不工，不可使气弱"（《藏海诗话》），有意追求"拙""粗""不工"，意在使诗的立意、语言精强、挺立、瘦劲，因而宋人喜"老硬"而厌"清嫩"，所谓"讳嫩称老"。早在苏轼，便认为"凡诗须做到众人不爱、可恶处方为工"（叶梦得《石林燕语》引），南宋陆游仍沿袭此意，有"诗到无人爱处工"之论，也是对六朝以来追求优美、柔媚的审美趣味的反拨。

3. 与此相联系，宋人还有"破弃声律"的论诗主张与实践。

讲究声律、对偶，使音韵和谐，唇吻调利，律对精切，形式工巧，是齐梁以来的审美追求，初唐沈佺期、宋之问奠定的格律诗便是这种追求的成果，其中包含着多项形式美的要素。如前章所说，杜甫、韩愈便常常有意违反既成的格律规定，开了"宋人门户"，表现出审美趣味的转化。苏门学士张耒曾说："以声律作诗，其末流也，而唐至今谨守之。独鲁直一扫古今，直出胸臆，破弃声律。"（《王直方诗话》引）。所谓黄庭坚"破弃声律"，指他打破格律诗平仄规范的"拗体""拗句格"，有意识地当平而仄，当仄反平，避熟生新，拗峭生涩，以避免"贴妥太过，必流于衰"。据有人统计，他现存的311首七律中，拗体共153首，适占其半，有的甚至全诗无一句合律（见程千帆、吴新雷《两宋文学史》，上海古籍出版社，1991）。他还常常仿效韩愈作"折腰句"，即改变五言诗上二下三、七言诗上四下三的习用音节，作上三下二、上一下四、上三下四等，显然也有意破除传统诗学的和谐，而建立一种生涩矫挺的风格，其法虽不足为训，却反映了审美风尚由追求"圆美流转"到反"圆美流转"的演变。这也是江西诗法的一种底蕴。

（三）"活法"与"参悟"

江西诗派是以重视法度著称的，但江西诗派也同样重视自然，"不烦绳削而自合"是他们的最高理想。这样，自然与法度便成为江西诗学最基本的内在矛盾。

郭绍虞《中国文学批评史》指出："江西诗人之论诗，没有不重在自得，也没有不重在自然的。自然与自得，本是江西诗人与道学家论诗之共同之点。""自得"便是独具特色的诗文法度。"自然"与"自得"所以成为江西诗人和道学家的共同点，是因为他们共同笼罩在理学的时代氛围之中。理学吸取融会了佛、道思想。理学之"理"、道家之"道"、佛学之"法性"，皆是先验的世界本体、本原，是宇宙万物所自出。但另一方面，这些形而上的最高哲学范畴本身又包含着形而下的方法论的含义："理"有法则之意，"道"有途径之意,"法"也有方法之意。理学家与释家都宣称"理""佛性"为人性中所固有,但又都讲求种种修省的方法;道家虽被称为"蔽于天而不知人",但又终究离不开人为,"道"终究需要精熟的"技"才能获致。这些最高范畴含义的二重性,是宋代诗学思想中自然与法度矛盾的终极原因。

从理学家方面说,他们虽声称"作文害道""妨道",但又终究难免谈诗论文。程颐认为"圣人文章自深,……譬之化工生物,且如生出一枝花",是不劳"剪裁""绘画"的(《二程全书·遗书》),但他有时也谈及诗文法度问题。朱熹对文学有较深的造诣,他一方面讲求诗文法度,一方面又宣称"文字自有一个天生成腔子"。"天生成腔子"与人为的法度显然是矛盾的。

这种矛盾在文学家那里显得尤为突出,最明显的便是前引黄庭坚《与王观复书》中的那段话,即认为诗文"当以理为主,理得而辞顺,文章自然出群拔萃""不烦绳削而自合"。既然"理"会自然发为好作品,在创作方面便不必讲求"绳削"即法度,但实际上黄庭坚又最津津乐道于法度。葛立方《韵语阳秋》把这个矛盾说得更直截了当:"作诗贵雕琢,又畏有斧凿痕;贵破的,又畏粘皮骨:此所以为难。……能脱此二病,始可以言诗矣。"既推尚自然,又不废法度,显然他也为这种两难境地所困扰。罗大经《鹤林玉露》引杨万里说:"古人之诗,天也;后世之诗,人焉而已矣。"黄震《张史院诗跋》也说:"诗本情,情本性,性本天。后之为诗者,始凿之以人焉。""天"(自然)、"人"(法度)矛盾,始终是宋代诗学思想的主要矛盾。"以人合天""技进于道",是宋人的基本追求。清人刘熙载《艺概·诗概》说:"西江名家好处,在锻炼而归于自然。放翁本学西江者,其云'文章本天成,妙手偶得之',平昔锻炼之功,可于言外想见。""西江"指江西诗派。刘熙载将陆游"天成""偶得"二句归于"平昔锻炼之功"虽然不妥,但说江西诗学追求"锻炼归于自然"则是十分确当的。"锻炼归于自然"便是"技进于道",与理学家所说的"下学上达"、佛学家所说的"修持成佛"也息息相通。

单就诗学来说,形上的"道"与形下的"技"、具体的"锻炼"与艺术造诣上的"自然"之间隔着一条深深的鸿沟。为了从诗艺的"此岸"到达"彼岸"的境界,宋人往往求助于佛教禅宗的话头与理论,主要是"活法"与"参悟"。曾季貍《艇斋诗话》记载:

> 后山论诗说换骨,东湖论诗说中的,东莱论诗说活法,子苍论诗说饱参。入处虽不同,然其实皆一关捩,要知非悟入不可。

陈师道(后山)、徐俯(东湖)、吕本中(东莱)、韩驹(子苍)都被划归江西诗派,曾季貍是他们的同时代人,并与吕本中、徐俯过从甚密,他对这些人所论诗法的要点与精髓的概括,参以宋代其他典籍记载来看,都是十分准确的。也就是说,他们分别是"换骨""中的""活法""饱参"等法的主要创始人或鼓吹者。关于陈师道"换骨"之说的内涵,前面论之已详。"中的"即"破的"。张戒《岁寒堂诗话》说:"'萧萧马鸣,悠悠旆旌',以'萧萧''悠悠'字,而出师整暇之情状,宛在目前。此语非惟创始之为难,乃中之之为工也。荆轲云:'风萧萧兮易水寒,壮士一去兮不复还。'自常人观之,语既不多,又无新巧,然而此二语遂能写出天地愁惨之状,极壮士赴死如归之情,此亦所谓中的也。"严有翼《艺苑雌黄》说:"徽宗尝制《哲庙挽诗》,用此意作一联云:'北极联龙衮,秋风折雁行',亦以雁行对龙衮。然语中的,其亲切过于本诗。"综观以上两段议论,可知"中的"即描摹情境的"亲切"、"至切"(《岁寒堂诗话》亦用此二语)、真切、切合。前引《韵语阳秋》所谓作诗"贵破的,又畏粘皮骨",即谓描写既要切合事物的真实情状,又不能粘着、板滞、分寸不离；要贴得紧，又要放得开；要不离描写对象，又不能拘于描写对象。

这里主要谈"活法""饱参"。关于"活法"与吕本中的关系，除前引曾季貍之语外，再如谢薖《读吕居仁诗》谓居仁（本中）"自言得活法"，曾幾《读吕居仁旧诗有怀》谓"居仁说活法，大意欲人悟"，谢薖、曾幾是吕本中的朋友，可见吕本中作为"活法"之说的创始者是当时公认的。"活法"来自禅宗用语"活句"，指佛教中说法与悟法所采用的不脱不粘、不触不背的方法。诗学中的"活法"当时有种种理解,有人将"夺胎换骨""点铁成金"也称为活法，恐怕未必合吕本中的本意，因为任何具体的方法倘若执以为例，都将成为"死法"。作为活法的初倡者，吕本中当然最有解释权，他在《夏均父集序》中写道：

> 学诗当识活法。所谓活法者，规矩备具，而能出于规矩之外；变化不测，而亦不背于规矩也。是道也，盖有定法而无定法，无定法而有定法。知是者，则可以与语活法矣。谢玄晖有言"好诗流转圆美如弹丸"，此真活法也。

"活法"并不否定诗歌创作的法度、技巧,但要灵活地运用这些法度、技巧，使不见法度技巧之迹，这实际上就是道家所说的以人合天、技进于道，也就是禅宗所主张的不背不触，不脱不粘。吕本中还特别指出，谢朓"好诗流转圆美如弹丸"之说便是"活法"。江西后劲方回也说吕本中诗"宗江西而主于自然,号弹丸法"（《瀛奎律髓》卷四《吕居仁海陵杂兴》）。但谢朓的原意主要指"好诗"音节的和谐与意象的优美，这并非江西诗学注目的要点。吕本中的"弹丸法"主要着眼于"流转"，指"法度"的灵活不拘。与吕本中同时的诗人张元幹对"活法"的体会则是："韩、杜门庭，风行水上，自然成文，俱名活法。"(《芦川归来集》卷三《亦乐居士文集序》)"风行水上，自然成文"是苏轼的主张，因而"活法"实际上在向苏轼的诗学思想靠拢，伏下江西诗学走向蜕变的"关捩子"。

以"有定法而无定法，无定法而有定法"解释"活法"仍嫌抽象玄虚，难以把握，故吕本中同时又提出"悟入"问题，即曾幾所谓"居仁说活法，大意欲人悟"。韩驹与吕本中过往甚密，吕在论诗上曾受到韩的影响。"悟"的过程实即"饱参"，这是韩驹所倡导的。"诗到西江别是禅"（金人刘迎语，见《中州集》卷三《题吴彦高诗集后》)，"饱参"也同样借用了禅宗的语言。参禅是一种静坐澄思的修持方式，意在求得转迷开悟，转识成智，体认真如佛性。"千载参渠活句禅"，禅宗参悟的是"活句"，诗学参悟的则是"活法"。韩驹的诗论所存无多。据《艇斋诗话》记载，他曾经教人熟味唐诗"打起黄莺儿，莫教枝上啼。几回惊妾梦，不得到辽西"，以体认其中的"规模""机杼"，这显然便是他所说的"饱参"，参的是灵巧的作诗之法。

力主活法的吕本中也主张参悟，其《童蒙诗训》说："作文必要悟入处，悟入必自工夫中来，非侥幸可得也。"《与曾吉甫论诗第一帖》发挥更详：

> 要之此事（指作诗）须令有所悟入，则自然越度诸子。悟入之理，正在工夫勤惰间耳。如张长史见公孙大娘舞剑，顿悟笔法。如张者专意此事，未尝少忘胸中，故能遇事有得，遂造神妙。使它人观舞剑，有何干涉！

禅宗讲参悟佛性之法，有"渐悟""顿悟"之别。渐悟是日积月累的静思体省，顿悟是思维过程的飞跃，二者其实是相互关联的。吕本中论体悟诗法主张"从工夫中来"，主张专心致志勤苦不辍，属于渐悟；又认为一旦火候既到，便会"顿悟笔法"，所谓"思之思之，鬼神通之"，这又相当于禅宗的"顿悟"。"顿"正是"渐"的结果。值得注意的是，他例举张长史由观舞剑而"顿悟笔法"，意在说明诗法也可以触类旁通，这就为陆游"工夫在诗外"之说开启了一个"悟门"。

更能说明"诗外工夫"可悟诗内之理的，是吴可《藏海诗话》中的一段话：

> 凡作诗如参禅，须有悟门。少从荣天和学，尝不解其诗云："多谢喧喧雀，时来破寂寥。"一日于竹亭中坐，忽有群雀飞鸣而下，顿悟前语。自尔看诗，无不通者。

讲得虽有点玄妙，但却将对诗法的悟入由读古人诗转到大自然的启迪，有些近于陆游所谓"文章本天成，妙手偶得之"的意味了。这样，参悟中也伏下了使江西诗学蜕变的因素。

一个"法"，一个对"法"的"悟"，是宋代诗学特别是江西诗学演化的轴心。它追求超越前人，"越度诸子"，甚至陵跨陶、杜，力求将诗歌创作引入向上一路，使"技进于道"，法度进于自然。

五、江西诗学的蜕变期

郭绍虞《中国文学批评史》写道："江西诗派，到南宋初叶都起了变化。当时几个大家，都是从江西入，而不从江西出。这即是江西诗论提倡活法的结果。"所论极有见地。变化的枢纽应是吕本中，变化的典型当是陆游、杨万里。本节将此段时间称为江西诗学的蜕变期。

（一）江西诗学的自赎

江西诗学的蜕变并非来自外界的压力，而是它本身发展演化的结果。江西诗学本身存在着自赎的因素，此即前述其内在矛盾及意欲摆脱矛盾的"活法""悟入"。"法"与"活"便是矛盾。如泥定"法"，则无"活"可言；如强调"活"，则势将累及"法"。

"活法"既是江西诗学走向蜕变的关捩，而吕本中又是"活法"的倡导者，那么他便成为蜕变的枢纽，而更直接的枢纽人物应是曾几（茶山）。不过我们还可以理出一条更长一些的线索。

陆游、杨万里、姜夔等著名的自江西入而不自江西出的诗人都与曾几有些关系，而关系最密的是陆游，他是曾几的门弟子。曾几在南宋被划入江西诗派，方回说他"用江西格，参老杜法，而未尝粗作大卖。陆放翁出其门，而其诗自在中唐、晚唐之间，不主江西，间或用一二格"（《瀛奎律髓》卷十六《节序类》），可见陆游与江西的离合关系。陆游为曾几作墓志铭，说他"以杜甫、黄庭坚为宗……初与端明殿学士徐俯、中书舍人韩驹、吕本中游"。韩驹尤值得注意，他是西蜀人，曾受到苏轼的赏识，比之于唐人储光羲，诗学思想也受到苏轼的影响，刘克庄《江西诗派小序·韩子苍》说他"学出苏氏，与豫章（黄庭坚）不相接"。明人杨慎《周受庵诗选序》也说他袭苏轼的"残芳"。宋人王十朋则认为他"非坡非谷自一家"（《梅溪王先生文集》后集卷二《陈郎中赠韩子苍集》），既不完全受自于苏，也不完全受自于黄，自成一家，这种说法是比较得当的。据几种史料记载，吕本中将他列入江西诗派，他甚表不满。另据元人刘壎《隐居通议》记载，他认为"唐末人诗虽格致卑浅，然谓其非诗不可；今人作诗虽句语轩昂，止可远听而其理则不可究"，并不完全鄙薄晚唐，也与江西诗人不同；而他所不满的"今人"，则暗指江西诗派。至于他论诗主"饱参"，从而引发出体悟外物之理，已如上节所述。总之，讲江西诗学的自赎，正应从身列江西诗派的韩驹开始，而韩驹又联结着苏轼。

曾几与韩驹、吕本中皆曾诗文唱和，过从甚密。《诗人玉屑》

引黄昇说："陆放翁诗本于茶山，……然茶山之学亦出于韩子苍。"可见曾幾、陆游的诗学渊源。方回《次韵赠上饶郑圣予》说"曾茶山得吕紫微（本中）诗法"。曾幾本人论诗曰："学诗如参禅，慎无参死句。纵横无不可，乃在欢喜处。"（《读吕居仁旧诗有怀其人作诗寄之》）"慎无参死句"显即吕本中所倡导的"活法"。陆游则自称"我得茶山一转语，文章切忌参死句"（《赠应秀山才》），又显指"慎无参死句"。另外，他又在《吕居仁集序》中称赏吕"诗文汪洋闳肆，兼备众体，间出新意，愈奇而愈浑厚"，并自称"自童子时，读公诗文，愿学焉"，当曾幾称其诗"渊源殆自吕紫微"时，他益惋惜"恨不一识面"。这一切都可明显看出他与吕本中的诗学联系。他正是沿此线索逐渐走出江西诗派的。

杨万里早年也曾学江西诗法，中年后悔其少作，悉数焚毁。他虽自称"传派传宗我替羞""黄陈篱下休安脚"，但始终没有完全切断与江西诗派的联系，直到晚年还作了《江西宗派诗序》。另外尚可注意数端：一是他也向曾幾学过诗。二是他论诗也好讲"参""悟"，如"参时且柏树，悟罢岂桃花"，承自韩驹以来的说诗传统。三是他作诗尤以"活法"著称，刘克庄《江西诗派小序·总序》说"后来诚斋出，真得所谓活法，所谓流转圆美如弹丸者，恨紫微公不及见耳"。葛天民《寄杨诚斋》诗说他"参禅学诗无两法，死蛇解弄活泼泼"，此即"活法"。所以杨万里走出江西诗派，当也以"参悟""活法"为转捩。

姜夔行辈较晚，曾师从杨万里、范成大，自称早年也曾虔诚地师法过黄庭坚，后来才"大悟学即病"，觉悟到"求与古人合，不若求与古人异；求与古人异，不若不求与古人合而不能不合，不求与古人异而不能不异"（《白石道人诗集自叙》）。这显然就是吕本中所谓"有定法而无定法，无定法而有定法"的"活法"论的另一说法。只要讲究"活法"，就必定与江西诗派的种种"定法"相暌违，最终走出江西诗派。姜夔著有《白石道人诗说》，有些论述开了严羽《沧浪诗话》的先河，但片言只语，不成系统。

（二）"工夫在诗外"：陆游、杨万里走出江西诗学的道路

陆游、杨万里走出江西诗学的道路具有重要的诗学思想史意义，这种道路便是"工夫在诗外"。江西诗学最重要的特征是强调诗内功夫，即诗的法度，并主张在前人的作品中探寻、参悟、变化运用种种法度。"夺胎换骨""点铁成金""出处来历"等江西诗法的主要标志，都与古人的作品相关。陆、杨所主张的诗外功夫的"诗外"虽也包括读书修身，但主要指客观外界的社会生活与自然景物，他们认为其中有应接不暇的灵感、天机云锦般的诗材和不费刀尺的诗法。不管他们与江西诗学有多少藕断丝连的关系，但正是在这个"关捩子"上，他们与后者分道而扬镳。

陆、杨都走过曲折的学诗道路。据陆游自述，他少时好岑参诗，十三岁时好陶渊明诗，十七八岁时好王维诗，同时向慕吕本中，师从曾幾。他转变的关键是四十六至四十八岁时入蜀并在南郑度过一段完全不同于平静书斋的沸腾的军旅生活之后，其《九月一日夜读诗稿有感走笔作歌》写道：

> 我昔学诗未有得，残余未免从人乞。力孱气馁心自知，妄取虚名有惭色。四十从戎驻南郑，酣宴军中夜连日。……诗家三昧忽见前，屈贾在眼元历历。天机云锦用在我，剪裁妙处非刀尺。……

"诗家三昧"、创作奥窍原来就在现实生活之中，"天机云锦"般无穷变幻、清新旖旎的诗料只要随物赋形便成佳构，用不着旁寻剪裁的法度技巧。他曾以这种切身创作感受告诫儿子："汝果欲学诗，

工夫在诗外。"(《示子遹》)

杨万里也曾自述学诗的历程与感受，其《诚斋荆溪集序》说：

> 予之诗始学江西诸君子，既又学后山（陈师道）五字律，既又学半山老人（王安石）七字绝句，晚乃学绝句于唐人。学之愈力，作之愈寡。……戊戌三朝时节，赐告少公事，是日即作诗，忽若有寤。于是辞谢唐人及王、陈、江西诸君子，皆不敢学，而后欣如也。试令儿辈操笔，予口占数首，则浏浏焉无复前日之轧轧矣。自此每过午，吏散庭空，即携一便面步后园，登古城，采撷杞菊，攀翻花竹，万象毕来献予诗材，盖麾之不去，前者未雠而后者已迫，涣然未觉作诗之难也。(《诚斋集》卷八十)

现实生活赐予他多少用之不尽取之不竭的诗思！他的学诗历程与创作态度、方法的转折与陆游真是无独有偶。但陆游的"悟入处"是"打球筑场""阅马列厩"的军旅，杨万里的"悟入处"则是"采撷杞菊，攀翻花竹"的日常生活与平凡景观。加以二人个性气质的不同，又导致了彼此诗风与诗学思想的歧异，即陆游论诗较重"气"，因而鄙薄当时重新兴起的晚唐体的闲野清瘦，所谓"文章光焰伏不起，甚者自谓宗晚唐"(《追感往事》)；杨万里论诗较重"味"，其生活情趣与创作倾向与晚唐体也有相似之处，因而同情晚唐："晚唐异味同谁赏，近日诗人轻晚唐。"(《诚斋集》卷二十七《读笠泽丛书》)二人诗学思想的分歧是很明显的，姑置不论。

陆、杨二人的共同点是皆将目光投向"诗外"，都认为现实生活确有无限丰富的诗料，也都主张到现实生活中获取诗思。陆游有如下的生动表述：

诗材满路无人取。(《自江源过双流不宿,径行之成都》)

借花发吾诗,诗句带花香。(《游东郭赵氏园》)

诗思出门何处无?(《病中绝句》)

造物有意娱诗人,供与诗材次第新。(《冬夜吟》)

天与诗人送诗本,一双黄蝶弄秋光。(《龟堂东窗戏弄笔墨偶得绝句》)

村村皆画本,处处有诗材。(《舟中作》)

君诗妙处吾能识,正在山程水驿中。(《题庐陵萧彦毓秀才诗卷后》)

杨万里也不乏类似的论诗之语:

红尘不解送诗来,身在烟波句自佳。(《再登垂虹亭》)

哦诗只道更无题,物物秋来总是诗。(《戏笔》)

诗家不愁吟不彻,只愁天地无风月。……云锦天机织诗句,孤山海棠今已开。(《云龙歌调陆务观》)

天将诗本借诗人。(《跋陆务观剑南诗稿》)

闭门觅句非诗法，只是征行自有诗。(《下横山滩头望金华山》)

老夫不是寻诗句，诗句自来寻老夫。(《晚寒题水仙花并湖山》)

好诗排闼来寻我，一字何曾捻白须！(《晓行东园》)

二人所自述的诗歌创作的感受虽多来自自然景物、山程水驿、烟波风月，而未涉及社会治乱、国家安危、民生苦乐，比六朝感物兴情之说并不是什么新鲜见解，但放在那个理学与江西诗学流行的具体时代背景下，却有着不可忽视的扭转诗风的意义。理学家反对"逐外功夫"，反对传统的"诗文得江山之助"之说，骨子里深受理学熏染的江西诗学也把目光收敛到内心与书本，参悟诗法，闭门觅句，不满于流连光景、描绘风月之作。陆、杨的上述诗论，将这种内向性扭向外向性。

　　追求自然、天成、化工之妙，不烦绳削而自合，是宋代的诗学理想，正是在追求这种理想境界的途径上，陆、杨与江西诗学分道扬镳。一般江西诗人意图通过对古人作品的参悟、对心性的自我省视认识诗理，领会"活法"，求得"技进于道"（天）。陆、杨则心师造化，取法自然，对他们来说不仅是"技进于道"（天），甚至是"道（天）流为技"。所以陆游宣称："文章本天成,妙手偶得之"、"岂复须人为"、"巧拙两无施"(《剑南诗稿》卷八十三《文章》)。他也好谈庖丁解牛之理，"沛然要似禹行水，卓尔孰如丁解牛"（同上卷五十四《六艺示子聿》），但他是在真正直面客观外物、心师天地造化的前提下而发此论的。他的这些思想接近于苏轼的"行云流水，初无定质""随物赋形"之论，故他对苏轼特别推崇，称"苏公本天人",对其"整衣拜遗像,千古尊正统"(同上卷九《玉局观拜东坡先生海外画像》)。杨万里沿着这个思路似乎走得更远一些。陆游被视为江西诗派的"一灯传",始终未对江西诗派加以微词,而杨万里则被看作"江西横出一枝"(刘克庄语),原非正传。他对江西诗学也颇致不满,认为"点铁成金未是灵""闭门觅句非诗法",前者针对黄庭坚,后者针对陈师道。他不甘为一个诗派或一种诗法所牢笼,而要尽力于诗的向上一路,"问侬佳句如何法?无法无盂也没衣"(《诚斋集》卷三十八《酢阁皂山碧崖道士甘叔怀赠"美名人不及,佳句法如何"十古风》),"传派传宗我替羞,作家各自一风流。黄陈篱下休安脚,陶谢行前更出头"(同上卷二十六《跋徐恭仲省干近诗》),不仅要突破江西,而且要超越陶、谢了。

还应特别指出:在陆、杨那里,传统的诗"兴"论重新得到强调。如前所述,在中国古代诗学中,"兴"有两种基本的含意与用法,一是汉代作为美刺讽喻的"比兴"之"兴",一是魏晋作为感物起情的"感兴"之"兴",这里指后者。江西诗学重"悟"而不重"兴"。"悟"是内向的诗法的体认,"兴"是外向的诗情的感发。江西诗人由于罕言抒情写物,因而也罕言"兴"。陆、杨由于主张在山程水驿、天地风月等社会生活与自然景色中获取创作激情与灵感,重新强调感物兴情是顺理成章的。前引他们的论诗之句,实际上都指外物对诗情的感发,另外陆游还明确地说:"诗凭写兴忘工拙。"(《剑南诗稿》卷七十九《初晴》)"工拙"问题是宋人的常谈。在陆游那里,既然即目所见皆能引发诗兴,随意写来皆为好诗,自然也不烦苦吟推敲的"工拙"可言。杨万里《答建康府大军库监门徐达书》中,对"兴"有一段尤为精妙的论述:

我初无意于作是诗,而是物是事适然触乎我,我之意亦适然感乎是物是事。触先焉,感随焉,而是诗出焉,我

何与哉？天也。斯之谓"兴"。(《诚斋集》卷六十七)

诗是心物相交感、契合的产物，这种说法也并不新鲜，六朝有不少类似论述。但是他以"天"说"兴"，以自然而然的感发说"兴"，在宋代却有特殊意义。宋人追求"技进于道"，即"以人合天"，强调通过参悟诗法而达到自然工妙，合于诗的"天理"。杨万里则认为感物兴情形诸诗篇本身就是"天""自然"。这是两条不同的诗学路线。对"兴"的重新强调与发挥，是陆游、杨万里走出江西诗学的重要标志。以上所论，其实归根结底都是"兴"的问题。

六、江西诗学的逆反期

本节将南宋中叶至末季称为江西诗学的逆反期，其在创作上的标志是"四灵"、"江湖"诗派的"晚唐体"的流行，在理论上的标志是严羽《沧浪诗话》的出现。但这只是大致而言。对江西诗学的非难早就存在，北方金国也不乏江西诗学的反对派。为方便计，一并在此述及。

（一）不绝如缕的非难者

这里所谓"非难者"，仅指那些明确地点名道姓地指责黄庭坚及江西诗派者，其他如叶梦得《石林诗话》等论诗著述虽与江西诗学相龃龉，但并未直接攻讦，为避免辨析的麻烦和头绪的繁纷，不列入"非难者"的范围。另如南宋中、后期自江西入而不自江西出者如陆游、杨万里、姜夔以至刘克庄等，虽对江西诗学有所不满，但并非针锋相对地攻讦江西，他们与江西诗派有切不断的瓜葛，甚至被视为江西诗派的别调，也不算在"非难者"之列。

明确指斥黄庭坚与江西诗学者，在严羽之前和稍后，主要有魏泰、张戒、黄彻、王若虚、元好问等。

魏泰、张戒、黄彻是在江西诗派方兴未艾之时诋诽江西诗学的，他们大致都立足于传统的诗学思想。对于宋人来说，所谓传统诗学思想，一是指汉代形成的主文谲谏的诗学观，一是指魏晋形成的缘情绮靡的诗学观。魏泰与黄庭坚同时，并曾相"友善"，后依附变法的王安石，但他的《临汉隐居诗话》的评论褒贬大致出于其基本的诗学观，而不能一概归于党同伐异。他论诗主"情"重"味"，认为"诗者述事以寄情，事贵详，情贵隐"，"咀之而味愈长"，以达到"厚人伦，美教化，动天地，感鬼神"的效用，这是江西诗派所罕言的。由此出发，他批评黄庭坚"好用南朝人语，专求古人未使之事，又一二奇字缀葺而成诗，自以为工，其实所见之僻也。故句虽新奇，而气乏浑厚"。这个批评是尖锐的，但却实事求是，击中了黄诗的要害。不过他直接指斥黄庭坚之语，在其诗话中仅此一节。

比之魏泰，张戒的批评更为严厉，也更为全面，并将苏轼、黄庭坚相提并论，率先提出诗"坏于苏、黄"之论。实际上他所指摘的是宋代的基本诗风，不限于江西一派。他与吕本中同时，其《岁寒堂诗话》记有二人相互谈诗之语。他论诗的基本观点是传统儒家的正宗诗学，即汉儒的《诗》"经"精神，主张言志、讽谏、兴观群怨、比兴、思无邪等。如他评杜甫《自京赴奉先县咏怀五百字》"慨然有致君尧舜之志"，"岂嘲风咏月者哉？盖深于经术者也"。他的诗学思想正是立足于"经术"上的。

他的《岁寒堂诗话》攻讦苏、黄——主要是黄，大抵从艺术形式入手而落脚于思想内容。他设置了两个转换：一是把《诗经》转换为"诗圣"杜甫，由揭示黄庭坚标榜学杜却又"但得其格律"，批评其作品"诗人（指《诗经》作者）之意扫地""风雅扫地"；二是由黄庭坚专门注意形式的"韵度矜持，冶容太甚"，转换为其作品的"邪思之尤"，不能使人"凛然兴起，肃然生敬"，无以"美教化，移风俗"。

黄庭坚学杜确主要致力于法度与形式。张戒在这方面对他的攻击不遗余力，涉及俗语、用事、声律、议论、补缀奇字等等。这些批评大多是得当的，切中黄庭坚以及苏轼之诗的弊端。他总结性地说："诗人之工特在一时情味，固不可预设法式也。"显然是针对江西诗派的传法传宗而发。在这方面，也透露出宋代诗学"情"与"法"的冲突。

黄彻与张戒同时，他的比兴讽喻的传统诗学思想比张戒还要浓厚。其《䂬溪诗话自序》写道"凡心声所底，有诚于君亲，厚于兄弟朋友，嗟念于黎元休戚，及近讽谏而辅名教者"则予以评论、揄扬，"至于嘲风雪、弄草木而无与于比兴者，皆略之"，颇近于白居易讽喻诗、新乐府的诗学主张。这大约与他忧国伤时、遭谗被贬的身世有关。由此出发，他着重批驳黄庭坚所谓"诗者人之性情也，非强谏争于廷，怨詈于道，怒邻骂坐之所为也"的论调，以《诗经》中具体诗篇论证为诗之道正在于"箴规刺诲""不得与工技等哉"。他指名道姓地非难黄庭坚的言论在《䂬溪诗话》中虽仅此一则，但却是很有典型性的，这是汉宋诗学思想的根本分歧。

王若虚、元好问则是从当时北方特定的文化思想与文学思潮的立足点上攻讦黄庭坚和江西诗学的。这思潮的主导倾向是：第一，由于北方地理环境、文化传统诸因素的影响，金人重抒情，尤重那种雄壮苍莽之情，"其诗雄健而踔厉，清刚而激越，悲凉苍莽，饶沉郁慷壮之思"（顾奎光《金诗选序》）。第二，由此出发，往往推崇苏轼而贬抑黄庭坚，大约苏轼那奔放不羁的诗思更易引起他们的共鸣。清人翁方纲有"程学盛南苏学北"之说，在诗学上我们也可以说"黄学盛南苏学北"。程学盛南，黄学亦盛南，正可以看出江西诗学与正宗理学深邃的内在联系。第三，金国诗坛的宗唐黜宋倾向日益明显，特别是后期的不少诗人都"以唐人为指归"，这与扬苏抑黄其实是同一底蕴。"苏近李，黄近杜"，李白是唐诗（主要指盛唐）的代表，杜甫则是宋诗的先驱。金代诗学思想的这些特点，也在王若虚、元好问的诗论中体现出来。

王若虚激烈地崇苏贬黄，这与金代诗坛长久存在的宗苏与宗黄之争有关。他的舅父周昂"终身不喜山谷"，他受其影响，在《滹南诗话》中扬苏抑黄的言论几占一半，如认为苏轼是"文中龙也，理妙万物，气吞九州，纵横奔放，若游戏然，莫可测其端倪"，而"鲁直欲为东坡之迈往而不能，于是高谈句律，旁出样度，务以自立而相抗，然不免居其下也"。黄庭坚的艺术成就虽逊于苏轼，但也自有不可替代不可低估的造诣，王若虚的这些评论未免褒贬过甚。他还就黄的具体诗篇，对其用事、句法、字法等一一辨误指谬，斥责其"夺胎换骨""点铁成金"不过是"剽窃之黠者"，也有失偏激。但从总体上说，他的指责是有合理性的。他论诗主"哀乐之真发乎情性"，因而不满黄庭坚的过分强调法度，学古也自在情理之中，如说："古之诗人虽趣尚不同，体制不一，要皆出于自得，至其辞达理顺，皆足以名家，何尝有以句法绳人者？鲁直开口论句法，此便是不及古人处。而门徒亲党以衣钵相传，号称法嗣，岂诗之真理也哉？"这种指责无疑是正当的。由此，王若虚又将攻讦的矛头指向衣钵相传的江西诗派。

与王若虚不同，元好问并不否定黄庭坚本人，而主要攻击"号称法嗣"的江西末流。他认为"黄鲁直天资峭拔，摆出翰墨畦径。以俗为雅，以故为新，不犯正位，如参禅着末后句为具眼。江西诸君子翕然推重，别为一派，高者雕镌尖刻，下者模影剽窜"（《中州集》卷二《评刘汲》）。在《论诗三十首》中，他表示"论诗宁下涪翁拜，未作江西社里人"，将黄庭坚（涪翁）与江西后学区分开来。不过他的"宁下涪翁拜"只是相对于江西末流而言，肯定黄庭坚并不等于要以黄为师，"北人不拾江西唾"才是他的真实态度。南北思想文化原有差异。元好问论诗主张自然清新，慷慨豪迈，与当时南方诗坛的审美追求有别。他又推重唐人,编有《唐诗鼓吹》十卷。以编唐人诗集贯彻宗唐主张,是元、明时人提倡尊唐黜宋的重要方式,元好问是先驱之一。

(二)叶适与唐音的复倡

南宋中后期宁宗朝(1195—1224)以后,诗坛上次第出现了四灵派与江湖派,二者有一定的师承关系,创作上皆宗晚唐(实指现在所说的中、晚唐)诗人贾岛、姚合、许浑等,故又统称晚唐体,风靡于整个南宋后期。这样,宋代诗学便以学晚唐始,又以学晚唐终;北宋中期后江西诗学取代了晚唐体,使宋诗自立一格;南宋中期后晚唐体又起而挤兑江西体,使唐音寂而复倡。

南宋的晚唐体是作为江西派的对立面出现的,这种对立有深刻的文化思想内蕴,而不仅仅是表达方式和风格的差异。由宋入元的刘壎《隐居通议》说:

> 晚唐学杜不至,则曰:"咏情性,写生态,足矣。恋事适自缚,说理适自障。"江西学山谷不至,则曰:"理路何可差,学力何可诿?宁拙毋弱,宁核毋疏。"兹非一偏之论欤?

可见晚唐体重抒情,重体物,反对刻意用事与说理,是唐代较为外向、开放的文化精神的流风余韵;江西诗派重说理,重学问,是宋代文化思想的体现。刘壎的这些认识,大致承袭刘克庄,他曾经引用刘克庄对宋诗的非议,并赞为"最道着宋诗之病"。刘克庄生活于南宋末季,虽属江湖诗派而又不满于晚唐体的流弊。宋代诗学发展到他,已经到了总结的阶段。被刘壎称为"最道着宋诗之病",指他《竹溪诗》中的如下一段话:

> 唐文人皆能诗，柳尤高，韩尚非本色。迨本朝则文人多，诗人少，三百年间虽人各有集，集各有诗，诗各自为体，或尚理致，或负材力，或逞辨博，少者千篇，多至万首，要皆经义策论之有韵者尔，非诗也。

这段话针砭的对象不仅是江西诗派，从"负材力""逞辨博"来看，也针砭苏轼的诗风。将整个宋诗说成是"经义策论之有韵者"，虽未免偏颇，但从主流和本质上说却击中了宋诗的要害。刘克庄还明确地将宋诗之弊与理学的流行联系起来："近世理学兴而诗律坏，惟永嘉四灵复为言。"（《后村先生大全集》卷九十八《林子愬》）"诗律坏"指黄庭坚及江西诗派有意"破弃声律"等写作方式。理学对诗学的影响确实是很内在、深微的，主要是重说理而不重抒情、重内省而不重外感、重枯瘦而不重华腴等数端。这样，刘克庄便把一代诗学的特点，提升到一代思想文化的高度来审视。这是从共时性上讲的，在历时性上他还将这种诗风的远源与发端追究到杜甫，《韩隐君诗》说：

> 古诗出于情性，发必善；今诗出于记问，博而已。自杜子美未免此病，于是张籍、王建辈稍束起书袋，划去繁缛，趋于切近，世喜其简便，竞起效颦，遂为晚唐。（同上卷九十六）

这段话通过回溯历史上"晚唐"（实为中晚唐）诗风出现的机缘比勘当代"晚唐体"流行的文学背景，其逻辑是很明晰的：先是杜甫诗"出于记问"（实即所谓"诗史"之说），开了"博辨"的诗风，中晚唐诗人以短小、精警、清切加以矫革；入宋以后，江西诗派发展了杜诗的这一侧面，又有"四灵"等晚唐体加以矫革。杜甫在宋代被推到"诗圣"的尊位,后世一般不敢加以非议,只有在攻讦以江西诗派为代表的宋诗时才连而及之有所微词,这在主张"诗必盛唐"的明代尤为明显,由此可见杜甫在诗学思想上的微妙地位及其与典型的盛唐诗的不同。故前面曾讲过,由对杜甫的态度可卜诗学思想的变迁。

南宋后期晚唐体的复出,还与理学内部学术思想的分歧有关,这便是以叶适为代表的永嘉学派与以朱熹为代表的正宗理学的歧异。清人全祖望《宋元学案·水心学案》说:"乾淳诸老既殁,学术之会,总为朱、陆(九渊)二派,而水心(叶适)断断其间,遂称鼎足。然水心工文,故弟子多流于辞章。"陆九渊的心学后来透迤影响于明代诗学思想,此处姑置不论。叶适是温州永嘉人,属宋代理学的一支,其学说主"功利",与程朱等正宗理学不同。"四灵"也是永嘉郡人,徐照字灵晖,徐玑字灵渊,赵师秀字灵秀,翁卷字灵舒,号称"永嘉四灵"。关于叶适与"四灵"的关系,宋元人多有论及,如方回《瀛奎律髓》:

> 叶水心适以文为一时宗,自不工诗,而永嘉四灵从其说,改学晚唐,诗宗贾岛、姚合。……名曰厌傍江西篱落,而盛唐一步不能少进。

"四灵"厌弃江西诗学,宗法中晚唐,而不能达到盛唐的境界。他们曾受到叶适的奖掖、指导。叶适编有《四灵诗选》,并在《徐斯远文集序》中说:

> 庆历、嘉祐以来,天下以杜甫为师,始黜唐人之学,而江西宗派章焉。然而格有高下,技有工拙,趣有深浅,材有大小。以夫汗漫广莫,徒枵然从之而不足充其所求,

曾不如胠鸣吻决，出毫芒之奇，可以运转而无极也。故近岁学者，已复稍趋于唐而有获焉。

这里十分值得注意的是，叶適以及整个宋以后人，往往将生活于唐代的杜甫的诗与"唐人"分开，似乎他已不属于"唐人"。这是因为杜诗被认为"在唐为别调"，已有了宋诗的风貌，是江西诗派的远祖。但江西学杜，只能成为"汗漫广莫"而已。叶適所说的"近岁学者"即指"四灵"一派，他们的作品虽"如胠鸣吻决"，短章小什，但也能"出毫芒之奇"，故叶適予以肯定。但所谓"趋于唐"，不过是近于中晚唐某些诗人而已。

叶適虽也属理学家的行列，但他重世务，重功利，重外物，故诗学思想也与朱熹等正宗理学家有异。今人常常引用他所说"物之所在，道则在焉""夫形于天地之间者，物也"二语说明他的唯物主义倾向，而此二语恰巧出自他的诗论。前者见于《习学记言》卷四十七《皇朝文鉴·诗》：

余尝怪五言而上，往往世人极其材之所至，而四言虽文词巨伯辄不能工，何也？按古诗作者无不以一物立义，物之所在，道则在焉；物有止，道无止也。非知道者不能该物，非知物者不能至道。道虽广大，理备事足，而终归之于物，不使散流。此圣贤经世之业，非习为文词者所能知也。

这里所发挥的哲学思想且置不论，叶適既然借诗以立论，我们也从诗学上来理解。既然物体现道，道不离物（"物"泛指自然与社会现象），那么诗便不应拒绝写物，诗中之道才能有所附丽与止泊，不致"散流"。写物正是唐诗的特点。前引叶適的后一语见于《水心别集》卷五《进卷·诗》：

> 诗之兴尚矣，夏商以前皆磨灭而不传，岂其所以为之者至周人而后能欤？夫形于天地之间者，物也；皆一而有不同者，物之情也；因其不同而听之，不失其所以一者，物之理也。

叶適也重"理"，但他与正宗理学家所谓理为"生物之本"的论调不同，认为物是第一性的，"理"是"物之理"，物的种种各异的外观与习性是"物之情"，所以"古之圣贤"（即《诗经》的作者们）并不拒绝描画"风雨霜露""山川草木"，以"旁取广喻""比次抑扬""抽词涵意""发舒情性"，达到"养天下以中，发人心以和，使各由其正以自通于物"。这些话虽然也有明显的理学色彩，但却给诗的写物抒情提供了理论依据。

叶適也不否定情、欲，认为情、欲出于人的自然需要，礼只是调节情、欲而非灭绝情、欲。他指责"若后世之师者，教人抑情以徇伪，礼不能中，乐不能和，则性枉而身病矣"（《习学记言序目》卷七《周礼·春官宗伯》）。全祖望《宋元学案》在此言后批曰："此节说得有病。"所谓"有病"，实指其不合正宗理学"存理去欲"之论。

由以上学术思想出发，叶適推尚体物写情的唐诗是可以理解的，奖掖"咏情性，写生态"的南宋晚唐体也是可以理解的。但他终究是理学家，他的目标归根结底还是要归之于"理"。所以当王木叔"不喜唐诗"，说"争妍斗巧，极外物之变态，唐人所长也；反求于内，不足以定其志之所止，唐人所短也"时，便认为"木叔之评，其可忽诸"（《水心文集》卷十二《王木叔诗序》）。这与前引他的重"物"思想并不矛盾，因为唐人的描绘景物，确实并不以之明理，只借以抒情而已。他本人也曾指斥"嘲弄光景，徒借物吟号"的诗人骚客为"局量浅狭，无道以守"（同上卷二十九《题拙斋诗稿》），这其实也是对"四灵"的不满。"四灵"本人没有什么重要的诗论存世，只在叶适、刘克庄的文章中有片断引文，都是有关声律字句等纯形式上的。他们的创作也不过被评为"野逸清瘦以矫江西之失"，甚至被讥为拘挛声律，尖纤浅易，这当然有悖于叶适的初衷。

江湖派是四灵派的继续，虽格局比四灵略显广阔，艺术手法较四灵多样，但也成就不大，受到时人非难，即使身为江湖派的严羽、刘克庄也深致不满，批评他们"力量轻，边幅窘""寒俭刻削"。看来，仅止进于"晚唐"是不能真正矫江西之弊的。

（三）严羽的意义

此时，严羽及其《沧浪诗话》应运而生。对于当时诗坛以至于整个宋以后诗学思想史的流变来说，严羽诗学的最大意义就是旗帜鲜明地提出宗法盛唐的口号，将宗唐的步子向前迈了一大步。他的一些脍炙人口影响深远的诗学理论，皆是在这个口号下发挥出来的。

严羽与刘克庄、戴复古同时。他为人有识见，不苟合流俗，敢自立门户，在《答出继叔临安吴景仙书》中，自诩"仆之《诗辨》，乃断千百年公案，诚惊世绝俗之谈，至当归一之论"，并宣称"虽得罪于世之君子，不辞也"。戴复古《祝二严》诗也称他"羽也天姿高，不肯事科举。风雅与骚些，历历在肺腑。持论伤太高，与世或龃龉。长歌激古风，自立一门户"，可以旁证他确是有胆识、有个性的人物。在他那个时代，江西与晚唐末流之弊皆已显露无遗，均为时人所不满，如刘克庄《刘圻父诗序》两面发难，双管齐下，既攻江西，又非晚唐："余尝病世之为唐律者胶挛浅易，窘局才思，千篇一体，而为（江西）派家者又驰骛广远，荡弃幅尺，一嗅味尽。"不过他虽赞赏刘圻父诗的"短章有孔鸾之丽，大篇有鲲鹏之壮"的高华壮美的风格，却未言及盛唐。这样，诗歌创作步入了困境，诗坛面临着新的抉择。正是在此种状况下，严羽"明目张胆"、"沉着痛快"、"深切著明"、直截了当地提出师法盛唐之论，其《沧浪诗话·诗辨》开门见山说：

> 夫学诗者以识为主，入门须正，立志须高，以汉魏晋盛唐为师，不作开元、天宝以下人物。

虽汉、魏、晋、盛唐并言，其实着眼点却在盛唐，因为后面又明确表示："推原汉魏以来，而截然谓当以盛唐为法。"大约在他看来，盛唐诗是汉魏六朝诗的最高发展，因而应当成为后世诗人师法的最高典范。

"不作开元、天宝以下人物"一语有极为丰富的诗学思想史内涵。开元、天宝年间是唐代兴盛的顶点，此后就是安史乱后日益露出下世光景的中唐，思想文化、时代精神也发生着变化，从儒家的经学期渐趋于理学期，各方面都更加内向化了。如前所述，中唐文化与宋代文化属同一类型，在精神实质上日益疏离着盛唐。诗也是如此，"诗至于中唐，变之始也"（元人袁桷语），在多方面开启了"宋人门户"。宋人其实也意识到这一点，他们总是认同、亲近中唐以后。江西诗派、前期的与后期的晚唐体，所取法的对象皆是中唐以后的诗人。江西尊崇杜甫，也主要是着眼杜在"开元、天宝以下"的作为唐诗"变体"的风格，特别是所谓"不烦绳削而自合"的晚年"夔州以后"诗。他们其实不自觉地在盛、中唐之间划出一条界阈与鸿沟。严羽也不可能自觉地理性地认识到中唐文化思想的巨变，但却以"不作开元、天宝以下人物"一语明确地点出这条界限，这对元明人的唐诗分期影响甚深。既以盛唐为师，他便顺理成章地不仅反对江西诗派，也不满晚唐体："近世赵紫芝、翁灵舒辈，独喜贾岛、姚合之诗，稍稍复就清苦之风，江湖诗人多效其体，一时自谓之唐宗，不知止入声闻辟支之果，岂盛唐诸公大乘正法眼者哉！"（《诗辨》）在他看来，四灵、江湖诗派即使宗唐，所宗法的也不过是唐诗的下乘而已。

《沧浪诗话》全书都围绕"师法盛唐"（有时也泛言"唐人"，而实指盛唐）这个"诗之宗旨"展开。《诗辨》部分，是从总体上和美学上辨析唐宋诗之别，突出盛唐诗的审美艺术特征。《诗体》部分，通过时代风格、流派风格、作家风格的多方面辨析以推尊盛唐，以具"正眼藏"，悟"第一义"。《诗法》部分，意在说明作品臻于盛唐的"技艺"，以便"不眩于旁门小法"。《诗评》部分开头说："大历以前分明别是一副言语，晚唐分明别是一副言语，本朝诸公分明别是一副言语。"他将唐代以来的诗歌发展分为三大阶段：大历以前（初盛唐）、大历以后（中晚唐）、宋，意欲通过对各时代作家作品的具体评论突出盛唐。尊唐的目的在于黜宋，开启了后来的唐宋诗之争。唐宋诗的优劣何在？盛唐诗的特点是什么？应当如何取法盛唐？以下两段论述最为著名：

> 夫诗有别材，非关书也；诗有别趣，非关理也。然非多读书，多穷理，则不能极其至。所谓不涉理路，不落言筌者，上也。诗者，吟咏情性也。盛唐诸人惟在兴趣，羚羊挂角，无迹可求。故其妙处透澈玲珑，不可凑泊，如空中之音，相中之色，水中之月，镜中之象，言有尽而意无穷。近代诸公乃作奇特解会，遂以文字为诗，以才学为诗，以议论为诗。夫岂不工，终非古人之诗也。盖于一唱三叹之音，有所歉焉。且其作多务使事，不问兴致；用字必有来历，押韵必有出处，读之反覆终篇，不知着到何处。（《诗辨》）

> 诗有词、理、意、兴。南朝人尚词而病于理；本朝人尚理而病于意兴；唐人尚意兴而理在其中；汉魏之诗，词理意兴，无迹可求。（《诗评》）

其中有一个关键性的命题由于司空见惯而往往为历来的研究者所忽视，即："诗者，吟咏情性也。""吟咏情性"是一古老的诗学命题，为千万人所重复，似乎成了无足为怪的老生常谈与套话。但它对严羽有特殊意义，是《沧浪诗话》论诗的全部理论基础，是其区分、评骘唐宋诗的试金石。"吟咏情性"即抒情。汉人率先提出"吟咏情性"之说，但要归结于"以风其上""止乎礼义"。西晋陆机"诗缘情"实即"吟咏情性"，但不再有"以风其上"的规定。齐梁钟嵘《诗品序》重提"吟咏情性"，也不以"以风其上"为前提，只是以之反对过分追求用事，在这一点上对严羽有所影响。中唐白居易主张"咏性不咏情"，标志着诗学思想的转变。宋人罕言"吟咏情性"，即或偶尔言及，也常常表述为"吟咏性情之正"，即合于"理"的性情，由汉代以"礼义"对情的限制变为以"天理""性理"对情的限制。唐宋诗风貌的歧异，在严羽看来皆由是否"吟咏情性"而引发，他认为"吟咏情性"是诗的本质特征。正因为宋人不重抒情而重言理，故"以文字为诗，以才学为诗，以议论为诗"，失去诗之为诗的审美特性。严羽认为盛唐诗是"吟咏情性"的，其高超的艺术成就便由此而来，它主要表现为具有"兴趣""兴致""意兴"之妙。

这些词语中都带有一个"兴"字。"兴"是中国古代诗学中最活跃、最重要的概念之一，甚至可以说是中国古代诗学思想的核心。它经常与其他词语组合成新的概念与范畴，获得新的意味与含意，在不同时代的文学思潮中被不同地运用与发挥，可以由之观察诗学思想的变迁。如前所说，"兴"有两种基本的含意与用法，一种是强调政教风化的"比兴"之"兴"，一种是强调艺术审美的"感兴"之"兴"（但二者也有混淆与交叉）。严羽所说的"兴趣""兴致""意兴"之"兴"皆属后者。"感兴"所感发兴起的自然是"情"，故旧题贾岛《二南密旨》径直释为"兴者，情也"。当然这只是一个笼统的基本的解释，具体地说，这种意义上的"兴"应是即目所见的外物所激发起来的生动的"情"，即"激情"。因而"兴趣"可大致理解为"情趣"，"兴致"可大致理解为"情致"，"意兴"可大致理解为"情意"，它们都与"吟咏情性"相关。

在前面的引文中，"兴趣"与"兴致"的含意与作用基本上是相同的，皆指创作过程中的心理状态与思维方式，这从"盛唐诸人惟在兴趣"、"近代诸公"则"不问兴致"二语可知。在严羽看来，盛唐诗人在创作中心灵沉浸于被外物所诱发并与外物交融在一起的盎然的美感中，充溢着诗的情趣与情致，一任感性吟唱咏哦，并不凭借理性的知解力。宋人则反是，他们"不问兴致"，不重视诗意的审美情感，以理性的心态和逻辑思维的方式力求表述传达某种抽象的理念，为此而苦心孤诣地搜寻与推敲着典故、出处、来历等等，缺乏诗的激情与灵感，违背了诗歌创作的审美规律。

盛唐诗人从"吟咏情性"的诗的感发，到"惟在兴趣"的诗的创作，再到"羚羊挂角，无迹可求""透澈玲珑，不可凑泊"的诗的完成，这是诗美创造的全过程。对于"羚羊挂角"云云，今人往往作过分求深求玄的发挥。严羽所谓"无迹可求"，"求"的是什么呢？所谓"不可凑泊"，"凑泊"的是什么呢？从上下文的逻辑来看，显然就是"理"。严羽终究是宋人，《沧浪诗话》津津乐道的"悟""法""理"等，都明显带有宋代诗学的特点。他虽说"诗有别趣，非关理也"，但绝不是完全反对诗中之理，因为他又说"然非多读书，多穷理，则不能极其至"，《诗评》中也说"诗有词、理、意、兴"。然而他又主张"穷理"而"不涉理路，不落言筌"，也就是说要将"理"溶化消解在"兴趣""兴致"的艺术美感中，犹如"空中之音，相中之色，水中之月，镜中之象"那样隐约惝恍，可以体味而不可把捉。这也便是"唐人尚意兴而理在其中"。

由此说到"意兴"。"意兴"是作品完成后的内在蕴蓄。

"理""意""兴"皆为作品内蕴而性质有别。"理"是纯逻辑的,"情"是纯感性的,"意"介乎二者之间,可以说是"富有感情的思维"。明清人常以主情为唐诗的特点,尚理、尚意是宋诗的特点,因此极端强调诗的纯粹美感的明代七子后学许学夷、陆时雍等尊唐而黜宋,重"兴"而轻"意"。如许学夷《诗源辩体》:

盛唐诸公律诗得风人之致,故主兴不主意,贵婉不贵深(谓用意深,非情深也)。

由其自注可知"兴"即"情","情深"高于"意深"。他又认为杜甫诗"意深"。《诗源辩体》在征引严羽"诗有词、理、意、兴"后写道:

然前言"兴趣",而此言"意兴",正兼诸家与子美论也。

"诸家"即指"盛唐诸公",意谓盛唐诗人重"兴""兴趣",杜甫则重"意"。他对杜甫是有所微词的(详下章)。至于他所谓"意兴"一语是"兼诸家(兴)与子美(意)论"是否合于严羽本意,姑置不论,但可见在古人心目中"兴"(情)与"意"有不小的区别。总之在我们看来,"意兴"当是诗中情感因素与理性因素的统一与融会。

《沧浪诗话》还涉及不少具有诗学理论和思想史的重要问题,略述如下:

  1. "悟""法"问题。

《沧浪诗话》也主"悟""妙悟",并有《诗法》专篇,这是宋代诗学一以贯之的关注点,严羽虽反宋诗,但终究不能完全超越时代。他谈"法"具体、烦琐,无多少新意。《诗辨》说:"大抵禅道惟在妙悟,诗道亦在妙悟。且孟襄阳学力下韩退之远甚,而其诗独出退之之上者,一味妙悟而已。"所谓"妙悟",当指对生活中的诗意与美的敏锐的感受能力,与学力关系不大。

2. 李、杜问题。

《沧浪诗话》始终将李白、杜甫相提并论,同尊兼重,既不同于一般宋人的扬杜抑李,也不同于明末清初许学夷、陆时雍、王夫之、王士禛等人那样倾向于李而对杜甫有所微词。《诗评》对李、杜各自的优劣得失做出了极为公允客观的评述,对李、杜的轩轾态度的深层诗学思想史意义是:一般说来,将李杜相提并重,便是将二人皆视为盛唐诗人的代表,严羽便是如此;对二人加以褒贬轩轾,往往意味着将杜视为中唐和宋诗的开山鼻祖,宋人与明人皆如此,只不过有着评价之异。

3.《诗》《骚》问题。

如前所述,从汉至唐一直存在着《诗》《骚》之辨。一般说来,由于《诗》被列为"经",大凡过分崇《诗》贬《骚》者,皆抱有正统的儒家文学观;大凡比较重视楚骚者,往往从艺术审美角度立论。《诗辨》在谈到学诗的方法与过程时说:"先须熟读《楚词》,朝夕讽咏以为之本;及读《古诗十九首》,乐府四篇,……"他称这是"从下做上"功夫,但却不提最为人们所推重的《诗三百》,说明他的《沧浪诗话》是从纯粹艺术角度立论的,这曾受到后代正宗儒者的非议。由于时代精神的变迁,宗经辨骚在宋以后已经不成其为带有诗学思潮性质的论争,从严羽对楚骚态度的改变便可明显看出这一点。

4. "读书"问题。

《诗辨》说:"夫诗有别材,非关书也;诗有别趣,非关理也。然非多读书,多穷理,则不能极其至。"此论在后代曾引起争议,清代尤甚。清人重读书,重学问,有的论者攻击严羽是后世束书不观的始作俑者,有的又抓住此论的后半截为之辩护,认为严羽并不废弃读书。

5.苏、黄问题。

犹如李、杜并论一样,严羽也将苏轼、黄庭坚相提并论,只不过给前二人以正面的评估,给后二人以负面的评估,认为"至东坡、山谷始自出己意以为诗,唐人之风变矣"。一般说来,苏、黄同贬往往意味着全面贬低宋诗,苏、黄并尊往往意味着推崇宋诗,并且以之为古代诗学变迁的转折点,而与唐诗划境。严羽的贬抑苏、黄并非首创,大抵承袭了张戒的观点,但二人角度不同。

《沧浪诗话》虽然体系并不严整,全书自有玉石,结构远不及《文心雕龙》那样完备,但却是宋代以后最重要的论诗专著,影响至巨。明代七子一派奉之为圭臬与法典,清人也以之为重要参照系统。

七、江西诗学的余流期

元代诗学是由宋到明的过渡,一方面有江西诗学的流风余韵,另一方面又表现出日益明显的宗唐趋向。

(一)方回与江西诗学的余波

元代江西诗学的余流以方回为代表。方回由宋入元,本身便属江西后学。在吕居仁《江西诗社宗派图》之后,更无一人像他那样对江西诗学做过如此系统的总结与鼓吹,故被目为江西诗派的后劲与功臣。他张扬江西诗学的言论除单篇论文外,主要见于所编选的唐宋近体诗集《瀛奎律髓》的评注中。他在序中说:"所选,诗格也;所注,诗话也。学者求之,髓由是可得也。"纪昀《四库提要》称其"平生宗旨悉见所编《瀛奎律髓》中"。

在方回曾经生活过的南宋末期诗坛,主要是江西与晚唐末流的纷争诋諆,并各自显出其弊端。诗论家方面,严羽虽不满晚唐体,但主要力诋江西。方回则正好相反,他虽也不满江西末流之弊,但主要力排晚唐。为将江西末流引向正路,他创为"一祖三宗"之说;为了排斥晚唐体,他创为"格高""格卑"之论。二者一正一反,目的皆在于回护与发扬江西诗学。这两个方面,是方回论诗的要义。

著名的"一祖三宗"之说是在《瀛奎律髓》中提出来的。一祖即杜甫,三宗即黄庭坚、陈师道、陈与义。黄庭坚与江西诗派虽专意学杜,但吕本中《江西诗社宗派图》只列出二十五个成员的名单,并未明确讲以杜甫为师,提出以杜甫为祖而远祧之,是方回论江西诗派的得意之笔。《瀛奎律髓》卷十六评陈与义(简斋)《道中寒食诗》说:

> 简斋诗即老杜诗也。予平生持所见,以老杜为祖,老杜同时诸人皆可伯仲。宋以后,山谷一也,后山二也,简斋为三,吕居仁为四,曾茶山为五,其他与茶山伯仲亦有之,此诗之正派也。余皆傍支别流,得斯文之一体者也。

这样就建立起以杜甫为祖师和远源的江西诗派的"正统"。方回特别强调以杜为祖,是有其文学背景的。早在南宋前期,胡仔便在《苕溪渔隐丛话前集》中评论道:"近时学诗者率宗江西,然殊不知江西本亦学少陵者也。……今少陵之诗,后生少年不复过目,抑亦失江西之意乎?"到南宋末期,更是只知有山谷而不知有少陵了。方回要引导后学师法杜甫原无可非议,但他所说的杜甫乃是以其"正法眼藏"所看出的杜甫,犹如纪昀《瀛奎律髓刊误序》所说,方回"乃以生硬为高格,以枯槁为老境,以鄙俚粗率为雅音,名为遵奉工部,而工部之精神面目迥相左也"。这既是江西诗派一贯的诗学思想与审美情趣,也有他排摈晚唐体的用心(说见下)。另一方面,他又认为"晚唐者,特老杜之一端,老杜之作包晚唐于中,……近世学者不深求其源,以四灵为祖,曰'倡唐风自我始',岂其然乎"

(《桐江集》卷四《跋许万松诗》）。既然晚唐体已包含在他所看出的杜诗之中，那便没有什么独立存在的理由。

在方回所谓"江西正派"中，陈师道与黄庭坚齐名，陈与义学杜最有成就，吕本中是江西诗派的最初提出者，曾幾是南宋之初江西诗派的重要传人，他自己则是江西后劲。"正统"既立，其他诗派自然只能列为旁门左道。处处尊江西而抑晚唐，是方回的深衷。

"格高""格卑"之论亦如此，他在《唐长孺艺圃小集序》中提出"诗以格高为第一"，并明言之所以创为格高、格卑之说，"此为近世之诗人言之也"。所谓"近世之诗人"，即"近人之学许浑、姚合者"，亦即四灵与江湖派诗人，他们均属"格卑"者。他又历数了骚人以来的"格高"者，其中以陶渊明、杜甫、黄庭坚、陈师道为尤高。此四人除陶外其他均在江西诗派的一祖三宗之列。

何谓"格高"？何谓"格卑"？根据方回的有关论述，大致可归纳为以下方面：

第一，境界阔大雄浑为格高，局促细小为格卑。《瀛奎律髓》卷十五评陈子昂《晚次乐乡县》云："盛唐律，诗体浑大，格高语壮；晚唐下细功夫，作小结裹，所以异也。"又在卷四十二评李白《赠昇州王使君忠臣》中说："盛唐人诗气魄广大，晚唐人诗工夫纤细。"显然，"浑大""高壮""气象广大"便是所谓"格高"，"工夫纤细""下细工夫"便是"格卑"。关于晚唐人的"细工夫""小结裹"，《瀛奎律髓》卷十评姚合《游春》写道："姚之诗专在小结裹，故四灵学之，五言八句皆得其趣。七言律及古体，则衰落不振。又所用料不过花竹鹤僧、琴药茶酒，于此几物，一步不可离，而气象小矣。""结裹"是宋元人俗语，虽具体含意不明，但综观以上用例，在诗论中大致是借指境界、格局而言。总之，拘守于卑近、琐细的景、物，作细致的描摹刻画，不能构成广阔的境界和雄浑的气象，便是"格卑"，反之为"格高"。

第二，枯淡瘦劲、剥落浮华为"格高"，工丽柔媚为"格卑"。方回为江西后学，江西诗风原就在反拨宋初晚唐体、西昆体的基础上逐渐形成的，追求枯淡瘦劲是其论诗的要义。方回承续江西诗学，又面对晚唐体的重新泛滥，便变本加厉地强调落华就实、存拙去巧。其《程斗山吟稿序》发挥黄庭坚之说，称赏杜甫到夔州以后诗"绣与画之迹俱泯""莫不顿挫悲壮，剥浮落华"，又称赏程斗山诗"笔力劲健，无近人绮靡风"。所谓"近人绮靡风"，便指晚唐体诗人好写"风云月露，冰雪烟霞，花柳松竹，莺燕鸥鹭"（《桐江集》卷一《送胡植芸北行序》）。他所以将陈与义拔擢为江西诗派的三宗之列，一个重要原因便是陈诗"锻劲炼瘦""瘦劲高古""落华就实""不工不丽"，这是他在《瀛奎律髓》中反复用以评论陈诗之语。所谓"不工"，主要针对斤斤追求对偶而言，如《瀛奎律髓》卷十四评许浑《晓发鄞江北渡寄崔韩二先辈》云："其诗出于元、白之后，体格太卑，对偶太切。"上述种种，不难体会他所谓"格高""格卑"的区划标准。

方回的"格高""格卑"之论虽不止于此，但大致以这两方面为主。这些见解虽不免带有江西诗派的好尚与偏颇，但也不乏合理之处。

方回还有不少有关诗法的论述，大致也都不出江西范围，故不赘述。

方回之后，江西余风仍不绝如缕，如张之翰主张"文本理，诗由义"，因而要去浮华，就简实，重法度；胡祗遹主张养气，吴澄推崇黄庭坚、陈与义，主"悟入"；等等。但元代诗学的主流毕竟是日远江西，日重盛唐。

（二）元代诗学的宗唐趋向

元代承金、南宋而来，其诗坛的代表人物大都是亡国的遗民，情况比较复杂，其中既有承金源王若虚、元好问一线而来力诋江西的人物，也有如同方回那样坚主江西并加以补充弥缝的人物。不过一般说来，元人虽不满以江西为代表的宋诗，但态度比较温和，不像明人那样激烈攻讦，尽管如此，也掩盖不住元代日趋宗唐的诗学倾向。

这在创作方面尤为明显。明人认为元诗浅而离唐近，宋诗深却去唐远，这是基本符合实际情况的。元人也有类似意见，如欧阳玄《罗舜美诗序》说："我元延祐以来，弥文日盛，京师诸名公咸宗魏、晋、唐，一去金、宋季世之弊而趋于雅正，诗丕变而近于古。江西士之京师者，其诗亦尽弃其旧习焉。"延祐（1314—1320）当元之中期，社会走向稳定，朝廷恢复科举延揽人才，文学也随之繁盛起来，诗坛宗唐之风益盛，连江西后学也顺应潮流，弃旧而从新。生当元末的杨维桢《无声诗意序》回顾有元一代的诗风说："诗之弊至宋末而极，我朝诗人往往造盛唐之选，不极乎晋、魏、汉、楚不止也。"虽只言宋诗之弊而不完全否定宋诗，却指出元人越两宋而愈来愈复古的走势。至正四年（1344），杨士宏编成《唐音》，内列"始音""正音""遗响"三目，显然是适应诗坛宗法盛唐的需要而出现的，他将唐诗的发展分为初（始音）、盛（正音）、中晚（遗响）三个阶段，对明代高棅的唐诗分期以很大启示。《唐音》继元好问《唐诗鼓吹》的编成，本身就是日趋宗唐的一个标志。

在诗学理论与批评方面，宗唐的倾向也显而易见，较早标举盛唐之音以贬抑宋诗的是戴表元，其《洪潜甫诗序》说：

> 始时汴梁（指北宋）诸公言诗，绝无唐风，其博赡者谓之义山，豁达者谓之乐天而已矣。宣城梅圣俞出，一变而为冲淡，冲淡之至者可唐，而天下之诗于是非圣俞不为。然及其久也，人知为圣俞而不知为唐。豫章黄鲁直出，又一变而为雄厚，雄厚之至者尤可唐，而天下之诗于是非鲁直不发。然及其久也，人又知为鲁直而不知为唐。非圣俞、鲁直之不使人为唐也，安于圣俞、鲁直而不自暇为唐也。

迩来百年间，圣俞、鲁直之学皆厌，永嘉叶正则倡四灵之目，一变而为清圆。清圆之至者亦可唐，而凡枵中捷口之徒，皆能托于四灵，而益不暇为唐。

其中的"唐"，显指盛唐。戴表元将宋诗分为三期：江西诗派之前，以梅尧臣为代表；江西诗派产生与流布期，以黄庭坚为代表；南宋晚唐体流行时期，以四灵为代表。从宏观上说，这个划分基本正确。在他看来，宋诗倘沿梅、黄、四灵一路向上，是可以"鲁一变而至于道"，达到盛唐之音的高标的，但宋人却"不暇为"。这个观点显然不当，但他不满宋诗、向往盛唐之情却溢于言表。此后，吴澄——一位理学思想比较浓厚的人物，也公然认为："黄太史必于奇，苏学士必于新，荆国丞相（王安石）必于工：此宋诗之所以不能及唐也。"（《吴文正公集》卷十一《王实翁诗序》）不能及唐的原因，在他看来是唐诗"性情流出""自然而然"，而不以刻意求奇、求新、求工取胜。元末戴良《皇元风雅序》总结唐、宋、元诗学的得失时，虽认为欧阳修、苏轼、王安石、黄庭坚等宋代诗坛的泰斗们并无愧于唐，但从总体上说却是"唐诗主性情，故于风雅为犹近；宋诗主议论，则其去风雅远矣"，也明显地表现出宗唐黜宋的态度。他对唐宋诗优劣的比较，上承严羽，下成为明代七子派的通谈。

元人的宗唐倾向不仅表现在这类比较轩轾中，更表现在他们对诗的性质、发生、艺术手法、审美特征等方面的认识上也异于宋而近于唐。戴良肯定诗"主性情"而反对"主议论"就是一例，宋人虽然也并不讳言性情，但往往强调"吟咏性情之正"，元人则强调"吟咏性情之真"。"真"之于"正"，一字之差，却相去千里，后者是合于"理"的情，前者则是人的自然感情，所以明人许学夷《诗源辩体》说，"汉魏五言，虽本乎情之真，未必本乎情之正"，也将"情真"与"情正"分开。正因为元人论诗主张抒发真情实感，因而也反对以学问为诗，以议论为诗。杨维桢《剡韶诗序》说"诗不可以学为也。诗本情性，有性此有情，有情此有诗也"，欧阳玄《梅南诗序》也称"诗得于性情者为上，得之于学问者为次"，这些言论都与宋代诗学思想大异其趣。在中国古代诗学思想史上，大凡重抒情的时代皆不很强调学问，而强调学问的时代则往往为抒情规定了种种限制。

元人王礼《魏松壑吟稿集序》重提陆机"诗缘情而绮靡"的命题，认为"诗无情性，不得名诗，其卓然可得于后世者，皆其善言情性者也"。"缘情"与"体物"是分不开的，因为情往往生自外物的刺激感发，这种感发称为"兴"。宋人重读书而不重外感，重法度而不重灵感，重悟而不重兴，他们的诗论也罕言"兴"。元人则重新强调"兴"。欧阳玄认为有些诗人所以"不得佳句"，是因为"兴乏佳耳。境趣之生，如不欲诗而不能不诗，古今绝唱率由是得也"（《圭斋文集》卷八《李希说诗序》）。"境趣之生"便是兴趣、兴致、情兴的发生，这是"佳诗"创作的关键。刘将孙《如禅集序》所论尤为高妙：

> 诗固有不得不如禅者也。今夫山川草木，风烟云月，皆有耳目所共知识。其入于吾语也，使人爽然而得其味于意外焉，悠然而悟其境于言外焉，矫然而其趣其感他有所发者焉。夫岂独如禅而已？禅之捷解，殆不能及也。然禅者借滉瀁以使人不可测，诗者则眼前景，望中兴，古今之情性，使觉者咏歌之，嗟叹之，至于手舞足蹈而不能已。登高望远，兴怀触目，百世之上，千载之下，不啻如自其口出，诗之禅至此极矣。（《养吾斋集》卷十）

这段话将"诗"与"禅"作了比较，是一番不可多得的妙论。文中所谓"诗"，从"山川草木，风烟云月""眼前景，望中兴""登高望远，兴怀触目"等语可知即指诗之"兴";所谓"禅",实指禅之"悟"。刘将孙认为诗兴与禅悟确有相似之处,但诗兴又高于禅悟。禅悟令人溟濛莫测,玄虚抽象,难以把握,也难以表述,诗兴的感发既由眼前的真景实境,所触引的情怀也能够艺术地传达出来,由之所创造的诗的美感又可以获得读者的共鸣与复现。宋人重内向的"悟",六朝与唐人重外向的"兴",重"兴"与重"悟",也是审视诗学思想变迁的一个着眼点。明代的尊唐黜宋派极为重"兴",便是一个证明。

感物兴情,发为诗篇,便必然描写物,以寓托与此相伴相生的情绪,所以唐人诗篇多有风云花月的生动形象,宋人则讥之为"后生好风花",主张"刊落浮华""落华就实""枯淡瘦劲"。这是唐宋诗学的又一分歧。元人在这方面也向唐人一方转化,在创作中主张"本于性情,寓于景物",在评论中"如时花吐艳""春禽调呎"之类赞语也屡见不鲜。

元代诗学的宗唐趋向还可举出一些,如在诗人的艺术素养方面重视"外游",与宋人主张修心养气的"内游"说相左;在诗的内蕴方面重视美感,重新强调"蓝田日暖,良玉生烟""韵外之致,味外之味"等等,也与宋人的重理趣异趋,而与唐人相近,故后人有"元诗浅,离唐却近"之论。当然,这只是就元代诗学的一个方面而言。元代统治者将程朱理学尊为官方哲学和科举取士的依据,因而理学的气氛还是很浓厚的,江西诗学也风流未沫,诗坛长久存在着宗唐、宗宋之争,故它只是由宋向明过渡的桥梁。抓住与突出诗学演化的主流与新倾向是本书的宗旨,面面俱到的罗列只能流为博而寡要。

明代第六章　拟议变化

一、题解

明代诗学以七子派为主流——包括前七子、后七子及末五子等七子后学，以及其他倾向于"七子"者。"拟议以成其变化"可以说是七子派的中心口号。这个口号虽然远在七子派正式形成之前已经初露端倪，在前七子时已经较为明确地提出并引起论争，但人们一向把它归之于后七子的首领李攀龙，他在《古乐府序》中说：

> 胡宽营新丰，士女老幼相携路首，各知其室，放犬羊鸡鹜于通涂，亦竞识其家：此善用其拟者也。至伯乐论天下之马，则若灭若没，若亡若失，观天机也。得其精而忘其粗，在其内而忘其外，色物牝牡，一弗敢知：斯又当其无有拟之用矣。古之为乐府者无虑数百家，各与之争片语之间，使虽复起，各厌其意，是故必有以当其无有拟之用；有以当其无有拟之用，则虽奇而有所不用也。《易》曰："拟议以成其变化""日新之谓盛德"。不可与言诗乎哉！（《沧溟先生集》卷一）

这段话具体针对他本人的拟古乐府诗而言，并引申为整个诗歌创作的共同原则。其中所引《周易》之语见于《系辞上》："富有之谓大业，日新之谓盛德，生生之谓易。……圣人有以见天下之赜，而拟诸其形容，象其物宜，是故谓之象。……拟之而后言，议之而后动，拟议以成其变化。"韩康伯注"日新之谓盛德"为"体化合变，故曰日新"；注"圣人有以见天下之赜，而拟诸其形容"为"乾刚坤柔，各得其体，故曰拟诸形容"；注"拟议以成其变化"为"拟议以动，则尽变化之道"。"拟议"大致为"拟则""模拟"之意，即模仿所拟对象的特征，以使之"像"——在《易》为宇宙万物，在诗为古人作品；"变化"是拟则后的会通、自得与适用，以使之"新"——在《易》为得其"神理"，在诗为得其"化境"。七子派又称"格调派"，他们反对宋诗，主张拟议汉魏盛唐的高格逸调，从而开出一种特有的新诗境，"拟议变化"成为他们的诗学思想的标志。不仅七子派内部，即使那些七子派的后学如明末许学夷、陆时雍等，也皆认同"拟议变化"这个基本命题。而七子派的激烈反对者如公安派等则无不攻击这个基本命题，袁宏道"但抒性灵，不拘格套"的著名原则便显然是针对这个命题而发的。公安派成员王思任《朱宗远定寻堂稿序》引朱宗远说："吾于诗怨明，怨七子，尤怨历下（李攀龙），其所奉为符玺丹药者，'拟议以成其变化'一语耳。"可见公安派对"拟议变化"的创作原则的不满。直到明末清初公安派的拥护者钱谦益，仍攻击七子派为"拟议以成其臭腐"。所以清人纪昀《四百三十二峰草堂诗钞序》说："论者谓王、李之派（即七子派）有拟议而无变化，故尘饭土羹；三袁、钟、谭之派（即公安派、竟陵派）有变化而无拟议，故偭规破矩。"七子派固然引申发挥着这个命题，反对派其实也同样没有离开这个命题——他们由此引发出针锋相对的诗学理论。"拟议变化"是我们审视明代诗学思想的标尺，以此大致可以衡定不同诗论家的倾向与派别。

在明代不仅存在着主"拟议变化"与反"拟议变化"的冲突与

论争,而且由于这个命题本身便存在着"拟议"与"变化"两个侧面的内在矛盾,因而七子派内部也存在着不同理解与侧重的龃龉。对于诗学思想的发展与深化来说,后一种论争甚至比前者更重要。明代是一个极重艺术而轻教化的时代,在这方面甚至比魏晋六朝还有过之而无不及。正是围绕着"拟议变化"这个轴心的论争与发挥,使明代诗学思想越转越深,越转越入于精微。清初王士禛的"神韵"说,可以说是它的结穴。

因而,"拟议变化"是明代诗学思想的主潮。其实"拟议变化"是一个永恒的课题。任何时代都要继承和学习前人的遗产,是为"拟";任何时代也要推陈出新,形成自己的时代风格,是为"变"。这个课题在明代所以格外突出,是他们(指其主流七子派)鲜明地揭起"文必秦汉,诗必盛唐"的旗幡,尤须"拟"也尤须"变"的缘故。

二、通论:心学流行与诗学之深化

按照通常的逻辑推想,明代诗学的主流既然是七子派,七子派的核心口号既然是"拟议变化","拟议"的既然是古人的"格调",而且公安派又明确宣称以"性灵"矫"格套",那么明代诗学思想的出发点应是格调、法度等形式因素,但实际上却并非如此。可以说:主情,这才是明代诗学思想的根本出发点。在这方面,它也比魏晋六朝有过之而无不及。

主情的诗学思潮贯穿了整个有明一代,但不同时期、不同流派所主的"情"内涵不尽一致。大体说来,在七子派正式形成之前的一百多年间,以宋濂为代表的传统派、以陈献章为代表的性气诗、以三杨为代表的台阁体(李东阳是由台阁向七子的过渡),所主的基本上是合于礼义、性理的"纯正"之情,即"吟咏情性之正",虽然三者之间又有很大差异。前后七子及其后学所主的则是既合于审美，又不悖于儒家正统思想，并能与"格调"共存于矛盾统一体中的"真情"，即"吟咏性情之真"。竟陵派大致也是如此。他们极端不满宋人的主理和以理为诗，在艺术的层面上与宋代诗学思想形成"情理冲突"，即以诗抒情抑或以诗明理的诗学观的冲突。公安派及其思想前驱李贽、汤显祖等人不用说都是激进的主情派，但又各有侧重。李贽、汤显祖等作为思想家、戏剧家所鼓吹的情带有异端色彩，以"人欲"对抗"天理"，所谓"情有者理必无，理有者情必无""更说什么六经，更说什么《语》《孟》"，在伦理的层面上与宋以来的理学思想形成"情理冲突"。公安派作为诗人，他们受自于李贽等人的激烈的主情思想，用之于诗歌创作，冲破了七子派的情法统一体，在"条理"、法则的层面上形成了"情理冲突"。明人的主情虽有这种种不同，但其为主情则一。正是在这个根本出发点上，与宋代主理的诗学思想划境。

明代主情的诗学思潮的文化学术底蕴，大致可以追索到心学的流行。明代心学对诗学的影响，除泰州学派之于李贽、汤显祖及公安派外，并不一定都采取直接的形式，却为时代抹上了底色。

心学是在宋明理学内部，作为正宗的程朱理学的对立面而出现的一个学术流派，始作俑者是南宋陆九渊，在明代为王守仁（阳明）所大力发挥，成为笼盖一代的学术文化思潮。陆王心学与程朱理学虽本同而末异，但"末异"也会在一定条件下引申出大的离异。二者都主"存理去欲"，但心学的要义是"心即理"，有别于程朱的"性即理"。程朱认为"心统性情"，其中性是天理，情是人欲[①]，性善而情恶，故心也有善恶二端。陆王则认为心并无善恶，陆九渊称"心，一心也；理，一理也"（《象山先生全集》卷一《与曾宅之》），

[①] 这里只是大致而言，事实上事情还很复杂、细微，但由于本书的性质及篇幅所限，只能就基本倾向而言。对于本章和其他章节所涉及的学术思想问题，皆如此。

"万物森严于方寸之间,满心而发,充塞宇宙,无非此理"(同上卷三十四《语录上》);王守仁更把在心之理称为"良知","良知是心之本体","是造化的精灵","夫心之本体,即天理也,天理之昭明灵觉,所谓良知也"(《王文成公全书》卷五《与舒国用书》)。既然"心即天理",那么体认本心便可"致良知",并且"良知之在人心,不但圣贤,虽常人亦无不如此"(同上卷二《答陆原静书》)。虽然他说的"心"是抽象的"大心"、"公心"、义理之心,但其实很难排除具体感性之心,为肯定人的情感、欲望留下比较广阔的余地,在一定的历史条件下引申出"人欲即天理",甚至使"人欲横流",非复名教所能羁绊。

虽然明初便将程朱理学颁定为官方哲学,但早在王守仁之前,心学实际上便已流布。后来在心学与诗学发展演化的进程中,有三个令人深长思之的互相对应的坐标。

一是心学家陈献章(白沙)与诗学家李东阳,二者分别是人所公认的明代心学与诗学发展的里程碑。陈献章是从程朱理学折入心学的关键人物,是王守仁的先驱,黄宗羲《明儒学案·白沙学案》称"有明之学,至白沙始入精微。……至阳明而后大。两先生之学最为相近"。他作诗虽不免为"性气诗",论诗却颇重情感、音调而讥嘲"宋头巾气"。李东阳在《怀麓堂诗话》称陈献章为"知音",他本人则是明代诗学由"台阁"折入"格调"的关键人物,是前七子的先驱,胡应麟《诗薮》说他"兴起李(梦阳)、何(景明),厥功甚伟",犹如陈涉之开启汉高祖刘邦。

二是心学家王守仁与诗学家李梦阳。王守仁是心学的集大成者,开辟了一代学术思想;李梦阳是格调说的奠定者,开辟了一代诗学思想。二人年龄只差两岁,交情甚笃。我们虽不宜将二者的影响关系强作比附,但沐浴着同一时代精神却是无疑的。

三是心学的泰州学派与文学的公安派,前者直接影响于后者,枢纽便是既是心学家又是文学理论家的李贽,他与公安三袁的关系为各种文学史和文学批评史著作所津津乐道,我们也将述之于后。

排列这三组对应关系至少可以显示:在明代,心学与诗学的关键性演变大致同步。说心学思想的流行是明代诗学思想的底色,恐怕算不上牵强附会吧。章太炎发表于1922年5月15日《申报》上的《讲学第七日续记》中说:"宋儒讲礼教,明儒不讲礼教,此宋明两代儒者之差异点也","夫宋讲礼教过甚,至明而撤其防;穷则变,自然之势也"。这种情况,恐怕也与心学的演化有关,诗学与此也颇为相似:宋人主理,而明人极重情;由于重情,又极重艺术性而罕言政教义理(就其主流言)。这两方面都与魏晋六朝遥相呼应。

从历时性上说,明代的诗学思想遥承宋末严羽,《沧浪诗话》几乎成为明人的法典,得到最大限度的发挥与展开。如前所说,《沧浪诗话》的根本宗旨是尊唐(主要指盛唐)而黜宋,尊唐黜宋的理论基础是重新张扬"诗者,吟咏情性者也"这个古老的命题,以反对宋人的"以文字为诗,以才学为诗,以议论为诗",申张唐诗的"兴趣""兴致""意兴"等等,并严加区分了盛唐与中唐,旗帜鲜明地提出"截然谓当以盛唐为法""不作开元、天宝以下人物",称之为"识第一义""取法务上""入门须正,立志须高"。严羽的理论首先在元人那里得到反响,出现了越来越明显的尊唐趋向,而不满宋人的主理不主情。郭绍虞《中国文学批评史》认为:"元人论诗都带一些性灵的倾向","前后七子与公安派,也都是'铁崖体'的变相"。铁崖即元人杨维桢,论诗主情感:"诗者,人之情性也。人各有情性,则人各有诗也。"(《东维子文集》卷七《李仲虞诗序》)郭绍虞在这里指出七子派与公安派皆主情,这是非常有见地的。

明人所以服膺与接受严羽的理论,并沿袭了元人宗唐的一脉,是基于自己的时代精神与文化氛围。对前代遗产的任何抉择、去取、扬弃与接受无不植根于当代的价值观念与审美理想。明人正是在宗唐黜宋这个根本问题上与严羽发生共鸣的。他们强烈地认同于唐而远远地疏离宋。大致说来，他们尊唐黜宋主要有三个着眼点：情、采、调。

明人十分不满宋人的主理，极为向往唐诗的抒情特征。宋人的以文字、学问、议论为诗，其实皆自主理这个根子上生发而来。在这方面，元人其实已经"孤明先发"，如前引戴良《皇元风雅序》说"唐诗主性情，故于风雅为犹近；宋诗主议论，则其去风雅远矣"，几乎得到明人的一致认同与响应，类似的议论极多，如杨慎说"唐人诗主情，去《三百篇》近；宋人诗主理，去《三百篇》却远矣"（《升庵诗话》卷八《唐诗主情》），完全是戴良之论的重复。直到明末陈子龙还攻讦"宋人不知诗而强作诗，其为诗也，言理而不言情，故终宋之世无诗焉"（《安雅堂稿》卷三《王介人诗余序》）。甚至与七子派立异而为宋诗辩解的公安派袁宏道，也不满宋人的"以文为诗，流而为理学，流而为歌诀，流而为偈诵"（《袁中郎全集》卷一《雪涛阁集序》）。由此出发，明人也十分不满宋人作诗的"尚意""先立意"。意，在宋人那里主要是"理"。

清人吴乔《西昆发微序》说："明人自矜复古，不过于声色求唐人，未有及六义者，殊可慨也。"清代的思想文化发生了变化，清人在诗学上反明而部分地认同于宋，吴乔的这段话可谓中的之论。他所说的"声"，即"调"（详后）；"色"，即"采"。宋人不满唐人的"好风花"，写物色，故追求"白战""枯淡""瘦劲""苍老"，这种风貌也是以诗说理的必然结果。明人又不满于此，攻击宋诗"不香色流动"、"用意而废词，若枯梗槁梧"（胡应麟《诗薮》外编卷五）。这便涉及比兴问题，因为比兴的实质即是以风花月露等景物描写映衬、蕴蓄、象征审美的情感，犹如许学夷《诗源辩体》所说："诗有景象，即风人之兴比也。唐人意在景象之中，故景象可合不可离也。"明人因而甚重比兴，但他们纯粹从艺术上理解比兴之法，释之为"假物以神变者也"(李梦阳《空同先生集》卷五十一《缶音序》),十分接近于今人所说的寓于形象的思维,与汉代以来将比兴看作政教风化的形象比附不同。这是十分值得注意的。总之,明人论诗既主情,必然提出对"采"的强调,与六朝的"缘情"因而"绮靡"相一致。明人在这方面"拟议"唐人的,主要是那种高华壮丽的情采。这大致属于"格"的方面。

但明人并不认为宋诗"格卑",他们不能不承认宋诗的劲健苍老也是一种"高格",虽然这不是他们所喜欢的"高格"。在他们看来,宋诗所短的主要在"调",所谓"宋人主理不主调"(李梦阳《空同先生集》卷五十一)、"宋主格,元主调"(胡应麟《诗薮》内编卷二)、"宋人调多舛"(李维桢《大泌山房集》)卷九《宋元诗序》、"宋人诗长于格而短于韵"(袁宏道《答陶石篑》,见《袁中郎全集·尺牍》),此类言论贯穿于明代各个时期、各种流派,显为明人的共识。明人论诗极重音乐性(详后),以"格"论诗不是他们的首创,以"调"论诗方是明人的突出特征。所谓"宋人不主调""宋人调多舛",大概主要指宋人有意"破弃声律",追求生涩拗哑而言,这也是以文为诗的必然结果。明人所追求的"调",是那种宛亮流转的逸调。他们虽然认为元人也"主调",他们虽然大致认同于元,但从他们所奉行的"取法务上"的原则出发,他们只能拟则盛唐的"调"。

把以上两个方面结合起来,就是七子派"格调"说的要义。他们从主情的诗学观出发,在盛唐诗那里发生了认同,认为唐诗之情就蕴含在其高格逸调之中。或者说,高格逸调便是唐诗抒情的方式,因而他们也便从"格""调"等形式因素入手而加以"拟议变化",这也可以说是有明一代诗学思想的"认题差处"。从本质上说,他们所追求的高格逸调,实际上就是谢朓提出而为盛唐人所真正实现了的"好诗圆美流转如弹丸"的审美理想。处在古代社会后期的明人企图恢复前期诗学的青春风采,最后流为浮廓虚夸是难以避免的。

这里要顺便强调指出，明人有很强的历史感（其实宋人也如此），他们坚守中唐这个界限，处处与宋人立异，并或明或暗地将诗风的转折追溯到杜甫。他们对杜甫的态度是很微妙的。杜甫自从被宋人奉为"诗圣"，也像《诗经》一样"议论安敢到"。前后七子也标榜学杜，但他们主要学其高华壮丽即具有盛唐气象的一面，与宋人学杜的苍老瘦劲完全不同。同时他们于杜甫也有所微词，如前七子的二号人物何景明说杜甫"辞固沉着而调失流转，虽成一家语，实则诗歌之变体也"(《大复集》卷十四《明月篇并序》)，与他们所追求的"逸调"正自不同，这是一个不小的分歧。后七子的重要诗论家谢榛《四溟诗话》说："本朝有学子美者"，"亦有不喜子美者"。"不喜子美者"主要是七子派，而且越到七子后学，越是将诗艺诗美探向精微，对杜甫的微词越多，如不满杜诗的多用赋体而罕用比兴，不满杜诗的"少风人之致"，不满杜诗的主"意"而不主"兴"，不满杜诗的"诗史"风貌，总之是不满杜甫的"开宋人之门户"。从宋代至近世，明代是对杜甫微词最多的时代，其中的微妙之处是很值得深长思之的。

再回到"拟议变化"的命题。如前所说，以七子派为主流的明代诗学从主"情"出发，归结为学习唐诗的高格逸调，从而提出"格调"说和"拟议以成其变化"的核心口号。"拟议变化"存在着内在矛盾，"拟议"的是前人作品的体格声调，"变化"的是作者的情志风神；"拟议"指向师古，"变化"指向师心；"拟议"在人，"变化"在我；"拟议"的是固定不变的格套，"变化"的是情由以生的鲜活生动的物象。因此即使在七子派内部，也有侧重"拟议"和侧重"变化"的歧异。即使单在"拟议"方面，也有"拟形"与"拟神"的纷争。纷争于七子派形成之初，便在前七子的两位代表人物李梦阳、何景明之间发生了。一个重"法度规矩"，一个主"舍筏登岸"。这是明代诗学思想史上的一场极其重要的论争，它显示出在"拟议变化"中存在着情与法的张力,存在着抒情与抒情的艺术方式之间的张力,七子派及其后学正是在这种张力中将诗学引向深微,直至提出"兴象风神""神韵"等说。

本章沿着"拟议变化"的主线,大致按照时序的先后,展开对明代诗学思想演化发展的论述。

三、一代诗学的逻辑起点

大约从明初到弘治年间(约1368—1505)的近一百四十年,从"开国文臣之首"宋濂到台阁重臣兼茶陵诗派领袖李东阳,我们算作明代诗学思想发展的第一期,即"拟议变化"的诗学主流的酝酿期,它在宗唐黜宋、提倡格调、主"拟议变化"诸方面均开了端绪,奠定了有明一代诗学发展的基调与走向,成为明代诗学思想的逻辑起点。

(一)从师古到盛唐高标的确立

明初诗坛充斥着师古的言论,但师古并非明初的独特现象,大凡一个王朝开国之初,都要到往古的文学中寻找典范,以为开拓一代文风的依据。同时,这种典范往往要经过长时间的遴选,当本朝的文化思想和时代精神确立之后,方能确定与之适应的诗学样板。宋代选定陶、杜从而形成江西诗派是如此,明代的情况也是如此,"国初诗是元……成化间是宋……至弘、德来,骎骎乎盛唐矣"(清朱彝尊《明诗综》引明邵弘斋语),这其实便是一个筛选的过程,并与主理的宋诗逐渐疏离。

最先活跃在明初诗歌论坛上的是宋濂、刘基,以及宋濂的弟子方孝孺。宋、刘皆为开国功臣,方也热衷政治。像历史上一切经过改朝换代、有志拨乱反正的人物一样,他们都很重视诗的裨补时政的美刺讽喻作用,这属于汉唐经学期的传统儒家诗学观。宋濂《霞川集序》重申"盖诗者发乎情止乎礼义者也"这个在宋代久违了的命题，要求诗应有助于"物则民彝"。在一个拨乱反正的时代，侧重经世的经学比侧重治心的理学往往更合于世用，更为人们所强调，诗学思想也与之相适应。刘基《照玄上人诗集序》也说："夫诗何为而作哉？情发于中而形于言。《国风》、二《雅》列于六经，美刺风戒，莫不有裨于世教。"同样不讳言情，但情要引向美刺讽谏、经世致用，这是汉儒《诗》"经"精神的要义，也是在白居易讽喻诗论中常见的话头。

汉儒传统的诗学观也不讳言写物，只要在物色描绘中隐喻着政教风化的宗旨，这便是比兴。汉代以后，比兴极为唐代的古文家先驱及新乐府的作者们所强调，他们皆处于儒家的经学期。宋代由于学术思想的变易和理学的明心见性旨趣，罕言比兴。明初的诗论家从美刺讽喻出发，又重新强调古老的比兴之说，如宋濂《樗散杂言序》：

> 诗至于《三百篇》而止尔，然其为体有三经焉，有三纬焉。所谓三经者，风、雅、颂也，声乐部分由是而建；所谓三纬者，赋、比、兴也，制作法裁由是而定。

方孝孺《时习斋诗集序》也说：

> 《三百篇》，诗之本也；风、雅、颂，诗之体也；赋、比、兴，诗之法也；喜怒哀乐动乎中，而形为褒贬讽刺者，诗之义也。

这些耳熟能详的陈词滥调毫无新意，它们在重建社会政治秩序时重被强调也并不奇怪，但在被宋代理学所熏染的宋代诗学之后重新出现，仍有一种新鲜感，而且为尔后明代诗学主流的言情、写物、重比兴开辟出发展余地。当然后来明人的比兴之论与此旨趣大异，这是后话。

宋濂还有一些无关乎礼义、性理的纯粹诗论,涉及诗艺的流变、承袭与师法问题,特别是不满"宋季"的"穿凿经义""剽窃语录"的诗风,虽仅限于"宋季",并未讥及整个宋诗,更未提出宗法唐人,但仍有一定的开启意义。

几乎与宋、刘、方并行,还有一条以贝琼、高启、高棅为代表的诗学路线,他们完全从艺术上立论,不讲美刺讽喻、修心养性,并推崇唐诗,虽然还少有黜宋的言论。贝琼称扬"诗盛于唐,尚矣"(《清江贝先生文集》卷一《乾坤清气集序》),并称许一位友人"其五言、七言近体必拟杜甫,其歌谣、乐府必拟李白"(同上卷二十八《琼台集序》),已露出拟则盛唐的端倪。高启是明初最有成就的诗人,主张"兼师众长,随事摹拟"(《凫藻集》卷二《独庵集序》)。其同时代人李志光为他写的《高太史传》说他"上窥建安,下逮开元,大历以后则藐之。天资秀敏,故其发越特超诣,拟鲍、谢则似之,法李、杜则似之",说明他所谓"兼师众长"指汉魏盛唐诗人之长,而藐视中唐以后,可谓上同于严羽,下同于七子。

李东阳之前,在此期走向宗唐的道路上,最重要的是高棅。他的重要与其说在其言论,毋宁说在其编选的《唐诗品汇》的示范作用。这是明代诗学思想发展道路上第一座里程碑。《明史·文苑传》说此书"终明之世,馆阁宗之",明末谢肇淛《小草斋诗话》说"明诗所以知宗夫唐者,高廷礼(棅)之功也"。明末清初的钱谦益则从反面立论:"世之论唐诗者必曰初、盛、中、晚,老师竖儒,递相传述。揆厥所由,盖创于宋季之严仪(羽),而成于国初之高棅。承讹踵谬,三百年于此矣。"(《牧斋有学集》卷十五《唐诗英华序》)这一切功罪,均来自《唐诗品汇》一书。

《唐诗品汇》在明代诗学思想史上的开启意义,首先是推尊严羽而宗法盛唐。其《凡例》称:

先辈博陵林鸿尝与余论诗:"上自苏、李,下迄六代,汉魏骨气虽雄而菁华不足,晋祖玄虚,宋尚条畅,齐梁以下但务春华,殊欠秋实,唯李唐作者可谓大成。然贞观尚习故陋,神龙渐变常调,开元、天宝间神秀声律粲然大备,故学者当以是楷式。"予以为确论。后又采集古今诸贤之说,及观沧浪严先生之辩,益以林之言可征,故是集专以唐为编也。

严羽、林鸿、高棅均为今福建人。承严羽,宗盛唐,是明代诗学思想上别于宋、下异于清的标志。从一定意义上说,明代诗学思想的主流是严羽诗论向深、广方面的展开。将《沧浪诗话》从尘封中发掘出来奉为龟鉴者,首推高棅。从他首肯的林鸿之论可以看出,在历代诗中他最重唐诗,在唐诗中最重盛唐,这也来自严羽。

由此引出《唐诗品汇》对明代诗学的第二个开启意义,即阐发了他对唐诗的"正变"观。《叙目》中说:"唐诗之变渐矣。隋氏以还一变而为初唐,贞观、垂拱之诗是也;再变而为盛唐,开元、天宝之诗是也;三变而为中唐,大历、贞元之诗是也;四变而为晚唐,元和以后之诗是也。"其中以盛唐为"正宗"。《叙目》又说:"天宝丧乱,光岳气分,风概不完,文体始变。"以"天宝丧乱"即安史之乱为唐诗之变的分水岭,是极有历史眼光的。以此后的诗风与盛唐"正宗"相对举,便是高棅的"正变"观。以"正变"论诗始于汉儒,《毛诗序》和郑玄《诗谱》将《诗三百》分为"正风正雅"和"变风变雅",前者是政治盛明时代的作品,后者是政治衰微时代的作品,从而使后王由之以知得失,为殷鉴。高棅则完全从艺术风格与成就上分"正变",这是前所未有的文学史观的进步,影响及于清人。唐诗初、盛、中、晚之分虽是高棅综合前人的意见而成,但他讲得最为明确,加以《唐诗品汇》的广泛流传,为后人所普遍接受，更成为明人严守盛、中唐之分的重要依据之一。

《唐诗品汇》在按体按品编排唐诗中，也透露出他对杜甫的评价态度。书中将所选唐诗分为五古、七古、五绝、七绝、五律、五排、七律七部分，每部分又分正始、正宗、大家、名家、羽翼、接武、正变、余响、旁流等九个品目。李白在各部分均居"正宗"地位，杜甫则除五、七绝外，在其他部分均为"大家"。联系到书中以盛唐为"正宗"，那么李白便是"正宗中的正宗"。且不论"大家"与"正宗"有何褒贬意义，将李白视为盛唐诗的典型，杜甫则不很典型，恐怕算不上牵强附会。把杜甫与盛唐诗分开，甚至将杜甫与唐诗分开，认为他的诗是唐诗的"变体""别调"，在明代是一种很流行的看法，恐怕也与《唐诗品汇》有些干系，而与严羽不同。这是《唐诗品汇》对明代诗学第三个启示意义。另外，《唐诗品汇》在审视与区分唐诗流变时着眼于"体制""音律""品格"，对"格调"说的形成也有启示，详下节。

总之，《唐诗品汇》几乎涉及明代诗学与宗唐有关的所有问题，虽未明言黜宋，但黜宋之意已隐然其中。这一切，便是它在明代被奉为圭臬的原因。

高棅之后，杨士奇、杨荣、杨溥以台阁重臣领袖文坛，"台阁体"诗长久盛行，此后还流行过陈献章、庄昶为代表的"性气诗"。但是，把台阁、性气与七子对立起来，认为李梦阳是为矫革前二者而提出"诗必盛唐"，这是不很确当的。必须强调指出：以七子派为主流的明代诗学的根本对立面是宋代诗学。我们只要想一想高棅等人的宗唐言论与实践出现于台阁、性气诗之前，只要想一想七子派前驱的李东阳的诗大都也属台阁体，只要想一想七子派的诗论与严羽、高棅的因缘关系，便不难思而得之了。台阁体在内容上"润饰鸿业""恢张皇度"，在艺术上显得"雍容详赡，和平典雅"，主张"自然醇厚"，追求"天趣之真"，"其气和平，其体正大，其味隽永"，语言、声韵力求"自然光彩""铿乎有声，炳乎有光"，总之力求"有唐人风致"，这些与七子派的艺术追求并不根本相悖。性气诗的情况更为复杂，它们在某一角度虽近于宋，但与江西诗派的生涩枯瘦又自不同。性气诗人推崇、师法邵雍。邵论诗主"因闲观时，因静照物"、"吟咏情性，曾何累于性情"（《伊川击壤集》卷首《伊川击壤集序》），陈献章称赏他"天生温厚和乐，一种好性情也"（《白沙子》卷四《批答张廷实诗笺》）。总之，性气诗不过是宋以来诗坛一个小小的支脉，是纯粹理学家的明心见性之作，与诗学的走向并不发生多大关系，七子派也不须付出整整一代的力量去矫革，以江西诗派为代表的宋诗才是他们全力矫革的对象。另外，陈献章本人论诗也主性情，认为作诗"须将道理就自己性情上发出，不可作议论说去，离了诗之本体，便是宋头巾也"（同上《次王半山韵诗跋》）。他又重视诗的风韵、音律、体格，与七子派的主张也并不相悖。甚至毋宁可以说，台阁、性气诗人在不满宋诗方面，与七子派是颇相默契的。

既主宗唐，又明确黜宋的是李东阳，他是高棅之后又一个里程碑式的人物，是七子派的直接开启者。他在《怀麓堂诗话》中说"宋人于诗无所得"，这是明初以来对宋诗最尖锐的直接批评。又说：

宋诗深，却去唐远；元诗浅，去唐却近。顾元不可为法，
所谓"取法乎中，仅得其下"耳。

以唐为标准区分宋、元，认同于元而疏离宋，这在明代也属孤明先发。所谓"宋诗深"，指其说理议论；所谓"元诗浅"，指其抒情体物；所谓"元不可为法"，言外之意自然是宗法唐人。这些观点，皆为七子派所接受、重复。

在法唐问题上，李东阳也涉及杜甫。他极为推重杜诗的"顿挫起伏，变化不测，可骇可愕"，但"学者不先得唐调，未可遽为杜学也"。

将杜甫与"唐调"分开这种似乎不可思议又自有原委的观点，也是明人的常谈。另外，李东阳还甚重比兴，并作了独特的发挥：

> 诗有三义，赋止居一，而比兴居其二。所谓比与兴者，皆托物寓情而为之者也。盖正言直述则易于穷尽，而难于感发，惟有所寓托，形容摹写，反复讽咏，以俟人之自得，言有尽而意无穷，则神爽飞动，手舞足蹈而不自觉，此诗之所以贵情思而轻事实也。

称比兴为"托物寓情""言有尽而意无穷"，此说来自钟嵘《诗品序》。钟嵘之后，继响甚少，一般仍沿汉人的经学比兴说，强调景物描写要隐喻政教美刺之旨。李东阳并未涉及这种观念。他的比兴说，实质上是要求化实为虚，化景物为情思，化形象的有限性为美感的无限性，这是诗学比兴说与经学比兴说的分野，对明人也有开启之功。

李东阳服膺严羽的诗论，称引其"诗有别材""兴致"等说。对严羽的肯定，也便是对宗唐黜宋诗学思想的肯定。

《怀麓堂诗话》还涉及其他一些诗学问题。以上所举引，皆是审视明代诗学思想的几个重要着眼点。总之，明代前期到了李东阳，以七子派为主流的明代诗学思想的主要特征与走向便基本确立下来。

（二）从以声论诗到"格调"说的奠定

以七子派为主流的明代诗学，在宗法盛唐的途径上与严羽有一个重大差异：严羽着眼于"盛唐诸公"的"兴趣""意兴""气象"，明人则首先着眼于其"格调"。兴趣虚而格调实。其实主情的明人又何尝不重兴趣、气象？他们似乎觉得应从格调之类实处着手，兴趣也自在其中。格调可以拟议，而兴趣在于变化。

明人倡言格调，旨在以高格矫元诗的"格卑"，以逸调矫宋人的"调舛"。但明代诗学的主要对立面是宋,矫革的主要对象是宋诗,因而"调"比"格"更重要。而且"格"并非明人的首创,宋欧阳修、江西诗派及其后学方回,便声言以"高格""气格"矫晚唐体的"格卑"。"调"则是明代诗学的独特追求。

"调"指诗中飞沉清浊抑扬高下的字音的运用、排列、组合在读者心中引起的音乐美,明代后期常说的"韵"也由此发展而来。明人十分重视诗的音乐性,以声论诗是明人的突出特点,从明初到明末、从七子到公安皆如此。这大约与元代以来盛行的戏曲创作有关,明代诗人不少兼为戏曲作家,其他也往往通音乐,如谢榛能度新声,年十六作乐府商调,以声律闻于世。另外,明人喜欢歌吟诗篇。李东阳《怀麓堂诗话》记载张亨父"每自歌所为诗,真有手舞足蹈意";其同时代人文林《怡闲翁墓志铭》记载祁旭"醉则歌古风一二篇,音吐洪畅,闻者倾耳";李梦阳自称"仆西鄙人也,无所知识,顾独喜歌吟":都可看出当时的风气。这样,自然会引发对诗的音乐性的追求,引发对宋人"调舛"的不满。

宋人"主理不主调",有意追求音节不和谐的"折腰句"和平仄不协调的拗体诗,以"破弃声律",造成生涩而不滑熟的艺术效果。明人则反是。他们好以声韵区分诗文,如胡翰为高启《缶鸣集》所作的序中说:"文者言之精也,而诗又文之精者,以其取声之韵、合言之文而为之也。"诗所以是"文之精"者,首先在于"取声",而非意境、兴趣之类,可见明人的艺术取向。李东阳《匏翁家藏集序》也说:"言之成章者为文,文之成声者则为诗。"《怀麓堂诗话》开门见山说:"《诗》在六经中别是一教,盖六艺中之乐也。"将传统的诗教、乐教合二而一。

更进一层说,明人重视诗的音乐性仍根源于主情。他们好讲"心声",即诗是心灵的声音,感情的波动必然发为不同的声音,形于诗歌,从而形成情—言—音—诗的发生学程序。将这个程序反转过来看，则必然得出只有讲求声韵方能畅抒感情的结论。早在宋濂，便认为"诗缘情而托物者也"，应具备"五美"，其一即是"审诸家之音节体制"的"稽古之功"。"音节"是调，"体制"是格。看来经世致用的宋濂便已开了由格调学古的先声。最早把这两个方面与师唐联系起来的是高棅，他自称编选《唐诗品汇》的方法是"别体制之始终，审音律之正变"（《总叙》），将主张学唐引向"格""调"两个方面，只是他未用"格""调"二字。

在格调说形成的进路上，心学家陈献章又迈进一步，李东阳称他"论诗专取声，最得要领"（《怀麓堂诗话》）。不过他也并非"专取声"，而是由情而及声，由声而观情。其《认真子诗集序》说：

诗之工，诗之衰也。言，心之声也。形交乎物动乎中，喜怒生焉，于是乎形之声或疾或徐，或洪或微，或为云飞，或为川驰。声之不一，情之变也。率吾情盎然出之，无适不可。

声的变化取决于情的变化，自然之情方能发为自然之声，不能离开真情、真声而别求工巧。他也曾明确提出学习古人的体格、音律，如《批答张廷实诗笺》主张"选取唐宋名家诗数十来首，讽诵上下，效其体格、音律，句句字字，一毫不自满，莫容易放过。若于此悟入，方有蹊径可寻"，将体制、音律作为"悟入"的关捩。看来，明心见性的"白沙先生"，竟也是七子派格调说的先声。

格调说的真正奠立者毕竟要归于李东阳。明代在他之前，最早提出"格"字论诗的是高启，所谓"诗之要，有曰格、曰意、曰趣而已"、"格以辨其体"（《独庵集序》），但却未及"调"字。而最早将二者并举、组合为"格调"一语的，当推李东阳《怀麓堂诗话》：

诗必有具眼，亦必有具耳。眼主格，耳主声。闻琴断知为第几弦，此具耳也；月下隔窗辨五色线，此具眼也。费侍郎廷言尝问作诗，予曰："试取所未见诗，即能识其时代格调，十不失一，乃为有得。"

前面分言"主格""主声"，后面又合之为"格调"，显然"调"即指"声"。"格"诉之于视觉，"调"诉之于听觉；"格"是诗的图画性，"调"是诗的音乐性；"格"是诗的辞采、对偶等形成的视觉体貌及其所引起的审美感受，"调"是诗的声律、音韵等形成的听觉律动及其所引起的审美感受。理解"格调"二字，必须兼顾它们的辞采、声律等实的方面和审美感受的虚的方面。《怀麓堂诗话》经常出现的"体"（"各用其体乃为合格"）、"排偶"、"句法"、"句句字字"、"平铺稳布"、"顿挫起伏"、"起承转合"等，大致都属于"格"；"音声""音节""节奏""平仄""轻重清浊长短高下缓急"等，大致都属于"调"。"格""调"两方，他显然更重"调"，主张"以声统字"，又说"观《乐记》论乐声处，便识得诗法"，以"乐声"统合整个"诗法"，这是明人论诗法与宋人论诗法的明显分野。李东阳还认为格调具有时代性，即"时代格调"。古人说"观诗知盛衰""文变染乎时序"，皆是以思想内容观察不同时代的政治特征，而明人则以格调形式观察不同时代的艺术特征，由此也透露出明代极重艺术而轻教化的诗学思潮。

（三）"拟议变化"说的初露端倪

格调既然是可见可闻的外在形式上的因素，便为取法古人之作提供了切实可行的门径，于是从高启特别是从高棅《唐诗品汇》以来，模拟诗家"正宗"渐成风气。李东阳倡言格调示人以方便法门，"出其门者，号有家法，虽遐陬荒壤，无不窃模其词规字体，以鸣于世"（钱谦益《列朝诗集小传》丙集《何侍郎孟春》）。但是任何提倡"拟议"的论者,恐怕都不会主张永久字模句拟而不因革变化,逐渐"自得""自成""自为一家"。特别是当剿袭雷同已成风气之时,便必会提出主变以作矫革。所以在明代前期,在提倡师古的同时,"拟议变化"之说也初露端倪。

还从宋濂说起。他也主张在"音节体制""轨度范围"上"师古""稽古",并历数前人递相"师法""宗袭"的事例,讥讽那些扬言"不必师,吾即师,师吾心"者为"可胜叹哉",但又说:

> 为诗当自名家然后可传于不朽,若体规画圆,准方作矩,终为人之臣仆,尚乌得谓之诗哉!是何者?诗乃吟咏性情之具,而所谓风、雅、颂者,皆出于吾之一心,特因事感触而成,非智力之所能增损也。古之人,其初虽有所沿袭,末复自成一家言,又岂规规然必于相师者哉!(《宋文宪公全集》卷三十七《答章秀才论诗书》)

从"岂不相师"到"岂必相师",便是一个从"拟议"到"变化"的过程,"自成一家"、独创风格便是其结果。"变化"之所以必要,是因为因事、因人"感触而成"的诗情终究不是古法所能规范的。

高启以"格""意""趣"三者并提。"格以辨其体","体不辨则入于邪陋,而师古之义乖",显然主张拟议古人的体、格。"意以达其情""趣以臻其妙"则是属于在我的"变化"的方面。三者并提本身就意在避免单纯师古和单纯师心之弊,所谓"三者既得,而后典雅、冲淡、豪俊、秾缛、幽婉、奇险之辞变化不一",形成各自的独特风格。在"格"方面,他主张"兼师众长,随事摹拟";在"意""趣"方面,则要求"时至心融,浑然自成"。他意识到二者的矛盾,解决的方法便只能乞灵于玄妙的"悟":"昔人有以禅喻诗,其要又在于悟。"(《独庵集序》)

陈献章也主张"初须访古,久而后成家也"。"访古"即"仿古",指从"语句、声调、体格"和"用句、用字、用律"上师法模仿古人之作;"成家"即形成自己的独特风貌,属"变化"的方面。作为一个心学家,陈献章主张通过"完养心气,臻极和平"的心性修养功夫解决二者的矛盾,达到犹如"良金美玉"的艺术境界。(《白沙子》卷二《与张廷实主事》)

　　李东阳的思想比较复杂,他反对当时"必为唐,必为宋""模某家,效某代"的因袭剽掠之风,故后来有些反七子派的人对他却颇为推重。但他又主张"先得唐调",津津乐道"唐人家法""少陵家风",以师法唐人为"取法务上",自称对唐人名句"虽极力摹拟,恨不能万一耳"。从总的倾向来看,他是提倡从"格""调"上拟则古人特别是唐人的。不过他主既重法而又不泥于法,既主拟议而又要善于融贯变化。他反对那种"平侧短长,句句字字,摹仿而不敢失"的胶柱鼓瑟的做法,而主张"往复讽咏,久而自有所得,得于心而发之乎声,则虽千变万化,如珠之走盘,自不越乎法度之外矣"(《怀麓堂诗话》)。这与后来何景明所说的"领会神情"地学习古人颇为相似。

　　总之,在七子派正式形成之前,明代诗学虽无"拟议以成其变化"的明确表述,但"拟议变化"创作原则的端倪已经显露。

四、"拟议"下的"变化"

　　我把大约从弘治末年,中经正德、嘉靖至隆庆末年,即大约从前七子派正式发轫(弘治十五年,1502)至后七子领袖李攀龙去世(隆庆四年,1570)的近七十年间,算作明代诗学思想发展的第二期。这是明代诗学思想真正形成独特风貌的时期,也是前后七子活动的时期。前后七子两个文学集团在时间上虽并不紧相衔接,但基本诗学思想却一脉相承,皆主"诗必盛唐",并对此加以"拟议变化"。

他们个人言论中的前后龃龉，他们之间的分歧论争，归根结底都集中于"拟议"与"变化"及其关系的不同理解与侧重上。即使其中最侧重"变化"、主张"舍筏登岸"者，也不否定"拟议"这个前提，这是"七子"之所以为"七子"之处，是"七子"之所以有别于公安之处，故本节以"'拟议'下的'变化'"为题。

还须说明的是，在前后七子之间，曾经出现以王慎中、唐顺之、归有光、茅坤为代表的"唐宋派"，但他们的文学思想主要是古文理论，他们标榜的"唐宋"主要指唐宋古文八大家，以与前七子的"文必秦汉"抗衡，在诗论方面没有鲜明的特色，形不成独特的诗学流派，或者与七子派大同小异，或者受泰州学派影响，主张"洗涤心源，从独知处着工夫"、"率意信口，不调不格"（唐顺之语），而与后来的公安派略似。另外在此期间，又有杨慎《升庵诗话》对前七子诗学流弊有所不满，古人认为他意欲"为茶陵别张堡垒"，今人也有认为他是后七子的"先导"，总之也无鲜明特色。为扣紧主线，以防枝蔓，概予从略。再次，后七子中的王世贞在李攀龙死后主持文柄二十年，诗学思想颇有变化，有些言论已接近公安，但他毕竟名列七子之籍，并为其重要代表，故其后期思想也在此一并述及，亦可看出七子派诗学思想自身矛盾在变化了的社会条件下的新走向。

（一）"拟议变化"说的提出

人们往往把"拟议变化"说的提出归之于后七子领袖李攀龙，如公安派王思任便说"自历下登坛，欲拟议以成其变化"（《倪翼元宦游诗序》，见《王季重十种》），其实这个创作原则的首倡者应是前七子领袖李梦阳。也就是说，它与七子诗派同时诞生。李梦阳在为徐祯卿《迪功集》写的序中说：

夫追古者未有不先其体者也。然守而未化，故蹊径存焉。……温雅以发情，微婉以讽事，爽畅以达其气，比兴以则其义,苍古以蓄其词,议拟以一其格,悲鸣以泄不平,参伍以错其变,……即有蹊径,厥俪鲜已。

这段话的要旨是主张既"追""守"古人之"体",又要泯却"蹊径",其关键即"议拟以一其格""参伍以错其变"。"格"与"体"是同一层次的概念,"变"的目的是"化",即达到不见"拟议"之迹的化境。这显然就是"拟议以成其变化"。在《驳何氏论文书》中,他也表述过类似的观点,主张对古人的体格法度"守之不易",然后"久而推移",达到"变化"。"化",是七子派"拟议变化"原则的最后归宿与境界。

李梦阳是七子诗学思想的开山。《明史·文苑传序》说:"弘、正之间,李东阳出入宋元,溯流唐代,擅声馆阁。而李梦阳、何景明倡言复古,文自西京、诗自中唐而下一切吐弃,操觚谈艺之士翕然宗之,明之诗文于斯一变。"钱谦益《列朝诗集小传》也说他率先提出"汉后无文,唐后无诗"之论。李东阳尚能"出入宋元",他与何景明则完全鄙弃中唐以后的作品,这是明代诗学思想发展的关捩,典型的明代诗学思想自此正式形成。他尤其鄙薄宋诗,认为"宋人主理不主调,于是唐调亦亡"(《空同先生集》卷五十一《缶音序》),因而断言"宋无诗"(同上卷四十七《潜虬山人记》),说明他尤重"调"。他前后两次写给何景明的书信,最集中地体现了他的诗学观。信中主张拟则汉魏盛唐"高古"之格,"宛亮"之调,他称之为"法""规矩"。"法""规矩"可以使事物成方成圆,但并不是方、圆本身,因而拟则古人的"法"与"规矩",也不是"窃古之意,盗古形,剪截古辞以为文"(同上卷六十一《驳何氏论文书》)。他还进一步引用《诗经》"有物有则"的诗句,说明"法""规矩"并非古人的专利,而是"物之自则",即该物之所以为该物的内在法则与规律,诗亦如此。因而所谓"师古",师法的不过是诗之所以为诗的规律而已。这理由似乎是很雄辩的，但一旦将抽象的道理化为具体的法度，一旦作出"前疏者后必密，半阔者半必细，一实者必一虚，叠景者意必二"（同上《再与何氏书》）的具体规定，就露出公式化的弊端，并将创作引向"剽窃雷同"。

李梦阳所谓"物之自则"的思想受到理学影响。理学家好讲"在物之理"，认为"天下物皆可以理照，有物必有则，一物须有一理"（程颐语，《二程遗书》卷十八）。宋人论诗所以好讲法度，使诗学发生了内向转化，并影响到元明以后的诗论，从学术思想来说，就是根柢于这种理学的底蕴，这是应予注意的。

以上主要是李梦阳的"拟议"说。在"变化"方面，他主张"久而推移，因质顺势，融镕而不自知"、"以我之情述今之事"（《驳何氏论文书》），即在学习、熟谙前人法度规矩、艺术技巧的基础上，根据作品内容、作者情感的需要加以表达，不知不觉地将古人之法融会贯通，化为己有，得心应手。前面曾说过明人主情，李梦阳也是如此，其《梅月先生诗序》说：

情者，动乎遇者也。……遇者，物也；动者，情也。情动则会，心会则契，神契则音，所谓随寓而发者也。（《空同先生集》卷五十）

"物动情"，是诗学史上的常谈，毫不新鲜。值得注意的是他由"物""情"而论到"音"，表现出明代诗学重视音乐性的特点，也表现出七子派重"调"的特点。他认为"音"是诗人感发于外的"情"与内心固有的"神"相互契合默会而发出的，他又称为"吟之章而情之自鸣者也"（同上《鸣春集序》）。所以"调"固重要，"情"却是更根本性的因素。明人重"调"，重音乐性，正是根源于重情。他在《潜虬山人记》中又说："夫诗有七难：格古、调逸、气舒、句浑、音圆、思冲、情以发之。"（同上卷四十七）玩其语意，他是以"情"统领"格""调""句""音"等形式因素，这些因素是可以"拟议"于古人的，"情"却是由"我"触于物的结果，"变化"即个人独特风格的形成主要依赖于"情"。

从重"情"出发，李梦阳也重视比兴，因为比兴"无非其情焉"（同上卷五十《诗集自序》）。《缶音序》说：

> 夫诗比兴错杂，假物以神变者也。难言不测之妙，感触突发，流动情思，故其气柔厚，其声悠扬，其言切而不迫，故歌之心畅而闻之者动也。宋人主理作理语，于是薄风云月露，一切铲去不为。（同上卷五十一）

这段话有几点值得注意：第一，他释比兴为"假物以神变"。"假"者，借助也。"神变"大致指"神思"即艺术构思时的种种复杂微妙的状态。今人常把比兴理解为形象思维，严格说来，只有到李梦阳的"假物以神变"之论，比兴才是真正成为"寓于形象的思维"。第二，他论比兴从触物兴情出发，仍归结到诗的音乐性，也体现出明人以声论诗的特点。第三，他第一次揭示出宋人罕言比兴的原因乃在于不重抒情，鄙薄写物，因而与唐诗划境。这一点有十分重要的诗学思想史意义。

从重情、从比兴出发，李梦阳又十分重视民歌，提出著名的"真诗乃在民间"之论。在他看来，民歌正是既重情又重比兴的。"文人学士"由于工于词而寡于情，故"比兴寡而直率多"，算不上"真诗"。从对民歌的赏爱，他甚至自悔二十年前写的那些拘守格调法度的"情寡而工"（《诗集自序》）之作。民歌甚至能够矫正他在诗学上的失误与歧途。这里顺便指出：明人极其重视民歌，几乎所有流派、所有重要的诗人，以至于李贽、徐渭、冯梦龙等，皆有称赏民歌之论，皆以民歌申张各自的文学思想。这是一个十分值得注意的现象，其中的复杂原因，此处不能细论。

后人所以将李攀龙看作"拟议变化"说的倡导者，是因为他对此有更加专门更加明确的表述，已见于本章的"题解"。其实他的表述是对李梦阳乃至更早一些诗论家的主张的概括。不过他也确实比李梦阳更重拟议，所作的拟古乐府诗被屠隆称为"全袭古语"。他把"法"也看得比李梦阳更重，甚至认为"法有所必至，天且弗违"（《沧溟先生集》卷二十五《王氏存笥稿跋》）。但他也是重情的，张鼐《李于鳞先生诗集叙》称他能"以古格行自情"（《宝日堂初集》卷十二）。他曾说"能为献吉辈者，乃能不为献吉辈者乎"（《沧溟先生集》卷十六《送王元美序》）。"能为献吉"即"拟议"，"不为献吉"便是拟议后的变态与自得，显然他是首重"拟议"而又主"变化"的。他在诗学上的积极贡献是提出了"境地"问题。其《与徐子与》说：

盖诗之难，正惟境地不可至耳。至其境地矣，精思安在哉！（同上卷三十）

所谓"境地"，从下文看来，大致是指诗歌创作时所处身、处心于富有诗意、启人灵感、令人忘俗的氛围与境界，在此种情景中诗情坌涌泉流，不劳"精思"。不过他将"境地"讲得有点神秘，又语焉不详，有待后人的进一步发挥。

李梦阳、李攀龙分别为前后七子的领袖，二人在"拟议变化"方面皆侧重对古人格调的"拟议"，也皆与其他成员就此发生过分歧论争，正是在论争中将问题推向了深入。

（二）"筏喻"之争

首先是李梦阳与何景明的论争。这场论争对七子派的诗学有极其重要的意义。

论争的焦点是在对"拟议变化"的理解与运用上。李、何虽同为七子派的开创者,但二人创作的方法与作品的风格都有所不同,李重学古而何重自得,李重"拟议"而何重"变化",于是李写信规劝何改弦更张,何复信提出异议,李又连写两信加以驳难。二人信中皆有相互讥刺意气用事之语。

何景明在《与李空同论诗书》中陈述了二人分歧的关键所在:

> 追昔为诗,空同子刻意古范,铸形宿镆,而独守尺寸。仆则欲富于材积,领会神情,临景构结,不仿形迹。(《何大复先生集》卷三十二)

可以看出何并不反对"拟议变化"的原则。所谓"富于材积",就是多读古人的作品,多多掌握古人的法度;所谓古人主要指盛唐诗人,即"近诗以盛唐为尚,宋人似苍老而实疏卤,元人似秀峻而实浅俗"。尊唐、黜宋、鉴元是七子派的共识。他还认为历史上的诗人如曹、刘、阮、陆、李、杜"异曲同工,各擅其时","皆能拟议以成其变化也"。他与李的分歧主要在"拟议"的方法上。他不满于李的过分强调法式,"刻意古范""尺尺寸寸"地模仿古人,以至于成为古人的"影子",而主张"领会神情",即从诗的精神、意境上学习拟则古人,真正掌握古人创作的奥窍,在自己的创作中"临景构结",即根据生动、具体的情景灵活地运用前人的方法遣字造句,组织结构,使"意"与"象"合,"泯其拟议之迹"。所以,如果说李梦阳的"拟议"侧重于形似,何景明的"拟议"则重在神似,即所谓"不仿形迹"。另一方面,如果说李梦阳较强调"拟议",何景明则更主张"变化",他在信中提出"推类极变,开其未发,泯其拟议之迹,以成神圣之功",显然他比李更富有创新开拓精神,但也并没有否定"拟议"。

为了说明自己的观点,何景明还借用了佛学之说:"佛有筏喻,言舍筏则达岸矣,达岸则舍筏矣。"此语出自《阿梨陀经》,内有"我为汝等长夜说筏喻法,欲使弃舍,不欲使受"等语,谓舍弃正法而到达涅槃彼岸。何景明论诗的"筏喻"很容易引起误解,认为他也主张废弃法度,如后来李维桢《阎汝用诗序》说:"大复(何景明)先生是以有舍筏之喻,岂其信心纵腕,屑越前规?要在神明默成,不即不离。""信心纵腕,屑越前规"是公安派的主张,确实不符合何景明的本意,李维桢"神明默成,不即不离"对何景明诗学思想的概括是准确的。何景明并不主张舍弃法度,他在信中写道:

> 仆尝谓诗文有不可易之法者,辞断而意属,联类而比物也。

这是针对李梦阳所说"前疏者后必密,半阔者半必细"云云而发的,比较圆活、开阔一些。但无论多么玄妙的理论,只要落实到具体从而作出强硬的规定,都难免成为"死法"。

对于何景明的驳难,李梦阳以"物之自则"加以辩解,已见上节,那显然有强词夺理之嫌。

何景明的"筏喻"由于简要生动,又易为任情使才的后进士子所接受,在当时和尔后都有很大影响,李梦阳始终对此耿耿于怀,后在《答周子书》中仍恨恨不已:

> 弘治之间,古学遂兴,而一二轻俊恃其才辨,假舍筏登岸之说扇破前美,稍稍闻见,便横肆讥评,高下今古,谓文章家必自开一户牖,自筑一堂室;谓法古者为蹈袭,式往者为影子,信口落笔者为泯其比拟之迹。而后进之士

悦其易从，惮其难趋，乃即附唱答响，风成俗变，莫可止遏，而古之学废矣。

其所攻讦，显然暗指何景明，"风成俗变"等语，则可见在当时影响之巨，瓦解着七子派的复古理论。到后来更为变本加厉，如同胡应麟《诗薮》所说："自信阳（何）有筏喻，后生秀敏，喜慕名高，信心纵笔，动欲自开堂奥，自立门户。""筏喻"几乎成为公安派的先驱。但何景明论诗的实质其实并不在"筏喻"，而在"领会神情，临景构结，不仿形迹"，并未废"法"，也未废"拟议"，只是"务底于化"。他的看法显然比李梦阳高明。七子派内部及其后学主要是沿着他的诗学路线，不断地加以开掘发挥，逐渐将诗学引向精深。

（三）"四务"与"三会"

李、何之争使七子派内部发生了分化，如汪道昆在为何撰写的墓志铭所说，"于时主典则者张献吉，主神解者附先生"。前七子中的王廷相则意图调停二者的分歧，提出"四务""三会"之说。

王廷相是主"气本论"的理学家，他的诗论受到其哲学思想的影响，但也不能越出七子诗学的范围，如主张"求合往古之度"，反对"任情漫道，畔于尺榘"，皆是七子派的论调。另一方面他也主张变化，超诣古人，因而在《与郭价夫学士论诗书》中提出"四务""三会"之说："措手施斤，以法而入者，有四务；真积力久，以养而充者，有三会。谓之务者，庸其力者也；谓之会者，待其自至者也。"这是全文的总纲，是调和"拟议"与"变化"的总原则。

具体说来，"四务"就是"运意、定格、结篇、炼句"，属于"法""节度"方面。根据王廷相自己的解释，"运意"旨在使诗篇内在的"神气""意韵"融会灵动，超诣变化；"定格"的"格"是"诗之志向"，它须高古，追步《诗三百》；"结篇"指谋篇、结构问题，须"辞断意属"，有一条主线贯穿始终；"炼句"要求委曲婉转，言少意多。

这些虽多属于李梦阳所强调的法度问题，但其中也吸收了何景明一些主张，如"辞断意属"等。

"三会"即"博学以养才，广著以养气，经事以养道"，属于诗人的主观学养方面，是为实现"四务"服务的。"博学以养才"相当于何景明所说的"富于材积"，即广泛阅读，汲取古人的创作经验，增长自己的诗才。"广著以养气"与王廷相"气本论"的哲学思想有关，指个人的道德修养。"经事以养道"则与他重视"实践"的哲学思想有关，即他在《广文选序》所主张的"察于君臣之政，观夫天下之势，达乎民物之情"。"养气"与"养道"结合起来便是"修己经国"，其中既有明心修性的理学思想，也有经世致用的传统经学思想。"三会"说与何景明"富于材积，领会神情"之说虽略有交叉，但何景明注重的完全是艺术自身，王则强调心性、道德、政治等"诗外工夫"，二者有根本的分歧。这显然因为王主要是一位思想家。

文章最后将"四务""三会"综而论之，提出自己的"拟议变化"观。他一方面肯定"工师之巧，不离规矩；画手迈伦，必先拟摹""须参极古之遗，调其步武，约其尺度，以为我则"，显然他是主张在"规矩""尺度"等方面拟议古人的，在倾向上接近李梦阳。这些大致侧重于"四务"而言。另一方面，他又要求在对古法古式"久焉纯熟"的基础上，"自尔悟入，神情昭于肺腑，灵境彻于视听，开阖起伏，出入变化，古师妙拟，悉归我阃"，并指出"此非取自外者也，习而化于我者也"，实即前面论"三会"所说的"待其自至"。"会"本就有妙解神会之意。这又接近于何景明主张的对古人作品及其法度"领会神情"。质言之，王廷相的"四务"说侧重于"拟议"，属"在外"的方面，指诗的"运意""定格""结篇""炼句"等法度技巧要拟则学习古人，这是诗人"庸（用）其力"的方向。"三会"说则侧重于"变化"，达到"摆脱形模，凌虚构结，春育天成，不犯旧迹"的"自至""自得"境界，形成不同于古人的独特风格，即何景明所谓"泯其拟议之迹"。他认为通过这种既有"四务"又有"三会"的拟议变化可以使作品形成种种"异曲同工"的艺术风貌,如"雄浑、冲淡、典雅、沉着、绮丽、含蓄、飘逸、清俊、高古、旷逸"等等,其中既包括了李梦阳所好尚的典雅、沉着、含蓄、冲淡,也包括了何景明所追求的飘逸、清俊(《与李空同论诗书》)。在这方面,也可以看出他对何、李不同审美趣味的调停与综合。

在这篇论诗书中,在论述"四务"、"三会"、拟议变化的过程中,王廷相提出了"意象"说:

夫诗贵意象透莹,不喜事实黏着,古谓水中之月,镜中之影,可以目睹,难以实求是也。《三百篇》比兴杂出,意在辞表;《离骚》引喻借论,不露本情。……嗟乎!言征实则寡余味也,情直致而难动物也,故示以意象,使人思而咀之,感而契之,邈哉深矣,此诗之大致也。

这是王廷相最有价值的诗学贡献。是的,"意象"一语不是他的首创,早在刘勰《文心雕龙》便有"窥意象而运斤"之语,但其所指是在"神思"的艺术构思与创作过程中描绘头脑中对外物的艺术映象,王廷相的"意象"则指通过拟议变化的诗歌创作所达到的审美的艺术境界,因为这段话之后即紧接"四务""三会"之论,说明它是"四务""三会"的最终结果。我们说明七子派沿着"拟议变化"之论这个轴心把诗学一步步推向精深,而且每个重要论者都会在此过程中提出一点新鲜、独特、精微的见解,"意象"说即属于此。刘勰之后,"意象"之语并不多见,更无人将其论说得如此透彻。从引文中"水月镜影"之喻可以看出,王廷相的"意象"说受到严羽"兴趣"说的启示,甚至毋宁说"意象"就是"兴趣"。但严羽只笼统讲"盛唐诸人惟在兴趣",然后便是镜花水月之喻,并未讲"兴趣"的创造,王廷相则十分明确地指出"意象"是运用比兴之法创造出的艺术的宁馨儿。试看以上引文,"《三百篇》比兴杂出"以下,处处都不离比兴:"引喻借论"是比兴,反对"言征实""情直致"也是比兴,"示以意象"感发读者的审美想象更是比兴的要义。在王廷相看来,比兴中的写物创造了作品的"象",写物中蕴含的情创造了诗意,二者水乳交融,凝为一体,即为"意象"。这又逐渐走向了"神韵"。

(四)"广其资"与"参其变"

在前七子中,有论诗专著的是徐祯卿,他的《谈艺录》虽只短短二十二则,有些条目只寥寥数语,却甚为后来的诗论家所重,胡应麟《诗薮》称其"始中要领,大畅玄风""以俟百世,其言不易矣"。"玄风"即指诗学的深微之论。

徐祯卿初学白居易、刘禹锡等中唐诗人,登第后受李梦阳、何景明影响,改学汉魏盛唐。不过他似乎更钟情于汉魏古诗,因为在他看来,诗风是随"世代推移"而日趋式微的。明人甚重汉魏古诗,其深层心理是因为它们较少人工,更为浑然天成,因而也更便于借以发挥玄微的诗论。徐祯卿在这方面也有开启之功。师古是明代的一般风气,"拟议以成变化"是由师古引发出来的课题,每个重要诗论家的重要论述,都直接间接围绕这个课题展开,《谈艺录》也是如此,它对这个时代性课题所提供的意见是:"广其资"以"参其变":

> 昔桓谭学赋于扬雄,雄令读千首赋,盖所以广其资,亦得以参其变也。

"广其资"的目的是"参其变"。从所举扬雄令桓谭"读千首赋"可知,"广其资"即广泛阅读前人作品,"深探研之力,宏识诵之功",以为创作资借。这也便是何景明所说的"富于材积",王廷相所说的

"博学以养才"。看来这是七子派的通识，因为既要师古，必先通古，如同《谈艺录》接下去所说："古诗三百，可以博其源；遗篇十九，可以约其趣；乐府雄高，可以厉其气；《离骚》深永，可以裨其思。"古人遗产，都有可以汲取的艺术营养。《谈艺录》还以近半篇幅，历数汉魏古诗在抒情达意方面的特点与方式，无非也为"广其资"，以使自己创作"合度""托之轨度"。这些显就"拟议"方面立论。

"参其变"顾名思义便是"变化"方面。徐祯卿极重诗情，《谈艺录》论情也几占一半。他认为情是诗歌创作的原初动力，它引发了气、声、词、韵等等。古人在不同场合、不同体裁中抒发情思皆形成一定的规律与常式，有法可寻，可"广其资"。"高才间拟"时，应遵循这些常式，"未有不由斯户者也"。只有那种溢出常情，在不寻常场合下触发的情，激而成咏，即兴为诗，如项羽《垓下歌》、曹植《煮豆诗》，他才称之为"变""权例"。他认为这种"变""权例"的创作方法既无"常例"可寻，便显得玄妙莫测，难以言传，因而往往归之于"机""心机""超悟"。这是总论，他还论述到几种具体的"常""变"的情况。

一是从"用"上论。"夫任用无方，故情文异尚。"用于郊庙、兵戍、朝会、公宴等场合的作品皆有一定写法与体貌，形成"常例""极轨"，可以拟则古人。但在其他随机而遇的场合，表达随触而发的情怀，如赠答、送别、哀悼、行旅等皆带有即兴性，则属"诗家之错变，而规格之纵横也"，须审情度势，灵活机变，采用"权例"的表达方式。

二是从"格"上论。各种体裁如歌、行、吟、曲、引、诗等有各自不同的法度可循，应当"随规逐矩"，其体格、轨度前人已有成例可资借鉴。但高明的诗人则"逐手而迁，从衡参互"，突破常规常例，加以纵横变化，这属于"心之伏机，不可强能也"。

徐祯卿在诗学方面的新贡献是提出了"机"。他对"机"有两种用法，一是"时机"，二是"心机"，而主要论"心机"，即诗人在创作过程中那种几微、神妙的心理活动，他称之为"精神之浮英，造化之秘思"，但皆一语带过，未作阐发，却影响于后来的论者。这大约就是胡应麟所评的"大畅玄风"吧。

前七子的其他人物论诗之作很少，也无甚特见，故从略，转到后七子中李攀龙之外的诗论家，主要是谢榛与王世贞。

（五）"悟"与"兴"

谢榛在后七子中成名最早，年龄最长，比李攀龙大十九岁，比王世贞大三十一岁，因而最初被推为首领，后因与李攀龙论诗不合，互不相下，李的政治地位逐渐通显，谢则终身布衣，被李从七子中除名，其他人也祖李而排谢，但后人始终视之为后七子之列。他的诗学思想虽自有特点，他的《四溟诗话》虽有精到高明的见解，是明代最好的几部诗话之一，但总体上仍不出七子派范围，精神实质上也主"拟议变化"，我们大致可循此线索审视其基本内容。

从"拟议"方面说，谢榛主"悟"；从"变化"方面说，谢榛主"兴"。这是他论诗的两个主要支柱。他推重严羽，《四溟诗话》屡屡言及。严羽主"妙悟"，但"悟"并非严羽的特见，宋人自苏轼以来以禅喻诗大都好言"悟"。不论江西诗派还是严羽，所谓"悟"多指对诗法的心领神会。谢榛谈"悟"，除个别情况外，大致也是如此，"悟"主要是对古人诗法的体认。

谢榛论诗也主张师古，尤其推崇盛唐，明言"作者当以盛唐为法"，并连而及于攻讦宋诗，具体点说，他论诗重"气格"，以"格高气畅"为"盛唐家数"。不过他讲师古、师盛唐有两个特点与优点：一是主张师法古人的"神气"，这与李梦阳、李攀龙尺尺寸寸模拟以求形似显然不同，而与何景明"领会神情"之说相合；二是主张师法众长而不专师一人，这也不同于李梦阳、李攀龙的专意学杜。据《四溟诗话》及王士禛的序文记载，早在后七子结社之初，他便提出选唐人十四家诗录为一集,"熟读之以夺神气,歌咏之以求声调,玩味之以哀精华",并称之为学诗"三要"。其中主要是"夺神气",他又称之为"传神写照之法"。

为"夺神气",他提出"提魂摄魄法":

> 诗无神气,犹绘日月而无光彩。学李杜者,勿执于句字之间,当率意熟读,久而得之。此提魂摄魄之法也。

这与李攀龙字模句袭地拟则古乐府而称之为"拟议以成其变化"显然龃龉不合。为了集众家之长,夺众家的"神气",又提出"酿蜜法":

> 夫大道乃盛唐诸公之所共由者,予则曳裾蹑屩,由乎中正,纵横于古人众迹之中,及乎成家,如蜂采百花为蜜,其味自别,使人莫之辨也。

在《四溟诗话》其他地方,他还将"兼以初唐、盛唐诸家,合而为一,高其格调,充其气魄,则不失正宗矣"明确称为"酿蜜法"。他又以调味为喻,认为"学者能集众长合而为一,若易牙以五味调和,则为全味矣",这与"酿蜜法"等无二致。他如此不厌其烦地重复强调这些方法,正说明从"神气"上学众家之长是他在"拟议"方面的显著特点,通过学众家而自成一家,学"众迹"而达到看不出学的痕迹,取众人之长而形成个人的独特风格。

主张从"神情"、"神气"(此二词含义不尽同,一偏于情,一偏于气,但主"神"则一)师法古人而求其神似,得其精髓,是在师古、拟古风气中为了解决古今、人我关系而被逼出来的问题,并由之经过进一步发挥,逐渐走向"神韵"。从何景明、王廷相到谢榛,不难看出这种日趋明显的走向。

由上述种种可见，谢榛也颇好谈"法"，不过他论"法"比较活络，着眼大处，不斤斤于字句体格。这些"法"显然也是如何拟则古人的问题。除前述"提魂摄魄法""酿蜜法""调味法"以及"三要"之外，还有：

"四贵"：即"体贵正大，志贵高远，气贵雄浑，韵贵隽永。四者之本，非养无以发其真，非悟无以入其妙"。他所看重的"正大""高远""雄浑""隽永"等正是盛唐诗的特点。他所以推崇盛唐，是认为盛唐诗有"英雄气象""气象雄浑"。七子派所拟议盛唐的，就是这种高华壮丽的诗境。对这种诗境的学习，他认为只有通过"养""悟"之法方能臻于其妙。"养"即"养气"，"悟"是直观体认。

"四格"：即"兴""趣""意""理"。他曾分别例举李白、陆龟蒙、王建、李涉等唐代诗人的名句对比加以说明，认为此"四格""悟者得之。庸心以求，或失之矣"。"庸心"即用心，指艰苦的理性思考索解，那是无济于事的。"悟"是一种直观的感性体认，谢榛认为只有通过此种方式方能把握"四格"。"兴""趣""意""理"，皆是诗的内在蕴含，可见明人对"格"的用法十分复杂，不仅仅限于字句篇章等纯形式方面。

他还提出三个"紧要下手处"，即"曰事，曰情，曰景。若得紧要一句，则全篇立成。熟味唐诗，其枢机自见矣"。意谓在"事""情""景"的任何方面只要先得到一个关键性的警策之句，则不难扩而成篇。所谓"熟味"，近于禅宗的"渐悟"；"枢机"，则近于"关捩子"。

这一切大致都可以归于"拟议"的范围。至于离却古人作品，由现实生活的"事""情""景"引发诗情，自得诗法，他主张"兴"，即触兴、感兴。这是他的诗论最有价值的部分。

谢榛论"兴"，是从批评宋人的"先立意"入手的：

诗有不立意造句，以兴为主，漫然成篇，此诗之入化也。

诗人初无作诗之意,更未设定一个主题、理念,但猝然与外物相遇,不期然而然地引发出某种诗的感受、情怀,这便是"兴"。如此成诗,没有先入为主的意念可寻,唯有自然天成的即情即景,情景融而为一,全不见造作之迹,故称"化境"。"以兴为主,漫然成篇",这种理论在诗学史上并不新鲜,但在明代却有矫宋诗之弊的作用。在谢榛看来,"宋人必先命意,涉于理路,殊无思致""宋人谓作诗贵先立意",这是明人的共识,也大致符合宋人的实情。宋人偏重理性,借诗表达某种理念,因而不注重外物的感触兴发。陆游、杨万里走出宋诗主流江西诗派的重要标志,便是重视感兴,重视"天成",重视"诗外工夫"。谢榛不满宋诗而强调"兴",也是出于同样的诗学逻辑。他把"兴"看作诗意生成的原初动力,即"走笔成诗,兴也",甚至认为"凡作诗,悲欢皆由乎兴,非兴则造语弗工。……熟读李杜全集,方知无处无时而非兴也",把"兴"的作用提到极高的地位。另外,他把"兴"与"意"相区分,对后来许学夷、陆时雍很有启发。

"兴""比兴"皆天然地与景物相关,"兴"是触物起情,写物抒情,"比兴"是托物寄情。谢榛重"兴",也必重景物描写,其《四溟诗话》有许多这方面的超越前人的精彩之论,以下一段尤其脍炙人口:

> 作诗本乎情、景,孤不自成,两不相背。凡登高致思,则神交古人,穷乎遐迩,系乎忧乐,此相因偶然,著形于绝迹,振响于无声也。夫情景有异同,模写有难易,诗有二要,莫切于斯者。观则同于外,感则异于内,当自用其力,使内外如一,出入此心而无间也。景乃诗之媒,情乃诗之胚,合而为诗,以数言而统万形,元气浑成,其浩无涯矣。

论创作中的情、景关系,非常精到、深微。景者在外,情者在己,本不相关,联结二者的,便是"兴"。景原是自在之物,其种种变态,使人们触之而兴情；作为诗人，触物而兴的情犹如一石击水，激起审美联想与想象的涟漪，于是发为吟咏，形为诗篇。二者合而言之，即"景乃诗之媒，情乃诗之胚"，是作诗的"二要"。

谢榛还认为在面对物色景观时，所触发的情绪常常忧喜无端，所引出的思绪往往入于杳冥，达到"造玄"的境界。另一方面，由于触发性情的自然景色往往"烟霞变幻，难于名状"，因而"凡作诗不宜逼真"，不必拘于形貌，重要的是感情的真挚，他称这种情况为"含糊"，并认为"妙在含糊，方见作手"。宋人惯于以知性的眼光、"科学"的态度审视诗中的景物描写，追究与争辩这类描写是否合于生活的真实、原物的真貌。谢榛以及不少明人则认为诗中之景不过是借以兴情写意之具而已，不能以其本来面目锱铢必较。这反映了宋、明两代诗学精神以至于文化精神的差异。

《四溟诗话》是继《谈艺录》之后，诗学思想进向精微的又一标志。它所说的"含糊"，实即如镜花水月，朦胧窈渺的意境，也有"神韵"的成分，因而极为清人王士禛所重视。

（六）"有物有则"与"无声无臭"

在后七子中，与"拟议变化"这条诗学主线扣合得更紧的，是王世贞的诗论。王世贞原是后七子派的中坚人物，李攀龙死后更主盟诗坛二十年，因而诗学思想嬗变之迹在他身上体现得尤为明显。从美学角度上说，他的诗论虽不及谢榛精微、丰富，他的论诗专著《艺苑卮言》在理论价值上也远逊于《四溟诗话》，但他作为诗坛的主流派，始终搅在论争的漩涡中，晚年的诗学思想又与公安派接轨，所以更有史的意义。他与李攀龙之间的关系，有点像前七子李梦阳与何景明的关系。其《艺苑卮言》评李、何之争说："然而正变云扰，剽拟雷同。信阳（何）之舍筏，不免良箴；北地（李）之效颦，宁无私议？"他是站在何景明一方的，称其"舍筏登岸"之喻是"良箴"。他的诗学思想可以说是何景明一线的发展，更倾向于"变化"，而李攀龙则比李梦阳更强调"拟议",在创作实践上也更为拘守古人的格调。

作为七子派的重要代表人物,他自然是主张师古、拟议格调的,这是七子派的重要标志。在他生活的前期,在后七子内部,已经滋生着要求突破格调、拟议之说的情绪,特别是宗臣。据王世贞《宗子相集序》记载,宗臣于"矩矱""法度"等"独时时不屑",以至于有人谓其"欲逾津而弃其筏"。宗臣比王世贞大一岁,却早死了三十年,所以他这种"异端"思想并非在公安兴起之际,而是在后七子方盛之时。至于王世贞自己,则自称"夫以于鳞之材,然不敢尽斥矩矱而创其好,即何论世贞哉"!就是说,他是自认不敢违背规矩、法度、格调之类的。

不过王世贞毕竟更重"变化",他在《弇州山人续稿》卷二百《屠长卿》中对李攀龙的诗论提出异议:

于鳞居恒谓"富有之谓大业""日新之谓盛德""拟议以成其变化"为文章之极则。余则以"日新"之与"变化",皆所以融其"富有""拟议"者也。

他不同意李攀龙的首先强调"富有""拟议",并将其与"日新""变化"划为两截,而认为在"富有"(掌握古人法度)、"拟议"之时便应融入"日新""变化"。显然,在"拟议"与"变化"的矛盾两个侧面,他更重视"变化"一方。在《艺苑卮言》中,他评论李攀龙的"拟议变化"说"不能无微憾",又批评李的拟古乐府诗"似临摹帖耳"。即使谢榛的诗,他也觉"变化差少"。李攀龙也对《艺苑卮言》表示不满。

王世贞在《艺苑卮言》中正面提出自己的"拟议变化"观:

> 《诗》云："有物有则。"又曰："无声无臭。"……然则情景妙合，风格自上，不为古役，不堕蹊径者，最也。

李梦阳也曾引用"有物有则"一语，申述法度、规矩是"物之自则"，以为自己的"拟议"之说辩解，但却未引"无声无臭"。从李、王对这两句诗的引征以论述诗学观看，"有物有则"是指"拟议"方面，"无声无臭"是指"变化"方面。王世贞虽二者并论，但从下文称赏"不为古役，不堕蹊径"来看，他显然更重"变化"，更重"无声无臭"，即何景明所谓"泯其拟议之迹"。在《王少泉集序》中他称道王"能脱摹拟，洗蹊径，以超然于法之外"，也表现出这种倾向。

"拟议变化"是针对格调、法度等而言的。"拟议"是对古人格调法度的拟议、模仿，"变化"是格调法度的变化、自得；"拟议"是屈乎人，"变化"是伸乎己；"拟议"必然束缚自己的才思情感，"变化"则要求发挥才思情感。王世贞主张在"才不累法，气不伤格"，即尊重"法""格"这些客观因素的前提下，尽可能发挥才、思等主体性方面。《艺苑卮言》对格、调作了新的解释：

> 才生思，思生调，调生格。思即才之用，调即思之境，格即调之界。

他的排列次序为"才""思""调""格"。显然在他看来，才、思更首要、更主动，调、格不过是才、思的生成物。但另一方面，他也承认和重视调、格对才、思的规范作用，认为"调即思之境，格即调之界"。"境""界"在这里均指疆域、界限、范围，不同于后来王国维的"境界"说。他主以调、格规范才、思，不至流为佚荡无检，即才、思不能损伤调、格。在明代，是承认与恪守格调对情感的规范性，还是放任情感使其突破格套，是七子与公安派的分水岭。王世贞自然属于前者,但他也力求调和两个矛盾方面,提出相"剂"(调剂)、相"兼"之论,使之"合而离,离而合":"夫辞不必尽废旧而能致新,格不必步趋古而能无下,因遇见象,因意见法,巧不累体,豪不病韵,乃可言'剂'也。"(《弇州山人四部稿》卷六十八《黄淳父集序》)

王世贞对诗论精微处的最大贡献是论"境"。这个"境"即现在所谓"意境"之"境",而非"调即思之境"之"境"。《艺苑卮言》说:

> 篇法之妙,有不见句法者;句法之妙,有不见字法者。此是法极无迹,人能之至,境与天会,未易求也。有俱属象而妙者,有俱属意而妙者,有俱作高调而妙者,有直下不偶对而妙者,皆兴与境诣,神合气完使之。

文中出现两个"境"字:"境与天会""兴与境诣"。"境"皆指客观生活中富有诗意的形象画面。"天""兴"则为主观方面。"天"实指"人能之至",极言艺术技巧的自然巧妙,天衣无缝,犹如天然。"兴"即随触而发的诗情。当诗情、诗艺与诗境妙合神会、融合无间时,则不论如何运用法度,不论运用何种法度,也都将不见法度之迹。言外之意是"情"与"法"皆应服从谐和于"境"。细味这段话,其实还是紧贴"变化"而言的。《陶懋中镜心堂草序》又说:

> 凡人之文,内境发而接于外之境者十恒二三,外境来而接于内之境者十恒六七。其接也以天,而我无与焉,行乎所当行者也。意尽而止,而我不为之辍,止乎所不得不止者也。

所谓"外境"即上述客观的诗意画面,"内境"指心灵世界,犹如王国维所说的情感也属于一种境界。诗是内外之"境"妙会触发的产物,来不可遏,去不可止,法度与人工,皆显得被动与无能为力。

由于王世贞本就重视"变化",因而在他的晚年,当个性解放思潮与公安派已经兴起之时,他的诗学思想也与时而更新。在《邹黄州鹡鸰集序》中,他自称早年颇信钟嵘、严羽"某格某代""出某人法"之说,而"乃今而悟其不尽然",并宣称"有真我而后有真诗",已近乎李贽、公安的口吻。所以公安派袁宗道颇认同于他,说他"毕竟不是历下一流人"(《白苏斋类集》卷十六《答陶石篑》),而坚守七子余论的孙鑛则敏感到其"晚年诸作,实已透漏乱道端倪"(《月峰先生居业次编》卷三《与余君房论文书》)。在诗学思想上,晚年的王世贞确表现出某种七子派的"异端"气味。

五、"变化"而不离"拟议"

本节所涵盖的时间,大致从李攀龙去世(1570)后至17世纪前十年,主要诗论家有后期的王世贞及其弟王世懋,以及七子后学末五子中的屠隆、胡应麟、李维桢等。此期的文学思想十分复杂,时值资本主义萌芽有较大发展,作为"王学左派"的泰州学派广泛传播的万历年间,学术思想和诗学思想皆十分活跃。上述诸人与李贽、公安三袁等基本上并世而生。王世贞卒后第五年(1595),袁宏道发表《叙小修诗》,抨击七子派的师古、拟议之论,倡言"独抒性灵,不拘格套"。此后直到袁宏道去世(1610),是公安派的兴盛期,以后便走向蜕变。这些人既生活于同一思想土壤,呼吸着相同的时代气息,理论上便难免互有影响与交叉,但从根本上说又属不同的壁垒。另外李维桢享年较长,比袁中道还迟死二年,但仍放在此处论述。

本节主要述七子后学的诗学思想,公安派放到下节。七子后学主导的诗学思想是"穷态极变""穷神知化",虽更强调"变化",但仍不离"拟议",仍带有七子诗学的基本特征。其中王氏兄弟比较激进,"穷态极变"是他们的标志;末五子诸人是七子诗学的正宗并将其引向深微,"穷神知化"是他们的追求,李维桢更对"拟议变化"之说作了总结。

(一)穷态极变

后期的王世贞以及王世懋,可以说是七子派的"异端"。

王世贞论诗的代表作《艺苑卮言》初版于李攀龙生前(1565),后经修订,重印于李卒后第三年(1572)。那修订的部分便可以代表他后期的思想。全部修订情况虽已很难辨析,但有些则较然可知,特别是涉及对李攀龙诗学不满之处,如批评李的七律"以字累句,以句累篇,守其俊语,不轻变化",批评李的拟乐府诗"不堪与古乐府并看,看则似临摹帖耳",显为后来所增。王世贞曾自述在李生前已与之有意见分歧,"间欲与于鳞及之,至吻瑟缩而止"(《弇州山人续稿》卷二百《屠长卿》),可以想见这些昔日不敢直陈的异议,自然会在李卒后发表出来。虽然他并不反对拟议,却更重视变化,在《与徐子与书》中声称"吾辈篇什既富,又须穷态极变,光景长新"。"穷态极变",努力求新,终将冲破格调说的束缚,此已见于上节,兹不复赘。

王世懋虽比乃兄早逝二年,在主"变"的道路上却走得更远。他的诗学专著《艺圃撷余》写于《艺苑卮言》之后,其核心思想是以"逗"论变:

> 唐律由初而盛,由盛而中,由中而晚,时代声调故自必不可同。然亦有初而逗盛,盛而逗中,中而逗晚者。何则?逗者,变之渐也,非逗故无由变。

"逗"即逗漏、开启、引发。前代文学总有包含与开启后代文学的因素,才使文学的发展显现出连续性与变异性。这样,他便对高棅以及七子派严分初、盛、中、晚之论提出了异议。从"变"是必然的、合理的观点出发,他称美杜甫诗的"故多变态",具有多种风格,有的高出盛唐,其余也不在盛唐诸公之下,而杜诗的"老句""险句"正是其独得处。明人多以杜诗为"变体"而开启宋人门户,故对杜诗颇致微词,王世懋则作出异于众人的评价。主变,也是公安派反对七子派的理论武器。

从主变出发,王世懋论诗重"真",重"襟怀",重"至性",重"性灵",主张"丈夫要在行己意为真耳"(《王奉常集》卷七《曾应元诗画册小序》),与其兄所谓"有真我而后有真诗"的观点完全一致。在《张侍御诗集序》中,他赞赏张诗"不为刻字炼句以求炫乎翰墨之场,其指在摅写襟怀而已,当其新意所出,即亡论格调可也"(同上卷六)。只要抒发情感,只要表现新意,便可以不论格调,不拘守格调。这些话已冲决了格调对情感的束缚,而讲得更加激烈的是以下数句:

> 诗必自运,而后可以辨体;诗必成家,而后可以言格。……故予谓今之作者,但须真才实学,本性求情,且莫理论格调。(《艺圃撷余》)

对"格调"的不屑甚至否定是很断然的。格调是七子诗学的标志,故又有"格调派"之称。他们虽然也主情,却认为情应借助于古人的高格逸调抒写,然后求得自成一家。王世懋主张只要畅抒性情,便可"且莫理论格调",与公安派"但抒性灵,不拘格套"的原则同一声口。

不过王世懋从总体上说毕竟是七子后学,也终究没有完全脱离格调,他曾经有条件地说"学者固当严于格调",又说"作古诗须先辨体",方是"当家本色"。特别是新思潮方兴之际,他对有些人

"但以新声取异"(《艺圃撷余》)十分反感。他的否定格调是不彻底、非一贯的。公安派"性灵"说的提出是以接受了王学左派的异端思想为条件的，王氏兄弟在哲学、伦理学方面却正是泰州学派的激烈反对者，王世贞曾斥其为"鱼馁肉烂，不可复支"(《弇州史料后集》卷三十五)。他们由重情而导致对格调的不满，是诗学自身发展的结果，与公安派否定格调的思想基础不同。

（二）穷神知化

末五子中重要的诗论家屠隆、胡应麟的诗学思想，就其对前人的演进来说，可以"穷神知化"加以概括，这一进路承前七子何景明一线而来。"化"本就是"拟议变化"说追求的最高境界与最后归宿。何景明在与李梦阳论辩中主张"领会神情"，以"泯其拟议之迹"，实际上就是追求"化境"。

"穷神知化"出自胡应麟《诗薮》："永之以风神，畅之以才气，和之以真澹，错之以清新"，"极深研几，穷神知化"。主张在"神"上学习古人，并在创作中注入作者自我之"神"，以达到绝妙的化境，是七子后学及拥护者共同的艺术追求，除下面将要重点论述的胡应麟、屠隆、李维桢外，如冯梦祯主张学古人的"神理"，反对"生吞活剥"。于慎行《宗伯冯先生文集叙》说："盖顷者先正诸公亟称拟议以成其变化，岂非名言？然拟之议之为欲成其变化也，无所变而之化，而姑以拟议当之所成谓何？""拟议"必须臻至于化，方不失拟议的意义，"必化而后不朽"。梅鼎祚《汉魏诗乘序》在引述"拟议以成其变化"之后，要求"进于神"，"务于化"。这些人皆与末五子同时。七子派诗学发展至此，已经注目于"拟议变化"的结果"化"字上。

先看屠隆。屠隆诗学思想的核心可以说是以"神"求"化"。他认为古来一切好诗都是"传神写意"的，因而拟则古人不能斤斤于形似，而应"神契古人"：

> 格虽自创，神契古人，则体离而意未尝不合。程古则合，合非摹拟之谓；字句虽因，神情不传，则体合而意未尝不离。(《鸿苞》卷十七《论诗文》)

作诗要合于古人，这是他所肯定的，正是在这一点上七子后学与公安划境。但他强调的是"神合"而体格字句可以"貌异"，这是对何景明"领会神情"之说的发挥。他认为既要"禀法于古"，更要"铸格于心"，神契古人，自创新格，这样便可以与古人"语离则格合，格离则气合，气离则神合"(《栖真馆集》卷十《汪识环先生集叙》)。

要与古人神情契合，自然必得熟读古人作品，领会其神情，而在自己创作时则要"凝神"。他以佛教禅宗修悟过程阐述这种作诗之理。禅宗主"寂而后照"，"止而后观"，屏心静气，断绝思虑，此时便似有所见，又似无所见，似有所解，又似无所解，而"一旦言下照了，乃彻真境"，顿悟真如佛法。在诗的酝酿构思中也有一个类似的神秘过程："方其凝神此道，万境俱失，及其忽而解悟，万境俱冥，则诗道成矣。"(《白榆集》卷一《贝叶斋稿序》)"凝神"即禅宗所谓"寂""止"，此时头脑中消失了一切世俗的生活图景，而只有一片迷茫混沌的诗意与美感，酝酿既久，一旦成熟，则诗意的图景皆明晰具体起来，可观可照，冥会于心，形之于笔，达到传神。在《论诗文》中，他把这个神秘过程讲得较为平实：

> 诗道之所为贵者，在体物肖形，传神写意，妙入玄中，理超象外，镜花水月，流霞回风，人得之解颐，鬼闻之欲泣也。……各极才品，各写性灵，意致虽殊，妙境则一，冥搜而妙悟之，诗家三昧思过半矣。

所谓"诗家三昧"其实并不"玄"，说穿了就是钟嵘《诗品》所说的"穷情写物"的比兴之法，只不过其所说的"传神写意"比"穷情"更幽微渺冥些。所谓"镜花水月，流霞回风"也便是《诗品》所说的诗篇完成后所创造的"言尽意余"的"滋味"美感，只不过他论述得更加微妙些，更加艺术化些。在诗学史上，审美的理论阐发虽不断进步，而一些最基本的内核却万古常新。

屠隆提出了一个新的诗学命题："无用之用"。他在《高以达少参选唐诗序》中讲述了一种社会现象：诗没有任何实用价值，在战场上不如"败鼓之皮"，在市场上换不来一杯浊酒，但却始终不废，即使帝王将相、英雄豪杰、圣人贤者、仙道佛释也皆"贵诗"，原因何在呢？他自己解道：

> 夫天地之生物用风雷雨露尔，而不废云霞，夫云霞何用之有？万物之生用牛马鸡狗尔，而不废麟凤，夫麟凤何用之有？醍醐、甘露、雪藕、交梨无疗饥之益，而有消烦之功，世并珍之。诗于道不尊，于间无当，而千秋万岁不废，故不尊之尊蔑伦，无用之用滋大。……而舒畅性灵，描写万象，感通神人，或有取焉。

这是中国古代诗学对审美的非直接功利性的最好论述，他用生动的语言，巧妙的比喻（特别是云霞、麟凤），说明诗及一切艺术品虽无直接、狭隘的实用功利价值，却有任何实用之物所无可取代的审美愉悦作用，包括创作和欣赏两个方面的"舒畅性灵"。"无用之用"是对艺术审美功用的最简练精当的概括，对现在的文艺理论也仍有意义。我们说明代人极重艺术，诗学思想愈转愈深，此亦一例。"无用之用"之说来自庄子，但庄子以之论人生哲学，屠隆则以之论艺术哲学。

胡应麟有论诗专著《诗薮》，分量又比较大，故其诗论比屠隆丰富深透。《诗薮》虽以古、近各体诗从先秦至晚明的发展演变为线索，而其中心则是"兴象""化境""神韵"三个审美范畴。从前七子开始明确主"拟议变化"，经过长久的论辩发挥，到胡应麟可谓达于极致，再经明末许学夷、陆时雍等人进一步发挥，便与明清之际王士禛"神韵"说接上了轨。从"拟议变化"角度着眼，《诗薮》以下相连接的两段话深可注意：

> 汉唐以后谈诗者，吾于宋严羽卿得一"悟"字，于明李献吉得一"法"字，皆千古词场大关键。第二者不可偏废。法而不悟，如小僧缚律；悟不由法，外道野狐耳。

> 作诗大要不过二端：体格声调、兴象风神而已。体格声调有则可循，兴象风神无方可执。故作者但求体正格高，声雄调鬯，积习之久，矜持尽化，形迹俱融，兴象风神，自尔超迈。譬则镜花水月：体格声调，水与镜也；兴象风神，月与花也。必水澄镜朗，然后花月宛然，讵容昏鉴浊流，求睹二者？故法所当先，而悟弗容强也。

重李梦阳之"法"、严羽之"悟"，正是七子诗学的基本特征。"法"指"体格声调"，属实；"悟"指"兴象风神"，属虚。"体格声调"可以取法古人，属"拟议"；"兴象风神"全在体悟自得，属"变化"。对前者的要求是"体正格高，声雄调鬯"，是李梦阳的诗学追求；对后者的要求是"矜持尽化，形迹俱融"，是何景明的美学理想，即所谓"领会神情""泯其拟议之迹"，胡应麟曾称"此论直指真源，最为吃紧"。"镜花水月"之譬来自严羽，但严羽所论简约玄微，语焉不详，胡应麟则使之具体化甚至模式化，具有可操作性，即在体格声调的"镜""水"的框架中，充以"兴象风神"的月光花影。

重要的自然是"兴象风神"。"兴象"一语，初创于盛唐人殷璠《河岳英灵集》，可以笼统地称之为"情象"，即触物所兴的"情"与该物之"象"在诗中的融会合一。"兴象"是对盛唐诗的审美特征的最好概括，富有"兴象"是盛唐诗的重要标志。明人好讲"兴象"，正是他们推尊盛唐反对宋诗主理议论、以文为诗的应有之义。胡应麟论及"兴象"最多，而且将其视为诗歌创作变化自得的结果。他论"兴象"有两个重要特征，一是认为汉魏古诗特别是《古诗十九首》尤其"兴象玲珑，意致深婉"；二是并不满足可感的"兴"与可见的"象"，而进一步要求泯却"兴象"之迹，使人"无兴象可寻"，这其实便是他尤重《古诗十九首》的原因。《古诗十九首》属于早期的成功的五言诗，创作技巧并不成熟，但浑然天成、自然而妙却往往正蕴含在不成熟当中，即所谓"无阶级可寻"；盛唐诗虽也兴象玲珑，却是以人巧夺得天工，不免也会流露出人工经营之迹。

在胡应麟笔下，"风神""神韵"都是经常出现而又有所差异的范畴。"风神"侧重于体现作品中的作者的精神，"神韵"侧重于作品自身所蕴含的审美韵味。"神"是二者的共同点，它与何景明要求的"领会神情"有微而显的联系，是由"拟议变化"的诗学课题逼出来的。

"化境"是对诗中富于兴象、风神、神韵的最高概括。《诗薮》论杜甫诗说：

　　近体盛唐至矣，充实辉光，种种备美，所少者曰大曰化耳，故能事必老杜而后极。杜公诸作，真所谓正中有变，大而能化者。……变主格，化主境；格易见，境难窥。变则标奇越险，不主故常；化则神动天随，从心所欲。

不管从正面或反面立论，明人总好将杜甫与"盛唐"分开，他们意识到杜甫在唐诗以及明以前整个诗史上的微妙而关键性的地位,始终牢牢抓住这个演化的界碑。胡应麟对杜甫的近体诗是推崇备至的,称之为"大而能化"。他认为杜诗有"变"有"化"。"变"是对常格的突破,有意追求奇险不常,自出手眼;"化"则是炉火纯青之后,人巧契合天工的所至皆妙的诗境。这里面其实暗含对宋人的针砭,他们只学杜诗"变"的方面,但"化境殊不在此"。将诗学追求推向"化境",是七子派"拟议变化"说的极致。

(三)"拟议变化"说的总结

李维桢也重视"意象风神""化境",但他值得注意的特点是对"拟议变化"之说带有总结性的议论。他的文章中直接议及"拟议以成其变化"一语最多,这与其生活阅历有关。他享年甚永,活了八十岁。从上限说,他中进士时(1568)李攀龙犹在;从下限说,他的卒年比公安三袁最小的袁中道还迟两年,当时公安派已成明日黄花,竟陵派也已继起。他饱阅诗风的流变。他基本上坚持七子派的立论,坚持"拟议变化"的原则,着力纠正两种不合"拟议变化"之道的倾向,一种是七子末流只拟不变、泥古不化、剿袭雷同、字模句临的倾向,一种是公安派完全否定学古、唯主师心的倾向。他说:

> 今为诗者仿古人调格,摘古人字句,残膏余沫,诚可取厌。然而诗之所以为诗,情、景、事、理,自古迄今故无二道,惟才识之士拟议以成变化,臭腐可为神奇,安能离去古人,别造一坛宇耶?离去古人而自为之,譬之易四肢五官以为人,则妖孽而已矣。盖近日有自号作祖以倡天下者,私心非之。(《大泌山房集》卷一百二十九《朱修能诗跋》)

> 盖弘、正以来,诗追古法,至嘉、隆益备益精。极盛

之后，难乎其继，噉名者才不足而思陵驾前人，信心信腕，更立一格，不知其所掇拾仅唐中晚、宋、元之剩语，而汉魏、六朝、唐初盛所不屑道也，安在其为奇为变化哉？（同上卷一百三十一《金陵近草题辞》）

这些话虽也不满剽窃雷同之风，但主要是针对主张信心信腕、自我作古的公安派的，甚至流为攻讦、漫骂。当然这也是他所处的时代使然，当时公安派的诗论诗风已流行天下，与屠隆、胡应麟生前不同。作为七子派后学与信徒，他自认必须起而维护"拟议变化"的原则。他攻击的目标十分明确，即公安派的代表人物袁宏道及其前驱徐渭。在《徐文长诗选题辞》中，他指出"诗文自有正法，自有至境"，袁宏道则背离"正法至境"，"逐臭嗜痂"。徐渭是明代个性解放思潮的先驱，极为袁宏道所尊崇，李维桢则说他"疵句累字误人不小"。

怎样才算是对"拟议变化"原则的正确理解与运用呢？他对此的回答比较通达、辩证。拟议问题是一个继承学习前人提供的体格声调等法度问题，必然遇到这些成法与变动不居的才、情、境、时代氛围的矛盾。为了解决这些矛盾，李梦阳提出"守而能化"，何景明提出"舍筏登岸""临景构结"，王世贞拈出一个"剂"字，李维桢则拈出一个"适"字。他一方面反对蔑弃古法、信心信腕，另一方面又反对拘泥古法，认为法应当"适"于不同的才、情、境、时等。其《亦适编》序中说："是故格由时降，而适于其时者善；体由代异，而适于其代者善；乃若才人人殊矣，而适于其才者善。"体、格等形式因素是不能不讲求的，但要适应变化着的时代和各不相同的才思。《来使君诗序》则说："夫诗有音节、抑扬、开阖、文质、浅深，可谓无法乎？意象风神立于言前而浮于言外，是宁尽法乎？……不守一隅，不由一径，高不必惊人而卑不必侪俗，要于其适而止。"(《大泌山房集》卷十九)"意象风神"隽永悠长，变幻奇谲，其表达只能用适宜的方法，而不能拘守于常法。这与王世贞所主张"剂"相似，但却更为通达合理。他的另一些有关论述虽字面上未用"适"字，但其精神实质却贯穿了"适"的思想。

先看"法"与"才"的关系。《太函集序》在这方面论之颇详：

> 文章之道，有才有法……才者作于法之前，法必可述；述于法之后，法若始作；游于法之中，法不病我；轶于法之外，我不病法。拟议以成其变化，若有法，若无法，而后无遗憾。（同上卷十一）

主体之才与客体之法是一对矛盾，应相互适应调节。在诗歌创作中，如果从某种才思出发，那么必须找到一种适合表达才思的法度；如果从某种法度出发，这法度应当是新颖的。法度既不能束缚才思的抒发，才思也不能损害法度的完美。这其实便是前人所说的"法不累才，才不伤法"。李维桢称此为"拟议变化"，才与法融而无痕，难以区划。

再看法与情、景等的关系。李维桢认为"诗文大指有四端：言事、言理、言情、言景尽之矣"（同上卷十三《汲古堂集序》）。"事"与"景"是在外的、客观的，"理"与"情"是在内的、主观的。关于这些内在与外在因素与诗法的关系，他在《汗漫游序》中写道：

> 有具体亦有偏至，有师承亦有独造。外因遭会而内发胸臆，譬之斲轮削镞，相马解牛，天机得而形不必拘，神理运而法不必泥，时出而日新，拟议而成变化。（同上卷二十三）

"具体""师承"属"法""拟议"方面,"偏至""独造"属"变化"、自得方面,二者他都是承认的。但是当猝然遇到外在事物而偶然触发内在情性时,为了表述这种难得的"天机""神理",便不必拘泥于体格法度。也就是说,法要"适"于抒情写物的需要。

李维桢还一再申述"化臭腐为神奇",也指"拟议变化"而言。既然事、理、情、景已被古往今来骚人墨客所写尽,那么今人当如何措手呢?他提出的方案是:

> 故为诗文取古人所已言而袭之,非也;必欲得古人所未言而用之,亦非也。臭腐可为神奇,神奇亦可为臭腐,存乎其人何如耳。(同上卷二十四《程仲权诗序》)

因袭古人的陈言固不可,挖空心思故意与古人立异亦未必高明,唯有"化臭腐为神奇"而已。"化臭腐为神奇"包括两个方面,一是在被古人写尽写滥的情景中挖掘出新意,二是自运新法而另写出一种新的面目,皆有赖于诗人的主观能动性。

李维桢作为七子派后学末五子的一员,他的卒年已到明王朝的末期,在公安派信口信心、不拘格套的诗论与诗风中,他捍卫和阐发了"拟议变化"的原则。在他略后有些人虽也赞同"拟议变化"之道,基本站在七子派的一边,但那只能算为七子派的同情者,而不能划于七子派之列。

六、由"真性灵"求"真变态"

公安派及其思想先驱虽与前述七子后学基本并世而生,但为了论述清晰也必须"话分两头,花开两枝",前节述七子后学,本节述公安及其先驱。

我们将"拟议变化"之说当作辨认七子派的标帜。在七子派内部虽有侧重"拟议"与侧重"变化"之争，但不否定拟议古人高格逸调则一。公安派的特征是唯主变化而废弃拟议，"但抒性灵"而"不拘格套"，以"真性灵"求"真变态"。它的主要成员除公安三袁即袁宗道、袁宏道、袁中道兄弟外，尚有其追随者陶望令、江盈科、王思任、汤宾尹等，其中尤以袁宏道为代表，所谓公安派的诗学主要就是袁宏道的诗学。袁中道后期思想发生了蜕变，与竟陵派颇有共鸣。公安派主要是一个诗派。他们的思想先驱徐渭、李贽、焦竑、汤显祖主要是学者、思想家或戏剧家，不能归入公安之列。

（一）异端思潮

在明代，公安派是一个与七子派鲜明对立的诗学流派。但这种对立并不在于公安派所强调的"真""神""趣""自然""性灵"等等，七子后学，甚至早在何景明、谢榛、王世贞等人，已经涉及这些要求。根本的对立在于对"拟议"、师古、格调的态度上。"真""性灵"等是公安派破除拟古、格调之说的迷瘴的武器，而七子后学无论多么主张"变化"，也没有完全否定拟议、格调这些前提，包括王世贞、王世懋也是如此。所以纪昀以"拟议变化"作为区分七子与公安的标准，是很有见地的。纪昀之前，李维桢曾说"师古者有成心，而师心者无成法"（《大泌山房集》卷十九《来使君诗序》），陈文述说"复古者主格律，怀新者尚性灵"（《颐道堂文钞》卷一《王小村江亭论诗图叙》）。所谓"师心者""怀新者"皆指公安派，他们的主张的对立面是"复古""师古""格律""成法"。公安派所以能够冲决了拟议、格调的束缚，是因他们以当时的异端思潮为思想基础，而七子及其后学则始终没有越出正宗儒家思想的规范。这是一个根本的分野。

异端思潮是一种哲学、学术思潮，它针对正统儒家的名教、礼教、理教而言，用自然的人性、人情、人欲来对抗这一切。本书下篇"情理冲突"的标题，从伦理的层面上说，便主要指这种抗衡与冲突，即"理、欲冲突"。异端思潮是陆王心学内在矛盾向"左"的方面的发展。关于其来龙去脉,黄宗羲《明儒学案·泰州学案序》有一段概述:

> 阳明先生之学有泰州、龙溪而风行天下,亦因泰州、龙溪而渐失其传。泰州、龙溪时时不满其师说,益启瞿昙之秘而归之师,盖跻阳明而为禅矣。然龙溪之后,力量无过于龙溪者,又得江右为之救正,故不至十分决裂。泰州之后,其人多能赤手以搏龙蛇,传至颜山农、何心隐一派,遂复非名教之所能羁络矣。……诸公掀翻天地,前不见有古人,后不见有来者。

这就是今人所说的"王学左派"。它分为两支,一是王畿(号龙溪)开创的龙溪学派,但无得力的传人,影响不很大。另一支为泰州人王艮所创,其子王襞继之,顺流直下,一发而不可收拾,其主要人物除王氏父子外,尚有王栋、颜钧、何心隐、罗汝芳等,他们怀疑圣经贤传,攻讦天理名教,张扬个性人欲,形成一股思想解放的潮流。

与这股思潮有直接关系,又身兼文学家和文论家,从而成为由学术思潮导向公安派诗学思潮的枢纽的,主要有徐渭、李贽、焦竑、汤显祖等人,其中以李贽最为重要。李贽是王襞的弟子,实际上也属泰州学派,但大约因为他是异端之尤者,黄宗羲没有将其列入"学案"。他是一位独立思考的思想家和正统儒学的大胆怀疑者、叛逆者,贬抑孔、孟、六经,反对"以孔子之是非为是非",宣称"夫天生一人,自有一人之用,不待取给于孔子而后足也"(《焚书》卷一《答耿中丞》)。他肯定人欲,认为"人必有私","私"便是"穿衣吃饭"等合理的物质欲望;他张扬个性,称之为"童心",这"童心"便是未被"闻见道理"即传统儒家种种说教所熏染的自然本色的"初心",公然宣称"六经、《语》、《孟》乃道学之口实,假人之渊薮也,断断乎其不可以语于童心之言明矣"(同上卷三《童心说》)。因而他极为卫道者所不容,终于置之死地。徐渭曾师事王畿,也有强烈的异端思想,自称"疏纵不为儒缚"(《徐文长三集》卷二十六《自为墓志铭》)。他认为凡是服务于社会人群的,不论地位高下贵贱,皆是"圣人",甚至"马医、酱师、治尺箄、洒寸铁而初之者,皆圣人也"(《徐文长文集》卷十八《论中三》)。他也备经坎坷,穷困潦倒以终。焦竑曾师事泰州学派的罗汝芳、耿定向,又与李贽为友,他虽不公然攻击传统儒学,却以之等同于庄、禅,并认为"圣人"的学说也是顺乎"人情"的。实际上他是以圣经贤传之名,行张扬个性之实。汤显祖是杰出的戏剧家,以创作爱情剧《牡丹亭》著称于世,曾师事罗汝芳,并服膺李贽和反抗传统儒学的达观和尚。他思想的最大特点便是极重"情",并以之与儒家之"理"不可并存地对立起来:"情在而理亡"(《汤显祖诗文集》卷五十《沈氏弋说序》)、"情有者理必无,理有者情必无"(同上卷四十五《寄达观》)、"第云理之所必无,安知情之所必有邪"(同上卷三十三《牡丹亭记题词》)。其实上述异端思潮的核心问题,皆是表现出在晚明的具体历史条件下的"情理冲突""理欲冲突",人的个性与社会普遍原则的冲突,是对"存理去欲"的理学核心主张的逆反。

  以上诸人皆好文学,好谈诗论艺。他们这种蔑视历史上一切权威、反对一切思想束缚的伦理哲学,必然导致文学思想上的反对复古、拟议、格套、法度等等。也就是说,伦理学上的"情理冲突"引起诗学上的"情法冲突"是顺理成章的。时人虞淳熙《徐文长集序》有言:当以李攀龙、王世贞为代表的后七子派诗学席卷文坛之时,"所不能包者两人:顽伟之徐文长(渭),小锐之汤若士(显祖)也"。徐渭曾辛辣地嘲笑那些"徒窃于人之所尝言,曰:某篇是某体,某篇则否;某句似某人,某句则否"者,不过是"鸟之为人言"而已

(《徐文长文集》卷二十《叶子肃诗序》），显然是针对七子派提倡拟则古人高格逸调而发的，并倡言"自然""本色"与之对立。汤显祖并不否定"体"，他认为诗之为物如同世上千品万汇一样皆有各自的体式、体貌，但"独有灵性者自为龙耳"（《汤显祖诗文集》卷三十二《张元长嘘云轩文字序》）。"灵性"即敏感的诗才、灵动的诗思，所谓"士奇则心灵，心灵则能飞动，能飞动则下上天地，来去古今，可以屈伸长短，生灭如意"，无不形成高明的体式，而不必执定一种体式（同上《序丘毛伯稿》）。

李贽所大力标榜的"童心"，一方面对抗着伦理学上的"闻见道理"，一方面也对抗着诗学上的格调法度。葆有一颗真纯的"童心"既可以成为"真人"，也可以写出真诗；在成人的道路上既不必仰仗于六经、《语》、《孟》，在创作的道路上也不必取则于"古选""先秦"。"童心"，在一定意义上说就是人的天然本性，人的自然感情。"有是格，便有是调，皆情性自然之谓也。莫不有情，莫不有性，而可以一律求之哉！"（《焚书》卷三《读律肤说》）不是格调规范制约着情性，而是人的千差万别千变万化的情性产生了各种各样与之适应的格调。依从格套法度固然可以作文，却绝不能作出"天下之至文"（同上《杂说》）。焦竑更直接宣称："夫执古之法而不知变者，非也。"（《焦氏澹园集》卷十四《荆川先生右编序》）所谓"执古之法"者，便指七子及其后学。《题谢康乐集后》明确说："余观弘、正一二作者，类遗其情而模古之词句。迨其下也，又模模之者之词句。本之不硕而第繁其枝，欲其有可食之实，可匠之材，难矣。"（同上卷二十二）所谓"本"，从上下文看显然指情，他又称为"性灵"，因为"诗非他，人之性灵之所寄也。苟其感不至，则情不深；情不深，则无以惊心而动魄，垂世而行远"（同上卷十五《雅娱阁集序》）。

这里应当指出，以上诸人似乎否定一切往古的权威，事实上他们也有自己所推崇的权威与典范，就文学方面来说，便是白居易、苏轼。他们无一不称扬白、苏，有的还加上了宋代理学家邵雍、明代心学家陈献章。这也影响于公安派。钱谦益《陶仲璞遁园集序》说："万历之季，海内皆诋訾王、李，以乐天、子瞻为宗，其说唱于公安袁氏，而袁氏中郎、小修皆李卓吾（贽）之徒，其指实自卓吾发之。"（《牧斋初学集》卷三十一）白居易、苏轼自严羽《沧浪诗话》以来，一直蒙受长久的冷淡，到晚明却突然走红起来。他们之推重白居易，是写"闲适"一类诗篇的白居易，而绝非写"讽喻诗"的白居易；他们推重苏轼，则着眼于他的老庄释禅之魂，而与后来清代重苏的"雄赡"角度不同。质言之，他们的重白、苏乃至于邵、陈，主要是在其一部分作品和生活态度的适性任情、怡性悦情的情调中获得了共鸣。由此可见，晚明文学的个性解放思潮是理学、心学中所包含的佛老思想和生活态度在一定历史条件下的产物。

公安三袁与以上诸人差不多都有直接联系。即以袁宏道而言，他极为推赏徐渭，在文章中再三致意。后来他拜访李贽，二人一见倾心，皆有相见恨晚之感，袁宏道的诗文风格更为之一变，他对李贽的由衷敬慕服膺，在多篇作品中都曾直言不讳。另外他与焦竑也有书信来往，并存有《送焦弱侯（竑）老师使梁因之楚访李宏甫（贽）先生》之诗。

（二）时与变

公安派作为一个诗派，攻讦的矛头完全针对七子，以夺取坛坫，与李贽等人作为思想家、戏剧家、学者的顺便訾及七子派不同。主张诗学因时而变，便是他们破除七子派"诗必盛唐"的崇古、拟古、格调之说的重要思想武器。在文学思想史上，凡是反对复古主义的，莫不以"文无新变不能代雄"作为口实。清初人反七子为代表的明诗也以此为理论依据，叶燮尤其如此。

七子派的诗学主张有一个致命的理论误区，即认为诗至盛唐已经达到无以复加的顶峰，一切体制格调等等皆已齐备，后人只须拟议变化即可。公安派必须首先轰毁他们的这个理论前提。在这方面最先发难的是三袁中的长者袁宗道。他倾慕李贽，服膺汤显祖，于古人最重白居易、苏轼，名所居为"白苏斋"，所著为《白苏斋集》。他主要从语言的变迁论拟古之非，"夫时有古今，语言亦有古今，今人所诧谓奇字奥句，安知非古之街谈巷语耶"（《白苏斋类集》卷二十《论文上》），因而反对七子派的"篇篇模拟"。但袁宗道的着眼点过于狭隘，又重在论文，在这方面论述得最为透彻的是其弟袁宏道（中郎）。

袁宏道认为"世道"即风俗、习惯、语言、文化是不断变迁的，他称之为"时"，即"时代"及其精神文化特征。"古有古之时，今有今之时"（《雪涛阁集序》，见《袁中郎全集·文钞》），"事人物态，有时而更；乡语方言，有时而易"（《江进之》，见《袁中郎全集·尺牍》）。文学也随着时代的推移和文化的变迁而演进，绝不会保持万古不变的面目，所谓"时移俗异，节文亦当不同"（《暑谈》，见《袁中郎全集·随笔》），否则便犹如"处严冬而袭夏之葛"，极其不合时宜。从这种文学随时代而变迁的发展观出发，他批评了七子派胶柱鼓瑟的拟议之说，并对各个时代文学的优劣高下作出新的评判。其《叙小修诗》说：

  盖诗文至近代而卑极矣！文则必欲准于秦汉，诗则必欲准于盛唐，剿袭模拟，影响步趋，见人有一语不相肖者，则共指以为野狐外道。曾不知文准秦汉矣，秦汉人曷尝字字学六经欤？诗准盛唐矣，盛唐人曷尝字字学汉魏欤？秦汉而学六经，岂复有秦汉之文？盛唐而学汉魏，岂复有盛唐之诗？唯夫代有升降，而法不相沿，各极其变，各穷其趣，所以可贵，原不可以优劣论也。（《袁中郎全集·文钞》）

既然变是文学发展的规律,时代不同,文学的风格亦异,它们皆是各自时代文化精神的产物,因而便没有什么优劣高下之分。只有那种因袭模拟前人的作品,失去了自己的时代特色和独特风貌,缺乏与时更新的创造精神,方是真正卑不足道的。袁宏道有时为了矫枉过正,甚至说出"唐无诗"的偏激之论,但其实他也是推重唐诗的,不过他认为"唐人妙处,正在无法耳"(《答张东阿》,见《袁中郎全集·尺牍》)。学习唐人不应模拟其格调,则象其法度,而应学其不法前人也不以法束缚自己的创新精神。

袁宏道这些文随时变的理论,既是对七子派的针砭,也为公安派"但抒性灵"的创作原则开辟着道路。

(三)"但抒性灵,不拘格套"

主盛唐,主拟议盛唐的高格逸调,是七子派的标志与特征。如果说袁宏道主"变"的文学发展观是针对七子派的"诗必盛唐"之论而发,那么主"真"便针对其拘守于古人的格调立论。主"变"属于文学发展的客观方面,主"真"属于文学创作的主观方面,即诗人的才情与个性,袁宏道常称之为"性灵",并提出"但抒性灵,不拘格套"的口号,成为公安派诗学思想的核心。本书下篇题为"情理冲突",其中的一个侧面便是"情法冲突"。自从宋代诗学家由于受理学好谈"物理""物之条理"的知性思维的影响,论诗也津津乐道于法度,而明人虽反宋代诗风,但其标榜的格调实际上仍延续着宋人所提出的关于法度的课题,因而情与法始终处于矛盾的状态。七子派无疑是重情的,但也无疑重法即格调之类,他们企图将情安顿于古典的格调之中,或者说他们认为古人成功的体格声调正是典雅的抒情之具,因而情、法在他们那里成为一个矛盾统一体。公安派接受了异端思潮张扬个性解放的学说,并用之于诗歌创作,便突破了情法矛盾的统一体,"独抒性灵,不拘格套"成为宋代以来情法冲突最剧烈、最典型的表现。这个口号是袁宏道在《叙小修诗》

中提出的。小修即袁中道,是三袁中的最小者,袁宏道在该文中称他的作品:

> 大都独抒性灵,不拘格套,非从自己胸臆流出不肯下笔。有时情与境会,顷刻千言,如水东注,令人夺魂。

从下文可以看出,他所谓"格套"即指诗必盛唐、"剿袭模拟,影响步趋"的七子派拟议格调之论,"独抒性灵"指"不效颦于汉魏,不学步于盛唐,任性而发"的与七子派针锋相对的创作原则,他称以此种原则写出的作品为"真声"。《叙小修诗》可以说是公安派正式形成的宣言,"独抒性灵,不拘格套"之说得到其成员的呼应。袁中道本人论诗歌创作也说:"大丈夫意所欲言,尚患口门狭,手腕迟,而不能尽抒其胸中之奇,安能嗫嗫嚅嚅,如三日新妇为也。不为中行,则为狂狷,效颦学步,是为乡愿耳。"(《珂雪斋集》卷十《淡成集序》)公安派重要成员王思任从"独抒性灵"出发,径直批判了七子派"拟议变化"的原则:

> 诗以言己者也,而今之诗则以言人也。自历下登坛,欲拟议以成其变化,于是开叔敖抵掌之门。(《倪翼元宦游诗序》,见《王季重十种》)

"开叔敖抵掌之门"即指"拟议变化"的口号开启了诗坛剿袭雷同的风气。如果说七子派的"拟议变化"之说、循古人格调以抒己之性情之论有似于西方文学史上的"古典主义",公安派提倡淋漓尽致发露无余的强烈抒情之论则有似于西方冲击古典派的浪漫主义思潮,他们也将诗当作"感情的喷射器"。无论是明代的公安派或西方的浪漫派,他们的创作原则确有"发挥有余,蕴藉不足"之弊。

人们通常称公安派为"性灵派"，作为一种简明的概称，这当然未始不可。其实"性灵"二字作为文学理论术语不仅不是公安派的首创，也不是明人的首创。早在南朝刘勰、钟嵘、颜之推等人的诗文论中，这个术语已屡有所见，也为唐人所常运用。一般说来，"性灵"大致即相当于现在所说的"心灵"。《管子·内业》有"灵气在心"之语，《庄子》中所谓"灵台""灵府"，皆指心而言。就明代说，七子后学特别是屠隆的论著中，"性灵"一语恐怕比公安派运用得更多些。公安派的特点在于"独抒性灵，不拘格套"，着重强调的是"独抒"，是轻视"格套"，这才是他们与七子后学及其同情者分歧之所在。笼统地说，"性灵"即指人的情感。如焦竑《雅娱阁集序》："诗非他，人之性灵之所寄也。苟其感不至，则情不深；情不深，则无以惊心而动魄，垂世而行远。"寻绎其语意，前之所言"性灵"即后之所言的"情"。再如李维桢《王吏部诗选序》说《诗三百》皆"触情而出，即事而作"，又说其"本于性灵，归于自然"，也显见"性灵"即"情"。但"性灵"与"情"在运用上又有不同的意味，这往往要靠直觉性的心领神会，很难用科学的知解方法加以精确界定。要大致了解"性灵"的意蕴，了解"性灵"一语何以在明代中期以后被广泛运用，必须联系明代心学的义理和用语。王守仁心学极重视"心"，认为心便是"灵明"，"我的灵明便是天地鬼神的主宰"（《王文成公全书》卷三《传习录下》）。在他那里，心即是"性"，即是"天理"，又称为"良知"。良知"是乃天命之性，吾心之本体，自然灵昭明觉者也"（同上卷二十六《大学问》），"良知是造化的精灵"（《传习录下》）。龙溪学派的王畿也有类似表述，如称"良知是天然之灵机""良知是造化之精灵""良知者，性之灵根，所谓本体也"。所以，晚明人所说的"性灵"已与南朝隋唐人所说的"性灵"具有了不同的意味与内蕴，它是心学术语"良知"向诗学的转化，是哲学概念向审美概念的转化。它在固有的"情性"的基础上，又增添了活泼、飞动、灵明的意味。当时的诗文论中还常常用到"灵心""灵采""灵机""灵慧""灵潮""自性自灵，自心自神""一段精光""元神活泼""心灵则能飞动"的词语，大致都与"性灵"有关，或描绘"性灵"的功效与特征。汤宾尹《删选房稿序》说"心统于灵，灵统于圣"，尤可以看出"心灵""性灵"与"圣学"即心学的联系。了解性灵一语有别于情的上述特点，有助于对公安派所主的"趣"的理解。

性灵与"真"相一致，而与"拟议"相对立，所谓"出自性灵者为真诗"（袁宏道语，《雪涛阁集》卷八《敞箧集引》引），"大抵拟议多而性灵少"（沈守正语，见《雪堂集》卷四《王献叔诗集序》）。那么怎样创造富有性灵的"真诗"呢？袁宏道《叙小修诗》说要"从自己胸臆流出""情与境会""情随境变，字逐情生"，江盈科《敞箧集引》对此做了较详的发挥：

夫性灵窍于心，寓于境。境所偶触，心能摄之；心所欲吐，腕能运之。心能摄境，即蝼蚁、蜂虿皆足寄兴，不必雎鸠、驺虞矣；腕能运心，即谐词谑语，皆足观感，不必法言庄什矣。以心摄境，以腕运心，则性灵无不毕达，是之谓真诗，而何必唐，又何必初与盛之为沾沾！

这是公安派对"性灵诗"的创作最详明精彩的表述，又是在与袁宏道论诗中发挥的，十分符合袁宏道的诗学思想。他们认为性灵不仅潜藏在主体心中，也隐度在一切客体物中，这是老庄和释禅"道在万物""法在万物"的思想，而为宋明理学所吸取。当心与境偶然相触，性灵便会激撞迸发出诗的火花，这时要立即摄取，并肆口吐发为诗篇，以当时涌现的一切语言表述出来，达情即可，而不必计较是雅是俗，为庄为谐。这便是所谓"信心信腕"，也便是袁中道所谓"尚患口门狭,手腕迟","安能嗫嗫嚅嚅"地吟哦推敲。这样作出的诗,固然可以"情真",但也伏下了日后流为"俚易"的病根。

(四)趣

公安派论诗好谈"韵",尤好谈"趣"。对于他们来说,"趣"比"韵"更重要。这并不是因为他们谈"趣"多于谈"韵",而是因为"趣"更合于他们的诗学思想的逻辑进路。公安派与七子派的诗论虽在表面的严重对立中其实有所交叉,但一般来说,根据他们的诗学思想,"韵"是七子派追求的结果,"趣"是公安派追求的结果。袁宏道《叙陈正甫会心集》对"趣"有较详的论述:

> 世人所难得者惟趣。趣如山上之色,水中之味,花中之光,女中之态,虽善说者不能下一语,唯会心者知之。……夫趣得之自然者深,得之学问者浅。当其为童子也,不知有趣,然无往而非趣也,面无端容,目无定睛,口喃喃而欲语,足跳跃而不定,人生之至乐,真无逾于此时者。孟子所谓不失赤子,老子所谓能婴儿,盖指此也。趣之正等正觉,最上乘也。山林之人,无拘无缚,得自在度日,故虽不求趣,而趣近之。愚不肖之近趣也,以无品也,品愈卑故所求愈下,或为酒肉,或为声伎,率心而行,无所忌惮,自以为绝望于世。故举世非笑之,不顾也,此又一趣也。迨夫年渐长,官渐高,品渐大,有身如梏,有心如棘,毛孔骨节,俱为闻见知识所缚,入理愈深,然其去趣愈远矣。

以山色水味、花光女态描绘喻说"趣"的美感特征,虽与通常以镜花水月说"韵"颇为相似,虽公安派有时"趣""韵"并谈,但"趣"与"韵"实有很大差异。一般说来,"韵"远而"趣"近,"韵"蕴而"趣"露,"韵"静而"趣"动,"韵"端而"趣"活,"韵"雅而"趣"

谐,"韵"的创造有待比兴含蓄,情景融会,"趣"的创造则直抒性灵,任情肆意。当然,"趣"并不与"韵"相对立,而与"理"相乖谬。从这一点来说,公安派其实也并不认同于以江西诗派为代表的议论说理的宋诗,而近于杨万里走出江西诗学以后的诗。清代同主"性灵"的诗人袁枚推重杨万里便是一个明证,杨万里后期的作品也正以活泼生动的"趣"取胜。质言之,在公安派那里"趣"是其性灵说的产物,试看袁宏道所论可以有"趣"的三种精神、生活状态便可明了于此。一是天真无邪、好动好奇的"童子"最富于"趣";次是无拘无束、自由自在的"山林之人"也颇有"趣";三是那些没有什么身份可摆、架子可端,"率心而行,无所忌惮",一心沉酣于酒色声伎的市井之徒也自有一种"趣"。只有那些官高品重的端委缙绅和道貌岸然的道学先生最无"趣"。这完全是李贽《童心说》在诗学上的发挥,与公安派所论"独抒性灵"的创作原则完全一致。

公安派其他人物论"趣"也与袁宏道大体相同。袁中道谓"凡慧则流,流极而趣生焉。天下之趣,未有不自慧生也","慧"即"慧黠"、灵动、活泼,由这种活泼的心灵创造出来的作品便流为"趣"。又谓"随其口所出,手所挥,莫不洒洒然而成趣"(《珂雪斋集》卷十《刘玄度集句诗序》),这显然便是他们一再宣扬的"信心信腕"的作诗态度。江盈科认为诗人只有"元神活泼""神机流动""其衷洒然",作品方能"其趣怡然",而达到此种诗境,首先应当保持一种"大化与俱,造物与游,无处非适,无往非得"(《雪涛阁集》卷八《白苏斋册子引》)的超然"尘俗""义理"的人生态度。这无疑受到庄子思想的影响。王思任《袁临侯先生诗序》说:

  弇州(王世贞)论诗,曰才,曰格,曰法,曰品,而吾独曰一"趣"可以尽诗。……临侯遇境摅心,感怀发语,往往以激吐真至之情,归于雅含和厚之旨,不斧凿而工,不橐籥而化，动以天机，鸣以天籁，此其趣胜也。

这里又将"趣"与七子派"格调"之说对立起来，所谓"不斧凿""不橐籥"便是不斤斤计较于格套法度，而一任"天机"，直抒怀抱。所谓"天机"，便是外物外境对诗情诗意不期然而然地感发触引的灵感与契机。这些也与前述"性灵"诗的创作方法完全一致。

总之，"趣"是诗人活泼、灵动、乐天、谐谑、富有生活情趣的心灵在作品中的表现。毋庸讳言，它同样也伏下诗意俚易而少蕴藉的病根。

七、"拟议变化"的新倾向

典型的公安派的诗学思想，是与文化学术上的异端思潮密切相连的，随着异端思潮的逝去，公安派诗学也必然发生蜕变，此其一。其二，那种典型的公安派的诗学主张即"独抒性灵，不拘格套"，虽有冲击与矫革模拟雷同之风的功绩，为诗坛带来一股勃勃生气，但唯主师心而拒绝学习借鉴古人的成功经验，一任信心信腕的感情喷发而鄙薄包括体格声调在内的抒情艺术和必要的内敛约束，也未免流于偏颇，未必全合于含蓄隽永的诗艺，袁宏道自己便曾追悔少作"大披露，少蕴藉"。其三，由于袁宏道的理论鼓吹和作品示范，效颦学步的公安末流的作品便流为俚易、叫嚣、卑俗，矫正了一种弊端转而生出另一种弊端，诗坛上依然是弥望皆是的黄茅白苇。以上种种，皆促成了公安派诗学思想的解体。人们对有明以来诗学思想的递变进行着反思，激烈者攻讦"中郎之说祸天下"，中行者则思索着袁宏道与七子派诗论各自的得失利病，所谓"学七子者弊矣，学公安者能弗弊乎"（沈守正《雪堂集》卷四《虚室吟草序》）。特别是袁中道，他在乃兄去世以后写了一系列反思文章，指出七子与乃兄各自的功过："国朝有功于风雅者莫如历下，其意以气格高华为主，力塞大历后之窦于时，宋元近代之习为之一洗。及其后也，学之者浸成格套，以浮响虚声相高，凡胸中所欲言者，皆郁而不能言，而诗道病矣。先兄中郎矫之，其意以发抒性灵为主，始大畅其意所欲言，极其韵致，穷其变化，谢华启秀，耳目为之一新。及其后也，学之者稍入俚易，境无不收，情无不写，未免冲口而发，不复检括，而诗道又将病矣。"（《珂雪斋集》卷十《阮集之诗序》）他复提出"以三唐为的"，但要避免流为格套；主张学其兄的"发抒性灵"，但要"力塞后来俚易之习"（同上）；"以法律救性情之穷"，"以性情救法律之穷"（同上《花雪赋引》）。还有些人重提"拟议以成其变化"的方法与原则，如邹迪光、许学夷、陈子龙等。大致说来，明末诗学的主流是沿着何景明及七子后学胡应麟、屠隆等人的路线，越来越趋向于"神韵"。如果说"性灵"说近于西方浪漫主义的主张强烈抒情，以诗为"感情的喷射器"；"神韵"说则略似西方的意象派，主张隐蔽感情，将感情对应到外物中去。这种比拟或许不完全是牵附。

（一）"灵"与"厚"

继起于公安派之后，由钟惺、谭元春所创立的"竟陵派"，便是一个企图折中七子、公安的诗学流派。钟惺认为"因袭有因袭之流弊，矫枉有矫枉之流弊。前之共趋，即今之偏废；今之独响，即后之同声"（《隐秀轩文往集》书牍一《与王稚恭兄弟》）。他们既不满于七子，又不满于公安；既有取于七子，又有取于公安；而自出手眼，自立机轴，提出十分独特的诗学观，在明末的影响大于公安派。

钟、谭与公安三袁有微妙的联系。他们均是楚人。钟惺的老师雷何思是公安派的重要成员。他本人又与袁中道交好，曾"誓相与宗中郎之所长，而去其短，意诗道其张于楚"（袁中道《花雪赋引》）。谭元春曾为袁宏道之子袁述之所编《袁中郎先生续集》作序。但是他们都不满公安派的蔑弃古法而一意师心，认为学公安"其弊反有甚于学济南诸君子也（指七子派）。眼见今日牛鬼蛇神，打油定铰，遍满世界，何待异日"（《与王稚恭兄弟》）。他们意图调和公安与七子诗学思想的对立，宣称袁宏道矫革七子诗学正是七子的功臣，现在矫革公安派的弊端则是公安的功臣，他们既不赞同公安派的一味反古，也不赞同七子派的一味泥古，从体格声调上一板一眼亦步亦趋地拟则古人，而主张求古人的"真诗"，学古人的"精神"之所在。如前所说，公安与七子特别是七子后学的根本分歧并不在于是否讲究"性灵"，而在于是否重视学古、拟古。公安派主张"信心信腕"、师心而不师古，正是在这一点上竟陵派与之划出了界限，而与七子派中从何景明开始提倡"领会神情"的一线相接近。为了贯彻自己的理论主张，给学者提供学古的范本，钟惺、谭元春合编了《诗归》。其中自上古至隋诗十五卷，称《古诗归》；唐诗三十六卷，称《唐诗归》。不收宋元诗，也可以窥见他们的评价态度。钟惺在《诗归序》中写道：

> 选古人诗而命曰《诗归》，非谓古人之诗以吾所选为归，庶几见吾所选者以古人为归也。引古人之精神以接后人之心目，使其心目有所止焉，如是而已矣。

后文又明确说编选《诗归》的目的是"求古人真诗所在。真诗者，精神所为也"。他们对古诗"精神"的理解有自己的独特标准，简单说来便是"灵"与"厚"。"灵"与"厚"不仅是他们学古的着眼点，也是他们对诗歌创作的最高要求。同时正是在处理"灵"与"厚"的关系上，体现出他们折中公安与七子的意向。所以"灵"与"厚"可以说是竟陵派诗学思想的核心。

"灵""灵心"为公安派所常言，"厚""深厚"则是七子派主要的诗学倾向。钟、谭对"灵""厚"孰轻孰重似乎无所轩轾，他们有时讲"厚出于灵",有时又主"以厚救灵",二者处于循环互补、互救、互矫的辩证关系中。不过他们似乎首先着眼于"厚",如谭元春自谓与钟惺编撰《诗归》的宗旨是"期在必厚"(《谭友夏合集》卷八《诗归序》),钟惺也说"诗至于厚而无余事矣"(《隐秀轩文往集》书牍一《与高孩之观察》)。这大约因为矫正公安末流的浅俗、尖新、叫嚣是当时的急务。那么,"厚"与"灵"各有什么样的品性与特征呢?钟惺《阅圣教序庙堂碑圣母坐位四帖》说:"彼其朴而无态者自如,人反不以为佳,此所谓厚者也。"所论虽为书法,但他又明言"古人作文作事莫不皆然"。可见"厚"便是"朴",便是"无态",即不见人工刻意追求、发露之迹。"无态"的反面是"有痕",如谭元春《题简远堂诗》说,"朴者无味,灵者有痕",可见"有痕"是"灵"的特点,"灵"与"朴"的关系实际上就是"灵"与"厚"的关系。他主张"有志者常精心于二者之间而验其候,以为浅深。必一句之灵能回一篇之运,一篇之朴能养一句之神",又可见"灵"即诗中的奇警尖巧之句,"朴"即围绕于此句"前后左右"加以烘托的"宽裕朴拙之气"。(《谭友夏合集》卷二)钟惺《与谭友夏》也将"有痕"与"厚"对立起来:"有痕非他,觉其清新者是也。"诗应清新,但又不应露出清新之迹,要融于朴茂的诗句之中,但"痕亦不可强融,惟起念起手时,厚之一字可以救之",他称此为"极无烟火处"的"机锋"。

"厚"的另一品格与特征是"静"与"柔"。钟惺《陪郎草序》说:"夫诗以静好柔厚为教者也。"与"静""柔"相对立的是"豪""俊",因为"豪则喧,俊则薄。喧不如静,薄不如厚"。"豪""俊"即"灵",是公安派的特征,其末流往往发为叫嚣、轻薄。另外,钟惺还主张"朴心而慧识,古貌而深情"(《隐秀轩文昃集》序又二《董崇相诗序》)。"朴""古"是"厚","慧""情"是"灵",这两个方面结合起来,方能成为"一代之真声元气"。

但钟、谭也并不轻视"灵",他们甚至认为"厚出于灵",因为"从古未有无灵心而能为诗者"。没有对生活敏锐的感受,没有一颗活跃灵动的诗心,便不会有诗的灵感与激情,即使硬写出来也会"朴者无味"。但如果过分追求"灵",便会使诗意失之于"纤",失之于"薄"。矫之之途,仍然有待于"厚"。所以诗人应当兼有两方面的素养:"必保此灵心,方可读书养气以求其厚"(《隐秀轩文往集》书牍一《与高孩之观察》),即既保持一颗灵敏的诗心,又有深厚的学养。读书的范围当然十分广泛,但对于诗人来说重要的是"读唐以上诗,精思妙悟"。养气虽然也包括"修其孝弟忠信,入以事其父兄,出以事其长上"(《隐秀轩文㲾集》序二《周伯孔诗序》)的传统的道德观,但钟、谭对此更有特殊的理解与规定,形成竟陵派诗学更加根本的人生观基础,这便是"孤衷峭性""奇情孤习""孤怀孤诣孤行""挫名匿迹""荒寒独处"的生活态度。钟惺《诗归序》声称编选《诗归》意在求古人的"真诗",而"真诗"来自古人的"精神",他认为这种精神便是古人能够保有"幽情单绪,孤行静寄于喧杂之中"。以此种"精神"选古人之诗,自然必会遗落公认的名篇佳作,而收录一些不被注意的偏僻之作。从创作方面说,钟惺认为诗是"清物",它"好逸""喜净""取幽""宜澹""贵旷",因而诗人也应当"门庭萧寂,坐鲜杂宾""性情渊夷,神明恬寂",方能"作比兴风雅之言"。(《隐秀轩文㲾集》序二《简远堂近诗序》)谭元春也认为诗应当是"荒寒独处,稀闻渺见,孳孳慄慄中,所得落落瑟瑟之物也",即使那些身居"通都大邑,高官重任"的诗人,也应当"常有一寂寞之滨、宽闲之野存乎胸中,而为之地"。(《谭友夏合集》卷九《渚宫草序》)在这种处境、心境中写出的诗方能既"灵"且"厚",方能富有"幽情单绪"。这便是人们常以"幽情单绪""深幽孤峭"作为竟陵派诗学理想的根本原因。这与他们的生活经历与人生态度有关,更是王朝末日的惨淡阴影在他们心灵中的投射。

钱锺书《谈艺录》认为"钟谭论诗皆主'灵'字,实与沧浪、渔洋之主张貌异心同","渔洋说诗,乃蕴藉钟伯敬也","清人谈艺,渔洋似明之竟陵派"。他对此旁征博引,是很有说服力的。这么说来,竟陵派的诗学主张,也是清初王士禛"神韵"说的前驱之一。

(二)"兴"与"韵"

倘说公安派的诗学思想偏于"狂",则竟陵派的诗学思想偏于"狷",相比之下,还是七子派内部从何景明、徐祯卿、谢榛、王世贞到末五子的屠隆、胡应麟、李维桢等人既重视古人成功经验,"富于材积",又强调从根本上学习古人,"领会神情"。在创作实践上则"临景构结",因情适变,注重"体格声调"和"兴象风神"两个方面,以创造含蕴隽永的艺术美感,诸如此类的诗学主张更"中行"些,更通达些,更符合艺术规律些,也更容易为人所接受。从"纯诗"的角度上说,汉魏古诗的自然天成,盛唐诗的炉火纯青,皆与文学甚至整个文化发展的特定阶段相联系,皆是不可重复和难以企及的。文学作品"自有定价",并不以某些人的偏嗜为转移,而以在历史时空中传播的广远与否为检验。千百年来直至今日,最脍炙人口、最令人耳熟能详的,始终以汉魏古诗和盛唐诗居多,这是一个无可否认的事实。因此,大约与竟陵派同时或略晚,有不少诗论家仍沿袭着七子后学的艺术探索,其中较有代表性的是许学夷《诗源辩体》和陆时雍《诗镜总论》。《诗源辩体》费时二十年,十易其稿,最后定稿于崇祯五年(1632),作者时年七十,书中多有讥及公安、竟陵之处。陆时雍为崇祯六年(1633)贡生,其《诗镜总论》的成书当晚于《诗源辩体》,但未涉及对公安、竟陵的评价。二书有两个共同特点,一是皆为对历代诗人、诗作、诗风的评论;二是都很典型地体现了明代极重艺术、极重美感的诗学主流,这一点既不同于此前的宋,也不同于此后的清。两书的主要差异是:《诗源辩体》重"兴",而《诗镜总论》重"韵"。

许学夷的诗学思想与七子十分接近，尤近于七子后学胡应麟：第一，推崇汉魏盛唐；第二，推崇严羽，称"古今论诗者，不得不以沧浪为第一"，其持论多本于严羽与胡应麟；第三，攻击袁宏道"为诗恣意奇诡"，钟、谭选诗"尚偏奇，黜雅正"，而极力为七子派诗学辩解，重新肯定"拟议以成其变化"的口号，认为"学者必先造乎规矩，而能驰骋变化于规矩之中，斯足以尽神圣之妙，所谓'从心所欲不逾矩'是也。苟初不及乎规矩，而欲驰骋变化以从心，鲜有不败矣。今按仲默（何景明）律诗，悉合规矩，而献吉（李梦阳）歌行，又能驰骋变化于规矩之中，则又不可不知"（《诗源辩体》，以下引许之论皆出此书）。这不仅否定了公安派的师心之论，也抹杀了李、何论诗的分歧。

许学夷的重"兴"是多层面的。首先是以"情兴"论汉魏古诗。他认为"汉魏人诗，本乎情兴。学者专习凝领，而神与境会，即情兴之所至"，可见所谓"情兴"便是诗人的内心世界（内境、情）与客观外界相摩相荡而不期然地迸发出的激情与灵感（兴）。以此成诗，便会达到浑然天成、无迹可求的自然之美。以此成诗，还可以使"兴象玲珑，无端倪可执"。因为"情兴"犹如他评论《古诗十九首》所说，实即"触物兴怀，未尝先立题而为之"，"兴"（情）与"象"（物）在诗人头脑中是同时发生的，即"兴"即"象"，即"象"即"兴"，既非先有了某种意念然后寻找某一个物象来比况，也非先看到某个外物后再去苦思引申出某种哲理，而是"兴"与"情"浑成圆融，不可分解，这便是"兴象玲珑"。这玲珑的兴象即诗中的艺境可以引发读者无限的遐思与美感，故他又说"情兴骀荡，神韵自超"。

第二，以"兴趣"论盛唐诗，以此为盛唐诗根本的艺术特征。他在《凡例》中说："至盛唐诸公，始言兴趣耳。"并自注："初唐非无兴趣，至盛唐而兴趣实远。"以"兴趣"论盛唐诗来自严羽，但严羽并未论及其创作过程。不过许学夷所谓汉魏以"情兴"为诗与盛唐以"兴趣"为诗并没有很大的差异。他在论孟浩然诗时说"皆神会兴到，随地化生，未可以智力求之""皆神会兴到，一扫而成，非有意创别也"，那么"兴趣"也是诗人触发外物所迸发出的盎然的诗意。略有区别的是，"情兴"是诗人固有的情绪与外境的感会，"兴趣"是诗人固有旨趣与外境的感会，他说"摩诘（王维）胸中滓秽净尽，而境与趣合，故其诗妙至此耳"可证。盛唐人以"兴趣"为诗，不假理性的知解，自然也"兴象玲珑"，这也是他一再津津乐道的。

第三，无论是汉魏的"情兴"还是盛唐的"兴趣"，既然都是"内境"与"外境"相摩相荡的结果，那么在具体传达时都离不开比兴手法，因为比兴的实质便是处理物我关系问题，故许学夷也必然重视比兴，重视景物描写。他说："诗有景象，即风人之兴比也。唐人意在景象之中，故景象可合不可离也。"这其实也便是"兴象玲珑"的创造过程。他批评了中唐诗人王建的"功证诗篇离景象"之论，认为离开景物描写而作诗，是"唐人错悟受魔之始也"。由此又及于宋诗。宋人重议论，重说理，主"白战"，不喜描景绘色，不满唐人的"后生好风花"，故罕言"比兴"。许学夷则认为"诗有赋、比、兴。山水、木石、烟云、花鸟，即古诗之比兴也"，而宋人的志趣是"以文为诗"。

第四，因为重"兴"，又引申出重"情"而轻"意"。"盛唐诸公律诗得风人之致，故主兴不主意，贵婉不贵深（谓用意深，非情深也）"，从其自注中可见"情"便是"兴"，因为"情"是诗人感兴于外物的结果。反对以意为诗、以理性的知解为诗，是明人的普遍观念。谢榛《四溟诗话》也主张"诗有不立意造句，以兴为主，漫然成篇，此诗之入化也"。正是由此出发，明人对杜甫颇有微词，以之为以意为诗的始作俑者。许学夷也是如此，认为杜甫"开宋人门户"。只是碍于杜甫崇高的地位和巨大的成就不敢显加攻击，而集矢于中唐与宋人的"尚意"，称之为"意障"。

许学夷虽然很少谈到"韵",但以上几乎各个方面都已接近于王士禛"神韵"说的要义。

谈"韵"较多的是陆时雍,其《诗镜总论》(以下引陆论皆出自此书)的最末一段颇带有总论性质:

> 有韵则生,无韵则死;有韵则雅,无韵则俗;有韵则响,无韵则沉;有韵则远,无韵则局。物色在于点染,意态在于转折,情事在于犹夷,风致在于绰约,语气在于吞吐,体势在于游行,此则韵之所由生矣。

所谓"点染""转折"之类的"韵"的创造,其实简单说来就是含蓄委婉。陆时雍并不讳言"意",但主张"意广象圆",对此他讲得甚为辩证。"意广"绝不是多立意。恰巧相反,他是十分反对好"用意""意太深"的,而主张"有意如无,隐然不见",这样反而为读者留有更多的想象空间,使读者见仁见智,各以其情而自得,方能使诗意更加"神韵绵绵"。反对把"意"说得过详过尽,几乎贯穿了《诗镜总论》全书。"象圆"也绝不是把物色写得逼真、详明,恰巧相反,他只不过要求"点染"一下而已。写得逼真,读者在欣赏中的所得也不过是"真";写得简约,却可引发出读者多方面的想象,依据自己的生活经验使物色在头脑中浑圆起来。把这两个方面结合起来,便是:"善言情者,吞吐深浅,欲露还藏,便觉此衷无限。善道景者,绝去形容,略加点缀,即真相显然,生韵亦流动矣。""此衷无限"就是"意广",却由"欲露还藏"造成;"生韵流动"就是"象圆",却由"略加点缀"造成。这真是巧妙的艺术辩证法!

陆时雍以上所说的"意",是就作品形成后的内在蕴蓄和读者的审美所得而言的,从诗人的创作机制上说,他也同许学夷一样重"情"而轻"意",即诗人应从情出发而不可先立意。他详论了"情""意"

之别：

> 夫一往而至者，情也；苦摹而出者，意也；若有若无者，情也；必然必不然者，意也。意死而情活，意迹而情神，意近而情远，意伪而情真。情意之分，古今所由判矣。

也正是由此出发，他对杜甫同样颇有微词。当然，对杜甫的微词也非此一端，再如中唐以后的"欲高欲大，欲奇欲异，于是远想以撰之，杂事以罗之，长韵以属之，俶诡以炫之"等等，他也认为皆是"少陵误世，而昌黎（韩愈）复涌其波也"。他认为这一切皆不合于含蕴窈眇的"神韵"之美。

"韵"是《诗镜总论》评历代诗的重要标准，也是向王士禛"神韵"说的过渡。王士禛"神韵"说可谓明代七子派诗学思想逶逶迤迤向前演进的最终结穴，却非清代诗学思想的主流。清代由于社会存在与思想文化的巨大变迁，其主导诗学追求几乎与明人背道而驰。

清代第七章　祧唐祢宋

一、题解

本章所涵盖的时间，大致从清王朝建立（1644）至中日甲午战争失败（1895）的二百五十多年间。虽然发生于1840年的鸦片战争是清代历史乃至整个中国古代历史上的一件大事，西方的坚船利炮第一次震醒了朝野君臣和士大夫的"衣冠上国"的梦幻，一批先进的人士也开始睁开眼睛看世界，因而人们通常以此为中国近代史的开端，但诗学思想的变迁往往迟于社会政治思想的变迁，它有待于西方学术思想的输入和传播。当时有的论诗著作（如林昌彝《射鹰楼诗话》）虽然已涉及这个巨大的变故，但也仅限于对有关事件的记录而已，毫未改变清代诗学思想的固有思路和争唐争宋的话题。即使一向被视为近代文学开山的龚自珍、魏源等，在诗学思想上也未提供截然异于传统诗学的新东西。作为清代主导诗学思想的结穴与集中体现的"宋诗运动"发生于道光、咸丰年间（1821—1861），恰值鸦片战争的前后各二十年，可见鸦片战争并未改变这个"运动"的风貌与走向，这个事实给任何以鸦片战争为界碑划分中国古、近代文学史和文学批评史的著作都带来操作上的麻烦。中国传统诗学思想真正发生实质性的变化是在1895年中日甲午战争失败以后，康有为在是年发动了"公车上书"，要求变法改制，年青的梁启超、谭嗣同等人也开始走上政治舞台,以"更搜欧亚造新声"为宗旨的"诗界革命"的理论与实践大致也发端于此,这才真正开始了中国传统诗学思想的近代转化。因此,本书以此为界将清代诗学思想史分为两截,前半截仍名之为"清代",后半截称为"晚清"。

清代诗学思想的主流可概括为"祧唐祢宋"。"祧唐祢宋"是清人的常谈,最有代表性的是邵长蘅《研堂诗稿序》中的一段话:

> 杨子(地臣)之言曰:今天下称诗虑亡不祧唐而祢宋者。予曰:然。诗之不得不趋于宋,势也。盖宋人实学唐而能夐逸唐轨,大放厥辞。唐人尚酝藉,宋人喜径露。唐人情与景涵,才为法敛;宋人无不可状之景,无不可畅之情。故负奇之士不趋宋,不足以泄其纵横驰骤之气,而逞其赡博雄悍之才,故曰势也。

"祧"为远祖之庙。《经籍纂诂》卷十七:"祧,远意,亲尽为祧。""祢",父庙。《经籍纂诂补遗》卷三十八:"祢,近也,于诸庙父最为近也。"故通俗地说,"祧唐祢宋"即"远唐近宋"。邵长蘅概括了唐宋诗的主要差异:唐诗含蓄蕴藉,宋诗发露无余。又分析了清人疏离唐而亲近宋的原因:不如此不足以逞才而泄气,这是当时诗歌发展的大势。邵长蘅虽然生活于清初,但此后的清代诗学基本上循此走势,直至晚清以黄遵宪为代表的"诗界革命"的诗篇,也仍然保持着这种风貌。应当注意的是,清人所说的"祧唐祢宋",主要是指诗的艺术风貌而言的,在所表达的情志与内容方面则大相径庭。他们所谓"唐",实指以初盛唐为主的典型唐诗;所谓"宋",实指以唐代诗人杜甫、韩愈和宋代诗人苏轼为代表的"宋型诗"。清人也不尽"祧唐祢宋",有些诗人如王士禛、沈德潜的诗作与诗论实则"尊唐祧宋"甚至"尊唐黜宋",即使有些"祧唐祢宋"者对唐宋诗的评价与态度也十分微妙复杂。但清代诗学思想的主流毕竟是"祧唐祢宋",这与明代崇唐抑宋的诗学思想恰巧相反。清人并非有意与明人立异,而是因为社会、政治与文化思想都发生了巨大变迁。

二、通论:清代"实学"与古代诗学思想之终结

在中国古代诗学思想史上,诗学受一般学术思想浸渍最深者,一是汉代,二是宋代,三是清代。它们都处于传统儒学新的发展阶段,其时的诗论家甚至诗人大都身兼学者,或者身为学者而谈诗、作诗。清代时世最晚,兼为学者的诗论家面对的学术资料有汉学、宋学之分,经学、理学之别,考据、义理之异,经学中又有今、古文的历史公案,理学中又有"理本体""心本体"的争讼;他们面对的诗学资料也有唐与宋的分歧,情与理的冲突,格调、性灵的龃龉。因而诗学思想带有综合的倾向,成为传统诗学的终结。

清代的学术取向是反思辨,重实学,重经史。梁启超《中国近三百年学术史》说"这个时代的学术主潮是:厌倦主观的冥想而倾向于客观的考察"。所谓"主观的冥想",首先是指明代中期以后空谈心性、束书不观的风气。清人遇上两个"天崩地解"般的大变局,一是初期的异族入主中原,二是后期的异国入侵神州。对于前一个变局,学人们把罪责归咎于明人的"袖手谈心性",并以西晋的"清谈误国"相比拟,如顾炎武《日知录》写道:

> 刘、石乱华,本于清谈之流祸,人人知之,孰知今日之清谈有甚于前代者!昔之清谈谈老庄,今之清谈谈孔孟,……以明心见性之空言,代修己治人之实学,股肱惰而万事荒,爪牙亡而四国乱,神州荡覆,宗社丘墟。

因而他顺理成章地呼吁"实学"。黄宗羲也对明人"不以六经为根柢,

束书而从事于游谈"之风深恶痛绝，提出"学者必先穷经，经术所以经世"（《清史稿·儒林传》）。正是从经世致用的目的出发，清人十分重视经史，认为"经"中有经纬世事的理论，"史"中有成败治乱的经验教训。他们还提倡实践，注重实地考察，对郡县、地理、军事、物产、商贾等事无不留心。"清初诸老"这种学术取向影响了整个有清一代的学风，后来在清廷的高压政策下引向了踏实细密的考据之学（与束书不观、空谈心性相比，这也当是"实学"），到了上述第二个变局发生的前夕，今文经学又从考据学中流出来，在新的历史条件下复归到清初的经世致用思潮，并通过戊戌变法与西学接榫。

注重实学的风气，也深刻影响了清代诗学的风貌。清代的诗论家，无论属于哪一个纷纭的流派，几乎无一例外地重视学问，强调性情要根柢于学问，即使主"神韵"的王士禛、主"格调"的沈德潜、主"性灵"的袁枚也不例外。"神韵""格调""性灵"诸说虽皆曾执过骚坛的牛耳，但绝不是清代诗学思想的主潮，倒是翁方纲的"肌理"之论更能反映清代诗学思想的特征，这个特征用翁方纲自己的话来说便是"质厚"："吾尝宝山谷二言曰：以古人为师，以质厚为本。"（《复初斋文集》卷四《贵溪毕生时文序》）所说虽为"时文"，却完全通于他的诗学观念，如他在《石洲诗话》中说：

> 唐诗妙境在虚处，宋诗妙境在实处。……宋人之学全在研理日精，观书日富，因而论事日密。如熙宁、元祐一切用人行政，往往有史传所不及载，而于诸公赠答议论之章略见其概。至如茶马、盐法、河渠、市货，一一皆可推析。

"实处"与"质厚"的表现是一致的，即叙事详切，议论痛快，备记时事。潘德舆《养一斋诗话》称之为"质实"。正是在这一点上，清人对宋诗发生了共鸣，而与唐诗发生了隔膜，因而"祧唐祢宋"。

不过清人对宋诗的态度十分微妙复杂。由于宋诗存在着明显缺陷，由于从严羽以来中经元人直到明代七子一派对宋诗长久的不无道理的攻讦，清人一般对宋诗并不抱毫无保留的推崇态度，不像明人推重汉魏盛唐诗那样理直气壮。如开有清一代诗学先河的钱谦益既反七子、竟陵，又不满宋诗；黄宗羲是浙派的鼻祖，浙派后来又流为宋诗派，但他对宋诗也颇有微词；朱彝尊虽极受后来宋诗派的推重，一般认为他是宋诗派的发端，他本人的作品也近于宋诗风貌，但在言论上却扬唐而抑宋，不满"今之言诗者每厌弃唐音，转入宋人之流派，高者师法苏、黄，下乃效及杨廷秀之体，叫嚣以为奇，俚鄙以为正"（《曝书亭集》卷三十八《叶李二使君合刻诗序》）。再如桐城派代表人物姚鼐在学术上主宋，诗学上却贬抑宋诗，主张以考据为诗、高谈"肌理"；直接影响到宋诗派形成的翁方纲，于宋诗也颇致不满。诸如此类的事例，尚可举出不少。但这一切并不妨碍清代诗学"祧唐祢宋"的整体风貌。清人对唐宋诗的这种微妙态度，很可从"名唐实宋""逃唐归宋""多染宋习"等语体会出来。乔亿《剑溪说诗》论钱谦益：

> 明诗屡变，咸宗六代三唐，固多伪体，亦有正声。自钱受之力诋弘、正诸公，始缵宋人余绪，诸诗老继之，皆名唐而实宋，此风气一大变也。

钱受之即钱谦益，弘、正诸公指七子派。钱谦益虽诋諆七子，却并未连而及之诋諆唐诗，也并未特别推重宋诗，但时代风会与学术思想的演化却使他实际上靠拢了宋诗，并开了有清一代的诗学风尚。不菲薄唐，甚至推重唐，骨子里却亲近宋，这便是"名唐实宋"，是清代诗学的主流。又，朱庭珍《筱园诗话》论西泠派：

> 西泠十子中，则毛稚黄、陆丽京二人尤为矫矫，然格局殊不高大，多染宋习。

西泠派是明清之际在绍述七子、推崇盛唐的陈子龙直接影响下形成的诗派，其初衷自然也取法盛唐。毛稚黄即毛先舒，其《诗辩坻》主张"学者但取盛唐以上、'三百'以下之作，……极尽吟讽，自应有得力处"，并盛赞严羽"能独睹本朝诗道之误""其书足传"，但就是这么一位激烈扬唐抑宋的人物，在时风众会濡染之下却"多染宋习"。不唯毛先舒如此，《筱园诗话》又称西泠派"至厉太鸿而自成一派，后来多宗之"。厉太鸿即厉鹗，好以文为诗，被公认为宋诗运动前驱之一，为宋诗派所宗，这便不仅仅是"染宋习"的问题了。连初衷为宗唐的诗人都"多染宋习"并流风久远，清代诗学的走向便不难想见了。

"逃唐归宋"指朱彝尊，清初岭南诗人屈大均《送朱上舍》说他：

> 参差似兄腾笑集，埙篪同开风气先。逃唐归宋计亦得，韩苏肯让挥先鞭？

朱彝尊早年受云间、西泠诗派影响，尊唐抑宋，尤其"无取"黄庭坚的诗风，其《题王给事（又旦）过岭诗集》说："迩来诗格乖正始，学宋体制嗤唐风。江西宗派各流别，吾先无取黄涪翁。""逃唐归宋"大约是他后期的事情。时代风会的裹挟，往往使诗人的诗学取向不由自主，这就是邵长蘅所谓"诗之不得不趋于宋，势也"。

这个"势"便是时代精神、学术风气和审美价值取向，在这些方面清人离唐远而离宋近。从总体上说，唐人重兴会，宋人重学问；唐人重感性，宋人重知性；唐人"以诗为文"，宋人"以文为诗"。在这些方面，清人都容易与宋人发生共鸣。清人不满明人的束书不观，由陆王心学的"尊德性"返向程朱理学的"道问学"，重视知识与学问。他们与宋代一样，诗人也大都兼为学人。当然他们与宋的相似也仅此而已。从格物致知方面来说，宋人格物旨在"穷理"，清人遭遇到天崩地解的大变局，他们的格物旨在解决现实问题，比宋人更重视实践与事功。因而清诗与宋诗的相近只在风貌而不在实质，这种风貌简单说来便是"以文为诗"，即以学问为诗，以议论为诗，以赋法为诗，追求生新不俗，排比铺陈，浑涵汪茫，宏赡奥博，豪宕奇恣，亦即邵长蘅说的"纵横驰骤之气""赡博雄悍之才"。宋末刘克庄《江西诗派小序》说黄庭坚"蒐猎奇书，穿穴异闻""遂为本朝诗家宗祖"，清人的类似习气更愈演愈烈，直至与晚清"诗界革命"的"更搜欧亚造新声"接轨。这种"以文为诗"的风气，自经严羽非难以后，一直被当作论诗的贬语，清人却公然为之辩解。早在清初，状元出身的韩菼便宣称"文章之道无有二""古文皆足与诗相发明"，《离骚》未尝不是古文，《庄子》也未尝不是诗，因而他反对"以诗为诗"，主张从"六经"中吸取诗料。(《有怀堂文稿》卷五《松吟堂集序》)这种抹杀诗、文本质差异的论调，开了"以文为诗"之论的先河。到了后期的潘德舆，更径直宣称"诗即文也"。桐城派原以古文名家，他们的"以文为诗"，以古文"义法"论诗、作诗更是题中应有之义，故梅曾亮用"以文为诗古有之"为之辩解。

当然这只是就主导倾向而言，清人也不尽作如是观。另外应当着重指出的是，从宋代以来，人们所笼统言之的"唐"往往指初盛唐和典型的唐诗，杜甫以下的中唐诗与诗人，则常常被视为另一种类型。从前引屈大均称朱彝尊"逃唐归宋计亦得，韩苏肯让挥先鞭"可见，所谓"归宋"实指归于韩愈、苏轼。韩愈与杜甫、白居易一样，皆被明人称为"开宋人门户"者。清人极尊杜、韩、苏，有时在韩愈的时代加上白居易，在苏轼的时代加上黄庭坚，如方东树《昭昧詹言》称"杜公如佛，韩、苏是祖，欧、黄诸家，五宗也"，表面看来是通唐宋而言之的，没有什么争唐争宋的偏颇，实际上所重的仍是包括部分中唐诗人在内的以文为诗的"宋型诗"，仍改变不了其"祧唐祢宋"的诗学取向。这种取向与明七子完全相反。七子虽也尊杜学杜，但他们所学的是诸如"五更鼓角""三峡星河"等杜诗"正"的、高华壮丽的方面，清人看重的却是其"变"的方面。另外，明代反七子的公安派虽也极其推崇白居易、苏轼，但他们主要着眼于其超然物外的"性灵"，这是与清人不同的。

清代诗学思想除面对唐宋之诗的问题外，还有一个汉宋之学的问题。前者主要是艺术取向问题，表现为"祧唐祢宋"；后者主要是思想取向问题，表现为"出宋入汉"。这也与当时学术思想息息相关。梁启超《论中国学术思想变迁之大势》论清代学术思想说：

> 本朝二百年之学术，实取前此二千年之学术，倒影而缫演之，如剥春笋，愈剥而愈近里，如啖甘蔗，愈啖而愈有味，不可谓非一奇异之现象也。

清代学术逆流上溯，递相兴替，先由明人的"尊德性"回复到宋人较为重视客观知识的"道问学"，又由宋人的明心见性之学回复到东汉的训诂考据之学，后又走向西汉重视微言大义、经世致用的今文经学，并由此外接"西学"，导致了变法改制的资产阶级改良运动。清代诗学虽不存在这样一种"倒影缫演"的完整的复古过程，虽在诗的艺术风貌上始终"祧唐祢宋"，但在诗的思想取向上则大致与一般学术思潮相呼应，出宋入汉，重经世致用，并为资产阶级改良运动制造舆论而与西方近代文学思潮接榫。

宋儒重"理"，汉儒重"礼"，"理"是"礼"的内化。"理"重在修心养性，"礼"重在美刺时政；"理"偏向于"治心"，"礼"偏向于"经世"。在清代，汉宋之学对诗学思想的影响同时存在，诗论家力图折中融会这两个方面,"崇宋学之性道,而以汉儒经义实之",将宋儒强调的明心见性与汉儒强调的讽喻美刺融为一体。早在清初,顾炎武便提出"修己治人之实学","修己"为宋儒所看重,"治人"为汉儒所看重,"修己"的最终目的还是要落实于"治人"即经世致用上,只有将这两个方面贯通起来,将"诚意正心"与"修齐治平"贯通起来,将"内圣"与"外王"贯通起来,方可称为"实学"。循着这个思路,李重华《贞一斋诗说》主张"诵诗以治性情,将致诸实用"。"治性情"是达到内圣的途径,"致诸实用"是达到外王的途径,诗应当担负这两个方面的功用。黄子云《野鸿诗的》论诗,一方面主张"美君后也,正风化也,宣政教也,陈得失也,规时弊也,著风土之美恶也",这些都是汉儒解《诗》所抽绎引申出来的观念,成为经学时期正宗儒家诗学思想的核心;另一方面,黄子云又紧承上文提出使"匹夫匹妇闻之则风节厉而识其所以愧耻""裨益于世教人心",这些主要属于宋儒的诗学观。汉儒所主张的美刺风化重在以道制势,使统治者由诗以观盛衰,知得失,自考正,从而调整与改善政治措施,以臻于郅治。黄子云的上述言论,显然意图将这两个不同的侧重点绾合起来。另如张际亮论诗本以主经世致用著称,但同时又主"读书穷理";朱庭珍既重诗人的"积理养气",又重"阅历世教"。这些也都是调和汉宋诗学的论调。总之,有清一代的诗学并非不重视心性之学,而只是反对"空谈心性",在他们看来明心见性、提高道德修养只是经世致用的必要素质与条件。因而清代诗学思想对诗人主观学养的要求不但比宋人坚实,也比汉人的视野广阔,朱庭珍《筱园诗话》的一段议论很可推见一斑:

诗人以培根柢为第一义。根柢之学,首重积理养气。积理云者,非如宋人以理语入诗也,谓读书涉世,每遇事物,无不求洞析所以然之理,以增长识力耳。勿论《九经》、《廿一史》、诸子百家之集，与夫稗官杂记，莫不有理存乎其中。诗人上下古今，读破万卷，非但以博览广见闻也。读经则明其义理，辨其典章名物，折衷而归于一是；读史则核历朝之贤奸盛衰，制度建置，及兵形地势，无不深考，使历代数千年之成败因革，悉了然于心目之间。读诸子百家之集，一切稗官杂记，则务澈所以作书之旨，别白其醇疵得失真伪，使无遁于镜照，而又参观互勘，以悟其通而达其变。……积蓄融化，洋溢胸中，作诗之际，触类引伸，滔滔涌赴，本湛深之名理，结奇异之精思，发为高论，铸成伟词，自然迥不犹人矣。

所论读书、明理、经世、作诗淋漓酣畅，思深意广，眼光开阔。所谓明理，绝不限于内向的明心见性之理，而是万事万物特别是有关社会政治之理；所谓经世，也绝不局限于汉儒的政教风化、讽谏美刺，而是古今的一切成败得失乃至典章制度、兵形地势等等，都要一一加以探究考察，以便"悟其通而达其变"。以上述的要求作诗，在形式上便不免"滔滔涌赴"，一泻无余，以文为诗；在内容上也不免"发为高论"，以理为诗，以学问为诗，完全不同于唐人的兴象玲珑，韵味含蕴，而近于宋诗特别是杜、韩、苏一些长篇巨制的艺术风貌。由此，我们便不难理解清代诗学"祧唐祢宋"的思想文化底蕴了。是的，如此作诗，如此诗风，又怎能指望清人认同于唐呢？

但诗的特质毕竟是"吟咏情性"，而非"且表学问"的，清人自然明白这一点，因而性情、学问、世运的关系问题也一直贯穿清代诗学思想的始终。

首先是性情与学问的关系，这个问题的被注意既有上述诗的原因，更有史的原因。宋人重学问，重读书，形成以学为诗、以议论为诗的流弊，严羽批评这种诗风，正是以"诗者吟咏情性者也"为理论基础的。明人重情重美，但前后七子为学习汉魏盛唐诗的格调自然也重视读书，不过强调的是读古人的诗作，这点同于严羽而异于宋人的"喜杂书"。公安派由于反对七子的拟则古人，进一步强调"性灵"，强调"师心"，其末流流为束书不观，浅露叫嚣。清初的诗论家由于大多兼为学人，学问淹博，又惩于前代所谓"清谈误国"的惨痛教训，因而主张性情与学问的融合，并且在二者之间更加偏向于学问，主张性情合之于学问，所谓"胸中无书，腕底无力"。这种思想一旦形成，便影响到整个有清一代的诗学思想。此后的诗论家无论属于何种流派，无论他们的审美趣味存在着何等差异，主性情与学问相结合几乎是众口一腔。标榜"神韵"的王士禛并不废学问，曾经说过两句名言："根柢原于学问，兴会发于性情。"后来著名的汉学家、乾嘉考据学大师惠栋也重申此论，称"二者兼之，始足称一大家"。此话又为林昌彝《射鹰楼诗话》所引用，并予以"极精当"之评。袁枚虽以强调"性灵"著称，但也重视学问，当时人便曾指出这一点。朱彝尊是宋诗运动的前驱，重学问自然在情理之中，梁章钜《退庵随笔》曾引翁方纲对他的评论："诗至竹垞，性情与学问合。"翁方纲本人主张以考据入诗，本离性情最远，却也主张"由性情而合之学问，此事遂超轶今古矣"（《复初斋文集》卷八《徐昌谷诗论》）。

与性情、学问问题相关的，是对于严羽《沧浪诗话》的理解与评价问题。严羽针对宋代以学问为诗、以议论为诗的弊端，率先提出"诗有别材，非关书也；诗有别趣，非关理也。然非多读书，多穷理，则不能极其至"的著名论断，在后代引起极大反响。明人反宋诗，主盛唐，重性情，强调诗的审美特征，严羽"别材别趣"之说成为他们的理论根据。明清之际的诗论家为了反对七子的诗学，首先将攻击的矛头指向严羽，钱谦益、冯班、贺裳、吴乔等人皆有诋諆严羽之论。但随着时间的推移，人们逐渐公允、客观、冷静地评判他的诗论，根据前引他的论断的后半截，即"然非多读书，多穷理，则不能极其至"，宣布"严羽不误"，"未尝教人废学"。可见不同时代、不同倾向的人们对于前人的理论遗产，往往根据自己的好恶加以取舍。

对杜甫的态度也是如此。杜甫的作品和思想具有多面性，对其不同取舍成为检验诗学思想流变的试金石。宋人关注的是其"一饭不忘君"、议论说理、诗法森严等方面，以为自己的诗学主张张目。在清代，其"读书破万卷，下笔如有神"的夫子自道和经验之谈最为人所津津乐道，在各种诗学论著中出现的频率最高，由此也可以窥见清人注重学问的诗学倾向。

但性情与学问的关系问题并非诗学思想史上的新问题，在性情、学问之外又特别强调阅历、世运、经济更能体现清代诗学的特点。如前所述，清人既不同于宋人的一味强调心性义理，也不同于汉人的限于美刺上政，他们有更广阔的视野，特别是在一前一后两个"天崩地解"的时代，世运、经济尤为诗论家所强调，这也首先由钱谦益开其端绪，他在《题杜苍略自评诗文》中说：

> 夫诗文之道，萌折于灵心，蛰启于世运，而茁长于学问。三者相值，如灯之有炷有油有火，而焰发焉。

所谓世运，在当时便指天下兴亡和政治盛衰。这种思想到鸦片战争前后更大大发扬起来，龚自珍、魏源、姚莹、郭嵩焘、张际亮、何绍基、林昌彝、曾国藩等在思想倾向、政治态度、诗学流派等方面容或有所不同，但强调关心世运、主张经世致用方面则几乎异口同声。曾国藩在桐城派所主张的辞章、义理、考据之外又特别强调"经济"，便是一例。这个时代的诗论家还十分重视"阅历"，认为"阅历即学问"，历览"山川风物之变"便是诗料。上述种种，自然不会使清人认同于盛唐含蓄蕴藉的诗风。

与世运、阅历相关的，是清人对杜甫"诗史"问题的看法。宋人尊杜，以之为"诗圣"，以其诗为"诗史"。诗而为"史"，无疑标志着内容上的多叙事和艺术上的用赋法。明人重抒情，重意境，重比兴，对宋人的"诗史"之说颇持异议，认为诗与史"体裁意旨，判然不同"（杨慎语，朱庭珍《筱园诗话》引），不可相兼；杜诗多用赋法，正是其不足为训的败笔。清人由于时代精神和历史机运使然，对此问题的态度上也异于明而近于宋，清人极重史，钱谦益、黄宗羲、章学诚、龚自珍等皆有"六经皆史"之说，因此杜甫的以诗为史，"用韵语纪时事"，以排比铺陈的赋法为诗，也正是他之所以成为"诗圣"的原因之一，而杨慎的否定"诗史"之论，不过是"一偏之见"而已（《筱园诗话》）。

由性情、学问、世运，又顺理成章地引申出诗人人品上的"才人""学人""志士"和诗品上的"才人之诗""学人之诗""志士之诗"的区分。这个问题的提出始于宋人。宋人重学，因而也尤重"学人之诗"，如盛如梓《庶斋老学丛谈》记载：

> 有以诗集呈南轩先生，先生曰："诗人之诗也，可惜不禁咀嚼。"或问其故，曰："非学者之诗。学者诗读着似质，却有无限滋味，涵泳愈久，愈觉深长。"

南轩即张栻，南宋著名的理学家，他重"学者之诗"而轻"诗人之诗"是完全可以理解的。站在诗论家的立场将诗分为"诗人之诗"和"文人之诗"并加以轩轾的，是南宋后期的刘克庄，据刘辰翁《赵仲仁诗序》记载：

> 后村谓文人之诗与诗人之诗不同。……惟韩、苏倾竭

变化，如雷震河汉，可惊可快，必无复可憾者，盖以其文人之诗也。

刘克庄（后村）显然将"文人之诗"置于"诗人之诗"之上，这是因为宋人喜欢以文为诗、推重淋漓酣畅的诗风。在严分诗、文与诗、学之界并重视诗的审美特性的明代，便罕有诸如此类的观念。由这段记载，也不难体会出我们何以称韩愈之作为"宋型诗"，清人为何以韩愈、苏轼为典范，清代诗学又何以"祧唐祢宋"等一系列问题。

清人在这方面也接近于宋。虽然他们对此有不同的区分与评价，如清代中期的陈文述、方世举分为"才人之诗""诗人之诗""学人之诗"，陈文述认为三者各有优长，无可轩轾，方世举则最重视"诗人之诗"，但是推重学人、学人之诗毕竟是清代的一个引人注目的突出问题。早在顾炎武，便自称"能文不为文人"，又引宋人的话说"士当以器识为先，一号为文人，无足观矣"（《日知录》卷十九），这里所谓"文人"便包括了诗人。后来乔亿宣称宁有学究气，不可有文士气；当为学人，耻为诗人（《剑溪说诗》）；王闿运自称"予非文人，实学人也"。清人鄙薄纯粹的文人、诗人与宋儒的着眼点不同，并不是因为诗文"害道"，而是因为他们往往流为虚华浮夸，"不识经术，不通古今"（顾炎武语）。不过话又说回来，清人虽重学术，却又终究不能不写诗作文，不能废弃文学，所以理想的境界与平允的取向便是诗人、学人合一，文苑、儒林合一。清前期的沈德潜便评析了"诗人"、"文人"（实为学人）之异及各自的偏失，主张"诗人""文人"相兼。后来，宋诗派的代表人物祁寯藻被称许为"学人之言与诗人之言合"。

最初提出"志士之诗"的是叶燮，他在《密游集序》中说"古今有才人之诗，有志士之诗"。"才人之诗"即"诗人之诗"，他认为这种吟风弄月的诗篇无补于世，可作可不作，"志士之诗"则是

"本乎性之高明以为其质，历乎事之常变以坚其学，遭乎境之坎壈郁怫以老其识"（《已畦文集》卷八）者的不可不作之诗。"志士之诗"的提出与强调，显然与叶燮所处的"天崩地解"的时世有关。在另一个面临着"天崩地解"、瓜分豆剖的时代，张际亮更完备地提出"才人之诗、学人之诗、志士之诗"的区分。其《答潘彦辅书》以长于"模范山水、觞咏花月、刻画虫鸟、陶写丝竹"等怡悦性情之作为"才人之诗"，亦即"诗人之诗"；以"旨远于鄙倍""心归于和平""性笃于忠爱"者的作品为"学人之诗"，它高于"才人之诗"。"志士之诗"则是：

> 若夫志士，思乾坤之变，知古今之宜，观万物之理，备四时之气，其心未尝一日忘天下而其身不能信于用也，其情未尝一日忤天下而其遇不能安其处也，其幽忧隐忍慷慨俯仰发为咏歌，若自嘲，若自悼，又若自慰，而千百世后读之者，亦若在其身，同其遇，而凄然太息，怅然流涕也，盖惟其志不欲为诗人，故其诗独工，而其传也亦独盛。如曹子建、阮嗣宗、陶渊明、李太白、杜子美、韩退之、苏子瞻，其生平亦尝仕宦，而其不得志于世固皆然也，此其诗皆志士之类也。（《张亨甫全集·文集》卷三）

所谓"志士之诗"有如下的特征：一是所遭之世是天下之变态，二是所处之境皆悒郁而失志，三是具有洞察古今常变的器识，四是志意横亘于心而不吐不快。因此一旦发而为诗便成慷慨之唱、惊挺之吟。这在古人心目中属于"变风变雅"。清代诗学所呈现的"祧唐祢宋"的风貌，其实也便是"变风变雅"。在古人看来，如果说盛唐以前之诗为"正"，中唐以后则是"变"。这是理解清代诗学思想的一个关键。总之，"志士之诗"不仅高于"才人之诗"，也高于"学人之诗"。

现在我们可以对清代诗学思想作一个大致的概括。它在思想旨趣上折中于汉、宋而偏向于汉，在艺术风貌上折中于唐、宋而偏向于宋，它折中于情、理而偏向于理，折中于诗、文而偏向于文，折中于正、变而偏向于变。因而它形成自己独特风貌。郑燮曾称自己的作品是"非唐非宋"的"清诗清文"。清代的诗学正是"非唐非宋"、非汉非宋的"清代诗学"。博大、深厚、眼界开阔、富有浓重的历史意识和经世致用的时代使命感是其所长，忽视诗的审美艺术特性是其所短。当然这只是就大致倾向而言，不能涵括一切。"祧唐祢宋"是清代诗学的主流，表现出另一种思想艺术风貌与追求的，如王士禛的"神韵"，沈德潜的"格调"，乃至于袁枚的"性灵"，虽然为论者所津津乐道，但并非清代诗学思想的主流。因而，本章将清代诗学简称为"祢宋诗学"。

以下便以"祧唐祢宋"为主要线索，将清代诗学思想的发展分为四个阶段进行论述，戊戌变法前夕直至清代灭亡的诗学思想则另作一章。

三、"祢宋"诗学的滥觞

明清之际是清代诗学思想的滥觞期，基本奠定了"祧唐祢宋"的基调，后来所反复讨论的重要问题在此时大都已经提出。当时的诗论家皆由明而入，身经二朝，亲历了"天崩地解"的巨大历史变故。钱谦益、黄宗羲、王夫之、吴乔、冯班、叶燮是这个时期的代表人物，不过他们的思想倾向不尽相同，有的甚至有很大差异（如王夫之）。

（一）对前代诗学思想的反拨

经历了明末的衰朽、丧乱和明亡后家国惨痛的诗论家们，如同在一般学术思想上痛心疾首于"以明心见性之空言，代修己治人之实学"一样，对明代诗学的模拟、肤廓和浮嚣、纤仄以及偏重个人感情也深为不满。反七子、反竟陵，有的也反公安，是当时的普遍思潮。明代主导的诗学思想是尊唐黜宋。明清之际的诗论家对唐宋诗的态度则比较复杂，他们一般不正面贬抑唐诗光彩夺目的成就，也不讳言宋诗的缺陷，但时代精神和学术思想使他们从骨子里认同于宋，往往"名唐而实宋"。

因投降仕清而被鄙薄的钱谦益是清代诗学思想史上极其重要的人物，可以说是结明而开清。他在明代少年得志，仕途顺遂，加以学问渊博，曾主持东南诗坛二十余年，黄宗羲、王士禛都曾尊之为"平生知己"，并与七子后学及袁中道都有交往。早年曾学习七子诗风，后自悔"误于王、李之沿袭"；仕清后仍居高位，却又时常自悔失节。这一切也都使他最有结明开清的资格。与他同时而略晚的尤侗曾评他："大抵云间诗派源流七子，追虞山（钱谦益）著论诋諆，相率而入宋元一路。"（《艮斋倦稿文集》卷三《彭孝绪诗文序》）当时毛奇龄也说，"在昔崇祯之末，主持文教者首推云间。自虞山钱氏之说起，而陋者袭之，言诗于宋则渭南（陆游）、宛陵（梅尧臣）"（《西河文集》序二十《张弘轩文集序》）。云间诗派以陈子龙为首，承袭七子余绪，力主效法盛唐格调，一时影响甚广。尤、毛均认为扭转此风而入于宋元的是钱谦益之力。清中期乔亿《剑溪说诗》也称其力诋七子一派，"始缵宋人余绪"，使当时"风气一大变"。又谓"观钱受之诗，则知本朝诸公体制所自出"，更认为清代诗风皆承钱谦益而来。近人徐世昌《晚晴簃诗汇》说"牧斋（钱谦益）才大学博，主持东南坛坫，为明清两代诗派一大关键"。可见他在清代诗学史上的关键地位和转化之力，是后人的共识。

钱谦益对代表明代诗学思想主流的七子派的攻击可谓不遗余力，言论甚多，如《黄子羽诗序》：

> 近代之学诗者，知空同、元美而已矣；其哆口称汉魏

称盛唐者，知空同、元美之汉魏盛唐而已矣。自弘治至于万历，百有余岁，空同雾于前，元美雾于后，学者冥行倒植，不见日月，甚矣两家之雾之深且久也。（《牧斋有学集》卷三十二）

从前七子的领袖李梦阳（空同），到后七子中生年最迟的王世贞（元美）及其追随者，一笔抹杀。钱谦益以及清代一切反七子的诗论家，一般并不贬抑七子所推崇的汉魏盛唐诗，而只是攻讦他们所因袭模拟的"假汉魏""假盛唐"诗。如前所说，"拟议变化"是七子诗学理论的纲领，钱谦益反七子也正是对准了这个关键。他在《列朝诗集小传·李按察攀龙》中指斥七子派所谓"拟议变化"不过是"影响剽贼""句摭字捃，行数墨寻""拟议以成其臭腐"而已。

他对竟陵派的攻击尤为激烈，因为当时七子派已成强弩之末，竟陵派却势头正盛，他斥之为"鬼趣"，为"兵象"，为"诗妖"，甚至将"今天下兵兴盗起，民不堪命"的罪责也归咎于竟陵派的不祥之兆。对于公安派则多回护之词，这除因他与袁中道交游甚密外，更重要的是因为二者在反对七子、推重苏轼等方面有共同点。但公安极重性灵而钱谦益则强调学问、世运，所以二者的诗学底蕴有根本分歧。

明清之际的其他诗论家也普遍不满明诗，他们不仅反七子、竟陵，也反公安。但他们与钱谦益一样，所力排的也是影响最深远的七子一派，攻击的着眼点也在于其"拟议"之说。一般说来，他们对唐诗都抱着尊重态度，但重实学、重实际的时代精神却使他们日益疏离唐人；他们对宋诗虽持保留态度，却又不妨碍他们的诗学思想亲近于宋。

由反七子、反格调，顺理成章地引出对严羽、高棅的非难。严羽诗论是明代诗学的理论基石，高棅选唐诗则为明代诗学提供了学

习的风范。对严、高的责难也始于钱谦益,其《宋玉叔安雅堂集序》说:

> 二百年来,俗学无目,奉严羽卿、高廷礼二家之瞽说,以为虾目;而今之后人,又相将以俗学为目。由达人观之,可为悲悯!(《牧斋有学集》卷十七)

反高棅,主要在其初、盛、中、晚唐的划分;反严羽,则主要在其"妙悟"之说,所谓"其似是而非,误入箴芒者,莫甚于'妙悟'之一言",因为强调"妙悟"势必走向废弃学问。他又认为严羽所标榜的"不落议论,不涉道理,不事发露指陈"并非诗歌创作的必然规律,并例举《诗经》中"议论""发露"的诗句加以驳斥。这样,批驳严羽的过程实际上也便是疏离唐型诗而靠拢宋型诗的"祧唐祢宋"的过程。但他对严羽的态度是矛盾的,因为他虽不满作为明诗主流的七子诗派,却也不赞作为宋诗主流的江西诗派,故肯定严羽矫革江西之弊主以盛唐为师是"有功于诗"的。

全盘否定严羽诗论的是冯班。他是钱谦益的门人、虞山诗派的重要成员,曾谓"虞山多诗人,以读书博闻者为宗",可见他与虞山派的诗学旨趣一致。在其《钝吟杂录》卷五《严氏纠谬》中,逐条纠弹《沧浪诗话》的"谬误",但除指出严氏在佛学知识上的一些错误可谓得当外,其他并无什么真知灼见。他与钱谦益一样,主要不满于严氏"不涉理路,不落言筌"之论,认为诗本就是"言",本就"凭理而发","安得不涉理路乎","安得有不落言筌者乎"。他的友人贺裳《载酒园诗话》也从这个角度批评严氏,可见当时诗论家关注的焦点在于以"实学"矫革以禅喻诗的虚玄,为以学为诗、以理为诗开脱,并沿此途径接近宋代诗学。所以《严氏纠谬》的出现,可以说是明清之际诗学思想转向的征兆。

（二）主"变"："祢宋"诗学的理论基础

在中国古代诗学思想史上，大凡反对复古思潮，皆以主"变"为理论武器，公安派反七子是如此，清初反七子也是如此。冯班《钝吟杂录》论钱谦益说：

> 钱牧翁教人作诗，惟要识变。余得此论，自是读古人诗更无所疑。读破万卷，则知变矣。

从冯班对师说的复述可知，主变才是钱谦益诗学思想的核心。钱谦益主要从两个角度论变：一是文学发展演化的客观方面，认为文章是"天地变化之所为也，天地变化与人心之精华交相击发，而文章之变不可胜穷"（《牧斋有学集》卷三十九《复李叔则书》），因而诗变化到宋代那种体貌是合理的；二是作者创作的主观方面，他在原则上并不反对七子"拟议变化"之说，但却反对他们的优孟衣冠，生吞活剥。他的主张是"逆流顺流，随缘应化，各不相师，亦靡不相合。宋元之能者，亦繇是也"（《牧斋初学集》卷三十二《曾房仲诗序》）。这样，他也肯定宋元的一些作家作品。特别是他把善于深造自得、"随缘应化"最后归结为"读书破万卷，下笔如有神"，以此为"下学之径术，妙悟之指归"（同上卷四十《冯已苍诗序》），便进一步加强了清代重学问的诗学特征。

顾炎武《日知录·诗体代降》一文，将诗文不断演变之理讲得更为明白："诗文之所以代变，有不得不变者。一代之文沿袭已久，不容人人皆道此语。今且千数百年矣，而犹取古人之陈言一一而摹仿之，以是为诗，可乎？故不似则失其所以为诗，似则失其所以为我。"他是从反对模拟雷同、主张表现"我"之个性角度上论变的，道理比较浅显易明。更有历史深度和时代色彩的，是黄宗羲《张心友诗序》中的一段话：

> 诗不当以时代而论，宋元各有优长，岂宜沟而出诸于外，若异域然？即唐之时，亦非无蹈常袭故，充其肤廓而神理蔑如者，故当辩其真与伪耳。徒以声调之似而优之，而劣之，扬子云所言"伏其几袭其裳而称仲尼"者也。此固先民之论，非余臆说。听者不察，因余之言，遂言宋优于唐。夫宋诗之佳，亦谓其能唐耳，非谓舍唐之外能自为宋也。于是缙绅先生，间谓余主张宋诗。噫，亦冤矣！且唐诗之论亦不能归一，宋之长铺广引，盘摺生语，有若天设，号为豫章宗派者，皆原于少陵。……天假之年，以文字为诗，以才学为诗，以议论为诗，莫非唐音。

这段话抑扬反复，包含多层意思：第一，各个时代皆有佳作，也皆有赝品，故不可以时代为优劣；第二，承认唐诗确是诗史上的典范，不可谓"宋优于唐"；第三，认为以江西诗派为代表的宋诗"长铺广引，盘摺生语"乃继杜甫一体，"以极盛唐之变"，正是善学唐者；第四，因而结论是，以文字、才学、议论为诗也属"唐音"。这样，他便曲折地抹杀了人们长久公认的典型唐宋诗基本风貌的差异，但也承认宋诗是杜甫"变体"诗风的发展这一事实。他尽管为自己被目为"主张宋诗"喊冤叫屈，但以上言论正是"名唐而实宋"，并开了浙派"祧唐祢宋"的先河。在他之后，从清初的朱彝尊、查慎行，到清中叶的厉鹗、钱载，直至近代的沈曾植，这些以体近宋诗闻名的人物，皆可从他那里找到最初的端绪。从他上述一段话，很可体察到清人对唐宋诗的微妙态度，体察到时代文化风习是如何强有力地影响着人们的创作风貌。

在明清之际，以主变作为反对七子"格调"之说的理论武器，最有代表性也最系统的是叶燮，他是当时最后一位结明开清的重要人物。他的《原诗》可分为两大主要内容：一是论诗风之流变，一是论作诗之法度。此节先述前一方面。《原诗》开门见山便批驳前后七子"不读唐以后诗"之说，然后正面指出：

> 盖自有天地以来，古今世运气数，递变迁以相禅。古云"天道十年而一变"，此理也，亦势也，无事无物不然，宁独诗之一道胶固而不变乎？

基于此种认识，他理直气壮地为宋诗张目，称当时那种"称诗者必曰唐诗，苟称其人之诗为宋诗，无异于唾骂"的现象为"可怪"。这正是前述黄宗羲心理的写照，也可以看出宋诗在严羽以来长期被贬抑下给人们造成的不佳印象。叶燮则力图扭转此种印象。

《原诗》称诗风的相变相禅为"正变"。"正变"有两种，一种是"以时言诗"，始于汉儒解《诗》的"正风正雅""变风变雅"之说，出于治世之诗为"正"，出于衰世之诗为"变"。叶燮认为无论颂美盛世还是怨刺衰世之诗皆不失其正，时有盛衰而诗"有盛无衰"。另一种"正变"是"以诗言时"。如果前一种"正变"着眼于思想内容，则此一种"正变"着眼风格形式。《原诗》说：

> 后代之诗，有正有变，其正变系乎诗，谓体格、声调、命意、措辞新故升降之不同。此以诗言时，诗递变而时随之。

这种"正变"不能以时代论，而只能以诗的风格体式论，所谓"汉魏诗""唐诗""宋诗"之目，它们各自的艺术风貌不同，因而也形成了不同的时代风格。这里的"时"即指"时代风格"。这种观点肯定了诗歌艺术的发展有其相对独立性，不完全依从于朝代兴替，但也忽视了另一个方面，即不同时代的诗所以有此种变化而非彼种变化，有此种风貌而非彼种风貌，即使在纯粹艺术形式上说也与时代精神文化所带来的审美趣味的变迁有关。明清之际的诗论家主变，归根结底都意在反拨七子诗派对汉魏盛唐的固执胶着，直接间接为宋诗开脱张目，为"祢宋"诗学倾向提供理直气壮的依据。叶燮也是如此，他的落脚点在后一种"正变"即"以诗言时"，从而肯定宋诗的"善变"。他把诗史上的"正变"明确追溯到中唐，其《百家唐诗序》说：

> 吾尝上下百代，至唐贞元、元和之间，窃以为古今文运诗运，至此时为一大关键也。

诗至中唐（实由杜甫开始）发生了巨变，这其实并不是叶燮"窃以为"的独得之秘，宋、明人论诗无论角度如何，始终围绕中唐打转，说明他们都自觉或不自觉地意识到这一点，元人袁桷则有明确的表述，只不过叶燮讲得更加肯定明晰而已。他又断言中唐"乃古今百代之'中'，而非有唐之所独得而称'中'者也""诗运之中天，后此千百年，无不从是以为断"，这才是他的重大发现。中唐确是中国古代社会、文化、文学思想向后期转化的枢纽。

叶燮还认为从唐至宋，从前期诗学到后期诗学，有三个"变"的坐标。首先是开元时的杜甫，《原诗》称他"包源流，综正变"，"变化而不失其正，千古诗人惟杜甫为能"。说杜甫体兼"正变"，实际上就是指杜甫恰巧生当盛、中唐之际，他的诗既有盛唐之音，也有中唐之调。第二个坐标是贞元、元和之际的韩愈，《原诗》说"唐诗为八代以来一大变，韩愈为唐诗之一大变，其力大，其思雄，崛起特为鼻祖。宋之苏、梅、欧、苏、王、黄，皆愈为之发其端，可谓极盛"。倘说杜甫已露出"变"的端倪，则韩愈是"变"的继续，直接开启了宋代诗风。将这种"变调"发挥到极致的第三个坐标是北宋元祐之际的苏轼，《原诗》称"其境界皆开辟古今之所未有，天地万物嬉笑怒骂，无不鼓舞于笔端，而适如其意之所欲出，此韩愈后之一大变也"。所谓"变"就是指一改盛唐含蓄蕴藉、兴象玲珑的风格韵度，而呈现出"力大思雄""纵横钩致，发挥无余蕴"的以文为诗的艺术风貌，亦即宋型诗风。其实"三变"之论也并非叶燮首先拈出，早在明代前期，李东阳《怀麓堂诗话》便已指出"汉魏以前诗格简古，世间一切细事长语皆著不得"，后来赖杜甫的开拓，又经"韩一衍之，苏再衍之，于是情与事无不可尽，而其为格亦渐粗矣"。明人的诗学理想有异于宋、清，"诗格渐粗"一语可见李东阳的不赞态度。后来袁宏道也有类似论调，许学夷《诗源辩体》评论说：

袁中郎谓："诗至李杜始大，韩、柳、元、白、欧，诗之圣也；苏，诗之神也。"此合而通之，且欲以变为主矣。

"合而通之""以变为主"，正道着袁宏道、叶燮的心思。杜、韩、苏，可以说是清代诗学的三个解释学意义上的支柱与典范。尚镕《三家诗话》论钱谦益说："自明七子以后，诗多伪体僻体。牧斋远法韩、苏，目空一代。"其所"目空"的便是有明一代。朱庭珍《筱园诗话》也说钱谦益"厌前后七子优孟衣冠之习，诋为伪体，奉韩、苏为标准，当时风尚，为之一变"。其实钱谦益也极尊杜甫，著《读杜小笺》，尤崇其排比铺陈之法。以上种种，便是所谓"祧唐祢宋"诗学，因为杜的"别调"与韩的变体，也属于宋型诗风，这种诗学取向一直持续到清末，形成陈衍的"三元"说。当然，各个诗论家在"祢宋"的具体论点和取法对象上容或有异，但却无碍于清代诗学"祢宋"的主流。

清人尊杜、韩、苏及其时代、风格相近的其他诗人，其中隐然存在着"正变"的观念。以盛唐为"正"，中唐至宋为"变"，杜甫处于"正""变"之间。如前所曾经说过的，明代高棅《唐诗品汇》的区分唐诗分期，其中也隐然含有"正变"观念。明、清敏感的诗论家都十分注意中唐这个敏感的诗学发展阶段以及杜甫敏感的诗学史地位，论诗皆严守这个界限，只不过由于两个朝代文化思想和价值原则的不同，在对此的评价上表现出鲜明的差异。

（三）"万古之性情"

由于诗终究离不开"情"，任何时代的诗论家终究避不开这个"情"字，因而从他们对"情"的态度和要求上，也能反映出不同时代的诗学走向。一般说来，唐（主要指初盛唐）、明人重"纯情"，即诗的审美感情，宋人重"性情之正"，清人则重"万古之性情"，这是由黄宗羲《马雪航诗序》提出的：

> 诗以道性情，夫人而能言之。然自古以来，诗之美者多矣，而知性者何其少也。盖有一时之性情，有万古之性情。夫吴歈越唱，怨女逐臣，触景感物，言乎其所不得不言，此一时之性情也。孔子删之以合乎兴、观、群、怨、思无邪之旨，此万古之性情也。

"万古之性情"与"一时之性情"相对举。"万古之性情"是具有深厚的历史内涵和国家社会关怀的群体之情，"一时之性情"则是一己当下的荣辱得失、悲欢忧喜的个体之情。清代的学术有宏大的气象，清代的学人诗人有渊博的学识、开阔的心胸、浓重的历史意识，又遭逢天崩地解甚至旷古未有的劫变，重"万古之性情"并非黄宗羲个人的志趣，而是一直贯穿到末季。王士禛的"神韵"、袁枚的"性灵"所以不能成为时代的主潮，原因正在于此。在黄宗羲看来，"万古之性情"首先要"知性"，这一点较接近宋人，但内涵不同。黄宗羲所说的"性"不是"先儒"的以"澄然不动者为性""以空寂言性"，即宋代理学家主张的内向、自省、淡泊、静观自得、外物不撄的"性"，而是"吴楚之色泽，中原之风骨，燕赵之悲歌慷慨"，总之它是人有生与俱的对天下家国的关怀。

"万古之性情"萌生于学问。重学是清人的共同点，黄宗羲作为思想家与学者自然尤其如此。他在《诗历题辞》中说："盖多读书则诗不期工而自工。"（《南雷诗历》卷首）但他所谓"多读书"主要不是如明代七子那样多读古人之诗，而是"读经史百家，则虽不见一诗，而诗在其中"。这虽并不很合于诗歌创作的规律，但却可见清人的志趣。清人极重经史，倘说重经为历代儒者所必务，则重史却是清人的特见。黄宗羲曾反复告诫"不为迂儒，必先读史"，因为"夫二十一史所载，凡经世之业，亦无不备矣"（《南雷文定》四集卷一《补历代史表序》），魏禧也称"经世之务，莫备于史"（《左传经世钞》卷首《左传经世自叙》），这与宋儒极为不同，朱熹甚至宣称读史会"坏人心术"。即使在读经方面，清人所注重的也并非明心见性，而首先在于"经术所以经世"。甚至像侯方域那样以风流公子著名的人物，竟也认为"窃以为诗本经术，不同词曲，其大者陈无外，微者道性情，俯仰兴会，固自有风与情，而必非世之所谓风与情也"（《壮悔堂文集》卷三《与陈定生论诗书》）。不是世俗所谓的"风情"，实指与国家兴亡治乱有关的"风情"。侯方域犹如此，当时士人的开阔心胸便可想而知。当然，这并非说清人不重视对诗本身的阅读借鉴，只是意在说明他们尤重经史的时代特征。

"万古之性情"与天下兴亡的世运息息相关，这是清代诗学不唯异于明、也异于宋的突出特征。明清之际的诗论家不是"为艺术而艺术"主义者，不是淡泊自守、以物观物的道学先生，他们生当屈辱的易代之际，刺激起"天下兴亡，匹夫有责"的使命感、责任感，这是其所谓"实学"的题中应有之义，是他们重经重史的题中应有之义。黄宗羲对此论述尤多。郭绍虞《中国文学批评史》说他只咬定"性情"二字,这是感发于故国沦亡的沉痛之情。他说:"一人之性情,天下之治乱皆所藏纳"(《诗历题辞》),这便非只关小我的浮浅之情。他在《谢翱年谱游录注序》中论诗文的发生:

> 逮夫厄运危时,天地闭塞,元气鼓荡而出,拥勇郁遏,垒愤激讦,而后至文生焉。(《南雷文约》卷四)

"厄运危时"正是他所处的运会时世,也是后来龚自珍、魏源以及再后来梁启超、黄遵宪等人所处的运会时世,由此可以想见何以清代诗学会一直呈现出雄赡详切、铺陈淋漓的"祢宋"面目。当然所谓"祢宋"只是外在艺术形式上的,内在意蕴则大有差别。

清代学人与诗人也不能不受理学影响,也讲"格物穷理",但其所谓"格物"与程朱的"格物"内涵不同,其指归主要不在于明心见性,而是如潘平格《求仁录辑要》所说:"格物即格通身、家、国、天下也。"由此所穷的"理"自然也是天下社稷兴衰治乱之理。黄宗羲《明儒学案》便将"性即理"的"理"解释为"四时之温凉寒暑""万物之生长收藏""斯民之日用彝伦""人事之成败得失"等实理。以之论诗,他认为将个人性情融贯于天下兴衰生民疾苦的社会历史内容中去,那么个人性情也会从而获致永恒。不仅如此,即使描绘"俄顷灭没"的"月露风云花鸟"等自然景象,只要诗人将"天地之清气"投入其中,那么这景象便可赖"清气"而结之不散,这"清气"也可借景象而传之长久(《南雷文案》卷二《景州诗集序》)。这其中所蕴蓄的沉郁意绪,所呈现的悲壮情怀,恐怕不能等同于寻常所谓"情景交融"。它也是一种"万古之性情"。

如前所述,钱谦益论诗明确主张性情、学问、世运相结合。他一再重复这一思想,在《胡致果诗序》中也强调诗的"征兆在性情、在学问,而其根柢则在乎天地运世、阴阳剥复之几微。微乎,微乎,斯可与言诗也已矣"。且不论钱谦益的行止出处如何，这些话都确是有感而发的，蕴含着"高山为谷，深谷为陵"的不胜世事沧桑之痛。将情与深厚的经史学养、剥复的天地运世结合起来发为诗篇，所传达给读者的自然也是"万古之性情"，而不是小己一时的得失。

明清之际的这类诗学思想接近于汉儒。汉代诗论本就有经世的性质和政治责任感。但汉儒论诗来自解释《诗经》，无所谓什么"学问"问题，论诗注重学问是宋代的特点，在这里也可以看出清人对汉、宋的综合。另外汉儒论诗的重经世局限于对人君的讽喻美刺，明清之际的诗论家由于所处的天地翻覆、家国沦亡、人君失位的特殊状况，因而具有更为广阔的视野，更为果毅的社会责任感，更为沉重苍凉的情怀。我们将会看到，这种诗学思想在近代旷古未有的剧变中得到进一步的发挥。

本章通论部分曾说到清人论诗重史，这也是明清之际的诗论家所奠立的。"万古之性情"本身便是"诗史"的别称，所以钱谦益为宋人的"诗史"之说辩解，黄宗羲更主张"以诗补史"，以诗记载史所未载、所不及载之事：

> 天地之所以不毁，名教之所以仅存者，多在亡国之人物血心流注，朝露同晞，史于是而亡矣。犹幸野制遥传，苦语难销，此耿耿者明灭于烂纸昏墨之余，九原可作，地起泥香，庸讵知史亡而后诗作乎！（《南雷文定》卷一《万履安先生诗序》）

当烈士殉身、社稷倾覆、江山易主之后，前代的历史以及那些可歌可泣的事迹往往被掩没不闻，于是诗便起到了补阙的作用，诗人手中的笔便真正成为"春秋笔"。他所指的是宋末抗敌志士所写的《指南》《水云》等诗集，那是以忠勇与鲜血所写下的历史。这便是"史亡而后诗作",与孟子所说的"诗亡然后《春秋》作"相反而相成。

明清之际诗论家所主张的"万古之性情"强调群体性、社会性,不注重诗人的个性和日常的感情,对情的表达也未作细微深入的研究,但时世使然,是不能加以苛求的。

(四) 理与识

中国古代诗学思想发展的各个阶段,如果用一个字简单地概括其大致倾向,那便是:先秦、两汉重"志",所谓"诗言志";六朝至盛唐重"情",所谓"诗缘情而绮靡";中唐重"意",所谓"文以意为主";宋代重"理",所谓"文以理为主"。但由于"意"介于情、理之间,所以唐人也讲"情意",宋人也"尚意",正是在这种"意"上表现出中唐向宋的过渡,而十分重"情"的明人有时颇严于"情""意"之别,如许学夷、陆时雍都曾加以辨析。清人的主要倾向则是重"识",这是因为清人重史,而在"史家三长才、学、识"中史识尤为重要。当然重识也必重理,这也是清代诗学"祧唐祢宋"之一端。在明清之际,先有吴乔《围炉诗话》提出"学问以识为本,……诗无论三唐,看识力实是如何",后来叶燮《原诗》又对"理"与"识"在诗歌创作中的作用作了系统的论述。叶燮论诗与吴乔不尽相同,二者所说的"识"的内涵也有异。后者主要指对诗本身的高下优劣、风格体制的识别能力,接近严羽所说的"诗以识为主";叶燮所说的"识",则是对整个世界、人生的认识、判断和评价能力,是人的根本素质与胸襟。

如前所说,叶燮《原诗》主要有两大内容,一是论诗的正变,一是论诗的法度。尊杜、韩、苏是其论源流正变的核心,重"理"与"识"则是其法度的核心。叶燮论诗重宋,肯定黄庭坚与江西诗派,因而也好谈法度,但他论法度着眼大处,而不是枝枝节节地纠缠于体格、声调、字法、句法之类。《原诗》说:

> 曰理，曰事，曰情，此三言者足以穷尽万有之变态，凡形形色色，音声状貌，举不能越乎此。此举在物者而为言，而无一物之或能去此者也。曰才，曰胆，曰识，曰力，此四言者所以穷尽此心之神明，凡形形色色，音声状貌，无不待于此而为之发宣昭著。此举在我者而为言，而无一不如此心以出之者也。以在我之四衡在物之三，合而为作者之文章。大之经纬天地，细而一动一植，咏叹讴吟，俱不能离是而为言者矣。

他将诗的创作分为客观要素与主观要素两个方面。客观要素是"理""事""情"，主观要素是"才""胆""识""力"。前者是诗人表达的对象，后者是诗人表达前者的素质与能力。前一组以"理"为主，后一组以"识"为主。

先看前者。他说："譬之一木一草，其能发生者，理也；其既发生，则事也；既发生之后，夭矫滋植，情状万千，咸有自得之趣，则情也。""理"是某物不得不成为其物、不得不呈现某种状态的内在依据与规律，因而它在三者中最为重要，"事与物之情状不能外乎理"（《已畦文集》卷八《赤霞楼诗集序》）、"事与情总贯乎其（理）中"（同上卷十三《与友人论文书》）。"事"所以成为此事，"情"所以成为此情，都是由"理"在发生着作用。"理"虽只有一个，但它又贯穿于万事万物，使万事万物呈现出不同的状态，这显然受到理学与禅宗"理一分殊"之说的影响，这抽象"理"又从何处来呢？他在《与友人论文书》中说："理者与道为体。""理"与"道"为同一属性，"理"参与"道"而共同成为"体"，决定着"事"与"情"之用。但"理""道"虽都为"体"，"理"却是比"道"较为低一些的层次，较为小一些的范畴。"道者何也？六经之道也"，"夫备物者莫大于天地，而天地备于六经。六经者，理、事、情之权舆也。合而言之，则凡经之一句一义,皆各备此三者而互相发明;分而言之,则《易》似专言乎理,《书》《春秋》《礼》似专言乎事,《诗》似专言乎情"(同上)。"道"来自六经,"道"即六经之道,或者直截了当地说,"道"即六经,六经即道。因此"道"比"理"宽泛,不仅包含了"事"与"情",也包含了"理"。"理""事""情"三者,均以"道"即六经为总持;"事""情"二者,又以"理"为总持。但"理""事""情"也有能动作用,只有"明天下之理""达古今之事""穷万物之情",方能更清晰、更深刻地把握"道",认识"道"的由来与走向。另外,六经中的每句话都含有"理""事""情",而六经中的各经又有不同的侧重,有的侧重于言"理",有的侧重于言"事",有的侧重于言"情"——此即《诗经》。

这里有一个矛盾。以上引文出自《与友人论文书》,是泛论"文"的,所以有"理""事""情"之分,有六经的各有职司之别。但他又以这种观念用于《原诗》而专论诗。既然"《诗》似专言乎情",《诗》(即《诗经》)又是后世一般诗的权舆,何以又说诗言"理、事、情"呢?原来,他所说的"情"是一个宽泛的概念,不单纯指人的某种心理活动与状态,而是泛指事物的情状、情况,人的感情也是一种情状。"情"字的本意原就是一个宽泛的概念。"情"对于个人来说虽是主观的、内在的东西,但在叶燮看来,相对于才、胆、识、力等素质和能力而言,它却成为诗人表达的客体与对象。也就是说,诗人是一位冷静的观察者与传达者,他要将认识到的客观的理、事、情凭借他的才力与胆识传达给读者,而不是倾吐自己心灵中的情绪。因而可以说,叶燮是以知性的态度论诗的,这与历来的"情志"说、"性灵"说都相抵格。

"才""识""胆""力"才是诗人的主观方面。《原诗》具体解释道:

大约才、识、胆、力,四者交相为济。苟一有所歉,则不可登作者之坛，四者无缓急，而要在先之以识。使无识，则三者俱无所托。无识而有胆，则为妄，为卤莽，为无知，其言背理叛道，蔑如也，无识而有才，虽议论纵横，思致挥霍，而是非淆乱，黑白颠倒，才反为累矣。无识而有力，则坚僻妄诞之辞，足以误人而惑世，为害甚烈，若在骚坛，均为风雅之罪人。惟有识则能知所从，知所奋，知所决，而后才与胆、力皆确然有以自信。

在这些"在我"之四物中，叶燮明言最重视"识"，它统驭、矫正着其他三者，使不走向偏颇与邪径。从所引"背理叛道""是非淆乱""坚僻妄诞""风雅罪人"等语可见，"识"便是认知儒家的"理""道"的能力，而绝不是识得诸家诗人的体格声调。才、胆、识、力四者，"识"是最理性的因素。才、胆、力俱涉及感性方面，涉及诗人的才情、勇气和表情达意的力度，因而它们必须受到理性的控制，即受到"识"的统驭，方能使"才"成为表达"理"的技能，"胆"成为表达"理"的胆量，"力"成为表达"理"的气魄。所以在这个方面，叶燮论诗也是一种理性而非审美的态度。

人们常引《原诗》以下一段话而加以推尚：

> 要之，作诗者实写理、事、情，可以言言，可以解解，即为俗儒之作。惟不可名言之理，不可施见之事，不可径达之情，则幽渺以为理，想象以为事，惝恍以为情，方为理至、事至、情至之语。

这些话说得迷离恍惚，也似乎受到严羽"镜花水月""羚羊挂角，无迹可求"之论的影响，但"理、事、情"与"才、胆、识、力"既如前所述，则他所追求的仍主要是微妙深远的理致，而不是严羽所追求的艺术美感。不过他要求将一切都表达得十分含蓄而幽微，还是可取的。叶燮这种以理性规范诗美的理论毕竟后来难继，连其弟子沈德潜、薛雪也离他而去，诗学思想与他异趣。但从根本精神上，由于清人重识、重理、重学，叶燮的理论也在后世发生着潜在的影响与共鸣。他还有些具体法度的论述，如尚"雅"而反"俗"、主"生新"而反"陈熟"等，更影响于后来的宋诗派与同光体。

（五）情意与比兴

以上是明清之际诗学思想的主导倾向，也奠立了整个清代诗学思想的主导走向，即"祧唐祢宋"，另外在此期还有一种与之相左的次要倾向，即"尊唐祧宋"。钱锺书《谈艺录》说："船山（王夫之）《夕堂永日绪论》痛诋七子之诗，而持论尊唐祧宋，于七子不啻应声践迹。世人每以为推唐斥宋者必取七子，特见沈归愚（德潜）辈如是耳；船山即推唐斥宋而不取七子者，吴修龄（乔）亦然。"清人对唐、宋、明诗的态度颇暧昧微妙。反七子派（明诗主流）几乎是他们的共同态度。七子鲜明的旗帜是宗唐黜宋，但反七子者却并不反其道而行之地明确排唐尊宋，甚至被公认为"祢宋"的人也时有黜宋之论，这是由于对唐诗毕竟不宜轻易菲薄，而时代精神与审美意识又使他们不能不近宋而远唐，此之谓"名唐而实宋"。反之，既尊唐又排宋的人也并不首肯七子，王夫之、吴乔以及贺裳便是如此，虽然他们的持论与七子特别是其后学颇有共通之处，甚至"应声践迹"，这是因为七子末流的因袭模拟毕竟流弊难掩。既尊唐排宋又正面回护七子的较著名者，主要是后来的沈德潜。

因此，我们不能完全根据一个人的宣言确定其诗学倾向，而主要应依据其诗学思想的内蕴与实质。据此，吴乔、贺裳、王夫之的主要倾向可谓"尊唐祧宋"，与当时及后来的主流派异趋。当然他们也不能不有"祢宋"的色彩。

吴乔与贺裳、冯班为友，诗学思想互有同异。吴乔著有《围炉诗话》，不但排击七子、公安、竟陵，也排击钱谦益和行辈较晚的王士禛。贺裳著有《载酒园诗话》，被吴乔推赏为"深得三唐作者之意，明破两宋膏肓，读之则宋诗可不读"。但真正可以检验他们的诗学倾向的，是对杜甫、韩愈、苏轼的态度，因为这三人的诗风是逐步背离典型唐诗的三大坐标，极为清人所推重。吴乔《围炉诗话》说杜诗"于唐体为别调，宋人不察，谓为诗道当然"，完全是七子派的观念与口吻。又说"子瞻、鲁直、放翁一泻千里，不堪咀嚼，文也，非诗矣"。贺裳《载酒园诗话》也说苏诗"多粗豪处、滑稽处、草率处，又多以文为诗，皆诗之病"。"以文为诗"正是从严羽到明七子不满苏黄、江西和整个宋诗的口实。《载酒园诗话》又说韩诗"是别派"，与"杜诗为别调"一样，也是明人的论调。这些都与清人"祧唐祢宋"的主流不合，而向往那种含蕴有味之美。

王夫之大致也是如此。他在哲学和诗学方面都有很高成就，但由于其著作长久埋没不传，直到晚清才被发现，因而在清代诗学史上影响不大，并且其诗学思想也与清代"祧唐祢宋"的主潮暌违不合。他的哲学、政治思想与诗学思想有内在联系，论诗十分重视审美艺术特征，与当时其他思想家有所不同。我们也从几个关键性问题上观察他的诗学倾向。

如前所说，"拟议以成其变化"是七子派的诗学纲领，公安派及钱谦益都曾予以抨击，清人不满七子也主要集矢在"拟议"上。王夫之则认为："拟议变化，如目视之与手举，异用而合体，变化所以拟议也。知拟议其变化，则古人之可效者毕效矣。然而不知拟议者，其于变化，犹幻人之术也，眩也，终古而弗能效也。"（《薑斋文集》卷三《诗传合参序》）显然是站在七子派方面而攻击公安。再如明清之际的思想家因为时势的刺激和天下兴亡的责任感，主与学问、世运结合的、强调群体性的"万古之性情"，王夫之则从"私欲之中，天理所寓"（《四书训义》卷二十四）的重视人欲的哲学思想出发，在诗学上十分强调作者的情感与个性。这是当时其他思想家在国难当头中所未暇顾及的。梁启超《清代学术概论》说王夫之"其言'天理即在人欲之中，无人欲则天理亦无从发现'（《正蒙注》），可谓发宋元以来所未发。后此戴震学说，实由兹衍出"。

王夫之与当时诗学主流的不相吻合，更明显表现于他对"诗史"问题的看法，宋人主"诗史"说，明人反"诗史"说，清人尤倡"诗史"说。王夫之由于重视诗的独立的审美艺术特征，屡屡强调诗与史之别，如《古诗评选》卷四："史才固以隐括生色，而从实着笔自易；诗则即事生情，即语绘状，一用史法，则相感不在永言和声之中，诗道废矣。"这是从表现手法上讲史法不同于诗法，史实而诗虚，史有妨于诗。因而他断言"夫诗之不可以史为，若口与目之不相为代也"（《薑斋诗话》卷一《诗绎》）。反"诗史"说，实际上已隐含着对杜甫叙事性作品的不满，王夫之更在《古诗评选》《明诗评选》《夕堂永日绪论·内编》中对杜甫颇有微词。在清代诗学思想史上，完全从纯粹美感特征上论诗的，主要有王夫之、王士禛以及晚清的刘熙载、王国维等数人而已。

吴乔、王夫之论诗之语都很多，不能一一俱陈。在当时"祧唐祢宋"思潮中，他们有异于时风众会的诗学主张主要集中在两个方面：重情意，重比兴。如：

> 王夫之《薑斋诗话》：无论诗歌与长行文字，俱以意为主。意犹帅也。无帅之兵，谓之乌合。李杜所以称大家者，无意之诗，十不得一二也。烟云泉石，花鸟苔林，金铺锦帐，寓意则灵。若齐梁绮语，宋人抟合成句之出处，役心向彼搜索，而不恤己情之所自发，此之谓小家数，总在圈缋中求活计也。

吴乔《围炉诗话》：意为情景之本。

"意"比较复杂，它介于"情""理"之间。它不完全等同于"情"，因为它是一种思维，"情"却是一种直觉；但它又不能等同于"理"，因为它是一种伴随着情感的思维。在人们的运用中，"意"有时偏向于"情"，可称"情意"；有时偏向于"理"，可称"意理"。吴、王论诗十分重情，他们所说的"意"多为"情意"。王夫之既说诗文"俱以意为主"，又说齐梁追求绮语、宋人讲究出处均"不恤己情之所自发"，"情"显指前面的"意"。吴乔更明言"意"与"情景"的不可分离。但是在实际上，诗、文既然都用"意"，唐诗、宋诗也同样不能无"意"，那么诗与文之间、唐诗与宋诗之间的区分何在？关键便是用比兴之法以表"意"。吴乔此类论述尤多，有的堪称特见。

吴乔将比兴视为诗的成败的关键。《围炉诗话》说："诗之失比兴，非细故也。比兴是虚句活句，赋是实句。有比兴则实句变为活句，无比兴则实句变成死句。""实句"即径情直道，在文字之外不能给读者提供更多的东西。"虚句活句"即化景物为情思，二者融会为一体，可以引发读者的无限想象和灵活理解，艺术形象显得灵动不板。在此前提下，吴乔以比兴作为衡量唐宋诗优劣的尺度。其《围炉诗话》说：

> 唐诗有意，而托比兴以杂出之，其词婉而微，如人而衣冠。宋诗亦有意，惟赋而少比兴，其词径以直，如人而赤体。

> 比兴非小事也。宋诗偶有得者，即近唐人。

他还认为杜诗所以为唐诗"别调"，就是因为多用"率直"的赋法，而宋人标榜学杜，其实学的正是此法。这便从创作手法上清理了唐宋以来诗风的流变。但吴乔这些说法并不新鲜，元、明人便多有此论。在重比兴并以之区分唐、宋方面，吴乔的观念不过是明代七子诗学的承续，由此可以窥见他的诗学倾向。他有一段区分诗、文的论述却颇有特见，可谓发前人所未发：

> 问曰：诗、文之界如何？答曰：意岂有二？意同而所以用之者不同，是以诗文体制有异耳。文之词达，诗之词婉。……意喻之米，饭与酒所同出。文喻之炊而为饭，诗喻之酿而为酒。文之措词必副乎意，犹饭之不变米形，嚼之则饱也。诗之措词不必副乎意，犹酒之变尽米形，饮之则醉也。文为人事之实用，诏敕、书疏、案牍、记载、辨解，皆实用也。实则安可措词不达？如饭之实用以养生尽年，不可矫揉而为糟也。诗为人事之虚用，永言、播乐，皆虚用也。赋而为《清庙》《执竞》称先王之功德，奏之于庙则为《颂》；赋而为《文王》《大明》称先王之功德，奏之于朝则为《雅》。二者必有光美之词，与文之摭拾者不同也。赋而为《桑柔》《瞻卬》刺时王之秕政，亦必有哀恻隐讳之词，与文之直陈不同也。以其为歌为奏，自不当与文同故也。赋为直陈，犹不与文同，况比兴乎？

其中的"文"指"诏敕""书疏""记载"等说理、议论、记事的应用之文，而非现在流行的艺术性散文、美文，故说"文达政事"而"诗道性情"。中国古代艺术性散文不够发达，有关理论更几付阙如，这是首先应当注意的。在此前提下，吴乔从三个方面区分诗、文。最重要的是诗用比兴手法而文为直陈，所谓"文实而诗虚，文达而诗婉"，实际上就是直陈与比兴之分。他用米烧为饭与酿为酒为喻说明诗文之别，十分形象而深刻。饭不变米形，指文并不对理论或事件作艺术性处理，而应保持其明确与真实；酒变尽米形，指诗要用比兴手法将情感和事物艺术化，加以巧妙的剪裁、安排、隐喻、象征、暗示等，言此意彼，似实似虚，惝恍迷离。诗、文方法的差别来自其用处和目的的不同，文主实用而诗主欣赏，文令人明理与致知，诗令人陶醉与遐想。诗、文的第二个区别是诗重音乐性。第三个区别是诗带有夸张性（"光美"）和抒情性（"哀恻隐讳"），这虽然也用赋法，但仍与文的直陈不同，赋法是诗的一种表现手法，它的描写、叙述、议论不必完全合于生活的真实。

王夫之也重比兴。前引他说"烟云泉石，花鸟苔林，金铺锦帐，寓意则灵"，其实就是比兴。王夫之在哲学上认为人的认识是"形也、神也、物也，三相遇而知觉乃发"（《张子正蒙注》卷一），即感觉、思维、事物三者的结合，又认为"固所（客体）以发能（认识）"（《尚书引义》卷五），并用禅宗"现量"一语强调即目所见的外物对认识与情感的引发作用，因而在诗学上也强调写景以寓情，使情景相生，这也便是比兴之法。《薑斋诗话》对此有生动的论述：

> 兴在有意无意之间，比亦不容雕刻。关情者景，自与情相为珀芥也。情景虽有在心在物之分，而景生情，情生景，哀乐之触，荣悴之迎，互藏其宅。

> 情景名为二，而实不可离。神于诗者，妙合无垠。巧者则有情中景，景中情。

诸如此类的论述尚多。吴乔《围炉诗话》也说：

> 夫诗以情为主，景为宾。景物无自生，惟情所化，情哀则景哀，情乐则景乐。唐诗能融景入情，寄情于景。

"景物无自生,惟情所化",指人的心中之景、诗中之景已非大自然客观的自在状态的景,而是为人的美感所重新塑造过的景,是人化之境、心灵化之境,这种含情之景的创造也要仰仗于比兴之法。在物象中蕴含深永的情思,成为玲珑的"兴象",这是人们心目中典型唐诗的特点。明代七子诗学对此做过较多的探讨,吴乔、王夫之的以上论述正是沿袭了这种探讨,这大约也是他们"尊唐祧宋"的一个表现吧。

四、"神韵"与"格调":康乾之际的"盛世雅音"

在康乾之际,清代诗学思想曾一度偏离了"祧唐祢宋"的主流,这便是王士禛的"神韵"说与沈德潜的"格调"说。

康熙、雍正、乾隆的一百三十多年间(1662—1795),史有"康乾盛世"之称,其实不过是封建末世的一抹夕阳余晖,一段回光返照。这个"盛世"是清廷以"压"和"诱"赢得的。"压",便是这三朝史不绝书的残酷的文字狱;"诱",则是利用知识分子的功名事业之心,增设科举、开四库馆、整理文献、编纂类书等,加宽读书人的仕进之路。读书人要生存,要发展,就不能不"入其彀中"。异族统治者还利用汉族的文化心理,提倡孔孟经书,推重程朱之学,表彰忠孝节义,贬抑前朝贰臣,以加强向心力与认同感。这一切果然奏效。随着亡国惨痛的淡化,读书人也确将清王朝视作应天承运的正统。清统治者也未忘记文学这块"阵地"。从康熙时期便提倡"清真雅正"的文风,雍、乾两朝又作了明文规定,反复强调。这个思想、艺术标准与规范也不难为"盛世"文人所接受,"神韵""格调"之说便是其在诗学方面的反映。王士禛虽在康熙前已有诗名,且已出仕,但他二十九岁时编选《神韵集》正值康熙元年,其主要文学活动也在康熙年间;沈德潜将近百年的漫长一生都是在康乾之世度过的,他们的"神韵"说与"格调"说直接间接、自觉不自觉地与当时的氛围契合,可谓康乾之际的"盛世雅音"。姚莹《孔蘅浦诗序》说:"国朝作者尤众,至于论诗,自以阮亭(王)为正,……归愚(沈)以吴人言诗,颇能脱去纤秾,别裁伪体。"朱庭珍《筱园诗话》称王士禛诗为"昭代雅音",称沈德潜"持论极正",又说他"袭盛唐面目""门户依傍渔洋",却力诋袁枚、赵翼等"性灵"派诗人,谓为"实风雅之蠹,六义之罪魁也"。可见王、沈二人也是"尊唐祧宋"者,大致与吴乔、王夫之同一路向,而与清代诗学主流不同,又与同样生活在"盛世"的袁枚诗学取向不同。倘说在清代一些人心目中王、沈是"昭代雅音",则袁枚诗可谓"郑声"。

(一)"一代正宗"王士禛

王士禛的"神韵"诗论与诗作在清时一向有"一代正宗"之称,如徐乾学《渔洋山人续集序》:"夫言诗者以先生为正宗。"尽管人们对其褒贬不一,但总的说来褒多于贬,扬多于抑。除赵执信出于个人意气的激烈攻讦外,几乎无人对其作全面否定,即使讥其"一代正宗才力薄"的袁枚,也自称对他"不相菲薄不相师"。梁章钜《退庵随笔》说:"自王渔洋倡神韵之说,于唐人盛推王、孟、韦、柳诸家,今之学者翕然从之。"梁章钜之时已近近代,尚仍"翕然从之",足见影响之远。更晚一些的谭献《复堂日记》则推尊王士禛为清代第一诗人。

王士禛的诗学取向是"尊唐祧宋",有清一代诗学思想的主流是"祧唐祢宋",但这与称王为"正宗"并不矛盾。"正宗"并不等于"主流"。无论从哪个角度,说王士禛诗学为"正宗"都不无道理。

第一,王士禛的"神韵"诗论与诗作主要成于所谓康熙"盛世",在传统观念中往往以盛世的作品为"正",衰世的作品为"变"。此意陈衍《近代诗钞叙》讲得最明,他说有清二百余年以高位主持诗教者,前有王士禛、沈德潜,后有祁寯藻、曾国藩。王、沈"生际承平,宜其诗之为正风正雅"。祁、曾则生当"丧乱云臲""变故相寻"之时，其诗则属"变风变雅"。

王士禛"神韵"说的形成有多方面原因，不能完全归结为"盛世"的折射。从诗学思想的独立发展来说，它其实是明代七子一派特别是其后学诗学追求的赓续与结穴，此在下节专论。从王士禛自身的因素来说，他出身今山东的名门望族，世世代代在明朝为官，父、祖、兄长皆对文学有浓厚兴趣，他自幼耳濡目染，受长兄西樵熏陶尤重。据他在《居易录》回忆，幼时西樵便教他"取刘颀阳先生所编《唐诗宿》中王、孟、常建、王昌龄、刘眘虚、韦应物、柳宗元数家诗"，并"授以裴（迪）、王（维）诗法"，其中多是山水诗人。这影响到王士禛的一生，晚年所编《唐贤三昧集》便以《唐诗宿》为底本，以王维、孟浩然、韦应物、柳宗元诗为主。明亡时王士禛年方十一，虽不能说毫无故国陆沉之感，但此种感恨也未必多么沉痛。况他天性平和，风情蕴藉，仕途顺利，出仕后即为扬州推官，过着"文章江左，烟月扬州，人海花场，比肩接迹"的诗酒风雅生活。陈衍《小草堂诗集叙》说"道、咸以前，则慑于文字之祸，吟咏所寄，大半模山范水，流连景光"。王士禛以山水之作为主要对象的"神韵"诗论虽有其家学渊源，但也未尝没有避祸成分。总之，"神韵"说未必有意迎合"清真雅正"之旨，但却比那些有意迎合更符合这种精神，也更能从根本上点缀升平。

第二，王士禛的诗论与诗作在精神风貌上接近于唐，但他并不喜欢备受推崇的杜甫。据赵执信《谈龙录》所记，"阮翁（士禛）酷不喜少陵，特不敢显攻之，每举杨大年（亿）'村夫子'之目以语客"。杜甫不少作品排比铺陈，发露无余，以文为诗，开宋诗门户，为唐诗"变体"。王士禛好蕴藉含蓄之风，镜花水月之境，故借北宋杨亿之言讥杜甫为"村夫子"是不难理解的。清人多以那种"典型唐诗"为正，宋诗为"变"，杜诗为"变"的开端。说王士禛为"正宗"，这大约也是一个着眼点。

第三，王士禛虽主"神韵"，重唐诗，却不像七子派那样偏激地一概抹杀宋诗，并且他中年时期也有一段学宋的经历。在《戏仿元遗山论诗绝句》中，他曾对宗唐黜宋之风不平："耳食纷纷说开宝，几人眼见宋元诗！"对江西诗派的代表人物黄庭坚也加以肯定："涪翁掉臂自清新，未许传衣蹑后尘。"其《冬日读唐宋金元诸家诗偶有所感各题一绝于卷后》歌咏韩愈、杜牧、苏轼、黄庭坚、陆游等人，也与清人的一般取向相合。《黄湄诗选序》则主张"泛滥于唐宋诸名家"，反对"好立门户""强分畛域"。另外，王士禛虽重兴会，主妙悟，但也不废学问，《带经堂诗话》记载他一段著名论述：

> 夫诗之道有根柢焉，有兴会焉，二者率不可得兼。镜中之象，水中之月，相中之色，羚羊挂角，无迹可求，此兴会也。本之风雅以导其源，溯之楚骚、汉魏乐府诗以达其流，博之九经、三史、诸子以穷其变，此根柢也。根柢原于学问，兴会发于性情。

在回答郎廷槐关于性情与学问的问题中，他也发挥了同样思想："司空表圣云：'不着一字，尽得风流。'此性情之说也。扬子云云：'读千赋则能赋。'此学问之说也。二者相辅而行，不可偏废。……'学力深，始能见性情'，此一语是造微破的之论。"（《诗问》）这些主性情学问相兼相融之论，与清代诗学主潮合拍，因而能被各方面所接受，这似乎也是他被目为"正宗"的一个原因。

第四，清代诗学重雄鸷奥博、排比铺陈，纵横挥洒有余，对诗的精微美感探讨不足，王士禛"神韵"说则能弥补这方面的缺欠，在清代有空谷足音之感。从诗美学来说，这毕竟是一条正路，犹如朱庭珍《筱园诗话》所评："王阮亭诗为昭代雅音，执吟坛牛耳者几五十年。生平标神韵为正宗，长于用典，工于运法，如良工裁衣，不爽尺寸；老师度曲，悉协管弦。故清俊庄雅，玉润珠圆，而品复落落大方，绝无偏锋傍门之病也。"又认为他的不足是"能正而不能奇"。所谓"奇"，据下文，即"纵横飞荡，沉郁顿挫"等杜、韩、苏"变体"的艺术特征。朱庭珍所论虽指王士禛的诗作，但此种艺术风貌正来自其"生平标神韵为正宗"的诗论。据此，朱庭珍以王士禛为"雅"，为"正"。

以上便是王士禛堪称"一代正宗"的理由。

（二）"神韵"说

"神韵"说是王士禛诗学思想的核心，吴陈琰为他的《蚕尾续集》作序说：先生"兼总众有，不名一家，而撮其大凡，则要在神韵"。但王士禛本人并未对"神韵"的内涵作系统、明确的阐发，后人也不易对此作出精确的界说。

"神韵"在解释时可析为"神"与"韵"二字。"神"相对于"形"而言，指形貌之外的精神。"韵"按宋范温《潜溪诗眼》之说，是相对于声而言的"余音"。犹如撞钟，那"大声已去，余音复来，悠扬宛转"的"声外之音"即为"韵"，再加以引申，就是"行于简易闲澹之中，而有深远无穷之味"。所以"神"是形外之真，"韵"是声外之远。王士禛的"神韵"说虽是一个整体，但却有两个侧面，分别侧重于"神"与"韵"。当他指学习前人（主要是唐人）之作的"神韵"时侧重于"神"，当他指表现物、情（包括物的情态与人的情绪）时侧重于"韵"。以下分别说明之。

"神韵"一语虽早见于六朝时品鉴人的精神韵致，如"神韵冲简""神韵潇洒"等，但用于论诗却始于明代徐祯卿《谈艺录》、胡应麟《诗薮》、陆时雍《诗镜总论》。徐祯卿是前七子之一，其《谈艺录》深为王士禛所喜爱。胡应麟属末五子，其《诗薮》言及"神韵"二十余次。陆时雍论诗倾向七子，其《诗镜总论》也多次强调"神韵"，如"诗之佳，拂拂如风，洋洋如水，一往神韵，行乎其间"。

如前章所说，七子派的论诗纲领是"拟议以成其变化"，但在如何"拟议变化"上存在着强调形似与强调神似的矛盾，这个矛盾由前七子的李梦阳、何景明开其端。李主张学前人时应"刻意古范，铸形宿镆，而独守尺寸"，何则主张"富于材积，领会神情，临景构结，不仿形迹"，即"舍筏登岸"。李梦阳当时虽以势压倒了何景明，但真正胜利的显然是何景明的诗学路线，从徐祯卿、胡应麟到陆时雍的"神韵"之论无疑是"领会神情，不仿形迹"的逻辑发展，而王士禛的"神韵"说当是这条诗学路线的最后结穴。王士禛出自七子而又不尽同于七子，这几乎是清人的共识。钱谦益与王是世交，他在《王贻上诗集序》中说王士禛的叔祖王象春属七子后学，尤崇李梦阳，王士禛本人承"家学门风"，论诗主"典""远""谐""则"。纪昀讲得尤为明白，其《冶亭诗介序》说"国初变而学北宋，渐趋板实，故渔洋以清空缥缈之音变易天下之耳目，其实亦仍从七子旧派神明运化而出之"。翁方纲所作《神韵论》一文的核心论旨便是"神韵即格调"，并明言"吾谓神韵即格调者，特专就渔洋之承接李、何、王、李而言之耳"。今人朱东润、钱锺书也有类似看法。

再证以王士禛本人的言论。他不满钱谦益过分贬抑李、何，认为他们终是大家。所谓他承续七子一派，其实主要是承续何景明"领会神情，不仿形迹""舍筏登岸"之论。如他在《带经堂诗话》中谓"舍筏登岸，禅家以为悟境，诗家以为化境。诗、禅一致，等无差别。大复《与空同书》引此，正自言其所得耳"。可见他是首肯何景明之说的。所谓"悟境""化境"更是七子一派的常用话头，是"拟议变化"所要达到的最高艺术境界。王士禛始终最重唐诗，他二十九岁所编以教子学诗的《神韵集》皆收唐诗，今虽不存，但从书名可以想见其好尚。五十五岁时编选的《唐贤三昧集》其序尚存，何世璂曾在《然镫记闻》中引其自述编选之旨：

> 吾盖疾夫世之依附盛唐者，但知学为"九天阊阖""万国衣冠"之语，而自命高华，自矜为壮丽，按之其中，毫无生气，故有《三昧集》之选。要在别出盛唐真面目与世人看，以见盛唐之诗原非空壳子大帽子话，其中蕴藉风流，包含万物。

说得十分明白：要在"神"上学唐，学他们作品的"真精神真面目"，而不貌袭其"高华壮丽"之语，这显然便是何景明主张的"领会神情，临景构结，不仿形迹"。这是"神韵"的第一重义。他的门人王立极《唐贤三昧集后序》将此意讲得更为明白："大要得其神而遗其形，留其韵而忘其迹，非声色臭味之可寻，语言文字之可求也。"把其师的用心和盘托出：原来所谓"三昧"就是"神韵"！

至于"神韵"的第二重义，即侧重于"韵"的方面，实指艺术创造的审美境界，这境界可以三语蔽之，曰：清远，平淡，含蕴。

先说清远。王士禛《池北偶谈》说：

> 汾阳孔文谷云：诗以达性，然须清远为尚。薛西原论诗独取谢康乐、王摩诘、孟浩然、韦应物。言"白云抱幽石，绿筱媚清涟"，清也；"表灵物莫赏，蕴真谁为传"，远也；"何必丝与竹，山水有清音""景昃鸣禽集，水木湛清华"，清、远兼之也，总其妙在神韵矣。神韵二字予向论诗首为学人拈出，不知先见于此。

其实"神韵"二字早在孔文谷之前七子派已经常使用，其论述也已近于王士禛，王士禛的"神韵"说与其有一脉相承的联系。以"清远"说"神韵"，则确实借助于孔文谷。所谓"风怀澄澹""采采流水，蓬蓬远春""蓝田日暖，良玉生烟"等，皆是王士禛所向往的"清远"境界。

次说平淡。《然镫记闻》说："为诗先从风致入手，久之要造于平淡。"他自述学诗历程，说他选《唐贤三昧集》之时，也便是"乃造平淡时也"。可见他认为"平淡"并不是学诗的开始，而是学诗的造诣与结果。他推重司空图所说的"遇之匪深，即之愈稀""神出古异，淡不可收"的艺术境界，也便是"平淡"的境界。"平淡"并非赵执信所攻击的"诗中无人"、缺乏性情，而是将情感淡化到清悠景色的描绘之中，达到如同王国维所说的"无我"之境，使读者从中品出一种清丽幽微的诗情。

最后说含蕴。含蕴并不是可以指实为某种具体社会思想意义的比兴寄托，而是一种无限的难以指实的审美联想、想象、遐思。这是"神韵"用力之所在。王士禛自谓最爱司空图《二十四诗品》和严羽《沧浪诗话》。"含蕴"正是这些诗学前辈所称道的"镜中之花，水中之月"、"不著一字，尽得风流"及"味外之旨"等。

"神韵"是王士禛对诗境的至高要求，达到这种境界的途径与方法，根据他本人的言论，可概括为二端：曰"兴会"，曰"妙悟"。"兴会"是一种不期而至的灵感，"妙悟"是一种"思之思之，鬼神通之"的深微体知。

王士禛论诗的创作极重"兴会""伫兴"，《渔洋诗话》说：

> 萧子显云："登高极目，临水送归。蚤雁初莺，花开叶落。有来斯应，每不能已。须其自来，不以力搆。"王士源序孟浩然诗云："每有制作，伫兴而就。"余生平服膺此言，故未尝为人强作，亦不耐为和韵诗也。

齐梁人萧子显所论，即为自然景物的贸迁对诗情不期然而然的感兴、灵感。王士禛也主张诗不应苦索强作，而应期待着这种兴会灵感的自发光临，如此地发为诗篇，方能有自然天成的神韵，所谓"一时伫兴之言，知味外味者当自得之"（《带经堂诗话》卷三《伫兴类》），这与谢榛所主张的"以兴为主，漫然成篇"，陆时雍一再强调的"兴会神到"，立意是一致的。

王士禛十分推重严羽的"妙悟"之说，对钱谦益、冯班的攻讦严羽以禅喻诗，深致不满，认为是深文周纳。《蚕尾续文》中说："严沧浪以禅喻诗，余深契其说，而五言尤为近之，如王、裴辋川绝句，字字入禅，……妙谛微言，与世尊拈花，迦叶微笑，等无差别。通其解者，可语上乘。"世尊拈花而迦叶微笑，靠的便是一种神秘非理性的直观体悟，或曰"妙悟"。它与"兴会"的不同在于："兴会"是自然景物对诗人的直接触发，客观之景与主观之情保持因果性的一致，即乐景使人生乐而哀景令人生哀。引出"妙悟"的事物与人的所悟却无一定联系，甚至绝无联系。"妙悟"既然是非理性的，那么以此为诗也就"不涉理路"，成为镜花水月那样无迹可执的"化境"。如前之说，七子派及其后学也很重"悟"，在此处也可窥见二者的联系。

统观王士禛"神韵"说所涉及的一切方面，虽没有什么完全新颖的东西，但由于他特别强调和大力实践，便将古代诗学中注重探讨深细微妙的诗境诗艺之论推向高峰，特别是成为七子派诗学思想逻辑发展的结穴。后来接续这一线索的主要是刘熙载、王国维，但王国维已经步入近代诗学。

在王士禛同时或略迟，有些人的诗学观与其相近，大致可以形成一个"神韵"诗派。如贺贻孙《诗筏》主张"蕴藉"，徐增《而庵诗话》张扬"妙悟"，标榜"境界"。特别是田同之《西圃诗说》，更与王士禛如出一辙，赞赏王士禛"神韵二字可谓放出三昧，直足千古"。他论诗也主性情与学问合一，主"清空""神解""蕴蓄有味""温厚和平"，又断定"牧翁（钱谦益）宋调，渔洋唐响"。可见王士禛

"尊唐祧宋",当代人已有明见。其"尊唐祧宋"的另一侧面,便是学"王、孟有余,杜、韩、苏不足","欲冲和淡远,非雄鸷奥博",从其同时代人宋荦到其后的袁枚、翁方纲均有此类评论,可谓公允。杜甫、韩愈、苏轼是清代诗学主流派的三个解释学支柱,"雄鸷奥博"是清人"祧唐祢宋"的主要艺术风貌,故谓王士禛"神韵"说不属于清代诗学思想的主流派,却可以说是正宗的"盛世雅音"。

(三)"格调"说

另一个"盛世雅音"是沈德潜的"格调"说,它与王士禛"神韵"说的根本不同是:如果说"神韵"说是由王士禛的家学、个性、教养、阅历以及所处时世诸因素的"合金",那么沈德潜的诗论则是清廷"清真雅正"文学标准的直接产物;王士禛完全是就诗论诗,注重诗美,追求纯艺术,不涉及政教风化,沈德潜则十分强调诗的政教伦理功用。

沈德潜是叶燮的弟子,论诗也受到乃师的一些影响。叶燮重学问,重识力,沈德潜也有类似主张,其《说诗晬语》云:"有第一等襟抱,第一等学识,斯有第一等真诗。"所谓"襟抱",大致相当于叶燮所说的"胆识"。又在《许双渠抱山吟序》中说:"古人无不学之诗。李太白,旷世逸才也,而其始读书匡山,至十有九年。杜少陵自言所得云:'读书破万卷,下笔如有神。'知古人所以神明其业者,未有不从强学而得者也。"以下又主张"研穷经术,以经世务""蒐据六籍,讨论子史"等等,这既承其师说,也是清代的一般思潮。与沈德潜同为叶燮门人的薛雪《一瓢诗话》强调"才思""学力""志气""胸襟""具眼""识"等,比沈德潜更近于师说。沈德潜本人也颇有学问,其门人王鸣盛、钱大昕都是乾嘉之际著名的学者。

但在论诗的具体创作时,他便与叶燮发生了分歧。叶燮重"才、胆、识、力"而尤重"识",沈德潜则更重"才",主张以才运学,其《汪荼圃诗序》云：

> 作诗谓可废学，持严仪卿"诗有别才"之说而误用之者也。而反其说者，又谓诗之为道全在征实，于是融洽贯串之弗讲，而剽猎僻书，纂组繁缛，以夸奥博，若人挟类书一部，即可以诗人自诩者，究之驳杂支离，锢其灵明，愈征实而愈无所得。夫天下之物以实为质，以虚为用。学，其实也；才，其虚也。以实运实则滞，以虚运实则灵。

这段话看来是针对当时"祧唐祢宋"、追求宏闳衍奥博的诗风而发的，所论也较为平正公允。诗人固然不可无学，堆垛学问却毕竟不是诗，学问要通过才情来统领、融液、诗化。"以虚运实"也可以说是世间万事的规律。这段议论，对后出的翁方纲"肌理"说也有始料不及的针砭作用。从才、学的这种关系出发，从诗的独特性质出发，沈德潜在比较"诗人之诗"和"学人之诗"时，更加偏重"诗人之诗"，因为前者"专及"而后者"兼及"，"专及"更能把握诗的特殊规律。这无疑也是持平之论，而与清代偏重"学人之诗"的一般思潮相扞格。

叶燮激烈攻击明代七子诗派，沈德潜却是清代为数甚少的正面为七子派辩护甚至张目的人物，因而在此处与其师分道而扬镳，故钱锺书《谈艺录》对此有"师为狂狷，弟则乡愿"之评。沈德潜推重七子的重要着眼点是共重唐诗，以唐诗为"正轨""正声"，并主张由唐而上溯汉魏，以至于"求诗教之本原"。其《唐诗别裁集序》自述学诗历程：

> 德潜于束发后即喜钞唐人诗集，时竞尚宋元，适相笑也。迄今几三十年，风气骎上，学者知唐为正轨矣。

由中也可窥见清初以来宗唐宗宋诗坛风气的起伏消长。他一再称赏七子派的"复古",如《明诗别裁集序》谓"宋诗近腐,元诗近纤,明诗其复古也",并追溯有明二百七十余年间"升降盛衰之别",认为到七子一派才臻于"彬彬乎大雅之章",但"自是而后,正声渐远,繁响竞作,公安袁氏,竟陵钟氏、谭氏,比之自郐无讥,盖诗教衰而国祚亦为之移矣"。显然在沈德潜眼中,七子派是明诗的代表,是"正声",公安、竟陵则是外门旁道,故《明诗别裁集》不选他们的诗。《说诗晬语》也认为李梦阳、何景明继李东阳之后"力挽颓澜",使"诗道复归于正"。如此地回护推重七子诗派,在清代也只有"格调"一派而已,当时也属"格调"的李沂在《秋星阁诗话》中亦谓诗歌经盛唐的鼎盛后,中、晚唐"气骨日卑","宋元弥下矣,至有明始一振",而"李献吉则一代诗人之冠冕也",显然以七子派为遥承盛唐的诗运正宗。

前后七子重视"格调",主张拟则盛唐诗的高格逸调。沈德潜的诗学之被称为"格调"说,大约便是由此着眼的。但他现存的诗论中,实在没有多少"格调"之论。后来翁方纲著《神韵论》明言针对王士禛而发,又著《格调论》称王士禛变"格调"为"神韵",因而"神韵"即"格调",显然也是针对王士禛的,并未提及沈德潜的名字与诗论。明代"格调"说的对立面是公安派的"性灵"说,在清代袁枚同样倡言"性灵"与沈德潜对立,但其对立的要点在于沈所提倡的"温柔敦厚"的诗教,袁枚认为它桎梏性灵,而并未议及"格调"。看来"格调"并非沈德潜论诗的要害。不过事出终归有因。沈德潜既重盛唐及明七子,因而也毕竟有关于"格调"的议论,如《说诗晬语》讲到"不能竟越三唐之格""诗以声为用者也",但言之甚简,无法知道他更具体的主张。倒是有些强调以学问、性情统领体格声调之论讲得更详明些,如《缪少司寇诗序》反对专门"谈格律,整队仗,校量字句,拟议声病,以求言语之工",而主张

"先有不可磨灭之概,与挹注不尽之源,蕴于胸中",便会"自有不得不工之势"。这种"诗外工夫"即"五岳起方寸"的襟抱和"读书破万卷"的学问。这是要求以学问统格调。《南国倡和诗序》说:"诗之真者在性情,不在格律辞句间也。"这是要求以性情统格调。这说明沈德潜与清代其他诗学家一样,虽都有一个主导的倾向,但在理论上却力求调和各方,不使流为偏颇。他也提倡"神韵",其对"神韵"的解释甚至比王士禛还详明,故朱庭珍《筱园诗话》称他"依傍渔洋"。

主张诗的政教功能是沈德潜诗学思想最引人注目之处,这属于中国古代诗学思想中最正统最悠久的一线。以《说诗晬语》一段为例:

> 诗之为道,可以理性情,善伦物,感鬼神,设教邦国,应对诸侯,用如此其重也。秦汉以来,乐府代兴,六代继之,流衍靡曼,至有唐而声律日工,托兴渐失,徒视为嘲风雪、弄花草、游历燕衎之具,而诗教远矣。学者但知尊唐而不上穷其源,犹望海者指鱼背为海岸,而不自悟其见之小也。今虽不能竟越三唐之格,然必优柔渐渍,仰溯风雅,诗道始尊。

这些话不禁令我们想起白居易的讽喻诗论,连"嘲风雪、弄花草"的用语都一样,连对唐诗也表示不满都一样。白居易之后,这类正统的儒家诗论虽不绝如缕,但如此明确激切者尚不多见。明代七子重唐在艺术,在格调,他们主张由唐而进于汉魏古诗,着眼点在其浑然天成,兴象玲珑,无人工之迹,而从不强调政教风化,沈德潜重"三唐之格"而又不满于其"托兴渐失",要求上溯到先秦《诗三百》的所谓"设教邦国,应对诸侯"等"诗教之本原",这样他又与七子派分道而扬镳。另外在他的诗论中,诸如"四始六义""讽喻比兴""温柔敦厚""优游婉顺""发礼止义"之类汉儒论诗的话头不胜枚举。再者，他的诗论中也有不少属于宋代理学的主张，如"理性情""理则天人性命""激发其羞恶之本心""乐天无闷，物各自得"等等。汉代经学家诗学思想的核心在于政教风化，宋代理学家诗学思想的核心在于明心见性，沈德潜上述言论旨在调和汉宋，殆可谓传统儒家正统诗学思想的最后一座重镇，从这个角度上说他也是封建末世的另一种"盛世雅音"。

强调诗的政教风化功能是沈德潜时代的一股思潮，这与清代社会政治已稳定了一百余年、统治者长期强调风教有关，特别是与乾隆皇帝尤重忠信孝义有关。沈德潜曾蒙乾隆的"非常之知"，自然更能领会与贯彻他的旨意。不仅沈德潜，当时其他诗论家如薛雪、乔亿、李重华、黄子云等，大致也是如此。尤其值得注意的是郑燮，他虽与沈德潜无关，但生活在同一时代氛围中。他在人们心目中是一位落拓不羁的名士，但与其他时代的名士不同，正统的儒家文学观十分突出、激烈，比沈德潜更有过而无不及，如他在《焦山别峰庵雨中无事书寄舍弟墨》的家书中说：

> 魏晋而下，迄于唐宋，著书者数千百家，其间风云月露之辞，悖理伤道之作，不可胜数，常恨不得（秦）始皇而烧之。

对描景绘色的诗文的疾恶若仇的态度，甚至比隋代李谔《上隋高祖革文华书》更为激进，很难令人与他那"难得糊涂"的名士形象联系起来。不过他极其关心民生疾苦、"民间痛痒"，他正是从这个角度发出上述激切之论的，因而又有其历史的合理性。传统儒家诗学原就有其正当、合理的一面。

（四）"祢宋"诗学的发展

在这个以"尊唐祧宋"为主流的康乾盛世，"祢宋"诗学也仍在发展。

且让我们先引几段言论。朱彝尊："今之诗家，大半厌唐人而趋于宋元矣。"（《南湖居士诗序》）宋荦："近二十年来，乃专尚宋诗。"（《漫堂说诗》）田同之："今之言诗者，多弃唐主宋。"（《西圃诗说》）这些人的生年与王士禛都相差无几，可以想见当时"祧唐祢宋"诗风之盛。据宋荦《漫堂说诗》云，王士禛选《唐贤三昧集》就是为了"力挽尊宋祧唐之习"。沈德潜自然也是如此。二人皆以高位执诗坛牛耳，而且都有丰富的理论著述和唐诗选本加以鼓吹、示范，一时确也造成"尊唐祧宋"的气势。但"祧唐祢宋"之风仍在发展，其主要代表人物前有朱彝尊，后有厉鹗，二人均属浙派。

朱彝尊生年比王士禛略早，二人在诗坛齐名，有"南朱北王"之称。他向来被视为清代"宋诗运动"的前驱，备受后来的宋诗派和同光体诗人所推重，如朱祖谋《漉湖遗老集序》称："竹垞（朱）一灯，流衍之远，持择之精，几如唐之韩门，非他人所能比并。"如前所说，他有一个"逃唐归宋"的过程。他早年诗学盛唐，仕清后转向宋诗。但在口头上，他始终对宋诗没有高评，并明言"无取"黄庭坚。翁方纲曾说，王士禛主"神韵"却推许黄庭坚，朱彝尊重学问反攻讦黄庭坚，皆出于一般人意料之外。其实这正反映了清人对唐宋诗的微妙复杂态度。

朱彝尊"祧唐祢宋"的主要表现在于他极重学问，主张以学为诗。其《鹊华山人诗集序》自称"中年好钞书"，"归田以后，钞书愈力，暇辄浏览，恒资以为诗材"，"予故论诗必以取材博者为尚"。以书本知识作为作诗的材料，与王士禛的"兴会"之说，与唐人作诗的全凭"兴致"，都是大异其趣的，而近于宋人的作风。属于宋诗派的林昌彝《射鹰楼诗话》曾引他的《斋中读书》诗："诗篇虽小技，其源本经史，必也万卷储，始足供驱使。别材非关学，严叟不晓事……"林昌彝评之为："得作者之旨，真知言哉！""驱使"书本以为诗材，是清代"祢宋"诗论家的共同主张，因而不满严羽"诗有别趣，非关学也"之说是顺理成章的，朱彝尊《楝亭诗序》对此还有更详明的发挥："今之诗家空疏浅薄，皆由严仪卿诗有别才匪关学一语启之。天下岂有舍学言诗之理？通政司使楝亭曹公吟稿，体必生涩，语必斩新。"又由学问引申到语言的"生涩""斩新"，这也正是宋人黄庭坚和江西诗派的好尚和诗风。

朱彝尊的表弟查慎行也以宗宋著称。徐世昌《晚晴簃诗汇》说："国初诸老渐厌明七子末流科曰，至初白（查）乃……祧唐祖宋，大畅厥词，为诗派一大转关。"他也甚重学问，认为"天才乃从学力得"。

在"祧唐祢宋"之路上又向前走了一步的是厉鹗。诗学上的"浙派"之名，就是到他才正式成立的。朱庭珍《筱园诗话》说："浙派自西泠十子倡始，先开其端，至厉太鸿而自成一派，后来多宗之。……其宗派囿于宋人，唐风败尽。"西泠十子原是学唐的，到厉鹗转为宗宋。他们"好用说部丛书中琐屑生僻典故，尤好使宋以后事"，与江西诗派作风相近。与厉鹗同乡而略晚的袁枚也有类似议论："吾乡诗有浙派，好用替代字，盖始于宋人，而成于厉樊榭，……樊榭在扬州马秋玉家所见说部书多，好用僻典及零碎故事，有类《庶物异名疏》《清异录》二种。"（《随园诗话》卷九）厉鹗与沈德潜、袁枚基本属同时代人，但论诗各不相同。沈德潜宗唐，厉鹗宗宋，并专学宋代小家。但他本人论诗之语传世不多，值得注意的是其《绿杉野屋集序》谓：

少陵之自述曰："读书破万卷，下笔如有神。"诗至少陵止矣。而其得力处，乃在读万卷书，且读而能破致之。……

> 故有读书而不能诗,未有能诗而不读书。……书,诗材也。……诗材富,而意以为匠,神以为斤,则大篇短章,均擅其胜。

与前引朱彝尊、查慎行的观点完全一致,而与严羽的诗论相对立。以此种观念为诗,自然要远离汉魏盛唐诗兴会神到、自然天成的风格,而近于宋诗面目。浙东原是清代人文荟萃之地,读书问学风气浓厚,影响到诗学则力主诗人与学人相兼。这也是整个清代诗学的主要走向。

五、潜移暗转:"性灵"与"肌理"

本节所涵盖的时间是乾嘉之际,与上节有所交叉,主要是沈德潜与袁枚的交叉,因为沈德潜出仕虽迟而享年甚永,活了将近一个世纪;袁枚生年虽迟而成名甚早,当乾隆四年(1739)二人同为进士时,袁枚年方二十四岁,沈德潜却已六十又七,此后又活了整整三十年,袁枚则又活了近六十年。但集中体现沈德潜诗学思想的《说诗晬语》写成于雍正九年(1731),袁枚才十五六岁。集中体现袁枚诗学思想的《随园诗话》陆续写成于他七十至七十三岁时(1785—1787),沈德潜早已去世。较早一些,集中体现二人诗学思想分歧的袁枚《答沈大宗伯论诗书》也必当写于沈德潜《清诗别裁集》初刻(乾隆二十四年,1759)之后。所以沈德潜与袁枚的诗学思想基本上代表了两个不同时期。本章乾隆之际的"乾"主要指乾隆后半期,"嘉"则指整个嘉庆年间。此期另一位重要诗论家翁方纲一直活到嘉庆之末,恰巧与下一节的代表人物与诗学思潮接茬。

在本期,"康乾盛世"的光彩已逐渐暗淡,诗学思想也逐渐背离"清真雅正",而潜移暗转。

（一）从考据学说起

由顾炎武等人发端的清代考据学风到乾嘉之际发展到鼎盛，惠栋、戴震等考据学大师为代表的吴派、皖派，世称"乾嘉学派"。乾嘉考据学风从两个方面影响到诗学思想，一是直接的，一是间接的。

直接的影响不言自明，那便是主张"以考据为诗"的翁方纲的"肌理"说，间接的影响比较复杂曲折。清代考据学又称"新汉学"，是对于宋明空谈心性义理之学的反动，旨在恢复孔孟原始儒学以及汉代经学的真面目、真精神。在考据学先驱顾炎武那里，它是以科学的归纳为研究方法，以经世致用为目标的，具有怀疑、批判的独立的治学精神。后来由于清廷钳制思想的高压政策，逐渐流为埋首于注疏、爬梳、校勘的"为考据而考据"。到了乾隆后期，随着统治者高压政策的松弛，随着资本主义因素的发展，被层层故纸堆累积重压下的个性解放与人文思潮重新抬起头来，借着对古代典籍的注疏阐释发出它的呼声，直指理学家"存天理去人欲"之类封建禁欲主义。戴震《孟子字义疏证》思想尤为鲜明，它批判理学家的"理欲"之辨是借助"理"的空名，行摧残人性之实："宋以来儒者……其辨乎理欲，犹之执中无权。举凡饥寒愁怨、饮食男女、常情隐曲之感，则名之曰人欲。"而这些"人欲"其实是应当肯定的"血气之自然"。它通过注疏发挥《孟子》一书，指出所谓理欲之分不过是掇拾了老、释绝情去欲之说的余唾，根本不合于圣经贤传"体民之情，遂民之欲"的本意，为害天下，其祸甚烈：

> 上以理责其下，而在下之罪，人人不胜指数。人死于法，犹有怜之者，死于理，其谁怜之！呜呼！杂乎老释之言以为言，其祸甚于申、韩如是也。六经、孔、孟之书，岂尝以理为如有物焉，外乎人之性之发为情欲者，而强制之也哉？

情欲就在人性之内，是人性之自然，不能离析出来而加以灭除，灭除情欲也便是戕灭人性自身。因而所谓"理"，其实质"同于酷吏之所谓法。酷吏以法杀人，后儒以理杀人"。梁启超《清代学术概论》对戴震的这些思想给予很高评价，说它们已经"轶出考证学范围以外，欲建设一'戴氏哲学'矣"，即以"情感哲学"代替"理性哲学"，乃至于"与欧洲文艺复兴时代之思潮之本质绝相类"。

　　这确是当时的一股思潮。近人张尔田《批本随园诗话跋》谓："有清三百年廉隅风纪，至乾隆中叶极盛而弛。"指的就是这股个性解放思潮冲击着封建的伦理纲纪。它不只表现在戴震一家的学说中，也不只表现为借考据发挥义理一种形式，在当时出现的小说如《儒林外史》《红楼梦》《镜花缘》《阅微草堂笔记》中都有这种精神的闪光。在诗学思想方面，以袁枚为代表的"性灵"说也是这种人文思潮的反射。袁枚比戴震年长七岁，我们很难说他受到戴震的具体影响，但至少有着同一社会思潮中的精神联系。后来龚自珍的思想也与戴震有一定联系。因而，袁枚"性灵"说已透露出诗学思想的潜移暗转，当然，袁枚、龚自珍的诗学思想有原则不同，绝不可等量齐观。翁方纲的诗学思想则推动了"祢宋"诗学的进一步发展，因而也是一种潜移暗转。这两种看似互不相干甚至互相违逆的潜移暗转有深微的内在联系。

（二）"性灵"说

　　"性灵"是袁枚诗学思想的核心，这一点他表述得非常清楚，绝不像王士禛之于"神韵"、沈德潜之于"格调"那样语焉不详；运用得非常频繁，也绝不像王士禛、沈德潜那样对"神韵""格调"偶尔及之；坚持得也非常执着，成为他衡量当时一切诗学问题与论争的标尺。所谓"性灵"，简单说来即"性情"与"灵机"的综合。袁枚在《钱玙沙先生诗序》中说：

> 尝谓千古文章传真不传伪，故曰"诗言志"，又曰"修词立其诚"。然而传巧不传拙，故曰"情欲信，词欲巧"，又曰"神也者，妙万物而为言"。古人名家鲜不由此。今人浮慕诗名而强为之，既离性情，又乏灵机，转不若野氓之击辕相杵，犹应风雅焉。

讲得很清楚："性情"是作品的思想内容问题，其贵在"真"；"灵机"是作品的艺术形式问题，其贵在"巧"。二者合言，便是"情信辞巧"，也便是"性灵"。不过古人用语往往不很严格，袁枚谈"性灵"也是如此，不可执一以求。大致说来，当他单讲"情""性情""真情"，或单讲"灵""灵机""灵解"之时，大致也属于其"性灵"说的基本体系之内。

袁枚持"性灵"以论诗、以衡诗，几乎与他前后的诗论诗派均有所龃龉、扞格，但主要针对沈德潜"格调"说，如钱泳《履园丛话》所云："沈归愚宗伯与袁简斋太史论诗判若水火：宗伯专讲格律，太史专取性灵。"袁枚与沈德潜为同榜进士，当时沈已近古稀，袁则方逾弱冠，一个老成持重，一个倜傥风流，性情志趣固自不同。此后沈极得乾隆恩宠，声名大噪，官位清显，以重臣主持诗坛垂三十年；袁则历仕薄宦，郁郁不得志，三十余岁便弃职"卜筑江宁小仓山，号随园，崇饰池馆，自是优游其中者五十年"（《清史稿》袁枚本传）。不过，造成二者诗学思想相对立有更深刻的原因。二人生平虽有所交叉，但实则属于两代人，又适值乾隆中叶"廉隅风纪""极盛而弛"的转化时期，经历过康、雍、乾三代"盛世"的沈德潜有更浓厚的儒家正统思想，而年少的袁枚则更多地接受了涌动于当时的个性解放思潮，二人之间实际上存在着一条深深的"代沟"，价值原则差异甚大。沈德潜晚年编选《清诗别裁集》（即《国朝诗别裁集》）不录袁枚诗，袁枚也激烈攻讦沈德潜的诗论。上述"性灵"说的两个方面——"性情"与"灵机",都是针对"格调"说的,因为"格调"说实际也包括两个方面——思想内容上的"温柔敦厚"和艺术形式上的"三唐之格"。二人生前的直接交锋,集中体现在袁枚《答沈大宗伯论诗书》中。

先看"性情"方面。袁枚生当人文思潮涌动之际,如同戴震一样,对宋儒的"理""欲"之分及"存理灭欲"之论深致不满,其《牍外余言》说:"宋儒分气质之性、义理之性,大谬,无气质则义理何所寄耶?"所谓"气质之性"即情欲,"义理之性"即天理。袁枚认为二者不可分割,且情欲是根本,是实体,"理"就寄寓在情欲之中,"性无所求,总求之于情耳"。基于此,他在生活中主张任情而行,在论诗时极重性情,认为"诗由情生""诗有性情而后真"。男女之情,一向是一个敏感的话题,宋儒所谓"存理灭欲"也包括男女情爱、情欲,因而朱熹集注《诗经》方有所谓"淫诗"之论,其后学王柏也方有删除"淫诗"之举。袁枚则直言"情所最先,莫如男女",并称以写宫体诗著名的徐摛、上官仪等不妨为"正人"。沈德潜以及一切正统儒者论诗虽也讲性情,但那往往是"止于礼义""合乎天理"的"性情之正"。这样,袁枚便与沈德潜发生了严重分歧,并在《答沈大宗伯论诗书》《再与沈大宗伯书》中屡加辩驳。沈德潜编选《清诗别裁集》以"诗贵温柔,不可说尽,又必关系人伦日用"为标准,不选王次回的"艳诗",以为"不足垂教"。对此,袁枚以孔子论诗与删《诗》为据作针锋相对的驳斥,称沈德潜"此数语有褒衣大袑气象",孔子《论语》论诗只讲"兴观群怨"而未讲"温柔敦厚",《诗经》中的作品也不尽"温柔敦厚"、含蓄不露。关于"艳诗",袁枚也"折中于孔子",说"艳诗宫体,自是诗家一格,孔子不删郑、卫之诗,而先生独删次回之诗,不已过乎"!总之,沈、袁在这方面的分歧,是恪守传统儒家伦理规范与逸出这种规范的分歧。

再说"灵机"方面。"灵机"是性情的发露与表现。它又作为诗歌创作的契机、方式、方法而与"格调"对立。沈德潜承明代七子，主张拟则汉魏盛唐诗的体格声调。袁枚也与公安派袁宏道一样，为了破除格调对抒写性灵的束缚，也反对唐、宋之分，其《答施兰垞论诗书》中说：

> 足下见仆答沈宗伯书不甚宗唐，以为大是，蒙辱谠言，欲相与昌宋诗以立教。嘻，子之惑更甚于宗伯，仆安得无言！夫诗，无所谓唐宋也。唐宋者，一代之国号耳，与诗无与也。诗者，各人之性情耳，与唐宋无与也。若拘拘焉持唐宋以相敌，是子之胸中有已亡之国号，而无自得之性情，于诗之本旨已失矣。

认为性情是为诗之本，抒写性情便不必拘唐格宋调，所谓"提笔先须问性情，风裁休划宋元明"（《答曾南村论诗》），因为诗道是随时代而演变的，"唐人学汉魏变汉魏，宋学唐变唐。其变也，非有心于变也，乃不得不变也。使不变，则不足以为唐，不足以为宋也"，而七子"当变而不变，其拘守者迹也"（《小仓山房文集》卷十七《答沈大宗伯论诗书》）。这里所谓"迹"，即指"格调"，不变则势将使"心"拘役于格调。袁枚的主"变"，同于袁宏道的落脚于"性灵"，而不同于明清之际黄宗羲、叶燮等诗论家的落脚于"万古之性情"。前者重个性，而后者重群性。另一方面，袁枚在前引《答施兰垞论诗书》中明言自己虽"不甚宗唐"，但也并不主张宗宋。其实，他颇宗不唐不宋的杨万里（诚斋）。杨万里自江西入而不自江西出，但"出"后的诗风也不同于唐人，而以富于活泼的灵趣著称。袁枚曾对他再三致意，如《赵云松瓯北集序》："善乎，杨诚斋之言曰：'格调是空间架，拙人最易藉口。'周栎园之言曰：'吾非不能为何、李

格调以悦世也,但多一分格调者,必损一分性情,故不为也。'"又说:

> 杨诚斋曰:"从来天分低拙之人好谈格调,而不解风趣。何也?格调是空架子,有腔口易描;风趣专写性灵,非天才不办。"余深爱其言。

这段话在《随园诗话》开卷的第二段,其中明确将"性灵"与"格调"对立起来,殆可视为其论诗的出发点。

单从"灵机"方面说,在袁枚那里大致包含三重意义。一是从诗人素质上说,要求富有对诗的"灵解",他又称为"天"即天分、天才。其《何南园诗序》说:"诗不成于人,而成于其人之天。其人之天有诗,脱口能吟;其人之天无诗,虽吟而不如其无吟。"二是诗歌发生的契机、灵感,袁枚又称为"兴""兴会"。在宋代一章曾说过,杨万里以及陆游走出江西诗派的道路,便是由书本觅取诗材转向到"诗外"领受触物而生的兴会灵感,杨万里并对此种意义的"兴"作了新的深刻阐释。袁枚也十分重视"即景成趣""着手成春"的"兴会"。《随园诗话》说:"作诗兴会所至,容易成篇。"对此种思想,他还常以其他方式加以表述,如《遣兴》:"但肯寻诗便有诗,灵犀一点是吾师。夕阳芳草寻常物,解用都为绝妙词。"《老来》:"老来不肯落言诠,一月诗才一两篇。我不觅诗诗觅我,始知天籁本天然。"所谓"灵犀""天籁"也便是"兴会"。此类论诗之语是袁宏道所没有的,而在杨万里、陆游那里却屡见不鲜。"灵机"的第三重意义便是他前引杨万里所说的"风趣",他又称为"韵""情韵""神韵""味"等。这是呈现于作品审美层次上的活泼、流动风格。

袁枚以"性灵""性情"的理论为标尺衡量和贬抑当时的其他诗派与诗风。《随园诗话》说:

> 抱韩、杜以凌人而粗脚笨手者，谓之权门托足；仿王、孟以矜高而半吞半吐者，谓之贫贱骄人；开口言盛唐及好用古人韵者，谓之木偶演戏；故意走宋人冷径者，谓之乞儿搬家；好叠韵次韵刺刺不休者，谓之村婆絮谈；一字一句自注来历者，谓之骨董开店。

"抱韩、杜以凌人""走宋人冷径"指不同形式的"祢宋"诗学，当时以浙派为代表；"仿王、孟以矜高"指神韵派；"开口言盛唐"指格调派；"自注来历"指考据派，以翁方纲"肌理"说为代表。袁枚去世之前，翁方纲已六十余岁，以考据为诗的"肌理"说已经形成。在袁枚看来这种诗风自然更加汩没性情，所以他在《答李少鹤书》中加以攻评："近今诗教之坏，莫甚于以注疏夸高，以填砌矜博，捃摭琐碎，死气满纸。一句七字，必小注十余行，令人舌绛口呿而不敢下，于性情二字几乎丧尽天良。"考据派与浙派皆以学问为诗，其基本走向一致，故袁枚对浙派也颇致不满，他对王士禛的态度比较复杂，由"不相菲薄不相师"一句可见。他既讥诮王士禛"才力薄"，又常常予以回护甚至称扬，肯定他"自是一代名家"。袁枚论诗，实与王士禛有共通之处。他在诗论中提及"神韵"二字，甚至并不比王士禛少。其《再答李少鹤书》说："足下论诗讲体格二字固佳，仆意神韵二字尤为要紧。体格是后天空架子，可仿而能；神韵是先天真性情，不可强而至。""神韵"即"性情"，皆与"格调"相对立，只不过王士禛所主的"神韵"强调蕴藉朦胧，"半吞半吐"，给人以"主修饰，不主性情""诗中无人"的感觉，袁枚所主的"性灵"则更外露径直些。另外袁枚与王士禛一样也好司空图《二十四诗品》，并著《续诗品三十二首》，其序曰："余爱司空表圣《诗品》，而惜其只标妙境，未写苦心，为若干首续之。"他探讨的是创造各种"妙境"的艺术手法。对《诗品》的二十四"妙境"，王士禛唯独钟爱

"不着一字，尽得风流""采采流水，蓬蓬远春"等含蓄自然的数境，这是二者的又一分歧。

清代"性灵"与"格调"的对峙在不少方面都有似于明代"性灵"与"格调"的对峙。但是沈德潜既不完全等同于七子，袁枚也不完全等同于袁宏道。袁宏道的诗论承李贽等人的异端思潮而来，产生于晚明"非圣无法"的时代空气之中，不承认孔孟的权威和儒家正统诗教。袁枚的思想基本上是儒家的，自称论诗"折中于孔子"。与戴震一样，他的反"存理去欲"、主伸张个性的思想是从原始儒学引申开发出来的。因而他曾激烈攻击李贽、何心隐等人为"妖魅""盗贼"。另外袁宏道在当时"束书不观"风气之中，论诗也不重读书、学问；袁枚在清代重学的氛围中，虽主"性灵"而又不废学问，并且不满于袁宏道的"根柢浅薄，庞杂异端"。这些都是袁枚与袁宏道诗学的重要歧异。

袁枚的"性灵"说与后来龚自珍的"尊情"说虽有某些相通，但也有原则不同。龚自珍所推尊的情虽也包括人的个性自由，但更偏重于关怀国家世运的"万古之性情"，这主要是一种要求奋发踔厉的群体之情；袁枚的"性灵"说偏重于名士风流，才子风情，主要是摆落拘牵的个体之情，加以他的诗常表现男女情事、名士调嘲，因而为后来一些颇有头脑的人物如章学诚、梁启超等斥为"无行文人"。但不论如何，袁枚的诗学思想终究是乾隆中期以后人文思潮表露之一端。他与王士禛、沈德潜一样，都不属于清代诗学思想的主流派。

比袁枚略早的吴雷发，与袁枚同时或稍晚的赵翼、蒋士铨、纪昀、李调元、洪亮吉、张问陶等论诗也主"性灵"，有人也将他们划为"性灵"派。但他们的论述不如袁枚丰富、集中，倾向也与袁枚不尽一致。特别是蒋士铨，他是江西人，尚镕、朱庭珍认为他是学黄庭坚与江西诗派的。如朱庭珍《筱园诗话》写道："江西诗家，以蒋心余（士铨）为第一，其诗才力沉雄生辣，意境亦厚，是学昌黎、山谷而上摩工部之垒，故能自开生面，卓然成家。"承杜、韩、苏、黄一线，正是清代诗学的主流，而蒋士铨那种"沉雄生辣"的风格，又正与袁枚诗的佻巧灵动绝异。他的诗学思想影响到下个时期的"祢宋"思潮。

（三）"肌理"说

郭绍虞《肌理说》一文有云："神韵""格调""性灵"三说都不始于清代，而只是到清代经王士禛、沈德潜、袁枚"诸家之阐发，始得大成，而别立宗派的。至肌理之说，可说是始于清代"。此论甚是。如前所述，"神韵"说是明代七子派内部"拟议"与"变化"、貌袭与神求的争论与探索的逻辑发展和结穴，到胡应麟、陆时雍等人已成雏形；"格调""性灵"二说则殆可谓明代七子、公安两派诗论在不同历史条件下面目有异的翻版。翁方纲的"肌理"说，是清代特有的乾嘉学风在诗学上的直接反映。翁方纲从考据学家的基点出发，不仅力图熔裁"神韵"、"格调"、"性灵"（这方面谈得少些）诸说，而且力图容括桐城派、浙派的诗论，融贯折中考据、义理、辞章，建立他涵盖一切的诗学体系。但他虽不乏学问，精于金石、考证，却隔膜于诗道，加以学问、考证毕竟与诗道远隔，所以"肌理"说在诗歌美学上的意义不大，反不如"神韵""格调""性灵"。

翁方纲对其"肌理"说表述得比较晦涩、凌乱，研究者因而也言人人殊，但有一点应是明白无疑的：他的诗学思想的重心与取向是"质厚""实际"。他曾不止一次地说过，他最珍视黄庭坚论诗的"质厚"二字，以至于"三十年来，与天下贤哲论文，不出此语"（可参《渔洋先生精华录序》《贵溪毕生时文序》《送张肖苏之汝阳序》等文，见《复初斋文集》）。他还不止一次地说过，他的"肌理"说是针对明七子以及王士禛的"空言格、韵"而发的。他的后学张南山更明确地说他"生平论诗，谓渔洋拈神韵二字固为超妙，但其弊恐流为空调,故特拈肌理二字,盖欲以实救虚也"(徐世昌《晚晴簃诗汇》引)。有的论者虽也看出翁方纲这种重"实"的倾向,却忽略了"肌理"一语的"肌"字,似乎它是无关轻重可有可无的,单一"理"字即可括尽。其实翁方纲虽谈"理"多而谈"肌"少,"理"虽是他论诗的重点,"肌"却是他论诗的特点与要害。"理"虚而"肌"实。他重实的倾向,正体现在"肌"字上。他在《孟子附记》卷下中说:

> 理之一字彻上下而言之:就其著于物者,则条理、肌理、文理,皆即此理也;而溯其所出,则天所以赋于人者,本即此理也。

值得注意的是"著于物"三字。理是虚的,附着于物而后显。理附于"肌",便是"肌理"。此义来自戴震《孟子字义疏证·理》:"在物之质,曰肌理,曰腠理,曰文理。"这是从哲学上泛论"肌理",翁方纲则用以论诗,其《志言集序》说:

> 然则在心为志,发言为诗,一衷诸理而已。理者,民之秉也,物之则也,事境之归也,声音律度之矩也。是故渊泉时出,察诸文理焉;金声玉振,集诸条理焉;畅于四支,发于事业,美诸通理焉。义理之理,即文理之理,即肌理之理也。

"秉""则""归""矩"都属"理"的范围,是虚的,是主宰;"民""物""事境""声音""四支""事业"都与"肌"属同一类,是实的,是"理"之所附著物。因此"肌理"是实与虚的统一,与单言一个"理"字不同。翁方纲在论诗中运用"肌理"二字时,甚至更偏重于"肌",偏重于实,多与实际事物相对应,如:

> 为学必以考证为准，为诗必以肌理为准。(《志言集序》)

> 诗必研诸肌理，而文必求其实际。(《延晖阁集序》)

"肌理"与"考证""实际"相对应。如果忽略了翁方纲"肌理"说中的"肌"字的关键作用而归结为"理"，便不能很好地理解何以"肌理"之实能救"神韵"之虚，不能很好地理解何以说他论诗主"实际""质厚"，也不能很好地理解"肌理"说在当时诗学思想中潜移暗转的作用。

那么，"肌理"说如何"以实救虚"呢？这主要体现在其《神韵论》上、中、下三篇中。上篇认为王士禛"神韵"说的提出原是为救七子派"格调"说的唯求形似、死板呆滞、缺少"君形"者之失，与"格调"原无本质差异，因而"格调即神韵"。但由于过分强调"君形者"即"神"（"此神即神韵也"），不免忽略了"君"的"形"；过分强调"理"（"此理即神韵也"），不免忽略了"理"所附著之物。因而到了"神韵"派的末流更流为"空言"，"不免堕一偏"，"非神韵之全也"。为了矫正"神韵"说在"形""形下"方面的不足，翁方纲拈出一个"肌"字，与"理"合为"肌理"一词以"实之""质之"，故"肌理亦即神韵也"，它是"彻上彻下，无所不该"的"神韵"。

那么循着这个思路，怎样才能创造真正的"神韵"即"肌理"呢？《神韵论中》提出既"置身题上"又"身入题中"之说：

> 综而计之，所谓置身题上者，必先身入题中也。射者必入彀而后能心手相忘也，筌蹄者必得筌蹄而后筌蹄两忘也。诗必能切己切时切事，一一具有实地，而后渐能几于化也。

"置身题上"犹如"黄鹄一举见山川之纡曲,再举见天地之圆方",具有超越性,既超然于具形之外,又能够明晰地俯瞰与观照具形,因而这是"文之心也,文之骨也,法外之意也",也就是王士禛所说的"神韵"。翁方纲并不否认这一点,但也不满足于这一点,为了避免由此而造成的落于空寂、全无着落,他强调必须"先身入题中",即先置身于己、时、事的实地、实境,先掌握"穀率""筌蹄"等实物,而这一切便是"肌",由此上升到"几于化"的境界便是"理"。二者结合起来,便是"肌理"。所以在这矛盾的两个方面,"理"虽是归宿,而"肌"则是出发点与始基。当然以上都是从比喻的意义上讲的,真正论到诗学,他的"肌理"说以学问作为"必先身人"的"题中"。《神韵论下》写道:

> 诗自宋、金、元接唐人之脉,而稍变其音,此后接宋、金、元者全恃真才实学以济之。乃有明一代,徒以貌袭格调为事,无一人具真才实学以副之者。至我国朝,文治之光,乃全归于经术。是则造物精微之秘,衷诸实际,于斯时发泄之。

他认为承接宋、金、元的诗人应当有真才实学以济宋、金、元学唐的不足,而明人却毫无真才实学,只是徒然沿袭唐人的格调,算不上真正的学唐。于是他便将诗学的提高归之于学问,并且认为这种学问便是"经术"。在"经术"之光的辉耀下,诗才能洞达"造物精微之秘"即"理",并"衷诸实际"即切于己、时、事之"肌",二者融为一体便为"肌理"。这便是翁方纲"肌理"说的要义及创作过程。质言之,它是基于实学、实地、实境、实法而升华为精微抽象的经学义理,并不是审美的味外之旨,也与王士禛的"神韵"全不相干。

翁方纲好讲诗法，著有《诗法论》。这首先也要从"理"说起。他在《神韵论上》中认为韩愈诗句"周诗三百篇，雅丽理训诰"的"理"字，也便是通常所说的"神韵"，又在《韩诗"雅丽理训诰"理字说》中解释道：

> 理者，综理也，经理也，条理也。《尚书》之文直陈其事，而诗以理之也。直陈其事者，非直言之所能理，故必雅丽而后能理之。雅，正也；丽，葩也。

这段话意思比较曲折。首先他把向来作为名词的"理"用作动词（这也是"理"字的本意），即"理之"，也就是使条理化。但"条理"之理也便是"义理"之理，因而"理之"的结果便既可使作品有条有理，又可使其具有言外的理念。再加上"雅丽"，使语言既"正"且"葩"，具有华采，于是便成为诗的形式。如《尚书》中的训、诰等政治文件质木无文，"直陈其事"，《诗三百》则以"雅丽"的形式使之含蕴优美，理在言外。这样他便将《诗三百》与《尚书》从根本上等同起来，将诗歌与应用之文从根本上等同起来，视二者皆为表达某种理念之具，区别唯有外在形式和表达方式，亦即他所说的"法"。《诗法论》又将"法"分为"正本探原"和"穷形尽变"两类。"正本探原"之法即杜诗"法自儒家有"之法，实则指正宗儒家文学创作论的一些根本性的原则，如《韩诗"雅丽理训诰"理字说》一文中所谓的"雅丽""赋比兴""以一国之事系一人之本，谓之风，言天下之事，形四方之风"等等。"穷形尽变"之法即杜诗"佳句法如何"之法，是诗的"始终条理"、"虚实单双"、"低昂尺黍"、起承转合等具体法度。这些具体法度也自有它们本身的"理"、规律，因而诗人只能沿着其"节目""肌理界缝"行事，"而我不得丝毫以己意与焉"，"行乎所不得不行，止乎所不得不止"。这也就是实法。总之,翁方纲的肌理说与诗法论完全是以理性的态度论诗,以治学的态度论诗,不仅主张以考据入诗,而且以考据的方法为诗,既无诗歌创作所应有的兴会妙悟,也全谈不上诗歌欣赏所应具有的"神韵"。

翁方纲的"肌理"说主要意在救"神韵"之虚,但在矫正"格调"之弊上也用力甚多,专写了《格调论》上、中、下三篇。与对"神韵"的态度一样,他对"格调"也不全盘否定,并说自己的"肌理"亦即"格调"。他矫正明七子及沈德潜"格调"说的原则有三:一是反对"空言格调",这显然也属"以实救虚";二是以"穷形尽变"反对拘泥古格古调;三是主张从"理"上学习古人,而不是貌袭古人作品之形。总之,他是以自己的所好改造"神韵"与"格调"的。

翁方纲对袁枚"性灵"说几乎没有涉及。他虽有时也谈及"性情",但多为泛泛而论。他重的毕竟是学问、考据、质实,因而受到袁枚的攻击,说他"误把抄书当作诗"。注重性灵的洪亮吉《北江诗话》评他"最喜客谈金石例,略嫌公少性情诗",可见金石考据与性情是难以相兼的。

翁方纲与桐城派的重镇姚鼐同时而仅小两岁。桐城文派到姚鼐时也喜欢谈诗,主张熔铸唐宋,而实以黄庭坚为主。他曾与翁方纲书信往还讨论诗法,主张活法而反对翁的定法。翁方纲显然从桐城派那里吸取了一些东西并企图涵括桐城之法,如姚鼐提出义理、考据、辞章合一,翁方纲也有类似主张,并贯穿于他的整个诗论,再如桐城派素有"义法"之论,主张"言有物""言有序",翁方纲《杜诗"熟精文选理"理字说》也有此论。如果说桐城派以上述方法论文则可,翁方纲以之论诗便不足为训了。

郭绍虞《肌理说》一文称"肌理"自翁方纲"拈举以后,影响所及,几披靡清季整个诗坛"。"祧唐祢宋"原是清代诗学思潮的"势也"。在康乾的"盛世"氛围中,在清廷"清真雅正"标准的要求下,王士禛、沈德潜的诗学"尊唐祧宋",一时偏离了"祢宋"的轨道。乾隆中叶以后诗学思想潜移暗转,袁枚的"性灵"既背离了"雅正",翁方纲的"肌理"复乖违了"清真"。在袁枚,显与人文思潮的涌动有关;在翁方纲,则既与乾嘉考据之学又与方兴的今文经学相联。他论诗主学问、考据、经术、民物、事境、事业、时代,这些本身就属"祢宋"范围,却与初盛唐充溢着情采风华的诗学氛围大异其趣。当时属于"祢宋"诗学大范围的,有桐城派、江西派、浙派。翁方纲与桐城诗学的关系已如前述,他又曾探究江西诗法,极重黄庭坚"质厚"之说。他与浙派关系尤密,浙派自黄宗羲以来,中经朱彝尊、厉鹗到钱载,"祧唐祢宋"一灯相传。特别是在钱载周围形成了一个"秀水派",直接开启了"宋诗运动",影响及于清末"同光体"。钱载比翁方纲年长二十五岁,二人是忘年之交。钱锺书《谈艺录》说钱载诗虽"有议论",但"不掉书袋作考订","及与翁覃溪交好日深,习而渐化,题识诸什,类复初斋(指翁)体之如《本草汤头歌诀》,不复耐吟讽矣"。年长的钱载反而受影响于年小的翁方纲。

质言之,翁方纲将当时各种"祧唐祢宋"诗派的特点集于其"肌理"说中,自成体系,又转而推动了"祢宋"诗潮的发展,直至清末,余气未沫。他正是处于清代诗学思想发展的特定时期,故其诗学本身虽美学价值不大,但从史的角度却十分值得注意。

六、今文经学的兴起与"祢宋"诗学的鼎盛

本节大致包括从道光初年至光绪中期,即从1821年至1894年的七十余年间,中经第一次鸦片战争、第二次鸦片战争、太平天国运动、捻军起义、中法战争、中日甲午战争,内忧外患,大故迭起,瓜分豆剖的惨祸日益迫在眉睫,救亡图存的呼声也日益强烈。在学术思想上,由儒家今文经学引申出的经世致用思想成为主流,它呼应了清初遗老们的思绪,在新的历史条件下逐渐开拓出新的路向。

在这种情势下,在诗学思想方面,玄妙的"神韵"、铿锵的"格调"、潇洒的"性灵",总之一切浅吟低唱、名士风情、润色鸿业、粉饰升平,都与这个旷古未有的大变局格格不入。明清之际诗论家所倡导的性情、学问、世运三位一体的诗学思潮重又奔涌起来。陈衍《石遗室诗话》说"前清诗学,道光以来,一大关捩",又称这段时间的诗学为"变风变雅"。所谓"关捩",所谓"变",就是指诗学思想承接了"肌理"说的余绪,具有更加浓厚的"祢宋"风貌,可谓"祢宋"诗学的鼎盛期。"宋诗运动"所以能在这个时期盛行,同光体所以能在这个时期兴起,都是以此为背景的。用邵长蘅的话说,"诗之不得不趋于宋,势也",因为"负奇之士不趋宋,不足以泄其纵横驰骤之气,而逞其赡博雄悍之才"。这对于清初和清末士人们所遭遇的两个"天崩地解"的时代,都是适用的。

(一)今文经学与经世致用的诗学思想

清代学术到嘉庆之末和道光年间,由考据学折入今文经学,它远承西汉今文学派,好微言大义,尤重《公羊春秋》及何休的注释发挥。不过清代今文经学在其先驱常州人庄存与、庄述祖和刘逢禄那里,还主要是与考据学之间的学术之争。到刘逢禄的弟子龚自珍、魏源,才越出"为经学而治经学"的樊篱,承续明清之际启蒙思想家顾炎武、黄宗羲的余绪,利用今文经学微言大义的较大弹性,议论时政,主张经世致用,以改良社会,改良政治。

这显与其所处的内忧外患的时局相关。梁启超《清代学术概论》说:"今文学之健者,必推龚、魏。龚、魏之时,清政既渐陵夷衰微矣。举国方沉酣太平,而彼辈若不胜其忧危,恒相与指天画地,规天下大计。"二人实为山雨欲来之时思未雨绸缪的先觉者。

龚、魏等人由今文经学所引申发挥出的经世致用思想,在整个清末成为一股普遍思潮。士人们面对同一社会现实,无论学术上属于哪个流派,也无论政治上属于哪种见解,其主经世致用则一,区别主要在于经世的路向,或"药方只贩古时丹",或"师夷之长技以制夷",或"中学为体,西学为用",或初步涉及政治制度层面。一般说来,此期对于"西学"的态度,还大抵限于学习西方的科学技术,特别是坚船利炮等军事工业,以御外侮。只有到下个阶段,当康有为、梁启超挺身而出要求政治改革、实行君主立宪时,才算是与西方的近代思潮接上了轨。

经世致用思想也渗透诗学领域,无论哪个诗派,在愈益险峻的时局面前,几乎都发出这样的呼声。开风气之先的,仍是龚自珍、魏源。

龚自珍的诗学思想,曾被宋诗派骨干何绍基称为"为近代别开生面"。其核心与出发点,不少论者归结为主"情"。龚自珍是著名朴学家段玉裁的外孙,段玉裁又师从过戴震。作为一位才华横溢、豪放不羁的诗人,作为一位头脑敏锐的启蒙思想家,龚自珍认同于戴震尊重人性的"情感哲学"是可以理解的,从他的诗作与议论中寻找出一些尊"情"的例证也绝非难事。但从他所处的时世,他一生的思想行藏来看,他所尊的"情"无疑是黄宗羲所主的"万古之性情",即具有深厚的历史内涵、绾结于天下世运的大我之情。质言之,与其说他的诗学思想的核心是尊"情",不如说是尊"史"。重史是有清一代诗学思想的突出特征,以"史家三长才学识"作为"诗家三长"是清人的常谈。生于末世的龚自珍历史意识尤其强烈,他承袭了钱谦益、黄宗羲、章学诚等人的"六经皆史"之论,也认为"六经者,周史之宗子也"。这与其说意在贬抑经,毋宁说意在抬高史,以史统经。他第一个将公羊学的"三世"说解释为"治世""衰世""乱世",并认为当时是"日之将夕,悲风骤至,人思灯烛,惨惨目光,吸饮莫气,与梦为邻"(《尊隐》)的"衰世",他的郁怒不平之情正与这"衰世"相联系,也正是这种历史感刺激了他的经世之志。在《尊史》的题目下,他提出"尊心":

心何如而尊？善入。何者善入？天下山川形势，人心风气，土所宜，姓所贵，皆知之；国之祖宗之令，下逮吏胥之所□守，皆知之。其于言礼、言兵、言政、言狱、言掌故、言文体、言人贤否，如其言家事，可谓入矣。又如何而尊？善出。何者善出？天下山川形势，人心风气，土所宜，姓所贵，国之祖宗之令，下逮吏胥之所守，皆有联事焉，皆非所专官。其于言礼、言兵、言政、言狱、言掌故、言文体、言人贤否，如优人在堂下，号咷舞歌，哀乐万千，堂上观者肃然踞坐，眕睐而指点焉，可谓出矣。

"心"之所以可尊，在于其对"史"的深切关怀与明晰洞察。"史"非他，乃是作为社会国家发展流程的所有环节，包括过去，也包括现在。"心"对"史"的一切既要入乎其中，了如指掌，又要出乎其外，从高处加以评判。不能离开"史"而言"心"。由"史"统摄"心"，必引申出"史"统摄诗，所谓"诗人之指，有瞽献曲之义，本群史之支流"（《乙丙之际塾议第十七》），"安得上言依汉制，诗成侍史佐评论"（《夜直》）。

龚自珍死得早，他只是从传统学术中开出新生面，他的诗学也散发出新的时代气息，但却没有正面涉及西方的东西。魏源则在经世致用的道路上多走出一步，率先提出"师夷之长技以制夷"，成为几十年后洋务运动的指导思想。他曾受林则徐之托编成《海国图志》，将龚自珍所主张的熟悉"天下山川形势，人心风气"由华夏扩大到世界。不过在诗学方面他并未走得这么远。如他认为"盖诗乐之作，所以宣上德而达下情，导其郁懑，作其忠孝，恒与政治相表里"（《御书印心石屋诗文录叙》）等等，皆未超出传统儒家的诗学观。不过在他有的诗论中，颇为注重对"东南之民物事变"即英人在东南沿海侵略掠夺的关心，透露出诗与时的关系的新动向。他论诗也重史,所谓"梦中疏草苍生泪,诗里莺花稗史情"(《寰海后》)。如前所说,宋人重"诗史",明人反"诗史"之说,清人重"诗史"更甚于宋人。蒋湘南在《长夏无俚拉杂书怀》中论及龚自珍、魏源说:"吟诗如作史,中有春秋书。……圣曰思无邪,岂在风月铺!……我友龚与魏,穷经戒歌呼。我今亦见及,欲将诗扫除。"要"扫除"的,自然只是无关乎史的风花雪月之思。

与龚、魏同时或略晚的经世派作家,一般认为还有林则徐、包世臣、姚莹、张际亮、黄爵滋、汤鹏、林昌彝、冯桂芬、王韬等,其中有的曾论及诗。

姚莹是姚鼐的从孙,文学上属桐城派,名列"姚门四弟子"之内;包世臣、冯桂芬反桐城派;张际亮、汤鹏与姚莹为友;但他们在主张诗应有益于经世致用方面是一致的。另外,姚莹又与龚自珍、魏源交好;魏源作为诗人,后来有人列之于"宋诗派",与何绍基、曾国藩相比并;何绍基又是林昌彝的老师,而林昌彝则为林则徐的同乡,甚为林所重。可见当时各诗派、诗人纵横交错的关系,彼此之间并无森严壁垒与门户之见。

姚莹从桐城派"义理、考据、辞章"出发,引申出经世致用的主张。他在《与吴岳卿书》中提出学问"要端有四:曰义理也,经济也,文章也,多闻也"。"文章"即"辞章","多闻"关乎考据。强调"经济",则上承桐城派诗论家方东树,其《昭昧詹言》说:"潜丘言:'讲学问经济,随地可以及物,诗不中用。'此言可警心。韩公所以言'余事作诗人'也。"在学问、经济面前,诗不过是无足轻重的"余事"而已。这种轻视"纯粹型诗人"的观念,在当时屡见不鲜。汤鹏《山阳诗叟行》记载潘德舆说:"诗,余事也,慎勿以此耗其用世之志。"他颇以为然,引为知己。姚莹的"四端"之说,又直接引出桐城后学曾国藩的一段名言:

> 义理者,在孔门为德行之科,今世目为宋学者也;考据者,在孔门为文学之科,今世目为汉学者也;辞章者,在孔门为言语之科,从古艺文及今世制义诗赋皆是也;经济者,在孔门为政事之科,前代典礼、政书及当世掌故皆是也。(《劝学篇示直隶士子》)

主张义理、考据、辞章合一始于姚鼐,曾国藩于三者之外加上"经济",无疑萌生于日益严峻危殆的时局及士人扶颠持危的用世之志,因而鄙薄"独沾沾以从事于所谓诗者",这是清末诗学思想极为重要的特点。曾国藩在现实中的"经济"与"事功"是众所周知的,他为首的洋务运动开出了"中学为体,西学为用"的经世致用的新路向,植根于特殊的时世之变。

尤可注意的是林昌彝的《射鹰楼诗话》,他自述此作的宗旨说:"余所为诗话,意专主于'射鹰',及有关风化者次录焉,其备古今、纪盛德及辨句法、正讹误又次焉。""射鹰"即"射英",影射抗击英帝国主义的侵略行径。作者是福建人,他的故乡正是反抗英国侵略的前线,故他对时局尤为关注。鸦片战后,他花费十余年功夫搜集了抗英的事迹和诗作,成为本书的主要内容。他素来重视诗的教化作用,作为诗人,他当然也重视古今的诗风诗法,但在此书中却将"射鹰"作为头等大事优先著录,其他二项皆等而次之。这无疑是当时"经济""经世致用"的最急之务,也透漏出时代将变的新曙光。以诗话形式大量涉及此,以《射鹰楼诗话》为最早,态度也最鲜明。

(二)"祢宋"诗学的泛滥

经世致用是清后期诗论在思想内容方面的关注点,由此也引发出诗的艺术风貌——进一步"祢宋"。潘德舆《养一斋诗话》说:"唐诗大概主情,故多宽裕和动之音;宋诗大概主气,故多猛起奋末之音。"这是他心目中的唐宋诗之别,确当与否姑置不论,却可由此窥见当时诗学益加"祢宋"的底蕴。面对日益蹙迫的时局和巨变,有历史责任感的诗论家当然无心赏悦那"宽裕和动之音",而认同"猛起奋末之音"。试看龚自珍《送徐铁孙叙》对理想诗境的描绘:

> 放之乎三千年青史氏之言,放之乎八儒、三墨、兵、刑、星气、五行,以及古人不欲明言,不忍卒言,而姑猖狂恢诡以言之之言,乃亦摭证之以并世见闻,当代故实,官牍地志,计簿客籍之言,合而以昌其诗,而诗之境乃极。则如岭之表,海之浒,磅礴浩汹,以受天下之瑰丽,而泄天下之拗怒也。

明言不取那"不欲明言,不忍卒言"的含蓄蕴藉,而追求"猖狂恢诡",发泄无余,不避用事关大局的当代故实,融贯糅合奇书杂书,排比铺陈,浩荡磅礴,这是典型的"祢宋"艺术风貌。早在清初,邵长蘅对"祧唐祢宋"艺术特征的概括——"泄其纵横驰骤之气,而逞其赡博雄悍之才",在这里又可得到印证,在半个世纪之后的梁启超等人的诗论中还可得到印证,只不过视野与境界更加阔大。称此种诗风为"祢宋"也不过谓其"近(祢)之"而已,其实所承续的是杜、韩、苏为代表的"宋型诗",这是所谓"祢宋"的确切内涵。

此期"祢宋"诗学的泛滥是由各种合力造成的,是各个诗派各种诗论的交叉与汇集。有"肌理"说的余波,有"经世派"、浙派、桐城派、江西派、闽派,他们面对危局,体现出异中相同的艺术追求。

"经世派"(指狭义的。从广义来说,各派均重经世)龚自珍诗学思想的精要既如上所述,魏源的艺术主张集中体现在如下一段话中:

> 盖华者暂荣而易萎，实者坚朴可久，而又含生机于无穷，此其所以不贵彼而贵此也。然不华安得有实？窃谓此有三要：一曰厚。肆其力于学问性情之际，博观约取，厚积薄发，所谓万斛泉源也。一曰真。凡诗之作，必其情迫于不得已，景触于无心，而诗乃随之，则其机皆天也，非人也。一曰重。重者难也，蓄之厚矣，而又不以轻泄之焉。
>
> (《简学斋手书诗稿·题辞》)

这段话的核心是贵"实"。贵"实"也是翁方纲诗学思想的要义，他更偏爱"宋诗妙境在实处"。魏源所说的"实"与翁方纲有同有异，有合有离，主要是就性情学问而言，包括"厚""真""重"三端。"厚"指学养——学问的厚积与情感的深蓄；"真"是这沉郁之情触物时的迸发；"重"是表达时的沉雄有力。另外，从"华者暂荣而易萎"一句，又一次令我们联想起宋人的"后生好风花，老大即厌之"之论。诗学以及整个中国古代社会到此时更已"老大"、古旧，但它在时局的板荡中"又含生机于无穷"，魏源对此是乐观的。

潘德舆《养一斋诗话》重又强调了性情、学问"必当和为一味，乃非离之两伤"这个清代诗学的核心话题，在此基础上对诗提出"质实"的要求：

> 吾学诗数十年，近始悟诗境全贵"质实"二字。盖诗本是文采上事，若不以质实为贵，则文济以文，文胜则靡矣。

他所称"质实"，指文字的质朴无华和情感的"修辞立诚"。他甚至认为质实与否关系到政治的盛衰："若事事以质实为的，则人事治矣；若人人之诗以质实为的，则人心治而人事亦渐可治矣。"这就由论诗进到论政，由治诗进到治心，由治心进到经世。"质实"与魏源的"贵实"大致相同，都与宋人的厌弃"后生风花"相近。但宋人的指归是内敛，是理性情；清人的指归是外发，是经世务。

此期诗坛，"祢宋"倾向尤为鲜明的是桐城派。桐城派当时声势颇壮，大多数诗论家都与之有直接间接的师友渊源关系。桐城派在学术上标榜宋学，在论文方面讲究"义法"。"义"即义理，亦即"言有物"；"法"即法度，亦即"言有序"。用此种古文理论论诗，最著名的是《昭昧詹言》的作者方东树。他以"文""理""义"三者为"学诗之正轨"。据他自己解释，"文"即文辞，对其根本要求是"必去陈言"；"理"即事理、物理、义理，对其根本要求是性识超卓，不可落于粗浅凡近；"法"即法度，对其根本要求是"妙运从心，随手多变"，切忌杂乱无章。可以看出，这些主张与宋代江西诗派颇为相似。同时，他也好讲"有定法而无定法"，此说出于江西诗派的吕本中，但实际上他又规定了许多具体、烦琐的法度。其《昭昧詹言》说：

> 凡学诗之法：一曰创意艰苦，避凡俗、浅近、习熟、迂腐常谈、凡人意中所有。二曰造言，其忌避亦同"创意"及常人笔下皆同者，必别造一番言语，却又非以艰深文浅陋，大约皆刻意求与古人远。三曰选字，必避旧熟，亦不可僻，以谢、鲍为法，用字必典。用典又避熟典，须换生。又虚字不可随手轻用，须老而古法。四曰隶事避陈言，须如韩公翻新用。五曰文法，以断为贵，逆摄突起，峥嵘飞动倒挽，不许一笔平顺挨接。入不言，出不辞，离合虚实，参差伸缩。六曰章法……

不必再引述了，翻来覆去，方方面面，无非是"生新"二字，即避熟就生，避陈就新，避俗就雅，避浅就深，避嫩就老，避平就逆，诸如此类,与江西诗派在精神实质甚至具体规定上都完全一致。在这里,我们已看不到典型唐诗所呈现的清新流美,含蕴婉约,高华雄丽的诗美,看不到从严羽到明代诗论所津津乐道的兴象玲珑、兴趣盎然、风神绰约、气韵生动、自然天成、兴会神到,甚至也看不到康乾盛世所追求的"神韵""格调""性灵"。

基于上述诗学好尚,方东树崇尚杜甫、韩愈、苏轼、欧阳修、黄庭坚五家,称之为"一灯相传"的"五宗"。叶燮《原诗》称杜、韩、苏是诗学史上的"三变",实即从典型唐诗演变为宋型诗的过程中的三大坐标,方东树"五宗"的取向与之基本一致,也与整个清人的取向基本一致。这些人的作品被后人视为"变风变雅""以文为诗",反映出中国古代诗学前后期风貌之异。尤须指出,方东树除推重这些从中唐到北宋中期标示着诗风转化历程的诗人,他还在清人中最早提出取法南朝刘宋元嘉时期的诗人谢灵运、鲍照。谢灵运诗除善写山水不计外,在艺术上以学问渊博、用典繁富著称,方东树正着眼于此(而绝非山水),褒之为"学者之诗";鲍照则被齐梁人评为"发唱惊挺,不避危仄",方东树褒之为"俊逸生峭"。这种新的取法对象,开启了后来同光体诗论家的"三关"说。

《昭昧詹言》卷帙浩富,容量甚大,以上所举,只是取其最具清代特色、最能体现"祢宋"风貌的数端而已。他还有些关于"兴象玲珑"之论,此处从略。

比方东树更明确推重黄庭坚和江西诗派的,是程恩泽。早在乾隆之世,与袁枚、赵翼齐名的诗人蒋士铨便取法黄庭坚,尚镕《三家诗话》称其"学黄山谷而参以韩、苏、竹垞(朱彝尊)",风格"坚锐,有粗露之病",与袁、赵二家并不全同。朱庭珍《筱园诗话》也说:"江西诗家,以蒋心余(士铨)为第一。"此后,翁方纲极为赞赏黄庭坚的以"质厚"论诗。姚鼐主张"道与艺合""熔铸唐宋",实则以黄庭坚为主,上溯韩愈,兼及李商隐。可见推重黄庭坚原有一线,不绝如缕,程恩泽赓续他们的余绪,直接开启了"宋诗运动"。他在《忆昔》诗中称扬黄庭坚"忆昔老涪翁,诗坛表大风",主张取法以黄为代表的江西诗学,上溯杜甫、韩愈。程恩泽是著名的汉学家,与桐城派的学术思想并不相同,但论诗的基本方向大体一致,也主性情与学问合一,其《金石题咏汇编序》说:"诗骚之原,首性情,次学问。……学问浅则性情焉得厚?"这是清代诗学的一般思潮。

浙派重学问的渊源更长,从清初黄宗羲、朱彝尊,到中期厉鹗、钱载,一脉相传,在诗学思想上也日益"祢宋"。到了此期,其诗学思想继续延伸,后来沈曾植成为同光体的重要诗人。

更值得提出的是闽派的转向。闽人原有悠久的宗唐黜宋传统,严羽、高棅均为闽人,他们的《沧浪诗话》《唐诗品汇》,一个从理论上,一个从诗选上,极力标榜盛唐诗,对明代七子诗派的形成起到关键作用,故钱谦益《列朝诗集小传》说"推闽之诗派,祢三唐而祧宋元"。但鸦片战争前后,闽地处于东南沿海,首当其冲,受英帝国主义的侵凌荼毒最重,同时也成为抗英前线,经世致用思想在士人中流播更广。林则徐、林昌彝、张际亮、陈衍、严复等皆为闽人,大都以主张或从事经世致用闻名,他们的诗学思想也随之发生了变化。陈衍《剑怀堂诗草叙》说:"今之人喜分唐诗、宋诗,以为浙派为宋诗,闽派为唐诗,咎同、光以来闽人舍唐诗不为而为宋诗。"可见浙派宗宋,闽人宗唐,原是人们的共识,陈衍也不讳言于此。但由于时风众会,局势使然,闽派也掉转了诗学方向,"舍唐诗不为而为宋诗"。不过这种出唐入宋的转变并不始于同治、光绪年间,而是早在此前。陈衍因为要张扬同光体,故有此论。

"宋诗派"就是这种浓重的"祢宋"风气的产物。

(三)"宋诗派"的诗学思想

首先应对术语作一番说明。清代文学史上有所谓"宋诗运动""宋诗派"之目,认为"宋诗运动"是由"宋诗派"所推衍的诗学潮流。

但在笔者看来，本节所谓"祢宋"诗学的鼎盛其实就是一场"宋诗运动"，"宋诗派"则指其中更加注重学宋者，其人员在文献资料上有所专指，如陈衍《石遗室诗话》说：

> 道、咸以来，何子贞（绍基）、祁春圃（寯藻）、魏默深（源）、曾涤生（国藩）、欧阳磵东（辂）、郑子尹（珍）、莫子偲（友芝）诸老，始喜言宋诗。

他另在《近代诗钞叙》中说：

> 有清二百余载，以高位主持诗教者，在康熙曰王文简（士祯），在乾隆曰沈文愨（德潜），在道光、咸丰则祁文端（寯藻）、曾文正（国藩）也。……文端学有根柢，与程春海（恩泽）侍郎为杜、为韩、为苏黄，辅以曾文正、何子贞、郑子尹、莫子偲之伦，而后学人之言与诗人之言合，而恣其所诣。

两段话所列出的名单略有出入，《近代诗钞叙》未列魏源，一般也不把他当作"宋诗派"的成员。不过既然道、咸年间是"祢宋"诗学的泛滥期、鼎盛期，涉及各个诗派与诗人，那么"宋诗派"的名单也很难完全精确。需要说明的是，这里所谓"祢宋"诗学，指一种诗学风貌与思潮，所谓"宋诗派"，则指在一般"祢宋"思潮中所形成的一个具体的、人员相对稳定、联系较为紧密的流派。通常认为，程恩泽、祁寯藻、何绍基、曾国藩、郑珍、莫友芝是其代表人物。

"宋诗派"既然形成于"祢宋"思潮，那么二者在诗学理论上便没有什么原则分歧。重学问，主性情根柢于学问，追求诗人之言与学人之言的合一，取法杜、韩、苏，推重"宋型诗"的艺术风貌，在这些方面二者是一致的。倘说二者有什么差异的话,那么"祢宋"的诗论家尽管实际上近于宋型诗,但口头上常对宋诗有所微词。"宋诗派"则正如其名称所示,公然回护宋诗,标榜江西诗派及其代表人物黄庭坚。重黄、学黄,可以说是宋诗派及后来同光体的重要标志,由此也引发出一些接近江西诗学的主张。不过即使在这方面,也可以从"祢宋"思潮中找到根据和渊源。总之,"祢宋"思潮可以说是宋诗派产生的基础和温床。

程恩泽生年较早,他重性情与学问的结合,是宋诗派的直接开启者。在诗法上,他明确主张效法黄庭坚和江西诗派,所谓"独于西江社,旃以杜韩帜"(《赠谭铁箫太守》),前已述及。

祁寯藻以高位主持诗教,是当时诗坛的领袖人物,却无论诗著述传世。陈衍以他的诗为"学人之言与诗人之言合"的典范,可以想见他的诗风与诗学旨趣。何绍基、郑珍、莫友芝均为程恩泽的弟子。在诗歌理论方面,以何绍基为最重要。他的诗学思想核心是"不俗",这也是整个宋诗派的安身立命之处。正是在"不俗"二字上,宋诗派在泛滥的"祢宋"思潮中多少显露出一些特色。

"不俗"的思想来自黄庭坚。何绍基极为服膺黄的一句名言:"临大节而不可夺,谓之不俗。"在他传世的三篇最重要的诗学论文《使黔草自叙》《题冯鲁川小像册论诗》《与汪菊士论诗书》中,均曾引用黄的这句话作为立论的核心加以引申发挥。他认为"不俗"包括做人和作诗两个方面,"欲学为人,学为诗文,举不外斯旨"。因为在他看来,"人与文一""行文之理,与做人一样"。《使黔草自叙》以下一段,便兼顾做人与作诗两个方面:

  顾其用力之要何在乎?曰:"不俗"二字尽之矣。所谓俗者,非必庸恶陋劣之甚也。同流合污,胸无是非,或逐时好,或傍古人,是之谓俗。直起直落,独来独往,有感则通,见义则赴,是谓不俗。

从做人方面说,何绍基深受理学修心养性之说的影响,认为应有"真性情""真气真骨真形",使"真我自立"。为此,便须"平日明理养气",随着"真积力久"的功夫,自然会有独立不移的人格操守,不与流俗相浮沉,"临大节而不可夺"。

从作诗方面说,"不俗"便是"将真性情搬运到笔墨上",便是"移其所以为人者,发见于语言文字",即将人品投射到诗品中去。既然人品是独立不倚、迥异流俗的,那么诗品也自然"不依傍前人,不将就俗目"。"诗是自家做的,便要说自家的话,凡可以彼此公共通融的话头,都与自己无涉。"即使偶有一二句与古人相似,也是"各出各意,句同意必不同",甚至"若生在老杜前,老杜还当学我"。而要做到这一切,功夫也在于平日的"明理养气",使"理圆""气圆"。所谓"理圆",便是要去掉一切言不由衷的虚情假意;所谓"气圆",便是要"高着眼光""自运神明",无论横写竖写,都"气在其中"。这样他便以心性修养将做人与作文沟通起来。

何绍基无疑具有一种自出手眼的独创精神和超凡越俗的气魄,但他的独创与超俗其实不过归结为语言文字的"变脱",这在《符南樵寄鸥馆诗集叙》中讲得很清楚:

不变则不进,不脱则不成。从此摆尽窠臼,直透心光,将一切牢骚语、自命语、摹古语、随便语、名士风情语、勉强应酬语,概从刊落,夐夐独造,本根乃见。

"变"是变化,"脱"是摆脱。"变脱"即去除那些泛泛一般的套话,使变化生新,特异不凡,其结果是引向了语言的艰涩险怪、佶屈聱牙,即所谓"理到至处,发以仄径,乃成奇趣",而这正是黄庭坚与江西诗派的艺术追求。所以倘说他所谓"做人"得自宋代理学,那么"作文"便得自江西诗学,而这两方面在宋代就原有深刻的内在联系。

郑珍也主张"言必是我言",反对"随俗",反对"巧肖古人",具有独立的人品与诗品。要达到此种境界,他也归结为读书养气:"固宜多读书,尤贵养其气。气正斯有我,学赡乃相济。"(《论诗示诸生时代者将至》)所以,"宋诗派"与宋代江西诗派诗风的相通是以文化思想的相通为基础的,"读书养气"原是宋代理学家的主张。当然其中也反映了清季独特的时代精神,即士人们在历史的凄风苦雨面前力求"儒行绝特"和志在"破万卷,理万物"。

曾国藩是一个复杂的人物,他确实做成了一番经世的事业,这事业的是非功过自有历史评说。就诗学而言,他因受到桐城派和程恩泽的影响,变本加厉地推重黄庭坚和江西诗派,在《题彭旭诗集后即送其南归》中宣称:"涪叟差可人,风骚通肸蚃。造意追无垠,琢辞辨倔强。伸文揉作缩,直气摧为枉。"将黄庭坚评为杜、韩之后差可令人满意的诗人,称赏他那立意新奇、语言独特、化繁为简、变直为枉的诗风。他又自称"自仆宗涪公,时流颇忻向",在他立于高位的振臂一呼之下,应者云集,黄庭坚和江西诗派的诗风加倍风行起来。

"宋诗派"经过一度沉寂之后,又有"同光体"继起,那主要是下一历史阶段的事。

(四)刘熙载

刘熙载也生活于这个时期。他的文艺理论著作如《艺概》《游艺约言》都成于其晚年,此时宋诗派的"诸老"已卒,而同光体的新进未起,他恰巧占据了这个空隙。他虽然曾为朝廷的近臣和书院的师长,但当时的内忧外患、风雨如晦在他的诗文理论中几乎找不到什么反响。他是一位超然的学者和诗论家。作为学者,他超然于当时的汉宋之争,也超然于中西之争的思潮之外;作为诗论家,他超然于唐宋之争,超然于宋诗运动和"祢宋"思潮之外。作为一位醇然的儒者,他自然有浓厚的传统儒家思想,论诗既主张政教风化,也注重心性修养,不过在这些泛泛的话头之外,他大抵都是就诗论诗,就诗艺谈诗艺的。他有明敏的眼光和平允的态度,对先秦以来的诗人诗作的品评常常一语中的,十分精到。对清人热衷的诗人如杜、韩、苏虽也加以揄扬,却不过分,也未表现出特殊兴趣,对性情与学问、避俗与忌熟等热门话题虽也有所涉及,但也不甚热衷。他是清代为数不多的探讨精微、纯粹的诗歌美学的人物之一,在这方面与王夫之、王士禛、王国维倾向相似,故王国维《人间词话》有四处直接提及他,间接影响就更多了。

刘熙载诗学思想的核心是"诗为天人之合"。《艺概·诗概》开门见山说:

《诗纬·含神雾》曰:"诗者,天地之心。"文中子曰:"诗者,民之性情也。"此可见诗为天人之合。

隋末大儒王通(文中子)极重政教风化,他所谓诗是"民之性情"指人民在"治世"或"衰世"的喜怒哀乐,刘熙载则主要借以指诗人的情怀。"诗者天地之心"则尤不宜按照纬书作神秘的附会,也不宜用理学家所说的与人的情欲相对立的"天地之心""义理之心"作解释。刘熙载作为末世儒者,虽然也讲"有义理之我,有气质之我"(《古桐书屋札记》),但《艺概》中论诗文十分重视艺术审美特性。刘勰《文心雕龙·原道》谓"言之文也,天地之心哉",指天地间的自然文采,《艺概叙》也说"艺者,道之形也",与刘勰之意相近。质言之,他所谓"天地之心"含意有二:一是指大自然的"精神",这从《诗概》"山之精神写不出,以烟霞写之;春之精神写不出,以草树写之"等语可见;一是指大自然的境界,即《诗概》所说的

"花鸟缠绵,云雷奋发,弦泉幽咽,雪月空明"等"四境"。前者是蕴含在自然中的诗意,后者是蕴含着诗意的自然,诗人的情怀与自然外物的诗意境界相触相感而为诗,即当是所谓"天人之合"。如《艺概·赋概》云:

> 在外者物色,在我者生意,二者相摩相荡而赋出焉。
> 若与自家生意无相入处,则物色只成闲事,志士遑问及乎!

所论虽为抒情赋,但抒情赋的本质是诗。"物色"实即"天地之心",它与"生意"即诗人之心"相摩相荡"从而产生诗情,形为篇什。因此,"天人之合"便是客观物色的诗意与主体情志的融合。"人与天地相感应,只为元来是一个"(《持志塾言》)。这"一个"便是"心"。故刘熙载一再说"文"、"言语"、书法皆是"心学也",诗自然更是"心学"。

从诗是"天地之心"与诗人之心的相感相契出发,刘熙载与他的理论前辈刘勰、钟嵘、司空图、严羽、胡应麟、王夫之、吴乔、王士禛等人一样,探讨了许多精微的诗美学问题。就诗是"天地之心"这个侧面来说,他重视烟霞草树等"气象""色相"的描写,反对"以精神代色相"的直接抒情与抽象言理,这与宋人的主张"白战"、厌弃"好风花"异趣,也与清代的"祢宋"诗学异趣。从诗是诗人之心的侧面来说,他又反对徒然的吟风弄月,重视"情""兴",如《赋概》说:

> 春有草树,山有烟霞,皆是造化自然,非设色之可拟。
> 故赋之为道,重象尤宜重兴。兴不称象,虽纷披繁密而生意索然,能无为识者厌乎!

"兴"即为外物所触发的诗情。只描画物象而缺乏情兴,便会成为毫无生气的剪彩纸花。刘熙载虽受理学熏陶,但极重人的自然感情与个性,其《持志塾言》断言"不情之理非理",《诗概》则断言"不发乎情,即非礼义,故诗要有乐有哀"。作为一位儒者,他当然并不否认"理""礼义"的重要,但作为诗论家,他更重视"情",认为"情"是更基本更原初的因素,"理""礼义"不能脱离"情"、违逆"情"。尤其是诗,与其他说理的文学形式不同,更应饱含激情地进行创作。他以"诗善醉""文善醒"区分诗文之别:

> 文所不能言之意,诗或能言之。大抵文善醒,诗善醉。醉中语亦有醒时道不到者,盖其天机之发,不可思议也。
> (《艺概·诗概》)

吴乔《围炉诗话》曾经以饭喻文,以酒喻诗,刘熙载或许受到他的启示,但二人所论的角度和层面不同。吴乔着眼于诗、文处理表现对象的方法之别。由于"文"指记事议论等应用之文,因而必须保持表现对象的原貌与真实性,所谓"不变米形";诗则应对表现对象作艺术的处理,不必拘泥于形似,可以"尽变米形"。刘熙载则着眼于诗、文创作中作者的精神状态。这里的"文"也指应用之文,要求给人以真实的知识和明晰的道理,因而作者在临文之顷应保持清醒的头脑,用理智写作,故曰"文善醒";诗则应给人以情绪的感染和审美的愉悦,因而诗人应当以沉醉的激情写作,也可将表现对象写得迷离恍惚,虚幻缥缈,故曰"诗善醉",这很像西方古代诗学的"迷醉"说。诗人在迷醉状态头脑高度兴奋活跃,可能不期然地突发出平时意想不到的奇异的佳句、佳意、佳境。刘熙载的这些论述是很生动很深刻的,发前人所未发。

刘熙载所说的"诗为天人之合"既然是指主、客体的触发摩荡,因而他便特别重视"本色""自然"的风格,即保持情与物的"真色""天真""天籁",主张创作中要"发天机"而"非人为",不强造诗情、无病呻吟,艺术风貌上也应"天然去雕饰"。但这又并非不要人工,不要艺术技巧,而应不见人工之迹,外表上的似乎"不炼"乃来自"极炼","天籁"终究要归于"人籁"即纯熟巧妙的艺术功夫,"本色"也正是极其"出色"的结果。他就这样将诗艺引向了精微。在王士禛之后,王国维之前,如此重视诗艺和诗美的精细探讨的,尚不多见,因而他也不属清代诗学思想的主流派。

晚清第八章　接木移花

一、题解

本章所包容的时间大致从光绪后期至清王朝灭亡，即从1895年至1911年。这是旷古未有的"天崩地解"的时代，是中国社会、文化、价值观念急遽变化、不断新陈代谢的时代，也是传统诗学思想急遽变化与更新的时代，故用"接木移花"加以概括。此四字取自陈衍《近代诗钞刊成，杂题六首》：

> 汉魏至唐宋，大家诗已多。李杜韩白苏，不废皆江河。而必钞近人，将毋好所阿！陵谷且变迁，万态若层波。情志生景物，今昔纷殊科。染采出间色，浅深千绮罗。接木而移花，种样变刹那。爱古必薄今，吾意之所诃！亲切于事情，按之无差讹。

陈衍是同光体的诗论家，推重宋诗。他所说的"陵谷变迁""今昔殊科""接木移花"等等都是指汉魏唐宋以来诗学的演进变化。所谓"近代"，仅仅是一个时间上的概念，与现在所说的作为社会政治文化型态的"近代"无关。因此本章的标题"接木移花"只是字面上的借用，与陈衍原诗的本意也无关。本书各章的标题大多是对该时期诗学思想的风貌、实质和核心议题最简要的概括，只有唐代一章与本章的标题只是概言诗学思想的走向。因为唐代有实已属于宋型文化的中唐巨变，很难用几个字概括作为"自然段落"的有唐一代贯穿始终的诗学主线，故笼统地用了"复变之道"四字。本章要标明传统诗学思想的近代演化，它与西方近代思潮的承接关系，也只能借用"接木移花"四字作大致概括。

二、通论："西学东渐"与中国传统诗学之近代转化

1894年清政府在中日甲午战争中的失败以及翌年所签订的丧权辱国的《马关条约》，比前此任何一次类似事件更给中国人民留下深创巨痛，它宣告了所谓"自强新政"的洋务运动的彻底破产，引起人们的自省自问："为什么人家比我们强，而我们比人弱？为什么被挫于一个小小的日本国呢？"（包天笑《钏影楼回忆录》）问题的答案从坚船利炮、富国强兵追溯到国家政治体制层面，所以梁启超在《戊戌政变记》附录《改革起原》中说："唤起吾国四千年之大梦，实自甲午一役始也。"甲午战争以及《马关条约》可以说是戊戌变法的一个重要"起原"，至少变法的声浪是从此时开始日益高涨。《马关条约》签订后的翌月，即1895年5月，康有为在京联合各省士子发动了"公车上书"。这虽非他上书的第一次，却是政治纲领最明确的一次。年青的梁启超、谭嗣同等人也从此开始了政治活动，成为政坛上的风云人物。他们创办学会，出版报刊，宣传变法思想，培训变法人才。变法的骨干同时也是他们所发起的"诗界革命"的骨干，中国传统诗学思想从此染上了前所未有的新色彩，真正开始了向近代的转化。

这种转化与西方近代资产阶级新文化即"西学""新学"的传播是联系在一起的。当然，"西学东渐"并不自此时始。当西方列强用坚船利炮敲开中国的大门之日起，在给中国人民带来屈辱与压

榨的同时，也必然带来各种文化层面的"欧风美雨"。另一方面，中国人在反抗西方侵略欺凌的同时，为了自强御侮的需要，也要研究学习它的各种长处，所谓"师夷之长技以制夷"。这种双向的运动，合称为"西学东渐"。但在甲午战争以前，人们对西学的介绍、研究与接受主要限于形下即"技"的层面。先是在鸦片战争前后，林则徐、魏源为了了解西方的情势，"知彼虚实"，前后主持编纂了《四洲志》《海国图志》等介绍西方历史、地理、政治情况的书籍。19世纪60年代以后，在以富国强兵为目标，以"中学为体，西学为用"为指导思想的"洋务运动"中，对"西学"的引进与介绍主要集中在科学技术方面。洋务派开设翻译机构，培养翻译人才，大量译介西方的科技书籍。政治、历史方面的著作虽也译介了一些，但数量很少，影响不大。此种情况到中日甲午战争以后发生了转变。战争的失败和条约的签订使先进的士人将注意的重心从学习西方的坚船利炮、声光化电转移到学习西方的政治经济体制，从富国强兵转移到变法维新，因而为变法服务的政治、法律、哲学、自然科学等学说成为译介的主要对象。严复就是从此时开始，陆续译介了赫胥黎的《天演论》、亚当斯密的《原富》、穆勒的《名学》、孟德斯鸠的《法意》等，在士人中引起极大反响。进化论、社会契约论、天赋人权论、三权分立说以及自由、平等、博爱等观念越来越深入士人之心，人们形象地称之为"欧风美雨之震荡"，这是近代思潮对中世纪的"衣冠上国"的震荡。这种近代思潮成为戊戌变法的思想基础，也成为"诗界革命"的思想基础。

但戊戌变法前对西学的介绍与引进，大多是根据和适应变法的实际需要，即使严复的翻译，也被后来王国维批评为"不存于纯粹哲学，而存于哲学之各分科，如经济、社会等学，其所最好者也。故严氏之学风，非哲学的而宁科学的也，此其所以不能感动吾国之思想界者也"（《论近年之学术界》）。不能直接为变法、改良服务的

"纯粹哲学"尚且如此,西方的美学及文学理论一时就更无暇顾及了,犹如梁启超论"诗界革命"的情况所说:"即以学界论之,欧洲之真精神、真思想尚且未输入中国,况于诗界乎?"(《夏威夷游记》)因而当时的作品往往以捃扯西方的新词语、新概念和炫夸西方的新器物、新景观为"革命",虽不乏政治改革的激情,却缺少对诗美诗艺的深微探讨。戊戌变法失败后,人们从未免带几分天真的热情中沉静下来进行反思,认为要真正求得中国的进步,应首先从思想启蒙和精神改造入手。梁启超自称"将竭力输入欧洲之精神思想,以供来者之诗料"(同上),蒋智由于1905年翻译了《维朗氏诗学论》,在按语中认为西方近代文明的进步皆由"自由"观念所产生,"文艺亦然,应用自由之一原理,遂得脱去古人种种之科臼,文艺于是有新生命"。早年的鲁迅(周树人)、王国维都研究介绍了叔本华、尼采的哲学,鲁迅热情颂扬了西方的"摩罗诗人",呼唤中国的"精神界之战士",王国维则率先尝试运用西方的哲学与美学对中国传统诗学作了新的精微阐发。至此,传统诗学才真正开始了其近代转化,与世界性近代文学思潮接轨。

在晚清,无论从政治思想或诗学思想来说,"接轨"都是双方面的。一方面来自外来侵略以及相伴随的西方近代文明的刺激与挑战,一方面是中国固有传统文化的因应,这便是前此已经盛行的今文经学的经世致用思想。变法的主要领袖康有为、梁启超都是今文经学家,他们将经世致用的方向由龚自珍的"药方只贩古时丹"转向了"只贩西方丹",利用《春秋公羊传》可资发挥的微言大义和"非常异义可怪之论"与进化论等西方学说结合起来,注入了近代资产阶级君主立宪、三权分立等货色,如同梁启超《清代学术概论》所说,康有为"所谓改制者,则一种政治革命、社会改造的意味也,故喜言'通三统'。'三统'者,谓夏、商、周三代不同,当随时因革也。喜言'张三世'。'三世'者,谓据乱世、升平世、太平世,愈改而愈进也。有为政治上'变法维新'之主张，实本于此"。他们要贯彻的实际上并不是往古的圣经贤传，而是西方近代的新学新说。因而当时的顽固派叶德辉攻评他们："汉之公羊学尊汉，今之公羊学尊夷。"(《与石醉六书》)以公羊学为主的今文经学，可以说是中国传统学术文化对于西方资本主义挑战的一次强劲的回应，犹如梁启超《清代学术概论》所说，今文经学经世致用思想，"转成为欧西思想输入之导引"。

与此紧相联系，传统诗学对于西方近代思潮的因应和接榫，则是前此已发展到鼎盛的"祢宋"诗学。必须再一次强调指出，清代诗学的精神实质与宋代并不相同，但清人所以认同于宋型诗的"以文为诗"、议论说理的风貌，而从骨子里（不是口头上）疏离典型唐诗的含蕴圆美，根本原因便是从一开始的那个"天崩地解"的时代就十分强调学问、世运、经世等等，而到晚清另一个更加严峻的旷古未有的"天崩地解"时代，这些诗学追求益发突出起来，只不过"学问"由经学转向了西学，由中国"三千年青史氏"的史学转向了对整个世界历史变迁的探究，故晚清的诗论家也像宋人一样推重"诗史"，如梁启超极力称赏古希腊的荷马史诗，又称赏黄遵宪的一首诗可题为"印度近史"或"佛教小史"。经世思想也从清初思想家关心的农工兵商、边事水利等转向了追步西方的变法改制，他们把诗看成有助于变法改制的"要件"之一，黄遵宪在写给诗人邱菽园的信中甚至夸张了这种作用，声称"诗虽小道，然欧洲诗人，出其鼓吹文明之笔，竟有左右世界之力"。从重视经世致用出发，从清初叶燮起便尤重"志士之诗"，晚清尤其如此。梁启超称黄遵宪能兼为"诗人之诗"与"非诗人之诗"，后者便指"志士之诗"；鲁迅呼唤"精神界之战士"，更无疑是呼唤"摩罗"诗人那种"志士之诗"。

因此，晚清诗学也推赏那种议论纵横、铺陈淋漓的"以文为诗"

之风。清初邵长蘅论当时"祧唐祢宋"诗风的必然之势所说的"宋人无不可状之景,无不可畅之情,故负奇之士不趋宋,不足以泄其纵横驰骤之气,而逞其赡博雄悍之才",移之晚清,也完全是适宜的。这种诗学好尚,只有到沉静深思的王国维那里,才发生了改变。

这个时期诗学思想的演化,按照其历史的和逻辑的进程,大致可分为三个阶段:一是以梁启超《饮冰室诗话》(写于1901年至1907年)为代表的"诗界革命"的诗学思想,其实质是侧重于政治层面;二是以早年鲁迅《摩罗诗力说》(写于1907年)为代表的资产阶级革命派的诗学思想,侧重于精神层面;三是以王国维《人间词话》(写于1908年)为代表的以近代西方哲学、美学为基础的诗学思想,侧重于审美层面。从诗学本身来说,这是一个逐次深入的过程。另外,传统诗学的尾声、宋诗派的承传者"同光体"在此期虽然始终流行不衰,但已经不能代表时代的主流,故略加述及。

三、"更搜欧亚造新声"的"诗界革命"

"诗界革命"是资产阶级改良派的诗学追求,借以宣传他们的政治革新主张。他们强烈不满旧诗中的陈词滥调,"以为诗之境界,被千余年来鹦鹉名士占尽矣"(梁启超《夏威夷游记》),因而呼唤"诗世界里先维新"(《海中观日出歌由汕头抵香港作》)、"变旧诗国为新诗国"(《黄公度人境庐诗草跋》)、"直开前古不到境,笔力横绝东西球"(《说剑堂集题词为独立山人作》),做"诗界之哥伦布"。而要做到这一切,用康有为的话来说,便应"更搜欧亚造新声"。这便是所谓"诗界革命"。"诗界革命"的理论家,首推梁启超;"诗界革命"的实践者,梁启超曾以黄遵宪、夏曾佑、蒋智由为"近世诗界三杰",而黄遵宪尤为翘楚。

"诗界革命"一语是由梁启超提出的。他在变法失败流亡日本后,于1899年写的《夏威夷游记》中说:

> 然以上所举诸家，皆片鳞只甲，未能确然成一家言，且其所谓欧洲意境语句，多物质上琐碎粗疏者，于精神思想上未有之也。虽然，即以学界论之，欧洲之真精神、真思想尚且未输入中国，况于诗界乎？此固不足怪也。吾虽不能诗，惟将竭力输入欧洲之精神思想，以供来者之诗料，可乎？要之，支那非有诗界革命，则诗运殆将绝。虽然，诗运无绝之时也。今日者革命之机渐熟，而哥仑布、玛赛郎之出世必不远矣。

可见"诗界革命"是梁启超对于诗的一种理想要求。"以上所举诸家"指黄遵宪、夏曾佑、谭嗣同，他们的诗或有新意境而少新语句，或多新语句而过分驳杂，"已不备诗家之资格"，甚至形同"七字句之语录，不甚肖诗矣"。也就是说，皆不能达到"诗界革命"的高标。他在《饮冰室诗话》中回忆说："盖当时所谓新诗者，颇喜掇撦新名词以自表异。丙申、丁酉间，吾党数子皆好作此体。"又说："吾党近好言诗界革命。"丙申、丁酉为1896、1897年，时为戊戌变法前夕。所以严格地说，"诗界革命"是梁启超所总结、提出的诗学理想；宽松点说，戊戌变法前后的"新体诗"及有关言论都可视为"诗界革命"的实践与主张，只不过还未达到梁启超所要求的标准。

那么什么是"诗界革命"的标准呢？梁启超在《夏威夷游记》写道：

> 欲为诗界之哥仑布、玛赛郎，不可不备三长：第一要新意境，第二要新语句，而又须以古人之风格入之，然后成其为诗。……若三者具备，则可以为二十世纪支那之诗王矣。

"新意境""新语句"与旧风格的统一，便是梁启超对"诗界革命"的全部要求。旧风格即中国传统诗歌的风貌、格调。与旧风格相比，所谓"新意境""新语句"自然是创新的方面，显示出"诗界革命"的时代色彩和历史意义。

"新意境"是对"诗界革命"最重要的要求。梁启超所说的"意境"，与我们现在通常所理解的"意境"不同，它基本上不属于审美的范畴。梁启超有关"诗界革命"的论述主要着眼于政治层面，很少涉及审美的层面。从审美层面借用西方理论论诗的"境界"是王国维的贡献。另外，梁启超的"新意境"也不太涉及作者本人在创作中的主体精神，而主要指作品客观的思想内容。从作者主观精神上论诗，主要是鲁迅的侧重。梁启超虽也讲到"精神思想""真精神""真思想"，作为对"新意境"的最高要求，但这主要指体现在作品中的西方资产阶级的社会政治经济学说。他在《饮冰室诗话》中说"近世诗人能镕铸新理想以入旧风格者，当推黄公度（遵宪）"。"新理想"显指政治改良与维新的理想，这是"新意境"的一个方面。要求用诗鼓吹变法图强，宣传西方的人权、自由、民主、立宪等等，是"诗界革命"的要义所在，追求所向。"诗界三杰"之一的蒋智由在《卢骚》诗中写道："力填平等路，血灌自由苗。文字收功日，全球革命潮。"以诗文宣扬平等、自由以收"全球革命潮"之功，是当时新进诗人和诗论家的共同呼声。

从前引《夏威夷游记》称黄遵宪等人诗"其所谓欧洲意境语句，多物质上琐碎粗疏者"之语可见，"新意境"也包括对西方物质文明的描绘与表现。他曾例举黄遵宪《今别离》四首，称赏为"皆纯以欧洲意境行之"。《今别离》分别吟咏火车、轮船、电报、照相在生活中的使用，以及由此带来的别离之情的变化，他称之为"欧洲意境"即"新意境"。另外，其"新意境"还应包括对欧、美、亚洲等殊方异域的历史、地理、民情、风物、景观的描写与反映，这本是"境"字的固有之义。康有为《与菽园论诗兼寄任公、孺博、曼宣》"新世瑰奇异境生,更搜欧亚造新声""意境几于无李杜,目中何处着元明",其中"境""意境"与梁启超所谓"新意境"相同,皆指新奇瑰异、旷古未见的"欧亚"新景观。又康有为《人境庐诗草序》称道黄遵宪游历日本及英美后所写的诗篇"精深华妙,异境日辟",也属此意。总之,这种意义上的"新意境"大致是指一种异域情调。

梁启超将"新语句"列为"诗界革命"三要素之一。他推赏黄遵宪诗有"欧洲意境"而少"新语句",因而还不能算是完全的"诗界革命"。所谓"新语句",指翻译西方的政治、经济、法律学术语,及其史、地、人物的典故名目,以至自然科学中声光化电、动植飞潜等用语与名称。不过梁启超在这方面有个限度,即这类词语既应当是新的,又应当较为流行,至少能为一般知识分子所理解,而不可过分生僻。对于后者的不满之词,屡见于《夏威夷游记》和《饮冰室诗话》。他认为这正是"吾党"的浮浅之处,不合于"诗界革命"的"真精神""真思想",但又是时世使然,是当时的一段"因缘"。作为正面范例,他在《夏威夷游记》曾举了邱菽媛的两句诗"黄人尚昧合群义,诗界差争自由权",称其"可谓三长兼备"。从"意境""语句"来说,既是新的,又不难懂;从"风格"来说,合于中国旧诗的体格声调。他还举了郑西乡的一首七律,"读之不觉拍案叫绝,全首皆用日本译西书之语句,如共和、代表、自由、平权、团体、归纳、无机诸语"。不难看出,这些语句也既"新"且"西",又较流行。梁启超对"新语句"的要求,大致如此。

如果要对"诗界革命"做一个概括,那么用丘逢甲的两句诗是最恰切的:"迩来诗界唱革命""米雨欧风作吟料"。所谓"新意境""新语句",说到底就是表现"欧风美雨"。以现在的眼光看来,梁启超与其同道们无疑是浮浅的,但历史地说,它又标示着诗学思想的一个空前的大转折。

四、"诗界革命"与"祢宋"诗学的联系

梁启超等人"诗界革命"的理论与实践,完全是他们的变法维新思想与活动的投影。"诗世界里先维新",丘逢甲这句诗恰又可概括其性质:"诗界革命"其实是一场"诗界维新"。他们在政治上主张君主立宪,保留一个封建皇帝,在诗学上则主张"旧风格",保留古诗的格律声调——这与五四时期白话的自由的新体诗完全不同,透过这一点又可窥见五四运动与戊戌变法的本质差异。在风靡于整个清代的"祧唐祢宋"诗学主潮中,在当时须大声疾呼、纵横议论、铺张描述的维新世运下,所谓"旧风格"只能是"祢宋"风貌。如果说他们在政治思想上是通过今文经学向变法改良的"西学"接榫过渡,那么在诗学上便是通过"祢宋"诗学向"诗界革命""接木移花"。

"诗界革命"与"祢宋"诗学有着先天的联系。"诗界革命"的诗人和诗论家原就是在浓重的"祢宋"诗风中熏陶成长的。"戊戌六君子"之一的林旭诗"孤涩似杨诚斋,却能戛戛独造"(《饮冰室诗话》),这就是所谓"旧风格",因而当时有些人将他列入"同光体"。梁启超本人也与同光体理论家陈衍颇有交谊,特别是中年以后。陈衍鼓吹同光体的《石遗室诗话》便于1912年连载于梁所主编的《庸言》报上,所以当时有人说梁"中年后一意学宋人"。

再说黄遵宪。他在《人境庐诗草自序》提出对"诗境"的要求是:

> 一曰复古人比兴之体;一曰以单行之神,运排偶之体;一曰取《离骚》、乐府之神理而不袭其貌;一曰用古文家伸缩离合之法以入诗。其取材也,自群经三史,逮于周秦诸子之书,许、郑诸家之注,凡事名物名切于今者,皆采

取而假借之。其述事也，举今日之官书会典、方言俗谚以及古人未有之物，未辟之境，耳目所历，皆笔而书之。其炼格也，自曹、鲍、陶、谢、李、杜、韩、苏讫于晚近小家，不名一格，不专一体，要不失乎为我之诗。

所谓"四境"，"比兴"是古来的常谈，学《离骚》、乐府"神理"也无特异之处，以单行运排偶之体、用古文之法入诗则完全是中唐以来宋型诗的"以文为诗"。至于"取材""述事""炼格"上的要求，与清代"祢宋"诗学的重经史、学问、阅历以及以学问为诗、以杂书入诗、以杂境为诗并无二致，所取法的古人也隐然强调杜、韩、苏等"变体"，而无取盛唐诗的含蕴风流。其提倡"为我之诗"以及"我手写我口"等，在清人所论中并不鲜见，也并不比宋诗派所主张的"不俗"更有独创性。黄遵宪此文写于光绪十七年（1891），自觉的"诗界革命"尚未开始，但他此后基本上是沿此路数发展的，只是在诗中缀以"新意境"（西方思想、欧美名物、异域风情）、"新语句"。

"诗界革命"与"祢宋"诗学的联系并非偶然。清代诗学原重学问，"诗界革命"的参与者们则把古学扭向了西学——包括西方的人文科学与自然科学。此法梁启超《饮冰室诗话》屡屡道及。他称美黄遵宪《以莲菊桃杂供一瓶作歌》一诗"半取佛理，又参以西人植物学、化学、生理学诸说，实足为诗界开一新壁垒"，又称美某读者所寄来的《灭种吟》一诗"以乐府体，镕铸进化学家言，而每章皆有寄托，真诗界革命之雄也"，明言以西方社会科学、自然科学的知识学问入诗，方是"诗界革命"的典范。康有为《人境庐诗草序》也称赞黄遵宪，"及参日使何公子峨幕，读日本维新掌故书，考于中外之政变学艺，乃著《日本国志》，所得于政治尤深浩。及久游英美，以其自有中国之学，采欧美人之长，荟萃镕铸，而自得之"，因而他的诗可谓"精深华妙"。这便是康有为所主张的"更搜欧亚造新声",搜罗的是"新学",特别是关乎资产阶级政治改良的学问与掌故。这由于往往与作者的阅历相关,因而也把清人所重视的"阅历""事境"从边塞僻壤拉开,拓展到五洲异城,"异境日辟"。

清人本重史,从清初到清季始终有"六经皆史"之说。体现在诗学思想上则崇实黜虚,推重杜甫那种"善陈时事""书事记朝夕"的诗风以及由此而来的排比铺陈的"赋"法,进而赞同"诗史"之说,主张以诗观史、以诗补史。清代诗学所以"祢宋",认同于宋诗,这也是一个重要的着眼点,如翁方纲《石洲诗话》称道宋诗"研理日精,观书日富,因而论事日密。如熙宁、元祐一切用人行政,往往有史传所不及载,而于诸公赠答议论之章,略见其概。至如茶马、盐法、河渠、市货,一一皆可推析。南渡而后,如武林之遗事,汴土之旧闻,故老名臣之言行,学术师承之绪论渊源,莫不借诗以资考据"。

"诗界革命"派也同样推重那些可以观史、可资考据的"诗史"性作品,只不过他们扩大了眼界,不仅推重"杜之《北征》,韩之《南山》"一类古人之作,并推而及于洋人同类之作,在内容上也从善陈"神洲"之史推及于善陈域外之史,如《饮冰室诗话》称扬"希腊诗人荷马,古代第一文豪也,其诗篇为今日考据希腊史者独一无二之秘本,每篇率万数千言"。"率万数千言",显然便是"铺陈始终"之法。梁启超认为在当时的中国诗人中,唯有黄遵宪《锡兰岛卧佛》差可与之相提并论:

若在震旦,吾敢谓有诗以来所未有也。以文名名之,吾欲题为《印度近史》,欲题为《佛教小史》,欲题为《地球宗教论》,欲题为《宗教政治关系说》。然是固诗也,非文也。

不仅以诗为史，而且以诗为论，这就必然造成艺术风格上的"以文为诗"。

清初"祢宋"诗学形成的社会基础，是诗人和诗论家所遭际的"天崩地解"、国破家亡的时世，以及对晚明以来"束书不观""清谈误国"的反思与矫革。诗的本质总是抒情的。在那样一种具体情势下，人们更关注的是事关国家、天下、文化学术的"万古之性情"。到了晚清康有为、梁启超、黄遵宪等人所处的时世，面临着一个更加严酷的前所未有的大变局，关心时局世运的诗人和诗论家便不能不使个人一己之情与"世变之亟"融为一体，发为顿挫沉郁、雄豪磅礴的高唱，正如康有为在《诗集自序》所说，"凡人情志郁于中，境遇交于外，境遇之交压也瑰异，则情志之郁积也深厚。情者阴也，境者阳也，情幽幽而相袭，境娉娉而相发。阴阳愈交迫，则愈变化而旁薄"，因而发为"哀乐无端"的诗篇。也正是同样"阴阳交迫"的情境，丘逢甲才赞赏那"石破天惊""横海掣鲸"的"韩、苏笔力"。这不禁使我们又一次想起清初邵长蘅论当时"祧唐祢宋"诗风的"势"之所趋的话："故负奇之士不趋宋，不足以泄其纵横驰骤之气，而逞其赡博雄悍之才。"这也可以说明"诗界革命"在艺术风貌上"祢宋"的深层原因。

五、"同光体"的诗学思想

在以近代思潮为底蕴的诗学主流勃兴发展的同时，"宋诗派"后继者"同光体"也在旧诗苑中流传不衰，这里略加论述。

同光体的兴起比"诗界革命"略早。陈衍《石遗室诗话》回忆说：

> 丙戌（1886）在都门，苏堪（郑孝胥）告余："有嘉兴沈子培（曾植）者，能为同光体。"同光体者，余与苏堪戏目同、光以来诗人不专宗盛唐者也。（卷一）

丙戌是光绪十二年。从陈衍之语可知，同光体的名目到这时才正式成立。当然从创作方面而言，同光体诗的出现无疑更早一些。

"同"指同治（1862—1874），"光"指光绪（1875—1908）。"宋诗派"的"诸诗老"到同治之末零落殆尽，那时同光体的代表人物沈曾植、陈三立、陈衍、郑孝胥都还年轻，在创作上起步不久，在时间上正好接续了"宋诗运动"。他们将同治、光绪诗风混而言之，命之为"同光体"，正表明他们是以宋诗派的继承者自任的。另外，上述代表人物都活到20世纪二三十年代，曾经与"诗界革命""南社"并存。他们虽曾参加过或倾向于变法维新，后来却走向消沉，"来作神州袖手人"（陈三立），成为时代风云的旁观者。在诗学思想和诗风方面，虽然同光体与诗界革命皆倾向于、呈现为一种"祢宋"风貌，但后者是"更搜欧亚造新声"，前者却始终在争唐争宋的传统诗学中打圈儿。如果说前此的宋诗派主张经世致用、追求深厚赅博和特立不俗诗风尚可称道，那么同光体在资产阶级改良与革命风起云涌的诗学精神面前便显得苍白无力，落伍于时代。总之，如果说宋诗派是清代"祢宋"诗学的高潮，那么同光体则是其尾声。

钱仲联《论"同光体"》一文将同光体诗人分为三派：以陈衍、郑孝胥为代表的闽派，以陈三立为代表的江西派，以沈曾植为代表的浙派。他们学古的取法对象和艺术风貌虽有差异，但在"祢宋"的基本方向上却是一致的，是前期宋诗派的延伸。前面已经讲过，江西派原就宗法黄庭坚与江西诗派，浙派有源远流长的重学问重宋诗的传统，闽派后来也由宗唐转向宗宋。所以同光体与前期宋诗派一样，也是有清以来各种"祢宋"的诗学的聚合。

陈衍是同光体的理论代表，著有《石遗室诗话》及续集，不但对同光体的诗学主张与创作做了阐发与评论，而且由于他可以说是传统诗学思想的最后一位重要的理论家，因而有条件对宋诗运动甚至整个清代"祢宋"诗学做出一定程度的总结，有时也意图纠偏。

他的"三元"说就有对清代诗学走向加以总结的性质。《石遗室诗话》说："盖余谓诗莫盛于三元：上元开元、中元元和、下元元祐也。"开元是唐代由盛到衰的转折点，甚至也是整个中国古代社会由盛到衰的转折点，在这里陈衍首推的是杜甫；元和是迥异于盛唐面目的中唐诗风的确立期，在这里陈衍首推的是韩愈；元祐属北宋中期，宋诗风貌经梅尧臣、苏舜钦、欧阳修、王安石等人努力至此正式形成，苏、黄二大家挺立诗坛，在这里陈衍首推的是苏轼。自叶燮提出杜甫为一变、韩愈为再变、苏轼为三变之说后，清代诗学和诗风从主流上说，始终围绕着杜、韩、苏旋转，这是其鲜明立异于明代诗学的突出特征，"三元"说便是对此特征的简明概括。"三元"说虽表面上通唐宋而言之，无宗唐宗宋之偏，实际上宗法的是迥异于汉魏盛唐风采流华诗风的宋型诗，或称"变风变雅"诗风。他在《小草堂诗叙》中明言：

诗至晚清同、光以来，承道、咸诸老，蕲向杜、韩，为变风变雅之后，益复变本加厉。

可见在陈衍心目中，杜、韩诗是"变风变雅"，"道、咸诸老"即宋诗派的作品也是"变风变雅"，同光体的作品则更是"变本加厉"的"变风变雅"。以中唐之后为"变风变雅"，这是明、清人的一个既微且显的重要观念。叶燮认为中唐为古今百代之中，陈衍认为"故开元、元和者，世所分唐、宋人之枢斡也"（《石遗室诗话》卷一），都是由此点出发的。中唐确是古代诗学思想史向后期演化的枢机。

陈衍又在《知稼轩诗叙》中说："长公（苏轼）之诗，自南宋风行，靡然于金、元、明中熄，清而复炽，二百余年中，大人先生殆无不擩染及之者。"苏轼是中唐以后"三变"的完成者，是宋诗基本风貌的重要奠立者，他那纵横淋漓、雄悍博赡的诗风濡染着整个清代诗坛，成为其"祢宋"诗风的重要标志。明代公安派虽也极为推崇苏轼，但他们是从苏诗的任情放意着眼的，与清人的着眼点不同。

陈衍关于"学人之言与诗人之言合"之论也带有总结的性质，并有着补偏救弊之意。学人之诗、诗人之诗及其关系也是清代诗学的一个贯穿始终的问题。这是由性情与学问的关系引发出来的，而性情、学问问题又与明人重情轻学有关，这便追溯到作为明代诗学理论基础的严羽《沧浪诗话》的一段话"诗有别材，非关学也；诗有别趣，非关理也。然非多读书，多穷理，则不能极其至"，这成为清代诗学贯穿始终的中心议题之一。陈衍也发表了自己的见解，其《瘿庵诗叙》写道："诗也者，有别才而又关学者也。少陵、昌黎，其庶几乎！"他主张二者兼顾，其实与严羽的本意并不相悖。不过严羽在兼顾中实际上偏向于别材别趣，陈衍则实际上偏向于学，这从他以杜甫、韩愈为典范便可看出。学人之诗与诗人之诗的关系问题就是在这种背景上提出来的。清人重学，他们往往将学人之诗置于诗人之诗之上，陈衍则认为二者应当合一。他称程恩泽、祁寯藻等宋诗派诗人的作品真正达到了"学人之言与诗人之言合"（《近代诗钞叙》），或曰"合学人、诗人之诗二而一之"（《近代诗钞·祁寯藻》）。这些评价中仍然透露出他的"祢宋"倾向，与汉魏盛唐诗的兴会妙悟是大异其趣的。

学人重学问，诗人重性情，"学人、诗人之诗合"实际上就是学问与性情的融合问题。陈衍称祁寯藻诗"证据精确，比例切当，所谓学人之诗也；而诗中带着写景言情，则又诗人之诗矣"（《石遗室诗话》卷二十八），兼学问与抒情写景而言。这也并非他的创见，清初钱谦益要求性情、学问、世运结合，王士禛要求"性情根柢于学问"，都早已奠立了清代诗学思想的基调。不过陈衍出于矫清人过于重学之弊，有时又特别强调性情与诗人之诗，如《石遗室诗话》卷十四：

> 不先为诗人之诗，而径为学人之诗，往往终于学人，不到真诗人境界。

这是符合实际情况的，人生随着年龄的增长，知见的增多，感情的收敛，理性的加强，往往由诗人转为学人易，由学人转为诗人难，但这并不意味着他将诗人置于学人之上，将诗人之诗置于学人之诗之上，恰恰相反，他归根结底还是首重学问、学人、学人之诗的。作诗而及于学问，强调学问，这始终是清代诗学思想的特色，与明人大不相同，并表现于各个方面，如明人因首重情感，故普遍地推重无关学问的民歌、"风人之诗"（指《诗经》中的民歌），到清代则竟改为"风人皆学人"，这真是何从说起！其实作诗自有特殊规律，虽不排斥学问，但不必有专门学问，不必兼为学人，更不必"证据精确，比例切当"。清人这种特殊的审美追求，到陈衍"学人之言与诗人之言合"，也可以说是一个简明的概括。

陈衍还对"祢宋"诗学的创作方式与艺术风貌作了新的阐发，这方面也有一个简明概括："力破余地"。《石遗室诗话》卷一说：

> 余言今人强分唐诗、宋诗。宋人皆推本唐人诗法，力破余地耳。

看起来似乎调和唐宋，泯却唐宋诗的差异，其实仍导向"祢宋"。所谓"力破余地"，就是要努力开辟新的诗境，道前人所未道。其实他所谓"力破"，不过是承袭宋诗派何绍基等人的"不俗"之说，进一步提出"恶俗恶熟"。为达到这一点，首先也是如何绍基所主张的要有独立不移的人格，"一人有一人之境地，一人之性情，所以发挥其境地、性情，称其量，无所于歉，则自尚其志，不随人为步趋者已"（《奚无识诗叙》）。这样，便能避免那种"人人所喜""人人能道"的滥俗、滑熟的话头。这显然也是黄庭坚与江西诗派的主张。由于过分追求新异,追求"宁涩勿滑",最终走向了"钩章棘句,僻涩聱牙"甚至"志微噍杀"。

陈衍有时也比较重视诗的悠长隽永的美感特征,《石遗室诗话》卷二十三说:

> 诗有四要三弊。骨力坚苍为一要,兴味高妙为一要,才思横溢、句法超逸各为一要。然骨力坚苍,其弊也窘;才思横溢,其弊也滥;句法超逸,其弊也轻与纤。惟济以兴味高妙则无弊。

"骨力坚苍"而流为"窘","才思横溢"而流为"滥",主要是"祢宋"诗学易生的弊端。"兴味高妙"则为司空图、严羽、姜夔、胡应麟、王士禛等人所提倡,并视为汉魏盛唐诗的特征。陈衍在"四要"中首重"兴味高妙",有矫革"祢宋"之弊的用心。

总之,陈衍所主的"力破余地",主要还是在"避俗避熟"上钻牛角尖,追求宋人所说的"生涩",并没有"更搜欧亚造新声"的胆识与气魄,在当时真正"力破余地"的,当数承袭"诗界革命"一线的鲁迅、王国维等人的诗学思想。

六、早年鲁迅对"摩罗"诗魂的呼唤

在晚清诗学思想史上,比梁启超等"诗界革命"派更前进了一步的,是早年的鲁迅。

梁启超诗学方面的代表作、同时也是"诗界革命"理论总结的《饮冰室诗话》陆续写成发表于1902年至1907年的《新民丛报》上,鲁迅早期诗学方面的代表作《摩罗诗力说》写于1907年,并以"令飞"的笔名发表于1908年的《河南》杂志上,二者在时间上正相蝉联,但在思想上却划下一条深深的"代沟"。这条"代沟"的形成,如果简单地说,便是梁启超属于资产阶级改良派,而当时鲁迅却是一位激进的资产阶级民主派。

鲁迅当时的诗学思想深入到诗人的精神层面。据他自述,他之所以于1906年7月弃医从文,就是要致力于国民精神的改造,认为这是当时的"第一要著"。他的《摩罗诗力说》的要义,就是呼唤"精神界之战士",而所谓"精神界之战士",则是犹如拜伦、普希金、莱蒙托夫、裴多菲那样的富有叛逆精神的"摩罗诗人"。如前所说,梁启超的"诗界革命"论也是非常重视"精神"的,并以是否具有近代的"真精神"作为衡量作品成败得失的标尺。他认定"过渡时代,必有革命。然革命者,当革其精神,非革其形式。吾党近好言诗界革命。虽然,若以堆积满纸新名词为革命,是又满洲政府变法维新之类也"(《饮冰室诗话》)。但他所谓"精神",在政治上,主要指体现西方资产阶级自由、平等、人权等学说的真谛;在诗学上,他明言是指一种新的"欧洲意境",很少涉及作者主观的个性、意志与心理。鲁迅所说的"精神",则指诗人本身"立意在反抗,指归在动作"的主观战斗精神和个体意志,这种精神的内涵大致有三:一是"刚健不挠,抱诚守真";二是具有独立人格,敢于"争天拒俗";三是能以此种精神"起其国人之新生,而大其国于天下"。这是一种"摩罗"(魔鬼,指叛逆者)精神,反抗精神。其斗争的锋芒不仅指向封建的专制统治,指向外来的侵凌与压迫,也指向资产阶级的拜金主义,指向"庸众"的流俗与舆论。他在与《摩罗诗力说》写于同年的《文化偏至论》中,极力标举"个性之尊严,人类之价值",抨击19世纪后期"文明一面之通弊":"诸凡事物,无不质化,灵明日以亏蚀,旨趣流于平庸,人惟客观之物质世界是趋,而主观之内面精神,乃舍置不之一省",因而"性灵之光,愈益就于黯淡"。这些思想虽受到叔本华、尼采的影响,但对资产阶级拜金主义的批判是深刻的。这都是梁启超当时所达不到的,他还停留在歆羡资产阶级政治体制与物质文明的阶段。

鲁迅与梁启超的另一个重大分歧,鲁迅比梁启超的另一个进步,便是对于传统文化和诗学的重新审视与省察。梁启超作为一个资产阶级改良派,作为一个以古切今的今文经学家,一方面向往与鼓吹西方文明,一方面又对传统文化的弊端未作根本的触动;一方面倡言"诗界革命",一方面又主张发扬"旧风格"。鲁迅当时作为一个激进的资产阶级民主主义者,在这方面不仅远远超过梁启超,也超过与他同道的侪辈。《摩罗诗力说》的写作,也有矫正"国粹"说的偏颇之意。进入20世纪以后,一部分资产阶级民族、民主主义者为了排满的需要,也有激于列强的侵略瓜分,提倡"爱国保种,存学救世""发明国学,保存国粹"。这些人后来大都加入南社。他们在文学上不满梁启超们的"诗界革命",认为"新意境、新理想、新感情的诗词,终不若守国粹的,用陈旧语句为愈有味也",甚至诅咒"文界革命、诗界革命之说"不啻"季世一种妖孽"。(高旭《愿无尽庐诗话》)这些具体的言论虽发于《摩罗诗力说》之后,但作为一种思潮是从1905年《国粹学报》创刊之后就逐渐弥漫了的。这种论调的爱国之心固可理解,但狭隘的民族主义却不足为训。鲁迅的见解则比他们允妥得多,《摩罗诗力说》云:

夫国民发展,功虽有在于怀古,然其怀也,思理朗然,如鉴明镜,时时上征,时时反顾,时时进光明之长途,时时念辉煌之旧有,故其新者日新,而其古亦不死。若不知所以然,漫夸耀以自悦,则长夜之始,即在斯时。

他不否认中国传统文化有辉煌的过去,而且数千年来一脉相传未曾断绝,仍能鼓舞人们"时时上征"。但由于长久闭关锁国而不与世界大势相接,这"文明史记"已"渐临末页",有令人"枯槁""萧条"之感。要挽救与发扬传统文化,必须与世界作"比较",从而"审己知人",产生"自觉",以"自振其精神",所以"国民精神之发扬,与世界识见之广博有所属"。倘一味陶醉于过去,沉酣于"古文明国"的旧梦,不过是"悲凉之语耳,嘲讽之辞耳"。而要"自振其精神",便必须"别求新声于异邦",这新声首先便是"力足以振人"的"摩罗诗派"。这样,鲁迅便从一般文化进入了诗学。

鲁迅诗论的核心是"撄"。《摩罗诗力说》云:

> 盖诗人者,撄人心者也。凡人之心,无不有诗,如诗人作诗,诗不为诗人独有,凡一读其诗,心即会解者,即无不自有诗人之诗。无之何以能解?惟有而未能言,诗人为之语,则握拨一弹,心弦立应,其声澈于灵府,令有情皆举其首,如睹晓日,益为之美伟强力高尚发扬,而污浊之平和,以之将破。平和之破,人道蒸也。

"撄",在这里指刺激、感发人心。人心之所以可"撄",就是因为其中潜藏蛰伏着"诗",即可以有所作为的情志,一旦经过诗篇的激发,便能够迸发出感情的火光,打破平昔的"平和",唤起踔厉奋发的精神,"变其前时之生活"。而"摩罗诗人"便是最能"撄人心"者,在中国诗史上罕有其匹。

鲁迅最疾"平和"。"中国之治,理想在不撄","不撄"便是"平和"。他认为"平和"是表面的,暂时的,争斗却是内在的,长存的。中国的统治者所以宣扬"平和",意在"保位";众人所以欢迎"平和",意在"安生"。加以传统文化特别是道家的推波助澜,提倡淡泊无为,心如止水,使"平和"之想漫衍数千年。在这里,鲁迅对传统文化的消极面的批评是广泛而深刻的。由此,他又批评了传统儒家的正统诗学思想：

> 如中国之诗，舜云言志；而后贤立说，乃云持人性情，三百之旨，无邪所蔽。夫既言志矣，何持之云？强以无邪，即非人志。许自绎于鞭策羁縻之下，殆此事乎？

他赞成"诗言志"之说，却反对"持人性情""思无邪"之论，批判的矛头不仅指向汉儒，也指向了孔子。用"持人性情""思无邪"以规范诗，实际上便是用礼教羁縻情感，这不过是马鞭下的"自由"。这种批判的尖锐是前所未有的，也为当时人所未道。这是对儒家普遍道德原则的深刻反省，标志着与"温柔敦厚"相对立的新的诗学观念正在形成。

鲁迅所谓"撄"的理论基础是诗的审美功能，他说：

> 由纯文学上言之，则以一切美术之本质，皆在使观听之人为之兴感怡悦。文章为美术之一，质当亦然，与个人暨邦国之存，无所系属，实利离尽，究理弗存。

他认为文学的审美属性与实利无关，这种思想来自英国批评家道覃。鲁迅与王国维都较早接受了西方的"纯文学"观念。但必须指出，鲁迅向来都不是纯文学主义者，他所说的"实利"是指眼前、具体、鄙俗的利益，而他追求的是改造国民性这个最大的"实利"。他甚至鄙薄那些虫鸟山水之作，讥之为"不能舒两间之真美"，这是与王国维根本不同的。他的《摩罗诗力说》的主旨在呼唤"摩罗诗魂"，而很少谈及艺术形式方面。如果说有，也只是推赏"摩罗诗人"那"雄桀伟美"的艺术风貌，这仍然有些"祢宋"色彩。

《摩罗诗力说》言辞激切，情感激越，在一定程度上受到叔本华、尼采唯意志论和超人哲学的影响,更是历史巨变的时代精神使然。从诗学思潮上说,他上承龚自珍"其道常主于逆"之论,发展了"诗界革命"的积极因素,下启了五四狂飙急进的新文学运动。

七、王国维的诗美学

当时在诗学理论上能够与鲁迅并峙的,是王国维。

王国维的生年略早于鲁迅,他自觉研究西方资产阶级哲学、美学以解释中国文学也比鲁迅早。大约从1901年他便钻研康德、叔本华、尼采等人的哲学与美学,1904年发表《叔本华之哲学及其教育学说》《叔本华与尼采》《红楼梦评论》,1905年发表《论哲学家及美术家之天职》,1906年发表《屈子文学之精神》《人间词甲稿序》,1907年发表《古雅在美学上之位置》《人间嗜好之研究》《人间词乙稿序》。之所以把他放在鲁迅之后述及,首先因为他在诗学理论方面最有代表性的《人间词话》发表于1908年至1909年,比《摩罗诗力说》为时略迟。更重要的是,倘说梁启超《饮冰室诗话》所鼓吹的"诗界革命"旨在改变国家政体,鲁迅《摩罗诗力说》旨在改造国民精神,那么王国维《人间词话》则完全探讨诗歌美学。撇开王国维的人生观不论,单就诗学本身来说,这无疑是一个逐次深入的逻辑演进过程。到了王国维,中国传统诗学才真正与西方近代哲学、美学接榫。

王国维与鲁迅都曾受到叔本华、尼采的影响,但二者所取不同。如果说鲁迅取其"进取"方面,王国维则取其"不为"方面,因此二者可以说是恰相背离的双峰。鲁迅《摩罗诗力说》的核心是主"撄"、"争天拒俗",反对麻木的"平和"。他不仅嫉恶那些"颂祝主人,悦媚豪右"之作,甚至认为"即或心应虫鸟,情感林泉,发为韵语,亦多拘于无形之囹圄,不能舒两间之真美",而这正是王国维诗学所着力探讨的。他厌倦政治,退避争斗,追求"平和",推崇文学,断言"生百政治家不如生一大文学家"(《教育偶感》)。他在《红楼梦评论》中宣称:"美术之务在描写人生之苦痛与其解脱之道,而使吾侪冯生之徒,于此桎梏之世界中,离此生活之欲之争斗,而得其暂时之平和。"这种观念来自叔本华的唯意志论。叔本华认为意志是世界的本体,是真实的,第一性的,现象界则是梦幻般的主观印象。人生是生存意志的表现,它包括本能、冲动、欲望等整个心理现象。欲望不能满足或满足后失去都是痛苦,因而人生处于永恒的痛苦之中,只有艺术才能将人们导向忘我境界,暂时摆脱欲望的折磨,得到心灵的平静。那么这个过程是怎样实现的呢?王国维在《叔本华之哲学及其教育学说》中写道:

> 美之对象,非特别之物,而此物之种类之形式;又观之之我,非特别之我,而纯粹无欲之我也。夫空间时间,既为吾人直观之形式;物之现于空间皆并立,现于时间者皆相续。故现于空间时间者,皆特别之物也。既视为特别之物矣,则此物与我利害之关系,欲其不生于心,不可得也。若不视此物为与我有利害之关系,而但观其物,则此物已非特别之物,而代表其物之全种。叔氏谓之曰"实念"。故美之知识,实念之知识也。

所复述的便是叔本华的审美观照论。在叔本华、王国维看来,如果以具体、有欲之我(即"特别之我")去观照显现在时空中的具体、个别之物(即"特别之物"),物我之间便不会不发生利害关系,不会不引发我的欲望,这就不是审美的观照。审美的观照应是以"纯粹无欲"即暂时摆脱生存意志的我,静观物的"种类之形式"即"实念"。"实念"现在通译为"理念",是叔本华从柏拉图那里借用并改造了的重要哲学概念,是意志与个别事物之间的中间环节。理念是意志没有客观化之前的状态,意志是理念客观化的物质现象。理念存在于个别事物之中,是个别事物的永久形式、完美典型,"代表其物之全种"。美感便是"纯粹无欲之我"观照典型之物的理念的产物。把这种哲学与美学思想运用于文学创作,叔本华引申出如下原则:由于理念存在于个别事物之中,因而应当生动具体地描绘个别事物,以具体体现一般;在富有意义的情景中表现性格;情景即艺术的环境。

王国维的"境界"说与这种美学思想有关,但又不宜一概向此牵附,因为王国维融贯了中国传统诗学源远流长的有关理论和自身的创作经验。他在《人间词话》中说:

> 严沧浪诗话谓:"盛唐诸公唯在兴趣,羚羊挂角,无迹可求,故其妙处透澈玲珑,不可凑泊,如空中之音,相中之色,水中之影,镜中之象,言有尽而意无穷。"余谓北宋以前之词亦复如是。然沧浪所谓"兴趣",阮亭所谓"神韵",犹不过道其面目,不若鄙人拈出"境界"二字为探其本也。

另外他在《人间词话》未刊稿中也说:"言气质,言神韵,不如言境界。有境界,本也;气质、神韵,末也。有境界而二者随之矣。"可见他是将"境界"放到"兴趣""神韵""气质"等古代诗学系列性审美范畴的链条中加以观察比较的,它们皆属艺术美感的大范围内,只不过他认为自己的"境界"说更得诗美的根本,而其他都不过得其面目而已。与此相关的范畴与命题,其实还可追溯得更远更多,如《易传》的"立象尽意",汉以后的"比兴",魏晋的"形神"关系,刘勰《文心雕龙》的"意象",钟嵘《诗品》的"滋味",陈子昂的"兴寄",殷璠的"兴象",以及释皎然等人的"意""境"关系,等等，它们构成中国古代诗学审美理论的核心线索，而尤令人注目的便是严羽的"兴趣"说与王士禛的"神韵"说。王国维所以认为其"境界"比"兴趣""神韵"更能"探其本"，大约是因他自认能从西方哲学、美学的高度观察与解释。在王国维的诗学论著中，除"境界"外，还有"境""意境"。"境"一般是"境界"的省称，"意境"则与"境界"有细微差异，更侧重诗"境"所蕴的言外之意。如《人间词话》评姜夔词格调虽高，但"惜不于意境上用力，故觉无言外之味，弦外之响"，显然侧重于从"意"上立论。中国古代诗学术语、范畴的一字之差，便带来了含意的变化，不能等而视之。"境界"二字本指疆界等具体空间，后逐渐引申为思维和艺术的空间。王国维"境界"说即侧重于空间意义，所以他说文学之所以能够抒写自我，感发他人，就在于"意"与"境"二者，高明者"意与境浑"，次之"或以境胜"，"或以意胜"。作为诗的表现对象的现实空间即"境界"，他认为包括"自然""人生之事实"和"情感"三者。《人间词话》说："境非独谓景物也，喜怒哀乐亦人心中之一境界。"当审美主体以"纯粹无欲"之心观照禀有生存意志的自我时，自我的喜怒哀乐之情也便客观化为审美对象。自然、人生、自我都是存在于时空的"特别之物"，内中都含有理念，诗人以"纯粹无欲之我"静观与再现这些"个物"，其实再现的也就是理念，即美。这便是王国维所说的"境界"，它是一种蕴蓄着理念的艺术图景，而不仅仅是"兴趣""神韵"等单纯美感，大概就是因为这种差异，王国维才称自己的"境界"说为探本之论吧。

"境界"说是王国维诗学的核心和审美批评的标准。《人间词话》前九条皆是正面论"境界"的，以下才是对词人词作的评论。应当说明，《人间词话》具体所论虽是词，但王国维是以诗看待词的，书中常以"诗人"涵括词人。他在总论"境界"之下，又涉及造境与写境、有我之境与无我之境、隔之境与不隔之境等互相对待的境界，他说：

> 有造境，有写境，此理想与写实二派之所由分。然二者颇难分别，因大诗人所造之境必合乎自然，所写之境亦必邻于理想故也。

"写境"是写实之境，造境是"虚构之境"，二者之所以不易分别，依王国维之说，是因为"自然中之物，互相关系，互相限制。然其写之于文学及美术中也，必遗其关系、限制之处。故虽写实家，亦理想家也"。所谓"关系""限制"，即指时空中个别具体之物存在彼此的利害、制约关系；所谓"遗其关系、限制"，就是要以"纯粹无欲"之心写典型之物的"实念"，因而艺术境界便高于现实境界，故曰"虽写实家亦理想家"。但"实念"总离不开具体之物，一般要以个别为体现，"材料必求之于自然，而其构造亦必从自然之法则，故虽理想家亦写实家也"。

关于有我之境与无我之境，《人间词话》说：

> 有有我之境，有无我之境。"泪眼问花花不语，乱红飞过秋千去""可堪孤馆闭春寒，杜鹃声里斜阳暮"，有我之境也。"采菊东篱下，悠然见南山""寒波澹澹起，白鸟悠悠下"，无我之境也。有我之境，以我观物，故物皆着我之色彩。无我之境，以物观物，故不知何者为我，何者为物。

这些观点既有叔本华哲学、美学的影子，也有对传统诗论的融贯。他在下一条接着解释道："无我之境，人惟于静中得之。"诗人用一颗无念无欲之心静观外物，他本人也作为一"物"，完全"物化"了，故云"不知何者为我,何者为物"。从字面上说,"以物观物"来自北宋理学家邵雍论诗。理学家之"理"与叔本华的理念亦有相似之处,但邵雍"以物观物"所得为半抽象的理趣,王国维"以物观物"所得的则是美感。关于"有我之境",王国维说是"于由动之静时得之"。依叔本华之见,诗人作为有意志的个人,禀有各种情绪与冲动,但他为外景所吸引时,又意识到自己是纯粹的认识主体,诗就是这一过程的产物。这大概可以有助理解王国维"由动之静时得之"的"有我之境"。诗中物、我关系是中国传统诗论最注目的问题。其实无论"有我之境"还是"无我之境",皆渗透着诗人的主观情绪,所谓"一切景语皆情语",只不过一者较为深隐,一者较为外露而已。

关于隔与不隔,《人间词话》是从情、景上分言之的:

"生年不满百,常怀千岁忧。昼短苦夜长,何不秉烛游""服食求神仙,多为药所误。不如饮美酒,被服纨与素",写情如此,方为不隔。"采菊东篱下,悠然见南山。山气日夕佳,飞鸟相与还""天似穹庐,笼盖四野。天苍苍,野茫茫,风吹草低见牛羊",写景如此,方为不隔。

隔不隔的问题,实际上就是真不真的问题。他认为"大家之作,其言情也必沁人心脾,其写景也必豁人耳目。其辞脱口而出,无矫揉妆束之态,以其所见者真,所知者深也"。所以,隔与不隔归根结底又是一个自然不自然的问题。无论写景言情,不雕饰,不浮夸,不刻意为之,不卖弄风情,不用浮词、游词、套语,真率自然地表达真情实感与即目所见,方能"不隔"。

王国维诗学思想还涉及其他一些重要、新颖的东西,如悲剧、"古雅"的形式美、屈原的文学精神、文学为"游戏的事业"等等,他都试图用西方的文艺美学加以解说,有的命题如"游戏"说本身便是从西方稗贩来的。他与鲁迅都是较早走向世界诗学的诗论家，他们比"诗界革命"派仅得皮毛的"新语句""欧洲意境"要深刻多了，显示着近代诗学思想的急遽演进。但他与鲁迅又各有职司。鲁迅的诗学致力于经世致用，致力于反抗旧俗的"动作"，致力于诗的社会功能；王国维的诗学则致力于诗的美学，致力于审美规律探讨，致力于诗的美感功能。他是近代美学的开拓者。中国传统诗学发展到他，才是真正实现了近代转折。

八、余论

随着最后一个封建王朝的行将消失，我们的诗学思想史也将到此打住。

尽管梁启超、鲁迅、王国维等人在诗学方面正在大步走向世界，但他们在当时毕竟还是少数，特别是他们这种闪耀着近代曙光的论著尚不多见。充斥在诗坛上的，大多还是传统的诗论。同光体及其诗学理论自19世纪80年代中期兴起之后始终不绝如缕，此时又益发活跃起来。梁启超也转向喜好宋诗，并发表了陈衍的《石遗室诗话》，这是中国历代诗话中最为浩繁的一部，尽管它可以显示出传统诗学顽强的生命力，并且也不乏真知灼见，但毕竟已经不能体现诗学思想的前进运动，因此对它不拟多所涉及，况且它在时间上也溢出本书规定的界限。

这时与同光体相对立的诗学派别，主要是南社的诗作与诗论。南社是在1909年11月成立的，其成员大多是激进的民族、民主革命派。基于强烈的民族情感与"保种爱国"之心，他们提倡"国学"，以张"国魂"，反对"醉心欧风"，甚至宣称："盖中国文学为世界各国冠，泰西远不逮也。而今之醉心欧风者，乃奴此而主彼，何哉！"（高旭《南社启》，《民吁报》1909年10月17日）对于"诗界革命"则时而咒之为"妖孽"，时而曲说为"诗界革命者，乃复古之美称"。但他们的主要对手毕竟是同光体。柳亚子后来回忆说："从晚清末年到现在，四五十年间的旧诗坛，是比较保守的同光体诗人和比较进步的南社派诗人争霸的时代。"（《介绍一位现代的女诗人》，《当代文艺》1944年第一卷第五·六期）所谓保守与进步，恐怕只能指诗人们的政治态度和诗的思想内容而言，在诗风方面同光体宗宋，南社宗唐，看来是不好分保守与进步的。柳亚子在写于1911年清亡之前的《胡寄尘诗序》中说："余与同人倡南社，思振唐音以斥伧楚。"可见宗唐是南社的旨趣。在中国古代诗学思想史上，唐宋诗表现出两种甚有差异的艺术风貌。一自严羽标榜盛唐之后，就主流言，元、明宗唐，清人宗宋。就清代言，除王士禛、沈德潜等为数不多者近唐外，主潮为"祢宋"，直至同光体。南社又以宗唐反同光体的宗宋。可以设想，如果不是后来五四新文化运动中的新诗运动打破了这种循环，宗唐宗宋的互为消长恐怕还将持续下去。从柳亚子的话中可以看出，即使五四运动过去几十年之后，宗唐宗宋之争依然在旧体诗中持续，不过那已完全不能成为诗坛的主流，只不过是汹涌的新诗运动大潮之侧一个传统诗学的余波而已。五四运动以后的白话诗，虽也存在一个从传统诗学汲取营养的问题，但这是就整个传统而言的，并不是什么宗唐宗宋问题，而且白话诗也无法显现为或唐或宋的"旧风格"，否则就不成其为白话诗。

辛亥革命以后诗学思想的主流，是在为五四新诗学做着准备和酝酿，后来终于掀起迥异于过去的崭新一页。这些，皆不属本书所论的范围。

1993年12月初稿，
1995年3月再稿。

主要参考书目

1.《中国文学史》,游国恩等主编,人民文学出版社,1963。

2.《中国文学批评史》,郭绍虞著,上海古籍出版社,1979。

3.《中国文学批评通史》,王运熙、顾易生主编,上海古籍出版社,1989—1996。

4.《中国历代文论选》(四册本),郭绍虞主编,上海古籍出版社,1979。

5.《中国文学批评资料汇编》,成文出版社,1978—1981。

6.《文心雕龙注》,〔梁〕刘勰著,范文澜注,人民文学出版社,1958。

7.《诗品注》,〔梁〕钟嵘著,陈延杰注,人民文学出版社,1961。

8.《文镜秘府论校注》,[日]弘法大师原撰,王利器校注,中国社会科学出版社,1983。

9.《诗式校注》,〔唐〕释皎然著,李壮鹰校注,齐鲁书社,1986。

10.《诗品集解》,〔唐〕司空图著,郭绍虞集解,人民文学出版社,1963。

11.《诗话总龟》,〔宋〕阮阅编,周本淳校点,人民文学出版社,

1987。

12.《苕溪渔隐丛话》,〔宋〕胡仔纂集,廖德明校点,人民文学出版社,1962。

13.《诗人玉屑》,〔宋〕魏庆之编,王仲闻校勘,上海古籍出版社,1978。

14.《宋诗话辑佚》,郭绍虞辑,中华书局,1980。

15.《沧浪诗话校释》,〔宋〕严羽著,郭绍虞校释,人民文学出版社,1983。

16.《原诗》,〔清〕叶燮著,霍松林校注,人民文学出版社,1979。

17.《诗薮》,〔明〕胡应麟著,上海古籍出版社,1979。

18.《诗源辩体》,〔明〕许学夷著,杜维沫校点,人民文学出版社,1987。

19.《说诗晬语》,〔清〕沈德潜著,霍松林校注,人民文学出版社,1979。

20.《随园诗话》,〔清〕袁枚著,顾学颉校点,人民文学出版社,1982。

21.《刘熙载论艺六种》,〔清〕刘熙载著,徐中玉、萧华荣校点,巴蜀书社,1990。

22.《海天琴思录 海天琴思续录》,〔清〕林昌彝著,王镇远、林虞生标点,上海古籍出版社,1988。

23.《饮冰室诗话》,梁启超著,舒芜校点,人民文学出版社,1959。

24.《历代诗话》,〔清〕何文焕辑,中华书局,1981。

25.《历代诗话续编》,丁福保辑,中华书局,1983。

26.《清诗话》,〔清〕王夫之等撰,上海古籍出版社,1963。

27.《清诗话续编》,郭绍虞选编,富寿荪校点,上海古籍出版社,

1983。

28.《二十四史》(标点本),中华书局,1959—1977。

29.《清史稿》,赵尔巽等撰,中华书局,1977。

30.《中国通史》,范文澜等著,人民出版社,1978。

31.《十三经注疏》,〔清〕阮元校刻,中华书局影印本,1980。

32.《经学历史》,〔清〕皮锡瑞著,周予同注释,中华书局,1959。

33.《宋明理学史》,侯外庐等主编,人民出版社,1984。

34.《庄子今注今译》,陈鼓应注译,中华书局,1983。

35.《魏晋玄学论稿》,汤用彤著,人民出版社,1957。

36.《中国佛教史》,任继愈主编,中国社会科学出版社,1981。

37.《中国哲学史新编》,冯友兰著,人民出版社,1982。

38.《中国思想通史》,侯外庐等著,人民出版社,1957。

39.《中国古代思想史论》,李泽厚著,人民出版社,1985。

40.《美学》,[德]黑格尔著,朱光潜译,商务印书馆,1981。

41.《真理与方法》,[德]H·G·伽达默尔著,王才勇译,辽宁人民出版社,1987。

42.《理解的命运》,殷鼎著,生活·读书·新知三联书店,1988。

43.《接受美学与接受理论》,[德]H·R·姚斯、[美]R·C·霍拉勃著,周宁、金元浦译,辽宁人民出版社,1987。

44.《西洋文学批评史》,[美]卫姆塞特、[美]布鲁克斯著,颜元叔译,志文出版社,1978。

45.《西方文论选》,伍蠡甫主编,上海译文出版社,1979。

46.《西方二十世纪文论选》,胡经之、张首映主编,中国社会科学出版社,1989。

后记

这本书总算写完了，出来了。写既不易，出亦颇难——它幸而得到学校出版基金的资助。

我总是不很相信"人无自知之明"这句古语，倒是颇相信"自家有病自家知"这个俗谚。是的，自家有病，痛在自家身上，痒在自家身上，<u>丝丝毫毫隐隐约约</u>的不适也俱在自家身上，怎么会不知呢？他只是或不想说，或不屑说，或不便说罢了。对于此书的利病，我也是寸心自知的。但我不想说。此无他，只是因为我极度疲惫，有力竭之感。不过对于促成此书得以出来的我尊重的领导、师友们，我仍要竭力地道一声：

谢谢！

1995 年 8 月 26 日凌晨于上海

再版后记

本书原名《中国诗学思想史》，1996年4月由华东师范大学出版社出版。此次作为丛书的一种再版，为与全体保持一致，姑改今名。他日倘幸而还能再版，仍愿以原名行世。未知尚有此机缘否？

此次再版，修改无多。唯逐一细校了引文，舛误竟比比皆是；又发现了几处"硬伤"，这是尤为令人赧然的。

书中有些愚者千虑的一得之见，略举其大者：如认为中国诗学思想史可以宋代为界分为前后二期，前期的深层底蕴是"情礼冲突"，外化为《诗》《骚》之辨；后期的深层底蕴是"情理冲突"，外化为唐宋（诗）之争；中唐是演化的枢纽，杜甫是枢纽的枢纽，宋人对其诗的解释接替了汉人对《诗经》的解释；称汉人解《诗》的原则与理论为《诗》"经"精神（《诗三百》的经学精神），以别于通常所谓"《诗经》精神"，《诗》《骚》之辨实为教化的《诗》"经"精神与审美的楚骚原则的龃龉；与之相应，"比兴"有经学的"比兴"说与文学的"比兴"说，而朱自清所谓"兴"义最为缠夹，始于西晋挚虞以"有感之辞也"的"感兴"之"兴"释"赋比兴"的托喻之"兴"，迄今仍在缠夹；关于唐宋之争，本书创为"典型唐诗"及"宋型诗"之目，前者大抵指盛唐诗，后者除宋诗主流外，尚含前此中唐"开宋人门户"者的部分诗及后此的种种宋诗派之诗；争讼肇自宋末严羽，故其《沧浪诗话》在历代诗话中影响最大，几可与《毛诗序》相颉颃，成为有明一代诗学主流的理论基石，而王士禛"神韵"则是此主流诗学演化的嗣响与结穴。再如，用以概括各时代诗学主流的各章四字标题，皆出自该时代论诗的原文，其中尤以以"技进于道"题目宋元，以"拟议变化"题目明，以"祧唐祢宋"题目清，当时最费斟酌，等等。这些愚见容或荒谬，却是自证自悟，断以己意，鲜所依傍，故顺便表出，"立此存照"。此无他，"文责自负"而已。

萧华荣

2005年8月于上海